鲁迅全集

第四卷

三闲集
二心集
南腔北调集

人民文学出版社

图书在版编目（CIP）数据

鲁迅全集. 4/鲁迅著. —北京：人民文学出版社，2005. 11（2022.11 重印）
ISBN 978-7-02-005033-8

Ⅰ. ①鲁… Ⅱ. ①鲁… Ⅲ. ①鲁迅著作—全集②鲁迅杂文 Ⅳ. ①I210. 1

中国版本图书馆 CIP 数据核字（2005）第 070011 号

责任编辑　刘　伟
装帧设计　李吉庆
责任校对　刘光然
责任印制　王重艺

去光华大学讲演（1927）

五十寿辰时摄（1930）

与暑期木刻讲习班学员合影（1931）

在北京师范大学讲演（1932）

目　　录

I

一 九 二 九 年

二 心 集

一 九 三 〇 年

一 九 三 一 年

南腔北调集

一 九 三 二 年

一 九 三 三 年

三 闲 集

本书收作者 1927 年至 1929 年所作杂文三十四篇，末附作于 1932 年的《鲁迅译著书目》一篇。1932 年 9 月由上海北新书局初版。作者生前共印行四版次。

序　言

我的第四本杂感《而已集》的出版,算起来已在四年之前了。去年春天,就有朋友催促我编集此后的杂感。看看近几年的出版界,创作和翻译,或大题目的长论文,是还不能说它寥落的,但短短的批评,纵意而谈,就是所谓"杂感"者,却确乎很少见。我一时也说不出这所以然的原因。

但粗粗一想,恐怕这"杂感"两个字,就使志趣高超的作者厌恶,避之惟恐不远了。有些人们,每当意在奚落我的时候,就往往称我为"杂感家",以显出在高等文人的眼中的鄙视,便是一个证据。还有,我想,有名的作家虽然未必不改换姓名,写过这一类文字,但或者不过图报私怨,再提恐或玷其令名,或者别有深心,揭穿反有妨于战斗,因此就大抵任其消灭了。

"杂感"之于我,有些人固然看作"死症",我自己确也因此很吃过一点苦,但编集是还想编集的。只因为翻阅刊物,剪帖成书,也是一件颇觉麻烦的事,因此拖延了大半年,终于没有动过手。一月二十八日之夜,上海打起仗来了[1],越打越凶,终于使我们只好单身出走,书报留在火线下,一任它烧得精光,我也可以靠这"火的洗礼"之灵,洗掉了"不满于现状"的"杂感家"[2]这一个恶谥。殊不料三月底重回旧寓,书报却丝毫也没有损,于是就东翻西觅,开手编辑起来了,好像大病新愈的人,偏比平时更要照照自己的瘦削的脸,摩摩枯皱的皮肤似的。

我先编集一九二八至二九年的文字,篇数少得很,但除了五六回在北平上海的讲演[3],原就没有记录外,别的也仿佛并无散失。我记得起来了,这两年正是我极少写稿,没处投稿的时期。我是在二七年被血吓得目瞪口呆,离开广东的,[4]那些吞吞吐吐,没有胆子直说的话,都载在《而已集》里。但我到了上海,却遇见文豪们的笔尖的围剿了,创造社[5],太阳社[6],"正人君子"们的新月社[7]中人,都说我不好,连并不标榜文派的现在多升为作家或教授的先生们,那时的文字里,也得时常暗暗地奚落我几句,以表示他们的高明。我当初还不过是"有闲即是有钱","封建余孽"或"没落者",后来竟被判为主张杀青年的棒喝主义者了。[8]这时候,有一个从广东自云避祸逃来,而寄住在我的寓里的廖君[9],也终于忿忿的对我说道:"我的朋友都看不起我,不和我来往了,说我和这样的人住在一处。"

那时候,我是成了"这样的人"的。自己编着的《语丝》[10],实乃无权,不单是有所顾忌(详见卷末《我和〈语丝〉的始终》),至于别处,则我的文章一向是被"挤"才有的,而目下正在"剿",我投进去干什么呢。所以只写了很少的一点东西。

现在我将那时所做的文字的错的和至今还有可取之处的,都收纳在这一本里。至于对手的文字呢,《鲁迅论》和《中国文艺论战》[11]中虽然也有一些,但那都是峨冠博带的礼堂上的阳面的大文,并不足以窥见全体,我想另外搜集也是"杂感"一流的作品,编成一本,谓之《围剿集》。如果和我的这一本对比起来,不但可以增加读者的趣味,也更能明白别一面的,即阴面的战法的五花八门。这些方法一时恐怕不会失传,去年的"左翼作家都为了卢布"[12]说,就是老谱里面的一着。自问和文艺有些关系的青年,仿照固然可以不必,但也不妨知道知道的。

其实呢,我自己省察,无论在小说中,在短评中,并无主张将青年来"杀,杀,杀"[13]的痕迹,也没有怀着这样的心思。我一向是相信进化论的,总以为将来必胜于过去,青年必胜于老人,对于青年,我敬重之不暇,往往给我十刀,我只还他一箭。然而后来我明白我倒是错了。这并非唯物史观的理论或革命文艺的作品蛊惑我的,我在广东,就目睹了同是青年,而分成两大阵营,或则投书告密,或则助官捕人的事实!我的思路因此轰毁,后来便时常用了怀疑的眼光去看青年,不再无条件的敬畏了。然而此后也还为初初上阵的青年们呐喊几声,不过也没有什么大帮助。

这集子里所有的,大概是两年中所作的全部,只有书籍的序引,却只将觉得还有几句话可供参考之作,选录了几篇。当翻检书报时,一九二七年所写而没有编在《而已集》里的东西,也忽然发现了一点,我想,大约《夜记》是因为原想另成一书,讲演和通信是因为浅薄或不关紧要,所以那时不收在内的。

但现在又将这编在前面,作为《而已集》的补遗了。我另有了一样想头,以为只要看一篇讲演和通信中所引的文章,便足可明白那时香港的面目。我去讲演，一共两回，第一天是《老调子已经唱完》[14]，现在寻不到底稿了，第二天便是这《无声的中国》，粗浅平庸到这地步，而竟至于惊为"邪说"，禁止在报上登载的。是这样的香港。但现在是这样的香港几乎要遍中国了。

我有一件事要感谢创造社的，是他们"挤"我看了几种科学底文艺论，明白了先前的文学史家们说了一大堆，还是纠缠不清的疑问。并且因此译了一本蒲力汗诺夫的《艺术论》，[15]以救正我——还因我而及于别人——的只信进化论的偏颇。但是，我将编《中国小说史略》时所集的材料，印为《小说旧闻钞》，以省青年的检查之力，而成仿吾以无产阶级之名，指为"有闲"，而且"有闲"还至于有三个，[16]却是至今还不能完全忘却的。我以为无产阶级是不会有这样锻炼周纳[17]法的，他们没有学过"刀笔"[18]。编成而名之曰《三闲集》，尚以射仿吾也。

一九三二年四月二十四日之夜，编讫并记。

*　　　*　　　*

〔1〕　指一·二八上海战事。1932 年 1 月 28 日夜，日军以保护侨民为借口，向闸北地区中国守军发动进攻，中国第十九路军奋起抵抗，激战月余。日军不断增兵而中国军队未得增援，被迫撤退。国民党政府与日本签订辱国的《淞沪停战协定》。作者当时住在临近战区的北四川路底，战事发生后即避居于英租界的内山书店支店，3 月 19 日迁回原寓。

〔2〕 "不满于现状"的"杂感家"　梁实秋在《新月》月刊第二卷第八期(1929年10月)发表《"不满于现状",便怎样呢?》一文,其中说:"有一种人,只是一味的'不满于现状',今天说这里有毛病,明天说那里有毛病,有数不清的毛病,于是也有无穷尽的杂感,等到有些个人开了药方,他格外的不满……好像惟恐一旦现状令他满意起来,他就没有杂感可作的样子。"

〔3〕 作者于1927年10月从广州到上海后,曾先后应邀在一些学校讲演。10月25日在劳动大学作题为《关于智识阶级》的讲演,现收入《集外集拾遗补编》。10月28日在立达学园作题为《伟人的化石》的讲演,讲稿未详。11月2日在复旦大学作题为《革命文学》的讲演,有萧立记录稿,发表于1928年5月9日上海《新闻报·学海》。16日在光华大学讲演,有洪绍统、郭子雄记录稿,发表于《光华》周刊第二卷第七期(1927年11月28日),由编者加题为《文学与社会》。17日在大夏大学讲演,题目和讲稿未详。12月21日在暨南大学作题为《文艺与政治的歧途》的讲演,后收入《集外集》。此后,1928年5月15日在江湾复旦实验中学作题为《老而不死论》的讲演,讲稿未详。11月10日在大陆大学讲演,题目、讲稿未详。1929年12月4日在暨南大学作题为《离骚与反离骚》的讲演,有郭博如记录稿,发表于《暨南校刊》第二十八——三十二期合刊(1930年1月18日)。1929年5月,作者到北平省亲,于5月22日在燕京大学作题为《现今的新文学的概观》的讲演,后收入本书。5月29日在北京大学第二院、6月2日上午在第二师范学院、同日晚间在第一师范学院讲演,题目、讲稿均未详。

〔4〕 广州国民党当局执行蒋介石"清党"指示,发动"四一五"事变,搜捕共产党人和革命人士二千余人,其中杀害二百多人。当时作者在中山大学担任文学系主任兼教务主任,因营救被捕学生无效,忿而辞去一切职务,于9月间离广州去上海。

〔5〕　创造社　文学团体,1921年6月成立于东京。主要成员有郭沫若、郁达夫、成仿吾等。它初期的文学倾向是浪漫主义,带有反帝、反封建的色彩。第一次国内革命战争期间,郭沫若、成仿吾等先后参加革命实际工作。1927年该社倡导无产阶级革命文学运动,同时增加了冯乃超、彭康、李初梨等从国外回来的新成员。1928年,创造社和另一提倡无产阶级文学的太阳社对鲁迅的批评和鲁迅对他们的反驳,形成了一次以革命文学问题为中心的论争。1929年2月,该社被国民党封闭。它曾先后编辑出版《创造》(季刊)、《创造周报》、《创造日》、《洪水》、《创造月刊》、《文化批判》等刊物,以及《创造丛书》。关于革命文学论争,参看本卷第66页注〔1〕。

〔6〕　太阳社　文学团体,1928年成立于上海。主要成员有蒋光慈、钱杏邨、洪灵菲等。1928年1月出版《太阳月刊》,提倡革命文学。1930年中国左翼作家联盟成立后,该社自行解散。关于太阳社和鲁迅在1928年的论争,参看本卷第66页注〔1〕。

〔7〕　新月社　文学和政治性团体,1923年成立于北京。主要成员有胡适、徐志摩、陈源、梁实秋、闻一多、罗隆基等。取名于印度诗人泰戈尔的《新月集》。该社曾以诗社名义于1926年4月1日至6月10日在北京《晨报副刊》出过《诗镌》(周刊),提倡现代格律诗。1927年春在上海创办新月书店,1928年3月出版综合性的《新月》月刊,主张"英国式"民主政治。新月社主要成员曾因办《现代评论》杂志而又被称为"现代评论派"。"正人君子",1925年北京女子师范大学事件时,拥护北洋政府的《大同晚报》在8月7日的一篇报导中,称现代评论派(后为新月派)的陈源等人为"东吉祥派的正人君子"。

〔8〕　"有闲即是有钱"　见《文化批判》第二号(1928年2月)李初梨的《怎样地建设革命文学》。该文引用成仿吾说鲁迅等是"有闲阶级"的话,并说:"我们知道,在现在的资本主义社会,有闲阶级,就是有

钱阶级。""没落者",见《创造月刊》第一卷第十一期(1928年5月)石厚生(成仿吾)的《毕竟是"醉眼陶然"罢了》:"传闻他(按指鲁迅)近来颇购读社会科学书籍,'但即刻又有一点不小问题':他是真要做一个社会科学的忠实的学徒吗?还是只涂抹彩色,粉饰自己的没落呢?这后一条路是掩耳盗铃式的行为,是更深更不可救药的没落。""封建余孽"和棒喝主义者,见《创造月刊》第二卷第一期(1928年8月)杜荃(郭沫若)的《文艺战线上的封建余孽》:"他是资本主义以前的一个封建余孽。资本主义对于社会主义是反革命,封建余孽对于社会主义是二重的反革命。鲁迅是二重性的反革命的人物。以前说鲁迅是新旧过渡期的游移分子,说他是人道主义者,这是完全错了。他是一位不得志的Fascist(法西斯谛)!"按法西斯蒂,当时有人译为棒喝主义。

〔9〕　廖君　即廖立峨(1903—1962),广东兴宁人。原为厦门大学学生,1927年1月随鲁迅转学中山大学。1928年与其妻等到沪,寄寓鲁迅家中。

〔10〕《语丝》　文艺性周刊,最初由孙伏园等编辑,1924年11月17日在北京创刊,1927年10月被奉系军阀张作霖查禁,随后移至上海续刊。1930年3月10日出至第五卷第五十二期停刊。鲁迅是它的主要撰稿人和支持者之一。该刊在上海出版后,鲁迅编辑了1927年12月17日第四卷第一期至1929年1月7日第四卷第五十二期。

〔11〕《鲁迅论》和《中国文艺论战》　均为李何林编辑,上海北新书局分别于1930年3月和1929年10月出版。前者收入1923年至1929年间关于鲁迅及其作品的评论文章二十四篇,后者收入1928年革命文学运动中各派的论争文章四十六篇。

〔12〕"左翼作家都为了卢布"　这是当时一些报刊对进步作家的诬陷。如1930年5月14日上海《民国日报·觉悟》刊载的《解放中国文坛》中说,进步作家"受了赤色帝国主义的收买,受了苏俄卢布的津

贴";1931年2月6日上海小报《金钢钻报》刊载的《鲁迅加盟左联的动机》中说,"共产党最初以每月八十万卢布,在沪充文艺宣传费,造成所谓普罗文艺"等等。

〔13〕 "杀,杀,杀" 这是杜荃在《文艺战线上的封建余孽》一文中说的话:"杀哟!杀哟!杀哟!杀尽一些可怕的青年!而且赶快!这是这位'老头子'(按指鲁迅)的哲学,于是乎而'老头子'不死了。"

〔14〕 按《老调子已经唱完》曾发表于 1927 年 3 月广州《国民新闻·新时代》,后由许广平编入《集外集拾遗》;又据鲁迅日记,这篇讲演作于 1927 年 2 月 19 日,即作者去香港的第二天,第一天的讲演是《无声的中国》。

〔15〕 蒲力汗诺夫(Г.В.Плеханов,1856—1918) 通译普列汉诺夫,俄国早期的马克思主义理论家,后来成为孟什维克和第二国际的首领之一。《艺术论》,参看《二心集·〈艺术论〉译本序》及其注〔1〕。

〔16〕 成仿吾(1897—1984) 笔名石厚生,湖南新化人,文学评论家,创造社主要成员。早期主张文艺"表现自我",追求"纯文艺";后转向革命,倡导革命文学。他在《洪水》第三卷第二十五期(1927 年 1 月)《完成我们的文学革命》一文中,说"鲁迅先生坐在华盖之下正在抄他的小说旧闻",是一种"以趣味为中心的文艺","后面必有一种以趣味为中心的生活基调";并说:"这种以趣味为中心的生活基调,它所暗示着的是一种在小天地中自己骗自己的自足,它所矜持着的是闲暇,闲暇,第三个闲暇。"

〔17〕 锻炼周纳 意思是罗织罪名,陷人于法。语出《汉书·路温舒传》:"上奏畏却,则锻炼而周内之。"

〔18〕 "刀笔" 这里指刀笔吏(讼师)罗织人罪的手法。《创造月刊》第二卷第二期(1928 年 9 月)所刊克兴的《驳甘人的"拉杂一篇"》中说鲁迅"拿出他本来的刀笔,尖酸刻薄的冷诮热骂"。

一九二七年

无声的中国[1]

——二月十六日在香港青年会[2]讲

以我这样没有什么可听的无聊的讲演,又在这样大雨的时候,竟还有这许多来听的诸君,我首先应当声明我的郑重的感谢。

我现在所讲的题目是:《无声的中国》。

现在,浙江,陕西,都在打仗,[3]那里的人民哭着呢还是笑着呢,我们不知道。香港似乎很太平,住在这里的中国人,舒服呢还是不很舒服呢,别人也不知道。

发表自己的思想,感情给大家知道的是要用文章的,然而拿文章来达意,现在一般的中国人还做不到。这也怪不得我们;因为那文字,先就是我们的祖先留传给我们的可怕的遗产。人们费了多年的工夫,还是难于运用。因为难,许多人便不理它了,甚至于连自己的姓也写不清是张还是章,或者简直不会写,或者说道:Chang。虽然能说话,而只有几个人听到,远处的人们便不知道,结果也等于无声。又因为难,有些人便当作宝贝,像玩把戏似的,之乎者也,只有几个人懂,——其实是不知道可真懂,而大多数的人们却不懂得,结果也等于无声。

文明人和野蛮人的分别,其一,是文明人有文字,能够把他们的思想,感情,藉此传给大众,传给将来。中国虽然有文字,现在却已经和大家不相干,用的是难懂的古文,讲的是陈旧的古意思,所有的声音,都是过去的,都就是只等于零的。所以,大家不能互相了解,正像一大盘散沙。

将文章当作古董,以不能使人认识,使人懂得为好,也许是有趣的事罢。但是,结果怎样呢?是我们已经不能将我们想说的话说出来。我们受了损害,受了侮辱,总是不能说出些应说的话。拿最近的事情来说,如中日战争,拳匪事件,民元革命[4]这些大事件,一直到现在,我们可有一部像样的著作?民国以来,也还是谁也不作声。反而在外国,倒常有说起中国的,但那都不是中国人自己的声音,是别人的声音。

这不能说话的毛病,在明朝是还没有这样厉害的;他们还比较地能够说些要说的话。待到满洲人以异族侵入中国,讲历史的,尤其是讲宋末的事情的人被杀害了,讲时事的自然也被杀害了。所以,到乾隆年间,人民大家便更不敢用文章来说话了。[5]所谓读书人,便只好躲起来读经,校刊古书,做些古时的文章,和当时毫无关系的文章。有些新意,也还是不行的;不是学韩,便是学苏。韩愈苏轼[6]他们,用他们自己的文章来说当时要说的话,那当然可以的。我们却并非唐宋时人,怎么做和我们毫无关系的时候的文章呢。即使做得像,也是唐宋时代的声音,韩愈苏轼的声音,而不是我们现代的声音。然而直到现在,中国人却还要着这样的旧戏法。人是有的,没有声音,寂寞得很。——人会没有声音的么? 没有,可以说:是死了。倘要说得客气一点,那就是:已经哑了。

要恢复这多年无声的中国,是不容易的,正如命令一个死掉的人道:"你活过来!"我虽然并不懂得宗教,但我以为正如想出现一个宗教上之所谓"奇迹"一样。

首先来尝试这工作的是"五四运动"前一年,胡适之先生所提倡的"文学革命"〔7〕。"革命"这两个字,在这里不知道可害怕,有些地方是一听到就害怕的。但这和文学两字连起来的"革命",却没有法国革命〔8〕的"革命"那么可怕,不过是革新,改换一个字,就很平和了,我们就称为"文学革新"罢,中国文字上,这样的花样是很多的。那大意也并不可怕,不过说:我们不必再去费尽心机,学说古代的死人的话,要说现代的活人的话;不要将文章看作古董,要做容易懂得的白话的文章。然而,单是文学革新是不够的,因为腐败思想,能用古文做,也能用白话做。所以后来就有人提倡思想革新。思想革新的结果,是发生社会革新运动。这运动一发生,自然一面就发生反动,于是便酿成战斗……。

但是,在中国,刚刚提起文学革新,就有反动了。不过白话文却渐渐风行起来,不大受阻碍。这是怎么一回事呢? 就因为当时又有钱玄同先生提倡废止汉字,用罗马字母来替代〔9〕。这本也不过是一种文字革新,很平常的,但被不喜欢改革的中国人听见,就大不得了了,于是便放过了比较的平和的文学革命,而竭力来骂钱玄同。白话乘了这一个机会,居然减去了许多敌人,反而没有阻碍,能够流行了。

中国人的性情是总喜欢调和,折中的。譬如你说,这屋子太暗,须在这里开一个窗,大家一定不允许的。但如果你主张拆掉屋顶,他们就会来调和,愿意开窗了。没有更激烈的主张,他们总连平和的改革也不肯行。那时白话文之得以通行,就因为有废掉中国字而用罗马字母的议论的缘故。

其实,文言和白话的优劣的讨论,本该早已过去了,但中国是总不肯早早解决的,到现在还有许多无谓的议论。例如,有的说:古文各省人都能懂,白话就各处不同,反而不能互相了解了。殊不知这只要教育普及和交通发达就好,那时就人人都能懂较为易解的白话文;至于古文,何尝各省人都能懂,便是一省里,也没有许多人懂得的。有的说:如果都用白话文,人们便不能看古书,中国的文化就灭亡了。其实呢,现在的人们大可以不必看古书,即使古书里真有好东西,也可以用白话来译出的,用不着那么心惊胆战。他们又有人说,外国尚且译中国书,足见其好,我们自己倒不看么?殊不知埃及的古书,外国人也译,非洲黑人的神话,外国人也译,他们别有用意,即使译出,也算不了怎样光荣的事的。

近来还有一种说法,是思想革新紧要,文字改革倒在其次,所以不如用浅显的文言来作新思想的文章,可以少招一重反对。这话似乎也有理。然而我们知道,连他长指甲都不肯剪去的人,是决不肯剪去他的辫子的。

因为我们说着古代的话,说着大家不明白,不听见的话,已经弄得像一盘散沙,痛痒不相关了。我们要活过来,首先就须由青年们不再说孔子孟子和韩愈柳宗元[10]们的话。时代不同,情形也两样,孔子时代的香港不这样,孔子口调的"香港论"是无从做起的,"吁嗟阔哉香港也",不过是笑话。

我们要说现代的,自己的话;用活着的白话,将自己的思想,感情直白地说出来。但是,这也要受前辈先生非笑的。他们说白话文卑鄙,没有价值;他们说年青人作品幼稚,贻笑大方。我们中国能做文言的有多少呢,其余的都只能说白话,难道这许多中国人,就都是卑鄙,没有价值的么? 至于幼稚,尤其没有什么可羞,正如孩子对于老人,毫没有什么可羞一样。幼稚是会生长,会成熟的,只不要衰老,腐败,就好。倘说待到纯熟了才可以动手,那是虽是村妇也不至于这样蠢。她的孩子学走路,即使跌倒了,她决不至于叫孩子从此躺在床上,待到学会了走法再下地面来的。

青年们先可以将中国变成一个有声的中国。大胆地说话,勇敢地进行,忘掉了一切利害,推开了古人,将自己的真心的话发表出来。——真,自然是不容易的。譬如态度,就不容易真,讲演时候就不是我的真态度,因为我对朋友,孩子说话时候的态度是不这样的。——但总可以说些较真的话,发些较真的声音。只有真的声音,才能感动中国的人和世界的人;必须有了真的声音,才能和世界的人同在世界上生活。

我们试想现在没有声音的民族是那几种民族。我们可听到埃及人的声音? 可听到安南[11],朝鲜的声音? 印度除了泰戈尔[12],别的声音可还有?

我们此后实在只有两条路:一是抱着古文而死掉,一是舍掉古文而生存。

＊   ＊   ＊

〔1〕 本篇最初刊载于香港报纸(报纸名称及日期未详),1927 年
3 月 23 日汉口《中央日报》副刊转载。据鲁迅日记,这篇讲演作于 2 月
18 日。

〔2〕 青年会 即基督教青年会,基督教进行社会文化活动的机
构之一。

〔3〕 这里说的浙江陕西在打仗,指 1926 年末至 1927 年初北洋
军阀孙传芳在浙江进攻与广州国民政府有联系的陈仪、周凤歧等部,和
1926 年 12 月冯玉祥所部国民军在陕西与北洋镇嵩军的战争。

〔4〕 中日战争 指 1894 年(甲午)日本军国主义侵略中国而引
起的战争。拳匪事件,指 1900 年中国北方爆发的义和团运动。民元革
命,即 1911 年(辛亥)孙中山领导的推翻清王朝、建立民国的民主革命。

〔5〕 指清初统治者多次施于汉族人民的文字狱,其中较著名的
有康熙年间的"庄廷鑨之狱"、"戴名世之狱",雍正年间的"吕留良曾静
之狱",乾隆年间的"胡中藻之狱"等。这些文字狱的起因,都是由于他
们在著作中记载了汉族人民在历史上(特别是宋末和明末)反抗民族压
迫的事实,或涉嫌触犯清朝的统治,因而遭到迫害和屠杀。

〔6〕 韩愈(768—824) 字退之,河阳(今河南孟县)人,自称郡望
昌黎,唐代文学家,著有《韩昌黎集》。苏轼(1037—1101),字子瞻,号东
坡居士,眉山(今属四川)人,宋代文学家,著有《东坡全集》等。

〔7〕 胡适之(1891—1962) 名适,字适之,安徽绩溪人。他在
"五四"时期是新文化运动的代表人物之一。这里所说他提倡"文学革
命",是指他在《新青年》杂志第四卷第四号(1918 年 4 月)发表的《建设的
文学革命论》一文。

〔8〕 法国革命 指 1789 年至 1794 年的法国资产阶级革命。这
次革命摧毁了法国封建专制制度,促进了法国资本主义的发展,并推动

了欧洲各国的革命。

〔**9**〕 钱玄同(1887—1939) 浙江吴兴人,文字学家,"五四"时期新文化运动的积极参加者。他在 1918 年 1 月《新青年》第四卷第一号《论注音字母》一文中说过,"高等字典和中学以上的高深书籍,都应该用罗马字母记音";在同年 4 月《新青年》第四卷第四号《中国今后之文字问题》的"通信"中,提出"废灭汉文",代以世界语的主张。

〔**10**〕 孔子(前 551—前 479) 名丘,字仲尼,春秋末期鲁国陬邑(今山东曲阜)人,儒家学派创始人。他的主要言行记载在《论语》一书中。孟子(约前 372—前 289),名轲,字子舆,战国中期邹(今山东邹县)人,继孔子之后儒家的代表人物。他的重要言行记载在《孟子》一书中。柳宗元(773—819),字子厚,河东(今山西运城)人,唐代文学家,著有《柳河东集》等。

〔**11**〕 安南 越南的旧称。1803 年其国号已改为越南,但中国民间仍沿用旧称。

〔**12**〕 泰戈尔(R. Tagore,1861—1941) 印度诗人,著有诗集《新月集》、《飞鸟集》和长篇小说《沉船》等。

怎 么 写^[1]

——夜 记 之 一

写什么是一个问题，怎么写又是一个问题。

今年不大写东西，而写给《莽原》^[2]的尤其少。我自己明白这原因。说起来是极可笑的，就因为它纸张好。有时有一点杂感，子细一看，觉得没有什么大意思，不要去填黑了那么洁白的纸张，便废然而止了。好的又没有。我的头里是如此地荒芜，浅陋，空虚。

可谈的问题自然多得很，自宇宙以至社会国家，高超的还有文明，文艺。古来许多人谈过了，将来要谈的人也将无穷无尽。但我都不会谈。记得还是去年躲在厦门岛上的时候，因为太讨人厌了，终于得到"敬鬼神而远之"^[3]式的待遇，被供在图书馆楼上的一间屋子里。白天还有馆员，钉书匠，阅书的学生，夜九时后，一切星散，一所很大的洋楼里，除我以外，没有别人。我沉静下去了。寂静浓到如酒，令人微醺。望后窗外骨立的乱山中许多白点，是丛冢；一粒深黄色火，是南普陀寺的琉璃灯。前面则海天微茫，黑絮一般的夜色简直似乎要扑到心坎里。我靠了石栏远眺，听得自己的心音，四远还仿佛有无量悲哀，苦恼，零落，死灭，都杂入这寂静中，使它变成药酒，加色，加味，加香。这时，我曾经想要写，但是不能写，无从写。这也就是我所谓"当我沉默着的时候，我觉得充实，我将开口，同时感到空虚"[4]。

莫非这就是一点"世界苦恼"[5]么？我有时想。然而大约又不是的，这不过是淡淡的哀愁，中间还带些愉快。我想接近它，但我愈想，它却愈渺茫了，几乎就要发见仅只我独自倚着石栏，此外一无所有。必须待到我忘了努力，才又感到淡淡的哀愁。

那结果却大抵不很高明。腿上钢针似的一刺，我便不假思索地用手掌向痛处直拍下去，同时只知道蚊子在咬我。什么哀愁，什么夜色，都飞到九霄云外去了，连靠过的石栏也不再放在心里。而且这还是现在的话，那时呢，回想起来，是连不将石栏放在心里的事也没有想到的。仍是不假思索地走进房里去，坐在一把唯一的半躺椅——躺不直的藤椅子——上，抚摩着蚊喙的伤，直到它由痛转痒，渐渐肿成一个小疙瘩。我也就从抚摩转成搔，掐，直到它由痒转痛，比较地能够打熬。

此后的结果就更不高明了，往往是坐在电灯下吃柚子。

虽然不过是蚊子的一叮，总是本身上的事来得切实。能不写自然更快活，倘非写不可，我想，也只能写一些这类小事情，而还万不能写得正如那一天所身受的显明深切。而况千叮万叮，而况一刀一枪，那是写不出来的。

尼采爱看血写的书[6]。但我想，血写的文章，怕未必有罢。文章总是墨写的，血写的倒不过是血迹。它比文章自然更惊心动魄，更直截分明，然而容易变色，容易消磨。这一点，就要任凭文学逞能，恰如冢中的白骨，往古来今，总要以它的永久来傲视少女颊上的轻红似的。

能不写自然更快活，倘非写不可，我想，就是随便写写罢，横竖也只能如此。这些都应该和时光一同消逝，假使会比血迹永远鲜活，也只足证明文人是侥幸者，是乖角儿。但真的血写的书，当然不在此例。

当我这样想的时候，便觉得"写什么"倒也不成什么问题了。

"怎样写"的问题，我是一向未曾想到的。初知道世界上有着这么一个问题，还不过两星期之前。那时偶然上街，偶然走进丁卜书店去，偶然看见一叠《这样做》[7]，便买取了一本。这是一种期刊，封面上画着一个骑马的少年兵士。我一向有一种偏见，凡书面上画着这样的兵士和手捏铁锄的农工的刊物，是不大去涉略的，因为我总疑心它是宣传品。发抒自己的意见，结果弄成带些宣传气味了的伊孛生[8]等辈的作品，我看了倒并不发烦。但对于先有了"宣传"两个大字的题目，然后发出议论来的文艺作品，却总有些格格不入，那不能直吞下去的模样，就和雒诵[9]教训文学的时候相同。但这《这样做》却又有些特别，因为我还记得日报上曾经说过，是和我有关系的。也是凡事切己，则格外关心的一例罢，我便再不怕书面上的骑马的英雄，将它买来了。回来后一检查剪存的旧报，还在的，日子是三月七日，可惜没有注明报纸的名目，但不是《民国日报》，便是《国民新闻》[10]，因为我那时所看的只有这两种。下面抄一点报上的话：

"自鲁迅先生南来后，一扫广州文学之寂寞，先后创

办者有《做什么》,《这样做》两刊物。闻《这样做》为革命
文学社定期出版物之一,内容注重革命文艺及本党主义
之宣传。……"

开首的两句话有些含混,说我都与闻其事的也可以,说因
我"南来"了而别人创办的也通。但我是全不知情。当初将日
报剪存,大概是想调查一下的,后来却又忘却,搁下了。现在
还记得《做什么》[11]出版后,曾经送给我五本。我觉得这团体
是共产青年主持的,因为其中有"坚如","三石"等署名,该是
毕磊[12],通信处也是他。他还曾将十来本《少年先锋》[13]送
给我,而这刊物里面则分明是共产青年所作的东西。果然,毕
磊君大约确是共产党,于四月十八日从中山大学被捕。据我
的推测,他一定早已不在这世上了,这看去很是瘦小精干的湖
南的青年。

《这样做》却在两星期以前才见面,已经出到七八期合册
了。第六期没有,或者说被禁止,或者说未刊,莫衷一是,我便
买了一本七八合册和第五期。看日报的记事便知道,这该是
和《做什么》反对,或对立的。我拿回来,倒看上去,通讯栏里
就这样说:"在一般 CP[14]气焰盛张之时,……而你们一觉悟
起来,马上退出 CP,不只是光退出便了事,尤其值得 CP 气死
的,就是破天荒的接二连三的退出共产党登报声明。……"那
么,确是如此了。

这里又即刻出了一个问题。为什么这么大相反对的两种
刊物,都因我"南来"而"先后创办"呢? 这在我自己,是容易解
答的:因为我新来而且灰色。但要讲起来,怕又有些话长,现

在姑且保留,待有相当的机会时再说罢。

这回且说我看《这样做》。看过通讯,懒得倒翻上去了,于是看目录。忽而看见一个题目道:《郁达夫先生休矣》[15],便又起了好奇心,立刻看文章。这还是切己的琐事总比世界的哀愁关心的老例,达夫先生是我所认识的,怎么要他"休矣"了呢?急于要知道。假使说的是张龙赵虎,或是我素昧平生的伟人,老实说罢,我决不会如此留心。

原来是达夫先生在《洪水》[16]上有一篇《在方向转换的途中》,说这一次的革命是阶级斗争的理论的实现,而记者则以为是民族革命的理论的实现。大约还有英雄主义不适宜于今日等类的话罢,所以便被认为"中伤"和"挑拨离间",非"休矣"不可了。

我在电灯下回想,达夫先生我见过好几面,谈过好几回,只觉他稳健和平,不至于得罪于人,更何况得罪于国。怎么一下子就这么流于"偏激"了?我倒要看看《洪水》。

这期刊,听说在广西是被禁止的了,广东倒还有。我得到的是第三卷第二十九至三十二期。照例的坏脾气,从三十二期倒看上去,不久便翻到第一篇《日记文学》,也是达夫先生做的,于是便不再去寻《在方向转换的途中》,变成看谈文学了。我这种模模胡胡的看法,自己也明知道是不对的,但"怎么写"的问题,却就出在那里面。

作者的意思,大略是说凡文学家的作品,多少总带点自叙传的色彩的,若以第三人称来写出,则时常有误成第一人称的地方。而且叙述这第三人称的主人公的心理状态过于详细时,读者会疑心这别人的心思,作者何以会晓得得这样精细?于是那一种幻灭之感,就使文学的真实性消失了。所以散文作品中最便当的体裁,是日记体,其次是书简体。

这诚然也值得讨论的。但我想,体裁似乎不关重要。上文的第一缺点,是读者的粗心。但只要知道作品大抵是作者借别人以叙自己,或以自己推测别人的东西,便不至于感到幻灭,即使有时不合事实,然而还是真实。其真实,正与用第三人称时或误用第一人称时毫无不同。倘有读者只执滞于体裁,只求没有破绽,那就以看新闻记事为宜,对于文艺,活该幻灭。而其幻灭也不足惜,因为这不是真的幻灭,正如查不出大观园的遗迹,而不满于《红楼梦》[17]者相同。倘作者如此牺牲了抒写的自由,即使极小部分,也无异于削足适履的。

第二种缺陷,在中国也已经是颇古的问题。纪晓岚攻击蒲留仙的《聊斋志异》,[18]就在这一点。两人密语,决不肯泄,又不为第三人所闻,作者何从知之?所以他的《阅微草堂笔记》,竭力只写事状,而避去心思和密语。但有时又落了自设的陷阱,于是只得以《春秋左氏传》的"浑良夫梦中之噪"来解嘲。[19]他的支绌的原因,是在要使读者信一切所写为事实,靠事实来取得真实性,所以一与事实相左,那真实性也随即灭亡。如果他先意识到这一切是创作,即是他个人的造作,便自然没有一切挂碍了。

一般的幻灭的悲哀,我以为不在假,而在以假为真。记得年幼时,很喜欢看变戏法,猢狲骑羊,石子变白鸽,最末是将一个孩子刺死,盖上被单,一个江北口音的人向观众装出撒钱模样道:Huazaa! Huazaa![20]大概是谁都知道,孩子并没有死,喷出来的是装在刀柄里的苏木汁[21],Huazaa 一够,他便会跳起来的。但还是出神地看着,明明意识着这是戏法,而全心沉浸在这戏法中。万一变戏法的定要做得真实,买了小棺材,装进孩子去,哭着抬走,倒反索然无味了。这时候,连戏法的真实也消失了。

我宁看《红楼梦》,却不愿看新出的《林黛玉日记》[22],它一页能够使我不舒服小半天。《板桥家书》[23]我也不喜欢看,不如读他的《道情》。我所不喜欢的是他题了家书两个字。那么,为什么刻了出来给许多人看的呢?不免有些装腔。幻灭之来,多不在假中见真,而在真中见假。日记体,书简体,写起来也许便当得多罢,但也极容易起幻灭之感;而一起则大抵很厉害,因为它起先模样装得真。

《越缦堂日记》[24]近来已极风行了,我看了却总觉得他每次要留给我一点很不舒服的东西。为什么呢?一是钞上谕。大概是受了何焯[25]的故事的影响的,他提防有一天要蒙"御览"。二是许多墨涂。写了尚且涂去,该有许多不写的罢?三是早给人家看,钞,自以为一部著作了。我觉得从中看不见李慈铭的心,却时时看到一些做作,仿佛受了欺骗。翻翻一部小说,虽是很荒唐,浅陋,不合理,倒从来不起这样的感觉的。

听说后来胡适之先生也在做日记,并且给人传观了。照文学进化的理论讲起来,一定该好得多。我希望他提前陆续的印出。

　　但我想,散文的体裁,其实是大可以随便的,有破绽也不妨。做作的写信和日记,恐怕也还不免有破绽,而一有破绽,便破灭到不可收拾了。与其防破绽,不如忘破绽。

＊　　　＊　　　＊

　　〔1〕　本篇最初发表于1927年10月10日北京《莽原》半月刊第十八、十九期合刊。

　　〔2〕　《莽原》　文艺刊物,1925年4月24日在北京创刊,初为周刊,附《京报》发行,鲁迅编辑。1926年1月改为半月刊,由未名社出版发行。同年8月鲁迅离开北京后,由韦素园编辑,出至1927年12月停刊。

　　〔3〕　敬鬼神而远之　语出《论语·雍也》:"樊迟问知。子曰:'务民之义,敬鬼神而远之,可谓知矣。'"

　　〔4〕　这是作者在《野草·题辞》中所说的话。

　　〔5〕　"世界苦恼"(Weltschmerz)　原为奥地利诗人莱瑙(N. Lenau,1802—1850)的话,意思说人们生活在世上是苦恼的;后来有些文艺家引用它来解释文艺创作,认为创作起因于这种苦恼的感觉。

　　〔6〕　尼采(F. Nietzsche,1844—1900)　德国哲学家、诗人。著有《悲剧的诞生》、《扎拉图斯特拉如是说》等。他在《扎拉图斯特拉如是说·读与写》中说:"在一切著作中,吾所爱者,惟用血写之著作。"(据萧赣译文,商务印书馆出版)

　　〔7〕　《这样做》　旬刊,1927年3月27日在广州创刊,孔圣裔(共产党的叛徒)主编,"革命文学社"编辑发行。它自称"努力革命文化的宣传",却配合国民党的反共政策。

　　〔8〕　伊孛生(H. Ibsen,1828—1906)　通译易卜生,挪威剧作家。

他的作品批判资产阶级社会的虚伪、庸俗,提出婚姻、家庭和社会的改革问题。剧本有《玩偶之家》、《国民公敌》等。

〔9〕 雒诵 一作洛诵,语出《庄子·大宗师》。清王先谦集解:"谓连络诵之,犹言反复读之。"

〔10〕 《民国日报》 1923年国民党在广州创办的报纸,1937年改名为《中山日报》。《国民新闻》,1925年国民党人在广州创办的报纸,初期宣传革命,"四一二"政变后被国民党当局控制。

〔11〕 《做什么》 周刊,中国共产党广东区委学生运动委员会的机关刊物,1927年2月7日创刊,毕磊主编,广州国光书店发行。

〔12〕 毕磊(1902—1927) 笔名坚如、三石,湖南澧县人。当时为中山大学英文系学生,曾任中共广东区委学生运动委员会副书记,在广州"四一五"反共事变中被捕牺牲。

〔13〕 《少年先锋》 旬刊,中国共产主义青年团广东区委员会机关刊物,1926年9月1日创刊,李伟森等先后主编,广州国光书店发行。

〔14〕 C.P. 英语 Communist Party 的缩写,即共产党。

〔15〕 郁达夫(1896—1945) 浙江富阳人,作家,创造社主要成员之一。他在《洪水》第三卷第二十九期(1927年4月)发表《在方向转换的途中》,认为第一次国内革命战争是"中国全民众的要求解放运动","是马克斯的阶级斗争理论的实现",而"足以破坏我们目下革命运动的最大危险"是"封建时代的英雄主义"。并说:"光凭一两个英雄,来指使民众,利用民众,是万万办不到的事情。真正识时务的革命领导者,应该一步不离开民众,以民众的利害为利害,以民众的敌人为敌人,万事要听民众的指挥,要服从民众的命令才行。若有一二位英雄,以为这是迂阔之谈,那么你们且看着,且看你们个人独裁的高压政策,能够持续几何时。"《这样做》第七、八期合刊(1927年6月)发表孔圣裔的《郁达夫先生休矣》一文,攻击说:"我意料不到,万万意料不到郁达夫先生的论

调,竟是中国共产党攻击我们劳苦功高的蒋介石同志的论调,什么英雄主义,个人独裁的高压政策。""郁达夫先生!你现在做了共产党的工具,还是想跑去武汉方面升官发财,特使来托托共产党的大脚?"

〔16〕 《洪水》 创造社刊物,1924年8月20日创办于上海,初为周刊,仅出一期;1925年9月改出半月刊,1927年12月停刊。

〔17〕 《红楼梦》 长篇小说,清代曹雪芹著。通行本为一百二十回,后四十回一般认为是高鹗续作。大观园是书中人物生活的场所。

〔18〕 纪晓岚(1724—1805) 名昀,字晓岚,直隶献县(今属河北)人,清代文学家。著有笔记小说《阅微草堂笔记》(包括《滦阳消夏录》、《如是我闻》、《槐西杂志》、《姑妄听之》、《滦阳续录》五种)。他的门人盛时彦在《姑妄听之》的《跋》中,记有他批评《聊斋志异》的话:"先生(按指纪昀)尝曰,'《聊斋志异》,盛行一时,然才子之笔,非著书者之笔也……小说既述见闻,即属叙事,不比戏场关目,随意装点,……今燕昵之词,媟狎之态,细微曲折,摹绘如生,使出自言,似无此理;使出作者代言,则何从而闻见之,又所未解也。'"蒲留仙(1640—1715),名松龄,字留仙,山东淄川(今淄博)人,清代小说家。《聊斋志异》是他的一部短篇小说集。

〔19〕 纪晓岚在《阅微草堂笔记·槐西杂志》中,记了旁人所谈的一个读书人受鬼奚落的故事,末段是:"余曰:'此先生玩世之寓言耳。此语既未亲闻,又旁无闻者,岂此士人为鬼揶揄,尚肯自述耶?'先生掀髯曰:'钼魔槐下之辞,浑良夫梦中之噪,谁闻之欤!'""浑良夫梦中之噪",见《春秋左氏传》哀公十七年:"(秋,七月)卫侯梦于北宫,见人登昆吾之观,被长发北面而噪曰:'登此昆吾之虚,绵绵生之瓜。余为浑良夫,叫天无辜!'"按浑良夫原系卫臣,这年春天被卫太子所杀,所以书中说卫侯在梦中见他披发大叫。《春秋左氏传》,是一部用史实解释《春秋》的书,相传为春秋时鲁国人左丘明撰。

〔20〕 Huazaa 用拉丁字母拼写的象声词,译音似"哗嚓",形容撒钱的声音。

〔21〕 苏木汁 苏木是常绿小乔木,心材称"苏方"。苏木汁即用"苏方"制成的红色溶液,可作染料。

〔22〕 《林黛玉日记》 一部假托《红楼梦》中人物林黛玉口吻的日记体小说,喻血轮作,1918 年上海广文书局出版。

〔23〕 《板桥家书》 清代郑燮作。郑燮(1693—1765),字克柔,号板桥,江苏兴化人,文学家、书画家。他的《家书》收书信十封。另有《道情》,收《老渔翁》、《老头陀》等十首。道情,原系道士唱的歌曲,后来演变为一种民间曲调。

〔24〕 《越缦堂日记》 清代李慈铭著,1920 年商务印书馆曾经影印出版。

〔25〕 何焯(1661—1722) 字屺瞻,江苏长洲(今吴县)人,清代校勘家。康熙时官至编修,因事入狱,所藏书籍(包括他自己的著作)都被没收。康熙帝对这些书曾亲作检查,因未发现罪证,准予免罪并发还藏书。

在 钟 楼 上 [1]

——夜 记 之 二

也还是我在厦门的时候,柏生[2]从广州来,告诉我说,爱而[3]君也在那里了。大概是来寻求新的生命的罢,曾经写了一封长信给 K 委员[4],说明自己的过去和将来的志望。

"你知道有一个叫爱而的么?他写了一封长信给我,我没有看完。其实,这种文学家的样子,写长信,就是反革命的!"有一天,K 委员对柏生说。

又有一天,柏生又告诉了爱而,爱而跳起来道:

"怎么?……怎么说我是反革命的呢?!"

厦门还正是和暖的深秋,野石榴开在山中,黄的花——不知道叫什么名字——开在楼下。我在用花刚石墙包围着的楼屋里听到这小小的故事,K 委员的眉头打结的正经的脸,爱而的活泼中带着沉闷的年青的脸,便一齐在眼前出现,又仿佛如见当 K 委员的眉头打结的面前,爱而跳了起来,——我不禁从窗隙间望着远天失笑了。

但同时也记起了苏俄曾经有名的诗人,《十二个》的作者勃洛克[5]的话来:

"共产党不妨碍做诗,但于觉得自己是大作家的事却有妨碍。大作家者,是感觉自己一切创作的核心,在自己里面保持着规律的。"

共产党和诗,革命和长信,真有这样地不相容么?我想。

以上是那时的我想。这时我又想,在这里有插入几句声明的必要:

我不过说是变革和文艺之不相容,并非在暗示那时的广州政府是共产政府或委员是共产党。这些事我一点不知道。只有若干已经"正法"的人们,至今不听见有人鸣冤或冤鬼诉苦,想来一定是真的共产党罢。至于有一些,则一时虽然从一方面得了这样的谥号,但后来两方相见,杯酒言欢,就明白先前都是误解,其实是本来可以合作的。

必要已毕,于是放心回到本题。却说爱而君不久也给了我一封信,通知我已经有了工作了。信不甚长,大约还有被冤为"反革命"的余痛罢。但又发出牢骚来:一,给他坐在饭锅旁边,无聊得很;二,有一回正在按风琴,一个漠不相识的女郎来送给他一包点心,就弄得他神经过敏,以为北方女子太死板而南方女子太活泼,不禁"感慨系之矣"[6]了。

关于第一点,我在秋蚊围攻中所写的回信中置之不答。夫面前无饭锅而觉得无聊,觉得苦痛,人之常情也,现在已见饭锅,还要无聊,则明明是发了革命热。老实说,远地方在革命,不相识的人们在革命,我是的确有点高兴听的,然而——没有法子,索性老实说罢,——如果我的身边革起命来,或者我所熟识的人去革命,我就没有这么高兴听。有人说我应该拚命去革命,我自然不敢不以为然,但如叫我静静地坐下,调给我一杯罐头牛奶喝,我往往更感激。但是,倘说,你就死心塌地地从饭锅里装饭吃罢,那是不像样的;然而叫他离开饭锅去拚命,却又说不出口,因为爱而是我的极熟的熟人。于是只好袭用仙传的古法,装聋作哑,置之不问不闻之列。只对于第二点加以猛烈的教诫,大致是说他"死板"和"活泼"既然都不赞成,即等于主张女性应该不死不活,那是万分不对的。

约略一个多月之后,我抱着和爱而一类的梦,到了广州,在饭锅旁边坐下时,他早已不在那里了,也许竟并没有接到我的信。

我住的是中山大学中最中央而最高的处所,通称"大钟楼"。一月之后,听得一个戴瓜皮小帽的秘书说,才知道这是最优待的住所,非"主任"之流是不准住的。但后来我一搬出,又听说就给一位办事员住进去了,莫明其妙。不过当我住在那里的时候,总还是非主任之流即不准住的地方,所以直到知道办事员搬进去了的那一天为止,我总是常常又感激,又惭愧。

然而这优待室却并非容易居住的所在,至少的缺点,是不很能够睡觉的。一到夜间,便有十多匹——也许二十来匹罢,我不能知道确数——老鼠出现,驰骋文坛,什么都不管。只要可吃的,它就吃,并且能开盒子盖,广州中山大学里非主任之流即不准住的楼上的老鼠,仿佛也特别聪明似的,我在别地方未曾遇到过。到清晨呢,就有"工友"们大声唱歌,——我所不懂的歌。

白天来访的本省的青年,却大抵怀着非常的好意的。有几个热心于改革的,还希望我对于广州的缺点加以激烈的攻击。这热诚很使我感动，但我终于说是还未熟悉本地的情形，而且已经革命，觉得无甚可以攻击之处，轻轻地推却了。那当然要使他们很失望的，过了几天，尸一[7]君就在《新时代》上说：

"……我们中几个很不以他这句话为然，我们以为我们还有许多可骂的地方，我们正想骂骂自己，难道鲁迅先生竟看不出我们的缺点么？……"

其实呢，我的话一半是真的。我何尝不想了解广州，批评广州呢，无奈慨自被供在大钟楼上以来，工友以我为教授，学生以我为先生，广州人以我为"外江佬"，孤子特立，无从考查。而最大的阻碍则是言语。直到我离开广州的时候止，我所知道的言语，除一二三四……等数目外，只有一句凡有"外江佬"几乎无不因为特别而记住的 Hanbaran（统统）和一句凡有学习异地言语者几乎无不最容易学得而记住的骂人话 Tiu－na－ma 而已。

这两句有时也有用。那是我已经搬在白云路寓屋里的时候了，有一天，巡警捉住了一个窃取电灯的偷儿，那管屋的陈公便跟着一面骂，一面打。骂了一大套，而我从中只听懂了这两句。然而似乎已经全懂得，心里想："他所说的，大约是因为屋外的电灯几乎 Hanbaran 被他偷去，所以要 Tiu－na－ma 了。"于是就仿佛解决了一件大问题似的，即刻安心归坐，自去再编我的《唐宋传奇集》。

但究竟不知道是否真如此。私自推测是无妨的，倘若据以论广州，却未免太卤莽罢。

　　但虽只这两句,我却发见了吾师太炎先生[8]的错处了。记得先生在日本给我们讲文字学时,曾说《山海经》上"其州在尾上"的"州"是女性生殖器。这古语至今还留存在广东,读若Tiu。故Tiuhei二字,当写作"州戏",名词在前,动词在后的。我不记得他后来可曾将此说记在《新方言》里,但由今观之,则"州"乃动词,非名词也。

　　至于我说无甚可以攻击之处的话,那可的确是虚言。其实是,那时我于广州无爱憎,因而也就无欣戚,无褒贬。我抱着梦幻而来,一遇实际,便被从梦境放逐了,不过剩下些索漠。我觉得广州究竟是中国的一部分,虽然奇异的花果,特别的语言,可以淆乱游子的耳目,但实际是和我所走过的别处都差不多的。倘说中国是一幅画出的不类人间的图,则各省的图样实无不同,差异的只在所用的颜色。黄河以北的几省,是黄色和灰色画的,江浙是淡墨和淡绿,厦门是淡红和灰色,广州是深绿和深红。我那时觉得似乎其实未曾游行,所以也没有特别的骂詈之辞,要专一倾注在素馨和香蕉上。——但这也许是后来的回忆的感觉,那时其实是还没有如此分明的。

　　到后来,却有些改变了,往往斗胆说几句坏话。然而有什么用呢?在一处演讲时,我说广州的人民并无力量,所以这里可以做"革命的策源地",也可以做反革命的策源地⋯⋯当译成广东话时,我觉得这几句话似乎被删掉了。给一处做文章[9]时,我说青天白日旗插远去,信徒一定加多。但有如大乘佛教[10]一般,待到居士[11]也算佛子的时候,往往戒律荡然,不知道是佛教的弘通,还是佛教的败坏?⋯⋯然而终于没有印出，不知所往了……。

广东的花果，在"外江佬"的眼里，自然依然是奇特的。我所最爱吃的是"杨桃"，滑而脆，酸而甜，做成罐头的，完全失却了本味。汕头的一种较大，却是"三廉"[12]，不中吃了。我常常宣传杨桃的功德，吃的人大抵赞同，这是我这一年中最卓著的成绩。

在钟楼上的第二月，即戴了"教务主任"的纸冠[13]的时候，是忙碌的时期。学校大事，盖无过于补考与开课也，与别的一切学校同。于是点头开会，排时间表，发通知书，秘藏题目，分配卷子，……于是又开会，讨论，计分，发榜。工友规矩，下午五点以后是不做工的，于是一个事务员请门房帮忙，连夜贴一丈多长的榜。但到第二天的早晨，就被撕掉了，于是又写榜。于是辩论：分数多寡的辩论；及格与否的辩论；教员有无私心的辩论；优待革命青年，优待的程度，我说已优，他说未优的辩论；补救落第，我说权不在我，他说在我，我说无法，他说有法的辩论；试题的难易，我说不难，他说太难的辩论；还有因为有族人在台湾，自己也可以算作台湾人，取得优待"被压迫民族"的特权与否的辩论；还有人本无名，所以无所谓冒名顶替的玄学底辩论……。这样地一天一天的过去，而每夜是十多匹——或二十匹——老鼠的驰骋，早上是三位工友的响亮的歌声。

现在想起那时的辩论来，人是多么和有限的生命开着玩笑呵。然而那时却并无怨尤，只有一事觉得颇为变得特别：对于收到的长信渐渐有些仇视了。

这种长信，本是常常收到的，一向并不为奇。但这时竟渐嫌其长，如果看完一张，还未说出本意，便觉得烦厌。有时见熟人在旁，就托付他，请他看后告诉我信中的主旨。

"不错。'写长信，就是反革命的！'"我一面想。

我当时是否也如K委员似的眉头打结呢，未曾照镜，不得而知。仅记得即刻也自觉到我的开会和辩论的生涯，似乎难以称为"在革命"，为自便计，将前判加以修正了：

"不。'反革命'太重，应该说是'不革命'的。然而还太重。其实是，——写长信，不过是吃得太闲空罢了。"

有人说，文化之兴，须有余裕，据我在钟楼上的经验，大致是真的罢。闲人所造的文化，自然只适宜于闲人，近来有些人磨拳擦掌，大鸣不平，正是毫不足怪，——其实，便是这钟楼，也何尝不造得蹊跷。但是，四万万男女同胞，侨胞，异胞之中，有的是"饱食终日，无所用心"[14]，有的是"群居终日，言不及义"[15]。怎不造出相当的文艺来呢？只说文艺，范围小，容易些。那结论只好是这样：有余裕，未必能创作；而要创作，是必须有余裕的。故"花呀月呀"，不出于啼饥号寒者之口，而"一手奠定中国的文坛"[16]，亦为苦工猪仔所不敢望也。

我以为这一说于我倒是很好的，我已经自觉到自己久已不动笔，但这事却应该归罪于匆忙。

大约就在这时候，《新时代》上又发表了一篇《鲁迅先生往那里躲》，宋云彬[17]先生做的。文中有这样的对于我的警告：

"他到了中大，不但不曾恢复他'呐喊'的勇气，并且似乎在说'在北方时受着种种迫压,种种刺激,到这里来没有压迫和刺激,也就无话可说了'。嘻嘻!异哉!鲁迅先生竟跑出了现社会,躲向牛角尖里去了。旧社会死去的苦痛,新社会生出的苦痛,多多少放在他眼前,他竟熟视无睹!他把人生的镜子藏起来了,他把自己回复到过去时代去了。嘻嘻!异哉!鲁迅先生躲避了。"

而编辑者还很客气,用案语声明着这是对于我的好意的希望和怂恿,并非恶意的笑骂的文章。这是我很明白的,记得看见时颇为感动。因此也曾想如上文所说的那样,写一点东西,声明我虽不呐喊,却正在辩论和开会,有时一天只吃一顿饭,有时只吃一条鱼,也还未失掉了勇气。《在钟楼上》就是豫定的题目。然而一则还是因为辩论和开会,二则因为篇首引有拉狄克[18]的两句话,另外又引起了我许多杂乱的感想,很想说出,终于反而搁下了。那两句话是:

"在一个最大的社会改变的时代,文学家不能做旁观者!"

但拉狄克的话,是为了叶遂宁[19]和梭波里[20]的自杀而发的。他那一篇《无家可归的艺术家》译载在一种期刊上时,曾经使我发生过暂时的思索。我因此知道凡有革命以前的幻想或理想的革命诗人,很可有碰死在自己所讴歌希望的现实上的运命;而现实的革命倘不粉碎了这类诗人的幻想或理想,则这革命也还是布告上的空谈。但叶遂宁和梭波里是未可厚非的,他们先后给自己唱了挽歌,他们有真实。他们以自己的沉没,证明着革命的前行。他们到底并不是旁观者。

但我初到广州的时候，有时确也感到一点小康。前几年在北方，常常看见迫压党人，看见捕杀青年，到那里可都看不见了。后来才悟到这不过是"奉旨革命"的现象，然而在梦中时是委实有些舒服的。假使我早做了《在钟楼上》，文字也许不如此。无奈已经到了现在，又经过目睹"打倒反革命"的事实，纯然的那时的心情，实在无从追蹑了。现在就只好是这样罢。

＊　　　＊　　　＊

〔1〕　本篇最初发表于 1927 年 12 月 17 日上海《语丝》第四卷第一期。

〔2〕　柏生　即孙伏园(1894—1966)，浙江绍兴人。曾任北京《晨报副刊》、《京报副刊》、《语丝》的编辑。当时在厦门大学工作。

〔3〕　爱而　指李遇安，河北人，《语丝》、《莽原》的投稿者。1926年为广州中山大学职员，不久离去。

〔4〕　K 委员　指顾孟余(1888—1972)，名兆熊，字孟余，河北宛平(今属北京)人。1926 年下半年任中山大学委员会副主任委员。后曾任国民党中央执行委员会常委等职。

〔5〕　勃洛克(А.А.Блок，1880—1921)　苏联诗人。《十二个》是他 1918 年创作的反映十月革命的长诗。这里的引语，原出娜杰日达·帕夫洛维奇的《回忆勃洛克》(见《凤凰·文艺·科学与哲学论文集》第一集，1922 年莫斯科篝火出版社出版)。

〔6〕　"感慨系之矣"　语出晋代王羲之《兰亭集序》。

〔7〕　尸一　即梁式(1894—1972)，广东台山人。当时广州《国民新闻》副刊《新时代》的编辑，抗日战争时期是汪伪报纸《中华副刊》撰稿

人。这里的引文,见他所作的《鲁迅先生在茶楼上》。

〔8〕 太炎先生 章炳麟(1869—1936),号太炎,浙江余杭人,清末革命家、学者。作者留学日本时曾听他讲授《说文解字》。《新方言》是章太炎关于语言文字的著作之一,共十一卷,书末附有《岭外三州语》一卷,现收入《章氏丛书》。"其州在尾上",原语出《山海经·北山经》;章太炎对于"州"字的解释,见《新方言·释形体》。

〔9〕 指《庆祝沪宁克服的那一边》,载 1927 年 5 月 5 日《国民新闻》副刊《新出路》,现收入《集外集拾遗补编》。

〔10〕 大乘佛教 公元一、二世纪间形成的佛教宗派。大乘是对小乘而言。小乘佛教主张"自我解脱",要求苦行修炼;大乘佛教则主张"救度一切众生",强调尽人皆可成佛,一切修行应以利他为主。

〔11〕 居士 这里指在家修行的佛教徒。

〔12〕 三廉 形似杨桃而略大的水果。

〔13〕 纸冠 高长虹在《狂飙》第五期(1926 年 11 月 7 日)《1925北京出版界形势指掌图》中,曾攻击鲁迅说:"直到实际的反抗者从哭声中被迫出校后……鲁迅遂戴其纸糊的权威者的假冠入于身心交病之状况矣!"

〔14〕 "饱食终日,无所用心" 语出《论语·阳货》。

〔15〕 "群居终日,言不及义" 语出《论语·卫灵公》。

〔16〕 "一手奠定中国的文坛" 1927 年春新月书店创办时,在《开幕纪念刊》的"第一批出版新书预告"中,介绍徐志摩的诗,说他"一只手奠定了一个文坛的基础"。

〔17〕 宋云彬(1897—1979) 浙江海宁人,作家。当时任《黄埔日报》编辑。

〔18〕 拉狄克(К. Б. Радек,1885—1939) 苏联政论家。早年曾参加无产阶级革命运动,1937 年以"阴谋颠覆苏联"罪受审。他写的《无

家可归的艺术家》,刘一声译,载《中国青年》第六卷第二十、二十一期合刊(1926年12月)。

〔**19**〕 叶遂宁(C.A.Есенин,1895—1925) 通译叶赛宁,苏联诗人。他以描写宗法制度下农村田园生活的抒情诗著称,作品多流露忧郁情调,曾参加意象派文学团体。十月革命时向往革命,写过一些赞扬革命的诗如《苏维埃俄罗斯》等,但革命后陷入苦闷,终于自杀。

〔**20**〕 梭波里(А.Соболь,1888—1926) 苏联"同路人"作家。他在十月革命后曾经接近革命,但终因不满于当时现实而自杀。

辞顾颉刚教授令"候审"〔1〕

来　信

鲁迅先生：

　　顷发一挂号信，以未悉先生住址，由中山大学转奉，嗣恐先生未能接到，特探得尊寓所在，另钞一分奉览。

　　敬请大安。

颉刚敬上。十六，七，廿四。

钞　件

鲁迅先生：

　　颉刚不知以何事开罪于先生，使先生对于颉刚竟作如此强烈之攻击，未即承教，良用耿耿。前日见汉口《中央日报副刊》上，先生及谢玉生先生通信，始悉先生等所以反对颉刚者，盖欲伸党国大义，而颉刚所作之罪恶直为天地所不容，无任惶骇。诚恐此中是非，非笔墨口舌所可明了，拟于九月中回粤后提起诉讼，听候法律解决。如颉刚确有反革命之事实，虽受死刑，亦所甘心，否则先生等自当负发言之责任。务请先生及谢先生暂勿离粤，以俟开审，不胜感盼。

　　敬请大安，谢先生处并候。

　　中华民国十六年七月廿四日

回　信

颉刚先生：

　　来函谨悉，甚至于吓得绝倒矣。先生在杭盖已闻仆于八月中须离广州之讯，于是顿生妙计，命以难题。如命，则仆尚须提空囊赁屋买米，作穷打算，恭候偏何来迟，提起诉讼。不如命，则先生可指我为畏罪而逃也；而况加以照例之一传十，十传百乎哉？但我意早决，八月中仍当行，九月已在沪。江浙俱属党国所治，法律当与粤不异，且先生尚未启行，无须特别函挽听审，良不如请即就近在浙起诉，尔时仆必到杭，以负应负之责。倘其典书卖裤，居此生活费綦昂之广州，以俟月余后或将提起之诉讼，天下那易有如此十足笨伯哉！《中央日报副刊》未见；谢君[2]处恕不代达，此种小傀儡，可不做则不做而已，无他秘计也。此复，顺请

著安！

鲁迅。

＊　　　＊　　　＊

　　〔1〕　本篇在收入本书前未在报刊上发表过。

　　顾颉刚(1893—1980)，江苏吴县人，历史学家。1926年与作者同在厦门大学任教，1927年作者到广州不久，他也往中山大学任教，这年暑假出差杭州为学校购书。

　　1927年5月11日汉口《中央日报》副刊第四十八号发表编者孙伏

园的《鲁迅先生脱离广东中大》一文,其中引用谢玉生和鲁迅给编者的两封信。谢玉生信中说:"迅师本月二十号,已将中大所任各职,完全辞卸矣。中大校务委员会及学生方面,现正积极挽留,但迅师去志已坚,实无挽留之可能了。迅师此次辞职之原因,就是因顾颉刚忽然本月十八日由厦来中大担任教授的原故。顾来迅师所以要去职者,即是表示与顾不合作的意思。原顾去岁在厦大造作谣言,诬蔑迅师;迄厦大风潮发生之后,顾又背叛林语堂先生,甘为林文庆之谋臣,伙同张星烺、张颐、黄开宗等主张开除学生,以致此项学生,至今流离失所,这是迅师极伤心的事。"鲁迅信中说:"我真想不到,在厦门那么反对民党,使兼士愤愤的顾颉刚,竟到这里来做教授了,那么,这里的情形,难免要变成厦大,硬直者逐,改革者开除。而且据我看来,或者会比不上厦大,这是我所得的感觉。我已于上星期四辞去一切职务,脱离中大了。"

〔2〕 谢君 谢玉生,湖南耒阳人,作者在厦门大学和中山大学任教时的学生。

匪 笔 三 篇[1]

今之"正人君子",论事有时喜欢讲"动机"[2]。案动机,我自己知道,绍介这三篇文章是未免有些有伤忠厚的。旅资将尽,非逐食不可了,许多人已知道我将于八月中走出广州。七月末就收到了一封所谓"学者"的信,说我的文字得罪了他,"拟于九月中回粤后提起诉讼,听候法律解决"。且叫我"暂勿离粤,以俟开审"。命令被告枵腹恭候于异地,以俟自己雍容布置,慢慢开审,真是霸道得可观。第二天偶在报纸上看见飞天虎寄亚妙信,有"提防剑仔[3]"的话,不知怎地忽而欣然独笑,还想到别的两篇东西,要执绍介之劳了。这种拉扯牵连,若即若离的思想,自己也觉得近乎刻薄,——但是,由它去罢,好在"开审"时总会结帐的。

在我的估计上,这类文章的价值却并不在文人学者的名文之下。先前也曾收集,得了五六篇,后来只在北京的《平民周刊》上发表过一篇模范监狱里的一个囚人的自序[4],其余的呢,我跑出北京以后,不知怎样了,现在却还想搜集。要夸大地说起来,则此类文章,于学术上也未始无用;我记得Lombroso[5]所做的一本书——大约是《天才与狂人》,请读者恕我手头无书,不能指实——后面,就附有许多疯子的作品。然而这种金字招牌,我辈却无须挂起来。

这回姑且将现成的三篇介绍，都是从香港《循环日报》[6]上采取的。以其都不是韵文，所以取阮氏《文笔对》[7]之说，名之曰：笔。倘有好事之徒，寄我材料，无任欢迎。但此后拟不限有韵无韵，并且廓大范围，并收土匪，骗子，犯人，疯子等等的创作。但经文人润色，或拟作赝作者不收。

其实，古如陈涉帛书[8]，米巫题字[9]，近如义和团传单[10]，同善社乩笔[11]，也都是这一流。我想，凡见于古书的，也都可以抄出来编为一集，和现在的来比照，看思想手段，有什么不同。

来件想托北新书局代收，当择尤发表，——但这是我倘不忙于"以俟开审"或下了牢监的话。否则，自己的文章也就是材料，不必旁搜博采了。

闲话休题，言归正传：

一　撕票布告　　　　　潘　平

广州佛山缸瓦栏维新码头发现烂艇一艘，有水浸淹其中，用蓑衣覆盖男子尸身一具，露出手足，旁有粗碗一只，白旗一面，书明云云。由六区水警，将该尸艇移泊西医院附近。验得该尸颈旁有一枪孔，直贯其鼻，显系生前轰毙。查死者年约三十岁，乃穿短线衫裤，剪平头装者。

南海紫洞潘平布告。

为布告事：昨四月念六日，在禄步共掳得乡人十余名，困留月余，并望赎音。兹提出禄步笋洞沙乡，姓许名进洪一名,枪毙示众,以儆其余。四方君子,特字周知,切勿视财如命! 此布。 （据七月十三日《循环报》。）

　　二　致信女某书　　　　　　　金吊桶

　　广西梧州洞天酒店相命家金吊桶,原名黄卓生,新会人,日前有行骗陈社恩,黄心,黄作梁夫妇银钱单据,为警备司令部将其捕获,又搜获一封固之信,内空白信笺一张,以火烘之,发现字迹如下:

今日民国十六年五月二十九日,吕纯阳先师下降,查明汝信女系广西人。汝今生为人,心善清洁,今天上玉皇赐横财四千五百两银过你,汝信享福养儿育女。但此财分作八回中足,今年七月尾只中白鸽票七百五十元左右。老来结局有个子,第三位有官星发达,有官太做。但汝终身要派大三房妾伴,不能坐正位。今生条命极好。汝前世犯了白虎五鬼天狗星,若想得横财旺子,要用六元六毫交与金吊桶先生代汝解除,方得平安无事。若不信解除,汝条命得来十分无夫福无子福,有子死子,有夫死夫。但见字要求先生共汝解去此凶星为要可也。汝想得财得子者,为夫福者,有夫权者,要求先生共汝行礼,交合阴阳一二回,方可平安。如有不顺从先生者,汝条命冇好处,无安乐也。…… （据七月二十六日《循环报》。）

　　三　诘妙嫦书　　　　　　　飞天虎

香港永乐街如意茶楼女招待妙嫦,年仅双十,寓永吉街三十号二楼。七月二十九日晚十一时许,散工之后,偕同女侍三数人归家,道经大道中永吉街口,遇大汉三四人,要截于途,诘妙嫦曰:汝其为妙玲乎？嫦不敢答,闪避而行。讵大汉不使去,逞凶殴之,凡两拳,且曰:汝虽不语,固认识汝之面目者也！嫦被殴,大哭不已,归家后,以为大汉等所殴者为妙玲,故尚自怨无辜被辱,不料翌早复接恐吓信一通,按址由邮局投至,遂知昨晚之被殴,确为寻己,乃将事密报侦探,并告以所疑之人,务使就捕雪恨云。

亚妙女招待看！启者:久在如意茶楼,用诸多好言,殴辱我兄弟,及用滚水来陆之兄弟,灵端相劝,置之不理,与续大发雌雄,反口相齿,亦所谓恶不甚言矣。昨晚在此二人殴打已捶,亦非介意,不过小小之用。刻下限你一星期内答复,妥讲此事,若有无答复,早夜出入,提防剑仔,决列对待,及难保性命之虞,勿怪书不在先,至于死地之险也。诸多未及,难解了言,顺候,此询危险。七月初一晚,卅六友飞天虎谨。　　（据八月一日《循环报》。）

* * *

〔1〕 本篇最初发表于 1927 年 9 月 10 日北京《语丝》第一四八期。

〔2〕 "动机" 陈源的话,见《现代评论》第三卷第四十八期(1925 年 11 月 7 日)的《闲话》:"一件艺术品的产生,除了纯粹的创造冲动,是不是常常还夹杂别种动机？是不是应当夹杂着别种不纯的动机？"

〔3〕 剑仔 广州话:匕首。

〔4〕 《平民周刊》 即《民众文艺》,北京《京报》附出的周刊,1924年12月9日创刊。鲁迅曾为该刊撰稿,并校阅过自创刊号至第十六号中的一些稿件。一个囚人的自序,即《一个"罪犯"的自述》,该文曾由鲁迅加上按语,发表于《民众文艺》第二十期(1925年5月5日),后收入《集外集拾遗》。

〔5〕 Lombroso 龙勃罗梭(1836—1909),意大利精神病学者,刑事人类学派的代表。他认为"犯罪"是自有人类以来长期遗传的结果,提出"先天犯罪"说,主张对"先天犯罪"者采取死刑、终身隔离、消除生殖机能等以"保卫社会"。著有《天才论》、《犯罪者论》等。他的学说曾被德国法西斯采用。

〔6〕 《循环日报》 香港出版的中文报纸,1874年1月由王韬创办,约于1947年停刊。

〔7〕 《文笔对》 清代阮福为回答他父亲阮元的提问而作。它"综合六朝唐人之所谓文所谓笔与宋明之说不同而见于书史者,不分年代类列之,以明其体"。阮福认为:"有情辞声韵者为文","直言无文采者为笔"。这篇文章收入他所编的《文笔考》,又见阮元的《揅经室三集·学海堂文笔策问》)。

〔8〕 陈涉帛书 陈涉(?—前208),名胜,字涉,阳城(今河南登封东南)人,秦末农民起义领袖。秦二世元年(前209),他和吴广被派戍守渔阳,走到蕲县大泽乡(今安徽宿县东南),因雨误期,按秦代法律将被斩首,遂揭竿起义。据《史记·陈涉世家》,起义前夕,"乃丹书帛曰:陈胜王。置人所罾鱼腹中"。

〔9〕 米巫题字 据《后汉书·刘焉传》,东汉张陵于"顺帝时客于蜀,学道鹤鸣山中,造作符书,以惑百姓。受其道者辄出米五斗,故谓之'米贼'"。后来,张陵被尊为"张天师",并奉为道教的创始人,他的道徒

与巫觋一样,都以符箓为术。符箓,是在纸或布上画的似字非字的图形,他们用以"祭祷"、"治病"和"驱使鬼神"。

〔10〕 义和团传单 义和团在一些宣言和传单中,借用神灵、符咒来号召群众,如"口头咒语学真言,升黄表,焚香烟,请来各等众神仙。神出洞,仙下山,扶助人间把拳玩。兵法易,助学拳,要揍鬼子不费难。"(见《拳匪纪事》)

〔11〕 同善社 封建迷信的道门组织。乩笔,扶乩的人假托鬼神降临,由二人扶丁字形木架用下垂的木锥在沙盘上画出的"文字"。内容是与人唱和、示人吉凶,或为病人开具药方等等。

某 笔 两 篇[1]

昨天又得幸逢了两种奇特的广告,仍敢执绍介之劳。标点是我所加的,以醒眉目。该称什么笔呢,想了两天两夜,没有好结果。姑且称为"某笔",以俟博雅君子教正。这回的"动机"比较地近于纯正,除希望"有目共赏"外,似乎并不含有其他的副作用了。但又发生了一种妄想。记得前清时,曾有一种专选各种报上较好的论说的,叫作《选报》[2]。现在如有好事之徒,也还可以办这一类的刊物。每省须有访员数人,专收该地报上奇特的社论,记事,文艺,广告等等,汇刊成册,公之于世。则其显示各种"社会相"也,一定比游记之类要深切得多。不知 CF 男士[3]以为何如? 一九二七年九月二十二日午饭之前。

其 一

熊仲卿 榜名文蔚。历任民国县长,所长,处长,局长,厅长。通儒,显宦,兼作良医,尤擅女科。住本港跑马地黄泥涌道门牌五十五号一楼中医熊寓,每日下午应诊及出诊。电话总局五二七零。

（右一则见九月二十一日香港《循环日报》。）

谨案：以吾所闻，向来或称世医，以其数代为医也；或称儒医，以其曾做八股也；或称官医，以其亦为官家所雇也；或称御医，以其曾经走进(?)太医院[4]也。若夫"县长，所长，处长，局长，厅长。通儒，显宦"，而又"兼作良医"，则诚旷古未有者矣。而五"长"做全，尤为难得云。

其 二

征求父母广告 余现已授中等教育有年，品行端正，纯无嗜好。因不幸父母相继逝世，余独取家资，来学广州。自思自觉单身儿子，有非常之寂寞。于是自愿甘心为人儿子。并自愿倾家产而从四方人事而无儿子者。有相当之家庭，且欲儿子者，请来函报告(家庭状况经济地位若何)，并写明通讯地址。俟我回复，方接洽面商。阅报诸君而能介绍我好事成功者，应以百金敬酬。不成功者，当有谢谢。申一〇六

通讯处 广东省立第一中学校余希成具。

（右一则见同日广州《民国日报》。）

谨案：我辈生当浇漓之世，于"征求伴侣"等类广告，早经司空见惯，不以为奇。昔读茅泮林所辑《古孝子传》[5]，见有三男皆无母，乃共迎养一不相干之老妪，当作母亲一事，颇以为奇。然那时孝廉方正[6]，可以做官，故尚能疑为别有作用也。而此广告则挟家资以求亲，悬百金而待荐，雒诵之余，乌能不欣人心之复返于淳古，表而出之，以为留心世道者告，而为打爹骂娘者劝哉？特未知阅报诸君，可知广州有欲儿子者否？要知道倘为介绍，即使好事

不成,亦有"谢谢"者也。

*　　　　*　　　　*

〔1〕　本篇最初发表于 1927 年 11 月 26 日《语丝》第一五六期。

〔2〕　《选报》　1902 年(清光绪二十八年)在上海出版的一种杂志。

〔3〕　CF 男士　指李小峰(1897—1971),江苏江阴人,当时北新书局主持人。该书局出版的非洲须莱纳尔(Olive Schreiner)所著《梦》的中译本,译者张近芬署名为 CF 女士。这里是对李小峰的戏称。

〔4〕　太医院　宫廷医疗机构。

〔5〕　《古孝子传》　清代茅泮林从类书中辑录刘向、萧广济、王歆、王韶之、周景式、师觉授、宋躬、虞盘佑、郑缉等已散佚的《孝子传》成书。这里引述的事,见该书《五郡孝子》篇。"三男"应是"五男"。

〔6〕　孝廉方正　汉代选拔官吏,有孝廉和贤良方正的科目,由地方向朝廷荐举"孝子"、"直言极谏者",中选的授予官职。清代合孝廉和贤良方正为孝廉方正科。

述香港恭祝圣诞^[1]

记者先生：

　　文宣王大成至圣先师^[2]孔夫子圣诞，香港恭祝，向称极盛。盖北方仅得东邻^[3]鼓吹，此地则有港督督率，实事求是，教导有方。侨胞亦知崇拜本国至圣，保存东方文明，故能发扬光大，盛极一时也。今年圣诞，尤为热闹，文人雅士，则在陶园雅集，即席挥毫，表示国粹。各学校皆行祝圣礼，往往欢迎各界参观，夜间或演新剧，或演电影，以助圣兴。超然学校每年祝圣，例有新式对联，贴于门口，而今年所制，尤为高超。今敬谨录呈，乞昭示内地，以愧意欲打倒帝国主义者：

　　　　乾　男校门联

　　本鲁史，作《春秋》，罪齐田恒，^[4]地义天经，打倒贼子乱臣，免得赤化宣传，讨父仇孝，共产公妻，破坏纲常伦纪。

　　堕三都，出藏甲，^[5]诛少正卯，^[6]风行雷厉，铲除贪官悍吏，训练青年德育，修身齐家，爱亲敬长，挽回世道人心。

　　　　坤　女校门联

　　母凭子贵，妻藉夫荣，方今祝圣诚心，正宜遵懔三从，岂可开口自由，埋口自由，一味误会自由，趋附潮流成水性。

男禀乾刚,女占坤顺,[7]此际尊孔主义,切勿反违四德,动说冇乜所谓,冇乜所谓,至则不知所谓,随同社会出风头。

埋犹言合,乜犹言何,冇犹言无,盖女子小人,不知雅训,故用俗字耳。舆论之类,琳琅尤多,今仅将载于《循环日报》者录出一篇,以见大概:

孔 诞 祝 圣 言 感 　　　佩 蘅

金风送爽。凉露惊秋。转瞬而孔诞时期届矣。迩来圣教衰落。邪说嚣张。礼孔之举。惟港中人士。犹相沿奉行。至若内地。大多数不甚注意。盖自新学说出。而旧道德日即于沦亡。自新人物出。而古圣贤胥归于淘汰。一般学子。崇持列宁马克思种种谬说。不惜举二千年来炳若日星之圣教。摧陷而廓清之。其诋人也。不曰腐化即曰老朽。实则若曹少不更事。卤莽灭裂。不惜假新学说以便其私图。而古人之大义微言。俨如肉中刺。眼中钉。必欲拔除之而后快。孔子且在于打倒之列。更何有孔诞之可言。呜呼。长此以往。势不至等人道于禽兽不止。何幸此海隅之地。古风未泯。经教犹存。当此祝圣时期。济济跄跄一时称盛耶。虽然。吾人祝圣。特为此形式上之纪念耳。尤当注重孔教之精神。孔教重伦理。重实行。所谓齐家治国平天下。由近及远。由内及外。皆有轨道之可循。天不变道亦不变。自有确凿之理

由在。虽暴民嚣张。摧残圣教。然浮云之翳。何伤日月
之明。吾人当蒙泉剥果[8]之余。伤今思古。首当发挥
大义。羽翼微言。子舆氏谓能言距杨墨[9]者。圣人之
徒。生今之世。群言淆乱。异说争鸣。众口铄金。积非
成是。与圣教为难者。向只杨墨。就贵词而辟之。为吾
道作干城。树中流之砥柱。若乎张皇耳目。涂饰仪文。
以敷衍为心。作例行之举。则非吾所望于祝圣诸公也。
感而书之如此。

香港孔圣会则于是日在太平戏院日夜演大尧天班。其广告
云：

祝大成之圣节，乐奏钧天，彰正教于人群，欢腾大地。
我国数千年来，崇奉孔教，诚以圣道足以维持风化，挽救
人心者也。本会定期本月廿七日演大尧天班。是日演
《加官大送子》，《游龙戏凤》。夜通宵先演《六国大封相》
及《风流皇后》新剧。查《风流皇后》一剧，情节新奇，结构
巧妙。惟此剧非演通宵，不能结局，故是晚经港政府给发
数特别执照。演至通宵。……预日沽票处在荷李活道中
华书院孔圣会办事所。

丁卯年八月廿四日，　　　　　香港孔圣会谨启。

《风流皇后》之名，虽欠雅驯，然"子见南子"[10]，《论语》不讳，
惟此"海隅之地，古风未泯"者，能知此意耳。余如各种电影，
亦复美不胜收，新戏院则演《济公传》四集，预告者尚有《齐天
大圣大闹天宫》，新世界有《武松杀嫂》，全系国粹，足以发扬国
光。皇后戏院之《假面新娘》虽出邻邦，然观其广告云："孔子

有言,'始吾于人也,听其言而信其行,今吾于人也,听其言而观其行,于予与改是。'请君今日来看《假面新娘》以证孔子之言,然后知圣人一言而为天下法,所以不愧称为万世师表也。"则固亦有裨圣教者耳。

嗟夫!乘桴浮海[11],曾闻至圣之微言,崇正辟邪,幸有大英之德政。爱国劬古之士,当亦必额手遥庆,恨不得受一廛而为氓[12]也。专此布达,即颂　　辑祺。

　　　　　　　圣诞后一日,华约瑟谨启。

＊　　　　＊　　　　＊

　　〔1〕　本篇最初发表于 1927 年 11 月 26 日《语丝》第一五六期,发表时用致编者信的形式,刊于"来函照登"栏内,题目为作者编入本书时所加。

　　〔2〕　文宣王大成至圣先师　这是封建帝王加给孔子的谥号。唐开元二十七年(739)加谥孔子为文宣王;后来宋元明各朝都有加谥,清顺治二年(1645)又加谥为"大成至圣文宣先师"。

　　〔3〕　东邻　指日本。日本明治维新以后,有些人曾组织"斯文会",尊奉儒教。

　　〔4〕　《春秋》　编年体春秋史,相传系孔子依据鲁国史官所编《春秋》改订而成。罪齐田恒,据《春秋左氏传》哀公十四年记载:"齐陈恒弑其君壬于舒州,孔丘三日齐(斋),而请伐齐三。"陈恒,即田恒。他于公元前四八五年杀了齐简公(即壬),孔子认为他是乱臣贼子,所以迫切要求鲁哀公出兵讨伐。

　　〔5〕　堕三都,出藏甲　据《史记·孔子世家》记载,孔子做鲁司寇时,见孟孙、叔孙和季孙三家掌握实权,自建都城,俨如一个国家,便向

鲁定公进言:要使"臣无藏甲,大夫无百雉之城",并"使仲由(即孔子的学生子路)为季氏宰,将堕三都"。结果堕毁了叔孙氏的郈都和季孙氏的费都。

〔6〕 诛少正卯 据《史记·孔子世家》记载,鲁定公十四年(前497)孔子在鲁"由大司寇行摄相事……于是诛鲁大夫乱政者少正卯"。

〔7〕 男禀乾刚,女占坤顺 《周易·系辞》:"乾道成男,坤道成女。"同书《说卦》又说:"乾,健也;坤,顺也。"

〔8〕 蒙泉剥果 蒙、剥,是《周易》中的两个卦名;泉和果是解释这两个卦使用的比喻。蒙泉剥果,大意是指人们愚昧,世道衰微。

〔9〕 子舆氏 即孟子。这里所引他的话,见《孟子·滕文公(下)》:"能言距杨墨者,圣人之徒也。"杨墨,指杨朱和墨翟。

〔10〕 "子见南子" 见《论语·雍也》:"子见南子,子路不说(悦)。夫子矢之曰:'予所否者,天厌之!天厌之!'"南子,春秋时卫灵公夫人。

〔11〕 乘桴浮海 语出《论语·公冶长》:"子曰:'道不行,乘桴浮于海。'"桴,竹木编的小筏。

〔12〕 受一廛而为氓 语出《孟子·滕文公(上)》:"远方之人闻君行仁政,愿受一廛而为氓。"廛,古代城市平民住宅区。氓,居民。

吊　与　贺^[1]

《语丝》在北京被禁之后,一个相识者寄给我一块剪下的报章,是十一月八日的北京《民国晚报》的《华灯》栏,内容是这样的:

吊　丧　文　　　　　　孔伯尼

顷闻友云:"《语丝》已停",其果然欤? 查《语丝》问世,三年于斯,素无余润,常经风波。以久特闻,迄未少衰焉。方期益臻坚壮,岂意中道而崩?"闲话"失慎,"随感"伤风欤? 抑有他故耶? 岂明^[2]老人再不兴风作浪,叛徒首领^[3]无从发令施威;忠臣孝子,或可少申余愤;义士仁人,大宜下井投石。"语丝派"已亡,众怒少息,"拥旗党"^[4]犹在,五色何忧? 从此狂澜平静,邪说奸绝。有关风化,良匪浅鲜! 则《语丝》之停也,岂不懿欤? 所惜者余孽未尽,祸根犹存,复萌故态,诚堪预防! 自宜除恶务尽,何容姑息养奸? 兴仁义师,招抚并用;设文字狱,赏罚分明。打倒异端,惩办祸首;以安民心,而属众望。岂惟功垂不朽;曷止德及黎庶? 抑亦国旗为荣耶? 效《狂飙》^[5]之往例,草《语丝》之哀辞,当仁不让,舍我其谁? 朝野君子,乞勿忽之。

未废标点,已禁语体之秋,阳历晦日,杏坛上。

先前没有想到,这回却记得起来了。去年我在厦门岛上时,也有一个朋友剪寄我一片报章,是北京的《每日评论》,日子是"丙寅年十二月二十……",阳历的日子被剪掉了。内容是这一篇:

挽 狂 飙　　　　燕 生[6]

不料我刚作了《读狂飙》一文之后,《狂飙》疾终于上海正寝的讣闻随着就送到了。本来《狂飙》的不会长命百岁,是我们早已料到的,但它夭折的这样快,却确乎"出人意表之外"。尤其是当这与"思想界的权威者"[7]正在宣战的时候,而突然得到如此的结果,多心的人也许会猜疑到权威者的反攻战略上面,"这话当然不确","不过"自由批评家所走不到的光华书局,"思想界的权威"也许竟能走得到了,于是乎《狂飙》乃停,于是乎《狂飙》乃不得不停。

但当今之世,权威亦多矣,《狂飙》所得罪者不知是南方之强欤?北方之强欤?抑……欤?

思想家究竟不如武人爽快,《狂飙》虽停,而长虹[8]终于能安然走到北京,这个,我们倒要向长虹道贺。

呜呼!回想非宗教大同盟[9]轰轰烈烈之际,则有五教授慨然署名于拥护思想自由之宣言,曾几何时,而自由批评已成为反动者唯一之口号矣。自由乎!自由乎!其随线装书以入于毛厕坑中乎!嘻嘻!咄咄!

　　《语丝》本来并非选定了几个人,加以恭维或攻击或诅咒之后,便将作者和刊物的荣枯存灭,都推在这几个人的身上的出版物。但这回的禁终于燕京北寝的讣闻,却"也许"不"会猜疑到权威者的反攻战略上面"去了罢。诚然,我亦觉得"思想家究竟不如武人爽快"也!

　　但是,这个,我倒要向燕生和五色国旗道贺。

十二月四日,于上海正寝。

＊　　　　＊　　　　＊

　　〔1〕　本篇最初发表于1927年12月31日《语丝》第四卷第三期。

　　〔2〕　岂明　即周作人(1885—1967),浙江绍兴人,《语丝》的编者和主要撰稿人之一,抗日战争时期担任伪职。

　　〔3〕　叛徒首领　指鲁迅。1925年9月4日《莽原》周刊第二十期载有霉江致鲁迅的信,其中有"青年叛徒领导者"的话,陈西滢在1926年1月30日《晨报副刊》发表《致志摩》讥讽这一说法,说鲁迅不配作"青年叛徒的首领"。

　　〔4〕　"拥旗党"　指国家主义派。他们拥护北洋军阀,反对革命,曾发起保护五色旗的"护旗运动"。五色,指五色旗,1911年至1927年中华民国的国旗,用红、黄、蓝、白、黑五色横列组成。

　　〔5〕　《狂飙》　文学周刊,狂飙社的高长虹等人编辑。1926年10月在上海创刊,1927年1月出至第十七期停刊。光华书局出版。

　　〔6〕　燕生　常燕生(1898—1947),名乃德,山西榆次人,国家主义派成员。曾参加过狂飙社。

　　〔7〕　"思想界的权威者"　1925年8月4日北京《民报》分别在《京报》、《晨报》刊登发刊广告,内称"特约中国思想界之权威者鲁迅

……诸先生随时为副刊撰著"。后来有些人就引用这一说法来讽刺鲁迅。

〔8〕 长虹 高长虹(1898—约1956),山西盂县人,狂飙社主要成员。他曾经一度和鲁迅接近,鲁迅离京到厦门后,他在上海利用《狂飙》周刊对鲁迅肆意进行攻击和诽谤。

〔9〕 非宗教大同盟 1922年初,世界基督教学生同盟曾决定在北京召开第十一次大会,引起中国一部分知识分子的强烈反对,上海、北京等地成立"非基督教学生同盟"。它在中国社会主义青年团的领导下,于1922年3月15日在上海《先驱》半月刊上发表宣言、通电和章程,并在群众中散发传单,组织讲演会,反对帝国主义利用基督教对中国进行文化侵略。当时北京大学周作人、钱玄同、沈士远等五教授反对"同盟"的意见,在同年3月31日《晨报》发表《主张信教自由者的宣言》,认为"人们的信仰,应当有绝对的自由,不受任何人的干涉"。

一 九 二 八 年

"醉眼"中的朦胧[1]

旧历和新历的今年似乎于上海的文艺家们特别有着刺激力,接连的两个新正一过,期刊便纷纷而出了。他们大抵将全力用尽在伟大或尊严的名目上,不惜将内容压杀。连产生了不止一年的刊物,也显出拚命的挣扎和突变来。作者呢,有几个是初见的名字,有许多却还是看熟的,虽然有时觉得有些生疏,但那是因为停笔了一年半载的缘故。他们先前在做什么,为什么今年一齐动笔了? 说起来怕话长。要而言之,就因为先前可以不动笔,现在却只好来动笔,仍如旧日的无聊的文人,文人的无聊一模一样。这是有意识或无意识地,大家都有些自觉的,所以总要向读者声明"将来":不是"出国","进研究室",便是"取得民众"。功业不在目前,一旦回国,出室,得民之后,那可是非同小可了。自然,倘有远识的人,小心的人,怕事的人,投机的人,最好是此刻豫致"革命的敬礼"。一到将来,就要"悔之晚矣"了。

然而各种刊物,无论措辞怎样不同,都有一个共通之点,就是:有些朦胧。这朦胧的发祥地,由我看来,——虽然是冯乃超的所谓"醉眼陶然"[2]——也还在那有人爱,也有人憎的官僚和军阀。和他们已有瓜葛，或想有瓜葛的，笔下便往往笑迷迷，向大家表示和气，然而有远见，梦中又害怕铁锤和镰刀，因此也不敢分明恭维现在的主子，于是在这里留着一点朦胧。和他们瓜葛已断，或则并无瓜葛，走向大众去的，本可以毫无顾忌地说话了，但笔下即使雄纠纠，对大家显英雄，会忘却了他们的指挥刀的傻子是究竟不多的，这里也就留着一点朦胧。于是想要朦胧而终于透漏色彩的，想显色彩而终于不免朦胧的，便都在同地同时出现了。

其实朦胧也不关怎样紧要。便在最革命的国度里，文艺方面也何尝不带些朦胧。然而革命者决不怕批判自己，他知道得很清楚，他们敢于明言。惟有中国特别，知道跟着人称托尔斯泰为"卑汙的说教人"[3]了，而对于中国"目前的情状"，却只觉得在"事实上，社会各方面亦正受着乌云密布的势力的支配"[4]，连他的"剥去政府的暴力，裁判行政的喜剧的假面"的勇气的几分之一也没有；知道人道主义不彻底了，但当"杀人如草不闻声"[5]的时候，连人道主义式的抗争也没有。剥去和抗争，也不过是"咬文嚼字"，并非"直接行动"。[6]我并不希望做文章的人去直接行动，我知道做文章的人是大概只能做文章的。

可惜略迟了一点，创造社前年招股本，去年请律师，[7]今年才揭起"革命文学"的旗子，复活的批评家成仿吾总算离开守护"艺术之宫"的职掌，[8]要去"获得大众"，并且给革命文学家"保障最后的胜利"[9]了。这飞跃也可以说是必然的。弄文艺的人们大抵敏感，时时也感到，而且防着自己的没落，如漂浮在大海里一般,拚命向各处抓攫。二十世纪以来的表现主义[10],踏踏主义[11],什么什么主义的此兴彼衰,便是这透露的消息。现在则已是大时代,动摇的时代,转换的时代,中国以外,阶级的对立大抵已经十分锐利化,农工大众日日显得着重,倘要将自己从没落救出,当然应该向他们去了。何况"呜呼! 小资产阶级原有两个灵魂。……"虽然也可以向资产阶级去,但也能够向无产阶级去的呢。

这类事情,中国还在萌芽,所以见得新奇,须做《从文学革命到革命文学》那样的大题目,但在工业发达,贫富悬隔的国度里,却已是平常的事情。或者因为看准了将来的天下,是劳动者的天下,跑过去了;或者因为倘帮强者,宁帮弱者,跑过去了;或者两样都有,错综地作用着,跑过去了。也可以说,或者因为恐怖,或者因为良心。成仿吾教人克服小资产阶级根性,拉"大众"来作"给与"和"维持"的材料,文章完了,却正留下一个不小的问题:

倘若难于"保障最后的胜利",你去不去呢?

这实在还不如在成仿吾的祝贺之下,也从今年产生的《文化批判》上的李初梨的文章[12],索性主张无产阶级文学,但无须无产者自己来写;无论出身是什么阶级,无论所处是什么环境,只要"以无产阶级的意识,产生出来的一种的斗争的文学"就是,直截爽快得多了。但他一看见"以趣味为中心"的可恶的"语丝派"的人名就不免曲折,仍旧"要问甘人君,鲁迅是第几阶级的人?"[13]

我的阶级已由成仿吾判定:"他们所矜持的是'闲暇,闲暇,第三个闲暇';他们是代表着有闲的资产阶级,或者睡在鼓里的小资产阶级。……如果北京的乌烟瘴气不用十万两无烟火药炸开的时候,他们也许永远这样过活的罢。"[14]

我们的批判者才将创造社的功业写出,加以"否定的否定",要去"获得大众"的时候,[15]便已梦想"十万两无烟火药",并且似乎要将我挤进"资产阶级"去(因为"有闲就是有钱"云),我倒颇也觉得危险了。后来看见李初梨说:"我以为一个作家,不管他是第一第二……第百第千阶级的人,他都可以参加无产阶级文学运动;不过我们先要审察他们的动机。……"[16]这才有些放心,但可虑的是对于我仍然要问阶级。"有闲便是有钱";倘使无钱,该是第四阶级[17],可以"参加无产阶级文学运动"了罢,但我知道那时又要问"动机"。总之,最要紧是"获得无产阶级的阶级意识",——这回可不能只是"获得大众"便算完事了。横竖缠不清,最好还是让李初梨去"由艺术的武器到武器的艺术"[18],让成仿吾去坐在半租界里积蓄"十万两无烟火药",我自己是照旧讲"趣味"。

那成仿吾的"闲暇,闲暇,第三个闲暇"的切齿之声,在我是觉得有趣的。因为我记得曾有人批评我的小说,说是"第一个是冷静,第二个是冷静,第三个还是冷静",[19]"冷静"并不算好批判,但不知怎地竟像一板斧劈着了这位革命的批评家的记忆中枢[20]似的,从此"闲暇"也有三个了。倘有四个,连《小说旧闻钞》也不写,或者只有两个,见得比较地忙,也许可以不至于被"奥伏赫变"[21]("除掉"的意思,Aufheben 的创造派的译音,但我不解何以要译得这么难写,在第四阶级,一定比照描一个原文难）罢，所可惜的是偏偏是三个。但先前所定的不"努力表现自己"之罪[22]，大约总该也和成仿吾的"否定的否定"，一同勾消了。

创造派"为革命而文学"，所以仍旧要文学，文学是现在最紧要的一点，因为将"由艺术的武器，到武器的艺术"，一到"武器的艺术"的时候，便正如"由批判的武器，到用武器的批判"[23]的时候一般，世界上有先例，"徘徊者变成同意者，反对者变成徘徊者"[24]了。

但即刻又有一点不小的问题：为什么不就到"武器的艺术"呢？

这也很像"有产者差来的苏秦的游说"[25]。但当现在"无产者未曾从有产者意识解放以前"[26]，这问题是总须起来的，不尽是资产阶级的退兵或反攻的毒计。因为这极彻底而勇猛的主张，同时即含有可疑的萌芽了。那解答只好是这样：

因为那边正有"武器的艺术"，所以这边只能"艺术的武器"。

这艺术的武器，实在不过是不得已，是从无抵抗的幻影脱出，坠入纸战斗的新梦里去了。但革命的艺术家，也只能以此维持自己的勇气，他只能这样。倘他牺牲了他的艺术，去使理论成为事实，就要怕不成其为革命的艺术家。因此必然的应该坐在无产阶级的阵营中，等待"武器的铁和火"出现。这出现之际，同时拿出"武器的艺术"来。倘那时铁和火的革命者已有一个"闲暇"，能静听他们自叙的功勋，那也就成为一样的战士了。最后的胜利。然而文艺是还是批判不清的,因为社会有许多层,有先进国的史实在;要取目前的例,则《文化批判》已经拖住 Upton Sinclair[27],《创造月刊》也背了 Vigny 在"开步走"[28]了。

倘使那时不说"不革命便是反革命",革命的迟滞是"语丝派"之所为,给人家扫地也还可以得到半块面包吃,我便将于八时间工作之暇,坐在黑房里,续钞我的《小说旧闻钞》,有几国的文艺也还是要谈的,因为我喜欢。所怕的只是成仿吾们真像符拉特弥尔·伊力支[29]一般,居然"获得大众";那么,他们大约更要飞跃又飞跃,连我也会升到贵族或皇帝阶级里,至少也总得充军到北极圈内去了。译著的书都禁止,自然不待言。

不远总有一个大时代要到来。现在创造派的革命文学家和无产阶级作家虽然不得已而玩着"艺术的武器",而有着"武器的艺术"的非革命武学家也玩起这玩意儿来了,有几种笑迷迷的期刊[30]便是这。他们自己也不大相信手里的"武器的艺术"了罢。那么,这一种最高的艺术——"武器的艺术"现在究竟落在谁的手里了呢?只要寻得到,便知道中国的最近的将来。

二月二十三日,上海。

*　　*　　*

〔1〕 本篇最初发表于 1928 年 3 月 12 日《语丝》第四卷第十一期。

本篇是鲁迅针对 1928 年初创造社、太阳社对他的批评而写的。当时创造社等的批评和鲁迅的反驳,曾在革命文学阵营内部形成了一次以革命文学问题为中心的论争。这次论争扩大了革命文学运动的影响,促进了文化界对革命文学问题的注意。但创造社、太阳社的某些成员,在试图运用马克思主义原理于中国革命的实际和文艺领域时,出现过严重的主观主义和宗派主义的倾向,对鲁迅作了错误的分析,对他采取了排斥以至无原则的攻击的态度。后来他们改变了排斥鲁迅的立场,与鲁迅共同组织中国左翼作家联盟。

〔2〕 冯乃超(1901—1983) 广东南海人,诗人、文学评论家,后期创造社成员。"醉眼陶然",见他在《文化批判》创刊号(1928 年 1 月)发表的《艺术与社会生活》:"鲁迅这位老生——若许我用文学的表现——是常从幽暗的酒家的楼头,醉眼陶然地眺望窗外的人生。世人称许他的好处,只是圆熟的手法一点,然而,他不常追怀过去的昔日,追悼没落的封建情绪,结局他反映的只是社会变革期中的落伍者的悲哀,无聊赖地跟他弟弟说几句人道主义的美丽的说话。隐遁主义! 好在他不效 L. Tolstoy 变作卑污的说教人。"

〔3〕 托尔斯泰(Л. Н. Толстой, 1828—1910) 俄国作家。著有长篇小说《战争与和平》、《安娜·卡列尼娜》、《复活》等。冯乃超在《艺术与社会生活》中曾引用列宁在《列甫·托尔斯泰是俄国革命的镜子》中的一段话:"托尔斯泰一方面毫无忌惮地批判资本主义的榨取,剥去政府的暴力,裁判与行政的喜剧的假面,暴露着国富的增大,文化的结果与贫困的增大,劳动大众的痛苦间的矛盾;他方面很愚蠢地劝人不要以暴力反抗罪恶。一方面站在最觉悟的现实主义上,剥去一切的假面;他方面却靦颜做世界最卑污的事——宗教的说教人。"按译文与现在通行的版本不完全相同。

〔4〕 这是冯乃超在《艺术与社会生活》中的话:"自从北伐军进出

扬子江以来,中国国民革命的一特征,就是大众的政治运动的炽烈化,然而,观察目前的情状,革命的势力在表面上似呈一种停顿的样子,而事实上,社会的各方面亦正受着乌云密布的势力的支配。"

〔5〕 "杀人如草不闻声" 语出明代沈明臣作《铙歌十章·凯歌》:"狭巷短兵相接处,杀人如草不闻声。"原是歌颂战功的,这里用以指国民党当局屠杀共产党人和革命群众的罪行。

〔6〕 见《文化批判》第二号(1928年2月)李初梨《怎样地建设革命文学》:"我们知道,社会上,一定有一些常识的煽动家,向我们发出嘲笑,他们说:你们既口口声声在革命,何以不去直接行动,却来弄这样咬文嚼字的文学?我们要看出他们的奸诈来;这是他们的退兵计;有产者差来的苏秦的游说。"

〔7〕 创造社前年招股本去年请律师 1926年,创造社曾发出招股简章,筹集办社资金。1927年聘请刘世芳为该社律师。后来,当创造社受到当局压迫时,刘世芳曾代表创造社及其出版部登报声明"本社纯系新文艺的集合,本出版部亦纯系发行文艺书报的机关,与任何政治团体从未发生任何关系","此后如有诬毁本社及本出版部者决依法起诉以受法律之正当保障"。(见1928年6月15日上海《新闻报》)

〔8〕 创造社成立初期,成仿吾主张文学"是出自内心的要求,原不必有什么预定的目的",追求文学的"全"和"美",存有"为艺术而艺术"的倾向。1926年他参加北伐战争,1928年再回到上海,从事"革命文学"运动。所以这里说他是"复活的批评家","总算离开守护'艺术之宫'的职掌"。

〔9〕 "获得大众"、"保障最后的胜利",都见《创造月刊》第一卷第九期(1928年2月)成仿吾的《从文学革命到革命文学》:"以明了的意识努力你的工作,驱逐资产阶级的'意德沃罗基'在大众中的流毒与影响,获得大众,不断地给他们以勇气,维持他们的自信!莫忘记了,你是站

在全战线的一个分野！以真挚的热诚描写在战场所闻见的,农工大众的激烈的悲愤,英勇的行为与胜利的欢喜！这样,你可以保障最后的胜利;你将建立殊勋,你将不愧为一个战士。"

〔**10**〕 **表现主义** 二十世纪初至三十年代盛行于欧美一些国家的现代主义文艺流派。代表社团为"桥社"、"蓝骑士社"。表现主义者在政治和哲学观点上差异很大,其共同的思想和艺术倾向是不满社会现状,要求变革,要求表现事物的内在实质和永恒的品格,揭示人的灵魂,轻视客观的写实而强调表现主观的自我,多采用心理分析、潜意识、梦境等表现手法。表现主义小说的代表作家主要有卡夫卡和乔伊斯等,戏剧代表作家主要有斯特林堡和奥尼尔等。

〔**11**〕 **踏踏主义** 通称达达主义,第一次世界大战期间出现的现代主义文艺流派。倡导者是法国诗人特里斯唐·查拉。他在 1916 年以"达达"(dada)之名组织社团的"宣言"中解释说:"达达,达达,这是忍耐不住的痛苦的噪叫,是各种束缚、矛盾、荒诞的东西和不合逻辑的事物的交织"。达达主义否定一切有意义的事物,反对一切传统和常规,主张以梦呓、混乱的语言、怪诞荒谬的形象表现不可思议的事物。它是一批年轻人痛恨战争和产生战争的精神世界,要求彻底破坏旧世界的心理反映。

〔**12**〕 **《文化批判》** 月刊,创造社的理论性刊物。1928 年 1 月创刊,共出五期。在创刊号上载有成仿吾的《祝辞》。李初梨(1900—1994),四川江津人,文艺评论家,后期创造社成员。这里是指他的《怎样地建设革命文学》一文。其中说:"无产阶级文学的作家,不一定要出自无产阶级,而无产阶级的出身者,不一定会产生出无产阶级文学。"又说:"无产阶级文学是:为完成他主体阶级的历史的使命,不是以观照的——表现的态度,而以无产阶级的阶级意识,产生出来的一种的斗争的文学。"

〔13〕 《北新》半月刊第二卷第一号(1927 年 11 月)发表署名甘人的《中国新文学的将来与其自己的认识》中有"鲁迅……是我们时代的作者"的话;李初梨在《怎样地建设革命文学》中加以反对说:"我要问甘人君,鲁迅究竟是第几阶级的人,他写的又是第几阶级的文学?他所曾诚实地发表过的,又是第几阶级的人民的痛苦?'我们的时代',又是第几阶级的时代?甘人君对于'中国新文艺的将来与其自己'简直毫不认识。"

〔14〕 这段引文见成仿吾《从文学革命到革命文学》。

〔15〕 成仿吾在《从文学革命到革命文学》中评论早期创造社时说:"它的诸作家以他们的反抗的精神,以他们的新鲜的作风,四五年之内在文学界养成了一种独创的精神,对一般青年给与了不少的激刺。他们指导了文学革命的方针,率先走向前去,他们扫荡了一切假的文艺批评,他们驱逐了一些蹩脚的翻译。他们对于旧思想与旧文学的否定最为完全,他们以真挚的热诚与批判的态度为全文学运动奋斗。"而在展望"文学革命今后的进展"时又说:"我们如果还挑起革命的'印贴利更追亚'的责任起来,我们还得再把自己否定一遍(否定的否定),我们要努力获得阶级意识,我们要使得我们的媒质接近农工大众的用语,我们要以农工大众为我们的对象。"

〔16〕 见李初梨《怎样地建设革命文学》:"我以为一个作家,不管他是第一第二……第百第千阶级的人,他都可以参加无产阶级文学运动;不过我们先要审察他的动机。看他是'为文学而革命',还是'为革命而文学'。"

〔17〕 第四阶级 即无产阶级。过去外国历史家曾把法国大革命时期的法国社会分为三个阶级(应译"等级")。第一阶级:国王;第二阶级:僧侣和贵族;第三阶级:当时的被统治阶级,其中包括资产阶级、小资产阶级、工人、农民等。后来又有人把工人阶级称为第四阶级。

〔18〕 "由艺术的武器到武器的艺术" 见李初梨《怎样地建设革命文学》:"有产者既利用一切艺术为他的支配工具,那么文学当然为无产者的重要的战野。所以我们的作家,是'为革命而文学',不是'为文学而革命',我们的作品,是'由艺术的武器到武器的艺术'。"

〔19〕 这是张定璜的话,见《现代评论》第一卷第八期(1925年1月31日)刊载的《鲁迅先生(下)》一文:"鲁迅先生的医究竟学到了怎样一个境地,曾经进过解剖室没有,我们不得而知,但我们知道他有三个特色,那也是老于手术富于经验的医生的特色,第一个,冷静,第二个,还是冷静,第三个,还是冷静。"

〔20〕 这是借用李初梨的话,李在1928年4月《文化批判》第四号《请看中国的 Don Quixote 的乱舞》中说:"又或许是'弄文艺的人们大抵敏感',我们的 Don 鲁迅,不知在什么地方,看某刊物上有一句'××是一种艺术的话,而且这句话又不知怎地竟像一板斧劈着这位'Don Quixote 的'记忆中枢',从此一架风车,就变成了一个巨人(giant),'武器的艺术'也就变成 Don 鲁迅醉眼朦胧中的敌人了。"

〔21〕 "奥伏赫变" 德语音译,现通译为"扬弃"。

〔22〕 成仿吾在《创造》季刊第二卷第二期(1924年2月)《〈呐喊〉的评论》中,将《呐喊》中的小说分为"再现的"和"表现的"两类。认为前者"平凡""庸俗",是作者"失败的地方",而后者如《端午节》,"表现方法恰与我的几个朋友的作风相同","作者由他那想表现自我的努力,与我们接近了"。

〔23〕 "由批判的武器到用武器的批判" 见马克思《〈黑格尔法哲学批判〉导言》:"批判的武器当然不能代替武器的批判,物质力量只能用物质力量来摧毁;但是理论一经掌握群众,也会变成物质力量。"

〔24〕 这两句话的出处待查。

〔25〕 "有产者差来的苏秦的游说" 参看本篇注〔6〕。苏秦,战国

时期的纵横家,曾游说齐、楚、燕、赵、韩、魏六国联合抗秦。

〔26〕　见李初梨《怎样地建设革命文学》:"有人说:无产阶级文学,是无产者自身写出的文学。不是。因为无产者未曾从有产者意识解放以前,他写出来的,仍是一些有产者文学。"

〔27〕　Upton Sinclair　辛克莱(1878—1968),美国小说家。著有长篇小说《屠场》、《石炭王》、《世界末日》等。《文化批判》第二期(1928年2月)曾刊载辛克莱《拜金艺术(艺术之经济学的研究)》的摘译,译者冯乃超在译文的前言中说:辛克莱"和我们站着同一的立脚地来阐明艺术与社会阶级的关系,……他不特喝破了艺术的阶级性,而且阐明了今后的艺术的方向"。

〔28〕　Vigny　维尼(1797—1863),法国诗人。著有《上古和近代诗集》、《命运集》等。《创造月刊》第一卷第五、七、八、九各期曾连载穆木天的论文《维尼及其诗歌》。"开步走",是成仿吾《从文学革命到革命文学》一文中的话:"开步走,向那醒醒的农工大众!"

〔29〕　符拉特弥尔·伊力支　即弗拉基米尔·伊里奇·列宁。

〔30〕　指国民党当局当时所办的一些刊物如《新生命》等。

看司徒乔君的画[1]

我知道司徒乔[2]君的姓名还在四五年前,那时是在北京,知道他不管功课,不寻导师,以他自己的力,终日在画古庙,土山,破屋,穷人,乞丐……。

这些自然应该最会打动南来的游子的心。在黄埃漫天的人间,一切都成土色,人于是和天然争斗,深红和绀碧的栋宇,白石的栏干,金的佛像,肥厚的棉袄,紫糖色脸,深而多的脸上的皱纹……。凡这些,都在表示人们对于天然并不降服,还在争斗。

在北京的展览会[3]里,我已经见过作者表示了中国人的这样的对于天然的倔强的魂灵。我曾经得到他的一幅"四个警察和一个女人"[4]。现在还记得一幅"耶稣基督"[5],有一个女性的口,在他荆冠上接吻。

这回在上海相见,我便提出质问:

"那女性是谁?"

"天使,"他回答说。

这回答不能使我满足。

因为这回我发见了作者对于北方的景物——人们和天然苦斗而成的景物——又加以争斗,他有时将他自己所固有的明丽,照破黄埃。至少,是使我觉得有"欢喜"(Joy)的萌芽,如胁下的矛伤,尽管流血,而荆冠上却有天使——照他自己所说——的嘴唇。无论如何,这是胜利。

后来所作的爽朗的江浙风景,热烈的广东风景,倒是作者的本色。和北方风景相对照,可以知道他挥写之际,盖谂熟而高兴,如逢久别的故人。但我却爱看黄埃,因为由此可见这抱着明丽之心的作者,怎样为人和天然的苦斗的古战场所惊,而自己也参加了战斗。

中国全土必须沟通。倘将来不至于割据,则青年的背着历史而竭力拂去黄埃的中国彩色,我想,首先是这样的。

一九二八年三月十四日夜,于上海。

*　　　　*　　　　*

〔1〕　本篇最初发表于 1928 年 4 月 2 日《语丝》第四卷第十四期。

1928 年春天,司徒乔在上海举行"乔小画室春季展览会",本篇是鲁迅为他的展览会目录写的序言。

〔2〕　司徒乔(1902—1958)　广东开平人,画家。

〔3〕　指 1926 年 6 月,司徒乔在北京中央公园(今中山公园)水榭举行的绘画展览。

〔4〕　"四个警察和一个女人"　原题《五个警察一个〇》。

〔5〕　"耶稣基督"　原题《荆冠上的亲吻》。

在上海的鲁迅启事^[1]

大约一个多月以前,从开明书店转到 M 女士^[2]的一封信,其中有云:

> "自一月十日在杭州孤山别后,多久没有见面了。前蒙允时常通讯及指导……。"

我便写了一封回信,说明我不到杭州,已将十年,决不能在孤山和人作别,所以她所看见的,是另一人。两礼拜前,蒙 M 女士和两位曾经听过我的讲义的同学见访,三面证明,知道在孤山者,确是别一"鲁迅"。但 M 女士又给我看题在曼殊^[3]师坟旁的四句诗:

> "我来君寂居,唤醒谁氏魂?
>
> 飘萍山林迹,待到它年随公去。
>
> 　　鲁迅游杭　　吊老友
>
> 曼殊句　　　　　　　　一,一〇,十七年。"

我于是写信去打听寓杭的 H 君^[4],前天得到回信,说确有人见过这样的一个人,就在城外教书,自说姓周,曾做一本《彷徨》,销了八万部,但自己不满意,不远将有更好的东西发表云云。

中国另有一个本姓周或不姓周,而要姓周,也名鲁迅,我是毫没法子的。但看他自叙,有大半和我一样,却有些使我为

75

难。那首诗的不大高明,不必说了,而硬替人向曼殊说"待到它年随公去",也未免太专制。"去"呢,自然总有一天要"去"的,然而去"随"曼殊,却连我自己也梦里都没有想到过。但这还是小事情,尤其不敢当的,倒是什么对别人豫约"指导"之类……。

我自到上海以来,虽有几种报上说我"要开书店",或"游了杭州"。其实我是书店也没有开,杭州也没有去,不过仍旧躲在楼上译一点书。因为我不会拉车,也没有学制无烟火药,所以只好这样用笔来混饭吃。因为这样在混饭吃,于是忽被推为"前驱",忽被挤为"落伍",〔5〕那还可以说是自作自受,管他娘的去。但若再有一个"鲁迅",替我说教,代我题诗,而结果还要我一个人来担负,那可真不能"有闲,有闲,第三个有闲",连译书的工夫也要没有了。

所以这回再登一个启事。要声明的是:我之外,今年至少另外还有一个叫"鲁迅"的在,但那些个"鲁迅"的言动,和我也曾印过一本《彷徨》而没有销到八万本的鲁迅无干。

三月二十七日,在上海。

＊　　　＊　　　＊

〔1〕　本篇最初发表于1928年4月2日《语丝》第四卷第十四期。

〔2〕　M女士　指马湘影,当时上海法政大学的学生。鲁迅1928年2月25日日记:"午得开明书店……转交马湘影信,即复。"

〔3〕　曼殊　苏曼殊(1884—1918),名玄瑛,字子谷,出家后法号曼殊,广东中山县人,文学家。著作有《曼殊全集》。他的坟墓在杭州西

湖孤山。

〔4〕 H君　指许钦文(1897—1984),浙江绍兴人,当时的青年作家。作品有小说集《故乡》等。

〔5〕 "前驱"　高长虹在1926年8月号《新女性》所刊的"狂飙社广告"中,说《狂飙》是"与思想界先驱者鲁迅及少数最进步的青年合办"。"落伍",冯乃超讥讽作者的话,参看本卷第67页注〔2〕。

文艺与革命[1]

来　信

鲁迅先生：

在《新闻报》[2]的《学海》栏内，读到你底一篇《文学和政治的歧途》的讲演，解释文学者和政治者之背离不合，其原因在政治者以得到目前的安宁为满足，这满足，在感觉锐敏的文学者看去，一样是胡涂不彻底，表示失望，终于遭政治家之忌，潦倒一生，站不住脚。我觉得这是世界各国成为定例的事实。最近又在《语丝》上读到《民众主义和天才》[3]和你底《"醉眼"中的朦胧》两篇文字，确实提醒了此刻现在做着似是而非的平凡主义和革命文学的迷梦的人们之朦胧不少，至少在我是这样。

我相信文艺思潮无论变到怎样，而艺术本身有无限的价值等级存在，这是不得否认的。这是说，文艺之流，从最初的什么主义到现在的什么主义，所写着的内容，如何不同，而要有精刻熟练的才技，造成一篇优美无媲的文艺作品，终是一样。一条长江，上流和下流所呈现的形相，虽然不同，而长江还是一条长江。我们看它那下流的广大深缓，足以灌田亩，驶巨舶，便忘记了给它形成这广大深缓的来源，已觉糊涂到透顶。若再断章取义，说：此刻现在，我们所要的是长江的下流，因为可以利用,增加我们的财富,上流的长江可以不要,有着简直无用。这是完全以经济价值去评断长江本身整个的价值了。这种评断,出于着眼在经济价值的商人之口,不足为怪;出于着眼在艺术价值的文艺家之口,未免昏乱至于无可救药了。因为拿艺术价值去评断长江之上流,未始没有意义,或竟比之下流较为自然奇伟,也未可知。

真与美是构成一件成功的艺术品的两大要素。而构成这真与美至于最高等级,便是造成一件艺术品,使它含有最高级的艺术价值,那便非赖最高级的天才不可了。如果这个论断可以否认,那末我们为什么称颂荷马,但丁,沙士比亚和歌德呢?我们为什么不能创造和他们同等的文艺作品呢,我们也有观察现象的眼,有运用文思的脑,有握管伸纸的手?

在现在,离开人生说艺术,固然有躲在象牙塔里忘记时代之嫌;而离开艺术说人生,那便是政治家和社会运动家的本相,他们无须谈艺术了。由此说,热心革命的人,尽可投入革命的群众里去,冲锋也好,做后方的工作也好,何必拿文艺作那既稳当又革命的勾当?

我觉得许多提倡革命文学的所谓革命文艺家,也许是把表现人生这句话误解了。他们也许以为十九世纪以来的文艺,所表现的都是现实的人生,在那里面,含有显著的时代精神。文艺家自惊醒了所谓"象牙之塔"的梦以后,都应该跟着时代环境奔走;离开时代而创造文艺,便是独善主义或贵族主义的文艺了。他们看到易卜生之伟大,看到陀斯妥以夫斯奇的深刻,尤其看到俄国革命时期内的作家叶遂宁和戈理基们的热切动人；便以为现在此后的文艺家都须拿当时的生活现象来诅咒，刻划，予社会以改造革命的机会，使文艺变为民众的和革命的文艺。生在所谓"世纪末"的现代社会里面的人，除非是神经麻木了的，未始不会感到苦闷和悲哀。文艺家终比一般人感觉锐敏一点。摆在他们眼前的既是这么一个社会，蕴在他们心中的当有怎么一种情绪呢！他们有表现或刻划的才技，他们便要如实地写了出来，便无意地成为这时代的社会的呼声了。然而他们还是忠于自己，忠于自己的艺术，忠于自己的情知。易卜生被称颂为改革社会的先驱，陀思妥以夫斯奇被称为人道主义的极致者，还须赖他们自己特有的精妙的才技，经几个真知灼见的批评者为之阐扬而后可。然而，真能懂得他们的艺术的，究竟还是少数。至于叶遂宁是碰死在自己的希望碑上不必说了，戈理基呢，听人说，已有点灰色了。这且不说。便是以艺术本身而论，他何常不崇尚真切精到的才技？我曾看到他的一首讥笑那不切实的诗人的诗。况且我们以艺术价值去衡量他的作品，是否他已是了不得的作家了，究竟还是疑问呵。

实在说，文艺家是不会抛弃社会的，他们是站在民众里面的。有一位否认有条件的文艺批评者，对于泰奴（Taine）[4]的时间条件，认为不确，其理由是：文艺家是看前五十年。我想，看前五十年的文艺家，还是站在那时候，以那时候的生活环境做地盘而出发，所以他毕竟是那时候的民众之一员，而能在朦胧平安中看出残缺和破败。他们便以熟练的才技，写出这种残缺和破败，于艺术上达到高级的价值为止，在他们自己的能力范围之内。在创造时,他们也许只顾到艺术的精细微妙,并没想到如何激动民众,予民众以强烈的刺激,使他们血脉偾张,而从事于革命。

我们如果承认艺术有独立的无限的价值,艺术家有完成艺术本身最终目的之必要,那末我们便不能而且不应该撇开艺术价值去指摘艺术家的态度,这和拿艺术家的现实行为去评断他的艺术作品者一样可笑。波特来耳的诗并不因他的狂放而稍减其价值。浅薄者许要咒他为人群的蛇蝎,却不知道他底厌弃人生,正是他的渴慕人生之反一面的表白。我们平常讥刺一个人,还须观察到他的深处,否则便见得浮薄可鄙。至于拿了自己的似是而非的标准,既没有看到他的深处,又抛弃了衡量艺术价值的尺度,便无的放矢地攻刺一个忠于艺术的人,真的糊涂呢还是别有用意!这不过使我们觉到此刻现在的中国文艺界真不值一谈,因为以批评成名而又是创造自许的所谓文艺家者,还是这样地崇奉功利主义呵!

我——自然不是什么文艺家——喜欢读些高级的文艺作品,颇多古旧的东西,很有人说这是迷旧的时代摈弃者。他们告诉我,现在是民众文艺当世了,崭新的专为第四阶级玩味的文艺当世了。我为之愕然者久之,便问他们:民众文艺怎样写法?文艺家用什么手段,使民众都能玩味?现在民众文艺已产生了若干部?革了命之后的民众能够赏识所谓民众文艺者已有几分之几?莫非现在有许多新《三字经》,或新《神童诗》出版了么?我真不知民众化的文艺如何化法,化在内容呢,那我们本有表现民众生活的文艺了的;化在技艺上吧,那末一首

国民革命歌尽够充数了,你听:"国民革命成功……齐欢唱
……"多么宏壮而明白呵!我们为什么还要别的文艺?他们
不能明确地回答,而我也糊涂到而今。此刻现在,才从《民众
主义与天才》一文里得了答案,是:

"无论民众艺术如何地主张艺术的普遍性或平等性,但艺
术作品无论如何自有无限的价值等差,这个事实是不可否认
的。所谓普遍性啦,平等性啦这一类话,意思不外乎是说艺术
的内容是关于广众的民间生活或关于人生的普遍事象,而有
这种内容的艺术,始可以供给一般民众的玩味。艺术备有像
这种意味的普遍性和平等性不待说是不可以否认的,然而艺
术作品既有无限的价值等级存在。以上,那些比较高级的艺
术品,好,就可以说多少能够供给一般民众的玩味,若要说一
切人都能够一样的精细,一样的深刻,一样的微妙——换句话
说,绝对平等的来玩味它,那无论如何是不得有的事实。"

记得有人说过这样的话:最先进的思想只有站在最高层
的先进的少数人能够了解,等到这种思想透入群众里去的时
候,已经不是先进的思想了。这些话,是告诉我们芸芸众生,
到底有一大部分感觉不敏的。世界上有这样的不平等,除了
诅咒造物的不公,我们还能怨谁呢?这是事实。如果不是事
实,人类的演进史,可以一笔抹杀,而革命也不能发生了。世
界文化的推进,全赖少数先觉之冲锋陷阵,如果各个人的聪明
才智,都是相等,文化也早就发达到极致了,世界也就大同了,
所谓"螺旋式进行"一句话,还不是等于废话?艺术是文化的
一部,文化有进退,艺术自不能除外。民众化的艺术,以艺术

本身有无限的价值等差来说,简直不能成立。自然,借文艺以革命这梦呓,也终究是一种梦呓罢了!

以上是我的意思,未知先生以为如何?

一九二八,三,二五,冬芬[5]。

回　　信

冬芬先生:

我不是批评家,因此也不是艺术家,因为现在要做一个什么家,总非自己或熟人兼做批评不可,没有一伙,是不行的,至少,在现在的上海滩上。因为并非艺术家,所以并不以为艺术特别崇高,正如自己不卖膏药,便不来打拳赞药一样。我以为这不过是一种社会现象,是时代的人生记录,人类如果进步,则无论他所写的是外表,是内心,总要陈旧,以至灭亡的。不过近来的批评家,似乎很怕这两个字,只想在文学上成仙。

各种主义的名称的勃兴,也是必然的现象。世界上时时有革命,自然会有革命文学。世界上的民众很有些觉醒了,虽然有许多在受难,但也有多少占权,那自然也会有民众文学——说得彻底一点,则第四阶级文学。

中国的批评界怎样的趋势,我却不大了然,也不很注意。就耳目所及,只觉得各专家所用的尺度非常多,有英国美国尺,有德国尺,有俄国尺,有日本尺,自然又有中国尺,或者兼用各种尺。有的说要真正,有的说要斗争,有的说要超时代[6],有的躲在人背后说几句短短的冷话。还有,是自己摆着文艺批评家的架子,而憎恶别人的鼓吹了创作。倘无创作,将批评什么呢,这是我最所不能懂得他的心肠的。

别的此刻不谈。现在所号称革命文学家者,是斗争和所谓超时代。超时代其实就是逃避,倘自己没有正视现实的勇气,又要挂革命的招牌,便自觉地或不自觉地必然地要走入那一条路的。身在现世,怎么离去? 这是和说自己用手提着耳朵,就可以离开地球者一样地欺人。社会停滞着,文艺决不能独自飞跃,若在这停滞的社会里居然滋长了,那倒是为这社会所容,已经离开革命,其结果,不过多卖几本刊物,或在大商店的刊物上挣得揭载稿子的机会罢了。

斗争呢,我倒以为是对的。人被压迫了,为什么不斗争? 正人君子者流深怕这一着,于是大骂“偏激”之可恶,[7]以为人人应该相爱,现在被一班坏东西教坏了。他们饱人大约是爱饿人的,但饿人却不爱饱人,黄巢时候,人相食,[8]饿人尚且不爱饿人,这实在无须斗争文学作怪。我是不相信文艺的旋乾转坤的力量的,但倘有人要在别方面应用他,我以为也可以。譬如“宣传”就是。

美国的辛克来儿说:一切文艺是宣传。[9]我们的革命的文学者曾经当作宝贝,用大字印出过,而严肃的批评家又说他是“浅薄的社会主义者”。但我——也浅薄——相信辛克来儿的话。一切文艺,是宣传,只要你一给人看。即使个人主义的作品,一写出,就有宣传的可能,除非你不作文,不开口。那么,用于革命,作为工具的一种,自然也可以的。

但我以为当先求内容的充实和技巧的上达,不必忙于挂招牌。"稻香村""陆稿荐"〔10〕,已经不能打动人心了,"皇太后鞋店"的顾客,我看见也并不比"皇后鞋店"里的多。一说"技巧",革命文学家是又要讨厌的。但我以为一切文艺固是宣传,而一切宣传却并非全是文艺,这正如一切花皆有色(我将白也算作色),而凡颜色未必都是花一样。革命之所以于口号,标语,布告,电报,教科书……之外,要用文艺者,就因为它是文艺。

但中国之所谓革命文学,似乎又作别论。招牌是挂了,却只在吹嘘同伙的文章,而对于目前的暴力和黑暗不敢正视。作品虽然也有些发表了,但往往是拙劣到连报章记事都不如;或则将剧本的动作辞句都推到演员的"昨日的文学家"〔11〕身上去。那么,剩下来的思想的内容一定是很革命底了罢?我给你看两句冯乃超的剧本的结末的警句:

"野雉:我再不怕黑暗了。

偷儿:我们反抗去!"

四月四日。鲁迅。

*　　*　　*

〔1〕　本篇最初发表于 1928 年 4 月 16 日《语丝》第四卷第十六期。

〔2〕　《新闻报》　1893 年 2 月 17 日创刊于上海的日报,1949 年 5 月 27 日停刊。1928 年 1 月 29 日、30 日该报曾连载鲁迅 1927 年 12 月 21 日在上海暨南大学的讲演《文艺与政治的歧途》(后收入《集外集》)。

〔3〕 《民众主义和天才》 日本作家金子筑水作,YS译文载《语丝》第四卷第十期(1928年3月5日)。

〔4〕 泰奴(1828—1893) 通译泰纳,法国文艺理论家。他认为:民族、环境、时代是决定文学艺术的三个重要因素。在他所著《艺术哲学》一书中充分发挥了这个论点。

〔5〕 冬芬 即董秋芳(1897—1977),浙江绍兴人,翻译家。当时是北京大学英文系学生。

〔6〕 超时代 当时革命文学运动中部分人提出的文学主张,如钱杏邨在《太阳月刊》1928年3月号发表的《死去了的阿Q时代》中说:"无论从那一国的文学去看,真正的时代的作家,他的著作没有不顾及时代的,没有不代表时代的。超越时代的这一点精神就是时代作家的唯一生命!"并批评鲁迅的著作"没有超越时代"。

〔7〕 正人君子者流 指新月社中人。他们在《新月》月刊创刊号(1928年3月)的发刊词《"新月"的态度》中,指责革命文学"偏激",是他们的"态度所不容"的。又说:"我们不崇拜任何的偏激因为我们相信社会的纪纲是靠着积极的情感来维系的,在一个常态社会的天平上,情爱的分量一定超过仇恨的分量,互助的精神一定超过互害与互杀的动机。"

〔8〕 黄巢(?—884) 曹州冤句(今山东曹县)人,唐末农民起义领袖。曾建立大齐政权。据新、旧《唐书·黄巢传》记载,中和三年(883)他率起义军退出长安(今西安),途中受敌人围困,粮食匮乏,起义军曾"俘人而食"。

〔9〕 辛克莱在《拜金艺术(艺术之经济学的研究)》一书中曾说:"一切的艺术是宣传"。《文化批判》第二号(1928年2月)刊载冯乃超的译文时,将这句话用大号字标出。列宁曾在《英国的和平主义和英国的不爱理论》一文中称辛克莱"是一个好动感情而缺乏理论修养的社会主

义者"。

〔10〕 "稻香村""陆稿荐" 过去上海等大城市有名的食品店和肉食店牌号。

〔11〕 "昨日的文学家" 冯乃超在独幕话剧《同在黑暗的路上走》(1928年1月《文化批判》第一号)的"附识"中说:"戏曲的本质应该在人物的动作上面去求,洗练的会话,深刻的事实,那些工作让给昨日的文学家去努力吧。"篇末所引就是这个剧本中的对话。

扁[1]

中国文艺界上可怕的现象,是在尽先输入名词,而并不绍介这名词的函义。

于是各各以意为之。看见作品上多讲自己,便称之为表现主义;多讲别人,是写实主义;见女郎小腿肚作诗,是浪漫主义;见女郎小腿肚不准作诗,是古典主义;天上掉下一颗头,头上站着一头牛,爱呀,海中央的青霹雳呀……是未来主义……等等。

还要由此生出议论来。这个主义好,那个主义坏……等等。

乡间一向有一个笑谈:两位近视眼要比眼力,无可质证,便约定到关帝庙去看这一天新挂的扁额。他们都先从漆匠探得字句。但因为探来的详略不同,只知道大字的那一个便不服,争执起来了,说看见小字的人是说谎的。又无可质证,只好一同探问一个过路的人。那人望了一望,回答道:"什么也没有。扁还没有挂哩。"[2]

我想,在文艺批评上要比眼力,也总得先有那块扁额挂起来才行。空空洞洞的争,实在只有两面自己心里明白。

四月十日。

＊　　　＊　　　＊

〔1〕　本篇最初发表于1928年4月23日《语丝》第四卷第十七期"随感录"栏。

〔2〕　这个笑话,在清代崔述的《考信录提要》中有记载。

路^[1]

又记起了 Gogol^[2]做的《巡按使》的故事：

中国也译出过的。一个乡间忽然纷传皇帝使者要来私访了，官员们都很恐怖，在客栈里寻到一个疑似的人，便硬拉来奉承了一通。等到奉承十足之后，那人跑了，而听说使者真到了，全台演了一个哑口无言剧收场。

上海的文界今年是恭迎无产阶级文学使者，沸沸扬扬，说是要来了。问问黄包车夫，车夫说并未派遣。这车夫的本阶级意识形态不行，早被别阶级弄歪曲了罢。另外有人把握着，但不一定是工人。于是只好在大屋子里寻，在客店里寻，在洋人家里寻，在书铺子里寻，在咖啡馆里寻……。

文艺家的眼光要超时代，所以到否虽不可知，也须先行拥篲清道，或者伛偻奉迎。于是做人便难起来，口头不说"无产"便是"非革命"，还好；"非革命"即是"反革命"，可就险了。这真要没有出路。

现在的人间也还是"大王好见，小鬼难当"的处所。出路是有的。何以无呢？只因多鬼祟，他们将一切路都要糟蹋了。这些都不要，才是出路。自己坦坦白白，声明了因为没法子，只好暂在炮屁股上挂一挂招牌，倒也是出路的萌芽。

"地火在地下运行，奔突；熔岩一旦喷出，将烧尽一切野草,以及乔木,于是并且无可朽腐。

"但我坦然,欣然。我将大笑,我将歌唱。"(《野草》序)

还只说说,而革命文学家似乎不敢看见了,如果因此觉得没有了出路,那可实在是很可怜,令我也有些不忍再动笔了。

四月十日。

* * *

〔1〕 本篇最初发表于 1928 年 4 月 23 日《语丝》第四卷第十七期。

〔2〕 Gogol 果戈理(Н.В.Гоголь,1809—1852),俄国作家。著有长篇小说《死魂灵》、喜剧《钦差大臣》(即《巡按使》)等。

头^[1]

三月二十五日的《申报》上有一篇梁实秋^[2]教授的《关于卢骚》^[3],以为引辛克来儿的话来攻击白璧德^[4],是"借刀杀人","不一定是好方法"。至于他之攻击卢骚^[5],理由之二,则在"卢骚个人不道德的行为,已然成为一般浪漫文人行为之标类的代表,对于卢骚的道德的攻击,可以说即是给一般浪漫的人的行为的攻击。……"

那么,这虽然并非"借刀杀人",却成了"借头示众"了。假使他没有成为"一般浪漫文人行为之标类的代表",就不至于路远迢迢,将他的头挂给中国人看。一般浪漫文人,总算害了遥拜的祖师,给了他一个死后也不安静。他现在所受的罚,是因为影响罪,不是本罪了,可叹也夫!

以上的话不大"谨饬",因为梁教授不过要笔伐,并未说须挂卢骚的头,说到挂头,是我看了今天《申报》上载湖南共产党郭亮"伏诛"后,将他的头挂来挂去,"遍历长岳",^[6]偶然拉扯上去的。可惜湖南当局,竟没有写了列宁(或者溯而上之,到马克斯;或者更溯而上之,到黑格尔等等)的道德上的罪状,一同张贴,以正其影响之罪也。湖南似乎太缺少批评家。

记得《三国志演义》^[7]记袁术(?)死后,后人有诗叹道:"长揖横刀出,将军盖代雄,头颅行万里,失计杀田丰。"^[8]当

三个有闲之暇,也活剥一首来吊卢骚:

　　"脱帽怀铅[9]出,先生盖代穷。头颅行万里,失计造儿童。[10]"

四月十日。

　　　　*　　　　*　　　　*

　　〔1〕　本篇最初发表于 1928 年 4 月 23 日《语丝》第四卷第十七期。

　　〔2〕　梁实秋(1902—1987)　原籍浙江杭县(今余杭),生于北京。新月社主要成员。他经常宣传白璧德的新人文主义理论。

　　〔3〕　梁实秋的《关于卢骚——答郁达夫先生》,发表于 1928 年 3 月 25 日上海《时事新报》"书报春秋"栏内,鲁迅误记为《申报》。《时事新报》,1907 年 12 月创刊于上海,初名《时事报》,1911 年 5 月 18 日起改名《时事新报》,1949 年 5 月停刊。

　　〔4〕　白璧德(I. Babbitt,1865—1933)　美国文学批评家,新人文主义美学创始人之一,哈佛大学教授。他主张文学应该恢复欧洲古典的人文主义传统,以"人的法则"反对"物的法则",提倡表现均衡的人性,否定包括浪漫主义、批判现实主义在内的自然主义倾向。代表作有《新拉奥孔》、《卢梭与浪漫主义》、《批评家与美国生活》等。

　　〔5〕　卢骚(J. J. Rousseau,1712—1778)　通译卢梭,法国启蒙思想家。著有《民约论》、《爱弥儿》、《忏悔录》等。

　　〔6〕　郭亮(1901—1928)　湖南长沙人,湖南工人运动领导人之一。历任湖南省总工会委员长,中共湖南省委书记、湘鄂赣边区特委书记等职。1928 年 3 月 27 日因叛徒告密在岳阳被国民党当局逮捕,29 日在长沙壮烈牺牲。《申报》4 月 10 日刊载的《郭亮在湘伏诛续闻》中

说:"郭亮首级之转运、郭首用木笼装置、悬在司门口者数日矣、兹铲共法院、因郭系铜官人、在该地作恶更多、特于昨日将郭首运往铜官、示众三日、期满再解往岳州示众、是郭之首级、将遍历长岳矣。"

〔7〕　《三国志演义》　即《三国演义》,长篇历史小说,元末明初罗贯中作,通行本为一百二十回。这里袁术应为袁绍。该书第三十、三十一回写有袁绍杀田丰的事:田丰为袁绍谋士,曾劝阻袁暂不攻打曹操,袁认为他沮丧军心,把他拘禁,后来被曹操打败,遂将他杀掉;第三十五回写他的儿子袁熙、袁尚投奔辽东军阀公孙康。相见时袁尚要求榻上铺席,公孙康叱道:"汝二人之头将行万里! 何席之有?"便命左右砍下他们的头,使人送给在易州的曹操。

〔8〕　这诗是清代王士祯作的《咏史小乐府三十首·杀田丰》(见《带经堂全集·乙巳稿》)。第二句中的盖,原作一。"长揖横刀出",语出《后汉书·袁绍传》:东汉献帝时,董卓欲谋废立,袁绍反对,董卓"复言'刘氏种不足复遗'。绍勃然曰:'天下健者,岂唯董公!'横刀长揖径出,悬节于上东门,而奔冀州。"

〔9〕　铅　我国古代书写工具之一。晋代葛洪撰的《西京杂记》载有汉代扬雄"怀铅提椠",到处搜求方言的故事。

〔10〕　卢梭于1762年出版教育小说《爱弥儿》,提倡儿童身心的自由发展,批判封建贵族和教会的教育制度。当时法国当局曾为此下令焚毁该书并逮捕作者,卢梭被迫逃往瑞士、英国等地,直到1770年才重返巴黎。

通　信[1]

来　信

鲁迅先生：

　　精神和肉体,已被困到这般地步——怕无以复加,也不能形容——的我,不得不撑了病体向"你老"作最后的呼声了! ——不,或者说求救,甚而是警告!

　　好在你自己也极明白:你是在给别人安排酒筵,"泡制醉虾"[2]的一个人。我,就是其间被制的一个!

　　我,本来是个小资产阶级里的骄子,温乡里的香花。有吃有着,尽可安闲地过活。只要梦想着的"方帽子"到手了也就满足,委实一无他求。

　　《呐喊》出版了,《语丝》发行了(可怜《新青年》时代,我尚看不懂呢),《说胡须》,《论照相之类》一篇篇连续地戟刺着我的神经。当时,自己虽是青年中之尤青者,然而因此就感到同伴们的浅薄和盲目。"革命! 革命!"的叫卖,在马路上呐喊得洋溢,随了所谓革命的势力,也奔腾澎湃了。我,确竟被其吸引。当然也因我嫌弃青年的浅薄,且想在自己生命上找一条出路。那知竟又被我认识了人类的欺诈,虚伪,阴险……的本性! 果然,不久,军阀和政客们弃了身上的蒙皮,而显出本来的狰狞面目！我呢，也随了所谓"清党"之声而把我一颗沸腾着的热烈的心清去。当时想："素以敦厚诚朴"的第四阶级，和那些"遁世之士"的"居士"们，或许尚足为友吧？——唉，真的，"令弟"岂明先生说得是："中国虽然有阶级，可是思想是相同的，都是升官发财"〔3〕，而且我几疑置身在纪元前的社会里了，那种愚蠢比鹿豕还要愚蠢的言动（或者国粹家正以为这是国粹呢！），真不禁令我茫然——茫然于叫我究竟怎么办呢？

利，莫利于失望之矢。我失望，失望之矢贯穿了我的心，于是乎吐血。转辗床上不能动已几个月！

不错，没有希望之人应该死，然而我没有勇气，而且自己还年青，仅仅廿一岁。还有爱人。不死，则精神和肉体，都在痛苦中挨生活，差不多每秒钟，爱人亦被生活所压迫着。我自己，薄薄的遗产已被"革命"革去了。所以非但不能相慰，相对亦徒唏嘘！

不识不知幸福了，我因之痛苦。然而施这毒药者是先生，我实完全被先生所"泡制"。先生，我既已被引至此，索性请你指示我所应走的最终的道路。不然，则请你麻痹了我的神经，因为不识不知是幸福的，好在你是习医，想必不难"还我头来"！我将效梁遇春〔4〕先生（？）之言而大呼。

末了，更劝告你的："你老"现在可以歇歇了，再不必为军阀们赶制适口的鲜味，保全几个像我这样的青年。倘为生活问题所驱策，则可以多做些"拥护"和"打倒"的文章，以你先生之文名，正不愁富贵之不及，"委员""主任"，如操左券也。

快呀，请指示我！莫要"为德不卒"！

或《北新》,或《语丝》上答复均可。能免,莫把此信刊出,
免笑。

原谅我写得草率,因病中,乏极!

　　　　一个被你毒害的青年 Y。枕上书。

　　　　　　三月十三日。

Y 先生：

我当答复之前,先要向你告罪,因为我不能如你的所嘱,
不将来信发表。来信的意思,是要我公开答复的,那么,倘将
原信藏下,则我的一切所说,便变成“无题诗 N 百韵”,令人莫
名其妙了。况且我的意见,以为这也不足耻笑。自然,中国很
有为革命而死掉的人,也很有虽然吃苦,仍在革命的人,但也
有虽然革命,而在享福的人……。革命而尚不死,当然不能算
革命到底,殊无以对死者,但一切活着的人,该能原谅的罢,彼
此都不过是靠侥幸,或靠狡滑,巧妙。他们只要用镜子略略一
照,大概就可以收起那一副英雄嘴脸来的。

我在先前,本来也还无须卖文糊口的,拿笔的开始,是在
应朋友的要求。不过大约心里原也藏着一点不平,因此动起
笔来,每不免露些愤言激语,近于鼓动青年的样子。段祺
瑞[5]执政之际,虽颇有人造了谣言,但我敢说,我们所做的那
些东西,决不沾别国的半个卢布,阔人的一文津贴,或者书铺

的一点稿费。我也不想充"文学家",所以也从不连络一班同伙的批评家叫好。几本小说销到上万,是我想也没有想到的。

至于希望中国有改革,有变动之心,那的确是有一点的。虽然有人指定我为没有出路——哈哈,出路,中状元么——的作者,"毒笔"的文人,但我自信并未抹杀一切。我总以为下等人胜于上等人,青年胜于老头子,所以从前并未将我的笔尖的血,洒到他们身上去。我也知道一有利害关系的时候,他们往往也就和上等人老头子差不多了,然而这是在这样的社会组织之下,势所必至的事。对于他们,攻击的人又正多,我何必再来助人下石呢,所以我所揭发的黑暗是只有一方面的,本意实在并不在欺蒙阅读的青年。

以上是我尚在北京,就是成仿吾所谓"蒙在鼓里"做小资产阶级时候的事。但还是因为行文不慎,饭碗敲破了,并且非走不可了,所以不待"无烟火药"来轰,便辗转跑到了"革命策源地"。住了两月,我就骇然,原来往日所闻,全是谣言,这地方,却正是军人和商人所主宰的国土。于是接着是清党,详细的事实,报章上是不大见的,只有些风闻。我正有些神经过敏,于是觉得正像是"聚而歼旃"[6],很不免哀痛。虽然明知道这是"浅薄的人道主义"[7],不时髦已经有两三年了,但因为小资产阶级根性未除,于心总是戚戚。那时我就想到我恐怕也是安排筵宴的一个人,就在答有恒先生的信中,表白了几句。

先前的我的言论,的确失败了,这还是因为我料事之不明。那原因,大约就在多年"坐在玻璃窗下,醉眼朦胧看人生"的缘故。然而那么风云变幻的事,恐怕世界上是不多有的,我没有料到，未曾描写，可见我还不很有"毒笔"。但是，那时的情形，却连在十字街头，在民间，在官间，前看五十年的超时代的革命文学家也似乎没有看到，所以毫不先行"理论斗争"。否则，该可以救出许多人的罢。我在这里引出革命文学家来，并非要在事后讥笑他们的愚昧，不过是说，我的看不到后来的变幻，乃是我还欠刻毒，因此便发生错误，并非我和什么人协商，或自己要做什么，立意来欺人。

但立意怎样，于事实是无干的。我疑心吃苦的人们中，或不免有看了我的文章，受了刺戟，于是挺身出而革命的青年，所以实在很苦痛。但这也因为我天生的不是革命家的缘故，倘是革命巨子，看这一点牺牲，是不算一回事的。第一是自己活着，能永远做指导，因为没有指导，革命便不成功了。你看革命文学家，就都在上海租界左近，一有风吹草动，就有洋鬼子造成的铁丝网，将反革命文学的华界隔离，于是从那里面掷出无烟火药——约十万两——来，轰然一声，一切有闲阶级便都"奥伏赫变"了。

那些革命文学家，大抵是今年发生的，有一大串。虽然还在互相标榜，或互相排斥，我也分不清是"革命已经成功"的文学家呢，还是"革命尚未成功"的文学家。不过似乎说是因为有了我的一本《呐喊》或《野草》，或我们印了《语丝》，所以革命还未成功，或青年懒于革命了。这口吻却大家大略一致的。这是今年革命文学界的舆论。对于这些舆论，我虽然又好气又好笑，但也颇有些高兴。因为虽然得了延误革命的罪状，而一面却免去诱杀青年的内疚了。那么，一切死者，伤者，吃苦者,都和我无关。先前真是擅负责任。我先前是立意要不讲演,不教书,不发议论,使我的名字从社会上死去,算是我的赎罪的,今年倒心里轻松了,又有些想活动。不料得了你的信,却又使我的心沉重起来。

但我已经没有去年那么沉重。近大半年来,征之舆论,按之经验,知道革命与否,还在其人,不在文章的。你说我毒害了你了,但这里的批评家,却明明说我的文字是"非革命"的。假使文学足以移人,则他们看了我的文章,应该不想做革命文学了,现在他们已经看了我的文章,断定是"非革命",而仍不灰心,要做革命文学者,可见文字于人,实在没有什么影响,——只可惜是同时打破了革命文学的牌坊。不过先生和我素昧平生,想来决不至于诬栽我,所以我再从别一面来想一想。第一,我以为你胆子太大了,别的革命文学家,因为我描写黑暗,便吓得屁滚尿流,以为没有出路了,所以他们一定要讲最后的胜利,付多少钱终得多少利,像人寿保险公司一般。而你并不计较这些,偏要向黑暗进攻,这是吃苦的原因之一。既然太大胆,那么,第二,就是太认真。革命是也有种种的。你的遗产被革去了,但也有将遗产革来的,但也有连性命都革去的,也有只革到薪水,革到稿费,而倒捐了革命家的头衔的。这些英雄,自然是认真的,但若较原先更有损了,则我以为其病根就在"太"。第三,是你还以为前途太光明,所以一碰钉子,便大失望,如果先前不期必胜,则即使失败,苦痛恐怕会小得多罢。

那么,我没有罪戾么?有的,现在正有许多正人君子和革命文学家,用明枪暗箭,在办我革命及不革命之罪,将来我所受的伤的总计,我就划一部分赔偿你的尊"头"。

这里添一点考据:"还我头来"这话,据《三国志演义》,是关云长夫子说的,似乎并非梁遇春先生。

以上其实都是空话。一到先生个人问题的阵营,倒是十分难于动手了,这决不是什么"前进呀,杀呀,青年呵"那样英气勃勃的文字所能解决的。真话呢,我也不想公开,因为现在还是言行不大一致的好。但来信没有住址,无法答复,只得在这里说几句。第一,要谋生,谋生之道,则不择手段。且住,现在很有些没分晓汉,以为"问目的不问手段"是共产党的口诀,这是大错的。人们这样的很多,不过他们不肯说出口。苏俄的学艺教育人民委员卢那却尔斯奇[8]所作的《被解放的吉诃德先生》里,将这手段使一个公爵使用,可见也是贵族的东西,堂皇冠冕。第二,要爱护爱人。这据舆论,是大背革命之道的。但不要紧,你只要做几篇革命文字,主张革命青年不该讲恋爱就好了。只是假如有一个有权者或什么敌前来问罪的时候,这也许仍要算一条罪状,你会后悔轻信了我的话。因此,我得先行声明:等到前来问罪的时候,倘没有这一节,他们就会找别一条的。盖天下的事,往往决计问罪在先,而搜集罪状(普通是十条)[9]在后也。

先生,我将这样的话写出,可以略蔽我的过错了罢。因为只这一点,我便可以又受许多伤。先是革命文学家就要哭骂道:"虚无主义者呀,你这坏东西呀!"呜呼,一不谨慎,又在新英雄的鼻子上抹了一点粉了。趁便先辩几句罢:无须大惊小怪,这不过不择手段的手段,还不是主义哩。即使是主义,我敢写出,肯写出,还不算坏东西。等到我坏起来,就一定将这些宝贝放在肚子里,手头集许多钱,住在安全地带,而主张别人必须做牺牲。

先生,我也劝你暂时玩玩罢,随便弄一点糊口之计,不过我并不希望你永久"没落",有能改革之处,还是随时可以顺手改革的,无论大小。我也一定遵命,不但"歇歇",而且玩玩。但这也并非因为你的警告,实在是原有此意的了。我要更加讲趣味,寻闲暇,即使偶然涉及什么,那是文字上的疏忽,若论"动机"或"良心",却也许并不这样的。

纸完了,回信也即此为止。并且顺颂

痊安,又祝

令爱人不挨饿。

*　　　*　　　*

〔1〕 本篇最初发表于 1928 年 4 月 23 日《语丝》第四卷第十七期。

〔2〕 "泡制醉虾" 这是鲁迅在《答有恒先生》(收入《而已集》)一文中说过的话。

〔3〕 这里所引岂明(周作人)的话,见他在《语丝》第四卷第九期(1928 年 2 月 27 日)发表的《爆竹》:"事实上中国有'有产'与'无产'这两类,而其思想感情实无差别,有产者在升官发财中而希望更升更发者也,无产者希望将来升官发财者也,故生活上有两阶级,思想上只一阶级,即为升官发财之思想。"

〔4〕 "还我头来" 这是《三国志演义》中关云长说的话。关云长

在荆州战败,夜走麦城被杀,吴兵割下他的首级后仍"阴魂不散",到玉泉山向普静和尚诉冤,大呼"还我头来"(见该书第七十七回)。梁遇春(1904—1932),福建福州人,当时的青年作家。他在一篇题为《"还我头来"及其他》(载1927年8月《语丝》第一四六期)的文章中曾引用过这个典故。

〔5〕　段祺瑞(1865—1936)　安徽合肥人,北洋皖系军阀首领。袁世凯死后,在日本帝国主义支持下,几次把持北洋政府。1924年至1926年被推为北洋政府"临时执政"。

〔6〕　"聚而歼旃"　语出《左传》襄公二十八年。旃,助词,意为"之焉"。

〔7〕　"浅薄的人道主义"　郑伯奇于1923年底和1924年初在《创造周报》第三十三至三十五期上连载《国民文学论》,其中批评五四新文学运动和"平民文学"的提倡者:"国民意识未经唤醒,国民感情未经燃着的新文学家,对于一般国民的生活依然不起研究的兴味。结果只生出了几篇浅薄的人道主义的作品,新文学运动的第一期就闭幕了。"

〔8〕　卢那却尔斯奇(А.В.Луначарский,1875—1933)　通译卢那察尔斯基,苏联文艺评论家。曾任苏联第一任教育人民委员部的人民委员(部长)。著有《艺术与革命》、《实证美学的基础》和剧本《被解放的吉诃德先生》等。鲁迅曾翻译过他的《艺术论》,1929年6月上海大江书铺出版。

〔9〕　鲁迅在1928年7月20日复晓真、康嗣群信(《集外集拾遗补编》)中说:"因为我常见攻击人的传单上所列的罪状,往往是十条,所以这么说,既非法律,也不是我拟的。"

太 平 歌 诀[1]

四月六日的《申报》上有这样的一段记事：

"南京市近日忽发现一种无稽谣传,谓总理墓行将工竣,石匠有摄收幼童灵魂,以合龙口之举。市民以讹传讹,自相惊扰,因而家家幼童,左肩各悬红布一方,上书歌诀四句,借避危险。其歌诀约有三种:(一)人来叫我魂,自叫自当承。叫人叫不着,自己顶石坟。(二)石叫石和尚,自叫自承当。急早回家转,免去顶坟坛。(三)你造中山墓,与我何相干? 一叫魂不去,再叫自承当。"(后略)

这三首中的无论那一首,虽只寥寥二十字,但将市民的见解:对于革命政府的关系,对于革命者的感情,都已经写得淋漓尽致。虽有善于暴露社会黑暗面的文学家,恐怕也难有做到这么简明深切的了。"叫人叫不着,自己顶石坟"。则竟包括了许多革命者的传记和一部中国革命的历史。

看看有些人们的文字,似乎硬要说现在是"黎明之前"。然而市民是这样的市民,黎明也好,黄昏也好,革命者们总不能不背着这一伙市民进行。鸡肋[2],弃之不甘,食之无味,就要这样地牵缠下去。五十一百年后能否就有出路,是毫无把握的。

近来的革命文学家往往特别畏惧黑暗,掩藏黑暗,但市民却毫不客气,自己表现了。那小巧的机灵和这厚重的麻木相撞,便使革命文学家不敢正视社会现象,变成婆婆妈妈,欢迎喜鹊,憎厌枭鸣,只检一点吉祥之兆来陶醉自己,于是就算超出了时代。

恭喜的英雄,你前去罢,被遗弃了的现实的现代,在后面恭送你的行旌。

但其实还是同在。你不过闭了眼睛。不过眼睛一闭,"顶石坟"却可以不至于了,这就是你的"最后的胜利"。

四月十日。

*　　　*　　　*

〔1〕　本篇最初发表于 1928 年 4 月 30 日《语丝》第四卷第十八期。

〔2〕　鸡肋　语出《三国志·魏书·武帝纪》及裴松之注引《九州春秋》:建安二十四年(219)三月,曹操自长安出斜谷,兵临汉中,和刘备军队相持不下,打算退兵,"出令曰'鸡肋',官属不知所谓。主簿杨修便自严装,人惊问修:'何以知之'?修曰:'夫鸡肋,弃之如可惜,食之无所得,以比汉中,知王(曹操)欲还也。'"

铲 共 大 观[1]

仍是四月六日的《申报》上，又有一段《长沙通信》[2]，叙湘省破获共产党省委会，"处死刑者三十余人，黄花节斩决八名"。其中有几处文笔做得极好，抄一点在下面：

"……是日执行之后，因马（淑纯，十六岁；志纯，十四岁）傅（凤君，二十四岁）三犯，系属女性，全城男女往观者，终日人山人海，拥挤不通。加以共魁郭亮之首级，又悬之司门口示众，往观者更众。司门口八角亭一带，交通为之断绝。计南门一带民众，则看郭亮首级后，又赴教育会看女尸。北门一带民众，则在教育会看女尸后，又往司门口看郭首级。全城扰攘，铲共空气，为之骤张；直至晚间，观者始不似日间之拥挤。"

抄完之后，觉得颇不妥。因为我就想发一点议论，然而立刻又想到恐怕一面有人疑心我在冷嘲（有人说，我是只喜欢冷嘲的），一面又有人责罚我传播黑暗，因此咒我灭亡，自己带着一切黑暗到地底里去。但我熬不住，——别的议论就少发一点罢，单从"为艺术的艺术"[3]说起来，你看这不过一百五六十字的文章，就多么有力。我一读，便仿佛看见司门口挂着一颗头，教育会前列着三具不连头的女尸。而且至少是赤膊的，——但这也许我猜得不对，是我自己太黑暗之故。而许多

"民众"，一批是由北往南，一批是由南往北，挤着，嚷着……。再添一点蛇足，是脸上都表现着或者正在神往，或者已经满足的神情。在我所见的"革命文学"或"写实文学"中，还没有遇到过这么强有力的文学。批评家罗喀绥夫斯奇说的罢："安特列夫竭力要我们恐怖，我们却并不怕；契诃夫不这样，我们倒恐怖了。"[4]这百余字实在抵得上小说一大堆，何况又是事实。

　　且住。再说下去，恐怕有些英雄们又要责我散布黑暗，阻碍革命了。一理是也有一理的，现在易犯嫌疑，忠实同志被误解为共党，或关或释的，报上向来常见。万一不幸，沉冤莫白，那真是……。倘使常常提起这些来，也许未免会短壮士之气。但是，革命被头挂退的事是很少有的，革命的完结，大概只由于投机者的潜入。也就是内里蛀空。这并非指赤化，任何主义的革命都如此。但不是正因为黑暗，正因为没有出路，所以要革命的么？倘必须前面贴着"光明"和"出路"的包票，这才雄赳赳地去革命，那就不但不是革命者，简直连投机家都不如了。虽是投机，成败之数也不能预卜的。

　　我临末还要揭出一点黑暗，是我们中国现在(现在！不是超时代的)的民众，其实还不很管什么党，只要看"头"和"女尸"。只要有，无论谁的都有人看，拳匪之乱，清末党狱[5]，民二[6]，去年和今年，在这短短的二十年中，我已经目睹或耳闻了好几次了。

四月十日。

※ ※ ※

〔1〕 本篇最初发表于 1928 年 4 月 30 日《语丝》第四卷第十八期。

〔2〕 《申报》的这则通讯题为《湘省共产党省委会破获》，下面的两句引语是它的副题。

〔3〕 "为艺术的艺术" 十九世纪法国作家戈蒂叶最早提出的一种文艺观点（见小说《莫班小姐》序）。他认为艺术应该超越一切功利而存在，创作的目的在于艺术本身，与社会政治无关。创造社早期也曾提过类似的主张。

〔4〕 罗喀绥夫斯奇（В.Л.Рогачевский，1874—1930） 通译罗加切夫斯基，苏联文学史家。他在 1925 年出版的《当代俄罗斯文学·契诃夫与新的道路》中说："托尔斯泰批评安特列夫道：'他想吓我，然而并不怕'，那么关于契诃夫，我们却可以相反地说，'他不吓我们，然而很怕人'。"

〔5〕 清末党狱 指清政府对革命党人的迫害，如囚禁章太炎、邹容，杀害秋瑾、徐锡麟等。

〔6〕 民二 民国二年（1913），孙中山领导广东、江西、安徽等省讨伐袁世凯，史称"二次革命"；在此前后，袁世凯杀害了国民党代理理事长宋教仁等许多革命者。

我的态度气量和年纪^[1]

英勇的刊物是层出不穷，"文艺的分野"^[2]上的确热闹起来了。日报广告上的《战线》这名目就惹人注意，一看便知道其中都是战士。承蒙一个朋友寄给我三本，才得看见了一点枪烟，并且明白弱水^[3]做的《谈中国现在的文学界》里的有一粒弹子，是瞄准着我的。为什么呢？因为先是《"醉眼"中的朦胧》做错了。据说错处有三：一是态度，二是气量，三是年纪。复述易于失真，还是将这粒子弹移置在下面罢：

"鲁迅那篇，不敬得很，态度太不兴了。我们从他先后的论战上看来，不能不说他的量气太窄了。最先（据所知）他和西滢战，继和长虹战^[4]，我们一方面觉得正直是在他这面，一方面又觉得辞锋太有点尖酸刻薄，现在又和创造社战，辞锋仍是尖酸，正直却不一定落在他这面。是的，仿吾和初梨两人对他的批评是可以有反驳的地方，但这应庄严出之，因为他们所走的方向不能算不对，冷嘲热刺，只有对于冥顽不灵者为必要，因为是不可理喻。对于热烈猛进的绝对不合用这种态度。他那种态度，虽然在他自己亦许觉得骂得痛快，但那种口吻，适足表出'老头子'的确不行吧了。好吧，这事本该是没有勉强的必要和可能，让各人走各人的路去好了。我们不禁想起了五四时的林琴南〔5〕先生了！"

这一段虽然并不涉及是非，只在态度，量气，口吻上，断定这"老头子的确不行"，从此又自然而然地抹杀我那篇文字，但粗粗一看，却很像第三者从旁的批评。从我看来，"尖酸刻薄"之处也不少，作者大概是青年，不会有"老头子"气的，这恐怕因为我"冥顽不灵"，不得已而用之的罢，或者便是自己不觉得。不过我要指摘，这位隐姓埋名的弱水先生，其实是创造社那一面的。我并非说，这些战士，大概是创造社里常见他的脚踪，或在艺术大学〔6〕里兼有一只饭碗，不过指明他们是相同的气类。因此，所谓《战线》，也仍不过是创造社的战线。所以我和西滢长虹战，他虽然看见正直，却一声不响，今和创造社战，便只看见尖酸，忽然显战士身而出现了。其实所断定的先两回的我的"正直"，也还是死了已经两千多年了的老头子老聃〔7〕先师的"将欲取之必先与之"的战略，我并不感服这类的公评。陈西滢也知道这种战法的，他因为要打倒我的短评，便称赞我的小说，以见他之公正。〔8〕

即使真以为先两回是正直在我这面的罢，也还是因为这位弱水先生是不和他们同系，同社，同派，同流……。从他们那一面看来，事情可就两样了。我"和西滢战"了以后，现代系的唐有壬曾说《语丝》的言论，是受了墨斯科的命令；〔9〕"和长虹战"了以后，狂飙派的常燕生曾说《狂飙》的停版，也许因为我的阴谋〔10〕。但除了我们两方以外，恐怕不大有人注意或记得了罢。事不干己，是很容易滑过去的。

这次对于创造社，是的，"不敬得很"，未免有些不"庄严"；

即使在我以为是直道而行,他们也仍可认为"尖酸刻薄"。于是"论战"便变成"态度战","量气战","年龄战"了。但成仿吾辈的对我的"态度",战士们虽然不屑留心到,在我本身是明白的。我有兄弟,自以为算不得就是我"不可理喻",而这位批评家于《呐喊》出版时,即加以讥刺道:"这回由令弟编了出来,真是好看得多了"。〔11〕这传统直到五年之后,再见于冯乃超的论文,说是"无聊赖地跟他弟弟说几句人道主义的美丽的说话"〔12〕。我的主张如何且不论,即使相同,何以说话相同便是"无聊赖地"?莫非一有"弟弟",就必须反对,一个讲革命,一个即该讲保皇,一个学地理,一个就得学天文么?还有,我合印一年的杂感为《华盖集》,另印先前所钞的小说史料为《小说旧闻钞》,是并不相干的。这位成仿吾先生却加以编排道:"我们的鲁迅先生坐在华盖之下正在抄他的'小说旧闻'。"这使李初梨很高兴,今年又抄在《文化批判》里,还乐得不可开交道,"他(成仿吾)这段文章,比'趣味文学'还更有趣些。"〔13〕但是还不够,他们因为我生在绍兴,绍兴出酒,便说"醉眼陶然";因为我年纪比他们大了,便说"老生",还要加注道:"若许我用文学的表现。"而这一个"老"的错处,还给《战线》上的弱水先生作为"的确不行"的根源。我自信对于创造社,还不至于用了他们的籍贯,家族,年纪,来作奚落的资料,不过今年偶然做了一篇文章,其中第一次指摘了他们文字里的矛盾和笑话而已。但是"态度"问题来了,"量气"问题也来了,连战士也以为尖酸刻薄。莫非必须我学革命文学家所指为"卑污"的托尔斯泰,毫无抵抗,或者上一呈文:"小资产阶级或有产阶级臣鲁迅诚惶诚恐谨呈革命的'印贴利更追亚'〔14〕老爷麾下",这才不至于"的确不行"么？

至于我是"老头子"，却的确是我的不行。"和长虹战"的时候，他也曾指出我这一条大错处，此外还嘲笑我的生病。〔15〕而且也是真的，我的确生过病，这回弱水这一位"小头子"对于这一节没有话说，可见有些青年究竟还怀着纯朴的心，很是厚道的。所以他将"冷嘲热刺"的用途，也瓜分开来，给"热烈猛进的"制定了优待条件。可惜我生得太早，已经不属于那一类，不能享受同等待遇了。但幸而我年青时没有真上战线去，受过创伤，倘使身上有了残疾，那就又添一件话柄，现在真不知道要受多少奚落哩。这是"不革命"的好处，应该感谢自己的。

其实这回的不行，还只是我不行，无关年纪的。托尔斯泰，克罗颇特庚〔16〕，马克斯，虽然言行有"卑污"与否之分，但毕竟都苦斗了一生，我看看他们的照相，全有大胡子。因为我一个而抹杀一切"老头子"，大约是不算公允的。然而中国呢，自然不免又有些特别，不行的多。少年尚且老成，老年当然成老。林琴南先生是确乎应该想起来的，他后来真是暮年景象，因为反对白话，不能论战，便从横道儿来做一篇影射小说〔17〕，使一个武人痛打改革者，——说得"美丽"一点，就是神往于"武器的文艺"了。旧的和新的，往往有极其相同之点——如：个人主义者和社会主义者往往都反对资产阶级，保守者和改革者往往都主张为人生的艺术，都讳言黑暗，棒喝主义者和共产主义者都厌恶人道主义等——林琴南先生的事也正是一个证明。至于所以不行之故,其关键就全在他生得更早,不知道这一阶级将被"奥服赫变",及早变计,于是归根结蒂,分明现出 Fascist 本相了。但我以为"老头子"如此,是不足虑的,他总比青年先死。林琴南先生就早已死去了。可怕的是将为将来柱石的青年,还象他的东拉西扯。

又来说话,量气又太小了,再说下去,就要更小,"正直"岂但"不一定"在这一面呢,还要一定不在这一面。而且所说的又都是自己的事,并非"大贫"〔18〕的民众……。但是,即使所讲的只是个人的事,有些人固然只看见个人,有些人却也看见背景或环境。例如《鲁迅在广东》这一本书,今年战士们忽以为编者和被编者希图不朽,〔19〕于是看得"烦躁",也给了一点对于"冥顽不灵"的冷嘲。我却以为这太偏于唯心论了,无所谓不朽,不朽又干吗,这是现代人大抵知道的。所以会有这一本书,其实不过是要黑字印在白纸上,订成一本,作商品出售罢了。无论是怎样泡制法,所谓"鲁迅"也者,往往不过是充当了一种的材料。这种方法,便是"所走的方向不能算不对"的创造社也在所不免的。托罗兹基〔20〕虽然已经"没落",但他曾说,不含利害关系的文章,当在将来另一制度的社会里。我以为他这话却还是对的。

四月二十日。

*　　　*　　　*

〔1〕　本篇最初发表于 1928 年 5 月 7 日《语丝》第四卷第十九期。

〔2〕　"文艺的分野"　当时创造社成员的常用语。如《文化批判》

第二号(1928年2月)成仿吾在《打发他们去》一文中说:"在文艺的分野,把一切麻醉我们的社会意识的迷药与赞扬我们的敌人的歌辞清查出来,给还它们的作家,打发他们一道去。"

〔3〕 《战线》 文艺性周刊,1928年4月1日在上海创刊,出至第五期停刊。署名弱水的这篇文章,原题《谈现在中国的文学界》,载该刊第一期。弱水,即潘梓年(1893—1972),江苏宜兴人,哲学家。

〔4〕 和西滢战 1925年至1926年间,鲁迅与现代评论派的陈西滢等围绕女师大事件、五卅惨案和三一八惨案,进行了激烈的论战。和长虹战,指1926年底鲁迅对高长虹的诽谤言论所进行的回击。

〔5〕 林琴南(1852—1924) 名纾,号畏庐,福建闽侯(今属福州)人,翻译家。他曾据别人口述,以文言翻译欧美文学作品一百多种,在当时影响很大,后集为《林译小说》。他晚年是反对五四新文化运动的守旧派代表人物。

〔6〕 艺术大学 即上海艺术大学,周勤豪创办的专教绘画的学校,1928年得到创造社的合作,开设文学、美术和社会科学三个系,主要课程由创造社成员分担。

〔7〕 老聃(约前571—?) 即老子,姓李,名耳,字聃,春秋末期楚国人,道家学派的创始人。引语出自《道德经》:"将欲夺之,必固与之。"

〔8〕 陈西滢(1896—1970) 名源,字通伯,笔名西滢,江苏无锡人,现代评论派主要成员。曾任北京大学、武汉大学教授。他在《现代评论》第三卷第七十一期(1926年4月17日)的"闲话"中,先说鲁迅的《呐喊》是新文学最初十年短篇小说的"代表作品",又说鲁迅的杂文:"我不能因为我不尊敬鲁迅先生的人格,就不说他的小说好,我也不能因为佩服他的小说,就称赞他其余的文章。我觉得他的杂感,除了《热风》中二三篇外,实在没有一读的价值。"

〔9〕 唐有壬(1893—1935) 湖南浏阳人。《现代评论》的经常撰稿人,后曾任国民党政府外交次长。1926 年 5 月 12 日上海小报《晶报》刊载一则《现代评论被收买?》的消息,引用《语丝》七十六期有关《现代评论》接受段祺瑞津贴的文字,唐有壬便于同月 18 日致函《晶报》辩解,并说:"《现代评论》被收买的消息,起源于俄国莫斯科。"

〔10〕 常燕生的言论,参看本书《吊与贺》。

〔11〕 成仿吾在《创造》季刊第二卷第二期(1924 年 1 月)《〈呐喊〉的评论》中说:"《呐喊》出版之后,各种出版物差不多一齐为它呐喊,人人谈的总是它,然而我真费尽了莫大的力才得到了一部。里面有许多篇是我在报纸杂志上见过的,然而大都是作者的门人手编的,所以糟得很,这回由令弟周作人先生编了出来,真是好看多了。"

〔12〕 见冯乃超《艺术与社会生活》,参看本卷第 67 页注〔2〕。

〔13〕 见李初梨《怎样地建设革命文学》,载《文化批判》第二号(1928 年 2 月)。

〔14〕 "印贴利更追亚" 俄语 Интеллигенция 的音译,即知识分子。

〔15〕 高长虹在《狂飙》第五期(1926 年 11 月 7 日)发表的《1925北京出版界形势指掌图》中,称鲁迅为"世故老人",又嘲讽他"入于心身交病之状况矣"。

〔16〕 克罗颇特庚(П. А. Кропоткин, 1842—1921) 通译克鲁泡特金,俄国学者,无政府主义者。

〔17〕 林琴南的这篇影射小说,题为《荆生》,载于 1919 年 2 月 17日上海《新申报》。

〔18〕 "大贫" 弱水在《谈现在中国的文学界》中说:"中国虽说只有大贫小贫,没有悬殊的阶级,但小贫虽没有小到够得上人家资本阶级的资格,大贫大到够得上人家无产阶级的资格而有余!"按"大贫"一词,

最初见于孙中山《三民主义·民生主义》："中国人通通是贫,并没有大富,只有大贫小贫的分别。"

〔19〕 《鲁迅在广东》 钟敬文编。内收鲁迅到广州后,当时报刊所载有关鲁迅的文章十二篇,附鲁迅杂文和讲演记录四篇,1927 年 7 月上海北新书局出版。关于"不朽"的话,见于《战线》周刊第一卷第二期(1928 年 4 月 8 日)署名薙光的《"我来……"和"我去……"》一文,其中说:"看到了《鲁迅在广东》这本书,便单单看这可以诱惑人的书名……鲁迅是不朽了,编者钟敬文也不朽了。"

〔20〕 托罗兹基(Л. Д. Троцкий,1879—1940) 通译托洛茨基,苏俄政治家,参与领导十月革命,曾任革命军事委员会主席等职。列宁逝世后,成为联共(布)党内反对派领袖,1927 年被开除出党,1929 年被逐出境,后死于墨西哥。这里引述他的话,见《文学与革命》第八章《革命的与社会主义的艺术》。

革 命 咖 啡 店 [1]

革命咖啡店的革命底广告式文字,[2]昨天在报章上看到了,仗着第四个"有闲",先抄一段在下面:

"……但是读者们,我却发现了这样一家我们所理想的乐园,我一共去了两次,我在那里遇见了我们今日文艺界上的名人,龚冰庐,鲁迅,郁达夫等。并且认识了孟超,潘汉年,叶灵凤等,他们有的在那里高谈着他们的主张,有的在那里默默沉思,我在那里领会到不少教益呢。……"

遥想洋楼高耸,前临阔街,门口是晶光闪灼的玻璃招牌,楼上是"我们今日文艺界上的名人",或则高谈,或则沉思,面前是一大杯热气蒸腾的无产阶级咖啡,远处是许许多多"龌龊的农工大众"[3],他们喝着,想着,谈着,指导着,获得着,那是,倒也实在是"理想的乐园"。

何况既喝咖啡,又领"教益"呢?上海滩上,一举两得的买卖本来多。大如弄几本杂志,便算革命;小如买多少钱书籍,即赠送真丝光袜或请吃冰淇淋——虽然我至今还猜不透那些惠顾的人们,究竟是意在看书呢,还是要穿丝光袜。至于咖啡店,先前只听说不过可以兼看舞女,使女,"以饱眼福"罢了。谁料这回竟是"名人",给人"教益",还演"高谈""沉思"种种好玩的把戏,那简直是现实的乐园了。

但我又有几句声明——

就是:这样的咖啡店里,我没有上去过,那一位作者所"遇见"的,又是别一人。因为:一,我是不喝咖啡的,我总觉得这是洋大人所喝的东西(但这也许是我的"时代错误"〔4〕),不喜欢,还是绿茶好。二,我要抄"小说旧闻"之类,无暇享受这样乐园的清福。三,这样的乐园,我是不敢上去的,革命文学家,要年青貌美,齿白唇红,如潘汉年叶灵凤〔5〕辈,这才是天生的文豪,乐园的材料;如我者,在《战线》上就宣布过一条"满口黄牙"〔6〕的罪状,到那里去高谈,岂不亵渎了"无产阶级文学"么?还有四,则即使我要上去,也怕走不到,至多,只能在店后门远处彷徨彷徨,嗅嗅咖啡渣的气息罢了。你看这里面不很有些在前线的文豪么,我却是"落伍者",决不会坐在一屋子里的。

以上都是真话。叶灵凤革命艺术家曾经画过我的像〔7〕,说是躲在酒坛的后面。这事的然否我不谈。现在所要声明的,只是这乐园中我没有去,也不想去,并非躲在咖啡杯后面在骗人。

杭州另外有一个鲁迅时,我登了一篇启事,"革命文学家"就挖苦了。〔8〕但现在仍要自己出手来做一回,一者因为我不是咖啡,不愿意在革命店里做装点;二是我没有创造社那么阔,有一点事就一个律师,两个律师。

八月十日。

＊　　　＊　　　＊

〔１〕　本篇最初刊于 1928 年 8 月 13 日《语丝》第四卷第三十三期郁达夫的《革命广告》之后,题作《鲁迅附记》,收入本书时改为现题。

〔２〕　指 1928 年 8 月 8 日《申报》"本埠增刊"所载的《珈啡座·上海珈琲》,作者署名慎之。《申报》,参看本卷第 310 页注〔2〕。

〔３〕　"醒醒的农工大众"　这是成仿吾的话。他在《创造月刊》第一卷第九期(载 1928 年 2 月)发表的《从文学革命到革命文学》中说:"克服自己的小资产阶级的根性,把你的背对向那将被奥伏赫变的阶级,开步走,向那醒醒的农工大众!"

〔４〕　"时代错误"　成仿吾在《洪水》第三卷第二十五期(1927年 1 月)发表的《完成我们的文学革命》中,说当时的文学出版物"在创作上是时代错误的趣味的高调,在评论上是狂妄的瞎说的乱响"。

〔５〕　潘汉年(1906—1977)　江苏宜兴人,作家。叶灵凤(1904—1975),江苏南京人,作家、画家。他们都曾参加创造社。

〔６〕　"满口黄牙"　《流沙》第三期(1928 年 4 月 15 日)刊有署名心光的《鲁迅在上海》一文,其中说:"你看他近来在'华盖'之下哼出了一声'醉眼中的朦胧'来了。但他在这篇文章里消极的没有指摘出成仿吾等的错误,积极的他自己又不屑替我们青年指出一条出路来,他看见旁人的努力他就妒忌,他只是露出满口黄牙在那里冷笑。"

〔７〕　叶灵凤的画,载于上海《戈壁》第一卷第二期(1928 年 5 月)。参看本卷第 125 页注〔12〕。

〔８〕　指收入本书的《在上海的鲁迅启事》。"革命文学家",指潘汉年。他在《战线》周刊第一卷第四期(1928 年 4 月 22 日)的《假鲁迅与真鲁迅》中,挖苦鲁迅的启事说:"那位少老先生,看中鲁迅的名字有如此魔力,所以在曼殊和尚坟旁 M 女(士)面前,题下这个'鲁迅游杭吊老友'的玩意儿,现在上海的鲁迅偏偏来一个启事……这一来岂不是明明

白白叫以后要乞教或见访的女士们,认清本店老牌,只此一家,并无分出了吗？虽然上海的鲁迅启事,没有那个大舞台对过天晓得所悬那玩意儿强硬,至少也使得我们那位'本姓周或不姓周,而要姓周'的另一个鲁迅要显着原形哆嗦而发抖！这才是假关公碰到真关公,假鲁迅遇着真鲁迅！"

文 坛 的 掌 故[1]

来 信

编者先生：

　　由最近一个上海的朋友告诉我，"沪上的文艺界，近来为着革命文学的问题，闹得十分嚣。"有趣极了！这问题，在去年中秋前后，成都的文艺界，同样也剧烈的争论过。但闹得并不"嚣"，战区也不见扩大，便结束。大约除了成都，别处是很少知道有这一回事的。

　　现在让我来简约地说一说。

　　这争论的起原，已经过了长时期的酝酿。双方的主体——赞成革命文学的，是国民日报社。——怀疑他们所谓革命文学的，是九五日报社。最先还仅是暗中的鼎峙；接着因了国民政府在长江一带逐渐发展，成都的革命文学家，便投机似的成立了"革命文艺研究社"，来竭力鼓吹无产阶级的文学。而凑巧有个署名张拾遗君的《谈谈革命文学》一篇论文在那时出现。于是挑起了一班革命文学家的怒，两面的战争，便开始攻击。

　　至于两方面的战略：革命文学者以为一切都应该革命，要革命才有进步，才顺潮流。不革命便是封建社会的余孽，帝国主义的爪牙。同样和创造社是以唯物史观为根据的。——可是又无他们的彻底，而把"文学革命"与"革命文学"并为一谈。——反对者承认"革命文学"和"平民文学""贵族文学"同为文学上一种名词，与文学革命无关，而怀疑其像煞有介事的神圣不可侵犯。且文学不应如此狭义；何况革命的题材，未必多。即有，隔靴搔痒的写来，也未必好。是近乎有些"为艺术而艺术"的说法。加入这战团的，革命文学方面，多为"清一色"的会员；而反对系，则半属不相识的朋友。

这一场混战的结果，是由"革命文艺研究社"不欲延长战线，自愿休兵。但何故休兵，局外人是不能猜测的。

关于那次的文件，因"文献不足"，只好从略。

上海这次想必一定很可观。据我的朋友抄来的目录看，已颇有洋洋乎之概！可惜重庆方面，还没看这些刊物的眼福！

这信只算预备将来"文坛的掌故"起见，并无挑拨，拥护任何方面的意思。

废话已说得不少，就此打住，敬祝

撰安！

徐匀〔2〕。十七年七月八日，于重庆。

回　　信

徐匀先生：

多谢你写寄"文坛的掌故"的美意。

从年月推算起来，四川的"革命文学"，似乎还是去年出版的一本《革命文学论集》[3]（书名大概如此，记不确切了，是丁丁编的）的余波。上海今年的"革命文学"，不妨说是又一幕。至于"嚣"与不"嚣"，那是要凭耳闻者的听觉的锐钝而定了。

我在"革命文学"战场上，是"落伍者"，所以中心和前面的情状，不得而知。但向他们屁股那面望过去，则有成仿吾司令的《创造月刊》[4]，《文化批判》，《流沙》[5]，蒋光X（恕我还不知道现在已经改了那一字）拜帅的《太阳》[6]，王独清领头的《我们》[7]，青年革命艺术家叶灵凤独唱的《戈壁》[8]；也是青年革命艺术家潘汉年编撰的《现代小说》[9]和《战线》；再加一个真是"跟在弟弟背后说漂亮话"的潘梓年的速成的《洪荒》[10]。但前几天看见K君对日本人的谈话（见《战旗》七月号）[11]，才知道潘叶之流的"革命文学"是不算在内的。

含混地只讲"革命文学"，当然不能彻底，所以今年在上海所挂出来的招牌却确是无产阶级文学，至于是否以唯物史观为根据，则因为我是外行，不得而知。但一讲无产阶级文学，便不免归结到斗争文学，一讲斗争，便只能说是最高的政治斗争的一翼。这在俄国，是正当的，因为正是劳农专政；在日本也还不打紧，因为究竟还有一点微微的出版自由，居然也还说可以组织劳动政党。中国则不然，所以两月前就变了相，不但改名"新文艺"，并且根据了资产社会的法律，请律师大登其广告，来吓唬别人了。

向"革命的智识阶级"叫打倒旧东西，又拉旧东西来保护自己，要有革命者的名声，却不肯吃一点革命者往往难免的辛苦，于是不但笑啼俱伪，并且左右不同，连叶灵凤所抄袭来的

"阴阳脸"〔12〕,也还不足以淋漓尽致地为他们自己写照,我以为这是很可惜,也觉得颇寂寞的。

但这是就大局而言,倘说个人,却也有已经得到好结果的。例如成仿吾,做了一篇"开步走"和"打发他们去",又改换姓名(石厚生)做了一点"毙鲁迅"〔13〕之后,据日本的无产文艺月刊《战旗》七月号所载,他就又走在修善寺温泉的近旁(可不知洗了澡没有),并且在那边被尊为"可尊敬的普罗塔利亚特作家","从支那的劳动者农民所选出的他们的艺术家"了。

鲁迅。八月十日。

*　　　　*　　　　*

〔1〕 本篇最初发表于 1928 年 8 月 20 日《语丝》第四卷第三十四期,原题《通信·其一》,收入本书时改为现题。

〔2〕 徐匀 原名赵循伯(1908—1980),曾用名赵承志,笔名徐匀,重庆巴县人,剧作家。

〔3〕 《革命文学论集》 应为《革命文学论》,丁丁编。收入当时讨论革命文学的论文十七篇,1927 年上海大新书局出版。

〔4〕 《创造月刊》 创造社主要文学刊物之一,1926 年 3 月在上海创刊,1929 年 1 月停刊。

〔5〕 《流沙》 创造社的综合性半月刊,1928 年 3 月在上海创刊,出至第六期停刊。

〔6〕 《太阳》 即《太阳月刊》,太阳社主要文学刊物之一,1928 年 1 月在上海创刊,出至第七期停刊。蒋光 X,指蒋光慈(1901—1931),曾名蒋光赤(大革命失败后改赤为慈),安徽六安人,太阳社主要成员之一,作家。著有诗集《新梦》,小说《短裤党》、《田野的风》等。

〔7〕 《我们》 即《我们月刊》,1928年5月在上海创刊,出至第三期停刊。创刊号上第一篇系王独清的《祝辞》。王独清(1898—1940),陕西西安人,创造社成员。

〔8〕 《戈壁》 半月刊,1928年5月在上海创刊,出至第四期停刊。

〔9〕 《现代小说》 月刊,1928年1月在上海创刊,1930年3月停刊。

〔10〕 《洪荒》 即《洪荒半月刊》,1928年5月在上海创刊,出至第三期停刊。

〔11〕 K君 指郭沫若,参看本卷第314页注〔27〕。他和成仿吾与日本战旗社作家藤枝丈夫等的谈话,载于《战旗》1928年7月号。《战旗》,当时全日本无产者艺术联盟的机关刊物,1928年5月创刊,1930年6月停刊。

〔12〕 "阴阳脸" 《戈壁》第二期(1928年5月)刊有叶灵凤的一幅模仿西欧立体派的讽刺鲁迅的漫画,并附有说明:"鲁迅先生,阴阳脸的老人,挂着他已往的战绩,躲在酒缸的后面,挥着他'艺术的武器',在抵御着纷然而来的外侮。"

〔13〕 "珰鲁迅" 指《毕竟是"醉眼陶然"罢了》,载《创造月刊》第一卷第十一期(1928年5月)。其中说:"我们抱了绝大的好奇心在等待拜见那勇敢的来将的花脸,我们想像最先跳出来的如不是在帝国主义国家学什么鸟文学的教授与名人,必定是在这一类人的影响下少年老成的末将。看呀!阿呀,这却有点奇怪! 这位胡子先生倒是我们中国的 Don Quixte(堂吉诃德)——珰鲁迅!"珰,西班牙语 Don 的音译,通译堂,即先生。

文学的阶级性[1]

来　　信

鲁迅先生：

侍桁先生译林癸未夫著的《文学上之个人性与阶级性》,[2]本来这是一篇绝好的文章,但可惜篇末涉及唯物史观的问题,理论未免是勉强一点,也许是著者的误解唯物史观。他说：

"以这种理由若推论下去,有产者的个人性与无产者的个人性,'全个'是不相同的了。就是说不承认有产者与无产者之间有共同的人性。再换一句话说,有产者与无产者只是有阶级性,而全然缺少个人性的。"

这是什么话! 唯物史观的理论,岂是这样简单的。它的理论并不否认个人性,因此,也不否认思想,道德,感情,艺术。但以性格,思想,道德,感情,艺术,都是受支配于经济的。林氏的文章是着意于个人性,我们就以个人性而论。譬如农村经济宗法社会里拿妻子为男子的财产,但是文化进步到今日的社会,就承认妻子有相当的人格。这个观念,当然是有产者和无产者所共同的。虽然是共同,却并非天赋的,仍然逃不了经济的支配。有产者和无产者物质生活上受经济的影响而有差等,个人性同样地受经济的影响而却是共同的。并不是有产者和无产者人性的共同而就是不受经济制度的影响了。

林氏以此而可以驳唯物史观,那末,何以不拿"人是同样的是圆顶方趾,要吃饭,要睡觉,是有产者和无产者所共同的"而来驳唯物史观,爽快得多了。

最后,我须声明:我是个资本主义制度下的职工。因为是职工,所以学识的谫陋是谁都可以肯定的。这文中自然有不少不能达意和不妥之处。但我希望有更了解马克思学说的人来为唯物史观打一打仗。

因为避学者嫌疑起见,以信底形式而写给鲁迅先生。能否发表,是编者的特权了。

恺良[3]于上海,一九二八,七,二八。

回　　信

恺良先生:

我对于唯物史观是门外汉,不能说什么。但就林氏的那一段文字而论,他将话两次一换,便成为"只有"和"全然缺少",却似乎决定得太快一点了。大概以弄文学而又讲唯物史观的人,能从基本的书籍上一一钩剔出来的,恐怕不很多,常常是看几本别人的提要就算。而这种提要,又因作者的学识意思而不同,有些作者,意在使阶级意识明了锐利起来,就竭力增强阶级性说,而别一面就也容易招人误解。作为本文根据的林氏别一篇论文,我没有见,不能说他是否因此而走了相反的极端,但中国却有此例,竟会将个性,共同的人性(即林氏之所谓个人性），个人主义即利己主义混为一谈，来加以自以为唯物史观底申斥，倘再有人据此来论唯物史观，那真是糟糕透顶了。

来信的"吃饭睡觉"的比喻，虽然不过是讲笑话，但脱罗兹基曾以对于"死之恐怖"[4]为古今人所共同，来说明文学中有不带阶级性的分子，那方法其实是差不多的。在我自己，是以为若据性格感情等，都受"支配于经济"（也可以说根据于经济组织或依存于经济组织）之说，则这些就一定都带着阶级性。但是"都带"，而非"只有"。所以不相信有一切超乎阶级，文章如日月的永久的大文豪，也不相信住洋房，喝咖啡，却道"唯我把握住了无产阶级意识，所以我是真的无产者"的革命文学者。

有马克斯学识的人来为唯物史观打仗，在此刻，我是不赞成的。我只希望有切实的人，肯译几部世界上已有定评的关于唯物史观的书——至少，是一部简单浅显的，两部精密的——还要一两本反对的著作。那么，论争起来，可以省说许多话。

鲁迅。八月十日。

*　　　*　　　*

〔1〕　本篇最初发表于 1928 年 8 月 20 日《语丝》第四卷第三十四期，原题《通信·其二》，收入本书时改为现题。

〔2〕　侍桁　即韩侍桁（1908—1987），原名韩云浦，天津人，当时的文学青年。他所译林癸未夫的文章，载《语丝》第四卷第二十九期

(1928 年 7 月)，原文载日本《新潮》第九期(1926 年)，译文只是原文的第一段。作者在文中声称:"我是站在'否定唯物史观'的立脚点的"。林癸未夫(1883—1947)，日本经济学家和社会学家。

　〔3〕 恺良　李恺良(1907—1987)，浙江桐乡人，1927 年到上海当店员，业余从事世界语翻译，有译作《加尔》。

　〔4〕 "死之恐怖"　见托洛茨基《文学与革命》第八章《革命的与社会主义的艺术》。

一九二九年

“革命军马前卒”和“落伍者”〔1〕

西湖博览会〔2〕上要设先烈博物馆了,在征求遗物。这是不可少的盛举,没有先烈,现在还拖着辫子也说不定的,更那能如此自在。

但所征求的,末后又有“落伍者的丑史”,却有些古怪了。仿佛要令人于饮水思源以后,再喝一口脏水,历亲芳烈之余,添嗅一下臭气似的。

而所征求的“落伍者的丑史”的目录中,又有“邹容〔3〕的事实”,那可更加有些古怪了。如果印本没有错而邹容不是别一人,那么,据我所知道,大概是这样的——

他在满清时,做了一本《革命军》〔4〕,鼓吹排满,所以自署曰“革命军马前卒邹容”。后来从日本回国,在上海被捕,死在西牢里了,其时盖在一九○二年。自然,他所主张的不过是民族革命,未曾想到共和,自然更不知道三民主义〔5〕,当然也不知道共产主义。但这是大家应该原谅他的,因为他死得太早了,他死了的明年,同盟会〔6〕才成立。

听说中山先生的自叙上就提起他的,〔7〕开目录的诸公,何妨于公余之暇,去查一查呢?

后烈实在前进得快,二十五年前的事,就已经茫然了,可谓美史也已。　　　　　　　　　　　　　二月十七日。

＊　　　＊　　　＊

〔1〕　本篇最初发表于 1929 年 3 月 18 日《语丝》第五卷第二期。

〔2〕　西湖博览会　当时国民党浙江省政府建设厅主办的一个物资交流性质的展览会,1929 年 6 月 6 日在杭州西湖开幕,内设“革命纪念馆”。开幕前曾在报纸上刊登“征集革命纪念品”的广告。

〔3〕　邹容(1885—1905)　字蔚丹,四川巴县人,清末革命家。1902 年春留学日本,宣传反清革命,回国后于 1903 年 7 月被清政府勾结上海英租界当局拘捕,判处监禁二年,1905 年 4 月死于狱中。

〔4〕　《革命军》　邹容著,章炳麟序,清光绪二十九年(1903)刊行,全书共七章。它揭露清朝政府的残酷统治,提出建立“自由独立”的“中华共和国”的理想,起了很大的革命鼓动作用。作者在自序后署“皇汉民族亡国后之二百六十年岁次癸卯三月日革命军中马前卒邹容记”。

〔5〕　三民主义　孙中山为中国资产阶级民主革命提出的原则和纲领,即民族主义、民权主义、民生主义。1924 年孙中山在中国共产党帮助下,改组国民党,确定了联俄、联共、扶助农工的三大政策,重新解释三民主义,即新三民主义。蒋介石叛变革命后,背叛了三大政策,三民主义学说也被篡改。

〔6〕　同盟会　即中国革命同盟会,资产阶级的革命政党。1905 年 8 月在孙中山领导下,以兴中会和华兴会为基础,联络光复会,成立于日本东京。它的政治纲领是推翻清朝政府,建立资产阶级民主共和国。

〔7〕　孙中山在《自传》中谈到清末反清运动时说:“在上海则有章

太炎、吴稚晖、邹容等借《苏报》以鼓吹革命,为清廷所控,太炎、邹容被拘囚租界监狱,吴亡命欧洲。此案涉及清帝个人,为朝廷与人民聚讼之始,清朝以来未有也。清廷虽讼胜,而章、邹不过仅得囚禁两年而已。于是民气为之大壮。邹容著有《革命军》一书,为排满最激烈之言论,华侨极为欢迎,其开导华侨风气,为力甚大。"

《近代世界短篇小说集》小引[1]

　　一时代的纪念碑底的文章,文坛上不常有;即有之,也什九是大部的著作。以一篇短的小说而成为时代精神所居的大宫阙者,是极其少见的。

　　但至今,在巍峨灿烂的巨大的纪念碑底的文学之旁,短篇小说也依然有着存在的充足的权利。不但巨细高低,相依为命,也譬如身入大伽蓝[2]中,但见全体非常宏丽,眩人眼睛,令观者心神飞越,而细看一雕阑一画础,虽然细小,所得却更为分明,再以此推及全体,感受遂愈加切实,因此那些终于为人所注重了。

　　在现在的环境中,人们忙于生活,无暇来看长篇,自然也是短篇小说的繁生的很大原因之一。只顷刻间,而仍可借一斑略知全豹,以一目尽传精神,用数顷刻,遂知种种作风,种种作者,种种所写的人和物和事状,所得也颇不少的。而便捷,易成,取巧……这些原因还在外。

　　中国于世界所有的大部杰作很少译本,翻译短篇小说的却特别的多者,原因大约也为此。我们——译者的汇印这书,则原因就在此。贪图用力少,绍介多,有些不肯用尽呆气力的坏处,是自问恐怕也在所不免的。但也有一点只要能培一朵花,就不妨做做会朽的腐草的近于不坏的意思。还有,是要将零星的小品,聚在一本里,可以较不容易于散亡。

　　我们——译者,都是一面学习,一面试做的人,虽于这一点小事,力量也还很不够,选的不当和译的错误,想来是一定不免的。我们愿受读者和批评者的指正。

　　一九二九年四月二十六日,朝花社同人识。

＊　　　　＊　　　　＊

　　〔1〕　本篇最初印入 1929 年 4 月出版的《近代世界短篇小说（一）》。

　　《近代世界短篇小说集》,是鲁迅和柔石等创立的朝花社的出版物之一,分《奇剑及其他》和《在沙漠上》两集,收入比利时、捷克、法国、匈牙利、俄国和苏联、犹太、南斯拉夫、西班牙等国家和民族的短篇小说二十四篇。

　　〔2〕　伽蓝　梵语 Saṅghārāma(僧伽蓝摩)的略称,亦译作"众园"或"僧院",意思是僧众所住的园林,后泛指寺庙。

现今的新文学的概观[1]

——五月二十二日在燕京大学国文学会讲

这一年多，我不很向青年诸君说什么话了，因为革命以来，言论的路很窄小，不是过激，便是反动，于大家都无益处。这一次回到北平，几位旧识的人要我到这里来讲几句，情不可却，只好来讲几句。但因为种种琐事，终于没有想定究竟来讲什么——连题目都没有。

那题目，原是想在车上拟定的，但因为道路坏，汽车颠起来有尺多高，无从想起。我于是偶然感到，外来的东西，单取一件，是不行的，有汽车也须有好道路，一切事总免不掉环境的影响。文学——在中国的所谓新文学，所谓革命文学，也是如此。

中国的文化，便是怎样的爱国者，恐怕也大概不能不承认是有些落后。新的事物，都是从外面侵入的。新的势力来到了，大多数的人们还是莫名其妙。北平还不到这样，譬如上海租界，那情形，外国人是处在中央，那外面，围着一群翻译，包探，巡捕，西崽[2]……之类，是懂得外国话，熟悉租界章程的。这一圈之外，才是许多老百姓。

老百姓一到洋场，永远不会明白真实情形，外国人说"Yes"[3]，翻译道，"他在说打一个耳光"，外国人说"No"[4]，翻出来却是他说"去枪毙"。倘想要免去这一类无谓的冤苦，首先是在知道得多一点，冲破了这一个圈子。

在文学界也一样，我们知道得太不多，而帮助我们知识的材料也太少。梁实秋有一个白璧德，徐志摩[5]有一个泰戈尔，胡适之有一个杜威[6]，——是的，徐志摩还有一个曼殊斐儿，他到她坟上去哭过，[7]——创造社有革命文学，时行的文学。不过附和的，创作的很有，研究的却不多，直到现在，还是给几个出题目的人们圈了起来。

各种文学，都是应环境而产生的，推崇文艺的人，虽喜欢说文艺足以煽起风波来，但在事实上，却是政治先行，文艺后变。倘以为文艺可以改变环境，那是"唯心"之谈，事实的出现，并不如文学家所豫想。所以巨大的革命，以前的所谓革命文学者还须灭亡，待到革命略有结果，略有喘息的余裕，这才产生新的革命文学者。为什么呢，因为旧社会将近崩坏之际，是常常会有近似带革命性的文学作品出现的，然而其实并非真的革命文学。例如：或者憎恶旧社会，而只是憎恶，更没有对于将来的理想；或者也大呼改造社会，而问他要怎样的社会，却是不能实现的乌托邦[8]；或者自己活得无聊了，便空泛地希望一大转变，来作刺戟，正如饱于饮食的人，想吃些辣椒爽口；更下的是原是旧式人物，但在社会里失败了，却想另挂新招牌，靠新兴势力获得更好的地位。

希望革命的文人，革命一到，反而沉默下去的例子，在中国便曾有过的。即如清末的南社[9]，便是鼓吹革命的文学团体，他们叹汉族的被压制，愤满人的凶横，渴望着"光复旧物"。

但民国成立以后，倒寂然无声了。我想，这是因为他们的理想，是在革命以后，"重见汉官威仪[10]"，峨冠博带。而事实并不这样，所以反而索然无味，不想执笔了。俄国的例子尤为明显，十月革命开初，也曾有许多革命文学家非常惊喜，欢迎这暴风雨的袭来，愿受风雷的试炼。但后来，诗人叶遂宁，小说家索波里自杀了，近来还听说有名的小说家爱伦堡[11]有些反动。这是什么缘故呢？就因为四面袭来的并不是暴风雨，来试炼的也并非风雷，却是老老实实的"革命"。空想被击碎了，人也就活不下去，这倒不如古时候相信死后灵魂上天，坐在上帝旁边吃点心的诗人们福气。[12]因为他们在达到目的之前，已经死掉了。

中国，据说，自然是已经革了命，——政治上也许如此罢，但在文艺上，却并没有改变。有人说，"小资产阶级文学之抬头"[13]了，其实是，小资产阶级文学在那里呢，连"头"也没有，那里说得到"抬"。这照我上面所讲的推论起来，就是文学并不变化和兴旺，所反映的便是并无革命和进步，——虽然革命家听了也许不大喜欢。

至于创造社所提倡的，更彻底的革命文学——无产阶级文学，自然更不过是一个题目。这边也禁，那边也禁的王独清的从上海租界里遥望广州暴动的诗，[14]"Pong Pong Pong"，铅字逐渐大了起来，只在说明他曾为电影的字幕和上海的酱园招牌所感动，有模仿勃洛克的《十二个》之志而无其力和才。郭沫若的《一只手》[15]是很有人推为佳作的，但内容说一个革命者革命之后失了一只手，所余的一只还能和爱人握手的事,却未免"失"得太巧。五体,四肢之中,倘要失去其一,实在还不如一只手;一条腿就不便,头自然更不行了。只准备失去一只手,是能减少战斗的勇往之气的;我想,革命者所不惜牺牲的,一定不只这一点。《一只手》也还是穷秀才落难,后来终于中状元,谐花烛的老调。

但这些却也正是中国现状的一种反映。新近上海出版的革命文学的一本书的封面上,画着一把钢叉,这是从《苦闷的象征》[16]的书面上取来的,叉的中间的一条尖刺上,又安一个铁锤,这是从苏联的旗子上取来的。然而这样地合了起来,却弄得既不能刺,又不能敲,只能在表明这位作者的庸陋,——也正可以做那些文艺家的徽章。

从这一阶级走到那一阶级去,自然是能有的事,但最好是意识如何,便一一直说,使大众看去,为仇为友,了了分明。不要脑子里存着许多旧的残渣,却故意瞒了起来,演戏似的指着自己的鼻子道,"惟我是无产阶级!"现在的人们既然神经过敏,听到"俄"字便要气绝,连嘴唇也快要不准红了,对于出版物,这也怕,那也怕;而革命文学家又不肯多绍介别国的理论和作品,单是这样的指着自己的鼻子,临了便会像前清的"奉旨申斥"一样,令人莫名其妙的。

对于诸君,"奉旨申斥"大概还须解释几句才会明白罢。这是帝制时代的事。一个官员犯了过失了,便叫他跪在一个什么门外面,皇帝差一个太监来斥骂。这时须得用一点化费,那么,骂几句就完;倘若不用,他便从祖宗一直骂到子孙。这算是皇帝在骂,然而谁能去问皇帝,问他究竟可是要这样地骂呢？去年，据日本的杂志上说，成仿吾是由中国的农工大众选他往德国研究戏曲去了，我们也无从打听，究竟真是这样地选了没有。

所以我想，倘要比较地明白，还只好用我的老话，"多看外国书"，来打破这包围的圈子。这事，于诸君是不甚费力的。关于新兴文学的英文书或英译书，即使不多，然而所有的几本，一定较为切实可靠。多看些别国的理论和作品之后，再来估量中国的新文艺，便可以清楚得多了。更好是绍介到中国来；翻译并不比随便的创作容易，然而于新文学的发展却更有功，于大家更有益。

※　　　※　　　※

〔1〕 本篇最初发表于1929年5月25日北平《未名》半月刊第二卷第八期。

〔2〕 西崽 旧时对西洋人雇用的中国男仆的蔑称。

〔3〕 "Yes" 英语：是。

〔4〕 "No" 英语：不是。

〔5〕 徐志摩（1897—1931） 浙江海宁人，诗人，新月社主要成员。著有《志摩的诗》、《猛虎集》等。1924年4月泰戈尔访华时，他担任翻译，并在《小说月报》上多次发表颂扬泰戈尔的文章。

〔6〕 杜威（J. Dewey，1859—1952） 美国哲学家，实用主义芝加哥学派的创始人。曾任芝加哥大学、哥伦比亚大学教授，美国哲学学会、美国大学教授联合会会长。1919年至1921年间曾到中国讲学，胡适担任翻译。他自称其实用主义哲学为经验自然主义和工具主义，认为客观世界和主观意识都包括在"经验"的统一体之中，"经验"是二者

的交互作用;思想不是客观世界的反映,而是人根据自身的需要提出的"假设"和设计的"工具",能够"兑现价值"和有用就是真理。主要著作有《哲学的改造》、《经验和自然》、《艺术即经验》等。胡适在美留学时曾师从杜威,是实用主义哲学的宣传者。

〔7〕 曼殊斐儿(K. Mansfield,1888—1923) 通译曼斯菲尔德,英国女作家。著有《幸福》、《鸽巢》等中短篇小说集。徐志摩翻译过她的作品。他在《自剖集·欧游漫记》中,说他曾在法国上过曼殊斐儿的坟:"我这次到欧洲来倒像是专做清明来的;我不仅上知名的或与我有关系的坟,……在枫丹薄罗上曼殊斐儿的坟。"

〔8〕 乌托邦 拉丁文 Utopia 的音译,源于英国汤姆士·莫尔在1516 年所作的小说《乌托邦》。书中描写一种叫"乌托邦"的社会组织,寄托着作者空想社会主义的理想,由此"乌托邦"就成了"空想"的同义语。

〔9〕 南社 文学团体,1909 年由柳亚子等人发起,成立于苏州,盛时有社员千余人。他们以诗文鼓吹反清革命。辛亥革命后发生分化,有的附和袁世凯,有的加入安福系、研究系等政客团体,只有少数人坚持进步立场。1923 年解体。该社编印不定期刊《南社》,发表社员所作诗文,共出二十二集。

〔10〕 "汉官威仪" 指汉代叔孙通等人所制定的礼仪制度。《后汉书·光武帝纪》记载:王莽篡位失败被杀后,司隶校尉刘秀(即后来的汉光武帝)带了僚属到长安,当地吏士"及见司隶僚属,皆欢喜不自胜。老吏或垂涕曰:'不图今日复见汉官威仪'"。

〔11〕 爱伦堡(И. Г. Эренбург,1891—1967) 苏联作家。1910 年开始文学活动,十月革命后参加苏维埃政府工作。二十年代的小说分析和批判资本主义社会,也反映出自身矛盾复杂的心态,流露出对革命的怀疑和动摇的情绪,曾受到文艺界的批评。三十年代后写有反映苏

联社会主义建设和表现反法西斯主题的作品。代表作有小说《巴黎的陷落》、《暴风雨》、《九级浪》等。

〔12〕 德国诗人海涅在诗集《还乡记》第六十六首中有这样的句子:"我梦见我自己做了上帝,昂然地高坐在天堂,天使们环绕在我身旁,不绝地称赞着我的诗章。 我在吃糕饼、糖果,喝着酒,和天使们一起欢宴,我享受着这些珍品,却无须破费一个小钱……。"

〔13〕 "小资产阶级文学之抬头" 见李初梨《对于所谓"小资产阶级革命文学"底抬头,普罗列塔利亚文学应该防御自己》(载1928年12月《创造月刊》第二卷第六期)。

〔14〕 指王独清的长诗《II Dec.》(《十二月十一日》),1928年11月出版(未标出版处)。

〔15〕 《一只手》 短篇小说,载1928年《创造月刊》第一卷第九至十一期,内容和这里所说的有出入。该小说写一位童工在劳作时被机器切断一只手,激起工人的暴动。

〔16〕 《苦闷的象征》 文艺论文集,日本文艺评论家厨川白村作。鲁迅曾译成中文,1924年12月北京新潮社出版。中译本的封面为陶元庆作。画面是一把钢叉叉着一个女人的舌头,象征"人间苦"。

"皇 汉 医 学"[1]

革命成功[2]之后,"国术""国技""国花""国医"闹得乌烟瘴气之时,日本人汤本求真做的《皇汉医学》[3]译本也将乘时出版了。广告[4]上这样说——

"日医汤本求真氏于明治三十四年卒业金泽医学专门学校后应世多年觉中西医术各有所长短非比较同异舍短取长不可爱发愤学汉医历十八年之久汇集吾国历来诸家医书及彼邦人士研究汉医药心得之作著《皇汉医学》一书引用书目多至一百余种旁求博考洵大观也……"

我们"皇汉"人实在有些怪脾气的:外国人论及我们缺点的不欲闻,说好处就相信,讲科学者不大提,有几个说神见鬼的便绍介。这也正是同例,金泽医学专门学校卒业者何止数千人,做西洋医学的也有十几位了,然而我们偏偏刮目于可入《无双谱》[5]的汤本先生的《皇汉医学》。

小朋友梵儿[6]在日本东京,化了四角钱在地摊上买到一部冈千仞作的《观光纪游》[7],是明治十七年(一八八四)来游中国的日记。他看过之后,在书头卷尾写了几句牢骚话,寄给我了。来得正好,钞一段在下面:

"二十三日,梦香竹孙来访。……梦香盛称多纪氏[8]医书。余曰,'敝邦西洋医学盛开,无复手多纪氏书

143

者,故贩原板上海书肆,无用陈余之刍狗[9]也。'曰,'多纪氏书,发仲景氏[10]微旨,他年日人必悔此事。'曰,'敝邦医术大开,译书续出,十年之后,中人争购敝邦译书,亦不可知。'梦香默然。余因以为合信氏医书(案:盖指《全体新论》[11]),刻于宁波,宁波距此咫尺,而梦香满口称多纪氏,无一语及合信氏者,何故也?……"(卷三《苏杭日记》下二页。)

冈氏于此等处似乎终于不明白。这是"四千余年古国古"[12]的人民的"收买废铜烂铁"[13]脾气,所以文人则"盛称多纪氏",武人便大买旧炮和废枪,给外国"无用陈余之刍狗"有一条出路。

冈氏距明治维新[14]后不久,还有改革的英气,所以他的日记里常有好意的苦言。革命底批评家或云与其看世纪末的烦琐隐晦没奈何之言,不如上观任何民族开国时文字,证以此事,是颇有一理的。

七月二十八日。

＊　　　＊　　　＊

〔1〕　本篇最初发表于1929年8月5日《语丝》第五卷第二十二期。

"皇汉医学",日本应用中医原理来治病的医学。

〔2〕　革命成功　国民党于1927年发动"四一二"政变后,在南京建立"国民政府",自称"革命成功"。

〔3〕　汤本求真(1867—1941)　日本医生,汉医学家,著有《皇汉

医学》和《日医应用汉方释义》等。《皇汉医学》以中医理论为基础,阐述中医治疗的效用。前部以注解我国东汉张机的医学著作为主,后部分述中医方剂的主治症候。有周子叙的中译本,1930 年 9 月上海中华书局出版。

〔4〕 这是中华书局的"《皇汉医学》出版预告",载 1929 年 7 月 17 日上海《新闻报》。

〔5〕 《无双谱》 清代金古良编绘,内收从汉到宋的"忠孝、才节、事功……妖佞之从来无有者"四十人的画像,并各附乐府诗一首,记其"生平大端"。

〔6〕 梵儿 即李秉中(1905—1940),四川彭县人。原是北京大学学生,后入黄埔军校,继去苏联、日本学习陆军,为国民党军官。早期与作者通信较多。鲁迅 1929 年 7 月 22 日日记:"收李秉中自日本所寄赠《观光纪游》一部三本。"

〔7〕 冈千仞(1833—1914) 日本人。清末曾到中国游历,著有《沪上》、《苏杭》、《燕京》、《粤南》等日记共十卷,总称《观光纪游》,1885年自费刊印。

〔8〕 多纪氏 即多纪蓝溪(1731—1801),名元惪,字仲明,日本内科医生。

〔9〕 刍狗 语出《老子》:"天地不仁,以万物为刍狗。"刍狗是古代祭祀时用草做成的狗,祭后即弃去,所以喻作轻贱无用之物。

〔10〕 仲景氏 张机,字仲景,南阳郡(今河南南阳市)人,东汉医学家。献帝建安中曾官长沙太守。著有《金匮要略》、《伤寒论》。

〔11〕 合信(B·Hobson,1816—1873) 通译本·霍布森,英国的教会传教医师,1839 年(清道光十九年)来华行医。《全体新论》,合信在华编写的生理学著作,陈修堂译,1851 年广东金利埠惠爱医局石印,后在宁波等处刻印。按鲁迅在 1929 年 10 月 22 日致江绍原信中曾说:"括

弧中《全体新论》下,乞添入'等五种'三字。"

〔12〕 "四千余年古国古" 语出清代黄遵宪《出军歌》:"四千余岁古国古,是我完全土。"(载 1902 年 10 月《新小说》第一号)

〔13〕 "收买废铜烂铁" 语出龚自珍《杭大宗逸事状》:"乙酉岁,纯皇帝南巡,大宗迎驾,召见,问汝何以为活?对曰:臣世骏开旧货摊。上曰:何谓开旧货摊?对曰:买破铜烂铁,陈于地卖之。上大笑,手书:'买卖破铜烂铁'六大字赐之。"

〔14〕 明治维新 指发生于日本明治年间(1868—1912)的维新运动。它结束了封建王朝德川幕府的统治,促进了资本主义在日本的发展。

《吾国征俄战史之一页》[1]

大家都说要打俄国，[2]或者"愿为前驱"，或者"愿作后盾"，连中国文学所赖以不坠的新月书店[3]，也登广告出卖关于俄国的书籍两种，则举国之同仇敌忾也可知矣。自然，大势如此，执笔者也应当做点应时的东西，庶几不至于落伍。我于是在七月廿六日《新闻报》的《快活林》里，遇见一篇题作《吾国征俄战史之一页》的叙述详细而昏不可当的文章，可惜限于篇幅，只能摘抄：

"……乃尝读史至元成吉思汗[4]。起自蒙古。入主中夏。开国以后。奄有钦察阿速诸部。命速不台征蔑里吉[5]。复引兵绕宽田吉思海。转战至太和岭[6]。洎太宗七年。又命速不台为前驱。随诸王拔都。皇子贵由。皇侄哥等[7]伐西域。十年乃大举征俄。直逼耶烈赞城[8]。而陷莫斯科。太祖长子术赤[9]遂于其地即汗位。可谓破前古未有之纪载矣。夫一代之英主。开创之际。战胜攻取。用其兵威。不难统一区宇。史册所叙。纵极铺张。要不过禹域以内。讫无西至流沙。举朔北辽绝之地而空之。不特唯是。犹复鼓其余勇。进逼欧洲内地。而有欧亚混一之势者。谓非吾国战史上最有光彩最有荣誉之一页得乎……"

那结论是：

"……质言之。元时之兵锋。不仅足以扼欧亚之吭。而有席卷包举之气象。有足以壮吾国后人之勇气者。固自有在。余故备述之。以告应付时局而固边圉者。"

这只有这作者"清瘰"先生是蒙古人，倒还说得过去。否则，成吉思汗"入主中夏"，术赤在墨斯科"即可汗位"，那时咱们中俄两国的境遇正一样，就是都被蒙古人征服的。为什么中国人现在竟来硬霸"元人"为自己的先人，仿佛满脸光彩似的，去骄傲同受压迫的斯拉夫种的呢？

倘照这样的论法，俄国人就也可以作"吾国征华史之一页"，说他们在元代奄有中国的版图。

倘照这样的论法，则即使俄人此刻"入主中夏"，也就有"欧亚混一之势"，"有足以壮吾国后人"之后人"之勇气者"矣。

嗟乎，赤俄未征，白痴已出，殊"非吾国战史上最有光彩最有荣誉之一页"也！

七月二十八日。

*　　　*　　　*

〔1〕 本篇最初发表于 1929 年 8 月 5 日《语丝》第五卷第二十二期。

〔2〕 1929 年 7 月，国民党当局以武力接收中苏合办的中东铁路，双方发生冲突，国民党藉此掀起"反俄运动"。

〔3〕 新月书店 新月社的书店，1927 年春成立于上海。该店为配合"反俄运动"，曾再版了署名世界室主人的《苏俄评论》和徐志摩的

《自剖》(第三辑为《游俄》),并刊登宣传广告。

〔4〕 成吉思汗(1162—1227) 名铁木真,古代蒙古族的领袖,十三世纪初统一了蒙古族各部落,建立蒙古汗国,被拥戴为王,称成吉思汗,后被尊为元太祖。他曾将蒙古汗国的版图扩展到中亚地区和南俄。后来他的继承者们征服了俄罗斯,建立钦察汗国;又灭了南宋,建立元朝。

〔5〕 速不台(1176—1248) 蒙古汗国大将。1216 年春,成吉思汗命他征服蔑里吉。蔑里吉,通称蔑儿乞,辽金时游牧于色楞格河流域的一个部落。

〔6〕 宽田吉思海 今译里海。太和岭,今译高加索。

〔7〕 拔都(1209—1256) 蒙古汗国大将,成吉思汗之孙。贵由(1206—1248),元太宗窝阔台的长子,后被尊为元定宗。哥,即蒙哥(1208—1259),窝阔台的侄子,后被尊为元宪宗。

〔8〕 耶烈赞城 今译梁赞,在莫斯科之南。

〔9〕 术赤(1177—1225) 蒙古汗国大将,成吉思汗长子。

叶永蓁作《小小十年》小引[1]

　　这是一个青年的作者,以一个现代的活的青年为主角,描写他十年中的行动和思想的书。

　　旧的传统和新的思潮,纷纭于他的一身,爱和憎的纠缠,感情和理智的冲突,缠绵和决撒的迭代,欢欣和绝望的起伏,都逐着这"小小十年"而开展,以形成一部感伤的书,个人的书。但时代是现代,所以从旧家庭所希望的"上进"而渡到革命,从交通不大方便的小县而渡到"革命策源地"的广州,从本身的婚姻不自由而渡到伟大的社会改革——但我没有发见其间的桥梁。

　　一个革命者,将——而且实在也已经(!)——为大众的幸福斗争,然而独独宽恕首先压迫自己的亲人,将枪口移向四面是敌,但又四不见敌的旧社会;一个革命者,将为人我争解放,然而当失去爱人的时候,却希望她自己负责,并且为了革命之故,不愿自己有一个情敌,——志愿愈大,希望愈高,可以致力之处就愈少,可以自解之处也愈多。——终于,则甚至闪出了惟本身目前的刹那间为惟一的现实一流的阴影。在这里,是屹然站着一个个人主义者,遥望着集团主义的大纛,但在"重上征途"[2]之前,我没有发见其间的桥梁。

　　释迦牟尼[3]出世以后,割肉喂鹰,投身饲虎的是小乘,渺

150

渺茫茫地说教的倒算是大乘，总是发达起来，我想，那机微就在此。

然而这书的生命，却正在这里。他描出了背着传统，又为世界思潮所激荡的一部分的青年的心，逐渐写来，并无遮瞒，也不装点，虽然间或有若干辩解，而这些辩解，却又正是脱去了自己的衣裳。至少，将为现在作一面明镜，为将来留一种记录，是无疑的罢。多少伟大的招牌，去年以来，在文摊上都挂过了，但不到一年，便以变相和无物，自己告发了全盘的欺骗，中国如果还会有文艺，当然先要以这样直说自己所本有的内容的著作，来打退骗局以后的空虚。因为文艺家至少是须有直抒己见的诚心和勇气的，倘不肯吐露本心，就更谈不到什么意识。

我觉得最有意义的是渐向战场的一段，无论意识如何，总之，许多青年，从东江起，而上海，而武汉，而江西，为革命战斗了，其中的一部分，是抱着种种的希望，死在战场上，再看不见上面摆起来的是金交椅呢还是虎皮交椅。种种革命，便都是这样地进行，所以掉弄笔墨的，从实行者看来，究竟还是闲人之业。

这部书的成就，是由于曾经革命而没有死的青年。我想，活着，而又在看小说的人们，当有许多人发生同感。

技术，是未曾矫揉造作的。因为事情是按年叙述的，所以文章也倾泻而下，至使作者在《后记》里，不愿称之为小说[4]，但也自然是小说。我所感到累赘的只是说理之处过于多，校读时删节了一点，倘使反而损伤原作了，那便成了校者的责任。还有好像缺点而其实是优长之处,是语汇的不丰,新文学兴起以来,未忘积习而常用成语如我的和故意作怪而乱用谁也不懂的生语如创造社一流的文字,都使文艺和大众隔离,这部书却加以扫荡了,使读者可以更易于了解,然而从中作梗的还有许多新名词。

　　通读了这部书,已经在一月之前了,因为不得不写几句,便凭着现在所记得的写了这些字。我不是什么社的内定的"斗争"的"批评家"之一员,只能直说自己所愿意说的话。我极欣幸能绍介这真实的作品于中国,还渴望看见"重上征途"以后之作的新吐的光芒。

　　一九二九年七月二十八日,于上海,鲁迅记。

　　＊　　　　　＊　　　　　＊

　　〔1〕　本篇最初发表于 1929 年 8 月 15 日上海《春潮月刊》第一卷第八期。

　　叶永蓁(1908—1976),原名叶会西,浙江乐清人,第一次国内革命战争时期黄埔军校第五期学生,革命失败后一度寄居上海,后重为国民党军队的军官。《小小十年》是他的一部自传体长篇小说,1929 年 9 月上海春潮书局出版。

　　〔2〕　"重上征途"　《小小十年》的最后一章。

　　〔3〕　释迦牟尼(Sakyamuni,约前 565—前 486)　佛教创始人。相传是北天竺迦毗罗卫国(在今尼泊尔境内)净饭王的儿子,二十九岁时出家修行,后"悟道成佛"。

　　〔4〕　小说作者在《后记》中说:"写到这里,总算有好几万字了。但我也不知道究竟写了些什么。小说吗? 不像! 散文吗? 不像!"

柔石作《二月》小引^[1]

冲锋的战士,天真的孤儿,年青的寡妇,热情的女人,各有主义的新式公子们,死气沉沉而交头接耳的旧社会,倒也并非如蜘蛛张网,专一在待飞翔的游人,但在寻求安静的青年的眼中,却化为不安的大苦痛。这大苦痛,便是社会的可怜的椒盐,和战士孤儿等辈一同,给无聊的社会一些味道,使他们无聊地持续下去。

浊浪在拍岸,站在山冈上者和飞沫不相干,弄潮儿则于涛头且不在意,惟有衣履尚整,徘徊海滨的人,一溅水花,便觉得有所沾湿,狼狈起来。这从上述的两类人们看来,是都觉得诧异的。但我们书中的青年萧君,便正落在这境遇里。他极想有为,怀着热爱,而有所顾惜,过于矜持,终于连安住几年之处,也不可得。他其实并不能成为一小齿轮,跟着大齿轮转动,他仅是外来的一粒石子,所以轧了几下,发几声响,便被挤到女佛山^[2]——上海去了。

他幸而还坚硬,没有变成润泽齿轮的油。

但是,矍昙(释迦牟尼)从夜半醒来,目睹宫女们睡态之丑,于是慨然出家,而霍善斯坦因^[3]以为是醉饱后的呕吐。那么,萧君的决心遁走,恐怕是胃弱而禁食的了,虽然我还无从明白其前因,是由于气质的本然,还是战后的暂时的劳顿。

　　我从作者用了工妙的技术所写成的草稿上，看见了近代青年中这样的一种典型，周遭的人物，也都生动，便写下一些印象，算是序文。大概明敏的读者，所得必当更多于我，而且由读时所生的诧异或同感，照见自己的姿态的罢？那实在是很有意义的。

　　一九二九年八月二十日，鲁迅记于上海。

　　＊　　　　＊　　　　＊

　　〔1〕　本篇最初发表于 1929 年 9 月 1 日上海《朝花旬刊》第一卷第十期。

　　柔石　参看《二心集·柔石小传》及其有关注。《二月》，中篇小说，1929 年 11 月上海春潮书局出版。

　　〔2〕　女佛山　小说《二月》中的一个地名。

　　〔3〕　霍善斯坦因（W. Hausenstein, 1882—1957）　德国文艺批评家。这里所引他对于释迦牟尼出家的解释，见他的《艺术与社会·印度的社会和艺术》。

《小彼得》译本序^[1]

这连贯的童话六篇，原是日本林房雄^[2]的译本（一九二七年东京晓星阁出版），我选给译者，作为学习日文之用的。逐次学过，就顺手译出，结果是成了这一部中文的书。但是，凡学习外国文字的，开手不久便选读童话，我以为不能算不对，然而开手就翻译童话，却很有些不相宜的地方，因为每容易拘泥原文，不敢意译，令读者看得费力。这译本原先就很有这弊病，所以我当校改之际，就大加改译了一通，比较地近于流畅了。——这也就是说，倘因此而生出不妥之处来，也已经是校改者的责任。

作者海尔密尼亚·至尔·妙伦（Hermynia Zur Muehlen）^[3]，看姓氏好像德国或奥国人，但我不知道她的事迹。据同一原译者所译的同作者的别一本童话《真理之城》（一九二八年南宋书院出版）的序文上说，则是匈牙利的女作家，但现在似乎专在德国做事，一切战斗的科学底社会主义的期刊——尤其是专为青年和少年而设的页子上，总能够看见她的姓名。作品很不少，致密的观察，坚实的文章，足够成为真正的社会主义作家之一人，而使她有世界的名声者，则大概由于那独创底的童话云。

不消说，作者的本意，是写给劳动者的孩子们看的，但输入中国,结果却又不如此。首先的缘故,是劳动者的孩子们轮不到受教育,不能认识这四方形的字和格子布模样的文章,所以在他们,和这是毫无关系,且不说他们的无钱可买书和无暇去读书。但是,即使在受过教育的孩子们的眼中,那结果也还是和在别国不一样。为什么呢?第一,还是因为文章,故事第五篇中所讽刺的话法的缺点,在我们的文章中可以说是几乎全篇都是。第二,这故事前四篇所用的背景,是:煤矿,森林,玻璃厂,染色厂;读者恐怕大多数都未曾亲历,那么,印象也当然不能怎样地分明。第三,作者所被认为"真正的社会主义作家"者,我想,在这里,有主张大家的生存权(第二篇),主张一切应该由战斗得到(第六篇之末)等处,可以看出,但披上童话的花衣,而就遮掉些斑斓的血汗了。尤其是在中国仅有几本这种的童话孤行,而并无基本底,坚实底的文籍相帮的时候。并且,我觉得,第五篇中银茶壶的话,太富于纤细的,琐屑的,女性底的色彩,在中国现在,或者更易得到共鸣罢,然而却应当忽略的。第四,则故事中的物件,在欧美虽然很普通,中国却纵是中产人家,也往往未曾见过。火炉即是其一;水瓶和杯子,则是细颈大肚的玻璃瓶和长圆的玻璃杯,在我们这里,只在西洋菜馆的桌上和汽船的二等舱中,可以见到。破雪草也并非我们常见的植物,有是有的,药书上称为"獐耳细辛"(多么烦难的名目呵!),是一种毛茛科的小草,叶上有毛,冬末就开白色或淡红色的小花,来"报告冬天就要收场的好消息"。日本称为"雪割草",就为此。破雪草又是日本名的意译,我曾用在《桃色的云》[4]上,现在也袭用了,似乎较胜于"獐耳细辛"之古板罢。

总而言之,这作品一经搬家,效果已大不如作者的意料。倘使硬要加上一种意义,那么,至多,也许可以供成人而不失赤子之心的,或并未劳动而不忘勤劳大众的人们的一览,或者给留心世界文学的人们,报告现代劳动者文学界中,有这样的一位作家,这样的一种作品罢了。

原译本有六幅乔治·格罗斯[5](George Grosz)的插图,现在也加上了,但因为几经翻印,和中国制版术的拙劣,制版者的不负责任,已经几乎全失了原作的好处,——尤其是如第二图,——只能算作一个空名的绍介。格罗斯是德国人,原属踏踏主义(Dadaismus)者之一人,后来却转了左翼。据匈牙利的批评家玛察[6](I. Matza)说,这是因为他的艺术要有内容——思想,已不能被踏踏主义所牢笼的缘故。欧洲大战时候,大家用毒瓦斯来打仗,他曾画了一幅讽刺画[7],给钉在十字架上的耶稣的嘴上,也蒙上一个避毒的嘴套,于是很受了一场罚,也是有名的事,至今还颇有些人记得的。

一九二九年九月十五日,校讫记。

* * *

〔1〕 本篇最初印入1929年11月上海春潮书局出版的《小彼得》中译本。

《小彼得》,原名《小彼得的朋友们讲的故事》,由许霞(许广平)翻译,鲁迅校改。

〔2〕 林房雄(1903—1975) 日本作家,曾参加日本无产阶级文

艺联盟和全日本无产者艺术联盟,1930 年被捕后发表"转向"声明,拥护天皇和军国主义。

〔3〕　海尔密尼亚·至尔·妙伦(1883—1951)　德国女作家。生于维也纳,童年随父到过欧亚不少国家。她熟悉工人生活,曾参加德国无产阶级文学活动。1933 年在德国纳粹党压迫下,长期流亡国外。她的作品除《小彼得》和文中所说的《真理之城》外,还有《玫瑰》、《织毯工阿里》等。

〔4〕　《桃色的云》　俄国爱罗先珂作的童话剧,鲁迅的中文译本于 1923 年 7 月北京新潮社出版。

〔5〕　乔治·格罗斯(1893—1959)　德国讽刺画家,装帧设计家,1933 年移居美国。

〔6〕　玛察(1893—?)　匈牙利文艺批评家,生于捷克,1923 年移居苏联,从事艺术理论教学和研究工作。他对格罗斯的评论,见他所著《现代欧洲的艺术》(有冯雪峰中译本,1930 年 6 月上海大江书铺出版)。

〔7〕　指格罗斯于 1923 年画的《耶稣受难像》。1925 年他因画《资产阶级的镜子》,曾受到德国当局的审讯。

流 氓 的 变 迁[1]

孔墨都不满于现状,要加以改革,但那第一步,是在说动人主,而那用以压服人主的家伙,则都是"天"[2]。

孔子之徒为儒,墨子之徒为侠[3]。"儒者,柔也"[4],当然不会危险的。惟侠老实,所以墨者的末流,至于以"死"[5]为终极的目的。到后来,真老实的逐渐死完,止留下取巧的侠,汉的大侠,就已和公侯权贵相馈赠,[6]以备危急时来作护符之用了。

司马迁说:"儒以文乱法,而侠以武犯禁"[7],"乱"之和"犯",决不是"叛",不过闹点小乱子而已,而况有权贵如"五侯"[8]者在。

"侠"字渐消,强盗起了,但也是侠之流,他们的旗帜是"替天行道"。他们所反对的是奸臣,不是天子,他们所打劫的是平民,不是将相。李逵劫法场[9]时,抢起板斧来排头砍去,而所砍的是看客。一部《水浒》,说得很分明:因为不反对天子,所以大军一到,便受招安,替国家打别的强盗——不"替天行道"[10]的强盗去了。终于是奴才。

满洲入关,中国渐被压服了,连有"侠气"的人,也不敢再起盗心,不敢指斥奸臣,不敢直接为天子效力,于是跟一个好官员或钦差大臣,给他保镖,替他捕盗,一部《施公案》[11],也说得很分明,还有《彭公案》[12],《七侠五义》[13]之流,至今没有穷尽。他们出身清白,连先前也并无坏处,虽在钦差之下,究居平民之上,对一方面固然必须听命,对别方面还是大可逞雄,安全之度增多了,奴性也跟着加足。

然而为盗要被官兵所打,捕盗也要被强盗所打,要十分安全的侠客,是觉得都不妥当的,于是有流氓。和尚喝酒他来打,男女通奸他来捉,私娼私贩他来凌辱,为的是维持风化;乡下人不懂租界章程他来欺侮,为的是看不起无知;剪发女人他来嘲骂,社会改革者他来憎恶,为的是宝爱秩序。但后面是传统的靠山,对手又都非浩荡的强敌,他就在其间横行过去。现在的小说,还没有写出这一种典型的书,惟《九尾龟》[14]中的章秋谷,以为他给妓女吃苦,是因为她要敲人们竹杠,所以给以惩罚之类的叙述,约略近之。

由现状再降下去,大概这一流人将成为文艺书中的主角了,我在等候"革命文学家"张资平[15]"氏"的近作。

*　　*　　*

〔1〕 本篇最初发表于1930年1月1日上海《萌芽月刊》第一卷第一期。

〔2〕 "天" 指儒、墨两家著作中的所谓"天命"、"天意"。如《论语·季氏》:"君子有三畏:畏天命,畏大人,畏圣人之言。"《墨子·天志》:"顺天意者兼相爱,交相利,必得赏。反天意者别相恶,交相贼,必得罚。"

〔3〕 墨子(约前468—前376) 名翟,春秋战国之际鲁国人,墨

家学派的创始者。他的言行,经他的弟子及后学辑入《墨子》一书。墨子之徒多尚武。他死后,他的学派起分化,以宋鈃、许行等为代表的正统派,到秦汉时演化成为游侠。

〔4〕 "儒者,柔也" 见许慎《说文解字》:"儒者,柔也,术士之称。"

〔5〕 "死" 指游侠中流行的所谓"其言必信,其行必果,已诺必诚,不爱其躯"(见《史记·游侠列传》)的一种侠义精神。这些游侠往往为某些权贵所豢养。"士为知己者死",是他们的道德观念。

〔6〕 汉代的大侠多和权贵交往勾结,如《汉书·游侠传》载,陈遵"居长安中,列侯近臣贵戚皆贵重之。牧守当之官,及郡国豪杰至京师者,莫不相因到遵门。"

〔7〕 "儒以文乱法,而侠以武犯禁" 语出《韩非子·五蠹》。司马迁在《史记·游侠列传》中也曾引用此语。

〔8〕 "五侯" 汉成帝(刘骜)河平二年(前27),外戚王谭、王逢时、王根、王立、王商兄弟五人同日封侯,当时称为"五侯"。据《汉书·游侠传》载,"五侯"豢养许多儒侠之士,其中大侠楼护(君卿)最受信用,是"五侯上客"。

〔9〕 李逵劫法场 见一百二十回本《水浒传》第四十回。

〔10〕 《水浒》 即《水浒传》,元末明初施耐庵作,是一部以北宋宋江领导的农民起义为题材的长篇小说。书中有宋江受朝廷招安后又去镇压方腊等农民起义军的情节。"替天行道"是宋江一贯打着的旗号。

〔11〕 《施公案》 清代公案小说,作者不详,共九十七回。写康熙年间施仕纶官江都知县至漕运总督时,黄天霸为他办案的故事,1838年印行。

〔12〕 《彭公案》 清代公案小说,署贪梦道人作,共一百回。写

康熙年间一帮江湖侠客为三河知县彭鹏办案的故事，1891 年印行。

〔13〕 《七侠五义》 原名《三侠五义》，清代侠义小说，署石玉昆述，入迷道人编订，共一百二十回。1879 年印行，后经俞樾修订，1889 年重印，改名《七侠五义》。前半部主要写包拯审案的故事，后半部主要写江湖侠客的活动。

〔14〕 《九尾龟》 张春帆作，描写妓女生活的小说，1910 年出版。

〔15〕 张资平 参看《二心集·张资平氏的"小说学"》及其有关注。

新月社批评家的任务[1]

新月社中的批评家[2]，是很憎恶嘲骂的，但只嘲骂一种人，是做嘲骂文章者。新月社中的批评家，是很不以不满于现状的人为然的，但只不满于一种现状，是现在竟有不满于现状者。

这大约就是"即以其人之道，还治其人之身"[3]，挥泪以维持治安的意思。

譬如，杀人，是不行的。但杀掉"杀人犯"的人，虽然同是杀人，又谁能说他错？打人，也不行的。但大老爷要打斗殴犯人的屁股时，皂隶来一五一十的打，难道也算犯罪么？新月社批评家虽然也有嘲骂，也有不满，而独能超然于嘲骂和不满的罪恶之外者，我以为就是这一个道理。

但老例，刽子手和皂隶既然做了这样维持治安的任务，在社会上自然要得到几分的敬畏，甚至于还不妨随意说几句话，在小百姓面前显显威风，只要不大妨害治安，长官向来也就装作不知道了。

现在新月社的批评家这样尽力地维持了治安，所要的却不过是"思想自由"[4]，想想而已，决不实现的思想。而不料遇到了别一种维持治安法[5]，竟连想也不准想了。从此以后，恐怕要不满于两种现状了罢。

*　　　*　　　*

〔1〕　本篇最初发表于 1930 年 1 月 1 日《萌芽月刊》第一卷第一期。

〔2〕　*新月社中的批评家*　指梁实秋。他在《新月》月刊第二卷第五号(1929 年 7 月)发表的《论批评的态度》中，提倡"'严正'的批评"，攻击"幽默而讽刺的文章"是"粗糙叫嚣的文字"，指责"对于现状不满"的人只是"说几句尖酸刻薄的俏皮话"。

〔3〕　*"即以其人之道，还治其人之身"*　语出《中庸》宋代朱熹注。

〔4〕　*"思想自由"*　新月派当时曾提倡"思想自由"。如梁实秋在《新月》月刊第二卷第三号(1929 年 5 月)《论思想统一》中说："我们反对思想统一，我们要求思想自由"。

〔5〕　*别一种维持治安法*　指国民党的思想统制。当时新月派要求的"思想自由"也得不到允许，例如胡适在 1929 年《新月》月刊上先后发表《人权与约法》、《知难，行亦不易》等文，国民党当局认为他"批评党义"、"污辱总理"，曾议决由教育部对胡适加以"警戒"。

书 籍 和 财 色[1]

今年在上海所见,专以小孩子为对手的糖担,十有九带了赌博性了,用一个铜元,经一种手续,可有得到一个铜元以上的糖的希望。但专以学生为对手的书店,所给的希望却更其大,更其多——因为那对手是学生的缘故。

书籍用实价,废去"码洋"的陋习,是始于北京的新潮社——北新书局[2]的,后来上海也多仿行,盖那时改革潮流正盛,以为买卖两方面,都是志在改进的人(书店之以介绍文化者自居,至今还时见于广告上),正不必先定虚价,再打折扣,玩些互相欺骗的把戏。然而将麻雀牌送给世界,且以此自豪的人民,对于这样简捷了当,没有意外之利的办法,是终于耐不下去的。于是老病出现了,先是小试其技:送画片。继而打折扣,自九折以至对折,但自然又不是旧法,因为总有一个定期和原因,或者因为学校开学,或者因为本店开张一年半的纪念之类。花色一点的还有赠丝袜,请吃冰淇淋,附送一只锦盒,内藏十件宝贝,价值不资。更加见得切实,然而确是惊人的,是定一年报或买几本书,便有得到"劝学奖金"一百元或"留学经费"二千元的希望。洋场上的"轮盘赌"[3],付给赢家的钱,最多也不过每一元付了三十六元,真不如买书,那"希望"之大,远甚远甚。

我们的古人有言，"书中自有黄金屋"，现在渐在实现了。但后一句，"书中自有颜如玉"[4]呢？

日报所附送的画报上，不知为了什么缘故而登载的什么"女校高材生"和什么"女士在树下读书"的照相之类，且作别论，则买书一元，赠送裸体画片的勾当，是应该举为带着"颜如玉"气味的一例的了。在医学上，"妇人科"虽然设有专科，但在文艺上，"女作家"分为一类[5]却未免滥用了体质的差别，令人觉得有些特别的。但最露骨的是张竞生[6]博士所开的"美的书店"，曾经对面呆站着两个年青脸白的女店员，给买主可以问她"《第三种水》出了没有？"等类，一举两得，有玉有书。可惜"美的书店"竟遭禁止。张博士也改弦易辙，去译《卢骚忏悔录》[7]，此道遂有中衰之叹了。

书籍的销路如果再消沉下去，我想，最好是用女店员卖女作家的作品及照片，仍然抽彩，给买主又有得到"劝学"，"留学"的款子的希望。

* * *

〔1〕 本篇最初发表于 1930 年 2 月 1 日《萌芽月刊》第一卷第二期。

〔2〕 新潮社 北京大学部分学生和教员组成的文化团体，主要成员有傅斯年、罗家伦、杨振声和周作人等。1918 年底成立。1919 年 1 月创办《新潮》月刊，次年八月起出版《新潮丛书》，1923 年起出版《新潮社文艺丛书》。北新书局，1925 年 3 月成立于北京，由原新潮社成员李小峰主持。当时主要出版新文艺书籍。

〔3〕 "轮盘赌" 欧洲赌场中的一种赌博方法,当时也盛行于上海租界。

〔4〕 "书中自有黄金屋" 见相传为宋真宗(赵恒)所作的《劝学文》:"读,读,读! 书中自有黄金屋;读,读,读! 书中自有千锺粟;读,读,读! 书中自有颜如玉。"

〔5〕 "女作家"分为一类 张若谷曾编辑《女作家杂志》,1929 年9 月由上海女作家杂志社出版。

〔6〕 张竞生(1888—1970) 广东饶平人,法国巴黎大学哲学博士,曾任北京大学教授。著有《美的人生观》、《美的社会组织法》等。1926 年起在上海编辑《新文化》月刊,1927 年开设美的书店(不久即被封闭),宣传性文化。"第三种水"指女性性生活中的分泌物。美的书店曾出版他写的小册子《第三种水》。

〔7〕 《忏悔录》 卢梭于 1778 年写的自传体小说。张竞生曾翻译它的第一、二部分,1929 年上海美的书店出版。

我和《语丝》的始终[1]

　　同我关系较为长久的,要算《语丝》了。

　　大约这也是原因之一罢,"正人君子"们的刊物,曾封我为"语丝派主将",连急进的青年所做的文章,至今还说我是《语丝》的"指导者"。去年,非骂鲁迅便不足以自救其没落的时候,我曾蒙匿名氏寄给我两本中途的《山雨》,打开一看,其中有一篇短文,大意是说我和孙伏园君在北京因被晨报馆所压迫,创办《语丝》,现在自己一做编辑,便在投稿后面乱加按语,曲解原意,压迫别的作者了,孙伏园君却有绝好的议论,所以此后鲁迅应该听命于伏园。[2]这听说是张孟闻[3]先生的大文,虽然署名是另外两个字。看来好像一群人,其实不过一两个,这种事现在是常有的。

　　自然,"主将"和"指导者",并不是坏称呼,被晨报馆所压迫,也不能算是耻辱,老人该受青年的教训,更是进步的好现象,还有什么话可说呢。但是,"不虞之誉"[4],也和"不虞之毁"一样地无聊,如果生平未曾带过一兵半卒,而有人拱手颂扬道,"你真像拿破仑[5]呀!"则虽是志在做军阀的未来的英雄,也不会怎样舒服的。我并非"主将"的事,前年早已声辩了——虽然似乎很少效力——这回想要写一点下来的,是我从来没有受过晨报馆的压迫,也并不是和孙伏园先生两个人创

168

办了《语丝》。这的创办，倒要归功于伏园一位的。

那时伏园是《晨报副刊》[6]的编辑，我是由他个人来约，投些稿件的人。

然而我并没有什么稿件，于是就有人传说，我是特约撰述，无论投稿多少，每月总有酬金三四十元的。据我所闻，则晨报馆确有这一种太上作者，但我并非其中之一，不过因为先前的师生——恕我僭妄，暂用这两个字——关系罢，似乎也颇受优待：一是稿子一去，刊登得快；二是每千字二元至三元的稿费，每月底大抵可以取到；三是短短的杂评，有时也送些稿费来。但这样的好景象并不久长，伏园的椅子颇有不稳之势。因为有一位留学生[7]（不幸我忘掉了他的名姓）新从欧洲回来，和晨报馆有深关系，甚不满意于副刊，决计加以改革，并且为战斗计，已经得了"学者"[8]的指示，在开手看 Anatole France[9]的小说了。

那时的法兰斯，威尔士，萧，[10]在中国是大有威力，足以吓倒文学青年的名字，正如今年的辛克莱儿一般，所以以那时而论，形势实在是已经非常严重。不过我现在无从确说，从那位留学生开手读法兰斯的小说起到伏园气忿忿地跑到我的寓里来为止的时候，其间相距是几月还是几天。

"我辞职了。可恶！"

这是有一夜，伏园来访，见面后的第一句话。那原是意料中事，不足异的。第二步，我当然要问问辞职的原因，而不料竟和我有了关系。他说，那位留学生乘他外出时，到排字房去将我的稿子抽掉，因此争执起来，弄到非辞职不可了。但我并不气忿，因为那稿子不过是三段打油诗，题作《我的失恋》，是看见当时"阿呀阿唷，我要死了"之类的失恋诗盛行，故意做一首用"由她去罢"收场的东西，开开玩笑的。这诗后来又添了一段，登在《语丝》上，再后来就收在《野草》中。而且所用的又是另一个新鲜的假名，在不肯登载第一次看见姓名的作者的稿子的刊物上，也当然很容易被有权者所放逐的。

但我很抱歉伏园为了我的稿子而辞职，心上似乎压了一块沉重的石头。几天之后，他提议要自办刊物了，我自然答应愿意竭力"呐喊"。至于投稿者，倒全是他独力邀来的，记得是十六人，不过后来也并非都有投稿。于是印了广告，到各处张贴，分散，大约又一星期，一张小小的周刊便在北京——尤其是大学附近——出现了。这便是《语丝》。

那名目的来源，听说，是有几个人，任意取一本书，将书任意翻开，用指头点下去，那被点到的字，便是名称。那时我不在场，不知道所用的是什么书，是一次便得了《语丝》的名，还是点了好几次，而曾将不像名称的废去。但要之，即此已可知这刊物本无所谓一定的目标，统一的战线；那十六个投稿者，意见态度也各不相同，例如顾颉刚教授，投的便是"考古"稿子，不如说，和《语丝》的喜欢涉及现在社会者，倒是相反的。不过有些人们，大约开初是只在敷衍和伏园的交情的罢，所以投了两三回稿，便取"敬而远之"的态度，自然离开。连伏园自己，据我的记忆，自始至今，也只做过三回文字，末一回是宣言从此要大为《语丝》撰述，然而宣言之后，却连一个字也不见了。于是《语丝》的固定的投稿者，至多便只剩了五六人，但同时也在不意中显了一种特色,是:任意而谈,无所顾忌,要催促新的产生,对于有害于新的旧物,则竭力加以排击,——但应该产生怎样的"新",却并无明白的表示,而一到觉得有些危急之际,也还是故意隐约其词。陈源教授痛斥"语丝派"的时候,说我们不敢直骂军阀,而偏和握笔的名人为难,便由于这一点。[11]但是,叱吧儿狗险于叱狗主人,我们其实也知道的,所以隐约其词者,不过要使走狗嗅得,跑去献功时,必须详加说明,比较地费些力气,不能直捷痛快,就得好处而已。

当开办之际,努力确也可惊,那时做事的,伏园之外,我记得还有小峰和川岛[12],都是乳毛还未褪尽的青年,自跑印刷局,自去校对,自叠报纸,还自己拿到大众聚集之处去兜售,这真是青年对于老人,学生对于先生的教训,令人觉得自己只用一点思索,写几句文章,未免过于安逸,还须竭力学好了。

但自己卖报的成绩,听说并不佳,一纸风行的,还是在几个学校,尤其是北京大学,尤其是第一院(文科)。理科次之。在法科,则不大有人顾问。倘若说,北京大学的法,政,经济科出身诸君中,绝少有《语丝》的影响,恐怕是不会很错的。至于对于《晨报》的影响,我不知道,但似乎也颇受些打击,曾经和伏园来说和,伏园得意之余,忘其所以,曾以胜利者的笑容,笑着对我说道:

"真好,他们竟不料踏在炸药上了!"

这话对别人说是不算什么的。但对我说,却好像浇了一碗冷水,因为我即刻觉得这"炸药"是指我而言,用思索,做文章,都不过使自己为别人的一个小纠葛而粉身碎骨,心里就一面想：

"真糟，我竟不料被埋在地下了！"

我于是乎"彷徨"起来。

谭正璧[13]先生有一句用我的小说的名目，来批评我的作品的经过的极伶俐而省事的话道："鲁迅始于'呐喊'而终于'彷徨'"（大意），我以为移来叙述我和《语丝》由始以至此时的历史，倒是很确切的。

但我的"彷徨"并不用许多时，因为那时还有一点读过尼采的《Zarathustra》[14]的余波，从我这里只要能挤出——虽然不过是挤出——文章来，就挤了去罢，从我这里只要能做出一点"炸药"来，就拿去做了罢，于是也就决定，还是照旧投稿了——虽然对于意外的被利用，心里也耿耿了好几天。

《语丝》的销路可只是增加起来，原定是撰稿者同时负担印费的，我付了十元之后，就不见再来收取了，因为收支已足相抵，后来并且有了赢余。于是小峰就被尊为"老板"，但这推尊并非美意，其时伏园已另就《京报副刊》编辑之职，川岛还是捣乱小孩，所以几个撰稿者便只好辖住了多眨眼而少开口的小峰，加以荣名，勒令拿出赢余来，每月请一回客。这"将欲取之，必先与之"的方法果然奏效，从此市场中的茶居或饭铺的或一房门外，有时便会看见挂着一块上写"语丝社"的木牌。倘一驻足，也许就可以听到疑古玄同[15]先生的又快又响的谈吐。但我那时是在避开宴会的，所以毫不知道内部的情形。

我和《语丝》的渊源和关系，就不过如此，虽然投稿时多时少。但这样地一直继续到我走出了北京。到那时候，我还不知道实际上是谁的编辑。

到得厦门,我投稿就很少了。一者因为相离已远,不受催促,责任便觉得轻;二者因为人地生疏,学校里所遇到的又大抵是些念佛老妪式口角,不值得费纸墨。倘能做《鲁宾孙教书记》或《蚊虫叮卵脬论》,那也许倒很有趣的,而我又没有这样的"天才",所以只寄了一点极琐碎的文字。这年底到了广州,投稿也很少。第一原因是和在厦门相同的;第二,先是忙于事务,又看不清那里的情形,后来颇有感慨了,然而我不想在它的敌人的治下去发表。

不愿意在有权者的刀下,颂扬他的威权,并奚落其敌人来取媚,可以说,也是"语丝派"一种几乎共同的态度。所以《语丝》在北京虽然逃过了段祺瑞及其吧儿狗们的撕裂,但终究被"张大元帅"〔16〕所禁止了,发行的北新书局,且同时遭了封禁,其时是一九二七年。

这一年,小峰有一回到我的上海的寓居,提议《语丝》就要在上海印行,且嘱我担任做编辑。以关系而论,我是不应该推托的。于是担任了。从这时起,我才探问向来的编法。那很简单,就是:凡社员的稿件,编辑者并无取舍之权,来则必用,只有外来的投稿,由编辑者略加选择,必要时且或略有所删除。所以我应做的,不过后一段事,而且社员的稿子,实际上也十之九直寄北新书局,由那里径送印刷局的,等到我看见时,已在印钉成书之后了。所谓"社员",也并无明确的界限,最初的撰稿者,所余早已无多,中途出现的人,则在中途忽来忽去。因为《语丝》是又有爱登碰壁人物的牢骚的习气的,所以最初出阵,尚无用武之地的人,或本在别一团体,而发生意见,借此反攻的人,也每和《语丝》暂时发生关系,待到功成名遂,当然也就淡漠起来。至于因环境改变,意见分歧而去的,那自然尤为不少。因此所谓"社员"者,便不能有明确的界限。前年的方法,是只要投稿几次,无不刊载,此后便放心发稿,和旧社员一律待遇了。但经旧的社员绍介,直接交到北新书局,刊出之前,为编辑者的眼睛所不能见者,也间或有之。

经我担任了编辑之后,《语丝》的时运就很不济了,受了一回政府的警告,遭了浙江当局的禁止,还招了创造社式"革命文学"家的拚命的围攻。警告的来由,我莫名其妙,有人说是因为一篇戏剧[17];禁止的缘故也莫名其妙,有人说是因为登载了揭发复旦大学内幕的文字,而那时浙江的党务指导委员[18]老爷却有复旦大学出身的人们。至于创造社派的攻击,那是属于历史底的了,他们在把守"艺术之宫",还未"革命"的时候,就已经将"语丝派"中的几个人看作眼中钉的,叙事夹在这里太冗长了,且待下一回再说罢。

但《语丝》本身,却确实也在消沉下去。一是对于社会现象的批评几乎绝无,连这一类的投稿也少有,二是所余的几个较久的撰稿者,这时又少了几个了。前者的原因,我以为是在无话可说,或有话而不敢言,警告和禁止,就是一个实证。后者,我恐怕是其咎在我的。举一点例罢,自从我万不得已,选登了一篇极平和的纠正刘半农[19]先生的"林则徐被俘"之误的来信以后,他就不再有片纸只字;江绍原[20]先生绍介了一篇油印的《冯玉祥先生……》来,我不给编入之后,绍原先生也就从此没有投稿了。并且这篇油印文章不久便在也是伏园所办的《贡献》上登出，上有郑重的小序[21]，说明着我托辞不载的事由单。

还有一种显著的变迁是广告的杂乱。看广告的种类，大概是就可以推见这刊物的性质的。例如"正人君子"们所办的《现代评论》上，就会有金城银行的长期广告，南洋华侨学生所办的《秋野》[22]上，就能见"虎标良药"的招牌。虽是打着"革命文学"旗子的小报，只要有那上面的广告大半是花柳药和饮食店，便知道作者和读者，仍然和先前的专讲妓女戏子的小报的人们同流，现在不过用男作家，女作家来替代了倡优，或捧或骂，算是在文坛上做工夫。《语丝》初办的时候，对于广告的选择是极严的，虽是新书，倘社员以为不是好书，也不给登载。因为是同人杂志，所以撰稿者也可行使这样的职权。听说北新书局之办《北新半月刊》，就因为在《语丝》上不能自由登载广告的缘故。但自从移在上海出版以后，书籍不必说，连医生的诊例也出现了，袜厂的广告也出现了，甚至于立愈遗精药品的广告也出现了。固然，谁也不能保证《语丝》的读者决不遗精，况且遗精也并非恶行，但善后办法，却须向《申报》之类，要稳当，则向《医药学报》的广告上去留心的。我因此得了几封诘责的信件，又就在《语丝》本身上登了一篇投来的反对的文章[23]。

但以前我也曾尽了我的本分。当袜厂出现时，曾经当面质问过小峰，回答是"发广告的人弄错的"；遗精药出现时，是写了一封信，并无答复，但从此以后，广告却也不见了。我想，在小峰,大约还要算是让步的,因为这时对于一部分的作家,早由北新书局致送稿费,不只负发行之责,而《语丝》也因此并非纯粹的同人杂志了。

积了半年的经验之后,我就决计向小峰提议,将《语丝》停刊,没有得到赞成,我便辞去编辑的责任。小峰要我寻一个替代的人,我于是推举了柔石。

但不知为什么,柔石编辑了六个月,第五卷的上半卷一完,也辞职了。

以上是我所遇见的关于《语丝》四年中的琐事。试将前几期和近几期一比较,便知道其间的变化,有怎样的不同,最分明的是几乎不提时事,且多登中篇作品了,这是因为容易充满页数而又可免于遭殃。虽然因为毁坏旧物和戳破新盒子而露出里面所藏的旧物来的一种突击之力,至今尚为旧的和自以为新的人们所憎恶,但这力是属于往昔的了。

十二月二十二日。

＊　　　＊　　　＊

〔1〕 本篇最初发表于1930年2月1日《萌芽月刊》第一卷第二期,发表时还有副题《“我所遇见的六个文学团体”之五》。

《语丝》,参看本卷第9页注〔10〕。

〔2〕 《山雨》 半月刊,1928年8月在上海创刊,同年12月停刊。该刊第一卷第四期(1928年10月)发表署名西屏的《联想三则》,其中说:“《山雨》在《语丝》第四卷第十七期发表过一则讹闻(按指《偶像与奴才》一文后所附致鲁迅信中说的《山雨》在宁波创刊未成一事),这在本

刊第一期的发刊词已经提起过了。现在所以要重提者,则是关于鲁迅先生的事。鲁迅先生在那篇讣闻后面,附有复信,其辞曰:‘读了来稿之后,我有些地方是不同意的。其一,便是我觉得自己也是颇喜欢输入洋文艺者之一。……’这几句话简直在派我是反对,或者客气一些说来是颇不喜欢输入洋文艺者之一。……推绎鲁迅先生之所以有这个误解者,大抵是我底去稿太坏之故,因为他是说‘读了来稿之后’也。文字的题目是《偶像与奴才》,文中也颇引些外国名人的话,……我想这至少也可免去我是顽固而反对输入洋派的嫌疑吧,——然而仍然不免。因此,我联想起一件故事来。记得孙伏园先生编辑《晨报副刊》时,曾经登载打孔家店的老将吴虞底艳体诗,没有加以明白的说明,引起读者的责问,于是孙老先生就有《浅薄的读者》一篇教训文字,于是而有幽默的提倡。此时回想当日,觉得鲁迅先生似乎也有做伏园先生教训的读者之资格。”

〔3〕 张孟闻(1903—1993) 笔名西屏,浙江鄞县人,《山雨》半月刊的编者之一。1928年三、四月间,他和鲁迅关于《偶像与奴才》一文的通信,现收入《集外集拾遗补编》,题为《通讯(复张孟闻)》。

〔4〕 “不虞之誉” 语出《孟子·离娄(上)》:“孟子曰:‘有不虞之誉,有求全之毁。’”不虞,意料不到。

〔5〕 拿破仑 即拿破仑·波拿巴(Napoléon Bonaparte,1769—1821),法国军事家、政治家,法兰西第一帝国皇帝。他曾不断率军向外扩张,攻占意、奥、埃及,进攻俄国,多次打败反法联军,最终兵败滑铁卢,被流放。

〔6〕 《晨报副刊》 研究系机关报《晨报》的副刊,1921年10月12日创刊。《晨报》在政治上拥护北洋政府,但《晨报副刊》在进步力量的推动下,一个时期内是赞助新文化运动的重要期刊之一。1921年秋至1924年冬由孙伏园编辑。

〔7〕 指刘勉己,他在 1924 年回国后任《晨报》代理总编辑。

〔8〕 "学者" 指陈西滢。徐志摩在 1926 年 1 月 13 日《晨报副刊》《"闲话"引出来的闲话》中,说陈源"私淑"法朗士,学他已经"有根"了,"只有像西滢那样,⋯⋯才当得起'学者'的名词"。

〔9〕 Anatole France 法兰斯(1844—1924),通译法朗士,法国作家。著有长篇小说《波纳尔之罪》、《黛依丝》、《企鹅岛》等。

〔10〕 威尔士(H. G. Wells,1866—1946) 英国作家,著有长篇小说《未来的世界》、《世界史纲》等。萧,即萧伯纳,英国作家,参看《南腔北调集·谁的矛盾》及其注〔2〕。

〔11〕 陈源疑为涵庐(即高一涵)。1926 年初,当鲁迅与陈源进行论战时,涵庐在《现代评论》第四卷第八十九期(1926 年 2 月 21 日)的一则《闲话》中说:"我二十四分的希望一般文人收起互骂的法宝⋯⋯万一骂溜了嘴,不能收束,正可以同那实在可骂而又实在不敢骂的人们,斗斗法宝,就是到天桥走走,似乎也还值得些!否则既不敢到天桥去,又不敢不骂人,所以专将法宝在无枪阶级的头上乱祭,那末,骂人诚然是骂人,却是高傲也难乎其为高傲罢。"按当时北京的刑场在天桥附近。

〔12〕 川岛 章廷谦(1901—1981),笔名川岛,浙江绍兴人,当时北京大学学生。

〔13〕 谭正璧(1901—1991) 江苏嘉定(今属上海)人,文学史家。他在《中国文学进化史》(1929 年 9 月上海光华书局出版)中说:"鲁迅的小说集是《呐喊》和《彷徨》,许钦文、王鲁彦、老舍、芳草等和他是一派⋯⋯这派作者,起初大都因耐不住沉寂而起来'呐喊',后来屡遭失望,所收获的只是异样的空虚,于是只有'彷徨'于十字街头了。"

〔14〕 《Zarathustra》 即《扎拉图斯特拉如是说》,尼采于 1883 年至 1885 年写的哲学著作。书中借古代波斯的"圣者"扎拉图斯特拉宣扬超人学说。1920 年 8 月 10 日,鲁迅译完尼采的《察拉图斯忒拉的序

言》并作《译者附记》,载9月《新潮》第二卷第五期,署名唐俟。

〔15〕 疑古玄同 即钱玄同。

〔16〕 "张大元帅" 即张作霖(1875—1928),辽宁海城人,奉系军阀首领。1924年起把持北洋政府,1927年6月自封"中华民国军政府陆海军大元帅"。他于1927年10月22日查封了北新书局和《语丝》。

〔17〕 指《语丝》第四卷第十二期(1928年3月19日)白薇作的独幕剧《革命神的受难》。该剧中有革命神斥责一个军官的台词:"原来你是民国英雄,是革命军的总指挥么?""你阳假革命的美名,阴行你吃人的事实。"这实际上是影射蒋介石的,因此《语丝》就受到国民党当局的"警告"。

〔18〕 浙江的党务指导委员 指许绍棣(1898—1980),字尊如,浙江临海人。1924年毕业于复旦大学,曾任国民党浙江省党部宣传部长、浙江省教育厅厅长等。《语丝》第四卷第三十二期(1928年8月6日)刊载了读者冯珧《谈谈复旦大学》一文,揭露复旦大学内部一些腐败情况。出身于该校的许绍棣便于1928年9月,用国民党浙江省党务指导委员会的名义,以"言论乖谬,存心反动"的罪名,在浙江查禁了《语丝》并其他书刊十五种。

〔19〕 刘半农(1891—1934) 名复,江苏江阴人,作家。当时是北京大学教授,《语丝》经常撰稿人之一。他在《语丝》第四卷第九期(1928年2月27日)发表《杂览之十六·林则徐照会英吉利国王公文》,其中说林被英人俘虏,并且"明正了典刑,在印度异尸游街"。《语丝》第四卷第十四期刊登了读者洛卿的来信,指出了这一错误。

〔20〕 江绍原(1898—1983) 安徽旌德人。当时北京大学讲师,《语丝》撰稿人之一。

〔21〕 《贡献》 旬刊,国民党改组派的刊物,1927年12月5日创刊于上海。该刊第三卷第一期(1928年6月5日)发表简又文的《我所

认识的冯玉祥及西北军》,同时登载江绍原的介绍文章,其中说:"同学简又文先生,最近和我通信,里面附有他著的小册子(十六年十一月在旅沪广东学校联合会所讲)《我所认识的冯玉祥及西北军》,并问《语丝》能否登载。但《语丝》向来不转载已经印出之刊物(鲁迅先生复函中语),现在我便自动将它介绍给孙伏园先生主编的《贡献》。我想注意冯氏及其军队的人们,必乐于参考简又文先生的观察和意见。"

〔22〕　《秋野》　月刊,上海暨南大学华侨学生组织的秋野社编辑,1927 年 11 月创刊,次年十月停刊。

〔23〕　指《语丝》第五卷第四期(1929 年 4 月)的《建议撤销广告》。

鲁 迅 译 著 书 目

一 九 二 一 年

《工人绥惠略夫》(俄国 M·阿尔志跋绥夫作中篇小说。
　　商务印书馆印行《文学研究会丛书》之一，后归北新
　　书局，为《未名丛刊》之一，今绝版。)

一 九 二 二 年

《一个青年的梦》(日本武者小路实笃作戏曲。商务印书
　　馆印行《文学研究会丛书》之一，后归北新书局，为
　　《未名丛刊》之一，今绝版。)
《爱罗先珂童话集》(商务印书馆印行《文学研究会丛书》
　　之一。)

一 九 二 三 年

《桃色的云》(俄国 V.爱罗先珂作童话剧。北新书局印行
　　《未名丛刊》之一。)
《呐喊》(短篇小说集，一九一八至二二年作，共十四篇。
　　印行所同上。)
《中国小说史略》上册(改订之北京大学文科讲义。印行
　　所同上。)

一　九　二　四　年

《苦闷的象征》(日本厨川白村作论文。北新书局印行《未
　　名丛刊》之一。)

《中国小说史略》下册(印行所同上。后合上册为一本。)

一　九　二　五　年

《热风》(一九一八至二四年的短评。印行所同上。)

一　九　二　六　年

《彷徨》(短篇小说集之二,一九二四至二五年作,共十一
　　篇。印行所同上。)

《华盖集》(短评集之二,皆一九二五年作。印行所同上。)

《华盖集续编》(短评集之三,皆一九二六年作。印行所同
　　上。)

《小说旧闻钞》(辑录旧文,间有考正。印行所同上。)

《出了象牙之塔》(日本厨川白村作随笔,选译。未名社印
　　行《未名丛刊》之一,今归北新书局。)

一　九　二　七　年

《坟》(一九〇七至二五年的论文及随笔。未名社印行。
　　今版被抵押,不能印。)

《朝华夕拾》(回忆文十篇。未名社印行《未名新集》之一。
　　今版被抵押,由北新书局另排印行。)

《唐宋传奇集》十卷(辑录并考正。北新书局印行。)

一 九 二 八 年

《小约翰》(荷兰 F.望·蔼覃作长篇童话。未名社印行《未
　　名丛刊》之一。今版被抵押,不能印。)

《野草》(散文小诗。北新书局印行。)

《而已集》(短评集之四,皆一九二七年作。印行所同上。)

《思想山水人物》(日本鹤见祐辅作随笔,选译。印行所同
　　上,今绝版。)

一 九 二 九 年

《壁下译丛》(译俄国及日本作家与批评家之论文集。印
　　行所同上。)

《近代美术史潮论》(日本板垣鹰穗作。印行所同上。)

《蕗谷虹儿画选》(并译题词。朝华社印行《艺苑朝华》之
　　一,今绝版。)

《无产阶级文学的理论与实际》(日本片上伸作。大江书
　　店印行《文艺理论小丛书》之一。)

《艺术论》(苏联 A.卢那卡尔斯基作。印行所同上。)

一 九 三 ○ 年

《艺术论》(俄国 G.蒲力汗诺夫作。光华书局印行《科学
　　的艺术论丛书》之一。)

《文艺与批评》(苏联卢那卡尔斯基作论文及演说。水沫

书店印行同丛书之一。）[1]

《文艺政策》（苏联关于文艺的会议录及决议。并同
上。）

《十月》（苏联 A.雅各武莱夫作长篇小说。神州国光社收
稿为《现代文艺丛书》之一,今尚未印。）

一 九 三 一 年

《药用植物》（日本刘米达夫作。商务印书馆收稿,分载
《自然界》中。）

《毁灭》（苏联 A·法捷耶夫作长篇小说。三闲书屋印
行。）

译著之外,又有

所 校 勘 者,为:

唐刘恂《岭表录异》三卷（以唐宋类书所引校《永乐大典》
本,并补遗。未印。）

魏中散大夫《嵇康集》十卷（校明丛书堂钞本,并补遗。未
印。）

所 纂 辑 者,为:

《古小说钩沈》三十六卷（辑周至隋散逸小说。未印。）

谢承《后汉书》辑本五卷(多于汪文台辑本。未印。)

所 编 辑 者,为:

《莽原》(周刊。北京《京报》附送,后停刊。)

《语丝》(周刊。所编为在北平被禁,移至上海出版后之第
    四卷至第五卷之半。北新书局印行,后废刊。)

《奔流》(自一卷一册起,至二卷五册停刊。北新书局印
    行。)

《文艺研究》(季刊。只出第一册。大江书店印行。)

所 选 定,校字者,为:

《故乡》(许钦文作短篇小说集。北新书局印行《乌合丛
    书》之一。)

《心的探险》(长虹作杂文集。同上。)

《飘渺的梦》(向培良作短篇小说集。同上。)

《忘川之水》(真吾诗选。北新书局印行。)

所 校 订,校字者,为:

《苏俄的文艺论战》(苏联褚沙克等论文,附《蒲力汗诺夫
    与艺术问题》,任国桢译。北新书局印行《未名丛刊》
    之一。)

《十二个》(苏联 A.勃洛克作长诗,胡斅译。同上。)

《争自由的波浪》(俄国 V.但兼珂等作短篇小说集,董秋
    芳译。同上。)

《勇敢的约翰》(匈牙利裴多菲·山大作民间故事诗,孙用
　　译。湖风书局印行。)

《夏娃日记》(美国马克·土温作小说,李兰译。湖风书局
　　印行《世界文学名著译丛》之一。)

所 校 订 者,为:

《二月》(柔石作中篇小说。朝华社印行,今绝版。)

《小小十年》(叶永蓁作长篇小说。春潮书局印行。)

《穷人》(俄国 F.陀思妥夫斯基作小说,韦丛芜译。未名
　　社印行《未名丛书》之一。)

《黑假面人》(俄国 L.安特来夫作戏曲, 李霁野译。同
　　上。)

《红笑》(前人作小说,梅川译。商务印书馆印行。)

《小彼得》(匈牙利 H.至尔·妙伦作童话,许霞译。朝华社
　　印行,今绝版。)

《进化与退化》(周建人所译生物学的论文选集。光华书
　　局印行。)

《浮士德与城》(苏联 A.卢那卡尔斯基作戏曲,柔石译。
　　神州国光社印行《现代文艺丛书》之一。)

《静静的顿河》(苏联 M.唆罗诃夫作长篇小说,第一卷,
　　贺非译。同上。)

《铁甲列车第一四——六九》(苏联 V.伊凡诺夫作小说,
　　侍桁译。同上,未出。)

所 印 行 者,为:

《士敏土之图》(德国 C.梅斐尔德木刻十幅。珂罗版印。)
《铁流》(苏联 A.绥拉菲摩维支作长篇小说,曹靖华译。)
《铁流之图》(苏联 I.毕斯凯莱夫木刻四幅。印刷中,被
　　炸毁。)

　　我所译著的书,景宋[2]曾经给我开过一个目录,《关
于鲁迅及其著作》[3]里,但是并不完全的。这回因载在
为开手编集杂感,打开了装着和我有关的书籍的书箱,就
顺便另抄了一张书目,如上。

　　我还要将这附在《三闲集》的末尾。这目的,是为着
自己,也有些为着别人。据书目察核起来,我在过去的近
十年中,费去的力气实在也不少,即使校对别人的译
著,也真是一个字一个字的看下去,决不肯随便放过,敷
衍作者和读者的,并且毫不怀着有所利用的意思。虽说
做这些事,原因在于"有闲",但我那时却每日必须将八小
时为生活而出卖,用在译作和校对上的,全是此外的工
夫,常常整天没有休息。倒是近四五年没有先前那么起
劲了。

　　但这些陆续用去了的生命,实不只成为徒劳,据有些
批评家言,倒都是应该从严发落的罪恶。做了"众矢之
的"者,也已经四五年,开首是"作恶",后来是"受报"了,
有几位论客,还几分含讥,几分恐吓,几分快意的这样"忠

告"我。然而我自己却并不全是这样想,我以为我至今还是存在,只有将近十年没有创作,而现在还有人称我为"作者",却是很可笑的。

我想,这缘故,有些在我自己,有些则在于后起的青年的。在我自己的,是我确曾认真译著,并不如攻击我的人们所说的取巧,的投机。所出的许多书,功罪姑且弗论,即使全是罪恶罢,但在出版界上,也就是一块不小的斑痕,要"一脚踢开",必须有较大的腿劲。凭空的攻击,似乎也只能一时收些效验,而最坏的是他们自己又忽而影子似的淡去,消去了。

但是,试再一检我的书目,那些东西的内容也实在穷乏得可以。最致命的,是:创作既因为我缺少伟大的才能,至今没有做过一部长篇;翻译又因为缺少外国语的学力,所以徘徊观望,不敢译一种世上著名的巨制。后来的青年,只要做出相反的一件,便不但打倒,而且立刻会跨过的。但仅仅宣传些在西湖苦吟什么出奇的新诗,在外国创作着百万言的小说之类却不中用。因为言太夸则实难副,志极高而心不专,就永远只能得传扬一个可惊可喜的消息;然而静夜一想,自觉空虚,便又不免焦躁起来,仍然看见我的黑影遮在前面,好像一块很大的"绊脚石"〔4〕了。

对于为了远大的目的,并非因个人之利而攻击我者,无论用怎样的方法,我全都没齿无怨言。但对于只想以笔墨问世的青年,我现在却敢据几年的经验,以诚恳的心,进一个苦口的忠告。那就是:不断的(!)努力一些,切勿想以一年半载,几篇文字和几本期刊,便立了空前绝后的大勋业。还有一点,是:不要只用力于抹杀别个,使他和自己一样的空无,而必须跨过那站着的前人,比前人更加高大。初初出阵的时候,幼稚和浅薄都不要紧,然而也须不断的(!)生长起来才好。并不明白文艺的理论而任意做些造谣生事的评论,写几句闲话便要扑灭异己的短评,译几篇童话就想抹杀一切的翻译,归根结蒂,于己于人,还都是"可怜无益费精神"〔5〕的事,这也就是所谓"聪明误"〔6〕了。

当我被"进步的青年"〔7〕们所口诛笔伐的时候,我"还不到五十岁",现在却真的过了五十岁了,据卢南〔8〕(E. Renan)说,年纪一大,性情就会苛刻起来。我愿意竭力防止这弱点,因为我又明明白白地知道:世界决不和我同死,希望是在于将来的。但灯下独坐,春夜又倍觉凄清,便在百静中,信笔写了这一番话。

一九三二年四月二十九日,鲁迅于沪北寓楼记。

* * *

〔1〕 应为 1929 年 10 月出版。

〔2〕 景宋 许广平(1898—1968),笔名景宋,广东番禺人,鲁迅夫人。著有《欣慰的纪念》、《关于鲁迅的生活》、《鲁迅回忆录》等。

〔3〕 《关于鲁迅及其著作》 台静农编,收入当时关于《呐喊》的评论和鲁迅访问记等十四篇,1926 年 7 月未名社出版。

〔4〕 "绊脚石" 高长虹曾在《狂飙》周刊第十期(1926 年 12 月
12 日)的《琐记两则》中,暗指鲁迅为"青年作者"的"绊脚石"说:"我所唯
一希望于已成名之作者,则彼等如无赏鉴青年艺术运动的特识,而亦无
帮助青年艺术运动之雅量者,至少亦希望彼等勿挟其历史的势力,而倒
卧在青年的脚下以行其绊脚石式的开倒车狡计,亦勿一面介绍外国作
品,一面则蝎子撩尾以中伤青年作者的豪兴也!"

〔5〕 "可怜无益费精神" 语出韩愈诗《赠崔立之评事》:"可怜无
益费精神,有似黄金掷虚牝。"

〔6〕 "聪明误" 语出苏轼《洗儿戏作诗》:"人皆养子望聪明,我
被聪明误一生。"

〔7〕 "进步的青年" 指高长虹。他在《狂飙》周刊第五期(1926
年 11 月 7 日)《1925 北京出版界形势指掌图》中说:"鲁迅去年不过四十
五岁……,如自谓老人,是精神的堕落!"

〔8〕 卢南(1823—1892) 法国作家。著有《耶稣传》等。

二　心　集

本书收作者 1930 年至 1931 年所作杂文三十七篇,末附《现代电影与有产阶级》译文一篇。作者于 1932 年 8 月将版权售予上海合众书店,同年 10 月初版。1933 年 8 月出至第四版后被国民党政府查禁,后由合众书店送交国民党图书审查机关审查,将删余的十六篇,改题为《拾零集》,于 1934 年 10 月印行。本版与初版相同。

序　言

　　这里是一九三〇年与三一年两年间的杂文的结集。

　　当三〇年的时候,期刊已渐渐的少见,有些是不能按期出版了,大约是受了逐日加紧的压迫。《语丝》[1]和《奔流》[2],则常遭邮局的扣留,地方的禁止,到底也还是敷延不下去。那时我能投稿的,就只剩了一个《萌芽》,而出到五期,也被禁止了,接着是出了一本《新地》[3]。所以在这一年内,我只做了收在集内的不到十篇的短评。

　　此外还曾经在学校里演讲过两三回[4],那时无人记录,讲了些什么,此刻连自己也记不清楚了。只记得在有一个大学里演讲的题目,是《象牙塔和蜗牛庐》。大意是说,象牙塔[5]里的文艺,将来决不会出现于中国,因为环境并不相同,这里是连摆这"象牙之塔"的处所也已经没有了;不久可以出现的,恐怕至多只有几个"蜗牛庐"[6]。蜗牛庐者,是三国时所谓"隐逸"的焦先曾经居住的那样的草窠,大约和现在江北穷人手搭的草棚相仿,不过还要小,光光的伏在那里面,少出,少动,无衣,无食,无言。因为那时是军阀混战,任意杀掠的时候,心里不以为然的人,只有这样才可以苟延他的残喘。但蜗牛界里那里会有文艺呢,所以这样下去,中国的没有文艺,是一定。这样的话,真可谓已经大有蜗牛气味的了,不料不久就有一位勇敢的青年在政府机关的上海《民国日报》上给我批评，说我的那些话使他非常看不起，因为我没有敢讲共产党的话的勇气。[7]谨案在"清党"以后的党国里，讲共产主义是算犯大罪的，捕杀的网罗，张遍了全中国，而不讲，却又为党国的忠勇青年所鄙视。这实在只好变了真的蜗牛，才有"庶几得免于罪戾"[8]的幸福了。

而这时左翼作家拿着苏联的卢布之说，在所谓"大报"和小报上，一面又纷纷的宣传起来，新月社的批评家也从旁很卖了些力气。[9]有些报纸，还拾了先前的创造社派的几个人的投稿于小报上的话，讥笑我为"投降"，有一种报则载起《文坛贰臣传》[10]来，第一个就是我，——但后来好像并不再做下去了。

卢布之谣，我是听惯了的。大约六七年前，《语丝》在北京说了几句涉及陈源教授和别的"正人君子"们的话的时候，上海的《晶报》上就发表过"现代评论社主角"唐有壬先生的信札，说是我们的言动，都由于墨斯科的命令。[11]这又正是祖传的老谱，宋末有所谓"通虏"，清初又有所谓"通海"，[12]向来就用了这类的口实，害过许多人们的。所以含血喷人，已成了中国士君子的常经，实在不单是他们的识见，只能够见到世上一切都靠金钱的势力。至于"贰臣"之说，却是很有些意思的，我试一反省，觉得对于时事，即使未尝动笔，有时也不免于腹诽，"臣罪当诛兮天皇圣明"[13]，腹诽就决不是忠臣的行径。但御用文学家的给了我这个徽号，也可见他们的"文坛"上是有皇帝的了。

　　去年偶然看见了几篇梅林格(Franz Mehring)〔14〕的论文，大意说，在坏了下去的旧社会里，倘有人怀一点不同的意见，有一点携贰的心思，是一定要大吃其苦的。而攻击陷害得最凶的，则是这人的同阶级的人物。他们以为这是最可恶的叛逆，比异阶级的奴隶造反还可恶，所以一定要除掉他。我才知道中外古今，无不如此，真是读书可以养气，竟没有先前那样"不满于现状"〔15〕了，并且仿《三闲集》之例而变其意，拾来做了这一本书的名目。然而这并非在证明我是无产者。一阶级里，临末也常常会自己互相闹起来的，就是《诗经》里说过的那"兄弟阋于墙"，——但后来却未必"外御其侮"〔16〕。例如同是军阀，就总在整年的大家相打，难道有一面是无产阶级么？而且我时时说些自己的事情，怎样地在"碰壁"，怎样地在做蜗牛，好像全世界的苦恼，萃于一身，在替大众受罪似的：也正是中产的智识阶级分子的坏脾气。只是原先是憎恶这熟识的本阶级，毫不可惜它的溃灭，后来又由于事实的教训，以为惟新兴的无产者才有将来，却是的确的。

　　自从一九三一年二月起，我写了较上年更多的文章，但因为揭载的刊物有些不同，文字必得和它们相称，就很少做《热风》那样简短的东西了；而且看看对于我的批评文字，得了一种经验，好像评论做得太简括，是极容易招得无意的误解，或有意的曲解似的。又，此后也不想再编《坟》那样的论文集，和《壁下译丛》那样的译文集，这回就连较长的东西也收在这里面，译文则选了一篇《现代电影与有产阶级》附在末尾，因为电影之在中国，虽然早已风行，但这样扼要的论文却还少见，留心世事的人们,实在很有一读的必要的。还有通信,如果只有一面,读者也往往很不容易了然,所以将紧要一点的几封来信,也擅自一并编进去了。

一九三二年四月三十日之夜,编讫并记。

*　　　*　　　*

〔1〕《语丝》 参看本卷第 9 页注〔10〕及《三闲集·我和〈语丝〉的始终》。

〔2〕《奔流》 文艺月刊,鲁迅、郁达夫编辑,1928 年 6 月在上海创刊,1929 年 12 月出至第二卷第五期停刊。

〔3〕《萌芽》 文艺月刊,鲁迅、冯雪峰编辑,1930 年 1 月在上海创刊,从第一卷第三期起,成为"左联"的机关刊物之一。1930 年 5 月出至第一卷第五期被国民党政府禁止,第六期改名为《新地月刊》,仅出一期即停刊。

〔4〕 作者 1930 年在上海各大学讲演的情况,据鲁迅日记,这年 2 月 21 日、3 月 9 日先后两次在中华艺术大学讲演,3 月 13 日在大夏大学、3 月 19 日在中国公学分院、8 月 6 日在夏期文艺讲习会讲演。各次讲稿都没有保存下来。据当时报刊所载消息和与会者的忆述,前四次讲题分别为《绘画杂论》、《美术上的写实主义问题》、《象牙塔与蜗牛庐》、《美的认识》。最后一次讲题不详。

〔5〕 象牙塔 原是十九世纪法国文艺批评家圣佩韦(1804—1869)批评同时代浪漫主义诗人维尼的用语,后来用以比喻脱离现实生活的文艺家的小天地。

〔6〕"蜗牛庐" 据《三国志·魏书·管宁传》裴松之注引《魏略》,东汉末年,隐士焦先"自作一瓜(蜗)牛庐,净扫其中,营木为床,布草蓐

其上,至天寒时,搆火以自炙,呻吟独语"。又据《三国志·魏书·管宁传》裴松之注引《高士传》,焦先"见汉室衰,乃自绝不言。及魏受禅,常结草为庐于河之湄,独止其中。冬夏恒不着衣,卧不设席,又无草蓐,以身亲土,其体垢污皆如泥漆,……或数日一食……亦有数日不食时。……口未尝言……"

〔7〕　指上海《民国日报》登载的一篇短文。1930年3月18日《民国日报·觉悟》在"呜呼,‘自由运动’竟是一群骗人的勾当"的栏题下,刊载署名敌天(自称是大夏大学"学文科"的学生)的来稿,攻击鲁迅的讲演,其中有"公然作反动的宣传,在事实上既无此勇气,竟借了文艺演讲的美名而来提倡所谓‘中国自由运动大同盟’的组织,态度不光明,行动不磊落,这也算是真正的革命志士吗?"等语。《民国日报》,1916年1月在上海创刊,1924年国民党第一次全国代表大会后成为该党机关报,1925年末为西山会议派把持,变为国民党右派的报纸。

〔8〕　"庶几得免于罪戾"　语出《左传》文公十八年:"庶几免于戾乎。"

〔9〕　左翼作家拿着苏联的卢布之说　参看本卷第9页注〔12〕。新月社成员梁实秋也散布过这类言论,参看本书《"丧家的""资本家的乏走狗"》。

〔10〕　《文坛贰臣传》　1930年5月7日《民国日报》载有署名男儿的《文坛上的贰臣传——一、鲁迅》,攻击鲁迅和左翼文艺运动,如说"鲁迅被共产党屈服","所谓自由运动大同盟,鲁迅首先列名,所谓左翼作家联盟,鲁迅大作讲演,昔为百炼钢,今为绕指柔,老气横秋之精神,竟为二九小子玩弄于掌上,作无条件之屈服"等等。

〔11〕　唐有壬的信札　参看本卷第115页注〔9〕。《晶报》,原为上海《神州日报》的副刊,1919年3月单独出版。该报在发表唐有壬这封信时,以《现代评论主角唐有壬致本报书》为题目。

〔12〕　"通虏"、"通海"　都是所谓"通敌"的意思。宋代的"虏",指辽、金、西夏等;清初的"海",指当时在台湾坚持抗清的郑成功。

〔13〕　"臣罪当诛兮天皇圣明"　语出唐代韩愈诗《拘幽操——文王羑里作》。皇,原作王。

〔14〕　梅林格(1846—1919)　通译梅林,德国马克思主义者,历史学家和文艺批评家。著有《德国社会民主党史》、《马克思传》、《莱辛传说》等。

〔15〕　"不满于现状"　这是引用梁实秋的话,参看本卷第7页注〔2〕。

〔16〕　《诗经》　我国最早的诗歌总集,收诗歌三〇五篇,大抵是周初到春秋中期的作品,相传曾经过孔子删订。"兄弟阋于墙,外御其侮",见该书《小雅·常棣》。

一 九 三 〇 年

"硬译"与"文学的阶级性"[1]

一

听说《新月》月刊团体[2]里的人们在说,现在销路好起来
了。这大概是真的,以我似的交际极少的人,也在两个年青朋
友的手里见过第二卷第六七号的合本。顺便一翻,是争"言论
自由"的文字[3]和小说居多。近尾巴处,则有梁实秋先生的
一篇《论鲁迅先生的"硬译"》,以为"近于死译"。[4]而"死译之
风也断不可长",就引了我的三段译文,以及在《文艺与批
评》[5]的后记里所说:"但因为译者的能力不够,和中国文本
来的缺点,译完一看,晦涩,甚而至于难解之处也真多;倘将伪
句[6]拆下来呢,又失了原来的语气。在我,是除了还是这样
的硬译之外,只有束手这一条路了,所余的惟一的希望,只在
读者还肯硬着头皮看下去而已"这些话,细心地在字旁加上圆
圈,还在"硬译"两字旁边加上套圈,于是"严正"地下了"批评"
道:"我们'硬着头皮看下去'了,但是无所得。'硬译'和'死
译'有什么分别呢?"

新月社的声明[7]中,虽说并无什么组织,在论文里,也似

乎痛恶无产阶级式的"组织","集团"这些话,但其实是有组织的,至少,关于政治的论文,这一本里都互相"照应";关于文艺,则这一篇是登在上面的同一批评家所作的《文学是有阶级性的吗?》的余波。在那一篇里有一段说:"……但是不幸得很,没有一本这类的书能被我看懂。……最使我感得困难的是文字,……简直读起来比天书还难。……现在还没有一个中国人,用中国人所能看得懂的文字,写一篇文章告诉我们无产文学的理论究竟是怎么一回事。"字旁也有圈圈,怕排印麻烦,恕不照画了。总之,梁先生自认是一切中国人的代表,这些书既为自己所不懂,也就是为一切中国人所不懂,应该在中国断绝其生命,于是出示曰"此风断不可长"云。

别的"天书"译著者的意见我不能代表,从我个人来看,则事情是不会这样简单的。第一,梁先生自以为"硬着头皮看下去"了,但究竟硬了没有,是否能够,还是一个问题。以硬自居了,而实则其软如棉,正是新月社的一种特色。第二,梁先生虽自来代表一切中国人了,但究竟是否全国中的最优秀者,也是一个问题。这问题从《文学是有阶级性的吗?》这篇文章里,便可以解释。Proletary[8]这字不必译音,大可译义,是有理可说的。但这位批评家却道:"其实翻翻字典,这个字的涵义并不见得体面,据《韦白斯特大字典》[9],Proletary 的意思就是:A citizen of the lowest class who served the state not with property,but only by having children。……普罗列塔利亚是国家里只会生孩子的阶级!(至少在罗马时代是如此)"其实正无须来争这"体面",大约略有常识者,总不至于以现在为罗马时代,将现在的无产者都看作罗马人的。这正如将 Chemie 译作"舍密学"〔10〕,读者必不和埃及的"炼金术"混同,对于"梁"先生所作的文章,也决不会去考查语源,误解为"独木小桥"竟会动笔一样。连"翻翻字典"(《韦白斯特大字典》!)也还是"无所得",一切中国人未必全是如此的罢。

<h2 style="text-align:center">二</h2>

但于我最觉得有兴味的,是上节所引的梁先生的文字里,有两处都用着一个"我们",颇有些"多数"和"集团"气味了。自然,作者虽然单独执笔,气类则决不只一人,用"我们"来说话,是不错的,也令人看起来较有力量,又不至于一人双肩负责。然而,当"思想不能统一"时,"言论应该自由"时,正如梁先生的批评资本制度一般,也有一种"弊病"。就是,既有"我们"便有我们以外的"他们",于是新月社的"我们"虽以为我的"死译之风断不可长"了,却另有读了并不"无所得"的读者存在,而我的"硬译",就还在"他们"之间生存,和"死译"还有一些区别。

我也就是新月社的"他们"之一,因为我的译作和梁先生所需的条件,是全都不一样的。

那一篇《论硬译》的开头论误译胜于死译说:"一部书断断不会完全曲译……部分的曲译即使是错误,究竟也还给你一个错误,这个错误也许真是害人无穷的,而你读的时候究竟还落个爽快。"末两句大可以加上夹圈,但我却从来不干这样的勾当。我的译作,本不在博读者的"爽快",却往往给以不舒服,甚而至于使人气闷,憎恶,愤恨。读了会"落个爽快"的东西,自有新月社的人们的译著在:徐志摩先生的诗,沈从文凌叔华[11]先生的小说,陈西滢(即陈源)先生的闲话[12],梁实秋先生的批评,潘光旦先生的优生学[13],还有白璧德先生的人文主义[14]。

所以,梁先生后文说:"这样的书,就如同看地图一般,要伸着手指来寻找句法的线索位置"这些话,在我也就觉得是废话,虽说犹如不说了。是的,由我说来,要看"这样的书"就如同看地图一样,要伸着手指来找寻"句法的线索位置"的。看地图虽然没有看《杨妃出浴图》或《岁寒三友图》那么"爽快",甚而至于还须伸着手指(其实这恐怕梁先生自己如此罢了,看惯地图的人,是只用眼睛就可以的),但地图并不是死图;所以"硬译"即使有同一之劳,照例子也就和"死译"有了些"什么区别"。识得 ABCD 者自以为新学家,仍旧和化学方程式无关,会打算盘的自以为数学家,看起笔算的演草来还是无所得。现在的世间,原不是一为学者,便与一切事都会有缘的。

然而梁先生有实例在,举了我三段的译文,虽然明知道"也许因为没有上下文的缘故,意思不能十分明了"。在《文学是有阶级性的吗?》这篇文章中,也用了类似手段,举出两首译诗[15]来,总评道:"也许伟大的无产文学还没有出现,那么我愿意等着,等着,等着。"这些方法,诚然是很"爽快"的,但我可以就在这一本《新月》月刊里的创作——是创作呀!——《搬家》第八页上,举出一段文字来——

"小鸡有耳朵没有？"

"我没看见过小鸡长耳朵的。"

"它怎样听见我叫它呢？"她想到前天四婆告诉她的耳朵是管听东西，眼是管看东西的。

"这个蛋是白鸡黑鸡？"枝儿见四婆没答她，站起来摸着蛋子又问。

"现在看不出来，等孵出小鸡才知道。"

"婉儿姊说小鸡会变大鸡，这些小鸡也会变大鸡么？"

"好好的喂它就会长大了，像这个鸡买来时还没有这样大吧？"

也够了，"文字"是懂得的，也无须伸出手指来寻线索，但我不"等着"了，以为就这一段看，是既不"爽快"，而且和不创作是很少区别的。

临末，梁先生还有一个诘问："中国文和外国文是不同的，……翻译之难即在这个地方。假如两种文中的文法句法词法完全一样，那么翻译还成为一件工作吗？……我们不妨把句法变换一下，以使读者能懂为第一要义，因为'硬着头皮'不是一件愉快的事，并且'硬译'也不见得能保存'原来的精悍的语气'。假如'硬译'而还能保存'原来的精悍的语气'，那真是一件奇迹，还能说中国文是有'缺点'吗？"我倒不见得如此之愚，要寻求和中国文相同的外国文，或者希望"两种文中的文法句法词法完全一样"。我但以为文法繁复的国语，较易于翻译外国文，语系相近的，也较易于翻译，而且也是一种工作。荷兰翻德国，俄国翻波兰，能说这和并不工作没有什么区别么？日本语和欧美很"不同",但他们逐渐添加了新句法,比起古文来,更宜于翻译而不失原来的精悍的语气,开初自然是须"找寻句法的线索位置",很给了一些人不"愉快"的,但经找寻和习惯,现在已经同化,成为己有了。中国的文法,比日本的古文还要不完备,然而也曾有些变迁,例如《史》《汉》不同于《书经》[16],现在的白话文又不同于《史》《汉》;有添造,例如唐译佛经,元译上谕,[17]当时很有些"文法句法词法"是生造的,一经习用,便不必伸出手指,就懂得了。现在又来了"外国文",许多句子,即也须新造,——说得坏点,就是硬造。据我的经验,这样译来,较之化为几句,更能保存原来的精悍的语气,但因为有待于新造,所以原先的中国文是有缺点的。有什么"奇迹",干什么"吗"呢?但有待于"伸出手指","硬着头皮",于有些人自然"不是一件愉快的事"。不过我是本不想将"爽快"或"愉快"来献给那些诸公的,只要还有若干的读者能够有所得,梁实秋先生"们"的苦乐以及无所得,实在"于我如浮云"[18]。

但梁先生又有本不必求助于无产文学理论,而仍然很不了了的地方,例如他说,"鲁迅先生前些年翻译的文学,例如厨川白村[19]的《苦闷的象征》,还不是令人看不懂的东西,但是最近翻译的书似乎改变风格了。"只要有些常识的人就知道:"中国文和外国文是不同的",但同是一种外国文,因为作者各人的做法,而"风格"和"句法的线索位置"也可以很不同。句子可繁可简,名词可常可专,决不会一种外国文,易解的程度就都一式。我的译《苦闷的象征》,也和现在一样,是按板规逐句,甚而至于逐字译的,然而梁实秋先生居然以为还能看懂

者,乃是原文原是易解的缘故,也因为梁实秋先生是中国新的
批评家了的缘故,也因为其中硬造的句法,是比较地看惯了的
缘故。若在三家村里,专读《古文观止》[20]的学者们,看起来
又何尝不比"天书"还难呢。

三

但是,这回的"比天书还难"的无产文学理论的译本们,却
给了梁先生不小的影响。看不懂了,会有影响,虽然好像滑
稽,然而是真的,这位批评家在《文学是有阶级性的吗?》里说:
"我现在批评所谓无产文学理论,也只能根据我所能了解的一
点材料而已。"[21]这就是说:因此而对于这理论的知识,极不
完全了。

但对于这罪过,我们(包含一切"天书"译者在内,故曰
"们")也只能负一部分的责任,一部分是要作者自己的胡涂或
懒惰来负的。"什么卢那卡尔斯基,蒲力汗诺夫"的书我不知
道,若夫"婆格达诺夫之类"的三篇论文[22]和托罗兹基的半部
《文学与革命》[23],则确有英文译本的了。英国没有"鲁迅先
生",译文定该非常易解。梁先生对于伟大的无产文学的产
生,曾经显示其"等着,等着,等着"的耐心和勇气,这回对于理
论,何不也等一下子,寻来看了再说呢。不知其有而不求曰胡
涂,知其有而不求曰懒惰,如果单是默坐,这样也许是"爽快"
的,然而开起口来,却很容易咽进冷气去了。

例如就是那篇《文学是有阶级性的吗?》的高文,结论是并

无阶级性。要抹杀阶级性,我以为最干净的是吴稚晖[24]先生的"什么马克斯牛克斯"以及什么先生的"世界上并没有阶级这东西"的学说。那么,就万喙息响,天下太平。但梁先生却中了一些"什么马克斯"毒了,先承认了现在许多地方是资产制度,在这制度之下则有无产者。不过这"无产者本来并没有阶级的自觉。是几个过于富同情心而又态度褊激的领袖把这个阶级观念传授了给他们",[25]要促起他们的联合,激发他们争斗的欲念。不错,但我以为传授者应该并非由于同情,却因了改造世界的思想。况且"本无其物"的东西,是无从自觉,无从激发的,会自觉,能激发,足见那是原有的东西。原有的东西,就遮掩不久,即如格里莱阿[26]说地体运动,达尔文[27]说生物进化,当初何尝不或者几被宗教家烧死,或者大受保守者攻击呢,然而现在人们对于两说,并不为奇者,就因为地体终于在运动,生物确也在进化的缘故。承认其有而要掩饰为无,非有绝技是不行的。

　　但梁先生自有消除斗争的办法,以为如卢梭所说:"资产是文明的基础",[28]"所以攻击资产制度,即是反抗文明","一个无产者假如他是有出息的,只消辛辛苦苦诚诚实实的工作一生,多少必定可以得到相当的资产。这才是正当的生活斗争的手段。"我想,卢梭去今虽已百五十年,但当不至于以为过去未来的文明,都以资产为基础。(但倘说以经济关系为基础,那自然是对的。)希腊印度,都有文明,而繁盛时俱非在资产社会,他大概是知道的;倘不知道,那也是他的错误。至于无产者应该"辛辛苦苦"爬上有产阶级去的"正当"的方法,则

是中国有钱的老太爷高兴时候,教导穷工人的古训,在实际
上,现今正在"辛辛苦苦诚诚实实"想爬上一级去的"无产者"
也还多。然而这是还没有人"把这个阶级观念传授了给他们"
的时候。一经传授,他们可就不肯一个一个的来爬了,诚如梁
先生所说,"他们是一个阶级了,他们要有组织了,他们是一个
集团了,于是他们便不循常轨的一跃而夺取政权财权,一跃而
为统治阶级。"但可还有想"辛辛苦苦诚诚实实工作一生,多少
必定可以得到相当的资产"的"无产者"呢? 自然还有的。然
而他要算是"尚未发财的有产者"了。梁先生的忠告,将为无
产者所呕吐了,将只好和老太爷去互相赞赏而已了。

那么,此后如何呢? 梁先生以为是不足虑的。因为"这种
革命的现象不能是永久的,经过自然进化之后,优胜劣败的定
律又要证明了,还是聪明才力过人的人占优越的地位,无产者
仍是无产者"。但无产阶级大概也知道"反文明的势力早晚要
被文明的势力所征服",所以"要建立所谓'无产阶级文化',
……这里面包括文艺学术"[29]。

自此以后,这才入了文艺批评的本题。

四

梁先生首先以为无产者文学理论的错误,是"在把阶级的
束缚加在文学上面",因为一个资本家和一个劳动者,有不同
的地方,但还有相同的地方,"他们的人性(这两字原本有套
圈)并没有两样",例如都有喜怒哀乐,都有恋爱(但所"说的是

恋爱的本身,不是恋爱的方式"),"文学就是表现这最基本的
人性的艺术"[30]。这些话是矛盾而空虚的。既然文明以资产
为基础,穷人以竭力爬上去为"有出息",那么,爬上是人生的
要谛,富翁乃人类的至尊,文学也只要表现资产阶级就够了,
又何必如此"过于富同情心",一并包括"劣败"的无产者?况
且"人性"的"本身",又怎样表现的呢?譬如原质或杂质的化
学底性质,有化合力,物理学底性质有硬度,要显示这力和度
数,是须用两种物质来表现的,倘说要不用物质而显示化合力
和硬度的单单"本身",无此妙法;但一用物质,这现象即又因
物质而不同。文学不借人,也无以表示"性",一用人,而且还
在阶级社会里,即断不能免掉所属的阶级性,无需加以"束
缚",实乃出于必然。自然,"喜怒哀乐,人之情也",然而穷人
决无开交易所折本的懊恼,煤油大王那会知道北京检煤渣老
婆子身受的酸辛,饥区的灾民,大约总不去种兰花,像阔人的
老太爷一样,贾府上的焦大,也不爱林妹妹的。"汽笛呀!""列
宁呀!"固然并不就是无产文学,然而"一切东西呀!""一切人
呀!""可喜的事来了,人喜了呀!"也不是表现"人性"的"本身"
的文学。倘以表现最普通的人性的文学为至高,则表现最普
遍的动物性——营养,呼吸,运动,生殖——的文学,或者除去
"运动",表现生物性的文学,必当更在其上。倘说,因为我们
是人,所以以表现人性为限,那么,无产者就因为是无产阶级,
所以要做无产文学。

其次,梁先生说作者的阶级,和作品无关[31]。托尔斯泰
出身贵族,而同情于贫民,然而并不主张阶级斗争;[32]马克斯

并非无产阶级中的人物；终身穷苦的约翰孙博士，志行吐属，过于贵族。[33]所以估量文学，当看作品本身，不能连累到作者的阶级和身分。这些例子，也全不足以证明文学的无阶级性的。托尔斯泰正因为出身贵族，旧性荡涤不尽，所以只同情于贫民而不主张阶级斗争。马克斯原先诚非无产阶级中的人物，但也并无文学作品，我们不能悬拟他如果动笔，所表现的一定是不用方式的恋爱本身。至于约翰孙博士终身穷苦，而志行吐属，过于王侯者，我却实在不明白那缘故，因为我不知道英国文学和他的传记。也许，他原想"辛辛苦苦诚诚实实的工作一生，多少必定可以得到相当的资产"，然后再爬上贵族阶级去，不料终于"劣败"，连相当的资产也积不起来，所以只落得摆空架子，"爽快"了罢。

其次，梁先生说，"好的作品永远是少数人的专利品，大多数永远是蠢的，永远是和文学无缘"，但鉴赏力之有无却和阶级无干，因为"鉴赏文学也是天生的一种福气"，就是，虽在无产阶级里，也会有这"天生的一种福气"的人。[34]由我推论起来，则只要有这一种"福气"的人，虽穷得不能受教育，至于一字不识，也可以赏鉴《新月》月刊，来作"人性"和文艺"本身"原无阶级性的证据。但梁先生也知道天生这一种福气的无产者一定不多，所以另定一种东西（文艺？）来给他们看，"例如什么通俗的戏剧，电影，侦探小说之类"，因为"一般劳工劳农需要娱乐，也许需要少量的艺术的娱乐"的缘故。这样看来，好像文学确因阶级而不同了，但这是因鉴赏力之高低而定的，这种力量的修养和经济无关，乃是上帝之所赐——"福气"。所以文学家要自由创造,既不该为皇室贵族所雇用,也不该受无产阶级所威胁,去做讴功颂德的文章。这是不错的,但在我们所见的无产文学理论中,也并未见过有谁说或一阶级的文学家,不该受皇室贵族的雇用,却该受无产阶级的威胁,去做讴功颂德的文章,不过说,文学有阶级性,在阶级社会中,文学家虽自以为"自由",自以为超了阶级,而无意识底地,也终受本阶级的阶级意识所支配,那些创作,并非别阶级的文化罢了。例如梁先生的这篇文章,原意是在取消文学上的阶级性,张扬真理的。但以资产为文明的祖宗,指穷人为劣败的渣滓,只要一瞥,就知道是资产家的斗争的"武器",——不,"文章"了。无产文学理论家以主张"全人类""超阶级"的文学理论为帮助有产阶级的东西,这里就给了一个极分明的例证。至于成仿吾先生似的"他们一定胜利的,所以我们去指导安慰他们去",说出"去了"之后,便来"打发"自己们以外的"他们"那样的无产文学家,那不消说,是也和梁先生一样地对于无产文学的理论,未免有"以意为之"的错误的。

又其次,梁先生最痛恨的是无产文学理论家以文艺为斗争的武器,就是当作宣传品。他"不反对任何人利用文学来达到另外的目的",但"不能承认宣传式的文字便是文学"。[35]我以为这是自扰之谈。据我所看过的那些理论,都不过说凡文艺必有所宣传,并没有谁主张只要宣传式的文字便是文学。诚然,前年以来,中国确曾有许多诗歌小说,填进口号和标语去,自以为就是无产文学。但那是因为内容和形式,都没有无产气,不用口号和标语,便无从表示其"新兴"的缘故,实际上也并非无产文学。今年,有名的"无产文学底批评家"钱杏邨先生在《拓荒者》上还在引卢那卡尔斯基的话,以为他推重大众能解的文学,足见用口号标语之未可厚非,来给那些"革命文学"辩护。[36]但我觉得那也和梁实秋先生一样,是有意的或无意的曲解。卢那卡尔斯基所谓大众能解的东西,当是指托尔斯泰做了分给农民的小本子那样的文体,工农一看便会了然的语法,歌调,诙谐。只要看台明·培特尼(Demian Bednii)[37]曾因诗歌得到赤旗章,而他的诗中并不用标语和口号,便可明白了。

最后,梁先生要看货色。这不错的,是最切实的办法;但抄两首译诗算是在示众,是不对的。《新月》上就曾有《论翻译之难》[38],何况所译的文是诗。就我所见的而论,卢那卡尔斯基的《被解放的堂·吉诃德》,法兑耶夫的《溃灭》[39],格拉特珂夫的《水门汀》[40],在中国这十一年中,就并无可以和这些相比的作品。这是指"新月社"一流的蒙资产文明的余荫,而且衷心在拥护它的作家而言。于号称无产作家的作品中,我也举不出相当的成绩。但钱杏邨先生也曾辩护,说新兴阶级,于文学的本领当然幼稚而单纯,向他们立刻要求好作品,是"布尔乔亚"的恶意[41]。这话为农工而说,是极不错的。这样的无理要求,恰如使他们冻饿了好久,倒怪他们为什么没有富翁那么肥胖一样。但中国的作者,现在却实在并无刚刚放下锄斧柄子的人,大多数都是进过学校的智识者,有些还是早已有名的文人,莫非克服了自己的小资产阶级意识之后,就连先前的文学本领也随着消失了么?不会的。俄国的老作家亚历舍·托尔斯泰和威垒赛耶夫,普理希文,[42]至今都还有好作品。中国的有口号而无随同的实证者,我想,那病根并不在"以文艺为阶级斗争的武器",而在"借阶级斗争为文艺的武器",在"无产者文学"这旗帜之下,聚集了不少的忽翻筋斗的人,试看去年的新书广告,几乎没有一本不是革命文学,批评家又但将辩护当作"清算",就是,请文学坐在"阶级斗争"的掩护之下,于是文学自己倒不必着力,因而于文学和斗争两方面都少关系了。

但中国目前的一时现象,当然毫不足作无产文学之新兴的反证的。梁先生也知道,所以他临末让步说,"假如无产阶级革命家一定要把他的宣传文学唤做无产文学,那总算是一种新兴文学,总算是文学国土里的新收获,用不着高呼打倒资产的文学来争夺文学的领域,因为文学的领域太大了,新的东西总有它的位置的。"[43]但这好像"中日亲善,同存共荣"之说,从羽毛未丰的无产者看来,是一种欺骗。愿意这样的"无产文学者",现在恐怕实在也有的罢,不过这是梁先生所谓"有出息"的要爬上资产阶级去的"无产者"一流,他的作品是穷秀才未中状元时候的牢骚,从开手到爬上以及以后,都决不是无产文学。无产者文学是为了以自己们之力,来解放本阶级并及一切阶级而斗争的一翼,所要的是全般,不是一角的地位。就拿文艺批评界来比方罢,假如在"人性"的"艺术之宫"[44](这须从成仿吾先生处租来暂用)里,向南面摆两把虎皮交椅,请梁实秋钱杏邨两位先生并排坐下,一个右执"新月",一个左执"太阳"[45],那情形可真是"劳资"媲美了。

五

到这里,又可以谈到我的"硬译"去了。

推想起来,这是很应该跟着发生的问题:无产文学既然重在宣传,宣传必须多数能懂,那么,你这些"硬译"而难懂的理论"天书",究竟为什么而译的呢? 不是等于不译么?

我的回答,是:为了我自己,和几个以无产文学批评家自居的人,和一部分不图"爽快",不怕艰难,多少要明白一些这理论的读者。

从前年以来,对于我个人的攻击是多极了,每一种刊物上,大抵总要看见"鲁迅"的名字,而作者的口吻,则粗粗一看,大抵好像革命文学家。但我看了几篇,竟逐渐觉得废话太多了。解剖刀既不中腠理,子弹所击之处,也不是致命伤。例如我所属的阶级罢,就至今还未判定,忽说小资产阶级,忽说"布尔乔亚",有时还升为"封建余孽",而且又等于猩猩[46](见《创造月刊》上的"东京通信");有一回则骂到牙齿的颜色。在这样的社会里,有封建余孽出风头,是十分可能的,但封建余孽就是猩猩,却在任何"唯物史观"上都没有说明,也找不出牙齿色黄,即有害于无产阶级革命的论据。我于是想,可供参考的这样的理论,是太少了,所以大家有些胡涂。对于敌人,解剖,咬嚼,现在是在所不免的,不过有一本解剖学,有一本烹饪法,依法办理,则构造味道,总还可以较为清楚,有味。人往往以神话中的 Prometheus[47] 比革命者,以为窃火给人,虽遭天帝

213

之虐待不悔,其博大坚忍正相同。但我从别国里窃得火来,本意却在煮自己的肉的,以为倘能味道较好,庶几在咬嚼者那一面也得到较多的好处,我也不枉费了身躯:出发点全是个人主义,并且还夹杂着小市民性的奢华,以及慢慢地摸出解剖刀来,反而刺进解剖者的心脏里去的"报复"。梁先生说"他们要报复!"其实岂只"他们",这样的人在"封建余孽"中也很有的。然而,我也愿意于社会上有些用处,看客所见的结果仍是火和光。这样,首先开手的就是《文艺政策》[48],因为其中含有各派的议论。

郑伯奇先生现在是开书铺,[49]印 Hauptmann 和 Gregory 夫人[50]的剧本了,那时他还是革命文学家,便在所编的《文艺生活》[51]上,笑我的翻译这书,是不甘没落,而可惜被别人着了先鞭。翻一本书便会浮起,做革命文学家真太容易了,我并不这样想。有一种小报,则说我的译《艺术论》是"投降"。[52]是的,投降的事,为世上所常有。但其时成仿吾元帅早已爬出日本的温泉,住进巴黎的旅馆了,在这里又向谁去输诚呢。今年,说法又两样了,在《拓荒者》和《现代小说》上,都说是"方向转换"。[53]我看见日本的有些杂志中,曾将这四字加在先前的新感觉派片冈铁兵[54]上,算是一个好名词。其实,这些纷纭之谈,也还是只看名目,连想也不肯想的老病。译一本关于无产文学的书,是不足以证明方向的,倘有曲译,倒反足以为害。我的译书,就也要献给这些速断的无产文学批评家,因为他们是有不贪"爽快",耐苦来研究这些理论的义务的。

但我自信并无故意的曲译,打着我所不佩服的批评家的伤处了的时候我就一笑,打着我的伤处了的时候我就忍疼,却决不肯有所增减,这也是始终"硬译"的一个原因。自然,世间总会有较好的翻译者,能够译成既不曲,也不"硬"或"死"的文章的,那时我的译本当然就被淘汰,我就只要来填这从"无有"到"较好"的空间罢了。

然而世间纸张还多,每一文社的人数却少,志大力薄,写不完所有的纸张,于是一社中的职司克敌助友,扫荡异类的批评家,看见别人来涂写纸张了,便喟然兴叹,不胜其摇头顿足之苦。上海的《申报》上,至于称社会科学的翻译者为"阿狗阿猫"[55],其愤愤有如此。在"中国新兴文学的地位,早为读者所共知"的蒋光Z先生,曾往日本东京养病,看见藏原惟人[56],谈到日本有许多翻译太坏,简直比原文还难读……他就笑了起来,说:"……那中国的翻译界更要莫名其妙了,近来中国有许多书籍都是译自日文的,如果日本人将欧洲人那一国的作品带点错误和删改,从日文译到中国去,试问这作品岂不是要变了一半相貌么?……"[57](见《拓荒者》)也就是深不满于翻译,尤其是重译的表示。不过梁先生还举出书名和坏处,蒋先生却只嫣然一笑,扫荡无余,真是普遍得远了。藏原惟人是从俄文直接译过许多文艺理论和小说的,于我个人就极有裨益。我希望中国也有一两个这样的诚实的俄文翻译者,陆续译出好书来,不仅自骂一声"混蛋"就算尽了革命文学家的责任。

然而现在呢,这些东西,梁实秋先生是不译的,称人为"阿狗阿猫"的伟人也不译,学过俄文的蒋先生原是最为适宜的了,可惜养病之后,只出了一本《一周间》[58],而日本则早已有了两种的译本。中国曾经大谈达尔文,大谈尼采,到欧战时候,则大骂了他们一通,但达尔文的著作的译本,至今只有一种,[59]尼采的则只有半部,[60]学英德文的学者及文豪都不暇顾及,或不屑顾及,拉倒了。所以暂时之间,恐怕还只好任人笑骂,仍从日文来重译,或者取一本原文,比照了日译本来直译罢。我还想这样做,并且希望更多有这样做的人,来填一填彻底的高谈中的空虚,因为我们不能像蒋先生那样的"好笑起来",也不该如梁先生的"等着,等着,等着"了。

六

我在开头曾有"以硬自居了,而实则其软如棉,正是新月社的一种特色"这些话,到这里还应该简短地补充几句,就作为本篇的收场。

《新月》一出世,就主张"严正态度"[61],但于骂人者则骂之,讥人者则讥之。这并不错,正是"即以其人之道,还治其人之身",虽然也是一种"报复",而非为了自己。到二卷六七号合本的广告上,还说"我们都保持'容忍'的态度(除了'不容忍'的态度是我们所不能容忍以外),我们都喜欢稳健的合乎理性的学说"。上两句也不错,"以眼还眼,以牙还牙",和开初仍然一贯。然而从这条大路走下去,一定要遇到"以暴力抗暴力",这和新月社诸君所喜欢的"稳健"也不能相容了。

　　这一回,新月社的"自由言论"遭了压迫,照老办法,是必须对于压迫者,也加以压迫的,但《新月》上所显现的反应,却是一篇《告压迫言论自由者》[62],先引对方的党义,次引外国的法律,终引东西史例,以见凡压迫自由者,往往臻于灭亡:是一番替对方设想的警告。

　　所以,新月社的"严正态度","以眼还眼"法,归根结蒂,是专施之力量相类,或力量较小的人的,倘给有力者打肿了眼,就要破例,只举手掩住自己的脸,叫一声"小心你自己的眼睛!"

　　＊　　　　＊　　　　＊

　　〔1〕　本篇最初发表于 1930 年 3 月上海《萌芽月刊》第一卷第三期。

　　〔2〕　《新月》月刊团体　指新月社。参看本卷第 8 页注〔7〕。

　　〔3〕　争"言论自由"的文字　指《新月》月刊第二卷第六、七号合刊(1929 年 9 月)上刊载的胡适的《新文化运动与国民党》、罗隆基的《告压迫言论自由者》和编者的《敬告读者》等。后者以同人的名义说:"我们都信仰'思想自由',我们都主张'言论出版自由',我们都保持'容忍'的态度(除了'不容忍'的态度是我们所不能容忍以外),我们都喜欢稳健的合乎理性的学说。"

　　〔4〕　梁实秋　参看本卷第 93 页注〔2〕。他在《新月》第二卷第六、七号合刊发表的《论鲁迅先生的"硬译"》中说:"曲译诚然要不得,因为对于原文太不忠实,把精华译成了糟粕,但是一部书断断不会从头至尾的完全曲译,一页上就是发现几处曲译的地方,究竟还有没有曲译的地方;并且部分的曲译即使是错误,究竟也还给你一个错误,这个错误

217

也许真是害人无穷的,而你读的时候究竟还落个爽快。死译就不同了:死译一定是从头至尾的死译,读了等于不读,枉费时间精力。况且犯曲译的毛病的同时决不会犯死译的毛病,而死译者却有时正不妨同时是曲译。所以我以为,曲译固是我们深恶痛绝的,然而死译之风也断不可长。"

〔5〕　《文艺与批评》　鲁迅翻译的苏联文艺批评家卢那察尔斯基的论文集。1929年10月上海水沫书店出版。

〔6〕　仿句　语法术语,指一个大句子中的小句子,现多称作"主谓词组"。

〔7〕　新月社的声明　指《新月》创刊号(1928年3月)所载《新月的态度》。其中说:"我们这几个朋友,没有什么组织除了这月刊本身,没有什么结合除了在文艺和学术上的努力,没有什么一致除了几个共同的理想。"

〔8〕　Proletary　英语:无产者。下文的"普罗列塔利亚"是英语Proletariat的音译,即无产阶级。

〔9〕　《韦白斯特大字典》　美国诺·韦白斯特(1758—1843)编辑的一部大型英语辞典,1828年初版。下面英文的意思是:无产者是最低阶级的公民,他们不是以财产而只是以生孩子为国家服务。

〔10〕　"舍密学"　即化学。舍密是德语Chemie的音译,来源于希腊语Chemeia,意为"炼金术"。

〔11〕　沈从文(1902—1988)　湖南凤凰人,作家。凌叔华(1900—1990),广东番禺人,小说家。他们当时经常在《新月》上发表小说。后面提到的《搬家》,是凌叔华写的短篇小说。

〔12〕　闲话　指陈西滢在《现代评论》"闲话"专栏上发表的文章,他后来结集为《西滢闲话》,1928年3月新月书店出版。

〔13〕　潘光旦(1899—1967)　江苏宝山(今属上海市)人,社会学

家,新月社成员。他曾根据一些官绅家族的家谱来解释遗传,宣传优生学。著有《明清两代嘉兴的望族》等书。优生学是英国遗传学家哥尔登在 1883 年提出的"改良人种"的学说。它认为人或人种在生理和智力上的差别是由遗传决定的,只有发展"优等人",淘汰"劣等人",社会问题才能解决。

〔14〕 白璧德 参看本卷第 93 页注〔4〕。梁实秋在《新月》上经常介绍白璧德的人文主义理论,并将吴宓等人译的白璧德的论文编成《白璧德与人文主义》一书,于 1929 年 1 月由新月书店出版。

〔15〕 两首译诗 指郭沫若译的苏联马林霍夫的《十月》(见 1929 年上海光华书局出版的《新俄诗选》),和苏汶译的苏联撒莫比特尼克的《给一个新同志》(见 1929 年水沫书店出版的波格丹诺夫《新艺术论》中的《无产阶级诗歌》)。

〔16〕 《史》 指《史记》,西汉司马迁著。《汉》,指《汉书》,东汉班固著。《书经》,即《尚书》,是我国上古历史文件和部分追述古代事迹的著作的汇编。

〔17〕 唐译佛经,元译上谕 我国自东汉时起,即开始了佛经的翻译工作,到唐代有了新的发展,其中最著名的是玄奘主持译出的佛经七十五部,一三三五卷。元朝统治者曾强制规定诏令、奏章和官府文书都必须使用蒙文,而附以汉文的译文。唐代和元代这类翻译多为直译,保存了原文的一些语法结构,有的词还用汉语音译,对当时及后来的汉语词汇和语法,都产生过不小的影响。

〔18〕 "于我如浮云" 语出《论语·述而》:"不义而富且贵,于我如浮云。"

〔19〕 厨川白村(1880—1923) 日本文艺评论家。著有文艺论文集《出了象牙之塔》和《苦闷的象征》等。

〔20〕 《古文观止》 清代康熙年间吴楚材、吴调侯编选的古文读

本,收入先秦到明代的散文二二二篇。

〔21〕 梁实秋这段话的原文如下:"无产阶级文学理论方面的书翻成中文的我已经看见约十种了,专门宣传这种东西的杂志,我也看了两三种。我是想尽我的力量去懂他们的意思,但是不幸的很,没有一本这类的书能被我看得懂。内容深奥,也许是;那么便是我的学力不够。但是这一类宣传的书,如什么卢那卡尔斯基,蒲力汗诺夫,婆格达诺夫之类,最使我感得困难的是文字。其文法之艰涩,句法之繁复,简直读起来比读天书还难。宣传无产文学理论的书而竟这样的令人难懂,恐怕连宣传品的资格都还欠缺,现在还没有一个中国人,用中国人所能看得懂的文字,写一篇文章告诉我们无产文学的理论究竟是怎样一回事。我现在批评所谓无产文学理论,也只能根据我所能了解的一点点的材料而已。"

〔22〕 婆格达诺夫(А. А. Богданов,1873—1928) 通译波格丹诺夫,苏联哲学家。曾一度加入布尔什维克,1918年提出"无产阶级文化"的主张。他的《无产阶级诗歌》、《无产阶级艺术的批评》、《宗教、艺术与马克斯主义》等三篇论文曾译成英文,载英国伦敦《劳动月刊》,后由苏汉译成中文,加上画室译的《"无产者文化"宣言》,辑为《新艺术论》,于1929年由水沫书店出版。

〔23〕 托罗兹基 即托洛茨基。他的《文学与革命》,曾于1925年美国纽约国际出版社出版英文版,后由李霁野、韦素园译成中文,于1928年2月由北京未名社出版。

〔24〕 吴稚晖(1865—1953) 名敬恒,江苏武进人,早年参加同盟会,后任国民党中央监察委员、中央政治会议委员等职。这里所引的他的言论,见于1927年5月他给汪精卫的信。

〔25〕 梁实秋这段话,见于《文学是有阶级性的吗?》一文:"无产者本来并没有阶级的自觉。是几个过于富同情心而又态度褊激的领袖把

这个阶级观念传授了给他们。阶级的观念是要促起无产者的联和,是要激发无产者的争斗的欲念。一个无产者假如他是有出息的,只消辛辛苦苦诚诚实实的工作一生,多少必定可以得到相当的资产。这才是正当的生活争斗的手段。但是无产者联合起来之后,他们是一个阶级了,他们要有组织了,他们是一个集团了,于是他们便不循常轨的一跃而夺取政权财权,一跃而为统治阶级。他们是要报复!他们唯一的报复的工具就是靠了人多势众!'多数''群众''集团'这就是无产阶级的暴动的武器。"

〔26〕 格里莱阿(G.,Galileo,1564—1642) 通译伽俐略,意大利物理学家、天文学家。1632年他发表《关于两种世界体系对话》,反对教会信奉的托勒密的地球中心说,证实和发展了哥白尼的地球围绕太阳旋转的"日心说",为此于1633年被罗马教廷宗教裁判所判罪,软禁终身。

〔27〕 达尔文(C.R.Darwin,1809—1882) 英国生物学家,进化论的奠基者。他在1859年出版的《物种起源》一书中,提出以自然选择为基础的进化学说,摧毁了各种唯心主义的神造论、目的论和物种不变论,给宗教神学以沉重打击。为此曾受到教权派和巴黎科学院的排斥和歧视。

〔28〕 卢梭 又译卢骚。他提倡人权平等学说,认为私有制是社会不平等的根源,但他不主张消灭私有制,只希望通过法律来限制财富的大量集中。"资产是文明的基础",见于他1755年为《法兰西百科全书》所写的《论政治经济学》,译文应为"财产是文明社会的真正基础"。梁实秋歪曲引用卢梭这句话所发的议论,见于《文学是有阶级性的吗?》。

〔29〕 这些话也见于《文学是有阶级性的吗?》:"无产阶级的暴动的主因是经济的。旧日统治阶级的窳败,政府的无能,真的领袖的缺

乏,也是促成无产阶级的起来的原由。这种革命的现象不能是永久的,经过自然进化之后,优胜劣败的定律又要证明了,还是聪明才力过人的人占优越的位置,无产者仍是无产者。文明依然是要进行的。无产阶级大概也知道这一点,也知道单靠了目前经济的满足并不能永久的担保这个阶级的胜利。反文明的势力早晚还是要被文明的势力所征服的。所以无产阶级近来于高呼'打倒资本家'之外又有了新的工作,他们要建立所谓'无产阶级的文化'或'普罗列塔利亚的文化',这里面包括文学艺术。"

〔30〕 这些话也见于《文学是有阶级性的吗?》:"文学的国土是最宽泛的,在根本上和在理论上没有国界,更没有阶级的界限。一个资本家和一个劳动者,他们的不同的地方是有的,遗传不同,教育不同,经济的环境不同,因之生活状态也不同,但是他们还有同的地方。他们的人性并没有两样,他们都感到生老病死的无常,他们都有爱的要求,他们都有怜悯与恐怖的情绪,他们都有伦常的观念,他们都企求身心的愉快。文学就是表现这最基本的人性的艺术。无产阶级的生活的苦痛固然值得描写,但是这苦痛如其真是深刻的必定不是属于一阶级的。人生现象有许多方面都是超于阶级的。例如,恋爱(我说的是恋爱的本身,不是恋爱的方式)的表现,可有阶级的分别吗? 例如,歌咏山水花草的美丽,可有阶级的分别吗? 没有的。如其文学只是生活现象的外表的描写,那么,我们可以承认文学是有阶级性的,我们也可以了解无产文学是有它的理论根据;但是文学不是这样肤浅的东西,文学是从人心中最深处发出来的声音。如其'烟囱呀!''汽笛呀!''机轮呀!''列宁呀!'便是无产文学,那么无产文学就用不着什么理论,由它自生自灭罢。我以为把文学的题材限于一个阶级的生活现象的范围之内,实在是把文学看得太肤浅太狭隘了。"

〔31〕 梁实秋在《文学是有阶级性的吗?》一文中说:"文学家就是

一个比别人感情丰富感觉敏锐想像发达艺术完美的人。他是属于资产阶级或无产阶级,这于他的作品有什么关系?托尔斯泰是出身贵族,但是他对于平民的同情真可说是无限量的,然而他并不主张阶级斗争;许多人奉为神明的马克斯,他自己并不是什么无产阶级中的人物;终身穷苦的约翰孙博士,他的志行高洁吐属文雅比贵族还有过无不及。我们估量文学的性质与价值,是只就文学作品本身立论,不能连累到作者的阶级和身分。"

〔32〕 托尔斯泰 指列夫·托尔斯泰。他出身于贵族地主家庭。他的作品无情地揭露沙皇制度和资本主义势力的种种罪恶,同时又宣扬道德的自我完善和"不用暴力抵抗邪恶"。

〔33〕 约翰孙(S. Johnson, 1709—1784) 英国作家、文学批评家。出身于书商家庭,早年靠卖文为生。后因独力编撰第一部《英语辞典》,受到皇室的赏识,被授予政府年金。从此成了"名流",进入上层社会。

〔34〕 这里所引也见《文学是有阶级性的吗?》,原文说:"好的作品永远是少数人的专利品,大多数永远是蠢的永远是与文学无缘的。不过鉴赏力之有无却不与阶级相干,贵族资本家尽有不知文学为何物者,无产的人也尽有能赏鉴文学者。创造文学固是天才,鉴赏文学也是天生的一种福气。所以文学的价值决不能以读者数目多寡而定。一般劳工劳农需要娱乐,也许需要少量的艺术的娱乐,例如什么通俗的戏剧,电影,侦探小说,之类。为大多数人读的文学必是逢迎群众的,必是俯就的,必是浅薄的;所以我们不该责令文学家来做这种的投机买卖。……皇室贵族雇用一班无聊文人来做讴功颂德的诗文,我们觉得讨厌,因为这种文学是虚伪的假造的;但是在无产阶级威胁之下便做对于无产阶级讴功颂德的文学,还不是一样的虚伪讨厌?文学家只知道聚精会神的创作,……谁能了解他,谁便是他的知音,不拘他是属于那一阶级。文学是属于全人类的。"

〔35〕 这里所引也见《文学是有阶级性的吗?》,原文说:"无产文学理论家时常告诉我们,文艺是他们的斗争的'武器'。把文学当作'武器'! 这意思很明白,就是说把文学当做宣传品,当做一种阶级斗争的工具。我们不反对任何人利用文学来达到另外的目的,这与文学本身无害的,但是我们不能承认宣传式的文字便是文学。"

〔36〕 钱杏邨(1900—1977) 笔名阿英,安徽芜湖人,文学家,太阳社主要成员。他在《拓荒者》第一期(1930 年 1 月)《中国新兴文学中的几个具体的问题》中说:"这种文学(按指标语口号式的文学),虽然在各方面都很幼稚,但有时它是足以鼓动大众的。鲁那卡尔斯基(Lunacharsky)说,'能够将复杂的,尊贵的社会的内容,用了使千百万人也都感动的强有力的艺术的单纯,表现出来的作家,愿于他有光荣罢。即使靠了比较的单纯的比较的初步的内容也好,能够使这几百万的大众感动的作家,愿于他有光荣罢。对于这样的作家,马克斯主义批评家应该非常之高地评价。'(《关于科学的文艺批评之任务的提要》)为布尔乔亚所侮蔑着的'口号标语文学',在一方面,我们不能不承认它的幼稚,在另一方面,我们是不得不予以相当的估价的。"《拓荒者》,文艺月刊,蒋光慈编辑,1930 年 1 月在上海创刊,"左联"成立后为"左联"刊物之一,同年五月第四、五期合刊出版后被国民党查禁。

〔37〕 台明·培特尼(Д. Бедный,1883—1945) 通译杰米扬·别德内依,苏联诗人。在苏联国内战争时期,他曾写了不少歌颂革命、讽刺敌人的政治鼓动诗。1923 年 4 月全俄中央执行委员会主席团曾授予他红旗勋章(即赤旗章)。

〔38〕 《论翻译之难》 指胡适的《论翻译》一文,载《新月》第一卷第十一期(1929 年 1 月),其中有"翻译是一件艰难的事,谁都不免有错误"的话。

〔39〕 法兑耶夫(А. А. Фадеев,1901—1956) 通译法捷耶夫,苏

联作家。著有长篇小说《毁灭》、《青年近卫军》等。《毁灭》曾由鲁迅译成中文,从 1930 年 1 月起在《萌芽月刊》上连载,题为《溃灭》;1931 年以"三闲书屋"名义出版单行本,改题为《毁灭》。

〔40〕 格拉特珂夫(Φ. В. Гладков,1883—1958) 苏联小说家。《水门汀》,又译《土敏土》,通译《水泥》,是他描写苏联经济复兴的长篇小说。

〔41〕 "布尔乔亚"的恶意 钱杏邨在《中国新兴文学中的几个具体的问题》中,说鲁迅、茅盾等对"口号标语文学"的批评,是"中国的布尔乔亚的作家"对"普罗列塔利亚文坛"的"恶意的嘲笑"。布尔乔亚,法语 bourgeoisie 的音译,即资产阶级。

〔42〕 亚历舍·托尔斯泰(А. Н. Толстой,1883—1945)、 威垒赛耶夫(В. В. Вересаев,1867—1945)、普理希文(М. М. Пришвин,1873—1954),都是在十月革命前即已成名,革命后仍继续创作活动的作家。

〔43〕 这些话,也见于《文学是有阶级性的吗?》。

〔44〕 "艺术之宫" 成仿吾在《创造》季刊第二卷第二期(1924 年 1 月)《〈呐喊〉的评论》中说:鲁迅的历史小说《不周山》(后改名为《补天》)"虽然也还有不能令人满足的地方",却是表示作者"要进而入纯文艺的宫庭"的"杰作"。

〔45〕 "太阳" 隐指蒋光慈、钱杏邨等组织的文学团体太阳社。

〔46〕 "猩猩"之说,见《创造月刊》第二卷第一期(一九二八年八月)杜荃(郭沫若)的《文艺战线上的封建余孽》一文,其中说鲁迅过去和陈西滢、长虹的论战"是猩猩和猩猩战"。下文所说"骂到牙齿的颜色",参看本卷第 119 页注〔6〕。

〔47〕 Prometheus 普罗米修斯,希腊神话中造福人类的神。相传他从主神宙斯那里偷了火种给人类,受到宙斯的惩罚,被钉在高加索山的岩石上,让神鹰啄食他的肝脏。

〔48〕 《文艺政策》 鲁迅 1928 年翻译的关于苏联文艺政策的文件汇集,内容包括《关于对文艺的党的政策》(1924 年 5 月俄共〔布〕中央召开的关于文艺政策讨论会的记录)、《观念形态战线和文学》(1925 年 1 月第一次无产阶级作家大会的决议)和《关于文艺领域上的党的政策》(1925 年 6 月俄共〔布〕中央的决议)三个部分。系根据日本外村史郎和藏原惟人辑译的日文本转译,曾连载于《奔流》月刊,1930 年 6 月由水沫书店出版,列为鲁迅、冯雪峰主编的《科学的艺术论丛书》之一。

〔49〕 郑伯奇(1895—1979) 陕西长安人,作家,创造社成员。当时他在上海开设文献书房。

〔50〕 Hauptmann 霍普特曼(1862—1946),德国剧作家。Gregory 夫人,格列高里夫人(1852—1932),爱尔兰剧作家。

〔51〕 《文艺生活》 创造社后期的文艺周刊,郑伯奇编辑,1928 年 12 月在上海创刊,共出四期。

〔52〕 所谓"投降"之说,见于 1929 年 8 月 19 日上海小报《真报》所载尚文的《鲁迅与北新书局决裂》一文,其中说鲁迅在被创造社"批判"之后,"今年也提起笔来翻过一本革命艺术论,表示投降的意味。"

〔53〕 "方向转换" 《拓荒者》第一期(1930 年 1 月)所载钱杏邨《中国新兴文学中的几个具体的问题》中说:"……就是现在'在转换中'的鲁迅吧,也写过'文笔的拙劣不如报纸的新闻'(见第五卷"语丝")这一类的讽刺。"《现代小说》第三卷第三期(1929 年 12 月)所载刚果伦的《一九二九年中国文坛的回顾》中也说:"鲁迅给我们的只是他转换了方向以后的关于普罗文艺的译品。"

〔54〕 片冈铁兵(1894—1944) 日本作家。他曾在 1924 年创办《文艺时代》杂志,从事"新感觉派"文艺运动,1928 年后一度转向进步的文艺阵营。

〔55〕 "阿狗阿猫" 1930 年 1 月 8 日《申报·艺术界》(国民党官员

朱应鹏主编)"余话"栏刊载陈洁的《社会科学书籍的瘟疫》一文,攻击马列主义理论的翻译和传播,说"阿猫也来一本社会科学的理论,阿狗也来一本社会科学大纲,驯至阿猫阿狗联合起来弄社会科学大全,这样,杂乱胡糟的社会科学书籍就发瘟了。"同月 16 日该刊又发表偶然的《创作数种》,其中也有类似的话:"看了阿猫阿狗都译着连自己都搅不明白的社会科学书,我们的确相信现在是社会科学时代了。"《申报》,参看本卷第 310 页注〔2〕。

〔56〕 藏原惟人(1902—1991) 日本文艺评论家、政治家。

〔57〕 蒋光慈的这些话,见他在《拓荒者》第一期(1930 年 1 月)发表的《东京之旅》。

〔58〕 《一周间》 以苏联国内战争为题材的中篇小说,苏联里别进斯基作,蒋光慈译。1930 年 1 月上海北新书局出版。

〔59〕 达尔文的学术著作,当时我国只有马君武译的《物种原始》(即《物种起源》)一种,1920 年上海中华书局出版。

〔60〕 尼采的著作,当时我国只有郭沫若译的《查拉图司屈拉钞》的第一部,1928 年 6 月创造社出版部出版。

〔61〕 "严正态度" 指新月社在《新月》第一卷第一号(1928 年 3 月)发刊辞《新月的态度》中所表示的态度。他们提出所谓"健康"和"尊严"的"两大原则",认为当时一切进步的和革命的文艺,都是和他们"所标举的两大原则——健康与尊严——不相容的"。在该刊第二卷第六、七期合刊(1929 年 9 月)的《敬告读者》中,又说"我们的立论的态度希望能做到严正的地步"。

〔62〕 《告压迫言论自由者》 罗隆基作,载《新月》第二卷第六、七期合刊(1929 年 9 月)。

习惯与改革[1]

　　体质和精神都已硬化了的人民，对于极小的一点改革，也无不加以阻挠，表面上好像恐怕于自己不便，其实是恐怕于自己不利，但所设的口实，却往往见得极其公正而且堂皇。

　　今年的禁用阴历[2]，原也是琐碎的，无关大体的事，但商家当然叫苦连天了。不特此也，连上海的无业游民，公司雇员，竟也常常慨然长叹，或者说这很不便于农家的耕种，或者说这很不便于海船的候潮。他们居然因此念起久不相干的乡下的农夫，海上的舟子来。这真像煞有些博爱。

　　一到阴历的十二月二十三，爆竹就到处毕毕剥剥。我问一家的店伙："今年仍可以过旧历年，明年一准过新历年么？"那回答是："明年又是明年，要明年再看了。"他并不信明年非过阳历年不可。但日历上，却诚然删掉了阴历，只存节气。然而一面在报章上，则出现了《一百二十年阴阳合历》[3]的广告。好，他们连曾孙玄孙时代的阴历，也已经给准备妥当了，一百二十年！

　　梁实秋先生们虽然很讨厌多数，但多数的力量是伟大，要紧的，有志于改革者倘不深知民众的心，设法利导，改进，则无论怎样的高文宏议，浪漫古典[4]，都和他们无干，仅止于几个人在书房中互相叹赏，得些自己满足。假如竟有"好人政府”〔5〕,出令改革乎,不多久,就早被他们拉回旧道上去了。

真实的革命者,自有独到的见解,例如乌略诺夫先生,他是将“风俗”和“习惯”,都包括在“文化”之内的,并且以为改革这些,很为困难。〔6〕我想,但倘不将这些改革,则这革命即等于无成,如沙上建塔,顷刻倒坏。中国最初的排满革命,所以易得响应者,因为口号是“光复旧物”,就是“复古”,易于取得保守的人民同意的缘故。但到后来,竟没有历史上定例的开国之初的盛世,只枉然失了一条辫子,就很为大家所不满了。

以后较新的改革,就著著失败,改革一两,反动十斤,例如上述的一年日历上不准注阴历,却来了阴阳合历一百二十年。

这种合历,欢迎的人们一定是很多的,因为这是风俗和习惯所拥护,所以也有风俗和习惯的后援。别的事也如此,倘不深入民众的大层中,于他们的风俗习惯,加以研究,解剖,分别好坏,立存废的标准,而于存于废,都慎选施行的方法,则无论怎样的改革,都将为习惯的岩石所压碎,或者只在表面上浮游一些时。

现在已不是在书斋中,捧书本高谈宗教,法律,文艺,美术……等等的时候了,即使要谈论这些,也必须先知道习惯和风俗,而且有正视这些的黑暗面的勇猛和毅力。因为倘不看清,就无从改革。仅大叫未来的光明,其实是欺骗怠慢的自己和怠慢的听众的。

*　　　*　　　*

〔1〕　本篇最初发表于 1930 年 3 月 1 日《萌芽月刊》第一卷第

三期。

〔2〕　禁用阴历　指1929年10月7日国民党当局发布的通令,其中规定:"凡商家帐目,民间契纸及一切签据,自十九年(按即1930年)一月一日起一律适用国历,如附用阴历,法律即不生效。"

〔3〕　《一百二十年阴阳合历》　指《一百二十年阴阳历对照表》,中华学艺社编,上海华通书局印行。

〔4〕　浪漫古典　梁实秋曾出版过论文集《浪漫的与古典的》,宣扬白璧德的新人文主义。

〔5〕　"好人政府"　是胡适等人于1922年5月提出的政治主张,见《努力周报》第二期发表的《我们的政治主张》一文:"我们以为现在不谈政治则已,若谈政治,应该有一个切实的,明了的,人人都能了解的目标。我们以为国内的优秀分子,无论他们理想中的政治组织是什么,……现在都应该平心降格的公认'好政府'一个目标,作为现在改革中国政治的最低限度的要求。""今日政治改革第一步在于好人须要有奋斗的精神。凡是社会上的优秀分子,应该为自卫计,为社会国家计,出来和恶势力奋斗。"1930年前后,胡适、罗隆基等又在《新月》上重提这个主张。

〔6〕　乌略诺夫　通译乌里扬诺夫,即列宁。他在《共产主义运动中的"左派"幼稚病》一书中曾说:"无产阶级专政是对旧社会的势力和传统进行的顽强斗争,流血的和不流血的,暴力的和和平的,军事的和经济的,教育的和行政的斗争。千百万人的习惯势力是最可怕的势力。没有铁一般的和在斗争中锻炼出来的党,没有为本阶级一切正直的人所信赖的党,没有善于考察群众情绪和影响群众情绪的党,要顺利地进行这种斗争是不可能的。"

非革命的急进革命论者^{〔1〕}

倘说，凡大队的革命军，必须一切战士的意识，都十分正确，分明，这才是真的革命军，否则不值一哂。这言论，初看固然是很正当，彻底似的，然而这是不可能的难题，是空洞的高谈，是毒害革命的甜药。

譬如在帝国主义的主宰之下，必不容训练大众个个有了"人类之爱"，然后笑嘻嘻地拱手变为"大同世界"^{〔2〕}一样，在革命者们所反抗的势力之下，也决不容用言论或行动，使大多数人统得到正确的意识。所以每一革命部队的突起，战士大抵不过是反抗现状这一种意思，大略相同，终极目的是极为歧异的。或者为社会，或者为小集团，或者为一个爱人，或者为自己，或者简直为了自杀。然而革命军仍然能够前行。因为在进军的途中，对于敌人，个人主义者所发的子弹，和集团主义者所发的子弹是一样地能够制其死命；任何战士死伤之际，便要减少些军中的战斗力，也两者相等的。但自然，因为终极目的的不同，在行进时，也时时有人退伍，有人落荒，有人颓唐，有人叛变，然而只要无碍于进行，则愈到后来，这队伍也就愈成为纯粹，精锐的队伍了。

我先前为叶永蓁君的《小小十年》作序，^{〔3〕}以为已经为社会尽了些力量，便是这意思。书中的主角，究竟上过前线，当过哨兵（虽然连放枪的方法也未曾被教），比起单是抱膝哀歌，握笔愤叹的文豪们来，实在也切实得远了。倘若要现在的战士都是意识正确，而且坚于钢铁之战士，不但是乌托邦的空想，也是出于情理之外的苛求。

但后来在《申报》上，却看见了更严厉，更彻底的批评，[4]因为书中的主角的从军，动机是为了自己，所以深加不满。《申报》是最求和平，最不鼓动革命的报纸，初看仿佛是很不相称似的，我在这里要指出貌似彻底的革命者，而其实是极不革命或有害革命的个人主义的论客来，使那批评的灵魂和报纸的躯壳正相适合。

其一是颓废者，因为自己没有一定的理想和无力，便流落而求刹那的享乐；一定的享乐，又使他发生厌倦，则时时寻求新刺戟，而这刺戟又须利害，这才感到畅快。革命便也是那颓废者的新刺戟之一，正如饕餮者餍足了肥甘，味厌了，胃弱了，便要吃胡椒和辣椒之类，使额上出一点小汗，才能送下半碗饭去一般。他于革命文艺，就要彻底的，完全的革命文艺，一有时代的缺陷的反映，就使他皱眉，以为不值一哂。和事实离开是不妨的，只要一个爽快。法国的波特莱尔，谁都知道是颓废的诗人，然而他欢迎革命，待到革命要妨害他的颓废生活的时候，他才憎恶革命了。[5]所以革命前夜的纸张上的革命家，而且是极彻底，极激烈的革命家，临革命时，便能够撕掉他先前的假面，——不自觉的假面。这种史例，是也应该献给一碰小钉子，一有小地位（或小款子），便东窜东京，西走巴黎的成仿吾那样"革命文学家"的。

其一,我还定不出他的名目。要之,是毫无定见,因而觉得世上没有一件对,自己没有一件不对,归根结蒂,还是现状最好的人们。他现为批评家而说话的时候,就随便捞到一种东西以驳诘相反的东西。要驳互助说[6]时用争存说,驳争存说时用互助说;反对和平论时用阶级争斗说,反对斗争时就主张人类之爱。论敌是唯心论者呢,他的立场是唯物论,待到和唯物论者相辩难,他却又化为唯心论者了。要之,是用英尺来量俄里,又用法尺来量密达,而发见无一相合的人。因为别的一切,无一相合,于是永远觉得自己是"允执厥中"[7],永远得到自己满足。从这些人们的批评的指示,则只要不完全,有缺陷,就不行。但现在的人,的事,那里会有十分完全,并无缺陷的呢,为万全计,就只好毫不动弹。然而这毫不动弹,却也就是一个大错。总之,做人之道,是非常之烦难了,至于做革命家,那当然更不必说。

《申报》的批评家对于《小小十年》虽然要求彻底的革命的主角,但于社会科学的翻译,是加以刻毒的冷嘲的[8],所以那灵魂是后一流,而略带一些颓废者的对于人生的无聊,想吃些辣椒来开开胃的气味。

＊　　　＊　　　＊

〔1〕　本篇最初发表于 1930 年 3 月 1 日《萌芽月刊》第一卷第三期。

〔2〕　"大同世界"　原是古代人设想的一种平等安乐的社会,后来常用以指"理想世界"。"大同"一词原出《礼记·礼运》。

〔3〕 叶永蓁 参看《三闲集·叶永蓁作〈小小十年〉小引》及其有关注。

〔4〕 这里所说《申报》的批评，指 1929 年 11 月 19 日《申报·艺术界》"新书月评"栏偶然评《小小十年》的文章。其中说："我们的主人翁和许多革命青年一样，最初只是把革命当作一种无法可想之中的办法，至于那些冠冕堂皇的革命理由，差不多都是事后才知道，事后才说"；"书中很强烈的暗示着，现在革命青年心目中的'革命'，目的不是求民族复兴而是在个人求得出路而已。"并断定"《小小十年》这样的作品就不算是可贵的了。"

〔5〕 波特莱尔（C. Baudelaire，1821—1867） 法国诗人。他曾参加法国 1848 年的二月革命，编辑《社会生路报》，并参加了 6 月的街垒战。但在这次革命失败后，他丧失了对于社会进步的信心，日益颓废。所作诗集《恶之华》，描写病态心理，歌颂死亡，充满悲观厌世情绪。

〔6〕 互助说 俄国无政府主义者克鲁泡特金的学说。它认为生物及人类的生存和进化是由于互助，主张以互助的办法解决社会矛盾。争存说，即达尔文进化论的生存竞争学说。这种学说认为，生物在维护个体生存和繁殖后代的过程中，与周围环境中的各种条件经常发生矛盾斗争，优胜劣败，适者生存。这种自然科学学说，后来被社会达尔文主义者用来解释人类社会。

〔7〕 "允执厥中" 语出《尚书·大禹谟》，不偏不倚的意思。

〔8〕 这里说的"冷嘲"，参看本卷第 226 页注〔55〕。

张资平氏的"小说学"〔1〕

张资平氏据说是"最进步"的"无产阶级作家",你们还在"萌芽",还在"拓荒",他却已在收获了。〔2〕这就是进步,拔步飞跑,望尘莫及。然而你如果追踪而往呢,就看见他跑进"乐群书店"〔3〕中。

张资平氏先前是三角恋爱小说作家,并且看见女的性欲,比男人还要熬不住,她来找男人,贱人呀贱人,该吃苦。这自然不是无产阶级小说。但作者一转方向,则一人得道,鸡犬飞升,〔4〕何况神仙的遗蜕呢,《张资平全集》还应该看的。这是收获呀,你明白了没有?

还有收获哩。《申报》报告,今年的大夏学生,敬请"为青年所崇拜的张资平先生"去教"小说学"了。中国老例,英文先生是一定会教外国史的,国文先生是一定会教伦理学的,何况小说先生,当然满肚子小说学。要不然,他做得出来吗?我们能保得定荷马〔5〕没有"史诗作法",沙士比亚〔6〕没有"戏剧学概论"吗?

呜呼,听讲的门徒是有福了,从此会知道如何三角,如何恋爱,你想女人吗,不料女人的性欲冲动比你还要强,自己跑来了。朋友,等着罢。但最可怜的是不在上海,只好遥遥"崇拜",难以身列门墙〔7〕的青年,竟不能恭听这伟大的"小说学"。现在我将《张资平全集》和"小说学"的精华,提炼在下面,遥献这些崇拜家,算是"望梅止渴"云。

那就是——　△

二月二十二日。

＊　　　＊　　　＊

〔1〕　本篇最初发表于 1930 年 4 月 1 日《萌芽月刊》第一卷第四期,署名黄棘。

〔2〕　张资平(1893—1959)　广东梅县人,创造社早期成员,抗日战争时期任汪伪政府农矿部技正和日伪"兴亚建国运动"的"文化委员会"主席。他写过大量三角恋爱小说,在革命文学论争中,自称"转换方向"。他在自己主编的《乐群》月刊第二卷第十二期(1929 年 12 月)的《编后》中,攻击《拓荒者》《萌芽月刊》等刊物,其中说:"有人还自谦'拓荒''萌芽',或许觉得那样的探求嫌过早,但你们不要因为自己脚小便叫别人在路上停下来等你,我们要勉力跑快一点了,不要'收获'回到'拓荒',回到'萌芽',甚而至于回到'下种'呀! 不要自己跟不上,便厌人家太早太快,望着人家走去。"

〔3〕　乐群书店　张资平 1928 年在上海开设的一个书店,1929 年曾出版过《资平小说集》,并在《乐群》月刊上登过将为张资平"搜印全集以飨读者"的广告。

〔4〕　一人得道,鸡犬飞升　东晋葛洪《神仙传》卷四记载:汉代淮南王刘安吃了仙药成仙,"临去时,余药器置在中庭,鸡犬舐啄之,尽得升天。"这里是用以讽刺张资平曾一度宣称自己"转向"革命的投机行为。他在《乐群》半月刊第一卷第二期(1928 年 10 月)的《编后并答辩》中曾说:"论我的作品,截至 1926 年冬止写《最后的幸福》后,就没有再

写那一类的作品了。无论从前发表过如何的浪漫的作品,只要今后能够转换方向前进。”

〔5〕 荷马(Homeros) 相传为公元前九世纪古希腊的行吟盲诗人,史诗《伊利亚特》、《奥德赛》的作者。

〔6〕 沙士比亚(W.Shakespeare,1564—1616) 通译莎士比亚,欧洲文艺复兴时期英国戏剧家、诗人。著有剧本《仲夏夜之梦》、《罗密欧与朱丽叶》、《哈姆雷特》等三十七种。

〔7〕 门墙 语出《论语·子张》:“夫子之墙数仞,不得其门而入,不见宗庙之美,百官之富,得其门者或寡矣。”后来常以“门墙”指教师讲学的地方。

对于左翼作家联盟的意见[1]

——三月二日在左翼作家联盟[2]成立大会讲

有许多事情,有人在先已经讲得很详细了,我不必再说。我以为在现在,"左翼"作家是很容易成为"右翼"作家的。为什么呢? 第一,倘若不和实际的社会斗争接触,单关在玻璃窗内做文章,研究问题,那是无论怎样的激烈,"左",都是容易办到的;然而一碰到实际,便即刻要撞碎了。关在房子里,最容易高谈彻底的主义,然而也最容易"右倾"。西洋的叫做"Salon 的社会主义者",便是指这而言。"Salon"是客厅的意思,坐在客厅里谈谈社会主义,高雅得很,漂亮得很,然而并不想到实行的。这种社会主义者,毫不足靠。并且在现在,不带点广义的社会主义的思想的作家或艺术家,就是说工农大众应该做奴隶,应该被虐杀,被剥削的这样的作家或艺术家,是差不多没有了,除非墨索里尼[3],但墨索里尼并没有写过文艺作品。(当然,这样的作家,也还不能说完全没有,例如中国的新月派诸文学家,以及所说的墨索里尼所宠爱的邓南遮[4]便是。)

第二,倘不明白革命的实际情形,也容易变成"右翼"。革命是痛苦,其中也必然混有污秽和血,决不是如诗人所想像的那般有趣,那般完美;革命尤其是现实的事,需要各种卑贱的,麻烦的工作,决不如诗人所想像的那般浪漫;革命当然有破坏,然而更需要建设,破坏是痛快的,但建设却是麻烦的事。所以对于革命抱着浪漫谛克的幻想的人,一和革命接近,一到革命进行,便容易失望。听说俄国的诗人叶遂宁,当初也非常欢迎十月革命,当时他叫道,"万岁,天上和地上的革命!"又说"我是一个布尔塞维克了!"然而一到革命后,实际上的情形,完全不是他所想像的那么一回事,终于失望,颓废。叶遂宁后来是自杀了的,听说这失望是他的自杀的原因之一。[5]又如毕力涅克和爱伦堡[6],也都是例子。在我们辛亥革命时也有同样的例,那时有许多文人,例如属于"南社"[7]的人们,开初大抵是很革命的,但他们抱着一种幻想,以为只要将满洲人赶出去,便一切都恢复了"汉官威仪",人们都穿大袖的衣服,峨冠博带,大步地在街上走。谁知赶走满清皇帝以后,民国成立,情形却全不同,所以他们便失望,以后有些人甚至成为新的运动的反动者。但是,我们如果不明白革命的实际情形,也容易和他们一样的。

还有,以为诗人或文学家高于一切人,他底工作比一切工作都高贵,也是不正确的观念。举例说,从前海涅[8]以为诗人最高贵,而上帝最公平,诗人在死后,便到上帝那里去,围着上帝坐着,上帝请他吃糖果。在现在,上帝请吃糖果的事,是当然无人相信的了,但以为诗人或文学家,现在为劳动大众革命,将来革命成功,劳动阶级一定从丰报酬,特别优待,请他坐特等车,吃特等饭,或者劳动者捧着牛油面包来献他,说:"我们的诗人,请用吧!"这也是不正确的;因为实际上决不会有这种事,恐怕那时比现在还要苦,不但没有牛油面包,连黑面包都没有也说不定,俄国革命后一二年的情形便是例子。如果不明白这情形,也容易变成"右翼"。事实上,劳动者大众,只要不是梁实秋所说"有出息"者,也决不会特别看重知识阶级者的,如我所译的《溃灭》中的美谛克(知识阶级出身),反而常被矿工等所嘲笑。不待说,知识阶级有知识阶级的事要做,不应特别看轻,然而劳动阶级决无特别例外地优待诗人或文学家的义务。

现在,我说一说我们今后应注意的几点。

第一,对于旧社会和旧势力的斗争,必须坚决,持久不断,而且注重实力。旧社会的根柢原是非常坚固的,新运动非有更大的力不能动摇它什么。并且旧社会还有它使新势力妥协的好办法,但它自己是决不妥协的。在中国也有过许多新的运动了,却每次都是新的敌不过旧的,那原因大抵是在新的一面没有坚决的广大的目的,要求很小,容易满足。譬如白话文运动,当初旧社会是死力抵抗的,但不久便容许白话文底存在,给它一点可怜地位,在报纸的角头等地方可以看见用白话写的文章了,这是因为在旧社会看来,新的东西并没有什么,并不可怕,所以就让它存在,而新的一面也就满足,以为白话文已得到存在权了。又如一二年来的无产文学运动,也差不多一样,旧社会也容许无产文学,因为无产文学并不厉害,反而他们也来弄无产文学,拿去做装饰,仿佛在客厅里放着许多古董磁器以外,放一个工人用的粗碗,也很别致;而无产文学者呢,他已经在文坛上有个小地位,稿子已经卖得出去了,不必再斗争,批评家也唱着凯旋歌:"无产文学胜利!"但除了个人的胜利,即以无产文学而论,究竟胜利了多少? 况且无产文学,是无产阶级解放斗争底一翼,它跟着无产阶级的社会的势力的成长而成长,在无产阶级的社会地位很低的时候,无产文学的文坛地位反而很高,这只是证明无产文学者离开了无产阶级,回到旧社会去罢了。

第二,我以为战线应该扩大。在前年和去年,文学上的战争是有的,但那范围实在太小,一切旧文学旧思想都不为新派的人所注意,反而弄成了在一角里新文学者和新文学者的斗争,旧派的人倒能够闲舒地在旁边观战。

第三,我们应当造出大群的新的战士。因为现在人手实在太少了,譬如我们有好几种杂志[9],单行本的书也出版得不少,但做文章的总同是这几个人,所以内容就不能不单薄。一个人做事不专,这样弄一点,那样弄一点,既要翻译,又要做小说,还要做批评,并且也要做诗,这怎么弄得好呢? 这都因为人太少的缘故,如果人多了,则翻译的可以专翻译,创作的可以专创作,批评的专批评;对敌人应战,也军势雄厚,容易克服。关于这点,我可带便地说一件事。前年创造社和太阳社向我进攻的时候,那力量实在单薄,到后来连我都觉得有点无聊,没有意思反攻了,因为我后来看出了敌军在演"空城计"。那时候我的敌军是专事于吹擂,不务于招兵练将的,攻击我的文章当然很多,然而一看就知道都是化名,骂来骂去都是同样的几句话。我那时就等待有一个能操马克斯主义批评的枪法的人来狙击我的,然而他终于没有出现。在我倒是一向就注意新的青年战士底养成的,曾经弄过好几个文学团体[10],不过效果也很小。但我们今后却必须注意这点。

我们急于要造出大群的新的战士,但同时,在文学战线上的人还要"韧"。所谓韧,就是不要像前清做八股文的"敲门砖"似的办法。前清的八股文[11],原是"进学"[12]做官的工具,只要能做"起承转合",借以进了"秀才举人",便可丢掉八股文,一生中再也用不到它了,所以叫做"敲门砖",犹之用一块砖敲门,门一敲进,砖就可抛弃了,不必再将它带在身边。这种办法,直到现在,也还有许多人在使用,我们常常看见有些人出了一二本诗集或小说集以后,他们便永远不见了,到那里去了呢? 是因为出了一本或二本书,有了一点小名或大名,得到了教授或别的什么位置,功成名遂,不必再写诗写小说了,所以永远不见了。这样,所以在中国无论文学或科学都没有东西,然而在我们是要有东西的,因为这于我们有用。(卢那卡尔斯基是甚至主张保存俄国的农民美术[13],因为可以造出来卖给外国人,在经济上有帮助。我以为如果我们文学或科学上有东西拿得出去给别人,则甚至于脱离帝国主义的压迫的政治运动上也有帮助。)但要在文化上有成绩,则非韧不可。

最后,我以为联合战线是以有共同目的为必要条件的。我记得好像曾听到过这样一句话:"反动派且已经有联合战线了,而我们还没有团结起来!"其实他们也并未有有意的联合战线,只因为他们的目的相同,所以行动就一致,在我们看来就好像联合战线。而我们战线不能统一,就证明我们的目的不能一致,或者只为了小团体,或者还其实只为了个人,如果目的都在工农大众,那当然战线也就统一了。

*　　　*　　　*

　〔1〕　本篇最初发表于 1930 年 4 月 1 日《萌芽月刊》第一卷第四期。

　〔2〕　左翼作家联盟　即中国左翼作家联盟(简称"左联"),中国共产党领导下的革命文学团体。1930 年 3 月在上海成立(并先后在北平、天津等地及日本东京设立分会),领导成员有鲁迅、夏衍、冯雪峰、冯乃超、周扬等。"左联"的成立,标志着中国革命文学发展的一个新阶段。它曾有组织有计划地致力于马克思主义文艺理论的宣传和研究,批评各种错误的文艺思想,提倡革命文学创作,进行文艺大众化的探讨,培养了一批革命文艺工作者,促进了革命文学运动的发展。它在国民党统治区内领导革命文学工作者和进步作家,对国民党的文化"围剿"进行了英勇顽强的斗争,在粉碎这种"围剿"中起了重大的作用。但由于受到当时党内"左"倾路线的影响,"左联"的一些领导人在工作中有过教条主义和宗派主义的倾向,对此,鲁迅曾进行过原则性的批评。他在"左联"成立大会上的这个讲话,是当时左翼文艺运动有重要意义的文件。"左联"由于受国民党政府的白色恐怖的摧残压迫,也由于领导工作中宗派主义的影响,始终是一个比较狭小的团体。1935 年底,为了适应抗日救亡运动的新形势,"左联"自行解散。

　〔3〕　墨索里尼(B. Mussolini,1883—1945)　意大利的独裁者和法西斯党党魁,第二次世界大战的罪魁之一。

　〔4〕　邓南遮(G. D'Annunzio,1863—1938)　意大利唯美主义作家。著有长篇小说《死的胜利》等。晚年成为民族主义者,深受墨索里尼的宠爱,获得"亲王"称号;墨索里尼还曾悬赏征求他的传记(见 1930

年 3 月《萌芽月刊》第一卷第三期《国内外文坛消息》)。

〔5〕 叶遂宁 参看本卷第 39 页注〔19〕。这里所引的诗句,分别见于他在 1918 年所作的《天上的鼓手》和《约旦河上的鸽子》。

〔6〕 毕力涅克(Б.А.Пильняк,1894—1937) 通译皮利尼亚克,又译皮涅克,苏联革命初期的"同路人"作家。1929 年,他在国外白俄报刊上发表长篇小说《红木》,因歪曲苏维埃现实而受到批评。爱伦堡,参看本卷第 141 页注〔11〕。

〔7〕 "南社" 参看本卷第 141 页注〔9〕。

〔8〕 海涅(H.Heine,1797—1856) 德国诗人,著有长诗《德国——一个冬天的童话》等。这里的引述,参看本卷第 142 页注〔12〕。

〔9〕 几种杂志 指当时出版的《萌芽月刊》、《拓荒者》、《大众文艺》、《文艺研究》等。

〔10〕 几个文学团体 指莽原社、未名社、朝花社等。

〔11〕 八股文 明、清科举考试制度所规定的一种公式化文体,每篇分破题、承题、起讲、入手、起股、中股、后股、束股八部分,后四部分是主体,每部分有两股相比偶的文字,合共八股,所以叫"八股文"。下文所说的"起承转合",指做八股文的一种公式,即所谓"起要平起,承要春(从)容,转要变化,合要渊永"。

〔12〕 "进学" 按明、清科举制度,童生经过县考初试,府考复试,再参加由学政主持的院考(道考),考取的列名府、县学,叫"进学",也就成为"秀才"。

〔13〕 关于卢那察尔斯基主张保存俄国农民美术的观点,见鲁迅翻译的卢那察尔斯基论文集《文艺与批评》中的《苏维埃国家与艺术》。

我们要批评家[1]

　　看大概的情形（我们这里得不到确凿的统计），从去年以来，挂着"革命的"的招牌的创作小说的读者已经减少，出版界的趋势，已在转向社会科学了。这不能不说是好现象。最初，青年的读者迷于广告式批评的符咒，以为读了"革命的"创作，便有出路，自己和社会，都可以得救，于是随手拈来，大口吞下，不料许多许多是并不是滋养品，是新袋子里的酸酒，红纸包里的烂肉，那结果，是吃得胸口痒痒的，好像要呕吐。

　　得了这一种苦楚的教训之后，转而去求医于根本的，切实的社会科学，自然，是一个正当的前进。

　　然而，大部分是因为市场的需要，社会科学的译著又蜂起云涌了，较为可看的和很要不得的都杂陈在书摊上，开始寻求正确的知识的读者们已经在惶惑。然而新的批评家不开口，类似批评家之流便趁势一笔抹杀："阿狗阿猫"[2]。

　　到这里，我们所需要的，就只得还是几个坚实的，明白的，真懂得社会科学及其文艺理论的批评家。

　　批评家的发生，在中国已经好久了。每一个文学团体中，大抵总有一套文学的人物。至少，是一个诗人，一个小说家，还有一个尽职于宣传本团体的光荣和功绩的批评家。这些团体，都说是志在改革，向旧的堡垒取攻势的，然而还在中途，就在旧的堡垒之下纷纷自己扭打起来,扭得大家乏力了,这才放开了手,因为不过是"扭"而已矣,所以大创是没有的,仅仅喘着气。一面喘着气,一面各自以为胜利,唱着凯歌。旧堡垒上简直无须守兵,只要袖手俯首,看这些新的敌人自己所唱的喜剧就够。他无声,但他胜利了。

这两年中,虽然没有极出色的创作,然而据我所见,印成本子的,如李守章的《跋涉的人们》〔3〕,台静农的《地之子》〔4〕,叶永蓁的《小小十年》前半部,柔石的《二月》及《旧时代之死》〔5〕,魏金枝的《七封信的自传》〔6〕,刘一梦的《失业以后》〔7〕,总还是优秀之作。可惜我们的有名的批评家,梁实秋先生还在和陈西滢相呼应,这里可以不提;成仿吾先生是怀念了创造社过去的光荣之后,摇身一变而成为"石厚生",接着又流星似的消失了;钱杏邨先生近来又只在《拓荒者》上,挽着藏原惟人,一段又一段的,在和茅盾扭结〔8〕。每一个文学团体以外的作品,在这样忙碌或萧闲的战场,便都被"打发"或默杀了。

这回的读书界的趋向社会科学,是一个好的,正当的转机,不惟有益于别方面,即对于文艺,也可催促它向正确,前进的路。但在出品的杂乱和旁观者的冷笑中,是极容易雕谢的,所以现在所首先需要的,也还是——

几个坚实的,明白的,真懂得社会科学及其文艺理论的批评家。

＊　　　＊　　　＊

〔1〕　本篇最初发表于 1930 年 4 月 1 日《萌芽月刊》第一卷第四期。

〔2〕　"阿狗阿猫"　参看本卷第 226 页注〔55〕。

〔3〕　李守章(1905—1993)　字俊民,江苏南通人。《跋涉的人们》收短篇小说四篇,1929 年北新书局出版。

〔4〕　台静农(1902—1990)　安徽霍丘人,作家,未名社成员。《地之子》收短篇小说十四篇,1928 年未名社出版。

〔5〕　柔石(1902—1931)　参看本书《柔石小传》及其有关注。

〔6〕　魏金枝(1900—1972)　浙江嵊县(今嵊州)人,作家。《七封信的自传》,收短篇小说六篇,1928 年上海人间书店出版,原题为《七封书信的自传》。

〔7〕　刘一梦(?—1931)　原名刘增容,山东沂水人。曾任共青团山东省委书记,《济南日报》副刊《晓风》周刊主笔,后被韩复榘杀害。《失业以后》收短篇小说八篇,1929 年上海春野书店出版。

〔8〕　这里说的钱杏邨"和茅盾扭结",指钱杏邨在《拓荒者》第一期《中国新兴文学中的几个具体的问题》中,反复引证藏原惟人的《再论普罗列塔利亚写实主义》、《普罗列塔利亚艺术的内容与形式》等文,来评论茅盾的作品和反对茅盾《从牯岭到东京》一文中的见解。

"好政府主义"[1]

梁实秋先生这回在《新月》的"零星"上,也赞成"不满于现状"[2]了,但他以为"现在有智识的人(尤其是夙来有'前驱者''权威''先进'的徽号的人),他们的责任不仅仅是冷讥热嘲地发表一点'不满于现状'的杂感而已,他们应该更进一步的诚诚恳恳地去求一个积极医治'现状'的药方"。

为什么呢?因为有病就须下药,"三民主义是一副药,——梁先生说,——共产主义也是一副药,国家主义[3]也是一副药,无政府主义[4]也是一副药,好政府主义也是一副药",现在你"把所有的药方都褒贬得一文不值,都挖苦得不留余地,……这可是什么心理呢?"

这种心理,实在是应该责难的。但在实际上,我却还未曾见过这样的杂感,譬如说,同一作者,而以为三民主义者是违背了英美的自由,共产主义者又收受了俄国的卢布,国家主义太狭,无政府主义又太空……。所以梁先生的"零星",是将他所见的杂感的罪状夸大了。

其实是,指摘一种主义的理由的缺点,或因此而生的弊病,虽是并非某一主义者,原也无所不可的。有如被压榨得痛了,就要叫喊,原不必在想出更好的主义之前,就定要咬住牙关。但自然,能有更好的主张,便更成一个样子。

不过我以为梁先生所谦逊地放在末尾的"好政府主义",却还得更谦逊地放在例外的,因为自三民主义以至无政府主义,无论它性质的寒温如何,所开的究竟还是药名,如石膏,肉桂之类,——至于服后的利弊,那是另一个问题。独有"好政府主义"这"一副药",他在药方上所开的却不是药名,而是"好药料"三个大字,以及一些唠唠叨叨的名医架子的"主张"。不错,谁也不能说医病应该用坏药料,但这张药方,是不必医生才配摇头,谁也会将他"褒贬得一文不值"("褒"是"称赞"之意,用在这里,不但"不通",也证明了不识"褒"字,但这是梁先生的原文,所以姑仍其旧)的。

倘这医生羞恼成怒,喝道"你嘲笑我的好药料主义,就开出你的药方来!"那就更是大可笑的"现状"之一,即使并不根据什么主义,也会生出杂感来的。杂感之无穷无尽,正因为这样的"现状"太多的缘故。

一九三〇,四,十七。

* * *

〔1〕 本篇最初发表于1930年5月《萌芽月刊》第一卷第五期。"好政府主义",参看本卷第230页注〔5〕。

〔2〕 这里所说的"不满于现状"和以下所引的梁实秋的话,都见于《新月》第二卷第八期(1929年10月)《"不满于现状",便怎样呢?》一文。

〔3〕 国家主义 十九世纪开始在欧洲流行的一种资产阶级民族主义思想。它抹杀国家的阶级本质,以"国家至上"的口号欺骗人民服

Normal

从统治阶级的利益；宣传"民族优越论"，鼓吹扩张主义，并用"保卫祖国"的名义鼓动侵略战争。中国的国家主义派在 1923 年成立"中国国家主义青年团"，后改为"中国青年党"。1924 年创办《醒狮周报》，故又称"醒狮派"。主要代表人物有曾琦、李璜、左舜生、陈启天等。

〔4〕 无政府主义 十九世纪上半期开始流行的一种小资产阶级思潮。主张个人"绝对自由"，认为一切权力是"屠杀人类智慧与心灵"的罪恶，国家是产生罪恶的根源，反对一切权威和任何形式的国家。主要代表人物有施蒂纳、蒲鲁东、巴枯宁、克鲁泡特金等。"五四"前后，中国的无政府主义者曾组织"民声社"、"进化社"等小团体，出版刊物和小册子宣扬这种思想。

"丧家的""资本家的乏走狗"[1]

梁实秋先生为了《拓荒者》上称他为"资本家的走狗"[2]，就做了一篇自云"我不生气"[3]的文章。先据《拓荒者》第二期第六七二页上的定义[4]，"觉得我自己便有点像是无产阶级里的一个"之后，再下"走狗"的定义，为"大凡做走狗的都是想讨主子的欢心因而得到一点恩惠"，于是又因而发生疑问道——

"《拓荒者》说我是资本家的走狗，是那一个资本家，还是所有的资本家？我还不知道我的主子是谁，我若知道，我一定要带着几分杂志去到主子面前表功，或者还许得到几个金镑或卢布的赏赉呢。……我只知道不断的劳动下去，便可以赚到钱来维持生计，至于如何可以做走狗，如何可以到资本家的帐房去领金镑，如何可以到××党去领卢布，这一套本领，我可怎么能知道呢？……"

这正是"资本家的走狗"的活写真。凡走狗，虽或为一个资本家所豢养，其实是属于所有的资本家的，所以它遇见所有的阔人都驯良，遇见所有的穷人都狂吠。不知道谁是它的主子，正是它遇见所有阔人都驯良的原因，也就是属于所有的资本家的证据。即使无人豢养，饿的精瘦，变成野狗了，但还是遇见所有的阔人都驯良，遇见所有的穷人都狂吠的，不过这时它就愈不明白谁是主子了。

梁先生既然自叙他怎样辛苦,好像"无产阶级"(即梁先生先前之所谓"劣败者"),又不知道"主子是谁",那是属于后一类的了,为确当计,还得添几个字,称为"丧家的""资本家的走狗"。

然而这名目还有些缺点。梁先生究竟是有智识的教授,所以和平常的不同。他终于不讲"文学是有阶级性的吗?"了,在《答鲁迅先生》[5]那一篇里,很巧妙地插进电杆上写"武装保护苏联",敲碎报馆玻璃那些句子去,在上文所引的一段里又写出"到××党去领卢布"字样来,那故意暗藏的两个×,是令人立刻可以悟出的"共产"这两字,指示着凡主张"文学有阶级性",得罪了梁先生的人,都是在做"拥护苏联",或"去领卢布"的勾当,和段祺瑞的卫兵枪杀学生[6],《晨报》[7]却道学生为了几个卢布送命,自由大同盟[8]上有我的名字,《革命日报》[9]的通信上便说为"金光灿烂的卢布所买收",都是同一手段。在梁先生,也许以为给主子嗅出匪类("学匪"[10]),也就是一种"批评",然而这职业,比起"刽子手"来,也就更加下贱了。

我还记得,"国共合作"时代,通信和演说,称赞苏联,是极时髦的,现在可不同了,报章所载,则电杆上写字和"××党",捕房正在捉得非常起劲,那么,为将自己的论敌指为"拥护苏联"或"××党",自然也就髦得合时,或者还许会得到主子的"一点恩惠"了。但倘说梁先生意在要得"恩惠"或"金镑",是冤枉的,决没有这回事,不过想借此助一臂之力,以济其"文艺

批评"之穷罢了。所以从"文艺批评"方面看来,就还得在"走
狗"之上,加上一个形容字:"乏"。

一九三〇,四,一九。

＊　　　＊　　　＊

〔1〕　本篇最初发表于 1930 年 5 月 1 日《萌芽月刊》第一卷第五
期。

〔2〕　指《拓荒者》第二期(1930 年 2 月)刊载的冯乃超《文艺理论
讲座(第二回)·阶级社会的艺术》,它批驳梁实秋的《文学是有阶级性的
吗?》一文中的某些观点,其中说:"无产阶级既然从其斗争经验中已经
意识到自己阶级的存在,更进一步意识其历史的使命。然而,梁实秋却
来说教——所谓'正当的生活斗争手段'。'一个无产者假如他是有出
息的,只消辛辛苦苦诚诚实实的工作一生(!),多少必定可以得到相当
的资产。'那末,这样一来,资本家更能够安稳的加紧其榨取的手段,天
下便太平。对于这样的说教人,我们要送'资本家的走狗'这样的称号
的。"

〔3〕　梁实秋所说的"我不生气"以及本篇所引用的他的话,都见
于 1929 年 11 月《新月》第二卷第九期(按实际出版日期当在 1930 年 2
月以后)《"资本家的走狗"》一文。

〔4〕　这里所说的定义,指冯乃超在《阶级社会的艺术》一文中所
引恩格斯关于无产阶级的定义:"无产者——普罗列塔利亚(Proletarier)
是什么呢? 它是'除开出卖其劳动以外,完全没有方法维持其生计的,
又因此又不倚赖任何种类资本的利润之社会阶级。……总之,普罗列
塔利亚——普罗列塔利亚底阶级就是十九世纪的(现在也是的)劳动阶
级(Proletariat)'。(恩格斯)"这段话出自恩格斯的《共产主义原理》,现
译为:"第二个问题:什么是无产阶级? 答:无产阶级是完全靠出卖自己

253

的劳动而不是靠某一种资本的利润来获得生活资料的社会阶级。……一句话,无产阶级或无产者阶级就是十九世纪的劳动阶级。"

〔5〕　《答鲁迅先生》　见于《新月》第二卷第九期。梁实秋在文中说:"讲我自己罢,革命我是不敢乱来的,在电灯杆子上写'武装保护苏联'我是不干的,到报馆门前敲碎一两块值五六百元的大块玻璃我也是不干的,现时我只能看看书写写文章。"

〔6〕　指三一八惨案。1926 年 3 月 18 日,北京爱国学生和群众为反对日本等帝国主义国家侵犯中国主权,到段祺瑞执政府门前请愿,段命令卫队开枪射击,死四十七人,伤二百多人。

〔7〕　《晨报》　梁启超、汤化龙等组织的政治团体研究系的机关报。1918 年 12 月在北京创刊,1928 年 6 月停刊。

〔8〕　自由大同盟　中国自由运动大同盟的简称。中国共产党支持和领导下的群众团体,1930 年 2 月成立于上海。宗旨是争取言论、出版、集会、结社等自由,反对国民党的独裁统治。鲁迅是它的发起人之一。

〔9〕　《革命日报》　国民党内汪精卫改组派的报纸,1929 年底在上海创刊。

〔10〕　"学匪"　1925 年 12 月 30 日国家主义派刊物《国魂》旬刊第九期载有姜华的《学匪与学阀》一文,咒骂在北京女师大风潮中支持进步学生的鲁迅、马裕藻等人为"学匪"。当时的现代评论派也对鲁迅等进行过这类攻击。

《进化和退化》小引[1]

这是译者从十年来所译的将近百篇的文字中，选出不很专门，大家可看之作，集在一处，希望流传较广的本子。一，以见最近的进化学说的情形，二，以见中国人将来的运命。

进化学说之于中国，输入是颇早的，远在严复[2]的译述赫胥黎[3]《天演论》。但终于也不过留下一个空泛的名词，欧洲大战时代，又大为论客所误解，到了现在，连名目也奄奄一息了。其间学说几经迁流，兑佛黎斯[4]的突变说兴而又衰，兰麻克[5]的环境说废而复振，我们生息于自然中，而于此等自然大法的研究，大抵未尝加意。此书首尾的各两篇，即由新兰麻克主义[6]立论，可以窥见大概，略弥缺憾的。

但最要紧的是末两篇[7]。沙漠之逐渐南徙，营养之已难支持，都是中国人极重要，极切身的问题，倘不解决，所得的将是一个灭亡的结局。可以解中国古史难以探索的原因，可以破中国人最能耐苦的谬说，还不过是副次的收获罢了。林木伐尽，水泽湮枯，将来的一滴水，将和血液等价，倘这事能为现在和将来的青年所记忆，那么，这书所得的酬报，也就非常之大了。

然而自然科学的范围，所说就到这里为止，那给与的解答，也只是治水和造林。这是一看好像极简单，容易的事，其实却并不如此的。我可以引史沫得列[8]女士在《中国乡村生活断片》中的两段话作证——

"她(使女)说,明天她要到南苑[9]去运动狱吏释放她的亲属。这人,同六十个别的乡人,男女都有,在三月以前被捕和收监,因为当别的生活资料都没有了以后,他们曾经砍过树枝或剥过树皮。他们这样做,并非出于捣乱,只因为他们可以卖掉木头来买粮食。

"……南苑的人民,没有收成,没有粮食,没有工做,就让有这两亩田又有什么用处?……一遇到些少的扰乱,就把整千的人投到灾民的队伍里去。……南苑在那时(军阀混战时)除了树木之外什么都没有了,当乡民一对着树木动手的时候,警察就把他们捉住并且监禁起来。"(《萌芽月刊》五期一七七页。)

所以这样的树木保护法,结果是增加剥树皮,掘草根的人民,反而促进沙漠的出现。但这书以自然科学为范围,所以没有顾及了。接着这自然科学所论的事实之后,更进一步地来加以解决的,则有社会科学在。

一九三〇年五月五日。

＊　　　＊　　　＊

〔1〕　《进化和退化》　周建人辑译,收关于生物科学的文章八篇,1930年7月上海光华书局出版。本篇最初即印入该书。

〔2〕　严复(1854—1921)　字又陵,又字几道,福建闽侯(今属福州)人,清末启蒙思想家、翻译家。1895年他译述赫胥黎的《进化论与伦

理学及其他论文》的前两篇,于1898年以《天演论》为题出版。后来还译有英国亚当·斯密的《原富》、法国孟德斯鸠的《法意》等书,对当时中国思想界起过较大的影响。

〔3〕 赫胥黎(T.H.Huxley,1825—1895) 英国生物学家,达尔文学说的积极支持者和宣传者。主要著作有《人类在自然界中的位置》、《动物学分类导论》和《进化论与伦理学》等。

〔4〕 兑佛黎斯(H. De Vries,1848—1935) 通译德佛里斯,荷兰植物学家、遗传学家。他根据月见草的遗传试验结果,于1911年发表突变学说,认为生物的进化起因于突变。

〔5〕 兰麻克(J.B.Lamarck,1744—1829) 通译拉马克,法国生物学家,生物进化论的先驱者。1809年他在《动物学哲学》一书中提出"直接顺应说"(即"环境说"),认为生物进化的主要原因是由于受环境的直接影响,器官用进废退,而后天获得的性状可以遗传。它有力地反对了宗教的"神造论"和"物种不变论",在科学上为达尔文学说的创立准备了条件。

〔6〕 新兰麻克主义 通译新拉马克主义,十九世纪末兴起的进化学说之一,由英国哲学家斯宾塞(1820—1903)等人提出。它认为变异是定向的,生物通过获得性状的遗传而进化,否认自然选择在生物进化过程中的重要作用。

〔7〕 末两篇 指匈牙利英吉兰兑尔(A.L.Englaender)作《沙漠的起源,长大,及其侵入华北》;美国亚道尔夫(W.H.Adolph)作《中国营养和代谢作用的情形》。

〔8〕 史沫得列(A.Smedley,1890—1950) 通译史沫特莱,美国女作家、记者。当时她是德国《佛兰克福日报》驻华记者,美国《新群众》杂志的特约撰稿人,旅居上海,和鲁迅有较密切的交往。著有自传体长篇小说《大地的女儿》、介绍朱德革命经历的报告文学《伟大的道路》和

二战纪实文学《中国的战歌》等。

〔9〕　南苑　北京南郊的地名。元代以后,曾为历代封建帝王的游猎场所。

《艺术论》译本序^{〔1〕}

一

蒲力汗诺夫（George Valentinovitch Plekhanov）以一八五七年，生于坦木幡夫省的一个贵族的家里。自他出世以至成年之间，在俄国革命运动史上，正是智识阶级所提倡的民众主义^{〔2〕}自兴盛以至凋落的时候。他们当初的意见，以为俄国的民众，即大多数的农民，是已经领会了社会主义，在精神上，成着不自觉的社会主义者的，所以民众主义者的使命，只在"到民间去"，向他们说明那境遇，善导他们对于地主和官吏的嫌憎，则农民便将自行蹶起，实现自由的自治制，即无政府主义底社会的组织。

但农民却几乎并不倾听民众主义者的鼓动，倒是对于这些进步的贵族的子弟，怀抱着不满。皇帝亚历山大二世^{〔3〕}的政府，则于他们临以严峻的刑罚，终使其中的一部分，将眼光从农民离开，来效法西欧先进国，为有产者所享有的一切权利而争斗了。于是从"土地与自由党"分裂为"民意党"^{〔4〕}，从事于政治底斗争，但那手段，却非一般底社会运动，而是单独和政府相斗争，尽全力于恐怖手段——暗杀。

青年的蒲力汗诺夫，也大概在这样的社会思潮之下，开始他革命底活动的。但当分裂时,尚复固守农民社会主义的根本底见解,反对恐怖主义,反对获得政治底公民底自由,别组"均田党"[5],惟属望于农民的叛乱。然而他已怀独见,以为智识阶级独斗政府,革命殊难于成功,农民固多社会主义底倾向,而劳动者亦殊重要。他在那《革命运动上的俄罗斯工人》中说,工人者,是偶然来到都会,现于工厂的农民。要输社会主义入农村中,这农民工人便是最适宜的媒介者。因为农民相信他们工人的话,是在智识阶级之上的。

事实也并不很远于他的豫料。一八八一年恐怖主义者竭全力所实行的亚历山大二世的暗杀,民众未尝蹶起,公民也不得自由,结果是有力的指导者或死或囚,"民意党"殆濒于消灭。连不属此党而倾向工人的社会主义的蒲力汗诺夫等,也终被政府所压迫,不得不逃亡国外了。

他在这时候,遂和西欧的劳动运动相亲,遂开始研究马克斯的著作。

马克斯之名,俄国是早经知道的;《资本论》第一卷,也比别国早有译本[6];许多"民意党"的人们,还和他个人底地相知,通信。然而他们所竭尽尊敬的马克斯的思想,在他们却仅是纯粹的"理论",以为和俄国的现实不相合,和俄人并无关系的东西,因为在俄国没有资本主义,俄国的社会主义,将不发生于工厂而出于农村的缘故。但蒲力汗诺夫是当回忆在彼得堡的劳动运动之际,就发生了关于农村的疑惑的,由原书而精通马克斯主义文献,又增加了这疑惑。他于是搜集当时所有的统计底材料,用真正的马克斯主义底方法,来研究它,终至

确信了资本主义实在君临着俄国。一八八四年,他发表叫作
《我们的对立》[7]的书,就是指摘民众主义的错误,证明马克斯
主义的正当的名作。他在这书里,即指示着作为大众的农民,
现今已不能作社会主义的支柱。在俄国,那时都会工业正在发
达,资本主义制度已在形成了。必然底地随此而起者,是资本
主义之敌,就是绝灭资本主义的无产者。所以在俄国也如在西
欧一样,无产者是对于政治底改造的最有意味的阶级。从那境
遇上说,对于坚执而有组织的革命,已比别的阶级有更大的才
能,而且作为将来的俄国革命的射击兵,也是最为适当的阶级。

自此以来,蒲力汗诺夫不但本身成了伟大的思想家,并且
也作了俄国的马克斯主义者的先驱和觉醒了的劳动者的教师
和指导者了。

二

但蒲力汗诺夫对于无产阶级的殊勋,最多是在所发表的
理论的文字,他本身的政治底意见,却不免常有动摇的。

一八八九年,社会主义者开第一次国际会议于巴黎,蒲力
汗诺夫在会上说,“俄国的革命运动,只有靠着劳动者的运动
才能胜利,此外并无解决之道”的时候,是连欧洲有名的许多
社会主义者们,也完全反对这话的;但不久,他的业绩显现出
来了。文字方面,则有《历史上的一元底观察的发展》[8](或
简称《史底一元论》),出版于一八九五年,从哲学底领域方面,
和民众主义者战斗,以拥护唯物论,而马克斯主义的全时代,

也就受教于此,借此理解战斗底唯物论的根基。后来的学者,自然也尝加以指摘的批评,但什维诺夫却说,"倒不如将这大可注目的书籍,向新时代的人们来说明,来讲解,实为更好的工作"云。次年,在事实方面,则因他的弟子们和民众主义者斗争的结果,终使纺纱厂的劳动者三万人的大同盟罢工,勃发于彼得堡,给俄国的历史划了新时期,俄国无产阶级的革命底价值,始为大家所认识,那时开在伦敦的社会主义者的第四次国际会议,也对此大加惊叹,欢迎了。

然而蒲力汗诺夫究竟是理论家。十九世纪末,列宁才开始活动,也比他年青,而两个人之间,就自然而然地行了未尝商量的分业。他所擅长的是理论方面,对于敌人,便担当了哲学底论战。列宁却从最先的著作以来,即专心于社会政治底问题,党和劳动阶级的组织的。他们这时的以辅车相依[9]的形态,所编辑发行的报章,是 Iskra(《火花》)[10],撰者们中,虽然颇有不纯的分子,但在当时,却尽了重大的职务,使劳动者和革命者的或一层因此而奋起,使民众主义派智识者发生了动摇。

尤其重要的是那文字底和实际的活动。当时(一九○○年至一九○一年),革命家是都惯于藏身在自己的小圈子中,不明白全国底展望的,他们不悟到靠着全国底展望,才能有所达成,也没有准确的计算,也不想到须用多大的势力,才能得怎样的成果。在这样的时代,要试行中央集权底党,统一全无产阶级的全俄底政治组织的观念,是新异而且难行的。《火花》却不独在论说上申明这观念,还组织了"火花"的团体,有当时铮铮的革命家一百人至一百五十人的"火花"派,加在这团体中,以实行蒲力汗诺夫在报章上用文字底形式所展开的计划。

但到一九〇三年,俄国的马克斯主义者分裂为布尔塞维克(多数派)和门塞维克(少数派)[11]了,列宁是前者的指导者,蒲力汗诺夫则是后者。从此两人即时离时合,如一九〇四年日俄战争[12]时的希望俄皇战败,一九〇七至一九〇九年的党的受难时代,他皆和列宁同心。尤其是后一时,布尔塞维克的势力的大部分,已经不得不逃亡国外,到处是堕落,到处有奸细,大家互相注目,互相害怕,互相猜疑了。在文学上,则淫荡文学盛行,《赛宁》[13]即在这时出现。这情绪且侵入一切革命底圈子中。党员四散,化为个个小团体,门塞维克的取消派[14],已经给布尔塞维克唱起挽歌来了。这时大声叱咤,说取消派主义应该击破,以支持布尔塞维克的,却是身为门塞维克的权威的蒲力汗诺夫,且在各种报章上,国会中,加以勇敢的援助。于是门塞维克的别派,便嘲笑"他垂老而成了地下室的歌人"了。

企图革命的复兴,从新组织的报章,是一九一〇年开始印行的 Zvezda(《星》)[15],蒲力汗诺夫和列宁,都从国外投稿,所以是两派合作的机关报,势不能十分明示政治上的方针。但当这报章和政治运动关系加紧之际,就渐渐失去提携的性质,蒲力汗诺夫的一派终于完全匿迹,报章尽成为布尔塞维克的战斗底机关了。一九一二年两派又合办日报 Pravda(《真理》)[16],而当事件展开时,蒲力汗诺夫派又于极短时期中悉被排除,和在 Zvezda 那时走了同一的运道。

殆欧洲大战起,蒲力汗诺夫遂以德意志帝国主义为欧洲文明和劳动阶级的最危险的仇敌，和第二国际的指导者们一样，站在爱国的见地上，为了和最可憎恶的德国战斗，竟不惜和本国的资产阶级和政府相提携，相妥协了。一九一七年二月革命后，他回到本国，组织了一个社会主义底爱国者的团体，曰"协同"[17]。然而在俄国的无产阶级之父蒲力汗诺夫的革命底感觉，这时已经没有了打动俄国劳动者的力量，布勒斯特的媾和[18]后，他几乎全为劳农俄国所忘却，终在一九一八年五月三十日，孤独地死于那时正被德军所占领的芬兰了。相传他临终的谵语中，曾有疑问云："劳动者阶级可觉察着我的活动呢？"

三

他死后，Inprekol[19]（第八年第五十四号）上有一篇《G. V. 蒲力汗诺夫和无产阶级运动》，简括地评论了他一生的功过——

"……其实，蒲力汗诺夫是应该怀这样的疑问的。为什么呢？因为年少的劳动者阶级，对他所知道的，是作为爱国社会主义者，作为门塞维克党员，作为帝国主义的追随者，作为主张革命底劳动者和在俄国的资产阶级的指导者密柳珂夫[20]互相妥协的人。因为劳动者阶级的路和蒲力汗诺夫的路，是决然地离开的了。

然而，我们毫不迟疑，将蒲力汗诺夫算进俄国劳动者阶级的，不，国际劳动者阶级的最大的恩师们里面去。

怎么可以这样说呢？当决定底的阶级战的时候，蒲力汗诺夫不是在防线的那面的么？是的,确是如此。然而他在这些决定战的很以前的活动,他的理论上的诸劳作,在蒲力汗诺夫的遗产中,是成着贵重的东西的。

惟为了正确的阶级底世界观而战的斗争,在阶级战的诸形态中,是最为重要的之一。蒲力汗诺夫由那理论上的诸劳作,亘几世代,养成了许多劳动者革命家们。他又借此在俄国劳动者阶级的政治底自主上,尽了出色的职务。

蒲力汗诺夫的伟大的功绩,首先,是对于民意党,即在前世纪的七十年代,相信着俄国的发达,是走着一种特别的,就是,非资本主义底的路的那些智识阶级的一伙的他的斗争。那七十年代以后的数十年中,在俄国的资本主义的堂堂的发展情形,是怎样地显示了民意党人中的见解之误,而蒲力汗诺夫的见解之对呵。

一八八四年由蒲力汗诺夫所编成的'以劳动解放为目的'的团体(劳动者解放团[21])的纲领,正是在俄国的劳动者党的最初的宣言,而且也是对于一八七八年至七九年劳动者之动摇的直接的解答。

他说着——

'惟有竭力迅速地形成一个劳动者党,在解决现今在俄国的经济底的,以及政治底的一切的矛盾上,是惟一的手段。'

一八八九年,蒲力汗诺夫在开在巴黎的国际社会主义党大会上,说道——

'在俄国的革命底运动,只有靠着革命底劳动者运动,才能得到胜利。我们此外并无解决之道,且也不会有的。'

这,蒲力汗诺夫的有名的话,决不是偶然的。蒲力汗诺夫以那伟大的天才,拥护这在市民底民众主义的革命中的无产阶级的主权,至数十年之久,而同时也发表了自由主义底有产者在和帝制的斗争中,竟懦怯地成为奸细,化为游移之至的东西的思想了。

蒲力汗诺夫和列宁一同,是《火花》的创办指导者。关于为了创立在俄国的政党底组织体而战的斗争,《火花》所尽的伟大的组织上的任务,是广大地为人们所知道的。

从一九○三年至一九一七年的蒲力汗诺夫,生了几回大动摇,倒是总和革命底的马克斯主义违反,并且走向门塞维克去了。惹起他违反革命底的马克斯主义的诸问题,大抵是什么呢?

首先,是对于农民层的革命底的可能力的过少评价。蒲力汗诺夫在对于民意党人的有害方面的斗争中,竟看不见农民层的种种革命底的努力了。

其次,是国家的问题。他没有理解市民底民众主义的本质。就是他没有理解无论如何,有粉碎资产阶级的国家机关的必要。

最后,是他没有理解那作为资本主义的最后阶段的帝国主义的问题,以及帝国主义战争的性质的问题。

　　要而言之，——蒲力汗诺夫是于列宁的强处，有着弱处的。他不能成为'在帝国主义和无产阶级革命时代的马克斯主义者'。所以他之为马克斯主义者，也就全体到了收场。蒲力汗诺夫于是一步一步，如罗若·卢森堡[22]之所说，成为一个'可尊敬的化石'了。

　　在俄国的马克斯主义建设者蒲力汗诺夫，决不仅是马克斯和恩格斯的经济学，历史学，以及哲学的单单的媒介者。他涉及这些全领域，贡献了出色的独自的劳作。使俄国的劳动者和智识阶级，确实明白马克斯主义是人类思索的全史的最高的科学底完成，蒲力汗诺夫是与有力量的。惟蒲力汗诺夫的种种理论上的研究，在他的观念形态的遗产里，无疑地是最为贵重的东西。列宁曾经正当地常劝青年们去研究蒲力汗诺夫的书。——'倘不研究这个（蒲力汗诺夫的关于哲学的叙述），就谁也决不会是意识底的，真实的共产主义者的。因为这是在国际底的一切马克斯主义文献中，最为杰出之作的缘故。'[23]——列宁说。"

四

　　蒲力汗诺夫也给马克斯主义艺术理论放下了基础。他的艺术论虽然还未能俨然成一个体系，但所遗留的含有方法和成果的著作，却不只作为后人研究的对象，也不愧称为建立马克斯主义艺术理论，社会学底美学的古典底文献的了。

这里的三篇信札体的论文,便是他的这类著作的只鳞片甲。

第一篇《论艺术》首先提出"艺术是什么"的问题,补正了托尔斯泰的定义[24],将艺术的特质,断定为感情和思想的具体底形象底表现。于是进而申明艺术也是社会现象,所以观察之际,也必用唯物史观的立场,并于和这违异的唯心史观(St. Simon,Comte,Hegel[25])加以批评,而绍介又和这些相对的关于生物的美底趣味的达尔文的唯物论底见解。他在这里假设了反对者的主张由生物学来探美感的起源的提议,就引用达尔文本身的话,说明"美的概念,……在种种的人类种族中,很有种种,连在同一人种的各国民里,也会不同"。这意思,就是说,"在文明人,这样的感觉,是和各种复杂的观念以及思想的连锁结合着"。也就是说,"文明人的美的感觉,……分明是就为各种社会底原因所限定"了。

于是就须"从生物学到社会学去",须从达尔文的领域的那将人类作为"物种"的研究,到这物种的历史底运命的研究去。倘只就艺术而言,则是人类的美底感情的存在的可能性(种的概念),是被那为它移向现实的条件(历史底概念)所提高的。这条件,自然便是该社会的生产力的发展阶段。但蒲力汗诺夫在这里,却将这作为重要的艺术生产的问题,解明了生产力和生产关系的矛盾以及阶级间的矛盾,以怎样的形式,作用于艺术上;而站在该生产关系上的社会的艺术,又怎样地取了各别的形态,和别社会的艺术显出不同。就用了达尔文的"对立的根源的作用"这句话,博引例子,以说明社会底条件之关于与美底感情的形式;并及社会的生产技术和韵律,谐调,均整法则之相关;且又批评了近代法兰西艺术论的发展(Staël,Guizot,Taine[26])。

生产技术和生活方法,最密接地反映于艺术现象上者,是在原始民族的时候。蒲力汗诺夫就想由解明这样的原始民族的艺术,来担当马克斯主义艺术论中的难题。第二篇《原始民族的艺术》先据人类学者,旅行家等实见之谈,从薄墟曼,韦陀,印地安[27]以及别的民族引了他们的生活,狩猎,农耕,分配财货这些事为例子,以证原始狩猎民族实为共产主义的结合,且以见毕海尔[28]所说之不足凭。第三篇《再论原始民族的艺术》则批判主张游戏本能,先于劳动的人们之误,且用丰富的实证和严正的论理,以究明有用对象的生产(劳动),先于艺术生产这一个唯物史观的根本底命题。详言之,即蒲力汗诺夫之所究明,是社会人之看事物和现象,最初是从功利底观点的,到后来才移到审美底观点去。在一切人类所以为美的东西,就是于他有用——于为了生存而和自然以及别的社会人生的斗争上有着意义的东西。功用由理性而被认识,但美则凭直感底能力而被认识。享乐着美的时候,虽然几乎并不想到功用,但可由科学底分析而被发见。所以美底享乐的特殊性,即在那直接性,然而美底愉乐的根柢里,倘不伏着功用,那事物也就不见得美了。并非人为美而存在,乃是美为人而存在的。——这结论,便是蒲力汗诺夫将唯心史观者所深恶痛绝的社会,种族,阶级的功利主义底见解,引入艺术里去了。

看第三篇的收梢,则蒲力汗诺夫豫备继此讨论的,是人种学上的旧式的分类,是否合于实际。但竟没有作,这里也只好就此算作完结了。

五

这书所据的本子，是日本外村史郎的译本。在先已有林柏修[29]先生的翻译，本也可以不必再译了，但因为丛书的目录早经决定，只得仍来做这一番很近徒劳的工夫。当翻译之际，也常常参考林译的书，采用了些比日译更好的名词，有时句法也大约受些影响，而且前车可鉴，使我屡免于误译，这是应当十分感谢的。

序言的四节中，除第三节全出于翻译外，其余是杂采什维诺夫的《露西亚社会民主劳动党史》，山内封介的《露西亚革命运动史》和《普罗列塔利亚艺术教程》余录中的《蒲力汗诺夫和艺术》而就的。临时急就，错误必所不免，只能算一个粗略的导言。至于最紧要的关于艺术全般，在此却未曾涉及者，因为在先已有瓦勒夫松的《蒲力汗诺夫与艺术问题》，附印在《苏俄的文艺论战》(《未名丛刊》[30]之一)之后，不久又将有列什涅夫《文艺批评论》和雅各武莱夫的《蒲力汗诺夫论》(皆是本丛书[31]之一)出版，或则简明，或则浩博，决非译者所能企及其万一，所以不如不说，希望读者自去研究他们的文章。

最末这一篇，是译自藏原惟人所译的《阶级社会的艺术》，曾在《春潮月刊》[32]上登载过的。其中有蒲力汗诺夫自叙对于文艺的见解，可作本书第一篇的互证，便也附在卷尾了。

但自省译文，这回也还是"硬译"，能力只此，仍须读者伸指来寻线索,如读地图:这实在是非常抱歉的。

　一九三〇年五月八日之夜,鲁迅校毕记于上海闸北寓庐。

　　＊　　　　＊　　　　＊

　〔1〕　本篇最初发表于 1930 年 6 月 1 日《新地月刊》(即《萌芽月刊》第一卷第六期)。

　《艺术论》包括普列汉诺夫的四篇论文:《论艺术》、《原始民族的艺术》、《再论原始民族的艺术》、《论文集〈二十年间〉第三版序》,1930 年 7 月上海光华书局出版,为《科学的艺术论丛书》之一。

　〔2〕　民众主义　通译民粹主义。十九世纪六、七十年代俄国的一个由知识分子构成的政治派别,他们自称为民众的精粹,故称"民粹派"。他们认为由知识分子领导的农民是主要的革命力量,主张"到民间去"宣传启发农民,发展、完善农民"村社",直接过渡到社会主义。

　〔3〕　亚历山大二世(Александр Ⅱ,1818—1881)　俄国沙皇。1855 年即位,后在彼得堡被民粹派的秘密团体民意党人炸死。

　〔4〕　"土地与自由党"　又译"土地和自由社",民粹派的组织,由普列汉诺夫、米哈依洛夫等于 1876 年在彼得堡建立。"民意党",民粹派的政治组织,1879 年秋成立于彼得堡,一些城市设有分部。他们主张以个人暗杀手段反对沙皇专制制度。1881 年 3 月炸死亚历山大二世,被沙皇政府严厉镇压。

　〔5〕　"均田党"　通译"土地平分社",1879 年"土地和自由社"分裂后成立,主要成员有普列汉诺夫、阿克雪里罗德、查苏利奇等。

　〔6〕　《资本论》第一卷的俄译本于 1872 年在彼得堡出版。它是《资本论》的第一个外文译本。

　〔7〕　《我们的对立》　通译为《我们的意见分歧》。

　〔8〕　《历史上的一元底观察的发展》　通译为《论一元论历史观

之发展》。

〔9〕　辅车相依　语出《左传》僖公五年。比喻事物的互相依存。辅,颊骨;车,牙床。

〔10〕　Iskra(《火花》)　即《火星报》。列宁创办的第一份全俄马克思主义秘密报纸。1900 年 12 月 24 日在德国莱比锡创刊,先后在慕尼黑、伦敦、日内瓦出版。列宁和普列汉诺夫都参加了编辑部的工作。在列宁的领导下,《火星报》草拟和发表了俄国社会民主工党的党纲草案,并在国内各城市成立了火星派组织,它实际上成了俄国社会民主工党的领导机关。从第五十二期起被孟什维克所把持,1903 年 11 月,列宁退出编辑部。该报出至一一二期停刊。

〔11〕　布尔塞维克　通译布尔什维克;门塞维克,通译孟什维克。

〔12〕　日俄战争　1904 年 2 月至 1905 年 9 月,日本帝国主义同沙皇俄国之间为争夺在我国东北地区和朝鲜的侵略权益而进行的一次帝国主义战争。

〔13〕　《赛宁》　通译《沙宁》,俄国作家阿尔志跋绥夫所作的长篇小说,发表于 1907 年。主人公沙宁是个否定道德和社会理想,主张满足自身欲望的人物。

〔14〕　门塞维克的取消派　俄国第一次资产阶级民主革命(1905)失败后,在俄国社会民主工党内形成的孟什维克机会主义派别。他们慑于当时的白色恐怖,主张放弃党的纲领和策略,"取消"党的严密组织和秘密革命活动,使党成为一个松散的团体以换取合法存在。该派在 1912 年社会民主工党布拉格代表会议上被清除出党。普列汉诺夫当时曾领导一个从孟什维克中分化出来的"孟什维克护党派",同布尔什维克结成联盟,反对孟什维克取消派。

〔15〕　Zvezda(《星》)　即《明星报》,布尔什维克的报纸。1910 年 12 月至 1912 年 5 月在彼得堡出版,列宁从国外指导它的工作。1911 年

6月以前,普列汉诺夫等"孟什维克护党派"曾为该报撰稿。

〔16〕 Pravda(《真理》) 即《真理报》,布尔什维克的合法报纸。1912年5月5日在彼得堡创刊,1917年3月成为布尔什维克的中央机关报。1913年3月至6月,普列汉诺夫曾为该报写过一些反对孟什维克取消派的文章。

〔17〕 "协同" 通译"统一派",是以普列汉诺夫为首、《统一报》为核心的孟什维克护国派集团。成立于1917年3月,1918年夏解体。

〔18〕 布勒斯特的媾和 指1918年3月苏俄与德国等国在布列斯特订立和约。这是列宁领导下的新生苏维埃政权为了退出帝国主义战争,集中力量巩固十月革命的胜利而采取的一种革命的妥协。

〔19〕 Inprekol 《国际通讯》的简称,共产国际出版的刊物。

〔20〕 密柳珂夫(П. Н. Милюков,1859—1943) 通译米留可夫,俄国资产阶级思想家,立宪民主党首领。

〔21〕 劳动者解放团 即劳动解放社,1883年普列汉诺夫在日内瓦组织的俄国第一个马克思主义团体。在传播马克思主义方面,它曾做过很多工作,并给民粹主义以沉重打击;但它也存在着对农民的革命性估计过低、对自由资产阶级的作用估计过高等错误。

〔22〕 罗若·卢森堡(Rosa Luxemburg,1871—1919) 通译罗莎·卢森堡,国际工人运动的女活动家。生于波兰,1893年参加创立波兰社会民主党。1897年后移居德国,是德国社会民主党和第二国际左派领袖之一。

〔23〕 这里的引文出自列宁的《再论工会、目前局势及托洛茨基同志和布哈林同志的错误》,现译为:"我觉得在这里应当附带向年轻的党员指出一点:不研究——正是研究——普列汉诺夫所写的全部哲学著作,就不能成为一个自觉的、真正的共产主义者,因为这些著作是整个国际马克思主义文献中的优秀著作。"

〔24〕 托尔斯泰对于艺术的见解,普列汉诺夫文中所引的是这样

一段话:"艺术者,是人们之间交通的一个手段……。这交通,和凭言语的交通的特殊性,是在凭言语,是人将自己的思想传给别人,而用艺术,则人们互相传递自己的感情。"

〔25〕　St. Simon　圣西门(1760—1825),法国空想社会主义者。Comte,孔德(1798—1857),法国哲学家。Hegel,黑格尔(1770—1831),德国哲学家。

〔26〕　Staël　斯达尔夫人(1766—1817),法国女作家、文艺评论家。Guizot,基佐(1787—1874),法国历史学家、政治活动家。Taine,泰纳,法国文艺理论家。参看本卷第86页注〔4〕。

〔27〕　薄墟曼(Bushman)　通译布须曼,西南非洲的一种原始民族。韦陀(Vedda),通译维达,斯里兰卡的一种原始民族。印地安(Indian),美洲的土著民族。

〔28〕　毕海尔(K. Bücher,1847—1930)　通译毕歇尔,德国经济学家。

〔29〕　林柏修　即林伯修(1889—1961),原名杜国庠,笔名林伯修,广东澄海人,哲学家。早年留学日本,曾在北京大学、北京中国大学等校任教,参加左翼文化运动。所译普列汉诺夫的《艺术论》于1929年由上海南强书局出版,译者署名林柏。

〔30〕　《未名丛刊》　鲁迅编辑的专收翻译著作的丛书,原由北新书局出版,1925年未名社成立后,改由该社出版。

〔31〕　本丛书　指《科学的艺术论丛书》,鲁迅、冯雪峰编辑,1929年6月开始,分由水沫书店和光华书局出版。文中提到的《文艺批评论》和《蒲力汗诺夫论》的中译本,曾列入该丛书计划,但后未出版。

〔32〕　《春潮月刊》　文艺刊物,夏康农、张友松编辑,上海春潮书店出版,1928年11月创刊,次年九月停刊,共出九期。

做古文和做好人的秘诀[1]

——夜 记 之 五

从去年以来一年半之间,凡有对于我们的所谓批评文字中,最使我觉得气闷的滑稽的,是常燕生先生在一种月刊叫作《长夜》的上面,摆出公正脸孔,说我的作品至少还有十年生命的话[2]。记得前几年,《狂飙》停刊时,同时这位常燕生先生也曾有文章[3]发表,大意说《狂飙》攻击鲁迅,现在书店不愿出版了,安知(!)不是鲁迅运动了书店老板,加以迫害?于是接着大大地颂扬北洋军阀度量之宽宏。我还有些记性,所以在这回的公正脸孔上,仍然隐隐看见刺着那一篇锻炼文字;一面又想起陈源教授的批评法[4]:先举一些美点,以显示其公平,然而接着是许多大罪状——由公平的衡量而得的大罪状。将功折罪,归根结蒂,终于是"学匪",理应枭首挂在"正人君子"的旗下示众。所以我的经验是:毁或无妨,誉倒可怕,有时候是极其"汲汲乎殆哉"[5]的。更何况这位常燕生先生满身五色旗[6]气味,即令真心许我以作品的不灭,在我也好像宣统皇帝忽然龙心大悦,钦许我死后谥为"文忠"一般。于满肚气闷中的滑稽之余,仍只好诚惶诚恐,特别脱帽鞠躬,敬谢不敏之至了。

但在同是《长夜》的另一本上,有一篇刘大杰先生的文章[7]——这些文章,似乎《中国的文艺论战》上都未收载——我却很感激的读毕了,这或者就因为正如作者所说,和我素不相知,并无私人恩怨,夹杂其间的缘故。然而尤使我觉得有益的,是作者替我设法,以为在这样四面围剿之中,不如放下刀笔,暂且出洋;并且给我忠告,说是在一个人的生活史上留下几张白纸,也并无什么紧要。在仅仅一个人的生活史上,有了几张白纸,或者全本都是白纸,或者竟全本涂成黑纸,地球也决不会因此炸裂,我是早知道的。这回意外地所得的益处,是三十年来,若有所悟,而还是说不出简明扼要的纲领的做古文和做好人的方法,因此恍然抓住了綮头了。

其口诀曰:要做古文,做好人,必须做了一通,仍旧等于一张的白纸。

从前教我们作文的先生,并不传授什么《马氏文通》,《文章作法》[8]之流,一天到晚,只是读,做,读,做;做得不好,又读,又做。他却决不说坏处在那里,作文要怎样。一条暗胡同,一任你自己去摸索,走得通与否,大家听天由命。但偶然之间,也会不知怎么一来——真是"偶然之间"而且"不知怎么一来",——卷子上的文章,居然被涂改的少下去,留下的,而且有密圈的处所多起来了。于是学生满心欢喜,就照这样——真是自己也莫名其妙,不过是"照这样"——做下去,年深月久之后,先生就不再删改你的文章了,只在篇末批些"有书有笔,不蔓不枝"之类,到这时候,即可以算作"通"。——自然,请高等批评家梁实秋先生来说,恐怕是不通的,但我是就世俗一般而言,所以也姑且从俗。

这一类文章,立意当然要清楚的,什么意见,倒在其次。譬如说,做《工欲善其事,必先利其器论》[9]罢,从正面说,发挥"其器不利,则工事不善"固可,即从反面说,偏以为"工以技为先,技不纯,则器虽利,而事亦不善"也无不可。就是关于皇帝的事,说"天皇圣明,臣罪当诛"固可,即说皇帝不好,一刀杀掉也无不可的,因为我们的孟夫子有言在先,"闻诛独夫纣矣,未闻弑君也"[10],现在我们圣人之徒,也正是这一个意思儿。但总之,要从头到底,一层一层说下去,弄得明明白白,还是天皇圣明呢,还是一刀杀掉,或者如果都不赞成,那也可以临末声明:"虽穷淫虐之威,而究有君臣之分,君子不为已甚,窃以为放诸四裔可矣"的。这样的做法,大概先生也未必不以为然,因为"中庸"[11]也是我们古圣贤的教训。

然而,以上是清朝末年的话,如果在清朝初年,倘有什么人去一告密,那可会"灭族"也说不定的,连主张"放诸四裔"也不行,这时他不和你来谈什么孟子孔子了。现在革命方才成功,情形大概也和清朝开国之初相仿。(不完)

这是"夜记"之五的小半篇。"夜记"这东西,是我于一九二七年起,想将偶然的感想,在灯下记出,留为一集的,那年就发表了两篇[12]。到得上海,有感于屠戮之凶,又做了一篇半,题为《虐杀》,先讲些日本幕府的磔杀耶教徒[13],俄国皇帝的酷待革命党之类的事。但不久就遇到了大骂人道主义的风潮[14],我也就借此偷懒,不再写下去,现在连稿子也不见了。

到得前年，柔石要到一个书店[15]去做杂志的编辑，来托我做点随随便便，看起来不大头痛的文章。这一夜我就又想到做"夜记"，立了这样的题目。大意是想说，中国的作文和做人，都要古已有之，但不可直钞整篇，而须东拉西扯，补缀得看不出缝，这才算是上上大吉。所以做了一大通，还是等于没有做，而批评者则谓之好文章或好人。社会上的一切，什么也没有进步的病根就在此。当夜没有做完，睡觉去了。第二天柔石来访，将写下来的给他看，他皱皱眉头，以为说得太噜苏一点，且怕过占了篇幅。于是我就约他另译一篇短文，将这放下了。

现在去柔石的遇害，已经一年有余了，偶然从乱纸里检出这稿子来，真不胜其悲痛。我想将全文补完，而终于做不到，刚要下笔，又立刻想到别的事情上去了。所谓"人琴俱亡"[16]者，大约也就是这模样的罢。现在只将这半篇附录在这里，以作柔石的记念。

一九三二年四月二十六日之夜，记。

*　　　*　　　*

〔1〕 本篇在收入本书前未在报刊上发表过。

〔2〕 常燕生 参看本卷第 59 页注〔6〕。他是《长夜》的经常撰稿人，在该刊第三期（1928 年 5 月）发表的《越过了阿 Q 的时代以后》中说："鲁迅及其追随者，都是思想已经落后的人。"又说："鲁迅及其追随者在此后十年之中自然还应该有他相当的位置。"《长夜》，文艺半月刊，国家主义派的左舜生等主办，1928 年 4 月在上海创刊，同年 5 月停刊，

共出四期。

〔3〕　指常燕生的《挽狂飙》一文。参看《三闲集·吊与贺》。

〔4〕　陈源的批评法　参看本卷第114页注〔8〕。

〔5〕　"汲汲乎殆哉"　语出《孟子·万章上》："天下殆哉,岌岌乎!"

〔6〕　五色旗　参看本卷第59页注〔4〕。

〔7〕　刘大杰的文章　题为《呐喊与彷徨与野草》,刊于《长夜》第四期(1928年5月)。其中说:"鲁迅的发表《野草》,看去似乎是到了创作的老年了。作者若不想法变换变换生活,以后恐怕再难有较大的作品罢。我诚恳地希望作者,放下呆板的生活,(不要开书店,也不要作教授)提起皮包,走上国外的旅途去,好在自己的生活史上,留下几页空白的地方。"刘大杰(1904—1977),湖南岳阳人,文学史家。当时是《长夜》的主要撰稿人之一。

〔8〕　《马氏文通》　清代马建忠著,是我国最早的一部较有系统的研究汉语语法的书。《文章作法》,夏丏尊、刘薰宇合编,1926年上海开明书店出版。

〔9〕　工欲善其事,必先利其器　语出《论语·卫灵公》。科举时代常用《四书》、《五经》中的语句作为试题。

〔10〕　"闻诛独夫纣矣,未闻弑君也"　语出《孟子·梁惠王(下)》,"独夫"原作"一夫"。

〔11〕　"中庸"　语出《论语·雍也》:"中庸之为德也,其至矣乎!"据宋代朱熹注:"中者,无过无不及之名也;庸,平常也。……程子曰:'不偏之谓中,不易之谓庸。中者,天下之正道,庸者,天下之定理。'"

〔12〕　指收入《三闲集》中的《怎么写》和《在钟楼上》二文。

〔13〕　日本幕府的磔杀耶教徒　十六世纪天主教传入日本后,迅速传布全国。当时统治日本的江户幕府(1603—1867)害怕教徒联合反抗,于1611年下令禁教,并用酷刑杀害教士和教徒。1637年岛原的天

主教徒起义,幕府曾调动十余万军队进行镇压,杀万余人。幕府,1192年至1867年日本封建时代的中央军事独裁政权。

〔14〕 大骂人道主义的风潮 1928年上半年,创造社主办的《文化批判》、《创造月刊》上连续发表《艺术与社会生活》、《人道主义者怎样地防卫着自己?》、《"除掉"鲁迅的"除掉"!》、《毕竟是醉眼陶然罢了》等文,将鲁迅作为"人道主义者"进行错误的批评。

〔15〕 指上海明日书店。这里所说的杂志,后来没有出版。

〔16〕 "人琴俱亡" 晋代王徽之(字子猷)悼念王献之(字子敬)的故事,见《世说新语·伤逝》:"王子猷、子敬俱病笃,而子敬先亡。子猷问左右:'何以都不闻消息,此已丧矣。语时了不悲,便索舆来奔丧,都不哭。子敬素好琴,便径入坐灵床上,取子敬琴弹,弦既不调,掷地云:'子敬,子敬,人琴俱亡!'因恸绝良久,月余亦卒。"

一 九 三 一 年

关于《唐三藏取经诗话》的版本[1]

——寄开明书店中学生杂志社

编辑先生：

这一封信，不知道能否给附载在《中学生》[2]上？

事情是这样的——

《中学生》新年号内，郑振铎[3]先生的大作《宋人话本》中关于《唐三藏取经诗话》[4]，有如下的一段话：

> "此话本的时代不可知，但王国维氏据书末：'中瓦子张家印'数字，而断定其为宋椠，[5]语颇可信。故此话本，当然亦必为宋代的产物。但也有人加以怀疑的。不过我们如果一读元代吴昌龄的《西游记》杂剧[6]，便知这部原始的取经故事其产生必定是远在于吴氏《西游记》杂剧之前的。换一句话说，必定是在元代之前的宋代的。而'中瓦子'的数字恰好证实其为南宋临安城中所出产的东西，而没有什么疑义。"

我先前作《中国小说史略》时，曾疑此书为元椠，甚招收藏者德富苏峰先生的不满，著论辟谬，我也略加答辨，后来收在杂感集中。[7]所以郑振铎先生大作中之所谓"人"，其实就是

"鲁迅",于唾弃之中,仍寓代为遮羞的美意,这是我万分惭而且感的。但我以为考证固不可荒唐,而亦不宜墨守,世间许多事,只消常识,便得了然。藏书家欲其所藏版本之古,史家则不然。故于旧书,不以缺笔[8]定时代,如遗老现在还有将仪字缺末笔者,但现在确是中华民国;也不专以地名定时代,如我生于绍兴,然而并非南宋人,[9]因为许多地名,是不随朝代而改的;也不仅据文意的华朴巧拙定时代,因为作者是文人还是市人,于作品是大有分别的。

所以倘无积极的确证,《唐三藏取经诗话》似乎还可怀疑为元椠。即如郑振铎先生所引据的同一位"王国维氏",他别有《两浙古刊本考》[10]两卷,民国十一年序,收在遗书第二集中。其卷上"杭州府刊版"的"辛,元杂本"项下,有这样的两种在内——

《京本通俗小说》[11]

《大唐三藏取经诗话》三卷

是不但定《取经诗话》为元椠,且并以《通俗小说》为元本了。《两浙古本考》虽然并非僻书,但中学生诸君也并非专治文学史者,恐怕未必有暇涉猎。所以录寄　贵刊,希为刊载,一以略助多闻,二以见单文孤证,是难以"必定"一种史实而常有"什么疑义"的。

专此布达,并请

撰安。

　　　　　　　　　　鲁迅启上。一月十九日夜。

＊　　　　＊　　　　＊

〔1〕　本篇最初发表于 1931 年 2 月上海《中学生》杂志第十二号。原题为《关于〈唐三藏取经诗话〉》。

〔2〕　《中学生》　以中学生为对象的综合性刊物。夏丏尊、叶圣陶等编辑，1930 年 1 月在上海创刊，开明书店出版。

〔3〕　郑振铎(1898—1958)　笔名西谛，福建长乐人，作家、文学史家，文学研究会主要成员。曾主编《小说月报》，著有短篇小说集《桂公塘》、《插图本中国文学史》等。

〔4〕　《唐三藏取经诗话》　即《大唐三藏取经诗话》，又名《大唐三藏法师取经记》，全书分三卷，共十七节。是关于唐僧取经的神魔故事的最早雏形。作者不详。

〔5〕　王国维(1877—1927)　字静安，号观堂，浙江海宁人，近代学者。从事历史、考古和戏曲史等研究，著有《宋元戏曲史》、《人间词话》和《观堂集林》等。他在 1915 年为影印出版《唐三藏取经诗话》所写的序言中曾说："宋椠《大唐三藏取经诗话》三卷，……卷末有'中瓦子张家印'款一行，中瓦子为宋临安府街名，倡优剧场之所在也。"

〔6〕　吴昌龄　大同(今属山西)人，元代戏曲家。著有杂剧《东坡梦》、《唐三藏西天取经》(现仅存曲词二折)等。按《西游记》杂剧的作者是元末杨讷，过去多误作吴昌龄。

〔7〕　德富苏峰(1863—1957)　日本著作家。他在 1926 年 11 月 14 日东京《国民新闻》上发表《鲁迅氏之〈中国小说史略〉》一文，反对鲁迅关于《大唐三藏法师取经记》刊行年代的意见。鲁迅曾写《关于三藏取经记等》(收入《华盖集续编》)进行答辩。

〔8〕　缺笔　从唐代开始的一种避讳方式，在书写和镂刻本朝皇帝或尊长的名字时省略最末一笔。

〔9〕　绍兴　这里指旧时绍兴府。南宋绍兴元年(1131)，升越州

置府,以年号为名。

〔10〕　《两浙古刊本考》　王国维辑录考订的宋、元两代浙江杭州府、嘉兴府刊刻的各种版本书目。

〔11〕　《京本通俗小说》　宋人话本集。原书卷数不详,今残存第十至十六卷,共七篇。

柔 石 小 传^[1]

柔石,原名平复,姓赵,以一九〇一年生于浙江省台州宁海县的市门头。前几代都是读书的,到他的父亲,家景已不能支,只好去营小小的商业,所以他直到十岁,这才能入小学。一九一七年赴杭州,入第一师范学校;一面为杭州晨光社^[2]之一员,从事新文学运动。毕业后,在慈溪等处为小学教师,且从事创作,有短篇小说集《疯人》^[3]一本,即在宁波出版,是为柔石作品印行之始。一九二三年赴北京,为北京大学旁听生。

回乡后,于一九二五年春,为镇海中学校务主任,抵抗北洋军阀的压迫甚力。秋,咯血,但仍力助宁海青年,创办宁海中学,至次年,竟得募集款项,造成校舍;一面又任教育局局长,改革全县的教育。

一九二八年四月,乡村发生暴动,失败后,到处反动,较新的全被摧毁,宁海中学既遭解散,柔石也单身出走,寓居上海,研究文艺。十二月为《语丝》编辑,又与友人设立朝华社^[4],于创作之外,并致力于绍介外国文艺,尤其是北欧,东欧的文学与版画,出版的有《朝华》^[5]周刊二十期,旬刊十二期,及《艺苑朝华》^[6]五本。后因代售者不付书价,力不能支,遂中止。

一九三〇年春,自由运动大同盟发动,柔石为发起人之一;不久,左翼作家联盟成立,他也为基本构成员之一,尽力于普罗文学运动。先被选为执行委员,次任常务委员编辑部主任;五月间,以左联代表的资格,参加全国苏维埃区域代表大会,毕后,作《一个伟大的印象》[7]一篇。

一九三一年一月十七日被捕,由巡捕房经特别法庭移交龙华警备司令部,二月七日晚,被秘密枪决,身中十弹。

柔石有子二人,女一人,皆幼。文学上的成绩,创作有诗剧《人间的喜剧》,未印,小说《旧时代之死》,《三姊妹》,《二月》,《希望》,[8]翻译有卢那卡尔斯基的《浮士德与城》[9],戈理基的《阿尔泰莫诺夫氏之事业》[10]及《丹麦短篇小说集》[11]等。

　　＊　　　　＊　　　　＊

〔1〕　本篇最初发表于1931年4月25日上海《前哨》(纪念战死者专号),未署名。

1931年1月17日,"左联"作家李伟森、柔石、胡也频、冯铿、殷夫五人遭国民党当局逮捕,2月7日被秘密杀害于上海龙华。为了揭露国民党的暴行,鲁迅主持出版了"左联"秘密刊物《前哨》(纪念战死者专号),写了《柔石小传》《中国无产阶级革命文学和前驱的血》等文章,并参与起草《中国左翼作家联盟为国民党屠杀大批革命作家宣言》。

本文写作时因受条件限制,若干地方与事实稍有出入。按柔石1902年生于浙江宁海,1917年赴台州,在浙江省立第六中学念书。1918年考入杭州浙江省立第一师范学校,1923年毕业。1925年春赴北京,在北京大学当旁听生,次年回浙江任镇海中学教员,后任教导主任。

1927 年任教于宁海中学,次年初任县教育局长。1928 年 5 月宁海亭旁农民暴动失败,柔石受到威胁,遂到上海。1930 年 5 月加入中国共产党。

〔2〕 晨光社　文学团体,1921 年成立于杭州。主要成员有柔石、冯雪峰、潘漠华、魏金枝等,朱自清、叶圣陶为顾问,曾出版《晨光》周刊。

〔3〕 《疯人》　短篇小说集,收小说六篇,署名赵平复。1925 年初由作者自费出版,宁波华升书局代印。

〔4〕 朝华社　亦作朝花社,鲁迅、柔石等组织的文艺团体,1928 年 11 月成立于上海。

〔5〕 《朝华》　即《朝花》,文艺周刊。1928 年 12 月 6 日创刊,至 1929 年 5 月 16 日共出二十期;6 月 1 日改出《朝花旬刊》,1929 年 9 月 21 日出至第十二期停刊。

〔6〕 《艺苑朝华》　朝花社出版的美术丛刊,鲁迅、柔石编辑。1929 年至 1930 年间共出外国美术作品五辑,即《近代木刻选集》一、二集,《蕗谷虹儿画选》、《比亚兹莱画选》和《新俄画选》。后一辑编成时朝花社已结束,改由光华书局出版。

〔7〕 《一个伟大的印象》　通讯,载《世界文化》创刊号(1930 年 9 月,仅出一期),署名刘志清。

〔8〕 《旧时代之死》　长篇小说,1929 年 10 月北新书局出版;《三姊妹》,中篇小说,1929 年 4 月水沫书店出版;《二月》,参看《三闲集·柔石作〈二月〉小引》及其注〔1〕。《希望》,短篇小说集,1930 年 7 月上海商务印书馆出版。

〔9〕 《浮士德与城》　剧本,柔石的中译本于 1930 年 9 月上海神州国光社出版,为《现代文艺丛书》之一。鲁迅为该书写了“后记”及翻译了“作者小传”(分别收入《集外集拾遗》和《鲁迅译文集》第十卷)。

〔**10**〕 戈理基（М. Горький, 1868—1936） 通译高尔基,苏联作家,著有长篇小说《福玛·高尔捷耶夫》、《母亲》和自传体三部曲《童年》、《在人间》、《我的大学》等。他的长篇小说《阿尔泰莫诺夫氏之事业》,柔石译本题为《颓废》,署名赵璜,1934 年 3 月商务印书馆出版。

〔**11**〕 《丹麦短篇小说集》 收柔石所译安徒生等作家的作品十一篇,署名金桥,曾列为朝花社《北欧文艺丛书》之四,1929 年 4 月登过广告,但未出版。1937 年 3 月增入淡秋翻译的六篇,由商务印书馆出版。

中国无产阶级革命文学
和前驱的血[1]

　　中国的无产阶级革命文学在今天和明天之交发生,在诬蔑和压迫之中滋长,终于在最黑暗里,用我们的同志的鲜血写了第一篇文章。

　　我们的劳苦大众历来只被最剧烈的压迫和榨取,连识字教育的布施也得不到,惟有默默地身受着宰割和灭亡。繁难的象形字,又使他们不能有自修的机会。智识的青年们意识到自己的前驱的使命,便首先发出战叫。这战叫和劳苦大众自己的反叛的叫声一样地使统治者恐怖,走狗的文人即群起进攻,或者制造谣言,或者亲作侦探,然而都是暗做,都是匿名,不过证明了他们自己是黑暗的动物。

　　统治者也知道走狗的文人不能抵挡无产阶级革命文学,于是一面禁止书报,封闭书店,颁布恶出版法,通缉著作家,一面用最末的手段,将左翼作家逮捕,拘禁,秘密处以死刑,至今并未宣布。这一面固然在证明他们是在灭亡中的黑暗的动物,一面也在证实中国无产阶级革命文学阵营的力量,因为如传略[2]所罗列,我们的几个遇害的同志的年龄,勇气,尤其是平日的作品的成绩,已足使全队走狗不敢狂吠。

　　然而我们的这几个同志已被暗杀了,这自然是无产阶级革命文学的若干的损失，我们的很大的悲痛。但无产阶级革命文学却仍然滋长，因为这是属于革命的广大劳苦群众的，大众存在一日，壮大一日，无产阶级革命文学也就滋长一日。我们的同志的血，已经证明了无产阶级革命文学和革命的劳苦大众是在受一样的压迫，一样的残杀，作一样的战斗，有一样的运命，是革命的劳苦大众的文学。

现在，军阀的报告，已说虽是六十岁老妇，也为"邪说"所中，租界的巡捕，虽对于小学儿童，也时时加以检查；他们除从帝国主义得来的枪炮和几条走狗之外，已将一无所有了，所有的只是老老小小——青年不必说——的敌人。而他们的这些敌人，便都在我们的这一面。

我们现在以十分的哀悼和铭记，纪念我们的战死者，也就是要牢记中国无产阶级革命文学的历史的第一页，是同志的鲜血所记录，永远在显示敌人的卑劣的凶暴和启示我们的不断的斗争。

　＊　　　＊　　　＊

〔1〕　本篇最初发表于 1931 年 4 月 25 日《前哨》(纪念战死者专号)，署名 L.S.。

〔2〕　传略　指刊登在《前哨》(纪念战死者专号)上的"左联"五烈士的小传。他们是李伟森(1903—1931)，原名李国纬，又名李求实，湖北武昌人，译有《朵思退夫斯基》、《动荡中的新俄农村》等。柔石，参看本书《柔石小传》。胡也频(1903—1931)，福建福州人，作品有小说《到莫斯科去》、《光明在我们的前面》等。冯铿(1907—1931)，原名岭梅，

女,广东潮州人,作品有小说《最后的出路》、《红的日记》等。殷夫
(1909—1931),原名徐祖华,笔名白莽、徐白等,浙江象山人,作品有新
诗《孩儿塔》、《伏尔加的黑浪》等,生前未结集出版。他们都是中共党
员。李伟森被捕时在中共中央宣传部工作,其他四人被捕时都是"左
联"成员。1931 年 1 月 17 日,他们在上海东方旅社参加党内集会被捕。
同年 2 月 7 日,被国民党当局秘密杀害于龙华。

黑暗中国的文艺界的现状[1]

——为美国《新群众》作

现在,在中国,无产阶级的革命的文艺运动,其实就是惟一的文艺运动。因为这乃是荒野中的萌芽,除此以外,中国已经毫无其他文艺。属于统治阶级的所谓"文艺家",早已腐烂到连所谓"为艺术的艺术"以至"颓废"的作品也不能生产,现在来抵制左翼文艺的,只有诬蔑,压迫,囚禁和杀戮;来和左翼作家对立的,也只有流氓,侦探,走狗,刽子手了。

这一点,已经由两年以来的事实,证明得十分明白。

前年,最初绍介蒲力汗诺夫(Plekhanov)和卢那卡尔斯基(Lunacharsky)的文艺理论进到中国的时候,先使一位白璧德先生(Mr. Prof. Irving Babbitt)的门徒,感觉锐敏的"学者"愤慨,他以为文艺原不是无产阶级的东西,无产者倘要创作或鉴赏文艺,先应该辛苦地积钱,爬上资产阶级去,而不应该大家浑身褴褛,到这花园中来吵嚷。并且造出谣言,说在中国主张无产阶级文学的人,是得了苏俄的卢布。[2]这方法也并非毫无效力,许多上海的新闻记者就时时捏造新闻,有时还登出卢布的数目。但明白的读者们并不相信它,因为比起这种纸上的新闻来,他们却更切实地在事实上看见只有从帝国主义国家运到杀戮无产者的枪炮。

统治阶级的官僚，感觉比学者慢一点，但去年也就日加迫压了。禁期刊，禁书籍，不但内容略有革命性的，而且连书面用红字的，作者是俄国的，绥拉菲摩维支（A. Serafimovitch），伊凡诺夫（V. Ivanov）和奥格涅夫（N. Ognev）不必说了，连契诃夫（A. Chekhov）和安特来夫（L. Andreev）[3]的有些小说，也都在禁止之列。于是使书店只好出算学教科书和童话，如 Mr. Cat 和 Miss Rose[4]谈天，称赞春天如何可爱之类——因为至尔妙伦（H. Zur Mühlen）[5]所作的童话的译本也已被禁止，所以只好竭力称赞春天。但现在又有一位将军发怒，说动物居然也能说话而且称为 Mr.，有失人类的尊严了。[6]

单是禁止，还不是根本的办法，于是今年有五个左翼作家失了踪，经家族去探听，知道是在警备司令部，然而不能相见，半月以后，再去问时，却道已经"解放"——这是"死刑"的嘲弄的名称——了，而上海的一切中文和西文的报章上，绝无记载。接着是封闭曾出新书或代售新书的书店，多的时候，一天五家，——但现在又陆续开张了，我们不知道是怎么一回事，惟看书店的广告，知道是在竭力印些英汉对照，如斯蒂文生（Robert Stevenson），槐尔特（Oscar Wilde）[7]等人的文章。

然而统治阶级对于文艺，也并非没有积极的建设。一方面，他们将几个书店的原先的老板和店员赶开，暗暗换上肯听嗾使的自己的一伙。但这立刻失败了。因为里面满是走狗，这书店便像一座威严的衙门，而中国的衙门，是人民所最害怕最讨厌的东西，自然就没有人去。喜欢去跑跑的还是几只闲逛的走狗。这样子,又怎能使门市热闹呢?但是,还有一方面,是做些文章,印行杂志,以代被禁止的左翼的刊物,至今为止,已将十种。然而这也失败了。最有妨碍的是这些"文艺"的主持者,乃是一位上海市的政府委员和一位警备司令部的侦缉队长,[8]他们的善于"解放"的名誉,都比"创作"要大得多。他们倘做一部"杀戮法"或"侦探术",大约倒还有人要看的,但不幸竟在想画画,吟诗。这实在譬如美国的亨利·福特(Henry Ford)[9]先生不谈汽车,却来对大家唱歌一样,只令人觉得非常诧异。

官僚的书店没有人来,刊物没有人看,救济的方法,是去强迫早经有名,而并不分明左倾的作者来做文章,帮助他们的刊物的流布。那结果,是只有一两个胡涂的中计,多数却至今未曾动笔,有一个竟吓得躲到不知道什么地方去了。

现在他们里面的最宝贵的文艺家,是当左翼文艺运动开始,未受迫害,为革命的青年所拥护的时候,自称左翼,而现在爬到他们的刀下,转头来害左翼作家的几个人。[10]为什么被他们所宝贵的呢?因为他曾经是左翼,所以他们的有几种刊物,那面子还有一部分是通红的,但将其中的农工的图,换上了毕亚兹莱(Aubrey Beardsley)[11]的个个好像病人的图画了。

在这样的情形之下,那些读者们,凡是一向爱读旧式的强盗小说的和新式的肉欲小说的,倒并不觉得不便。然而较进步的青年,就觉得无书可读,他们不得已,只得看看空话很多,内容极少——这样的才不至于被禁止——的书,姑且安慰饥渴,因为他们知道,与其去买官办的催吐的毒剂,还不如喝喝空杯,至少,是不至于受害。但一大部分革命的青年,却无论如何,仍在非常热烈地要求,拥护,发展左翼文艺。

所以,除官办及其走狗办的刊物之外,别的书店的期刊,还是不能不设种种方法,加入几篇比较的急进的作品去,他们也知道专卖空杯,这生意决难久长。左翼文艺有革命的读者大众支持,"将来"正属于这一面。

这样子,左翼文艺仍在滋长。但自然是好像压于大石之下的萌芽一样,在曲折地滋长。

所可惜的,是左翼作家之中,还没有农工出身的作家。一者,因为农工历来只被迫压,榨取,没有略受教育的机会;二者,因为中国的象形——现在是早已变得连形也不像了——的方块字,使农工虽是读书十年,也还不能任意写出自己的意见。这事情很使拿刀的"文艺家"喜欢。他们以为受教育能到会写文章,至少一定是小资产阶级,小资产者应该抱住自己的小资产,现在却反而倾向无产者,那一定是"虚伪"。惟有反对无产阶级文艺的小资产阶级的作家倒是出于"真"心的。"真"比"伪"好,所以他们的对于左翼作家的诬蔑,压迫,囚禁和杀戮,便是更好的文艺。

但是,这用刀的"更好的文艺",却在事实上,证明了左翼作家们正和一样在被压迫被杀戮的无产者负着同一的运命,惟有左翼文艺现在在和无产者一同受难(Passion),将来当然也将和无产者一同起来。单单的杀人究竟不是文艺,他们也因此自己宣告了一无所有了。

＊　　　＊　　　＊

〔1〕　本篇是作者应当时在中国的美国友人史沫特莱之约,为美国《新群众》杂志而作,时间约在1931年3、4月间,当时未在国内刊物上发表过。

〔2〕　这里所说白璧德的门徒、"学者",都指梁实秋。参看本书《"硬译"与"文学的阶级性"》和《"丧家的""资本家的乏走狗"》以及有关的注释。

〔3〕　绥拉菲摩维支(A.C.Серафимович,1863—1949)　通译绥拉菲摩维奇,著有长篇小说《铁流》等。伊凡诺夫(В.В.Иванов,1895—1963),著有中篇小说《铁甲列车14—69号》等。奥格涅夫(Н.Огнёв,1888—1938),著有《新俄学生日记》等。他们都是苏联作家。契诃夫(А.П.Чехов,1860—1904),著有短篇小说数百篇及剧本《海鸥》、《樱桃园》等。安特来夫(Л.Н.Андреев,1871—1919),通译安德烈夫,著有中篇小说《红的笑》等。他们都是俄国作家。

〔4〕　Mr.Cat 和 Miss Rose　英语:猫先生和玫瑰小姐。

〔5〕　至尔妙伦　参看《三闲集·〈小彼得〉译本序》及其注〔3〕。她所作《小彼得》(许霞译,鲁迅校改)第六篇《破雪草的故事》中,曾将剥削阶级和剥削制度比喻为冬天予以诅咒。

〔6〕　指当时湖南军阀何键(1887—1956),湖南醴陵人,时任湖南省主席。他在1931年2月23日给国民党政府教育部的"咨文"中,主张禁止在教科书中把动物比拟为人类,其中说:"近日课本。每每狗说。猪说。鸭子说。以及猫小姐。狗大哥。牛公公之词。充溢行间。禽兽能作人言。尊称加诸兽类。鄙俚怪诞。莫可言状。"

〔7〕　斯蒂文生(1850—1894)　英国小说家。著有小说《金银岛》等。槐尔特(1856—1900),通译王尔德,英国作家,著有剧本《莎乐美》等。

〔8〕 政府委员 指朱应鹏（1895—1966），浙江杭州人，时任国民党上海市区党部委员、上海市政府委员，《前锋月刊》主编。侦缉队长，指范争波（1901—?），河南修武人，时任国民党上海市党部常务委员、淞沪警备司令部侦缉队长兼军法处长，《前锋周报》编辑之一。他们都是"民族主义文学运动"的发起人。

〔9〕 亨利·福特（1863—1947） 美国经营汽车制造业的企业家，有"汽车大王"之称。

〔10〕 1931年4、5月间，"左联"常委会曾发布《开除周全平、叶灵凤、周毓英的通告》，揭露他们追随或参加"民族主义文学运动"等行为（见《文学导报》第一卷第二期）。作者这里说的几个转向的文艺家当指这些人。

〔11〕 毕亚兹莱（1872—1898） 英国画家。多用带图案性的黑白线条描绘社会生活，常把人画得瘦削。

上海文艺之一瞥[1]

——八月十二日在社会科学研究会讲

　　上海过去的文艺,开始的是《申报》[2]。要讲《申报》,是必须追溯到六十年以前的,但这些事我不知道。我所能记得的,是三十年以前,那时的《申报》,还是用中国竹纸的,单面印,而在那里做文章的,则多是从别处跑来的"才子"。

　　那时的读书人,大概可以分他为两种,就是君子和才子。君子是只读四书五经,做八股,非常规矩的。而才子却此外还要看小说,例如《红楼梦》,还要做考试上用不着的古今体诗[3]之类。这是说,才子是公开的看《红楼梦》的,但君子是否在背地里也看《红楼梦》,则我无从知道。有了上海的租界,——那时叫作"洋场",也叫"夷场",后来有怕犯讳的,便往往写作"彝场"——有些才子们便跑到上海来,因为才子是旷达的,那里都去;君子则对于外国人的东西总有点厌恶,而且正在想求正路的功名,所以决不轻易的乱跑。孔子曰,"道不行,乘桴浮于海"[4],从才子们看来,就是有点才子气的,所以君子们的行径,在才子就谓之"迂"。

　　才子原是多愁多病,要闻鸡生气,见月伤心的。一到上海,又遇见了婊子。去嫖的时候,可以叫十个二十个的年青姑娘聚集在一处,样子很有些像《红楼梦》,于是他就觉得自己好像贾宝玉；自己是才子，那么婊子当然是佳人，于是才子佳人的书就产生了。内容多半是，惟才子能怜这些风尘沦落的佳人，惟佳人能识坎轲不遇的才子，受尽千辛万苦之后，终于成了佳偶，或者是都成了神仙。

他们又帮申报馆印行些明清的小品书出售，自己也立文社，出灯谜，有入选的，就用这些书做赠品，所以那流通很广远。也有大部书，如《儒林外史》[5]，《三宝太监西洋记》[6]，《快心编》[7]等。现在我们在旧书摊上，有时还看见第一页印有"上海申报馆仿聚珍板印"字样的小本子，那就都是的。

佳人才子的书盛行的好几年，后一辈的才子的心思就渐渐改变了。他们发见了佳人并非因为"爱才若渴"而做婊子的，佳人只为的是钱。然而佳人要才子的钱，是不应该的，才子于是想了种种制伏婊子的妙法，不但不上当，还占了她们的便宜。叙述这各种手段的小说就出现了，社会上也很风行，因为可以做嫖学教科书去读。这些书里面的主人公，不再是才子＋（加）呆子，而是在婊子那里得了胜利的英雄豪杰，是才子＋流氓。

在这之前，早已出现了一种画报，名目就叫《点石斋画报》，是吴友如[8]主笔的，神仙人物，内外新闻，无所不画，但对于外国事情，他很不明白，例如画战舰罢，是一只商船，而舱面上摆着野战炮；画决斗则两个穿礼服的军人在客厅里拔长刀相击，至于将花瓶也打落跌碎。然而他画"老鸨虐妓"，"流氓拆梢"之类，却实在画得很好的，我想，这是因为他看得太多了的缘故；就是在现在，我们在上海也常常看到和他所画一般的脸孔。这画报的势力，当时是很大的，流行各省，算是要知道"时务"——这名称在那时就如现在之所谓"新学"——的人们的耳目。前几年又翻印了，叫作《吴友如墨宝》，而影响到后来也实在利害，小说上的绣像[9]不必说了，就是在教科书的插画上，也常常看见所画的孩子大抵是歪戴帽，斜视眼，满脸横肉，一副流氓气。在现在，新的流氓画家又出了叶灵凤[10]先生，叶先生的画是从英国的毕亚兹莱（Aubrey Beardsley）剥来的，毕亚兹莱是"为艺术的艺术"派，他的画极受日本的"浮世绘"（Ukiyoe）[11]的影响。浮世绘虽是民间艺术，但所画的多是妓女和戏子，胖胖的身体，斜视的眼睛——Erotic（色情的）眼睛。不过毕亚兹莱画的人物却瘦瘦的，那是因为他是颓废派（Decadence）的缘故。颓废派的人们多是瘦削的，颓丧的，对于壮健的女人他有点惭愧，所以不喜欢。我们的叶先生的新斜眼画，正和吴友如的老斜眼画合流，那自然应该流行好几年。但他也并不只画流氓的，有一个时期也画过普罗列塔利亚，不过所画的工人也还是斜视眼，伸着特别大的拳头。但我以为画普罗列塔利亚应该是写实的，照工人原来的面貌，并不须画得拳头比脑袋还要大。

现在的中国电影，还在很受着这"才子+流氓"式的影响，里面的英雄，作为"好人"的英雄，也都是油头滑脑的，和一些住惯了上海，晓得怎样"拆梢"，"揩油"，"吊膀子"[12]的滑头少年一样。看了之后，令人觉得现在倘要做英雄，做好人，也必须是流氓。

才子+流氓的小说，但也渐渐的衰退了。那原因，我想，一则因为总是这一套老调子——妓女要钱，嫖客用手段，原不会写不完的；二则因为所用的是苏白，如什么倪＝我，耐＝你，阿是＝是否之类，除了老上海和江浙的人们之外，谁也看不懂。

然而才子＋佳人的书，却又出了一本当时震动一时的小说，那就是从英文翻译过来的《迦茵小传》(H. R. Haggard: Joan Haste)[13]。但只有上半本，据译者说，原本从旧书摊上得来，非常之好，可惜觅不到下册，无可奈何了。果然，这很打动了才子佳人们的芳心，流行得很广很广。后来还至于打动了林琴南先生，将全部译出，仍旧名为《迦茵小传》。而同时受了先译者的大骂[14]，说他不该全译，使迦茵的价值降低，给读者以不快的。于是才知道先前之所以只有半部，实非原本残缺，乃是因为记着迦茵生了一个私生子，译者故意不译的。其实这样的一部并不很长的书，外国也不至于分印成两本。但是，即此一端，也很可以看出当时中国对于婚姻的见解了。

这时新的才子＋佳人小说便又流行起来，但佳人已是良家女子了，和才子相悦相恋，分拆不开，柳阴花下，像一对胡蝶，一双鸳鸯一样，但有时因为严亲，或者因为薄命，也竟至于偶见悲剧的结局，不再都成神仙了，——这实在不能不说是一个大进步。到了近来是在制造兼可擦脸的牙粉了的天虚我生先生所编的月刊杂志《眉语》[15]出现的时候，是这鸳鸯胡蝶式文学[16]的极盛时期。后来《眉语》虽遭禁止，势力却并不消退，直待《新青年》[17]盛行起来，这才受了打击。这时有伊孛生的剧本的绍介[18]和胡适之先生的《终身大事》[19]的别一形式的出现，虽然并不是故意的，然而鸳鸯胡蝶派作为命根的那婚姻问题，却也因此而诺拉（Nora）似的跑掉了。

这后来，就有新才子派的创造社[20]的出现。创造社是尊贵天才的，为艺术而艺术的，专重自我的，崇创作，恶翻译，尤其憎恶重译的，与同时上海的文学研究会[21]相对立。那出马的第一个广告[22]上，说有人"垄断"着文坛，就是指着文学研究会。文学研究会却也正相反，是主张为人生的艺术的，是一面创作，一面也看重翻译的，是注意于绍介被压迫民族文学的，这些都是小国度，没有人懂得他们的文字，因此也几乎全都是重译的。并且因为曾经声援过《新青年》，新仇夹旧仇，所以文学研究会这时就受了三方面的攻击。一方面就是创造社，既然是天才的艺术，那么看那为人生的艺术的文学研究会自然就是多管闲事，不免有些"俗"气，而且还以为无能，所以倘被发见一处误译，有时竟至于特做一篇长长的专论[23]。一方面是留学过美国的绅士派，他们以为文艺是专给老爷太太们看的，所以主角除老爷太太之外，只配有文人，学士，艺术家，教授，小姐等等，要会说 Yes, No，这才是绅士的庄严，那时吴宓[24]先生就曾经发表过文章，说是真不懂为什么有些人竟喜欢描写下流社会。第三方面，则就是以前说过的鸳鸯胡蝶派，我不知道他们用的是什么方法，到底使书店老板将编辑《小说月报》[25]的一个文学研究会会员撤换，还出了《小说世界》[26]，来流布他们的文章。这一种刊物，是到了去年才停刊的。

创造社的这一战，从表面看来，是胜利的。许多作品，既和当时的自命才子们的心情相合,加以出版者的帮助,势力雄厚起来了。势力一雄厚,就看见大商店如商务印书馆,也有创造社员的译著的出版,——这是说,郭沫若[27]和张资平两位先生的稿件。这以来,据我所记得,是创造社也不再审查商务印书馆出版物的误译之处,来作专论了。这些地方,我想,是也有些才子+流氓式的。然而,"新上海"是究竟敌不过"老上海"的,创造社员在凯歌声中,终于觉到了自己就在做自己们的出版者的商品,种种努力,在老板看来,就等于眼镜铺大玻璃窗里纸人的睒眼,不过是"以广招徕"。待到希图独立出版的时候,老板就给吃了一场官司,虽然也终于独立,说是一切书籍,大加改订,另行印刷,从新开张了,然而旧老板却还是永远用了旧版子,只是印,卖,而且年年是什么纪念的大廉价。

商品固然是做不下去的,独立也活不下去。创造社的人们的去路,自然是在较有希望的"革命策源地"的广东。在广东,于是也有"革命文学"这名词的出现,然而并无什么作品,在上海,则并且还没有这名词。

到了前年,"革命文学"这名目这才旺盛起来了,主张的是从"革命策源地"回来的几个创造社元老和若干新份子。革命文学之所以旺盛起来,自然是因为由于社会的背景,一般群众,青年有了这样的要求。当从广东开始北伐的时候,一般积极的青年都跑到实际工作去了,那时还没有什么显著的革命文学运动,到了政治环境突然改变,革命遭了挫折,阶级的分化非常显明,国民党以"清党"之名,大戮共产党及革命群众,而死剩的青年们再入于被迫压的境遇,于是革命文学在上海这才有了强烈的活动。所以这革命文学的旺盛起来，在表面上和别国不同，并非由于革命的高扬，而是因为革命的挫折；虽然其中也有些是旧文人解下指挥刀来重理笔墨的旧业，有些是几个青年被从实际工作排出，只好借此谋生，但因为实在具有社会的基础，所以在新份子里，是很有极坚实正确的人存在的。但那时的革命文学运动，据我的意见，是未经好好的计划，很有些错误之处的。例如，第一，他们对于中国社会，未曾加以细密的分析，便将在苏维埃政权之下才能运用的方法，来机械的地运用了。再则他们，尤其是成仿吾先生，将革命使一般人理解为非常可怕的事，摆着一种极左倾的凶恶的面貌，好似革命一到，一切非革命者就都得死，令人对革命只抱着恐怖。其实革命是并非教人死而是教人活的。这种令人"知道点革命的厉害"，只图自己说得畅快的态度，也还是中了才子＋流氓的毒。

激烈得快的，也平和得快，甚至于也颓废得快。倘在文人，他总有一番辩护自己的变化的理由，引经据典。譬如说，要人帮忙时候用克鲁巴金的互助论，要和人争闹的时候就用达尔文的生存竞争说。无论古今，凡是没有一定的理论，或主张的变化并无线索可寻，而随时拿了各种各派的理论来作武器的人，都可以称之为流氓。例如上海的流氓，看见一男一女的乡下人在走路，他就说，"喂，你们这样子，有伤风化，你们犯了法了！"他用的是中国法。倘看见一个乡下人在路旁小便呢，他就说，"喂，这是不准的，你犯了法，该捉到捕房去！"这时所用的又是外国法。但结果是无所谓法不法，只要被他敲去了几个钱就都完事。

在中国，去年的革命文学者和前年很有点不同了。这固然由于境遇的改变，但有些"革命文学者"的本身里，还藏着容易犯到的病根。"革命"和"文学"，若断若续，好像两只靠近的船，一只是"革命"，一只是"文学"，而作者的每一只脚就站在每一只船上面。当环境较好的时候，作者就在革命这一只船上踏得重一点，分明是革命者，待到革命一被压迫，则在文学的船上踏得重一点，他变了不过是文学家了。所以前年的主张十分激烈，以为凡非革命文学，统得扫荡的人，去年却记得了列宁爱看冈却罗夫（I.A.Gontcharov）[28]的作品的故事，觉得非革命文学，意义倒也十分深长；还有最彻底的革命文学家叶灵凤先生，他描写革命家，彻底到每次上茅厕时候都用我的《呐喊》去揩屁股[29]，现在却竟会莫名其妙的跟在所谓民族主义文学家屁股后面了。

类似的例，还可以举出向培良[30]先生来。在革命渐渐高扬的时候，他是很革命的；他在先前，还曾经说，青年人不但嗥叫，还要露出狼牙来。这自然也不坏，但也应该小心，因为狼是狗的祖宗，一到被人驯服的时候，是就要变而为狗的。向培良先生现在在提倡人类的艺术了，他反对有阶级的艺术的存在，而在人类中分出好人和坏人来，这艺术是"好坏斗争"的武器。狗也是将人分为两种的，豢养它的主人之类是好人，别的穷人和乞丐在它的眼里就是坏人，不是叫，便是咬。然而这也还不算坏，因为究竟还有一点野性，如果再一变而为吧儿狗，好像不管闲事，而其实在给主子尽职，那就正如现在的自称不问俗事的为艺术而艺术的名人们一样，只好去点缀大学教室了。

这样的翻着筋斗的小资产阶级，即使是在做革命文学家，写着革命文学的时候，也最容易将革命写歪；写歪了，反于革命有害，所以他们的转变，是毫不足惜的。当革命文学的运动勃兴时，许多小资产阶级的文学家忽然变过来了，那时用来解释这现象的，是突变之说。但我们知道，所谓突变者，是说 A 要变 B，几个条件已经完备，而独缺其一的时候，这一个条件一出现，于是就变成了 B。譬如水的结冰，温度须到零点，同时又须有空气的振动，倘没有这，则即便到了零点，也还是不结冰，这时空气一振动，这才突变而为冰了。所以外面虽然好像突变，其实是并非突然的事。倘没有应具的条件的，那就是即使自说已变，实际上却并没有变，所以有些忽然一天晚上自称突变过来的小资产阶级革命文学家，不久就又突变回去了。

去年左翼作家联盟在上海的成立，是一件重要的事实。因为这时已经输入了蒲力汗诺夫，卢那卡尔斯基等的理论，给大家能够互相切磋，更加坚实而有力，但也正因为更加坚实而有力了，就受到世界上古今所少有的压迫和摧残，因为有了这样的压迫和摧残，就使那时以为左翼文学将大出风头，作家就要吃劳动者供献上来的黄油面包了的所谓革命文学家立刻现出原形，有的写悔过书，有的是反转来攻击左联，以显出他今年的见识又进了一步。这虽然并非左联直接的自动，然而也是一种扫荡，这些作者，是无论变与不变，总写不出好的作品来的。

但现存的左翼作家,能写出好的无产阶级文学来么?我想,也很难。这是因为现在的左翼作家还都是读书人——智识阶级,他们要写出革命的实际来,是很不容易的缘故。日本的厨川白村(H. Kuriyagawa)曾经提出过一个问题,说:作家之所描写,必得是自己经验过的么?他自答道,不必,因为他能够体察。[31]所以要写偷,他不必亲自去做贼,要写通奸,他不必亲自去私通。但我以为这是因为作家生长在旧社会里,熟悉了旧社会的情形,看惯了旧社会的人物的缘故,所以他能够体察;对于和他向来没有关系的无产阶级的情形和人物,他就会无能,或者弄成错误的描写了。所以革命文学家,至少是必须和革命共同着生命,或深切地感受着革命的脉搏的。(最近左联的提出了"作家的无产阶级化"的口号,就是对于这一点的很正确的理解。)

在现在中国这样的社会中,最容易希望出现的,是反叛的小资产阶级的反抗的,或暴露的作品。因为他生长在这正在灭亡着的阶级中,所以他有甚深的了解,甚大的憎恶,而向这刺下去的刀也最为致命与有力。固然,有些貌似革命的作品,也并非要将本阶级或资产阶级推翻,倒在憎恨或失望于他们的不能改良,不能较长久的保持地位,所以从无产阶级的见地看来,不过是"兄弟阋于墙",两方一样是敌对。但是,那结果,却也能在革命的潮流中,成为一粒泡沫的。对于这些的作品,我以为实在无须称之为无产阶级文学,作者也无须为了将来的名誉起见,自称为无产阶级的作家的。

但是,虽是仅仅攻击旧社会的作品,倘若知不清缺点,看不透病根，也就于革命有害，但可惜的是现在的作家，连革命的作家和批评家，也往往不能，或不敢正视现社会，知道它的底细，尤其是认为敌人的底细。随手举一个例罢，先前的《列宁青年》〔32〕上，有一篇评论中国文学界的文章，将这分为三派，首先是创造社，作为无产阶级文学派，讲得很长，其次是语丝社，作为小资产阶级文学派，可就说得短了，第三是新月社，作为资产阶级文学派，却说得更短，到不了一页。这就在表明：这位青年批评家对于愈认为敌人的，就愈是无话可说，也就是愈没有细看。自然，我们看书，倘看反对的东西，总不如看同派的东西的舒服，爽快，有益；但倘是一个战斗者，我以为，在了解革命和敌人上，倒是必须更多的去解剖当面的敌人的。要写文学作品也一样，不但应该知道革命的实际，也必须深知敌人的情形，现在的各方面的状况，再去断定革命的前途。惟有明白旧的，看到新的，了解过去，推断将来，我们的文学的发展才有希望。我想，这是在现在环境下的作家，只要努力，还可以做得到的。

在现在，如先前所说，文艺是在受着少有的压迫与摧残，广泛地现出了饥馑状态。文艺不但是革命的，连那略带些不平色彩的，不但是指摘现状的，连那些攻击旧来积弊的，也往往就受迫害。这情形，即在说明至今为止的统治阶级的革命，不过是争夺一把旧椅子。去推的时候，好像这椅子很可恨，一夺到手，就又觉得是宝贝了，而同时也自觉了自己正和这"旧的"一气。二十多年前，都说朱元璋（明太祖）〔33〕是民族的革命者，其实是并不然的，他做了皇帝以后，称蒙古朝为"大元"，杀汉人比蒙古人还利害。奴才做了主人，是决不肯废去"老爷"的称呼的，他的摆架子，恐怕比他的主人还十足，还可笑。这正如上海的工人赚了几文钱，开起小小的工厂来，对付工人反而凶到绝顶一样。

在一部旧的笔记小说——我忘了它的书名了——上，曾经载有一个故事，说明朝有一个武官叫说书人讲故事，他便对他讲檀道济——晋朝的一个将军，讲完之后，那武官就吩咐打说书人一顿，人问他什么缘故，他说道："他既然对我讲檀道济，那么，对檀道济是一定去讲我的了。"[34]现在的统治者也神经衰弱到像这武官一样，什么他都怕，因而在出版界上也布置了比先前更进步的流氓，令人看不出流氓的形式而却用着更厉害的流氓手段：用广告，用诬陷，用恐吓；甚至于有几个文学者还拜了流氓做老子[35]，以图得到安稳和利益。因此革命的文学者，就不但应该留心迎面的敌人，还必须防备自己一面的三翻四复的暗探了，较之简单地用着文艺的斗争，就非常费力，而因此也就影响到文艺上面来。

现在上海虽然还出版着一大堆的所谓文艺杂志，其实却等于空虚。以营业为目的的书店所出的东西，因为怕遭殃，就竭力选些不关痛痒的文章，如说"命固不可以不革，而亦不可以太革"之类，那特色是在令人从头看到末尾，终于等于不看。至于官办的，或对官场去凑趣的杂志呢，作者又都是乌合之众，共同的目的只在捞几文稿费，什么"英国维多利亚朝的文学"呀，"论刘易士得到诺贝尔奖金"呀，连自己也并不相信所发的议论，连自己也并不看重所做的文章。所以，我说，现在上海所出的文艺杂志都等于空虚,革命者的文艺固然被压迫了,而压迫者所办的文艺杂志上也没有什么文艺可见。然而,压迫者当真没有文艺么? 有是有的,不过并非这些,而是通电,告示,新闻,民族主义的"文学"[36],法官的判词等。例如前几天,《申报》上就记着一个女人控诉她的丈夫强迫鸡奸并殴打得皮肤上成了青伤的事,而法官的判词却道,法律上并无禁止丈夫鸡奸妻子的明文,而皮肤打得发青,也并不算毁损了生理的机能,所以那控诉就不能成立。现在是那男人反在控诉他的女人的"诬告"了。法律我不知道,至于生理学,却学过一点,皮肤被打得发青,肺,肝,或肠胃的生理的机能固然不至于毁损,然而发青之处的皮肤的生理的机能却是毁损了的。这在中国的现在,虽然常常遇见,不算什么稀奇事,但我以为这就已经能够很明白的知道社会上的一部分现象,胜于一篇平凡的小说或长诗了。

除以上所说之外,那所谓民族主义文学,和闹得已经很久了的武侠小说之类,是也还应该详细解剖的。但现在时间已经不够,只得待将来有机会再讲了。今天就这样为止罢。

*　　　*　　　*

〔1〕 本篇最初发表于1931年7月27日和8月3日上海《文艺新闻》第二十期和二十一期,收入本书时,作者曾略加修改。据鲁迅日记,讲演日期应是1931年7月20日,副标题所记8月12日有误。

〔2〕 《申报》 中国近代历史最久的综合性报纸,1872年(清同治十一年)4月30日由英商创办于上海,1909年后几度易主,至1949年

5月26日停刊。该报最初的内容,除国内外新闻记事外,还刊载一些竹枝词、俗语、灯谜、诗文唱和等;这类作品的撰稿者多为当时所谓"才子"之类。

〔3〕 古今体诗 古体诗和今体诗。格律严格的律诗、绝句、排律等,形成于唐代,唐代人称之为今体诗(或近体诗);而对产生较早,格律较自由的古诗、古风,则称为古体诗。后人也沿用这一称呼。

〔4〕 道不行,乘桴浮于海 语出《论语·公冶长》。意思是如果自己的学说得不到国君的理解和重视,就乘小船到海上漂流。

〔5〕 《儒林外史》 长篇小说,清代吴敬梓著,共五十五回。书中对科举制度和封建礼教多有讽刺。

〔6〕 《三宝太监西洋记》 即《三宝太监西洋记通俗演义》,明代罗懋登著,共二十卷,一百回。

〔7〕 《快心编》 清末较流行的通俗小说之一,署名天花才子编辑,四桔居士评点,共三集,三十二回。

〔8〕 《点石斋画报》 旬刊,附属于《申报》发行的一种石印画报,1884年创刊,1898年停刊。由申报馆附设的点石斋石印书局出版,吴友如主编。后来吴友如把他在该刊所发表的作品汇辑出版,分订成册,题为《吴友如墨宝》。吴友如(?—约1893),名猷(又作嘉猷),字友如,江苏元和(今吴县)人,清末画家。

〔9〕 绣像 指明、清以来通俗小说卷头的书中人物的白描画像。

〔10〕 叶灵凤 参看本卷第119页注〔5〕。1926年至1927年初,他在上海办《幻洲》半月刊,宣扬"新流氓主义"。

〔11〕 "浮世绘" 日本德川幕府时代(1603—1867)的一种民间版画,题材多取自下层市民社会的生活。十八世纪末期逐渐衰落。

〔12〕 "拆梢" 即敲诈;"揩油",指对妇女的猥亵行为;"吊膀子",即勾引妇女。这些都是上海方言。

〔13〕 《迦茵小传》 英国哈葛德所作长篇小说。该书最初有署名蟠溪子(杨紫麟)的译文,仅为原著的下半部,1903 年上海文明书局出版,当时流行很广。后由林琴南根据魏易口述,译出全文,1905 年商务印书馆出版。

〔14〕 先译者的大骂 当指寅半生作《读迦因小传两译本书后》一文(载 1906 年杭州出版的《游戏世界》第十一期),其中说:"蟠溪子不知几费踌躇,几费斟酌,始将有孕一节为迦因隐去。……不意有林畏庐者,不知与迦因何仇,凡蟠溪子百计所弥缝而曲为迦因讳者,必欲另补之以彰其丑。……呜呼!迦因何幸而得蟠溪子为之讳其短而显其长,而使读迦因小传者咸神往于迦因也;迦因何不幸而复得林畏庐为之暴其行而贡其丑,而使读迦因小传者咸轻薄夫迦因也。"寅半生(1865—?),原名钟骏文,浙江萧山人,当时为《游戏世界》编辑。

〔15〕 天虚我生 即陈蝶仙(1878—1940),原名寿同,字蝶仙,别署天虚我生,浙江钱塘人,鸳鸯蝴蝶派作家。九一八事变后,在国人抵制日货声中,他经营的家庭工业社制造了取代日本"金钢石"牙粉的"无敌牌"牙粉,因盛销各地而致富。按天虚我生曾于 1920 年编辑《申报·自由谈》,不是《眉语》主编。《眉语》,鸳鸯蝴蝶派的月刊,高剑华主编,1914 年 10 月创刊,1916 年出至第十八期停刊。

〔16〕 鸳鸯胡蝶式文学 指鸳鸯蝴蝶派作品,多用文言文描写才子佳人的爱情故事,故有"鸳鸯蝴蝶"的喻称。鸳鸯蝴蝶派兴起于清末民初,先后办过《小说时报》、《民权素》、《小说丛报》、《礼拜六》等刊物;因《礼拜六》影响较大,故又称礼拜六派。代表作家有包天笑、陈蝶仙、徐枕亚、周瘦鹃、张恨水等。

〔17〕 《新青年》 综合性月刊。"五四"时期倡导新文化运动、传播马克思主义的重要刊物。1915 年 9 月创刊于上海,由陈独秀主编。第一卷名《青年杂志》,第二卷起改名《新青年》。从 1918 年 1 月起,李

大钊等参加该刊编辑工作。1922 年 7 月休刊。

〔18〕　伊孛生　即易卜生。他的剧本《玩偶之家》,写娜拉(诺拉)不甘做丈夫的玩偶而离家出走的故事,"五四"时期译成中文并上演,产生较大影响。其他主要剧作也曾在当时译成中文,《新青年》第四卷第六号(1918 年 6 月)曾出版介绍他生平、思想及作品的专号。

〔19〕　《终身大事》　以婚姻问题为题材的剧本,发表于《新青年》第六卷第三号(1919 年 3 月)。

〔20〕　创造社　参看本卷第 8 页注〔5〕。

〔21〕　文学研究会　文学团体,1921 年 1 月成立于北京,由沈雁冰、郑振铎、叶绍钧等十二人发起,主张"为人生的艺术",提倡现实主义的为改造社会服务的新文学,反对把文学当作游戏或消遣品。同时着力介绍俄国和东欧、北欧及其他"弱小民族"的文学作品。该会当时的活动,对于中国新文学运动,曾起了很大的推动作用。编有《小说月报》、《文学旬刊》、《文学周报》、《诗》和《文学研究会丛书》多种。鲁迅是这个文学团体的支持者。

〔22〕　创造社"出马的第一个广告",指《创造》季刊的出版广告,载于 1921 年 9 月 29 日《时事新报》,其中有"自文化运动发生后,我国新文艺为一、二偶像所垄断"等话。

〔23〕　这里说的批评误译的专论,指成仿吾在《创造季刊》第二卷第一期(1923 年 5 月)发表的《"雅典主义"》的文章。它对佩韦(沈雁冰)的《今年纪念的几个文学家》(载 1922 年 12 月《小说月报》)一文中将无神论(Atheism)误译为"雅典主义"加以批评。

〔24〕　吴宓(1894—1978)　字雨僧,陕西泾阳人。曾留学美国,后任东南大学教授。1921 年他同梅光迪、胡先骕等人创办《学衡》杂志,提倡复古主义。

〔25〕　《小说月报》　1910 年(清宣统二年)创刊于上海,商务印书

馆出版,开始由王蕴章、恽铁樵先后主编,是礼拜六派的主要刊物之一。
1921 年 1 月第十二卷第一期起,由沈雁冰主编,内容大加改革,因此遭
到礼拜六派的攻击。1923 年 1 月第十四卷起改由郑振铎主编。1931
年 12 月出至第二十二卷第十二期,因侵华日军炸毁商务印书馆而停
刊。

〔26〕　《小说世界》　周刊,鸳鸯蝴蝶派为对抗革新后的《小说月
报》创办的刊物,叶劲风主编。1923 年 1 月创刊于上海,商务印书馆出
版。1929 年 12 月停刊。

〔27〕　郭沫若(1892—1978)　四川乐山人,文学家、历史学家和社
会活动家。早年从事革命文化活动,是创造社的主要发起人。1926 年
投身北伐战争,1927 年参加八一南昌起义,失败后旅居日本,从事中国
古代史和古文字学的研究。抗日战争爆发后回国,在中国共产党领导
下,组织和团结国统区进步文化人士从事抗日和民主运动。主要文学
作品有诗集《女神》、历史剧《屈原》等。

〔28〕　冈却罗夫(И.А.Гончаров,1812—1891)　通译冈察洛夫,俄
国作家。著有长篇小说《奥勃洛摩夫》等。列宁在《论苏维埃共和国的
国内外形势》等文中曾多次提到奥勃洛摩夫这个艺术形象。

〔29〕　指叶灵凤的小说《穷愁的自传》,载《现代小说》第三卷第二
期(1929 年 11 月)。小说中的主角魏日青说:"照着老例,起身后我便将
十二枚铜元从旧货摊上买来的一册《呐喊》撕下三页到露台上去大便。"

〔30〕　向培良(1905—1959)　湖南黔阳人,狂飙社主要成员之一。
他在《狂飙》第五期(1926 年 11 月)《论孤独者》一文中曾说:青年们"愤
怒而且嗥叫,像一个被追逐的狼,回过头来,露出牙……。"1929 年他在
上海主编《青春月刊》,提倡"民族主义文学"及"人类底艺术"。所著《人
类的艺术》一书,1930 年 5 月由国民党南京拔提书店出版。

〔31〕　厨川白村的这些话,见于他所作《苦闷的象征》第三部分中

的《短篇〈项链〉》一节。

〔32〕 《列宁青年》 中国共产主义青年团的机关刊物。1923 年 10 月在上海创刊,原名《中国青年》,1927 年 11 月改为《无产青年》,1928 年 10 月又改为《列宁青年》,1932 年停刊。这里所说的文章,指载于该刊第一卷第十一期(1929 年 3 月)得钊的《一年来中国文艺界述评》。

〔33〕 朱元璋(1328—1398) 濠州钟离(今安徽凤阳)人,元末农民起义军领袖之一,明朝第一个皇帝。辛亥革命前夕,同盟会机关报《民报》上曾登过他的画像,称他为"中国大民族革命伟人"、"中国革命之英雄"。

〔34〕 按这里说的檀道济当为韩信,见宋代江少虞著《事实类苑》:"党进不识文字,……过市,见缚栏为戏者,驻马问汝所诵何言。优者曰:'说韩信。'进大怒曰:'汝对我说韩信,见韩信即当说我;此三面两头之人。'即令杖之。"

〔35〕 拜了流氓做老子 指和上海流氓帮口头子有勾结,并拜他们做师父和干爹的所谓"文学家"。

〔36〕 民族主义的"文学" 当时由国民党当局策划的文学运动。参看本书《"民族主义"文学的任务和运命》及其注〔2〕。

一八艺社习作展览会小引^{〔1〕}

现在有自以为大有见识的人,在说"为人类的艺术"^{〔2〕}。然而这样的艺术,在现在的社会里,是断断没有的。看罢,这便是在说"为人类的艺术"的人,也已将人类分为对的和错的,或好的和坏的,而将所谓错的或坏的加以叫咬了。

所以,现在的艺术,总要一面得到蔑视,冷遇,迫害,而一面得到同情,拥护,支持。

一八艺社^{〔3〕}也将逃不出这例子。因为它在这旧社会里,是新的,年青的,前进的。

中国近来其实也没有什么艺术家。号称"艺术家"者,他们的得名,与其说在艺术,倒是在他们的履历和作品的题目——故意题得香艳,漂渺,古怪,雄深。连骗带吓,令人觉得似乎了不得。然而时代是在不息地进行,现在新的,年青的,没有名的作家的作品站在这里了,以清醒的意识和坚强的努力,在榛莽中露出了日见生长的健壮的新芽。

自然,这,是很幼小的。但是,惟其幼小,所以希望就正在这一面。

我的话,也就是只对这一面说的,如上。

一九三一年五月二十二日。

*   *   *

〔1〕 本篇最初发表于 1931 年 6 月 15 日《文艺新闻》第十四期。

〔2〕 "为人类的艺术" 参看本卷第 314 页注〔30〕。

〔3〕 一八艺社 1929 年（民国十八年）由杭州艺术专科学校部分学生组成的一个木刻艺术团体。该社部分成员在上海从事艺术活动时，曾得到鲁迅的指导和帮助。

答文艺新闻社问[1]

——日本占领东三省的意义

这在一面,是日本帝国主义在"膺惩"[2]他的仆役——中国军阀,也就是"膺惩"中国民众,因为中国民众又是军阀的奴隶;在另一面,是进攻苏联的开头,是要使世界的劳苦群众,永受奴隶的苦楚的方针的第一步。

九月二十一日。

*　　　*　　　*

〔1〕　本篇最初发表于 1931 年 9 月 28 日《文艺新闻》第二十九期。

《文艺新闻》,周刊,"左联"所领导的刊物之一。袁殊、楼适夷编辑。1931 年 3 月在上海创刊,1932 年 6 月停刊。九一八事变后,该刊向上海文化界一些著名人士征询对这一事变的看法,鲁迅作了这个答复。

〔2〕　"膺惩"　日本军阀发动九一八事变后,把他们对中国的侵略行径说成是"膺惩"。

"民族主义文学"的任务和运命[1]

一

　　殖民政策是一定保护,养育流氓的。从帝国主义的眼睛看来,惟有他们是最要紧的奴才,有用的鹰犬,能尽殖民地人民非尽不可的任务:一面靠着帝国主义的暴力,一面利用本国的传统之力,以除去"害群之马",不安本分的"莠民"。所以,这流氓,是殖民地上的洋大人的宠儿,——不,宠犬,其地位虽在主人之下,但总在别的被统治者之上的。

　　上海当然也不会不在这例子里。巡警不进帮,小贩虽自有小资本,但倘不另寻一个流氓来做债主,付以重利,就很难立足。到去年,在文艺界上,竟也出现了"拜老头"的"文学家"。

　　但这不过是一个最露骨的事实。其实是,即使并非帮友,他们所谓"文艺家"的许多人,是一向在尽"宠犬"的职分的,虽然所标的口号,种种不同,艺术至上主义呀,国粹主义呀,民族主义呀,为人类的艺术呀,但这仅如巡警手里拿着前膛枪或后膛枪,来福枪,毛瑟枪的不同,那终极的目的却只一个:就是打死反帝国主义即反政府,亦即"反革命",或仅有些不平的人民。

　　那些宠犬派文学之中,锣鼓敲得最起劲的,是所谓"民族主义文学"[2]。但比起侦探,巡捕,刽子手们的显著的勋劳来,却还有很多的逊色。这缘故,就因为他们还只在叫,未行直接的咬,而且大抵没有流氓的剽悍,不过是飘飘荡荡的流尸。然而这又正是"民族主义文学"的特色,所以保持其"宠"的。

翻一本他们的刊物来看罢,先前标榜过各种主义的各种人,居然凑合在一起了。这是"民族主义"的巨人的手,将他们抓过来的么?并不,这些原是上海滩上久已沉沉浮浮的流尸,本来散见于各处的,但经风浪一吹,就漂集一处,形成一个堆积,又因为各个本身的腐烂,就发出较浓厚的恶臭来了。

这"叫"和"恶臭"有能够较为远闻的特色,于帝国主义是有益的,这叫做"为王前驱"[3],所以流尸文学仍将与流氓政治同在。

二

但上文所说的风浪是什么呢?这是因无产阶级的勃兴而卷起的小风浪。先前的有些所谓文艺家,本未尝没有半意识的或无意识的觉得自身的溃败,于是就自欺欺人的用种种美名来掩饰,曰高逸,曰放达(用新式话来说就是"颓废"),画的是裸女,静物,死,写的是花月,圣地,失眠,酒,女人。一到旧社会的崩溃愈加分明,阶级的斗争愈加锋利的时候,他们也就看见了自己的死敌,将创造新的文化,一扫旧来的污秽的无产阶级,并且觉到了自己就是这污秽,将与在上的统治者同其运命,于是就必然漂集于为帝国主义所宰制的民族中的顺民所竖起的"民族主义文学"的旗帜之下,来和主人一同做一回最后的挣扎了。

所以,虽然是杂碎的流尸,那目标却是同一的:和主人一样,用一切手段,来压迫无产阶级,以苟延残喘。不过究竟是杂碎,而且多带着先前剩下的皮毛,所以自从发出宣言以来,看不见一点鲜明的作品,宣言[4]是一小群杂碎胡乱凑成的杂碎,不足为据的。

但在《前锋月刊》[5]第五号上,却给了我们一篇明白的作品,据编辑者说,这是"参加讨伐阎冯军事[6]的实际描写"。描写军事的小说并不足奇,奇特的是这位"青年军人"的作者所自述的在战场上的心绪,这是"民族主义文学家"的自画像,极有郑重引用的价值的——

> "每天晚上站在那闪烁的群星之下,手里执着马枪,耳中听着虫鸣,四周飞动着无数的蚊子,那样都使人想到法国'客军'在菲洲沙漠里与阿剌伯人争斗流血的生活。"
> (黄震遐:《陇海线上》)

原来中国军阀的混战,从"青年军人",从"民族主义文学者"看来,是并非驱同国人民互相残杀,却是外国人在打别一外国人,两个国度,两个民族,在战地上一到夜里,自己就飘飘然觉得皮色变白,鼻梁加高,成为腊丁民族[7]的战士,站在野蛮的菲洲了。那就无怪乎看得周围的老百姓都是敌人,要一个一个的打死。法国人对于菲洲的阿剌伯人,就民族主义而论,原是不必爱惜的。仅仅这一节,大一点,则说明了中国军阀为什么做了帝国主义的爪牙,来毒害屠杀中国的人民,那是因为他们自己以为是"法国的客军"的缘故;小一点,就说明中国的"民族主义文学家"根本上只同外国主子休戚相关,为什么倒称"民族主义",来朦混读者,那是因为他们自己觉得有时好像腊丁民族,条顿民族〔8〕了的缘故。

三

黄震遐先生写得如此坦白,所说的心境当然是真实的,不过据他小说中所显示的智识推测起来,却还有并非不知而故意不说的一点讳饰。这,是他将"法国的安南兵"含糊的改作"法国的客军"了,因此就较远于"实际描写",而且也招来了上节所说的是非。

但作者是聪明的,他听过"友人傅彦长君平时许多谈论……许多地方不可讳地是受了他的熏陶"〔9〕,并且考据中外史传之后,接着又写了一篇较切"民族主义"这个题目的剧诗,这回不用法兰西人了,是《黄人之血》(《前锋月刊》七号)。

这剧诗的事迹,是黄色人种的西征,主将是成吉思汗的孙子拔都〔10〕元帅,真正的黄色种。所征的是欧洲,其实专在斡罗斯(俄罗斯)——这是作者的目标;联军的构成是汉,鞑靼,女真,契丹〔11〕人——这是作者的计划;一路胜下去,可惜后来四种人不知"友谊"的要紧和"团结的力量",自相残杀,竟为白种武士所乘了——这是作者的讽喻,也是作者的悲哀。

但我们且看这黄色军的威猛和恶辣罢——

…………

恐怖呀,煎着尸体的沸油;

可怕呀,遍地的腐骸如何凶丑;

死神捉着白姑娘拚命地搂;

美人螓首变成狞猛的髑髅;

野兽般的生番在故宫里蛮争恶斗;

十字军战士的脸上充满了哀愁;

千年的棺材泄出它凶秽的恶臭;

铁蹄践着断骨,骆驼的鸣声变成怪吼;

上帝已逃,魔鬼扬起了火鞭复仇;

黄祸来了! 黄祸来了!

亚细亚勇士们张大吃人的血口。

这德皇威廉因为要鼓吹"德国德国,高于一切"而大叫的"黄祸"[12],这一张"亚细亚勇士们张大"的"吃人的血口",我们的诗人却是对着"斡罗斯",就是现在无产者专政的第一个国度,以消灭无产阶级的模范——这是"民族主义文学"的目标;但究竟因为是殖民地顺民的"民族主义文学",所以我们的诗人所奉为首领的,是蒙古人拔都,不是中华人赵构[13],张开"吃人的血口"的是"亚细亚勇士们",不是中国勇士们,所希望的是拔都的统驭之下的"友谊",不是各民族间的平等的友爱——这就是露骨的所谓"民族主义文学"的特色,但也是青年军人的作者的悲哀。

四

拔都死了;在亚细亚的黄人中,现在可以拟为那时的蒙古的只有一个日本。日本的勇士们虽然也痛恨苏俄，但也不爱抚中华的勇士，大唱"日支亲善"虽然也和主张"友谊"一致，但事实又和口头不符，从中国"民族主义文学者"的立场上，在已觉得悲哀，对他加以讽喻，原是势所必至，不足诧异的。

果然，诗人的悲哀的豫感好像证实了，而且还坏得远。当"扬起火鞭"焚烧"斡罗斯"将要开头的时候，就像拔都那时的结局一样，朝鲜人乱杀中国人〔14〕，日本人"张大吃人的血口"，吞了东三省了。莫非他们因为未受傅彦长先生的熏陶，不知"团结的力量"之重要，竟将中国的"勇士们"也看成菲洲的阿刺伯人了吗?!

五

这实在是一个大打击。军人的作者还未喊出他勇壮的声音，我们现在所看见的是"民族主义"旗下的报章上所载的小勇士们的愤激和绝望。这也是势所必至，无足诧异的。理想和现实本来易于冲突，理想时已经含了悲哀，现实起来当然就会绝望。于是小勇士们要打仗了——

　　战啊，下个最后的决心，

　　杀尽我们的敌人，

　　你看敌人的枪炮都响了，

　　快上前，把我们的肉体筑一座长城。

　　雷电在头上咆哮，

　　浪涛在脚下吼叫，

热血在心头燃烧，

我们向前线奔跑。

　　（苏凤：《战歌》。《民国日报》载。）

去，战场上去，

我们的热血在沸腾，

我们的肉身好像疯人，

我们去把热血锈住贼子的枪头，

我们去把肉身塞住仇人的炮口。

去，战场上去，

凭着我们一股勇气，

凭着我们一点纯爱的精灵，

去把仇人驱逐，

不，去把仇人杀尽。

　　（甘豫庆：《去上战场去》。《申报》载。）

同胞，醒起来罢，

踢开了弱者的心，

踢开了弱者的脑。

看，看，看，

看同胞们的血喷出来了，

看同胞们的肉割开来了，

看同胞们的尸体挂起来了。

　　（邵冠华：《醒起来罢同胞》。同上。）

　　这些诗里很明显的是作者都知道没有武器，所以只好用"肉体"，用"纯爱的精灵"，用"尸体"。这正是《黄人之血》的作者的先前的悲哀,而所以要追随拔都元帅之后,主张"友谊"的缘故。武器是主子那里买来的,无产者已都是自己的敌人,倘主子又不谅其衷,要加以"惩膺",那么,惟一的路也实在只有一个死了——

> 我们是初训练的一队,
>
> 有坚卓的志愿,
>
> 有沸腾的热血,
>
> 来扫除强暴的歹类。
>
> 同胞们,亲爱的同胞们,
>
> 快起来准备去战,
>
> 快起来奋斗,
>
> 战死是我们生路。
>
> (沙珊:《学生军》。同上。)
>
> 天在啸,
>
> 地在震,
>
> 人在冲,兽在吼,
>
> 宇宙间的一切在咆哮,
>
> 朋友哟,
>
> 准备着我们的头颅去给敌人砍掉。
>
> (徐之津:《伟大的死》。同上。)

一群是发扬踔厉,一群是慷慨悲歌,写写固然无妨,但倘若真要这样,却未免太不懂得"民族主义文学"的精义了,然而,却也尽了"民族主义文学"的任务。

六

《前锋月刊》上用大号字题目的《黄人之血》的作者黄震遐诗人，不是早已告诉我们过理想的元帅拔都了吗？这诗人受过傅彦长先生的熏陶，查过中外的史传，还知道"中世纪的东欧是三种思想的冲突点"[15]，岂就会偏不知道赵家末叶的中国，是蒙古人的淫掠场？拔都元帅的祖父成吉思皇帝侵入中国时，所至淫掠妇女，焚烧庐舍，到山东曲阜看见孔老二先生像，元兵也要指着骂道："说'夷狄之有君，不如诸夏之无也'的，不就是你吗？"夹脸就给他一箭。这是宋人的笔记[16]里垂涕而道的，正如现在常见于报章上的流泪文章一样。黄诗人所描写的"斡罗斯"那"死神捉着白姑娘拚命地搂……"那些妙文，其实就是那时出现于中国的情形。但一到他的孙子，他们不就携手"西征"了吗？现在日本兵"东征"了东三省，正是"民族主义文学家"理想中的"西征"的第一步，"亚细亚勇士们张大吃人的血口"的开场。不过先得在中国咬一口。因为那时成吉思皇帝也像对于"斡罗斯"一样，先使中国人变成奴才，然后赶他打仗，并非用了"友谊"，送柬帖来敦请的。所以，这沈阳事件，不但和"民族主义文学"毫无冲突，而且还实现了他们的理想境，倘若不明这精义，要去硬送头颅，使"亚细亚勇士"减少，那实在是很可惜的。

那么，"民族主义文学"无须有那些呜呼阿呀死死活活的调子吗？谨对曰：要有的，他们也一定有的。否则不抵抗主义,城下之盟〔17〕,断送土地这些勾当,在沉静中就显得更加露骨。必须痛哭怒号,摩拳擦掌,令人被这扰攘嘈杂所惑乱,闻悲歌而泪垂,听壮歌而愤泄,于是那"东征"即"西征"的第一步,也就悄悄的隐隐的跨过去了。落葬的行列里有悲哀的哭声,有壮大的军乐,那任务是在送死人埋入土中,用热闹来掩过了这"死",给大家接着就得到"忘却"。现在"民族主义文学"的发扬踔厉,或慷慨悲歌的文章,便是正在尽着同一的任务的。

但这之后,"民族主义文学者"也就更加接近了他的哀愁。因为有一个问题,更加临近,就是将来主子是否不至于再蹈拔都元帅的覆辙,肯信用而且优待忠勇的奴才,不,勇士们呢?这实在是一个很要紧,很可怕的问题,是主子和奴才能否"同存共荣"的大关键。

历史告诉我们:不能的。这,正如连"民族主义文学者"也已经知道一样,不会有这一回事。他们将只尽些送丧的任务,永含着恋主的哀愁,须到无产阶级革命的风涛怒吼起来,刷洗山河的时候,这才能脱出这沉滞猥劣和腐烂的运命。

*　　　*　　　*

〔1〕 本篇最初发表于 1931 年 10 月 23 日上海《文学导报》第一卷第六、七期合刊。署名晏敖。

〔2〕 "民族主义文学" 1930 年 6 月由国民党当局策划的文学运动,发起人是潘公展、范争波、朱应鹏、傅彦长、王平陵等国民党官员和文人。曾出版《前锋周报》、《前锋月刊》等,鼓吹以"民族主义"为"中心

意识",反对无产阶级革命文学。九一八事变后,又为蒋介石的不抵抗政策效劳。

〔3〕 "为王前驱" 语出《诗经·卫风·伯兮》,原是为王室征战充当先锋的意思。这里用来指"民族主义文学"为国民党"攘外必先安内"的反共媚日政策制造舆论,实际上也就是为日本侵略者进攻中国张目。

〔4〕 宣言 指 1930 年 6 月 1 日发表的《民族主义文艺运动宣言》,连载于《前锋周报》第二、三期(1930 年 6 月 29 日、7 月 6 日)。这篇"宣言",鼓吹建立所谓"文艺的中心意识",即法西斯主义的"民族意识",提出以"民族意识代替阶级意识",反对马克思主义的阶级斗争学说。它剽窃法国泰纳《艺术哲学》中的某些论点,歪曲民族形成史和民族革命史,妄谈艺术上的各种流派,内容支离破碎。

〔5〕 《前锋月刊》 "民族主义文学"的主要刊物。朱应鹏、傅彦长等编辑,1930 年 10 月在上海创刊,1931 年 4 月出至第七期停刊。该刊第五号所刊《陇海线上》的作者黄震遐(1907—1974),广东南海人,曾任《大晚报》记者,杭州笕桥空军学校教官,"民族主义文学"作家。

〔6〕 指蒋介石同冯玉祥、阎锡山在陇海、津浦铁路沿线进行的军阀战争。这次战争自 1930 年 5 月开始,至 10 月结束,双方死伤三十多万人。

〔7〕 腊丁民族 泛指拉丁语系的意大利、法兰西、西班牙、葡萄牙等国人。腊丁,通译拉丁。

〔8〕 条顿民族 泛指日耳曼语系的德国、英国、瑞士、荷兰、丹麦、挪威等国人。条顿,公元前居住在北欧的日耳曼部落的名称。

〔9〕 这是黄震遐《写在黄人之血前面》中的话,原文说:"末了,还要申明而致其感谢之忱的,就是友人傅彦长君平时许多的谈论。傅君是认清楚历史面目的一个学者,我这篇东西虽然不能说是直接受了他的指教,但暗中却有许多地方不可讳地是受了他的熏陶"。(见 1931 年

4 月《前锋月刊》第一卷第七期）文中的傅彦长（1892—1961），湖南宁乡人，"民族主义文学"发起人之一。

〔10〕 成吉思汗 参看本卷第 149 页注〔4〕。他的孙子拔都于 1235 年至 1244 年先后率军西征，侵入俄罗斯和欧洲一些国家。

〔11〕 鞑靼、女真、契丹 都是当时我国北方的民族。

〔12〕 威廉 指威廉二世（Wilhelm Ⅱ，1859—1941），德意志帝国皇帝，第一次世界大战的祸首。"黄祸"，威廉二世曾于 1895 年绘制一幅"黄祸的素描"，题词为"欧洲各国人民，保卫你们最神圣的财富！"向王公、贵族和外国的国家首脑散发；1907 年又说："'黄祸'——这是我早就认识到的一种危险。实际上创造'黄祸'这个名词的人就是我"。（见戴维斯：《我所认识的德皇》，1918 年伦敦出版）按"黄祸"论兴起于十九世纪末，盛行于二十世纪初，它宣称中国、日本等东方黄种民族国家是威胁欧洲的祸害，为西方帝国主义对东方国家的侵略、奴役制造舆论。

〔13〕 赵构（1107—1187） 即宋高宗，南宋第一个皇帝。

〔14〕 九一八事变发生之前不久，由于日本帝国主义者的挑拨和指使，平壤和汉城等地曾出现过袭击华侨的事件。

〔15〕 这是《写在黄人之血前面》中的话："中世纪的东欧是三种思想的冲突点；这三种思想，就是希伯来、希腊和游牧民族的思想；它们是常常地混在一起，却又是不断地在那里冲突。"

〔16〕 宋人的笔记 指宋代庄季裕《鸡肋编》。该书中卷说："靖康之后，金房侵凌中国，露居异俗，凡所经过，尽皆焚爇。如曲阜先圣旧宅，……至金寇，遂为烟尘。指其像而诟曰：'尔是言夷狄之有君者！'中原之祸，自书契以来，未之有也。"按鲁迅文中所说的元兵，当是金兵的误记。"夷狄之有君，不如诸夏之无也"，语出《论语·八佾》，无，原作亡。

〔17〕 城下之盟 语出《左传》桓公十二年。指敌军兵临城下时被胁迫订立的屈辱性条约，后来常用以指投降。

沉滓的泛起[1]

日本占据了东三省以后的在上海一带的表示,报章上叫作"国难声中"。在这"国难声中",恰如用棍子搅了一下停滞多年的池塘,各种古的沉滓,新的沉滓,就都翻着筋斗漂上来,在水面上转一个身,来趁势显示自己的存在了。

自信现在可以说能打仗的,是要操练久不想起的洋枪了,但也有现在也不想说去打仗的,那就照欧洲大战时候的德意志帝国的例,来"头脑动员",以尽"国民一份子"的义务。有的去查《唐书》,说日本古名"倭奴";[2]有的去翻字典,说倭是矮小之意;有的记得了文天祥,岳飞,林则徐,[3]——但自然,更积极的是新的文艺界。

先说一点另外的事罢,这叫作"和平声中"。在这样的声中,是"胡展堂先生"到了上海,据说还告诫青年,教他们要养"力"勿使"气"。[4]灵药就有了。第二天在报上便见广告道:"胡汉民先生说,对日外交,应确定一坚强之原则,并劝勉青年须养力,毋泄气,养力就是强身,泄气就是悲观,要强身祛悲观,须先心花怒放,大笑一次。"但这样的宝贝是什么呢?是美国的一张旧影片,将探险滑稽化以博小市民一笑的《两亲家游非洲》。

至于真的"国难声中的兴奋剂"呢,那是"爱国歌舞表演"〔5〕,自己说,"是民族性的活跃,是歌舞界的精髓,促进同胞的努力,达到最后的胜利"的。倘有知道这立奏奇功的大明星是谁么? 曰:王人美,薛玲仙,黎莉莉。

然而终于"上海文艺界大团结"了。《草野》〔6〕(六卷七号)上记着盛况道:"上海文艺界同人,平时很少联络,在严重时期,除各个参加其他团体的工作外,复由谢六逸〔7〕,朱应鹏,徐蔚南三人发起,……集会讨论。在十月六日下午三点钟,已陆续到了东亚食堂,……略进茶点,即开始讨论,颇多发挥,……最后定名为上海文艺界救国会〔8〕"云。

"发挥"我们还无从知道,仅据眼前的方法看起来,是先看《两亲家游非洲》以养力,又看"爱国的歌舞表演"以兴奋,更看《日本小品文选》〔9〕和《艺术三家言》〔10〕并且略进茶点而发挥。那么,中国就得救了。

不成。这恐怕不必文学青年,就是文学小囡囡,也未必会相信。没有法子,只得再加上两个另外的好消息,就是目前的爱国文艺家所主宰的《申报》所发表出来的——

十月五日的《自由谈》里叶华女士云:"无办法之国民,如何有有办法之政府。国联绝望矣。……际兹一发千钧,全国国民宜各立所志,各尽所能,各抒所见,余也不才,谨以战犬问题商诸国人。……各犬中,要以德国警犬最称职,余极主张吾国可选择是犬作战……"

同月二十五日也是《自由谈》里"苏民自汉口寄"云:"日者寓书沪友王子仲良,间及余之病状,而以不能投身义勇军为憾。王子……竟以灵药一裹见寄,云为培生制药公司所出益金草,功能治肺痨咳血,可一试之。……余立行试服,则咳果止,兼旬而后,体气渐复,因念……一旦国家有事,吾必身列戎行,一展平生之壮志,灭此朝食,行有日矣。……"

那是连病夫也立刻可以当兵,警犬也将帮同爱国,在爱国文艺家的指导之下,真是大可乐观,要"灭此朝食"[11]了。只可惜不必是文学青年,就是文学小囡囡,也会觉得逐段看去,即使不称为"广告"的,也都不过是出卖旧货的新广告,要趁"国难声中"或"和平声中"将利益更多的榨到自己的手里的。

因为要这样,所以都得在这个时候,趁势在表面来泛一下,明星也有,文艺家也有,警犬也有,药也有……也因为趁势,泛起来就格外省力。但因为泛起来的是沉滓,沉滓又究竟不过是沉滓,所以因此一泛,他们的本相倒越加分明,而最后的运命,也还是仍旧沉下去。

十月二十九日。

*　　　*　　　*

〔1〕 本篇最初发表于 1931 年 12 月 11 日上海《十字街头》第一期,署名它音。

〔2〕 《唐书》 包括《旧唐书》、《新唐书》,分别为后晋刘昫等和宋代欧阳修等撰。两书的《东夷传》中都有关于"倭奴"的记载。

〔3〕 文天祥(1236—1283) 吉州吉水(今属江西)人,南宋大臣,在南方坚持抗元斗争,兵败被俘,坚贞不屈,后被杀。岳飞(1103—1142),相州汤阴(今属河南)人,南宋名将,因坚持抗击金兵而被投降派宋高宗、秦桧杀害。林则徐(1785—1850),福建闽侯(今属福州)人,清

朝大臣,鸦片战争中,积极抵抗英帝国主义的侵略,后被清政府流放新疆。

〔4〕 胡展堂(1879—1936) 名汉民,广东番禺人。早年参加同盟会,曾任广东革命政府代理大元帅,后任国民党中央政治会议主席。他同广东军阀结成粤派势力,与蒋介石的南京中央政府相对峙。1931年10月,双方打着"共赴国难"的旗号,在上海举行谈判。胡汉民于14日曾发表对时局的意见说:"学生固宜秉为民前锋之精神努力,惟宜多注意力的准备,毋专为气的发泄。"

〔5〕 "爱国歌舞表演"以及下文的引语,见1931年10月《申报·本埠增刊》连续登载的黄金大戏院的广告。

〔6〕 《草野》 原为半月刊,后改为周刊,王铁华、汤增敭编辑,自称是"文学青年的刊物"。1929年9月在上海创刊,1930年起鼓吹"民族主义文学"。作者在下文提到的"文学青年"、"文学小囡囡"都是对他们的讽刺。

〔7〕 谢六逸(1896—1945) 贵州贵阳人,文学研究会成员,当时是复旦大学教授。下文的徐蔚南(1900—1952),江苏吴县人,当时是世界书局的编辑。

〔8〕 上海文艺界救国会 "民族主义文学"派打着"抗日"、"救国"旗号组织的文艺团体,也有少数中间派人士参加,1931年10月6日在上海成立。

〔9〕 《日本小品文选》 即《近代日本小品文选》,谢六逸选译,1929年上海大江书铺出版。

〔10〕 《艺术三家言》 傅彦长、朱应鹏、张若谷合著,1927年上海良友图书公司出版。

〔11〕 "灭此朝食" 语出《左传》成公二年,是齐晋两国之战中齐侯所说的话:"余姑剪灭此而朝食。"即消灭敌人后再吃早饭的意思。

以 脚 报 国[1]

　　今年八月三十一日《申报》的《自由谈》里,又看见了署名"寄萍"的《杨缦华女士游欧杂感》,其中的一段,我觉得很有趣,就照抄在下面:

　　"……有一天我们到比利时一个乡村里去。许多女人争着来看我的脚。我伸起脚来给伊们看。才平服伊们好奇的疑窦。一位女人说。'我们也向来不曾见过中国人。但从小就听说中国人是有尾巴的(即辫发)。都要讨姨太太的。女人都是小脚。跑起路来一摇一摆的。如今才明白这话不确实。请原谅我们的错念。'还有一人自以为熟悉东亚情形的。带着讥笑的态度说。'中国的军阀如何专横。到处闹的是兵匪。人民过着地狱的生活。'这种似是而非的话。说了一大堆。我说'此种传说。全无根据。'同行的某君。也报以很滑稽的话。'我看你们那里会知道立国数千年的大中华民国。等我们革命成功之后。简直要把显微镜来照你们比利时呢。'就此一笑而散。"

　　我们的杨女士虽然用她的尊脚征服了比利时女人,为国增光,但也有两点"错念"。其一,是我们中国人的确有过尾巴(即辫发)的,缠过小脚的,讨过姨太太的,虽现在也在讨。其

335

二,是杨女士的脚不能代表一切中国女人的脚,正如留学的女生不能代表一切中国的女性一般。留学生大多数是家里有钱,或由政府派遣,为的是将来给家族或国家增光,贫穷和受不到教育的女人怎么能同日而语。所以,虽在现在,其实是缠着小脚,"跑起路来一摇一摆的"女人还不少。

至于困苦,那是用不着多谈,只要看同一的《申报》上,记载着多少"呼吁和平"的文电,多少募集急赈的广告,多少兵变和绑票的记事,留学外国的少爷小姐们虽然相隔太远,可以说不知道,但既然能想到用显微镜,难道就不能想到用望远镜吗? 况且又何必用望远镜呢,同一的《杨缦华女士游欧杂感》里就又说:

"……据说使领馆的穷困。不自今日始。不过近几年来。有每况愈下之势。譬如逢到我国国庆或是重大纪念日。照例须招待外宾。举行盛典。意思是庆祝国运方兴。兼之联络各友邦的感情。以前使领馆必备盛宴。款待上宾。到了去年。为馆费支绌。改行茶会。以目前的形势推测。将后恐怕连茶会都开不成呢。在国际上最讲究体面的。要算日本国。他们政府行政费的预算。宁可特别节省。惟独于驻外使领馆的经费。十分充足。单就这一点来比较。我们已相形见拙了。"

使馆和领事馆是代表本国,如杨女士所说,要"庆祝国运方兴"的,而竟有"每况愈下之势",孟子曰,"百姓不足,君孰与足?"[2]则人民的过着什么生活,也就可想而知了。然而小国比利时的女人们究竟是单纯的,终于请求了原谅,假使她们真

"知道立国数千年的大中华民国"的国民,往往有自欺欺人的不治之症,那可真是没有面子了。

假如这样,又怎么办呢? 我想,也还是"就此一笑而散"罢。

*　　　*　　　*

〔1〕 本篇最初发表于 1931 年 10 月 20 日上海《北斗》第一卷第二期,署名冬华。

〔2〕 "百姓不足,君孰与足?" 语出《论语·颜渊》,是孔子弟子有若的话,文中作"孟子曰",系误记。

唐朝的钉梢[1]

上海的摩登少爷要勾搭摩登小姐,首先第一步,是追随不舍,术语谓之"钉梢"。"钉"者,坚附而不可拔也,"梢"者,末也,后也,译成文言,大约可以说是"追蹑"。据钉梢专家说,那第二步便是"扳谈";即使骂,也就大有希望,因为一骂便可有言语来往,所以也就是"扳谈"的开头。我一向以为这是现在的洋场上才有的,今看《花间集》[2],乃知道唐朝就已经有了这样的事,那里面有张泌[3]的《浣溪纱》调十首,其九云:

晚逐香车入凤城[4],东风斜揭绣帘轻,慢回娇眼笑盈盈。 消息未通何计是,便须佯醉且随行,依稀闻道"太狂生"[5]。

这分明和现代的钉梢法是一致的。倘要译成白话诗,大概可以是这样:

夜赶洋车路上飞,

东风吹起印度绸衫子,显出腿儿肥,

乱丢俏眼笑迷迷。

难以扳谈有什么法子呢?

只能带着油腔滑调且钉梢,

好像听得骂道"杀千刀!"

但恐怕在古书上,更早的也还能够发见,我极希望博学者见教,因为这是对于研究"钉梢史"的人,极有用处的。

＊　　　＊　　　＊

〔1〕 本篇最初发表于 1931 年 10 月 20 日《北斗》第一卷第二期,
署名长庚。

〔2〕 《花间集》 我国晚唐五代词人作品的选集,后蜀赵崇祚编,
共十卷。

〔3〕 张泌(930—?) 字子澄,淮南(治今扬州)人,五代时南唐词
人。李煜时历任监察御史、中书舍人等职。《花间集》中收有他的词二
十七首。

〔4〕 凤城 传说秦穆公的女儿弄玉吹箫,曾引凤凰降临,所以称
她住的城为丹凤城。后来又作京城的别称。

〔5〕 "太狂生" 太轻狂的意思。生,系词尾,无意义。

《夏娃日记》小引 [1]

　　玛克·土温(Mark Twain)[2]无须多说,只要一翻美国文学史,便知道他是前世纪末至现世纪初有名的幽默家(Humorist)。不但一看他的作品,要令人眉开眼笑,就是他那笔名,也含有一些滑稽之感的。

　　他本姓克莱门斯(Samuel Langhorne Clemens, 1835—1910),原是一个领港,在发表作品的时候,便取量水时所喊的讹音,用作了笔名。作品很为当时所欢迎,他即被看作讲笑话的好手;但到一九一六年他的遗著《The Mysterious Stranger》[3]一出版,却分明证实了他是很深的厌世思想的怀抱者了。

　　含着哀怨而在嘻笑,为什么会这样的?

　　我们知道,美国出过亚伦·坡(Edgar Allan Poe),出过霍桑(N. Hawthorne),出过惠德曼(W. Whitman),[4]都不是这么表里两样的。然而这是南北战争[5]以前的事。这之后,惠德曼先就唱不出歌来,因为这之后,美国已成了产业主义的社会,个性都得铸在一个模子里,不再能主张自我了。如果主张,就要受迫害。这时的作家之所注意,已非应该怎样发挥自己的个性,而是怎样写去,才能有人爱读,卖掉原稿,得到声名。连有名如荷惠勒(W. D. Howells)[6]的,也以为文学者的能为世间所容,是在他给人以娱乐。于是有些野性未驯的,便站不住了,有的跑到外国,如詹谟士(Henry James)〔7〕,有的讲讲笑话,就是玛克·土温。

那么,他的成了幽默家,是为了生活,而在幽默中又含着哀怨,含着讽刺,则是不甘于这样的生活的缘故了。因为这一点点的反抗,就使现在新土地〔8〕里的儿童,还笑道:玛克·土温是我们的。

这《夏娃日记》(Eve's Diary)出版于一九〇六年,是他的晚年之作,虽然不过一种小品,但仍是在天真中露出弱点,叙述里夹着讥评,形成那时的美国姑娘,而作者以为是一切女性的肖像,但脸上的笑影,却分明是有了年纪的了。幸而靠了作者的纯熟的手腕,令人一时难以看出,仍不失为活泼泼地的作品;又得译者将丰神传达,而且朴素无华,几乎要令人觉得倘使夏娃用中文来做日记,恐怕也就如此一样:更加值得一看了。

莱勒孚(Lester Ralph)〔9〕的五十余幅白描的插图,虽然柔软,却很清新,一看布局,也许很容易使人记起中国清季的任渭长〔10〕的作品,但他所画的是仙侠高士,瘦削怪诞,远不如这些的健康;而且对于中国现在看惯了斜眼削肩的美女图的眼睛,也是很有澄清的益处的。

一九三一年九月二十七夜,记。

*　　　*　　　*

〔1〕　本篇最初印入李兰译、1931 年 10 月上海湖风书局出版的

《夏娃日记》,署名唐丰瑜。李兰,湖南湘阴人,当时在上海从事写作和翻译,参加"左联"的活动。

〔2〕 玛克·土温(1835—1910) 通译马克·吐温,美国小说家,十九世纪美国现实主义文学的重要代表之一。他年青时在密西西比河当领港人的学徒,在报告测量河水深度时,常要叫喊"马克吐温",意思是"水深两㖊"(一㖊合一·八二九米),后来他就以此作为笔名。

〔3〕 《The Mysterious Stranger》 《神秘的陌生人》。

〔4〕 亚伦·坡(1809—1849) 通译爱伦·坡,美国作家,著有小说《黑猫》等。霍桑(1804—1864),美国小说家,著有小说《红字》等。惠德曼(1819—1892),通译惠特曼,美国诗人,著有《草叶集》等。他们都是美国资本主义上升时期具有不同程度的民主主义倾向的作家。

〔5〕 南北战争 也称"美国内战"(1861—1865),美国北部资产阶级对南部反叛的种植园奴隶主所进行的战争。当时美国总统林肯在人民的支持下,采取解放黑奴等民主措施,镇压了南部奴隶主的武装叛乱,维护了联邦政权的统一。

〔6〕 荷惠勒(1837—1920) 通译霍威尔斯,美国小说家。他的创作采用所谓"温和的现实主义"手法,回避阶级矛盾。著有长篇小说《现代婚姻一例》等。

〔7〕 詹谟士(1843—1916) 通译詹姆斯,美国小说家。1876 年定居英国,晚年入英国籍。著有小说《一位妇女的画像》等。

〔8〕 新土地 指当时的苏联。

〔9〕 莱勒孚(1876—?) 美国画家。

〔10〕 任渭长(1822—1857) 名熊,字渭长,浙江萧山人,清末画家。

新的"女将"[1]

在上海制图版,比别处便当,也似乎好些,所以日报的星期附录画报呀,书店的什么什么月刊画报呀,也出得比别处起劲。这些画报上,除了一排一排的坐着大人先生们的什么什么会开会或闭会的纪念照片而外,还一定要有"女士"。

"女士"的尊容,为什么要绍介于社会的呢？我们只要看那说明,就可以明白了。例如：

"A女士,B女校皇后,性喜音乐。"

"C女士,D女校高材生,爱养叭儿狗。"

"E女士,F大学肄业,为G先生之第五女公子。"

再看装束：春天都是时装,紧身窄袖；到夏天,将裤脚和袖子都撤掉了,坐在海边,叫作"海水浴",天气正热,那原是应该的；入秋,天气凉了,不料日本兵恰恰侵入了东三省,于是画报上就出现了白长衫的看护服,或托枪的戎装的女士们。

这是可以使读者喜欢的,因为富于戏剧性。中国本来喜欢玩把戏,乡下的戏台上,往往挂着一副对子,一面是"戏场小天地",一面是"天地大戏场"。做起戏来,因为是乡下,还没有《乾隆帝下江南》之类,所以往往是《双阳公主追狄》,《薛仁贵招亲》,其中的女战士,看客称之为"女将"。她头插雉尾,手执双刀(或两端都有枪尖的长枪),一出台,看客就看得更起劲。

明知不过是做做戏的,然而看得更起劲了。

　　练了多年的军人,一声鼓响,突然都变了无抵抗主义者。于是远路的文人学士,便大谈什么"乞丐杀敌","屠夫成仁","奇女子救国"一流的传奇式古典,想一声锣响,出于意料之外的人物来"为国增光"。而同时,画报上也就出现了这些传奇的插画。但还没有提起剑仙的一道白光,总算还是切实的。

　　但愿不要误解。我并不是说,"女士"们都得在绣房里关起来;我不过说,雄兵解甲而密斯〔2〕托枪,是富于戏剧性的而已。

　　还有事实可以证明。一,谁也没有看见过日本的"惩膺中国军"的看护队的照片;二,日本军里是没有女将的。然而确已动手了。这是因为日本人是做事是做事,做戏是做戏,决不混合起来的缘故。

　　※　　　※　　　※

　　〔1〕　本篇最初发表于 1931 年 11 月 20 日《北斗》第一卷第三期,署名冬华。

　　〔2〕　密斯　英语 Miss 的音译,意思是小姐。

宣　传　与　做　戏[1]

　　就是那刚刚说过的日本人,他们做文章论及中国的国民性的时候,内中往往有一条叫作"善于宣传"。看他的说明,这"宣传"两字却又不像是平常的"Propaganda"[2],而是"对外说谎"的意思。

　　这宗话,影子是有一点的。譬如罢,教育经费用光了,却还要开几个学堂,装装门面;全国的人们十之九不识字,然而总得请几位博士,使他对西洋人去讲中国的精神文明;至今还是随便拷问,随便杀头,一面却总支撑维持着几个洋式的"模范监狱",给外国人看看。还有,离前敌很远的将军,他偏要大打电报,说要"为国前驱"。连体操班也不愿意上的学生少爷,他偏要穿上军装,说是"灭此朝食"。

　　不过,这些究竟还有一点影子;究竟还有几个学堂,几个博士,几个模范监狱,几个通电,几套军装。所以说是"说谎",是不对的。这就是我之所谓"做戏"。

　　但这普遍的做戏,却比真的做戏还要坏。真的做戏,是只有一时;戏子做完戏,也就恢复为平常状态的。杨小楼做《单刀赴会》[3],梅兰芳做《黛玉葬花》[4],只有在戏台上的时候是关云长,是林黛玉,下台就成了普通人,所以并没有大弊。倘使他们扮演一回之后,就永远提着青龙偃月刀或锄头,以关老爷,林妹妹自命,怪声怪气,唱来唱去,那就实在只好算是发热昏了。

不幸因为是"天地大戏场",可以普遍的做戏者,就很难有下台的时候,例如杨缦华女士用自己的天足,踢破小国比利时女人的"中国女人缠足说",为面子起见,用权术来解围,这还可以说是很该原谅的。但我以为应该这样就拉倒。现在回到寓里,做成文章,这就是进了后台还不肯放下青龙偃月刀;而且又将那文章送到中国的《申报》上来发表,则简直是提着青龙偃月刀一路唱回自己的家里来了。难道作者真已忘记了中国女人曾经缠脚,至今也还有正在缠脚的么?还是以为中国人都已经自己催眠,觉得全国女人都已穿了高跟皮鞋了呢?

这不过是一个例子罢了,相像的还多得很,但恐怕不久天也就要亮了。

*　　　　*　　　　*

〔1〕　本篇最初发表于 1931 年 11 月 20 日《北斗》第一卷第三期,署名冬华。

〔2〕　"Propaganda"　英语:宣传。指表达、讲解某种观点和主张以影响受众的社会行为。

〔3〕　杨小楼(1877—1937)　安徽石台人,京剧演员。《单刀赴会》,京剧剧目,内容是三国时蜀将关羽(云长)到吴国赴宴的故事。

〔4〕　梅兰芳(1894—1961)　江苏泰州人,京剧表演艺术家。《黛玉葬花》,梅兰芳根据《红楼梦》中的情节编演的京剧。

知 难 行 难[1]

　　中国向来的老例,做皇帝做牢靠和做倒霉的时候,总要和文人学士扳一下子相好。做牢靠的时候是"偃武修文"[2],粉饰粉饰;做倒霉的时候是又以为他们真有"治国平天下"[3]的大道,再问问看,要说得直白一点,就是见于《红楼梦》上的所谓"病笃乱投医"了。

　　当"宣统皇帝"逊位逊到坐得无聊的时候,我们的胡适之博士曾经尽过这样的任务。[4]

　　见过以后,也奇怪,人们不知怎的先问他们怎样的称呼,博士曰:

　　"他叫我先生,我叫他皇上。"

　　那时似乎并不谈什么国家大计,因为这"皇上"后来不过做了几首打油白话诗,终于无聊,而且还落得一个赶出金銮殿。现在可要阔了,听说想到东三省再去做皇帝呢。[5]而在上海,又以"蒋召见胡适之丁文江[6]"闻:

　　　　"南京专电:丁文江,胡适,来京谒蒋,此来系奉蒋召,对大局有所垂询。……"(十月十四日《申报》。)

　　现在没有人问他怎样的称呼。

　　为什么呢? 因为是知道的,这回是"我称他主席……"!

　　安徽大学校长刘文典教授,因为不称"主席"而关了好多天,好容易才交保出外,[7]老同乡,旧同事,博士当然是知道的,所以,"我称他主席"!

也没有人问他"垂询"些什么。

为什么呢?因为这也是知道的,是"大局"。而且这"大局"也并无"国民党专政"和"英国式自由"的争论的麻烦,也没有"知难行易"和"知易行难"的争论[8]的麻烦,所以,博士就出来了。

"新月派"的罗隆基[9]博士曰:"根本改组政府,……容纳全国各项人才代表各种政见的政府,……政治的意见,是可以牺牲的,是应该牺牲的。"(《沈阳事件》。)

代表各种政见的人才,组成政府,又牺牲掉政治的意见,这种"政府"实在是神妙极了。但"知难行易"竟"垂询"于"知难,行亦不易",倒也是一个先兆。

*　　　*　　　*

〔1〕　本篇最初发表于1931年12月11日《十字街头》第一期,署名佩韦。

〔2〕　"偃武修文"　语出《尚书·武成》:周武王伐商归来,"乃偃武修文,归马于华山之阳,放牛于桃林之野",以示不再用武力。

〔3〕　"治国平天下"　语出《礼记·大学》:"国治而后天下平。"

〔4〕　1912年1月1日南京临时政府成立后,清帝溥仪(宣统)于2月20日被迫宣告退位;但按当时订立的优待皇室条件,仍留居故宫。关于胡适见溥仪的事,见《努力周报》第十二期(1922年7月)所载胡适的《宣统与胡适》一文。其中说:"阳历五月十七日清室宣统皇帝打电话来邀我进宫去谈谈。当时约定了五月三十日(阴历端午前一日)去看

他。三十日上午,他派了一个太监来我家中接我。我们从神武门进宫,在养心殿见着清帝,我对他行了鞠躬礼,他请我坐,我就坐了。……他称我'先生',我称他'皇上'。我们谈的大概都是文学的事,……他说他很赞成白话,他做旧诗,近来也试作新诗。"

〔5〕 溥仪于 1924 年冯玉祥的国民军进驻北京后,即被赶出清宫,搬进天津日本租界。1931 年九一八事变后,日本帝国主义利用他作傀儡,于 11 月间把他从天津送往东北;1932 年 3 月伪"满洲国"成立时,他充当"执政",1934 年 3 月改称"康德皇帝"。

〔6〕 丁文江(1887—1936) 字在君,江苏泰兴人,地质学家。曾任北京大学教授、中国地质学会会长等职。1921 年与胡适同办《努力周报》,提倡"好人政府"。1926 年曾受孙传芳任命为淞沪商埠总办。

〔7〕 刘文典(1889—1958) 字叔雅,安徽合肥人。早年参加同盟会。曾任北京大学、清华大学教授,安徽大学文学院院长兼预科主任等职。1928 年 11 月 29 日,他因安徽大学学潮被蒋介石召见时,被蒋以"出言顶撞"的罪名交警察局关押,至 12 月 7 日得以保释。

〔8〕 "知难行易" 是孙中山提倡的一种学说,见于他 1918 年所写的《孙文学说》之中。这一学说认为"行先知后","不知亦能行",批评当时革命党人中的畏难退缩思想;但也夸大了所谓"先知先觉"者的个人作用。后来蒋介石等人利用这一学说作为他们背叛革命的行为的哲学论据。《新月》第二卷第四号(1929 年 6 月)转载了胡适所作的题为《知难,行亦不易》一文,批评"知难行易"学说,提出所谓"专家政治"的主张,要蒋介石政府"充分请教专家",声言"此说(按指'知难行易')不修正,专家政治决不会实现"。

〔9〕 罗隆基(1897—1965) 字努生,江西安福人,新月派重要成员。曾留学美国。他写的《沈阳事件》,是评论九一八事变的小册子,1931 年 9 月良友图书公司出版。

几条"顺"的翻译[1]

在这一个多年之中,拚死命攻击"硬译"的名人,已经有了三代:首先是祖师梁实秋教授,其次是徒弟赵景深[2]教授,最近就来了徒孙杨晋豪[3]大学生。但这三代之中,却要算赵教授的主张最为明白而且彻底了,那精义是——

"与其信而不顺,不如顺而不信。"

这一条格言虽然有些希奇古怪,但对于读者是有效力的。因为"信而不顺"的译文,一看便觉得费力,要借书来休养精神的读者,自然就会佩服赵景深教授的格言。至于"顺而不信"的译文,却是倘不对照原文,就连那"不信"在什么地方都不知道。然而用原文来对照的读者,中国有几个呢。这时候,必须读者比译者知道得更多一点,才可以看出其中的错误,明白那"不信"的所在。否则,就只好胡里胡涂的装进脑子里去了。

我对于科学是知道得很少的,也没有什么外国书,只好看看译本,但近来往往遇见疑难的地方。随便举几个例子罢。《万有文库》[4]里的周太玄先生的《生物学浅说》里,有这样的一句——

"最近如尼尔及厄尔两氏之对于麦……"

据我所知道,在瑞典有一个生物学名家 Nilsson-Ehle 是考验小麦的遗传的,但他是一个人而兼两姓,应该译作"尼尔生厄尔"才对。现在称为"两氏",又加了"及",顺是顺的,却很使我疑心是别的两位了。不过这是小问题,虽然,要讲生物学,连这些小节也不应该忽略,但我们姑且模模胡胡罢。

今年的三月号《小说月报》上冯厚生先生译的《老人》里,又有这样的一句——

> "他由伤寒病变为流行性的感冒(Influenza)的重病……"

这也是很"顺"的,但据我所知道,流行性感冒并不比伤寒重,而且一个是呼吸系病,一个是消化系病,无论你怎样"变",也"变"不过去的。须是"伤风"或"中寒",这才变得过去。但小说不比《生物学浅说》,我们也姑且模模胡胡罢。这回另外来看一个奇特的实验。

这一种实验,是出在何定杰及张志耀两位合译的美国Conklin所作的《遗传与环境》里面的。那译文是——

> "……他们先取出兔眼睛内髓质之晶体,注射于家禽,等到家禽眼中生成一种'代晶质',足以透视这种外来的蛋白质精以后,再取出家禽之血清,而注射于受孕之雌兔。雌兔经此番注射,每不能堪,多遭死亡,但是他们的眼睛或晶体并不见有若何之伤害,并且他们卵巢内所蓄之卵,亦不见有什么特别之伤害,因为就他们以后所生的小兔看来,并没有生而具残缺不全之眼者。"

这一段文章,也好像是颇"顺",可以懂得的。但仔细一想,却不免不懂起来了。一,"髓质之晶体"是什么?因为水晶体是没有髓质皮质之分的。二,"代晶质"又是什么?三,

"透视外来的蛋白质"又是怎么一回事？我没有原文能对，实在苦恼得很，想来想去，才以为恐怕是应该改译为这样的——

> "他们先取兔眼内的制成浆状（以便注射）的水晶体，注射于家禽，等到家禽感应了这外来的蛋白质（即浆状的水晶体）而生'抗晶质'（即抵抗这浆状水晶体的物质）。然后再取其血清，而注射于怀孕之雌兔。……"

以上不过随手引来的几个例，此外情随事迁，忘却了的还不少，有许多为我所不知道的，那自然就都溜过去，或者照样错误地装在我的脑里了。但即此几个例子，我们就已经可以决定，译得"信而不顺"的至多不过看不懂，想一想也许能懂，译得"顺而不信"的却令人迷误，怎样想也不会懂，如果好像已经懂得，那么你正是入了迷途了。

*　　　*　　　*

〔1〕　本篇最初发表于1931年12月20日《北斗》第一卷第四期，署名长庚。

〔2〕　赵景深（1902—1985）　四川宜宾人，当时复旦大学教授，北新书局编辑。他在《读书月刊》第一卷第六期（1931年3月）《论翻译》一文中为误译辩解说："我以为译书应为读者打算；换一句话说，首先我们应该注重于读者方面。译得错不错是第二个问题，最要紧的是译得顺不顺。倘若译得一点也不错，而文字格里格达，吉里吉八，拖拖拉拉一长串，要折断人家的嗓子，其害处当甚于误译。……所以严复的'信''达''雅'三个条件，我以为其次序应该是'达''信''雅'。"

〔3〕　杨晋豪（1910—1993）　上海奉贤人，当时南京中央大学学

生。他在《社会与教育》第二卷第二十二期(1931年9月)发表《从"翻译论战"说开去》一文,指责当时马列主义著作和"普罗"文学理论的译文"生硬","为许多人所不满,看了喊头痛,嘲之为天书"。又说"翻译要'信'是不成问题的,而第一要件是要'达'!"

〔4〕 《万有文库》 商务印书馆1929年至1934年间出版的大型丛书,收入中外著作两千余种,共四千册。

风　马　牛[1]

　　主张"顺而不信"译法的大将赵景深先生，近来却并没有
译什么大作，他大抵只在《小说月报》上，将"国外文坛消
息"，[2]来介绍给我们。这自然是很可感谢的。那些消息，是
译来的呢，还是介绍者自去打听来，研究来的？我们无从捉
摸。即使是译来的罢，但大抵没有说明出处，我们也无从考
查。自然，在主张"顺而不信"译法的赵先生，这是都不必注意
的，如果有些"不信"，倒正是贯彻了宗旨。

　　然而，疑难之处，我却还是遇到的。

　　在二月号的《小说月报》里，赵先生将"新群众作家近讯"
告诉我们，其一道："格罗泼已将马戏的图画故事《Alay
Oop》[3]脱稿。"这是极"顺"的，但待到看见了这本图画，却不
尽是马戏。借得英文字典来，将书名下面注着的两行英文
"Life and Love Among the Acrobats Told Entirely in
Pictures"[4]查了一通，才知道原来并不是"马戏"的故事，而是
"做马戏的戏子们"的故事。这么一说，自然，有些"不顺"了。
但内容既然是这样的，另外也没有法子想。必须是"马戏子"，
这才会有"Love"。[5]

　　《小说月报》到了十一月号，赵先生又告诉了我们"塞意斯
完成四部曲[6]"，而且"连最后的一册《半人半牛怪》（Der

354

Zentaur)也已于今年出版"了。这一下"Der",就令人眼睛发白,因为这是茄门话[7],就是想查字典,除了同济学校[8]也几乎无处可借,那里还敢发生什么贰心。然而那下面的一个名词,却不写尚可,一写倒成了疑难杂症。这字大约是源于希腊的,英文字典上也就有,我们还常常看见用它做画材的图画,上半身是人,下半身却是马,不是牛。牛马同是哺乳动物,为了要"顺",固然混用一回也不关紧要,但究竟马是奇蹄类,牛是偶蹄类,有些不同,还是分别了好,不必"出到最后的一册"的时候,偏来"牛"一下子的。

　　"牛"了一下之后,使我联想起赵先生的有名的"牛奶路"[9]来了。这很像是直译或"硬译",其实却不然,也是无缘无故的"牛"了进去的。这故事无须查字典,在图画上也能看见。却说希腊神话里的大神宙斯是一位很有些喜欢女人的神,他有一回到人间去,和某女士生了一个男孩子。物必有偶,宙斯太太却偏又是一个很有些嫉妒心的女神。她一知道,拍桌打凳的(?)大怒了一通之后,便将那孩子取到天上,要看机会将他害死。然而孩子是天真的,他满不知道,有一回,碰着了宙太太的乳头,便一吸,太太大吃一惊,将他一推,跌落到人间,不但没有被害,后来还成了英雄。但宙太太的乳汁,却因此一吸,喷了出来,飞散天空,成为银河,也就是"牛奶路",——不,其实是"神奶路"。但白种人是一切"奶"都叫"Milk"的,我们看惯了罐头牛奶上的文字,有时就不免误译,是的,这也是无足怪的事。

　　但以对于翻译大有主张的名人,而遇马发昏,爱牛成性,有些"牛头不对马嘴"的翻译,却也可当作一点谈助。——不过当作别人的一点谈助,并且借此知道一点希腊神话而已,于赵先生的"与其信而不顺,不如顺而不信"的格言,却还是毫无损害的。这叫作"乱译万岁!"

*　　　　*　　　　*

〔1〕 本篇最初发表于 1931 年 12 月 20 日《北斗》第一卷第四期,署名长庚。

风马牛,语出《左传》僖公四年:"君处北海,寡人处南海,唯是风马牛不相及也。"意思是齐楚两国相距很远,即使马牛走失,也不会跑到对方境内。后来用以比喻事物之间毫不相干。

〔2〕 "国外文坛消息" 《小说月报》自 1931 年 1 月第二十二卷第一期起设立的专栏。赵景深是主要撰稿人。

〔3〕 格罗泼(W. Gropper,1897—1977) 犹太血统的美国画家。"Alay Oop"是吆喝的声音,格罗泼以此作为画册的名字。

〔4〕 英语:"马戏演员的生活和恋爱的图画故事"。

〔5〕 "Love" 英语:爱情。

〔6〕 塞意斯(F. Thiess) 通译提斯,德国作家。赵景深介绍他的四部曲为:《离开了乐园》、《世界之门》、《健身》和《半人半牛怪》。按这四部书总称为"青年四部曲",其中《健身》应译为《魔鬼》,《半人半牛怪》应译为《半人半马怪》。这些书于 1924 年至 1931 年陆续出版。

〔7〕 茄门话 即德语。茄门,German 的音译,通译日耳曼。Der是德语阳性名词的冠词。

〔8〕 同济学校 1907 年德国人在上海设立同济德文医学校,1917 年由中国政府接办,改为同济德文医工大学,1927 年改名为同济

大学。

〔9〕 "牛奶路" 这是赵景深在 1922 年翻译契诃夫的小说《樊凯》(通译《万卡》)时,对英语 Milky Way(银河)的误译。

再来一条"顺"的翻译[1]

　　这"顺"的翻译出现的时候,是很久远了;而且是大文学家和大翻译理论家,谁都不屑注意的。但因为偶然在我所搜集的"顺译模范文大成"稿本里,翻到了这一条,所以就再来一下子。

　　却说这一条,是出在中华民国十九年八月三日的《时报》[2]里的,在头号字的《针穿两手……》这一个题目之下,做着这样的文章:

　　　　"被共党捉去以钱赎出由长沙逃出之中国商人,与从者二名,于昨日避难到汉,彼等主仆,均鲜血淋漓,语其友人曰,长沙有为共党作侦探者,故多数之资产阶级,于廿九日晨被捕,予等系于廿八夜捕去者,即以针穿手,以秤秤之,言时出其两手,解布以示其所穿之穴,尚鲜血淋漓。……(汉口二日电通电)"

　　这自然是"顺"的,虽然略一留心,即容或会有多少可疑之点。譬如罢,其一,主人是资产阶级,当然要"鲜血淋漓"的了,二仆大概总是穷人,为什么也要一同"鲜血淋漓"的呢? 其二,"以针穿手,以秤秤之"干什么,莫非要照斤两来定罪名么? 但是,虽然如此,文章也还是"顺"的,因为在社会上,本来说得共党的行为是古里古怪;况且只要看过《玉历钞传》,就都知道十殿阎王的某一殿里,有用天秤来秤犯人的办法,〔3〕所以"以秤秤之",也还是毫不足奇。只有秤的时候,不用称钩而用"针",却似乎有些特别罢了。

幸而,我在同日的一种日本文报纸《上海日报》〔4〕上,也偶然见到了电通社〔5〕的同一的电报,这才明白《时报》是因为译者不拘拘于"硬译",而又要"顺",所以有些不"信"了。倘若译得"信而不顺"一点,大略是应该这样的:

> "……彼等主仆,将为恐怖和鲜血所渲染之经验谈,语该地之中国人曰,共产军中,有熟悉长沙之情形者,……予等系于廿八日之半夜被捕,拉去之时,则在腕上刺孔,穿以铁丝,数人或数十人为一串。言时即以包着沁血之布片之手示之……"

这才分明知道,"鲜血淋漓"的并非"彼等主仆",乃是他们的"经验谈",两位仆人,手上实在并没有一个洞。穿手的东西,日本文虽然写作"针金",但译起来须是"铁丝",不是"针",针是做衣服的。至于"以秤秤之",却连影子也没有。

我们的"友邦"好友,顶喜欢宣传中国的古怪事情,尤其是"共党"的;四年以前,将"裸体游行"〔6〕说得像煞有介事,于是中国人也跟着叫了好几个月。其实是,警察用铁丝穿了殖民地的革命党的手,一串一串的牵去,是所谓"文明"国民的行为,中国人还没有知道这方法,铁丝也不是农业社会的产品。从唐到宋,因为迷信,对于"妖人"虽然曾有用铁索穿了锁骨,以防变化的法子,但久已不用,知道的人也几乎没有了。文明国人将自己们所用的文明方法,硬栽到中国来,不料中国人却还没有这样文明,连上海的翻译家也不懂,偏不用铁丝来穿,就只照阎罗殿上的办法,"秤"了一下完事。

造谣的和帮助造谣的,一下子都显出本相来了。

*　　　*　　　*

〔1〕 本篇最初发表于1932年1月20日《北斗》第二卷第一期,署名长庚。

〔2〕 《时报》 荻葆贤创办的报纸,1904年4月在上海创刊,1939年9月停刊。

〔3〕 《玉历钞传》 全称《玉历至宝钞传》,题称宋代"淡痴道人梦中得授,弟子勿迷道人钞录传世",是一部宣扬因果报应迷信思想的书,共八章。其中第二章《〈玉历〉之图像》中有用天秤称犯人的图像。

〔4〕 《上海日报》 日本人办的日文报纸,1904年7月在上海创刊,原名《上海新报》,周刊,1905年3月改为日报。

〔5〕 电通社 即日本电报通讯社,1901年在东京创办,1936年与新闻联合通讯社合并为同盟社。电通社于1920年在中国上海设立分社。

〔6〕 "裸体游行" 1927年4月12日《顺天时报》(日本帝国主义者在北京办的报纸)登载一则题为《打破羞耻——武汉街市妇人之裸体游行》的新闻,造谣诬蔑当时尚维持国共合作的武汉政府。当时中国一些报纸曾加以转载。

中华民国的新"堂·吉诃德"们^{〔1〕}

　　十六世纪末尾的时候,西班牙的文人西万提斯做了一大部小说叫作《堂·吉诃德》^{〔2〕},说这位吉先生,看武侠小说看呆了,硬要去学古代的游侠,穿一身破甲,骑一匹瘦马,带一个跟丁,游来游去,想斩妖服怪,除暴安良。谁知当时已不是那么古气盎然的时候了,因此只落得闹了许多笑话,吃了许多苦头,终于上个大当,受了重伤,狼狈回来,死在家里,临死才知道自己不过一个平常人,并不是什么大侠客。

　　这一个古典,去年在中国曾经很被引用了一回,受到这个谥法的名人,似乎还有点很不高兴的样子。其实是,这种书呆子,乃是西班牙书呆子,向来爱讲"中庸"的中国,是不会有的。西班牙人讲恋爱,就天天到女人窗下去唱歌,信旧教,就烧杀异端,一革命,就捣烂教堂,踢出皇帝。然而我们中国的文人学子,不是总说女人先来引诱他,诸教同源,保存庙产,宣统在革命之后,还许他许多年在宫里做皇帝吗?

　　记得先前的报章上,发表过几个店家的小伙计,看剑侠小说入了迷,忽然要到武当山^{〔3〕}去学道的事,这倒很和"堂·吉诃德"相像的。但此后便看不见一点后文,不知道是也做出了许多奇迹,还是不久就又回到家里去了?以"中庸"的老例推测起来,大约以回了家为合式。

这以后的中国式的"堂·吉诃德"的出现,是"青年援马团〔4〕"。不是兵,他们偏要上战场;政府要诉诸国联〔5〕,他们偏要自己动手;政府不准去,他们偏要去;中国现在总算有一点铁路了,他们偏要一步一步的走过去;北方是冷的,他们偏只穿件夹袄;打仗的时候,兵器是顶要紧的,他们偏只着重精神。这一切等等,确是十分"堂·吉诃德"的了。然而究竟是中国的"堂·吉诃德",所以他只一个,他们是一团;送他的是嘲笑,送他们的是欢呼;迎他的是诧异,而迎他们的也是欢呼;他驻扎在深山中,他们驻扎在真茹镇;他在磨坊里打风磨,他们在常州玩梳篦,又见美女,何幸如之(见十二月《申报》《自由谈》)。其苦乐之不同,有如此者,呜呼!

不错,中外古今的小说太多了,里面有"舆榇",有"截指"〔6〕,有"哭秦庭"〔7〕,有"对天立誓"。耳濡目染,诚然也不免来抬棺材,砍指头,哭孙陵〔8〕,宣誓出发的。然而五四运动时胡适之博士讲文学革命的时候,就已经要"不用古典"〔9〕,现在在行为上,似乎更可以不用了。

讲二十世纪战事的小说,旧一点的有雷马克的《西线无战事》〔10〕,棱的《战争》〔11〕,新一点的有绥拉菲摩维支的《铁流》,法捷耶夫的《毁灭》,里面都没有这样的"青年团",所以他们都实在打了仗。

*　　　*　　　*

〔1〕 本篇最初发表于 1932 年 1 月 20 日《北斗》第二卷第一期,署名不堂。

〔2〕 西万提斯(M. de Cervantes, 1547—1616) 通译塞万提斯,欧洲文艺复兴时期的西班牙作家。他的代表作长篇小说《堂吉诃德》共两部,第一部发表于 1605 年,第二部发表于 1615 年。

〔3〕 武当山 在湖北均县北,我国著名的道教胜地。旧小说中常把它描写成剑侠修炼的地方。

〔4〕 "青年援马团" 九一八事变后,由于蒋介石采取不抵抗主义,日军在很短时间内几乎侵占了我国东北的全部领土。11 月间日军进攻龙江等地时,黑龙江省代理主席马占山进行过抵抗,曾得到各阶层爱国民众的支持。当时上海的一些青年组织了一个"青年援马团",要求参加东北的抗日军队,对日作战,但由于缺少坚决的斗争精神和切实的办法,特别是由于国民党当局的阻挠,这个团体不久即涣散。

〔5〕 国联 "国际联盟"的简称。第一次世界大战后于 1920 年成立的国际政府间组织。它标榜以"促进国际合作、维持国际和平与安全"为目的,实际上是英、法等国家控制并为其利益服务的工具。第二次世界大战爆发后无形瓦解,1946 年 4 月正式宣告解散。九一八事变后,它偏袒日本帝国主义对中国的侵略,9 月 22 日,蒋介石在南京市国民党党员大会上宣称:"此刻必须上下一致,先以公理对强权,以和平对野蛮,忍辱含愤,暂取逆来顺受态度,以待国际公理之判决。"

〔6〕 "舆榇" 在车子上载着空棺材,表示敢死的决心。"截指",把手指砍下,也是表示坚决的意思。据 1931 年 11 月 21 日、22 日《申报》报导,"青年援马团"曾抬棺游行,并有人断指书写血书。

〔7〕 "哭秦庭" 春秋时楚国臣子申包胥的故事,见《史记·伍子胥列传》:当伍子胥率领吴国军队攻破楚国都城的时候,申包胥"走秦告急,求救于秦。秦不许,包胥立于秦庭,昼夜哭,七日七夜不绝其声。秦哀公怜之,……乃遣车五百乘救楚击吴"。

〔8〕 孙陵 孙中山陵墓,位于南京紫金山。

〔9〕　"不用古典"　胡适在《新青年》第二卷第五期（1917 年 1 月）发表《文学改良刍议》一文，提出文学改良八事，其中第六事为"不用典"。

〔10〕　雷马克（E. M. Remarque，1898—1970）　德国小说家。《西线无战事》是他描写第一次世界大战的小说，1929 年出版。

〔11〕　棱　通译雷恩（L. Renn，1888—1979），德国小说家。《战争》是他描写第一次世界大战的小说，1928 年出版。

《野草》英文译本序[1]

　　冯 Y.S.[2]先生由他的友人给我看《野草》的英文译本，并且要我说几句话。可惜我不懂英文，只能自己说几句。但我希望，译者将不嫌我只做了他所希望的一半的。

　　这二十多篇小品，如每篇末尾所注，是一九二四至二六年在北京所作，陆续发表于期刊《语丝》上的。大抵仅仅是随时的小感想。因为那时难于直说，所以有时措辞就很含糊了。

　　现在举几个例罢。因为讽刺当时盛行的失恋诗，作《我的失恋》，因为憎恶社会上旁观者之多，作《复仇》第一篇，又因为惊异于青年之消沉，作《希望》。《这样的战士》，是有感于文人学士们帮助军阀而作。《腊叶》，是为爱我者的想要保存我而作的。段祺瑞政府枪击徒手民众后，作《淡淡的血痕中》，其时我已避居别处[3]；奉天派和直隶派军阀战争[4]的时候，作《一觉》，此后我就不能住在北京了。

　　所以，这也可以说，大半是废弛的地狱边沿的惨白色小花，当然不会美丽。但这地狱也必须失掉。这是由几个有雄辩和辣手，而那时还未得志的英雄们的脸色和语气所告诉我的。我于是作《失掉的好地狱》。

　　后来，我不再作这样的东西了。日在变化的时代，已不许这样的文章，甚而至于这样的感想存在。我想，这也许倒是好的罢。为译本而作的序言,也应该在这里结束了。

十一月五日。

*　　　*　　　*

〔1〕 《野草》英译本的译稿由译者交商务印书馆,后毁于 1932 年"一·二八"战火,未出版。这篇序文在编入本书之前也没有发表过。

〔2〕 冯 Y.S. 即《野草》英文本的译者冯余声,广东人,当时是"左联"成员。

〔3〕 避居别处 1926 年三一八惨案后,作者因支持进步学生的行动,传闻被列入段祺瑞政府第二批通缉名单中。他在友人的敦促下,从 3 月下旬起,先后到山本医院、德国医院和法国医院等处避居,直到 5 月初回寓。

〔4〕 奉天派和直隶派军阀战争 指 1926 年春夏间冯玉祥(原属直系)的国民军与奉系张作霖、李景林的军队在京、津间的战争。

"智识劳动者"万岁[1]

"劳动者"这句话成了"罪人"的代名词,已经足足四年了。压迫罢,谁也不响;杀戮罢,谁也不响;文学上一提起这句话,就有许多"文人学士"和"正人君子"来笑骂,接着又有许多他们的徒子徒孙来笑骂。劳动者呀劳动者,真要永世不得翻身了。

不料竟又有人记得你起来。

不料帝国主义老爷们还嫌党国屠杀得不赶快,竟来亲自动手了,炸的炸,轰的轰。称"人民"为"反动分子",是党国的拿手戏,而不料帝国主义老爷也有这妙法,竟称不抵抗的顺从的党国官军为"贼匪",大加以"膺惩"! 冤乎枉哉,这真有些"顺""逆"不分,玉石俱焚之慨了!

于是又记得了劳动者。

于是久不听到了的"亲爱的劳动者呀!"的亲热喊声,也在文章上看见了;久不看见了的"智识劳动者"的奇妙官衔,也在报章上发见了,还因为"感于有联络的必要",组织了"协会",[2]举了干事樊仲云[3],汪馥泉[4]呀这许多新任"智识劳动者"先生们。

有什么"智识"? 有什么"劳动"? "联络"了干什么? "必要"在那里? 这些这些,暂且不谈罢,没有"智识"的体力劳动者,也管不着的。

"亲爱的劳动者"呀！你们再替这些高贵的"智识劳动者"起来干一回罢！给他们仍旧可以坐在房里"劳动"他们那高贵的"智识"。即使失败,失败的也不过是"体力","智识"还在着的！

"智识"劳动者万岁！

*　　*　　*

〔1〕 本篇最初发表于 1932 年 1 月 5 日《十字街头》第三期,署名佩韦。

〔2〕 "协会" 即"智识劳动者协会",樊仲云等发起组织的一个团体。成员较复杂。1931 年 12 月 20 日成立于上海。

〔3〕 樊仲云(1901—1990) 字得一,笔名从予等,浙江嵊县(今嵊州)人,当时是商务印书馆编辑。抗日战争期间曾任汪伪政府教育部政务次长。

〔4〕 汪馥泉(1899—1959) 浙江杭县(今余杭)人,当时是复旦大学教授。抗日战争时期曾任汪伪中日文化协会江苏分会常务理事兼总干事。

"友邦惊诧"论[1]

只要略有知觉的人就都知道:这回学生的请愿[2],是因为日本占据了辽吉,南京政府束手无策,单会去哀求国联,[3]而国联却正和日本是一伙。读书呀,读书呀,不错,学生是应该读书的,但一面也要大人老爷们不至于葬送土地,这才能够安心读书。报上不是说过,东北大学逃散,冯庸大学[4]逃散,日本兵看见学生模样的就枪毙吗? 放下书包来请愿,真是已经可怜之至。不道国民党政府却在十二月十八日通电各地军政当局文里,又加上他们"捣毁机关,阻断交通,殴伤中委,拦劫汽车,攒击路人及公务人员,私逮刑讯,社会秩序,悉被破坏"的罪名,而且指出结果,说是"友邦人士,莫名惊诧,长此以往,国将不国"了!

好个"友邦人士"! 日本帝国主义的兵队强占了辽吉,炮轰机关,他们不惊诧;阻断铁路,追炸客车,捕禁官吏,枪毙人民,他们不惊诧。中国国民党治下的连年内战,空前水灾,卖儿救穷,砍头示众,秘密杀戮,电刑逼供,他们也不惊诧。在学生的请愿中有一点纷扰,他们就惊诧了!

好个国民党政府的"友邦人士"! 是些什么东西!

即使所举的罪状是真的罢,但这些事情,是无论那一个"友邦"也都有的,他们的维持他们的"秩序"的监狱,就撕掉了他们的"文明"的面具。摆什么"惊诧"的臭脸孔呢？

可是"友邦人士"一惊诧，我们的国府就怕了，"长此以往，国将不国"了，好像失了东三省，党国倒愈像一个国，失了东三省谁也不响，党国倒愈像一个国，失了东三省只有几个学生上几篇"呈文"，党国倒愈像一个国，可以博得"友邦人士"的夸奖，永远"国"下去一样。

几句电文，说得明白极了：怎样的党国，怎样的"友邦"。"友邦"要我们人民身受宰割，寂然无声，略有"越轨"，便加屠戮；党国是要我们遵从这"友邦人士"的希望，否则，他就要"通电各地军政当局"，"即予紧急处置，不得于事后借口无法劝阻，敷衍塞责"了！

因为"友邦人士"是知道的：日兵"无法劝阻"，学生们怎会"无法劝阻"？每月一千八百万的军费，四百万的政费，作什么用的呀，"军政当局"呀？

写此文后刚一天，就见二十一日《申报》登载南京专电云："考试院部员张以宽，盛传前日为学生架去重伤。兹据张自述，当时因车夫误会，为群众引至中大[5]，旋出校回寓，并无受伤之事。至行政院某秘书被拉到中大，亦当时出来，更无失踪之事。"而"教育消息"栏内，又记本埠一小部分学校赴京请愿学生死伤的确数，则云："中公死二人，伤三十人，复旦伤二人，复旦附中伤十人，东亚失踪一人（系女性），上中失踪一人，伤三人，文生氏[6]死一人，伤五人……"可见学生并未如国府通电所说，将"社会秩序,破坏无余",而国府则不但依然能够镇压,而且依然能够诬陷,杀戮。"友邦人士",从此可以不必"惊诧莫名",只请放心来瓜分就是了。

*　　*　　*

〔1〕 本篇最初发表于1931年12月25日《十字街头》第二期,署名明瑟。

〔2〕 学生的请愿 指1931年12月间全国各地学生为反对蒋介石的不抵抗政策到南京请愿的事件。对于这次学生爱国行动,国民党政府于12月5日通令全国,禁止请愿;17日当各地学生联合向国民党中央党部请愿时,又命令军警逮捕和枪杀请愿学生,当场打死二十余人,打伤百余人;18日还电令各地军政当局紧急处置请愿事件。

〔3〕 哀求国联 九一八事变后,国民党政府多次向国联申诉,11月22日当日军进攻锦州时,又向国联提议划锦州为中立区,以中国军队退入关内为条件请求日军停止进攻;12月15日在日军继续进攻锦州时再度向国联申诉,请求它出面干涉,阻止日本帝国主义扩大侵华战争。

〔4〕 冯庸大学 奉系将领冯庸(1901—1981)所创办的一所大学,1927年在沈阳成立,1931年九一八事变后停办。

〔5〕 中大 南京中央大学。

〔6〕 中公 中国公学;复旦,复旦大学;复旦附中,复旦大学附属实验中学;东亚,东亚体育专科学校;上中,上海中学;文生氏,文生氏高等英文学校。这些都是当时上海的私立学校。

371

答中学生杂志社问〔1〕

　　"假如先生面前站着一个中学生,处此内忧外患交迫
的非常时代,将对他讲怎样的话,作努力的方针?"
编辑先生:

　　请先生也许我回问你一句,就是:我们现在有言论的自由
么?假如先生说"不",那么我知道一定也不会怪我不作声的。
假如先生竟以"面前站着一个中学生"之名,一定要逼我说一
点,那么,我说:第一步要努力争取言论的自由。

＊　　　＊　　　＊

〔1〕　本篇最初发表于 1932 年 1 月 1 日《中学生》新年号。

《中学生》,以中学生为对象的综合性刊物。参看本卷第 283 页注
〔2〕。

答北斗杂志社问[1]

——创作要怎样才会好?

编辑先生:

　　来信的问题,是要请美国作家和中国上海教授们做的,他们满肚子是"小说法程"和"小说作法"。[2]我虽然做过二十来篇短篇小说,但一向没有"宿见",正如我虽然会说中国话,却不会写"中国语法入门"一样。不过高情难却,所以只得将自己所经验的琐事写一点在下面——

　　一,留心各样的事情,多看看,不看到一点就写。

　　二,写不出的时候不硬写。

　　三,模特儿[3]不用一个一定的人,看得多了,凑合起来的。

　　四,写完后至少看两遍,竭力将可有可无的字,句,段删去,毫不可惜。宁可将可作小说的材料缩成 Sketch[4],决不将 Sketch 材料拉成小说。

　　五,看外国的短篇小说,几乎全是东欧及北欧作品,也看日本作品。

　　六,不生造除自己之外,谁也不懂的形容词之类。

　　七,不相信"小说作法"之类的话。

　　八,不相信中国的所谓"批评家"之类的话,而看看可靠的外国批评家的评论。

　　现在所能说的，如此而已。此复，即请

编安！

　　　　　　　　　　　　　　十二月二十七日。

　　✳　　　　✳　　　　✳

　　〔1〕　本篇最初发表于 1932 年 1 月 20 日《北斗》第二卷第一期。

　　《北斗》，文艺月刊，"左联"的机关刊物之一，丁玲主编。1931 年 9 月在上海创刊，1932 年 7 月出至第二卷第三、四期合刊后停刊，共出八期。1931 年 12 月，该刊以"创作不振之原因及其出路"为题向许多作家征询意见。本文是作者所作的答复。

　　〔2〕　关于小说创作法方面的书，当时出版很多，如美国人哈米顿著、华林一译的《小说法程》，孙俍工编的《小说作法讲义》等。

　　〔3〕　模特儿　英语 Model 的音译。原意是"模型"，这里指文学作品中人物的原型。

　　〔4〕　Sketch　英语:速写。

关于小说题材的通信[1]

来　信

L.S.先生：

　　要这样冒昧地麻烦先生的心情,是抑制得很久的了,但像我们心目中的先生,大概不会淡漠一个热忱青年的请教的吧。这样几度地思量之后,终于唐突地向你表示我们在文艺上——尤其是短篇小说上的迟疑和犹豫了。

　　我们曾手写了好几篇短篇小说,所采取的题材:一个是专就其熟悉的小资产阶级的青年,把那些在现时代所显现和潜伏的一般的弱点,用讽刺的艺术手腕表示出来;一个是专就其熟悉的下层人物——在现时代大潮流冲击圈外的下层人物,把那些在生活重压下强烈求生的欲望的朦胧反抗的冲动,刻划在创作里面。——不知这样内容的作品,究竟对现时代,有没有配说得上有贡献的意义?我们初则迟疑,继则提起笔又犹豫起来了。这须请先生给我们一个指示,因为我们不愿意在文艺上的努力,对于目前的时代,成为白费气力,毫无意义的。

　　我们决定在这一个时代里,把我们的精力放在有意义的文艺上,借此表示我们应有的助力和贡献,并不是先生所说的那一辈略有小名,便去而之他的文人。因此,目前如果先生愿给我们以指示,这指示便会影响到我们终身的。虽然也曾看见过好些普罗作家的创作,但总不愿把一些虚构的人物使其翻一个身就革命起来,却喜欢捉几个熟悉的模特儿,真真实实地刻划出来——这脾气是否妥当,确又没有十分的把握了。所以三番五次的思维,只有冒昧地来唐突先生了。即祝

近好!

Ts-c.Y.及 Y-f.T.上　十一月廿九日。

回　信

Y 及 T[2]先生:

接到来信后,未及回答,就染了流行性感冒,头重眼肿,连一个字也不能写,近几天总算好起来了,这才来写回信。同在上海,而竟拖延到一个月,这是非常抱歉的。

两位所问的,是写短篇小说的时候,取来应用的材料的问题。而作者所站的立场,如信上所写,则是小资产阶级的立场。如果是战斗的无产者,只要所写的是可以成为艺术品的东西,那就无论他所描写的是什么事情,所使用的是什么材料,对于现代以及将来一定是有贡献的意义的。为什么呢?因为作者本身便是一个战斗者。

但两位都并非那一阶级,所以当动笔之先,就发生了来信所说似的疑问。我想,这对于目前的时代,还是有意义的,然而假使永是这样的脾气,却是不妥当的。

别阶级的文艺作品,大抵和正在战斗的无产者不相干。小资产阶级如果其实并非与无产阶级一气,则其憎恶或讽刺同阶级,从无产者看来,恰如较有聪明才力的公子憎恨家里的没出息子弟一样,是一家子里面的事,无须管得,更说不到损益。例如法国的戈兼[3],痛恨资产阶级,而他本身还是一个道道地地资产阶级的作家。倘写下层人物(我以为他们是不会"在现时代大潮流冲击圈外"的)罢,所谓客观其实是楼上的冷眼,所谓同情也不过空虚的布施,于无产者并无补助。而且后来也很难言。例如也是法国人的波特莱尔,当巴黎公社初起时,他还很感激赞助,待到势力一大,觉得于自己的生活将要有害,就变成反动了。[4]但就目前的中国而论,我以为所举的两种题材,却还有存在的意义。如第一种,非同阶级是不能深知的,加以袭击,撕其面具,当比不熟悉此中情形者更加有力。如第二种,则生活状态,当随时代而变更,后来的作者,也许不及看见,随时记载下来,至少也可以作这一时代的记录。所以对于现在以及将来,还是都有意义的。不过即使"熟悉",却未必便是"正确",取其有意义之点,指示出来,使那意义格外分明,扩大,那是正确的批评家的任务。

因此我想,两位是可以各就自己现在能写的题材,动手来写的。不过选材要严,开掘要深,不可将一点琐屑的没有意思的事故,便填成一篇,以创作丰富自乐。这样写去,到一个时候,我料想必将觉得写完,——虽然这样的题材的人物,即使几十年后,还有作为残滓而存留,但那时来加以描写刻划的,将是别一种作者,别一样看法了。然而两位都是向着前进的青年,又抱着对于时代有所助力和贡献的意志,那时也一定能逐渐克服自己的生活和意识,看见新路的。

　　总之,我的意思是:现在能写什么,就写什么,不必趋时,自然更不必硬造一个突变式的革命英雄,自称"革命文学";但也不可苟安于这一点,没有改革,以致沉没了自己——也就是消灭了对于时代的助力和贡献。此复,即颂

近佳。

　　　　　　　　　　L.S.启。十二月二十五日。

*　　　　*　　　　*

　〔1〕　本篇最初发表于1932年1月5日《十字街头》第三期。

　〔2〕　Y,杨子青,即沙汀(1904—1992),四川安县人;T,汤艾芜,即艾芜(1904—1992),四川新都人。他们都是当时的青年作者。

　〔3〕　戈兼(T.Gautier,1811—1872)　通译戈蒂叶,法国唯美主义作家。他最先提出"为艺术而艺术"的观点。著有小说《莫班小姐》、诗剧《死的喜剧》等。

　〔4〕　波特莱尔　参看本卷第234页注〔5〕。他曾参加法国1848年的二月革命。这里说他赞助初起时的巴黎公社,当是误记。

关于翻译的通信^[1]

来　信

敬爱的同志：

你译的《毁灭》出版，当然是中国文艺生活里面的极可纪念的事迹。翻译世界无产阶级革命文学的名著，并且有系统的介绍给中国读者，(尤其是苏联的名著，因为它们能够把伟大的十月，国内战争，五年计画的"英雄"，经过具体的形象，经过艺术的照耀，而供献给读者。)——这是中国普罗文学者的重要任务之一。虽然，现在做这件事的，差不多完全只是你个人和 Z 同志^[2]的努力；可是，谁能够说：这是私人的事情?!谁?!《毁灭》《铁流》等等的出版，应当认为一切中国革命文学家的责任。每一个革命的文学战线上的战士，每一个革命的读者，应当庆祝这一个胜利；虽然这还只是小小的胜利。

你的译文，的确是非常忠实的，"决不欺骗读者"这一句话，决不是广告！这也可见得一个诚挚，热心，为着光明而斗争的人，不能够不是刻苦而负责的。二十世纪的才子和欧化名士可以用"最少的劳力求得最大的"声望；但是，这种人物如果不彻底的脱胎换骨，始终只是"纱笼"(Salon)里的哈叭狗。现在粗制滥造的翻译，不是这班人干的，就是一些书贾的投机。你的努力——我以及大家都希望这种努力变成团体的，——应当继续，应当扩大，应当加深。所以我也许和你自己一样，看着这本《毁灭》，简直非常的激动：我爱它，像爱自己的儿女一样。咱们的这种爱，一定能够帮助我们，使我们的精力增加起来，使我们的小小的事业扩大起来。

翻译——除出能够介绍原本的内容给中国读者之外——还有一个很重要的作用：就是帮助我们创造出新的中国的现代言语。中国的言语（文字）是那么穷乏，甚至于日常用品都是无名氏的。中国的言语简直没有完全脱离所谓"姿势语"的程度——普通的日常谈话几乎还离不开"手势戏"。自然，一切表现细腻的分别和复杂的关系的形容词，动词，前置词，几乎没有。宗法封建的中世纪的余孽，还紧紧的束缚着中国人的活的言语，（不但是工农群众！）这种情形之下，创造新的言语是非常重大的任务。欧洲先进的国家，在二三百年四五百年以前已经一般的完成了这个任务。就是历史上比较落后的俄国，也在一百五六十年以前就相当的结束了"教堂斯拉夫文"〔3〕。他们那里，是资产阶级的文艺复兴运动和启蒙运动做了这件事。例如俄国的洛莫洛莎夫……普希金〔4〕。中国的资产阶级可没有这个能力。固然，中国的欧化的绅商，例如胡适之之流，开始了这个运动。但是，这个运动的结果等于它的政治上的主人。因此，无产阶级必须继续去彻底完成这个任务，领导这个运动。翻译，的确可以帮助我们造出许多新的字眼，新的句法，丰富的字汇和细腻的精密的正确的表现。因此，我们既然进行着创造中国现代的新的言语的斗争，我们对于翻译,就不能够不要求:绝对的正确和绝对的中国白话文。
这是要把新的文化的言语介绍给大众。

严几道的翻译,不用说了。他是:

译须信雅达,

文必夏殷周。[5]

其实,他是用一个"雅"字打消了"信"和"达"。最近商务
还翻印"严译名著",[6]我不知道这是"是何居心"! 这简直是
拿中国的民众和青年来开玩笑。古文的文言怎么能够译得
"信",对于现在的将来的大众读者,怎么能够"达"!

现在赵景深之流,又来要求:

宁错而务顺,

毋拗而仅信![7]

赵老爷的主张,其实是和城隍庙里演说西洋故事的,一鼻
孔出气。这是自己懂得了(?)外国文,看了些书报,就随便拿
起笔来乱写几句所谓通顺的中国文。这明明白白的欺侮中国
读者,信口开河的来乱讲海外奇谈。第一,他的所谓"顺",既
然是宁可"错"一点儿的"顺",那么,这当然是迁就中国的低级
言语而抹杀原意的办法。这不是创造新的言语,而是努力保
存中国的野蛮人的言语程度,努力阻挡它的发展。第二,既然
要宁可"错"一点儿,那就是要蒙蔽读者,使读者不能够知道作
者的原意。所以我说:赵景深的主张是愚民政策,是垄断智识
的学阀主义,———一点儿也没有过分的。还有,第三,他显然
是暗示的反对普罗文学(好个可怜的"特殊走狗")! 他这是反
对普罗文学,暗指着普罗文学的一些理论著作的翻译和创作

的翻译。这是普罗文学敌人的话。

但是,普罗文学的中文书籍之中,的确有许多翻译是不"顺"的。这是我们自己的弱点,敌人乘这个弱点来进攻。我们的胜利的道路当然不仅要迎头痛打,打击敌人的军队,而且要更加整顿自己的队伍。我们的自己批评的勇敢,常常可以解除敌人的武装。现在,所谓翻译论战的结论,我们的同志却提出了这样的结语:

> "翻译绝对不容许错误。可是,有时候,依照译品内容的性质,为着保存原作精神,多少的不顺,倒可以容忍。"

这是只是个"防御的战术"。而蒲力汗诺夫说:辩证法的唯物论者应当要会"反守为攻"。第一,当然我们首先要说明:我们所认识的所谓"顺",和赵景深等所说的不同。第二,我们所要求的是:绝对的正确和绝对的白话。所谓绝对的白话,就是朗诵起来可以懂得的。第三,我们承认:一直到现在,普罗文学的翻译还没有做到这个程度,我们要继续努力。第四,我们揭穿赵景深等自己的翻译,指出他们认为是"顺"的翻译,其实只是梁启超[8]和胡适之交媾出来的杂种——半文不白,半死不活的言语,对于大众仍旧是不"顺"的。

这里,讲到你最近出版的《毁灭》,可以说:这是做到了"正确",还没有做到"绝对的白话"。

翻译要用绝对的白话,并不就不能够"保存原作的精神"。固然,这是很困难,很费功夫的。但是,我们是要绝对不怕困难,努力去克服一切的困难。

一般的说起来,不但翻译,就是自己的作品也是一样,现在的文学家,哲学家,政论家,以及一切普通人,要想表现现在中国社会已经有的新的关系,新的现象,新的事物,新的观念,就差不多人人都要做"仓颉"[9]。这就是说,要天天创造新的字眼,新的句法。实际生活的要求是这样。难道一九二五年初我们没有在上海小沙渡替群众造出"罢工"[10]这一个字眼吗?还有"游击队","游击战争","右倾","左倾","尾巴主义",甚至于普通的"团结","坚决","动摇"等等等类……这些说不尽的新的字眼,渐渐的容纳到群众的口头上的言语里去了,即使还没有完全容纳,那也已经有了可以容纳的可能了。讲到新的句法,比较起来要困难一些,但是,口头上的言语里面,句法也已经有了很大的改变,很大的进步。只要拿我们自己演讲的言语和旧小说里的对白比较一下,就可以看得出来。可是,这些新的字眼和句法的创造,无意之中自然而然的要遵照着中国白话的文法公律。凡是"白话文"里面,违反这些公律的新字眼,新句法,——就是说不上口的——自然淘汰出去,不能够存在。

所以说到什么是"顺"的问题,应当说:真正的白话就是真正通顺的现代中国文,这里所说的白话,当然不限于"家务琐事"的白话,这是说:从一般人的普通谈话,直到大学教授的演讲的口头上的白话。中国人现在讲哲学,讲科学,讲艺术……显然已经有了一个口头上的白话。难道不是如此?如果这样,那么,写在纸上的说话(文字),就应当是这一种白话,不过组织得比较紧凑,比较整齐罢了。这种文字,虽然现在还有许多对于一般识字很少的群众,仍旧是看不懂的,因为这种言语,对于一般不识字的群众,也还是听不懂的。——可是,第一,这种情形只限于文章的内容,而不在文字的本身,所以,第二,这种文字已经有了生命,它已经有了可以被群众容纳的可能性。它是活的言语。

所以,书面上的白话文,如果不注意中国白话的文法公律,如果不就着中国白话原来有的公律去创造新的,那就很容易走到所谓"不顺"的方面去。这是在创造新的字眼新的句法的时候,完全不顾普通群众口头上说话的习惯,而用文言做本位的结果。这样写出来的文字,本身就是死的言语。

因此,我觉得对于这个问题,我们要有勇敢的自己批评的精神,我们应当开始一个新的斗争。你以为怎么样?

我的意见是:翻译应当把原文的本意,完全正确的介绍给中国读者,使中国读者所得到的概念等于英俄日德法……读者从原文得来的概念,这样的直译,应当用中国人口头上可以讲得出来的白话来写。为着保存原作的精神,并用不着容忍"多少的不顺"。相反的,容忍着"多少的不顺"(就是不用口头上的白话),反而要多少的丧失原作的精神。

当然,在艺术的作品里,言语上的要求是更加苛刻,比普通的论文要更加来得精细。这里有各种人不同的口气,不同的字眼,不同的声调,不同的情绪,……并且这并不限于对白。这里,要用穷乏的中国口头上的白话来应付,比翻译哲学,科学……的理论著作,还要来得困难。但是,这些困难只不过愈加加重我们的任务,可并不会取消我们的这个任务的。

现在,请你允许我提出《毁灭》的译文之中的几个问题。

我还没有能够读完,对着原文读的只有很少几段。这里,我只把莆理契序文[11]里引的原文来校对一下。(我顺着序文里的次序,编着号码写下去,不再引你的译文,请你自己照着号码到书上去找罢。序文的翻译有些错误,这里不谈了。)

　　(一)结算起来,还是因为他心上有一种——

　　　　"对于新的极好的有力量的慈善的人的渴望,这种渴望是极大的,无论什么别的愿望都比不上的。"

　　　　更正确些:

　　　　结算起来,还是因为他心上——

　　　　"渴望着一种新的极好的有力量的慈善的人,这个渴望是极大的,无论什么别的愿望都比不上的。"

　　(二)"在这种时候,极大多数的几万万人,还不得不过着这种原始的可怜的生活,过着这种无聊得一点儿意思都没有的生活,——怎么能够谈得上什么新的极好的人呢。"

　　(三)"他在世界上,最爱的始终还是他自己,——他爱他自己的雪白的肮脏的没有力量的手,他爱他自己的唉声叹气的声音,他爱他自己的痛苦,自己的行为——甚至于那些最可厌恶的行为。"

　　(四)"这算收场了,一切都回到老样子,仿佛什么也不曾有过,——华理亚想着,——又是旧的道路,仍旧是那一些纠葛——一切都要到那一个地方……可是,我的上帝,这是多么没有快乐呵!"

　　(五)"他自己都从没有知道过这种苦恼,这是忧愁的疲倦的,老年人似的苦恼,——他这样苦恼着的想:他已经二十七岁了,过去的每一分钟,都不能够再回过来,重新换个样子再过它一过,而以后,看来也没有什么好的……(这一段,你的译文有错误,也就特别来得“不顺”。)现在木罗式加觉得,他一生一世,用了一切力量,都只是竭力要走上那样的一条道路,他看起来是一直的明白的正当的道路,像莱奋生,巴克拉诺夫,图皤夫那样的人,他们所走的正是这样的道路;然而似乎有一个什么人在妨碍他走上这样的道路呢。而因为他无论什么时候也想不到这个仇敌就在他自己的心里面,所以,他想着他的痛苦是因为一般人的卑鄙,他就觉得特别的痛快和伤心。”

(六)“他只知道一件事——工作。所以,这样正当的人,是不能够不信任他,不能够不服从他的。”

(七)“开始的时候,他对于他生活的这方面的一些思想,很不愿意去思索,然而,渐渐的他起劲起来了,他竟写了两张纸……在这两张纸上,居然有许多这样的字眼——谁也想不到莱奋生会知道这些字眼的。”(这一段,你的译文里比俄文原文多了几句副句,也许是你引了相近的另外一句了罢?或者是你把弗理契空出的虚点填满了?)

(八)“这些受尽磨难的忠实的人,对于他是亲近的,比一切其他的东西都更加亲近,甚至于比他自己还要亲近。”

(九)"……沉默的,还是潮湿的眼睛,看了一看那些打麦场上的疏远的人,——这些人,他应当很快就把他们变成功自己的亲近的人,像那十八个人一样,像那不做声的,在他后面走着的人一样。"(这里,最后一句,你的译文有错误。)

这些译文请你用日本文和德文校对一下,是否是正确的直译,可以比较得出来的。我的译文,除出按照中国白话的句法和修辞法,有些比起原文来是倒装的,或者主词,动词,宾词是重复的,此外,完完全全是直译的。

这里,举一个例:第(八)条"……甚至于比他自己还要亲近。"这句话的每一个字母都和俄文相同的。同时,这在口头上说起来的时候,原文的口气和精神完全传达得出。而你的译文:"较之自己较之别人,还要亲近的人们",是有错误的(也许是日德文的错误)。错误是在于:(一)丢掉了"甚至于"这一个字眼;(二)用了中国文言的文法,就不能够表现那句话的神气。

所有这些话,我都这样不客气的说着,仿佛自称自赞的。对于一班庸俗的人,这自然是"没有礼貌"。但是,我们是这样亲密的人,没有见面的时候就这样亲密的人。这种感觉,使我对于你说话的时候,和对自己说话一样,和自己商量一样。

再则,还有一个例子,比较重要的,不仅仅关于翻译方法的。这就是第(一)条的"新的……人"的问题。

《毁灭》的主题是新的人的产生。这里,莱理契以及法捷耶夫自己用的俄文字眼,是一个普通的"人"字的单数。不但不是人类，而且不是"人"字的复数。这意思是指着革命，国内战争……的过程之中产生着一种新式的人，一种新的"路数"（Type）——文雅的译法叫做典型，这是在全部《毁灭》里面看得出来的。现在，你的译文，写着"人类"。莱奋生渴望着一种新的……人类。这可以误会到另外一个主题。仿佛是一般的渴望着整个的社会主义的社会。而事实上，《毁灭》的"新人"，是当前的战斗的迫切的任务：在斗争过程之中去创造，去锻炼，去改造成一种新式的人物，和木罗式加，美谛克……等等不同的人物。这可是现在的人，是一些人，是做群众之中的骨干的人，而不是一般的人类，不是笼统的人类，正是群众之中的一些人，领导的人，新的整个人类的先辈。

这一点是值得特别提出来说的。当然，译文的错误，仅仅是一个字眼上的错误："人"是一个字眼，"人类"是另外一个字眼。整本的书仍旧在我们面前，你的后记也很正确的了解到《毁灭》的主题。可是翻译要精确，就应当估量每一个字眼。

《毁灭》的出版，始终是值得纪念的。我庆祝你。希望你考虑我的意见，而对于翻译问题，对于一般的言语革命问题，开始一个新的斗争。

J.K.　一九三一，十二，五。

回　信

敬爱的 J.K.[12]同志：

看见你那关于翻译的信以后，使我非常高兴。从去年的翻译洪水泛滥以来，使许多人攒眉叹气，甚而至于讲冷话。我也是一个偶而译书的人，本来应该说几句话的，然而至今没有开过口。"强聒不舍"〔13〕虽然是勇壮的行为，但我所奉行的，却是"不可与言而与之言，失言"〔14〕这一句古老话。况且前来的大抵是纸人纸马，说得耳熟一点，那便是"阴兵"，实在是也无从迎头痛击。就拿赵景深教授老爷来做例子罢，他一面专门攻击科学的文艺论译本之不通，指明被压迫的作家匿名之可笑，一面却又大发慈悲，说是这样的译本，恐怕大众不懂得。好像他倒天天在替大众计划方法，别的译者来搅乱了他的阵势似的。这正如俄国革命以后，欧美的富家奴去看了一看，回来就摇头皱脸，做出文章，慨叹着工农还在怎样吃苦，怎样忍饥，说得满纸凄凄惨惨。仿佛惟有他却是极希望一个筋斗，工农就都住王宫，吃大菜，躺安乐椅子享福的人。谁料还是苦，所以俄国不行了，革命不好了，阿呀阿呀了，可恶之极了。对着这样的哭丧脸，你同他说什么呢？假如觉得讨厌，我想，只要拿指头轻轻的在那纸糊架子上挖一个窟窿就可以了。

赵老爷评论翻译，拉了严又陵，并且替他叫屈，于是累得他在你的信里也挨了一顿骂。但由我看来，这是冤枉的，严老爷和赵老爷，在实际上，有虎狗之差。极明显的例子，是严又陵为要译书，曾经查过汉晋六朝翻译佛经的方法，赵老爷引严又陵为地下知己，却没有看这严又陵所译的书。现在严译的书都出版了，虽然没有什么意义，但他所用的工夫，却从中可以查考。据我所记得，译得最费力，也令人看起来最吃力的，是《穆勒名学》和《群己权界论》的一篇作者自序，其次就是这论,后来不知怎地又改称为《权界》,连书名也很费解了。最好懂的自然是《天演论》,桐城气息[15]十足,连字的平仄也都留心,摇头晃脑的读起来,真是音调铿锵,使人不自觉其头晕。这一点竟感动了桐城派老头子吴汝纶[16],不禁说是"足与周秦诸子相上下"了。然而严又陵自己却知道这太"达"的译法是不对的,所以他不称为"翻译",而写作"侯官严复达恉";[17]序例上发了一通"信达雅"之类的议论之后,结末却声明道:"什法师[18]云,'学我者病'。来者方多,慎勿以是书为口实也!"好像他在四十年前,便料到会有赵老爷来谬托知己,早已毛骨悚然一样。仅仅这一点,我就要说,严赵两大师,实有虎狗之差,不能相提并论的。

那么,他为什么要干这一手把戏呢?答案是:那时的留学生没有现在这么阔气,社会上大抵以为西洋人只会做机器——尤其是自鸣钟——留学生只会讲鬼子话,所以算不了"士"人的。因此他便来铿锵一下子,铿锵得吴汝纶也肯给他作序,这一序,别的生意也就源源而来了,于是有《名学》,有《法意》,有《原富》等等。但他后来的译本,看得"信"比"达雅"都重一些。

他的翻译,实在是汉唐译经历史的缩图。中国之译佛经,汉末质直,他没有取法。六朝真是"达"而"雅"了,他的《天演论》的模范就在此。唐则以"信"为主,粗粗一看,简直是不能懂的,这就仿佛他后来的译书。译经的简单的标本,有金陵刻经处汇印的三种译本《大乘起信论》,[19]也是赵老爷的一个死对头。

但我想,我们的译书,还不能这样简单,首先要决定译给大众中的怎样的读者。将这些大众，粗粗的分起来：甲，有很受了教育的；乙，有略能识字的；丙，有识字无几的。而其中的丙，则在"读者"的范围之外，启发他们是图画，演讲，戏剧，电影的任务，在这里可以不论。但就是甲乙两种，也不能用同样的书籍，应该各有供给阅读的相当的书。供给乙的，还不能用翻译，至少是改作，最好还是创作，而这创作又必须并不只在配合读者的胃口，讨好了，读的多就够。至于供给甲类的读者的译本，无论什么，我是至今主张"宁信而不顺"的。自然，这所谓"不顺"，决不是说"跪下"要译作"跪在膝之上"，"天河"要译作"牛奶路"的意思，乃是说，不妨不像吃茶淘饭一样几口可以咽完，却必须费牙来嚼一嚼。这里就来了一个问题：为什么不完全中国化，给读者省些力气呢？这样费解，怎样还可以称为翻译呢？我的答案是：这也是译本。这样的译本，不但在输入新的内容，也在输入新的表现法。中国的文或话，法子实在太不精密了，作文的秘诀，是在避去熟字，删掉虚字，就是好文章，讲话的时候，也时时要辞不达意，这就是话不够用，所以教员讲书，也必须借助于粉笔。这语法的不精密，就在证明思路的不精密，换一句话，就是脑筋有些胡涂。倘若永远用着胡涂话，即使读的时候，滔滔而下，但归根结蒂，所得的还是一个胡涂的影子。要医这病，我以为只好陆续吃一点苦，装进异样的句法去，古的，外省外府的，外国的，后来便可以据为己有。这并不是空想的事情。远的例子，如日本，他们的文章里，欧化的语法是极平常的了，和梁启超做《和文汉读法》时代，大不相同；近的例子，就如来信所说，一九二五年曾给群众造出过"罢工"这一个字眼,这字眼虽然未曾有过,然而大众已都懂得了。

我还以为即便为乙类读者而译的书,也应该时常加些新的字眼,新的语法在里面,但自然不宜太多,以偶尔遇见,而想一想,或问一问就能懂得为度。必须这样,群众的言语才能够丰富起来。

什么人全都懂得的书,现在是不会有的,只有佛教徒的"唵"字,据说是"人人能解",但可惜又是"解各不同"。就是数学或化学书,里面何尝没有许多"术语"之类,为赵老爷所不懂,然而赵老爷并不提及者,太记得了严又陵之故也。

说到翻译文艺,倘以甲类读者为对象,我是也主张直译的。我自己的译法,是譬如"山背后太阳落下去了",虽然不顺,也决不改作"日落山阴",因为原意以山为主,改了就变成太阳为主了。虽然创作,我以为作者也得加以这样的区别。一面尽量的输入,一面尽量的消化,吸收,可用的传下去了,渣滓就听他剩落在过去里。所以在现在容忍"多少的不顺",倒并不能算"防守",其实也还是一种的"进攻"。在现在民众口头上的话,那不错,都是"顺"的,但为民众口头上的话搜集来的话胚,其实也还是要顺的,因此我也是主张容忍"不顺"的一个。

但这情形也当然不是永远的,其中的一部分,将从"不顺"而成为"顺",有一部分,则因为到底"不顺"而被淘汰,被踢开。这最要紧的是我们自己的批判。如来信所举的译例,我都可以承认比我译得更"达",也可推定并且更"信",对于译者和读者,都有很大的益处。不过这些只能使甲类的读者懂得,于乙类的读者是太艰深的。由此也可见现在必须区别了种种的读者层，有种种的译作。

为乙类读者译作的方法，我没有细想过，此刻说不出什么来。但就大体看来，现在也还不能和口语——各处各种的土话——合一，只能成为一种特别的白话，或限于某一地方的白话。后一种，某一地方以外的读者就看不懂了，要它分布较广，势必至于要用前一种，但因此也就仍然成为特别的白话，文言的分子也多起来。我是反对用太限于一处的方言的，例如小说中常见的"别闹""别说"等类罢，假使我没有到过北京，我一定解作"另外捣乱""另外去说"的意思，实在远不如较近文言的"不要"来得容易了然，这样的只在一处活着的口语，倘不是万不得已，也应该回避的。还有章回体小说中的笔法，即使眼熟，也不必尽是采用，例如"林冲笑道：原来，你认得。"和"原来，你认得。——林冲笑着说。"这两条，后一例虽然看去有些洋气，其实我们讲话的时候倒常用，听得"耳熟"的。但中国人对于小说是看的，所以还是前一例觉得"眼熟"，在书上遇见后一例的笔法，反而好像生疏了。没有法子，现在只好采说书而去其油滑，听闲谈而去其散漫，博取民众的口语而存其比较的大家能懂的字句，成为四不像的白话。这白话得是活的，活的缘故，就因为有些是从活的民众的口头取来，有些是要从此注入活的民众里面去。

临末，我很感谢你信末所举的两个例子。一，我将"……甚至于比自己还要亲近"译成"较之自己较之别人，还要亲近的人们"，是直译德日两种译本的说法的。这恐怕因为他们的语法中,没有像"甚至于"这样能够简单而确切地表现这口气的字眼的缘故,转几个弯,就成为这么拙笨了。二,将"新的……人"的"人"字译成"人类",那是我的错误,是太穿凿了之后的错误。莱奋生望见的打麦场上的人,他要造他们成为目前的战斗的人物,我是看得很清楚的,但当他默想"新的……人"的时候,却也很使我默想了好久:(一)"人"的原文,日译本是"人间",德译本是"Mensch",都是单数,但有时也可作"人们"解;(二)他在目前就想有"新的极好的有力量的慈善的人",希望似乎太奢,太空了。我于是想到他的出身,是商人的孩子,是智识分子,由此猜测他的战斗,是为了经过阶级斗争之后的无阶级社会,于是就将他所设想的目前的人,跟着我的主观的错误,搬往将来,并且成为"人们"——人类了。在你未曾指出之前,我还自以为这见解是很高明的哩,这是必须对于读者,赶紧声明改正的。

总之,今年总算将这一部纪念碑的小说,送在这里的读者们的面前了。译的时候和印的时候,颇经过了不少艰难,现在倒也退出了记忆的圈外去,但我真如你来信所说那样,就像亲生的儿子一般爱他,并且由他想到儿子的儿子。还有《铁流》,我也很喜欢。这两部小说,虽然粗制,却并非滥造,铁的人物和血的战斗,实在够使描写多愁善病的才子和千娇百媚的佳人的所谓"美文",在这面前淡到毫无踪影。不过我也和你的意思一样,以为这只是一点小小的胜利,所以也很希望多人合力的更来绍介,至少在后三年内,有关于内战时代和建设时代的纪念碑的的文学书八种至十种,此外更译几种虽然往往被称为无产者文学,然而还不免含有小资产阶级的偏见(如巴比塞[20])和基督教社会主义[21]的偏见(如辛克莱)的代表作,加上了分析和严正的批评,好在那里,坏在那里,以备对比参考之用,那么,不但读者的见解,可以一天一天的分明起来,就是新的创作家,也得了正确的师范了。

鲁迅　一九三一,十二,二八。

　　＊　　　　＊　　　　＊

　　〔1〕　本篇最初发表于 1932 年 6 月《文学月报》第一卷第一号。发表时题为《论翻译》,副标题为《答 J.K.论翻译》。J.K. 即瞿秋白。他给鲁迅的这封信曾以《论翻译》为题,发表于 1931 年 12 月 11 日、25 日《十字街头》第一、二期。

　　〔2〕　Z 同志　指曹靖华(1897—1987),河南卢氏人,未名社成员,翻译家。当时在苏联列宁格勒大学任教,译有《铁流》等。

　　〔3〕　"教堂斯拉夫文"　即教会斯拉夫文,是十一至十七世纪东部斯拉夫人(俄罗斯人、乌克兰人和白俄罗斯人)和南部斯拉夫人(保加利亚人、塞尔维亚人和克鲁特人)在祷告时使用的语文。在俄国,这种文字曾广泛用于宗教性著作和学术著作,对十八世纪以前的俄语有过很大的影响。

　　〔4〕　洛莫洛莎夫(М.В.Ломоносов,1711—1765)　通译罗蒙诺索夫,俄国学者,著有《俄国语法》等。现代俄国文学语言即由他开始建立,经过普希金而奠定了巩固的基础。普希金(А.С.Пушкин,1799—1837),俄国诗人,著有长诗《叶甫盖尼·奥涅金》、小说《上尉的女儿》等。

　　〔5〕　译须信雅达,文必夏殷周　严复(几道)在《天演论·译例言》中说:"译事三难:信、达、雅。求其信已大难矣;顾信矣,不达,虽译犹不

译也,则达尚焉。""为达即所以为信也。""三者(按即信、达、雅)乃文章正轨,亦即为译事楷模。故信达而外,求其尔雅。"又吴汝纶为《天演论》作《序言》中有"严子一文之,而其书乃骎骎与晚周诸子相上下"等语。

〔6〕　"严译名著"　指严复所译英国赫胥黎《天演论》、英国亚当·斯密(1723—1790)《原富》、英国甄克思(1861—1939)《社会通诠》、英国穆勒(1806—1873)《群己权界论》、法国孟德斯鸠(1689—1755)《法意》、英国斯宾塞(1820—1903)《群学肄言》、英国耶方思(1835—1882)《名学浅说》、穆勒《名学》等书。这些书曾陆续出版,1920 年前后商务印书馆把它们汇集重印,总称《严译名著丛刊》。

〔7〕　宁错而务顺,毋拗而仅信　这是对赵景深翻译主张所作的归纳,参看本书《几条"顺"的翻译》及其注〔2〕。

〔8〕　梁启超(1873—1929)　字卓如,号任公,广东新会人,学者,清末维新运动领导者之一。他用浅显的文言著述,撰有《饮冰室文集》。鲁迅复信中提到的《和文汉读法》,是他写的一本供中国人学日语用的书。

〔9〕　"仓颉"　相传是黄帝的史官,我国最初创造文字的人。

〔10〕　"罢工"　1925 年 2 月 9 日上海小沙渡日商内外棉纱厂工人大罢工,首先使用"罢工"一词,此前工人称罢工为"摇班"。

〔11〕　茀理契(В.М.Фриче,1870—1927)　苏联文艺评论家、文学史家。他曾为法捷耶夫的长篇小说《毁灭》写了《代序——一个新人的故事》。

〔12〕　J.K.　即瞿秋白(1899—1935),又名霜,江苏常州人,中国共产党早期领导人之一。1927 年国民党背叛革命后,他主持召开"八月七日党中央紧急会议",结束陈独秀右倾机会主义路线。1927 年冬至 1928 年春,在担任中共中央政治局临时书记时,犯有"左"倾盲动错误。后受王明的排挤,1931 年至 1933 年在上海从事革命文化工作,与鲁迅

结下友谊。1934年到中央苏区,任苏维埃政府教育人民委员。红军主力长征后,他留在苏区,1935年3月在福建长汀被国民党逮捕,同年6月18日被杀害。

〔13〕 "强聒不舍" 语出《庄子·天下》:"上说下教,虽天下不取,强聒而不舍者也。"

〔14〕 "不可与言而与之言,失言" 语出《论语·卫灵公》。

〔15〕 桐城气息 指桐城派的文章风格。清代方苞、刘大櫆、姚鼐等人主张师法先秦两汉及唐宋八大家的作品,讲究义理、考据、词章,他们的创作形成一种文学流派。因为方、姚都是安徽桐城人,所以被称为桐城派。

〔16〕 吴汝纶(1840—1903) 字挚甫,安徽桐城人,桐城派后期作家。

〔17〕 严复关于"达恉"的话,见《天演论·译例言》,原文说:"译文取明深义,故词句之间,时有所傎到(颠倒)附益,不斤斤于字比句次,而意义则不倍(背)本文。题曰达恉,不云笔译,取便发挥,实非正法。什法师有云:'学我者病'。来者方多,幸勿以是书为口实也。"

〔18〕 什法师(344—413) 即鸠摩罗什法师,十六国时后秦高僧,佛经翻译家。原籍天竺(古印度),生于西域龟兹国(今新疆库车)。后入长安,为后秦姚兴国师。他和弟子八百多人,曾用意译的方法,译出佛经七十四部,共三八四卷。

〔19〕 《大乘起信论》 解释大乘教理的佛教经书。相传为古印度马鸣著,我国有南朝梁真谛和唐代实叉难陀的译本。南京金陵刻经处1898年曾出版收有这两种译文的《大乘起信论会译》。

〔20〕 巴比塞(H. Barbusse,1873—1935) 法国作家,主要作品有长篇小说《火线》、《光明》及《斯大林传》等。

〔21〕 基督教社会主义 十九世纪中叶在欧洲形成的一种社会思

潮。它把基督教的教义涂上社会主义色彩，认为只要实行基督教的"博爱"、"互济"等教义，就能使劳苦大众摆脱一切社会苦难。代表人物有英国的莫里斯和金斯莱等。

现代电影与有产阶级[1]

〔日本〕岩崎・昶[2]作

一 电影与观众

电影的发明,是新的印刷术的起源。曾经借着活字和纸张,而输运开去,复制出来的思想,是有着使中世的封建底、旧教底社会意识,归于坏灭的力量的。

有产者底社会的勃兴,宗教改革,那些重大的历史底契机,由此得了结果了。现在,在思想的输运上,在观念形态的决定上,电影所负的任务,就更加积极底,更加意识底了。它是阶级社会的拥护,也是新的"宗教改革"。

这新的印刷术,是由于将运动的照相的一系列,印在Zelluloid的薄膜上而成立的。那活字,并非将概念传给读者,却给以动作和具象。这在直接地是视觉底的这一种意义上,是无上的通俗底的而同时也是感铭底的活字,在原则底地没有言语这一种意义上,则是国际底活字。作为宣传,煽动手段的电影的效用,就在这一点。

当考察作为宣传,煽动手段的电影之际,比什么都重大的,是电影和在那影响之下的大众的关联。

我想用了具体底的数目字来描写它。

据英国的电影杂志《The Cinema》所发表的统计,则一星期中的电影看客之数,其非常之多如下。

亚美利加

常设馆数	15,000
人口	106,000,000
每星期的看客数	47,000,000
对于人口的比率	45%

英 吉 利

常设馆数	3,800
人口	44,000,000
每星期的看客数	14,000,000
对于人口的比率	33.3%

德 意 志

常设馆数	3,600
人口	63,000,000
每星期的看客数	6,000,000
对于人口的比率	10.5%

(Hans Buchner—Im Banne des Films S.21.)

又,这些常设馆的收容力的总计,是可以看作每日看客数目的平均底数字的,如下表所示——

常设馆与收容力

	常设馆数	收容人员
亚美利加	15,000	8,000,000
德意志	3,600	1,500,000
英吉利	3,800	1,250,000

于这些数字,乘以 365 则得

$$8,000,000 \times 365 = 2,920,000,000(亚美利加)$$
$$1,500,000 \times 365 = 547,500,000(德意志)$$
$$1,250,000 \times 365 = 456,250,000(英吉利)$$

就可以算作一年间的看客总额的大概。

但这些数字,还是一九二五年度的调查,若据较新的统计,则世界各国的常设馆数,总计约在六万五千以上。

内计——

亚美利加	20,000
德意志	4,000
法兰西	3,000
俄罗斯	10,000
意大利	2,000
西班牙	2,000
英吉利	4,000
日本	1,100

(Léon Moussinac—Panoramique du Cinéma, p.17)[1]

由此看来,则美,德,英三国,在常设馆数上,显示着约三

---

[1] Moussinac 所举的数字,并未揭出调查年度。推想起来,恐怕是一九二七年末的统计罢。

据一九二八年度的《Film‑Daily》及其他的调查,则亚美利加于这数字上,增加 2.5% 有二万五百的常设馆;日本增加 10% 成为千二百;德国增加 30% 成为五千二百六十七(收容座位数一八七六六〇一)了。而这些,还是除掉了移动电影馆,非商业底剧场的数字。

成至一成的增加。于看客数,也可以想定为大约同率的增加;于这三国以外的诸国,也可以推为同样的增加率。

就是,虽在一九二五年度的统计,一年间的电影看客的总额,就已经到了在亚美利加是约二十九亿,在欧罗巴是二十亿,在亚细亚,腊丁·亚美利加,加拿大,亚非利加等是十亿,总计五十九亿那样的好像传奇的空想底数字了。

电影所支配的这庞大的观众,以及电影形式的直接性,国际性,——就证明着电影在分量上,在实质上,都是用于大众底宣传,煽动的绝好的容器。

二　电影与宣传

要正当地认识那作为宣传,煽动手段的电影的价值,必须知道所谓"宣传电影"这一句熟语,以及那概念之无意义。

为了介绍日本的好风景于外国,以招致游客而作的电影,富士山,艺妓,日光,温泉等等,我们常常称之为宣传电影。凡这些,有时是因了教导疾病的预防法,奖励邮政储金,劝诱保险之类的目的而照的。那时候,我们便立刻感到装在那些软片之中的目的,领会了肺结核之可怕,开始贮金,加入生命保险去。然而利用了公会堂,小学校讲堂之类来开演的宣传电影,往往是不收费用的,既然白给人看,便会立刻发生疑惑,以为来演的那一面,一定有着白给人看的根由。这种宣传电影,目的意识就马上被看透。

有着衰老而盲目的母亲的独养子一太郎君,得了召集令,将母亲放在她的一切衰老和盲目之中,"为了君国",出征去"膺惩可恶的仇敌"了。勇壮的日章旗,万岁,一太郎呀！我们往往被给看这种军国美谈的东西。而这些东西,乃是×××电影公司所制的商业电影,当开演时,也并不叨公会堂和小学校讲堂的光,收取着有名誉的观览费,在普通的常设馆里堂皇地开映。一到这样,善良而无疑的看客,便不觉得这是宣传电影了。他们就将自己的付过正当的观览费这一个事实,做了那影片并非宣传电影的证明。其实,单纯的看客,是没有觉到陷于被那巧妙地布置了的宣传所煽动,所欺骗,然而对于那欺骗,还要付钱的二重欺骗的。

在市民底的用语惯例上的"宣传电影"的无意义,大略就如此。为什么呢,因为没有目的的电影,因而就不是宣传电影的电影之类的东西,不过是幻想的缘故。

我们能够就现在所制成的一切影片,将那隐微的目的——有时这还未意识底地到了目的地步,止是倾向以至趣味的程度罢了,但那倾向以至趣味,结果也是一个重要的宣传价值——摘发出来。那或是向帝国主义战争的进军喇叭,或是爱国主义,君权主义的鼓吹,或是利用了宗教的反动宣传,或是资本者社会的拥护,是对于革命的压抑,是劳资调和的提倡,是向小市民底社会底无关心的催眠药,——要之,是只为了资本主义底秩序的利益,专心安排了的思想底布置。

在一九二八年,开在墨斯科的中央委员会的席上,关于电影,有了

"将电影放在劳动者阶级的手中,关于苏维埃教化和

文化的进步的任务,作为指导,教育,组织大众的手段。"的决议了。苏维埃电影的任务,即在在世界的电影市场上,抗拒着资本主义底宣传的澎湃的波浪,而作×××××宣传。

世界现今是正在作为第二次大战的准备的,观念形态斗争的涡中。而电影,是和那五十九亿的看客一同,可以在这斗争的秤盘上,加上决定底的重量去的。

三　电　影　和　战　争

资本主义底宣传电影之中,占着最重要的部门的,是战争影片。

将战争收入电影里去,已经颇早了。当电影刚要脱离襁褓的时候,我们就看见了罗马,巴比伦,埃及之类的兵卒的打仗。这是那时的电影对于舞台的唯一的长处,为了要使利用了自由的 Location(就地摄影)和巨大的 Set(场内陈设)和大众摄影的光景的魅力,发现到最大限度,所以设法出来的。辉煌的古代的铠甲,环以城垣的都市,神祠,奇怪的偶像,枪,盾,矛,火箭,石弩,这样异域情调的,而在当时,又是壮丽的布置,便忽然眩惑了对于电影还很幼稚的大众的眼,正合了时尚了。

但在初期的这类的战争,归根结蒂,和大排场的马戏,比武之类的把戏,也并无区别。古代罗马和凯尔达戈,都不是现代电影看客的祖国。战争也不过仗了那动底的煽情底的视觉,使他们兴奋,有趣罢了。

引进近代的战争去,而在那里面分明地装入有意识的宣传底要素的最初的电影制作者,我以为恐怕是葛蕾菲士(D. W.Griffith)罢。他在取材于南北战争的《一民族之诞生》(Birth of a Nation),《亚美利加》(America)这些影片上,赞美北军的英雄主义,将所谓合众国建国的精神,化为正当,化为美丽了。凡这些,虽不如后出的许多好战底影片那样,积极底地鼓吹了对外战争,但那目的,则仍在对于国民中有着驳杂分子的人种博物馆一般的合众国和其居民,涵养其确固的国家底概念,爱国心。"十足的亚美利加人"这一句口号,流行起来,成为"亚美利加化"运动的有力的武器,对于从爱尔兰来的巡警,从昔昔利来的菜商,于黑人,于美洲印第安,也都想印上这脸谱去了。

"亚美利加化"的历程,以欧洲大战的勃发,亚美利加的参战,以及和这相伴的急速的帝国主义化为契机,而告了完成。

亚美利加和对德宣战同时,还必须送一百万军队到法兰西去,于是开始了速成的募兵,施行了速成的海军扩张。奏着煽动底的进行曲的军乐队,在各处都市的大街上往来,各十字路口帖着传单,报纸独于此时候说些"亚美利加市民"的义务。易受煽动的青年们,或者为着不去应募,将被恋人所鄙弃,或者为着对于生活,觉得厌倦,或者又为着"进了海军去看看世界",就来当募兵了。当此之际,亚美利加政府之宣传,也是有史以来的最大规模,而且最见效果的了。

在这宣传之战,充了最主要的脚色的,是新闻和电影。当这时期,在本来的意义上的战争电影,这才制作出来了。

在以根据西班牙的发狂底反对德国者伊本纳支(Blasco

Ibáñez）的原作《默示录的四骑士》（Four Horsemen of the Apocalypse），《我们的海》（Mare Nostrum）为代表作品的战争影片上，亚美利加的支配阶级便描写出德国军队的如何凶残，德国潜艇的如何非人道，巧妙地煽动了单纯的花旗人。

然而花旗帝国主义开始呈露它本来的锐锋，却在欧战收场之后，懂得了大众的军国化，是应该在平时不断地安排的时候。

在一九二〇年代的前半，切实地支配了全世界人类的脑子的，首先是活泼泼的战争的记忆。于是发生一种欲望，要符世界大战这一个重大的历史底事件，在国民底叙事诗的形态上，艺术底地再现出来，正是自然的事。而所作的电影，就切实地倾向大众的兴味和感情上去，也正是自然的事。将这有利的情势，忽然利用了的，是花旗帝国主义。战争的叙事法，便以最为好战底的煽动企图，创作出来了。

战争影片的不绝的系列，产生了。《战地之花》（Big Parade），《飞机大战》（Wings）以下，许多反动底宣传影片，列举名目就不胜其烦。不消说，那些电影是没有战时的纯粹的煽动影片一般地露骨的，制作之法，是添些乐剧式恋爱的适当的甘甜，以及掩饰些人道主义底的战争批评的药料，弄得易于下咽，使能在较自然，较暗默之中，达到宣传的目的。但虽然是十分小心的假面，而其究竟目的之所在，则同是将遮眼的东西给与大众，使不明帝国主义底战争的本质，以及赞美亚美利加军队的英雄主义，有时还宣传军队生活的放恣和有趣罢了。（我深惜在这里没有揭出这种战争影片的完全的目录，以那代表底的几个例子,来使我的叙述更加具体起来的纸面和时间了。但我相信将来会有补正的机会的。)

就战争和电影所历叙的这些事实,那自然,也决不是惟亚美利加所独有的特别现象。倒是在别的一切帝国主义强国里,都在争先兴办的。德国将《大战巡洋舰》(Emden)《世界大战》(Weltkrieg)等呈在我们的眼前,法国是制作了《凡尔登——历史的幻想》(Verdun——Vision d'histoire)《蔼克巴什》(L'Equipage)等,英国则以《黎明》(Dawn),日本则以《炮烟弹雨》,《地球在回旋》和《蔚山洋西的海战》等,竭力用心于"军事思想"的普及。

当叙述完战争电影之际,而没有提及作为几个例外底现象的反对战争的倾向,怕是不妥当的罢。

我们在《战地之花》里,在几个段落里,虽然是太感伤底的,然而总算也看见了描写着诅咒战争的心情。那心理,在《战地鹃声》(What Price Glory)中,就更为积极底地表白着。但在这些影片上,对于战争的确然的批评和态度,并无一定。只有着和卓别林(Charlie Chaplin)曾在《从军梦》(Shoulder Arms)里,将战争化为谑画了那样的同一程度的认识。

和这比较起来,技术上非常卓拔的战争影片《帝国旅馆》(Hotel Imperial)的导演者 Erich Pommer 所作的《铁条网》(Barbed Wire),倘临末没有那高唱人类爱的可笑的夸张,则和猛烈地讽刺了帝国主义战争的名喜剧《阵后谐兵》(Behind the Front)一同,大概是可以属于反战争电影的范畴的了。

四 电影与爱国主义

爱国底宣传电影,也是世界大战后的显著的现象。为什么呢?因为这种电影,虽有外形上的差违,但终极之点,是在向帝国主义战争的意识的准备,鼓舞,在那君权主义上,在那好战性上,和战争影片是本质底地相关联的。

那么,那目的是在那里呢?

直接地,是宣传团体观念,国旗之尊严,间接地,是奖励暴力,使民心倾向右翼政党,当和外国争夺资本市场之际,即刻有军事行动的事,成为妥当化。

这种影片的最活泼的影响,大抵见于选举国会议员,选举大总统的时期,如德国的国权党,尤其是能够仗了爱国主义的电影,博得许多的投票。

例如叫作《腓立大王》(Fridericus Rex,这在日本,是大加短缩,改题为《莱因悲怆曲》了)的普鲁士勃兴的历史影片,是其中的最获成功的。那正是大战后的张皇的时代,且正值跟着德国革命的失败而来的反动的火头上,这是有产阶级的巧妙的宣传。穷极,饿透了的小市民们,在这影片中,看见精锐的腓立大王的禁军的行进,看见七年战争的冠冕堂皇的胜利,于是想起了往日的皇帝的治世,便在无智的廉价的感激中,鼓掌蹈足,吹起口笛来了。

接着这个,而国民底英雄俾士麦的传记,化成电影了,兴登堡的传记,化成电影了。

《俾士麦》(Bismarck)者,单为了那制作,就设起俾士麦电影公司来,照成了两部二十余卷的巨制,凡在这帝国主义底政治家一生中的一切爱国底,煽情底的要素,都一无遗漏地填进在那里面。①

《兴登堡》(Hindenburg)者,是乘这老将军当选为大统领——这叨光于影片《腓立大王》和《俾士麦》之处是多么的大呵。——之机,为了他的收罗人心而作的。

一九二七年春,德意志国权党领袖之一,奥古斯德·霞尔书店的事实上的所有者福干培克,乘德国大公司之一乌发公司的财政危机,买进了那股票的过半,坐了乌发公司总经理的交椅了。于是德国的电影事业和那影响力,便全捏在国权党的手里。福干培克立刻在乌发公司的出品计划上,露骨地显示了他的政治底主张。那最是世界底的例子,是《世界大战》(Weltkrieg)的二部作。

对于这,社会民主党的内阁便即刻取了牵制底手段。就是,使德意志银行来对抗福干培克,投资于乌发公司。为了使德国的独占底大电影公司不成为国权党宣传机关,这是不得已的方法。

---

① 《俾士麦》影片公演时所散布的纲要书上,载着这样的说明——

"我们的影片的祖国底的目的(der vaterlaendische Zweck),也规定了那内面的结构和事件的时间底限制。所以俾士麦的少年时代,仅占了极简略的开端。(中略。)而且这故事,是应该以一八七一年的德意志建国收场的。为什么呢? 就因为跟着发生的国内的纷争,以及他的退隐,是惹起阴沉的回忆,不使观者结合,却使之乖离,有违于这电影全体的祖国底的目的的缘故。这影片的主要部分,是将从一八四七年,俾士麦入了政治底生活的时候起,至一八七一年止,作为一个完成了的戏曲的。(下略。)"

《世界大战》①已有删节的片子,绍介于日本(译者按:在上海,去年也大演了一通),那是有着怎样的倾向和主张的事,大约现在早可以无须详说了罢。

在表面上所标榜的,《世界大战》是将一九一四年至一九一七年的战争中所摄的各国(大抵是德法)的照片,凭了纯粹的历史底客观而编辑的留在软片上的记录。

而且这比起专一描写本国军队的胜利的,勇敢的,爱国的亚美利加式电影来,也真好像近于写实。然而注意较深的观察者,却即刻可以看见。从丹南培克之战起,常只将兴登堡将军的胜利,重复地映出了好几回。而且和写着"在战时屡救祖国的将军,当平和时,也作为大统领而尽力于祖国"等语的字幕一同,这电影也就完结了。②

---

① 当《世界大战》开演之际,关于这影片,有一个将军述其所感,登在报上道——

"战争是完全可怖的,但我们是认战争,因为在战争中,再没有较之辱没自己的职务,尤为可怖的运命了。我们的青年们,对于战争的恐怖,应该以平静的镇定和确固的意志而进行。所以这影片的凄惨的场面,决不是可以厌恶的东西,却对于这影片给了意义,增了价值。"

② 作为属于这范畴的影片,可以列举出《路易飞迭南公子》(Prinz Louis Ferdinand),《乌第九号》(U.9.),《猫桥》(Katzensteg),《律查的猛袭》(Luelzows Wilde Verwegene Jagd),《希勒的军官们》(Schillsche Offiziere),《大战巡洋舰》(Emden),《我们的安霺》(Unser Emden)及其他的德国影片;《拿破仑》(Napoléon),《贞德》(Jeanne d'Arc)——但并非输入日本的 Karl Dreier 的作品——等法国影片;《珂罗内勒和孚克兰岛的海战》(The Battles of Coronel and Falkland Islands)等英国影片来。

至于亚美利加,则连在《彼得班》(Peter Pan),《红皮》(Red Skin)之类的童话和乐剧中,也发见了训导 Stars and Stripes(译者按:星星和条纹=花旗)之尊严的机会了。

五　电影和宗教

通一切时代,宗教一向在供支配阶级的御用,是已经证明了许多次数的。

这在东洋,则教人以佛教底的忍从和蔑视现世,在西方,则成为基督教底平和主义,想阻止现存的阶级社会的积极底改革。

到二十世纪,宗教虽然已经失却了昔日的权威和信仰,但倒是因为失却,所以对于那支配阶级的奴仆状态,也就愈加露骨,故意起来了。

在物质文明发达较迟的国度中,宗教还有着大大的宣传煽动力。资本主义于是将宗教和电影相结合,能够同时利用了。

例如《十诫》(The Ten Commandments),《基督教徒》(Christian),《宾汉》(Ben Hur),《万王之王》(King of Kings),《犹太之王,拿撒勒的耶稣》(I.N.R.I.)之类的基督教宣传电影,《亚细亚之光》(Die Leuchte Asiens),《大圣日莲》之类的佛教电影,是和感激之泪一同,从全世界的愚夫愚妇,善男信女的衣袋里,赚得确实的布施,从商业底方面看起来,也是利益最多的影片。一切宗派中,罗马加特力教会是最留意于电影的利用的,每年开一回电影会议,议定着那一年中全世界底宣传的计划。

在我们的周围,宗教之力早已几乎视若无物了。至多,也不过本愿寺,日莲宗之流,组织了巡行电影团,竭力想维系些乡下农民的信仰。然而因此便推定宗教的世界底无力，是不可以的。只要看在苏维埃的文化革命的历程中，还不能放掉对于宗教的斗争，而在实行的事实，大概就可以明白其间情势了。①

六　电影和有产阶级

为资本主义底生产方法和有产者政府的监视所拘束的现今电影的一切，几乎都被用于拥护有产阶级的事，我相信是已经很明显了的。

但在这里，却将电影和有产阶级的关系，限于较狭的意义，只来论及直接服役于市民有产阶级的光荣和支配的电影这一种。

这种电影，可以分成三样概括底区别。

那第一种，是和封建底，乃至贵族底社会相对抗，而尽讴歌有产阶级之胜利的任务的。因此那全部，几乎都是取材于市民底社会的勃兴的历史影片。××，或者××的野兽底横暴，在其下尝着涂炭之苦的农民，工商阶级。到影片的第七卷，而有产阶级终于蜂起，将电影底的极顶（Climax）和壮大的群集（mob scene），在这里大行展开，这是那典型底的结构。但在大多数的影片上，有产阶级是决不作为一个阶级底总体

---

①　在最近的苏维埃影片《活尸》(Der Iebende Leichnam)中，我们也能够看见将对于宗教的斗争，采为分明的纲要。

而蹶起的,大抵由一个(往往是贵族出身,年青,而又眉目秀丽的!)英雄所指导,力点就放在那个人底的英雄主义上。作为那最是性格底的作品,读者只要记起《罗宾汉》(Robin Hood),《斯凯拉谟修》(Scaramouche),《定情之夕》(A Night of Love)来,大约就足够了。在日本的时代剧,尤其是剑剧影片之中,我们也有那不少的例子。

但是,我们又能够在那历史底时代,发见新兴有产阶级所演的革命的脚色,和现在的无产阶级的斗争,其间有很大的类似(Analogie)。倘作者将意识底的强音(Akzent)集中于此的时候,是可以产生优秀的作品的。如《熊的结婚》,《农奴之翼》,《斯各丁城》,《忠次旅行日记》等,便是那仅少的代表。

第二种,是反对无产阶级革命的电影。

《党人魂》(Volga Boatman)是当内务省检阅之际,惹起了大问题,终于遭了警视厅来制限其开映的忧患的影片,但那内容是什么呢?

《大暴动》(Tempest;译者按:在上海映演时,名《狂风暴雨》)也靠了长有数卷的小插画,这才好容易得以许可开演的影片,然而那所选的是怎样的主题呢?

这些影片,是只在用俄国的无产阶级革命为背景这一点上,因而遭了禁止,或重大的删剪的。但要之,那所描写,是将无产阶级革命当作了无统制的暴民的一揆。无教育而不道德的农民和劳动者,倚恃着多数,攻入贵族的城堡去,破坏家具,××美丽的少女,酗酒,单喜欢流血。那是在无产阶级的胜利上,特地蒙上暴虐的假面,涂些污泥,使小市民变成反革命起见而作的有产阶级的××。我们于此,看见了如拥护有产者社会而设的宣传电影,却被×××××××的××所禁止的那种奇怪而且愉快的现象了。

固然,在《约翰南伊之爱》(Liebe der Jeanne Ney)和《最后的命令》(The Last Command)上,剪去了十月革命,那却是检阅者十分做了他所该做的事的。

最后,就来了以《大都会》(Metropolis;译者按:在上海映演时,名《科学世界》)为典型的劳资调和电影的一连串。

关于《大都会》,现在已经无须在这里缕述了。那是揭着"头和手之间,非有心脏不可"这标语的社会民主主义者,宣讲着资本家和劳动者可以不由战争,但靠相互底的协力与爱,即能建设新社会云云的巴培尔塔以前的童话。①

七 电影与小市民

有产阶级的电影底宣传,一到阶级间的对立逐渐鲜明地,决定底地尖锐起来,也就陷在无可避免的绝地里了。

在实际上,电影是以大多数的小市民和无产阶级为看客

---

① 论难攻击了《Metropolis》而显了英雄的英国的改良主义底时行作家威尔士(H. G. Wells),在那近著《The King Who Was a King ——The Book of a Film》上,关于战争的绝灭,大要着使日内瓦的政治家们也要脸红那样反动底Demagogie(笼络群众手段),那是滑稽之至的。

的。而他们，小市民和无产阶级，早已渐渐地觉察出有产阶级的诡计来了。就是，已经注意于"支配阶级制作了宣布那服从于己的观念形态的影片，而以此来做掠取无产者的衣袋的手段"这事实的真相了。

卢那卡尔斯基关于苏维埃电影，曾经说明过"拙劣的煽动，却招致反对的结果"这原则，在这里，却被有产者底地应用了。

露骨的宣传是停止了。最所希望的，是使电影的看客看不见"阶级"这观念。至少，是坐在银幕之前的数小时中，使他们忘却了一切社会底对立。

这样子，就产生了小市民的影片。①

---

① 关于小市民影片的发生，在一九二七年一月所作的拙稿《电影美学以前》里，虽然很简约，却已曾略述过了的。以下数行，请许其拔萃，以便读者的理解。

"（前略）登场人物，是在高大的宫殿里占着王座的富豪。富豪，是良善的。富豪的女儿，是美的。小市民出身的年青的男子，溜出阶级斗争的背后，要高升到富豪的家族里面去。他就简单地只靠了恋爱，走上了一段阶级的梯子。为了他和富豪的女儿，常设馆的可怜的乐队，就奏起结婚进行曲来。

"富豪由此得到恭维。小市民为这飞腾故事所激励，觉得要誓必尽忠于有产阶级。

"但人们，大部分是无产者的人们，这样却还不满足。

"没有破绽的商人，于是来设法。他们便想一切都避开'阶级'这一个观念。

"于是家庭剧发生了。那对于阶级的对立，是彻头彻尾，要掩住看客的眼睛，连两个不同的阶级的存在，也避开不写。将一切问题和倾向，都置之不顾，但竭力将'谨慎的'小市民的生活，仅在他们的生活圈内，描写出来。那'大抵是关于恋爱的柔滑的故事'，或则以母性爱为主题，其中虽一个无产者，一个资本家，也不准登场。只有小市民阶级作为惟一的阶级，在独裁着。（后略）"

在小市民家庭剧中,有两种特征底的倾向——

一,是那罗曼主义。

二,是那弄玄妙(Sophistication)。

粗粗一看,则现在的电影,尤其是电影剧,乃是写实主义底的。而且许多人们,都抱着这样的幻想。但其实,除了极少数的第一流作品以外,一切全没有什么现实底的申诉的。

自然,虽说是罗曼主义,但和给十九世纪时有产阶级革命的艺术以特征的那生着火焰之翼的罗曼主义,是不一样的。这是为了平庸,近视,乐天底的小市民们而设的,也是平庸,近视,乐天底的罗曼主义。这于迭克萨的农民,芝加各的公司人员,亚理梭那的牧童,纽借那的送牛奶人,纽约的速记生,毕兹巴格的野球选手,东京的中学生,横滨的水手,无不相宜。说起来,就是 Ready-made(现成)的罗曼主义。作为那象征底的形相,则有珂林·谟亚(Collin Moore),瑙玛·希拉(Norma Shearer),克莱拉·宝(Clara Bow),从一九二六年起,顺次登场来了。就是那样程度的罗曼主义。

每星期薪水(美金)二十五元的大学生出身的公司职员和美尔顿百货公司的娇娃的恋爱故事。珂尼·爱兰特。新福特式的跑车。爵兹乐舞。打猎。

至于这花旗罗曼主义上所必要的此外的布置和氛围气,则读者倘一看《Vanity Fair》的广告栏,更所希望的,是往就近的电影馆,一赏鉴任何的亚美利加影片,大约便能自己领悟的罢。

读者必须明白,这小市民底的罗曼主义,是和亚美利加资本主义还在走着上行线的这一个公式底认识,有不可分的关联的。这事实,在一方面,是每年将九十亿元的国帑,撒在有产阶级的怀中,而使发生了叫作所谓"Four Hundreds"的有闲阶级,利子生活者的大群。①

而且有闲阶级,利子生活者的大群,则使他本身的消费底文化,娱乐机关,极端地发达起来了。而从那消费底文化的母胎中,就酦酵了为一切文化烂熟期之特色的一种像煞有介事,通人趣味,低徊趣味,讽刺,冷嘲等。这过度地洗炼了的生活感情,他们称之为 Sophistication。卖弄巴黎式的 Chic,以及花旗式地解释了的 hard-boiled 之类的话,都和这相关联,而为人们所欢喜。

卓别林在《巴黎一妇人》(A Woman of Paris)里,居然表现了那 Sophistication 的模范(Prototype)。刘别谦(Ernst Lubitsch)在《婚姻范围》(Marriage Circle)里,表现于一套片子上面了。蒙太·培尔,玛尔·辛克莱儿,泰巴第·达赖尔等许多后继者们,都发挥了电影界的玄妙家腔调。

但是,亚美利加虽在那一切的资本主义底兴隆,但本身之中,却已经包藏着到底消除不尽的内底矛盾,而在苦闷。消费不能相副的一面底生产,失了投资市场的大金融资本,荷佛政府的积极底外交,拥抱着五百万失业者的天国亚美利加,现在是正踏在不可掩饰的阶级底对立的顶上了。

---

① 据一九二四年的调查,则在亚美利加,每年收入在一万元以上的人,总数达二十六万。但这还是除掉了利息,花红之类的企业利得,只是直接个人底收入的计算,所以事实上的数字,大约还要见得若干成的增加的罢。

这社会情势,将怎样地反映在亚美利加影片之中呢,那是很有兴味的将来的问题。

译 者 附 记

这一篇文章的题目,原是《作为宣传,煽动手段的电影》。所谓"宣传,煽动"者,本是指支配阶级那一面而言,和"造反"并无关系。但这些字面,现在有许多人都不大喜欢,尤其是在支配阶级那方面。那原因,只要看本文第七章《电影与小市民》的前几段,就明白了。

本文又原是《电影和资本主义》中的一部分,但全书尚未完成,这是据发表在《新兴艺术》[3]第一,第二号上的初稿译出来的。作者在篇末有几句声明,现在也译在下面:

"我的,《电影和资本主义》,原要接着本稿,更以社会底逃避的电影,无产阶级方面所作的宣传电影等,作为顺次的问题,臻于完成的。但现在,则仅以对于有产阶级电影的如上的研究,暂且搁笔。

"又,本稿不过是对于每一项目,各能写出独立的研究那样的浩瀚的材料,给了极概括底的一瞥,在这一端,是全篇过于常识底了。请许我声明我自己颇以为憾的事。"

但我偶然读到了这一篇,却觉得于自己很有裨益。上海的日报上,电影的广告每天大概总有两大张,纷纷然竞夸其演员几万人,费用几百万,"非常的风情,浪漫,香艳(或哀艳),肉感,滑稽,恋爱,热情,冒险,勇壮,武侠,神怪……空前巨片",

真令人觉得倘不前去一看,怕要死不瞑目似的。现在用这小镜子一照,就知道这些宝贝,十之九都可以归纳在文中所举的某一类,用意如何,目的何在,都明明白白了。但那些影片,本非以中国人为对象而作,所以运入中国的目的,也就和制作时候的用意不同,只如将陈旧枪炮,卖给武人一样,多吸收一些金钱而已。而中国人对于这些的见解,当然也和他们的本国人两样,只看广告中借以吸引看客的句子,便分明可知,于各类影片,大抵都只见其"非常风情,浪漫,香艳(或哀艳),肉感……"了。然而,冥冥中也还有功效在,看见他们"勇壮武侠"的战事巨片,不意中也会觉得主人如此英武,自己只好做奴才;看见他们"非常风情浪漫"的爱情巨片,便觉得太太如此"肉感",真没有法子办——自惭形秽,虽然嫖白俄妓女以自慰,现在是还可以做到的。非洲土人顶喜欢白人的洋枪,美洲黑人常要强奸白人的妇女,虽遭火刑,也不能吓绝,就因看了他们的实际上的"巨片"的缘故。然而文野不同,中国人是古文明国人,大约只是心折而不至于实做的了。

因为自己看过之后,大略发生了如上的感想,因此也想介绍给一部分的读者,费去许多工夫,译出来了。原文本是很简短的,只因为我于电影一道是门外汉,虽是平常的术语,也须查考,这就比别人烦难得多,即如有几个题目,便是从去年的旧报上翻出来的,查不到的,则只好"硬译",而且误译之处,也恐怕决不能免。但就大体而言,我相信于读者总可以有一些贡献。

去年,美国的"武侠明星"范朋克(Douglas Fairbanks)因为美金积得太多,到东洋来游历了。上海有几个团体便豫备欢迎。中国本来有"捧戏子"的脾气,加以唐宋以来,偷生的小市民就已崇拜替自己打不平的"剑侠",于是《七侠五义》,《七剑十八侠》,《荒山怪侠》,《荒林女侠》,……层出不穷;看了电影,就佩服洋《七侠五义》即《三剑客》[4]之类。古洋侠客往矣,只好佩服扮洋侠客的洋戏子,算是"过屠门而大嚼,虽不得肉,亦且快意"[5],正如捧梅兰芳者,和他所扮的天女,黛玉等辈,决不能说无关一样,原是不足怪的。但有些人们反对了,说他在演《月宫宝盒》(The Thief of Bagdad[6])时摔死蒙古太子,辱没了中国。其实呢,《月宫宝盒》中的英雄,以一偷儿连爬了两段阶级的梯子,终于做了驸马,正是译文第七章细注里所说,要使小市民或无产者"为这飞腾故事所激励,觉得要誓必尽忠于有产阶级"的玩艺,决不是意在辱没中国的东西。况且故事出于《一千一夜》[7],范朋克并非作家,也不是导演,我们又不是蒙古太子的子孙或奴才,正不必对于他,为美金而演剧的个人,如此之忿忿。但既然无端忿忿了,这也是中国常有的惯例,不足怪的,——在见惯者。后来范朋克到了,终于有团体要欢迎,然而大碰钉子,"范氏代表谓范氏绝对不允赴公共宴会",竟不能得到瞻仰洋侠客的光荣。待到范朋克"到日本后,一切游程,均由日人代为规定,且到东京后,将赴影戏院,与日本民众相见"(见十八年十二月十九日《申报》),我们这里的蒙古王孙乃更不胜其没落之感,上海电影公会有一封宛转抑扬的信,寄给这"大艺术家"。全文是极有可供研究的处所的,但这里限于纸面,只好摘录了一点——

"曾忆《月宫宝盒》剧中,有一蒙古太子,其表演状态,至为恶劣,足使观者之未知东方历史,未悉东方民族性质者,发生不良之印象,而能成为人类相爱进程上绝大之阻碍。因东方中华民国人民之状态,并不如其所表演之恶劣也。敝会同人,深知电影艺术之能力,转辗为全世界一切民情风俗智识学问之介绍,换言之,亦能引导全世界人彼此之相爱,及世界人类彼此之相憎。敝会同人以爱先生故,以先生为大艺术家故,愿先生为向善之努力,不愿先生如他人之对世界为不真实之介绍,而为盛誉之累也。"

文中说电影对于看客的力量的伟大,是很不错的,但以为蒙古太子就是"中华民国人民",却与反对欢迎者流,同一错误。尤其错误的是要劝范朋克去引"全世界人彼此之相爱",忘却了他是花旗国[8]里发了财的电影员。因此一念之差,所以竟弄到低声下气,托他去绍介真实的"四千余年历史文化所训练的精神"于世界了——

"敝会同人更敢以经过四千余年历史文化训练之精神,大声以告先生。我中华人民之尊重美德,深用礼仪,初不异于贵国之人民。更以贵国政府常能于世界国际间主持公道,故为我中华人民所敬爱。先生于此次东游小住中,想已见到真实之证据。今日我中华政治之状态,方在革命完成应经历之过程中,有国内之战争,有不安静之纷扰,然中华人民对于外来宾客如先生者,仍能不忘应有之礼节,表示爱人之风度。此种情形,先生当能于耳目交接之间，为真实之明了。虽间有表示不同之言论者，然此种言论，皆为先生代表以及代表引为己助参加发言者不合礼节隔离人情之宣言及表示所造成。……

"希望先生于东游之后，以所得真实之情状，介绍于贵国之同业，进而介绍于世界，使世界之人类与中华所有四万万余之人民为相爱之亲近，勿为相憎之背驰，以形成世界不良之情状，使我中华人民之敬爱先生，一如敬爱美国之政府。"

但所说明的精神，一言以蔽之，是咱们蒙古王孙即使国内如何战争，纷扰，而对于洋大人是极其有礼的。就是这一点。

这正是被压服的古国人民的精神，尤其是在租界上。因为被压服了，所以自视无力，只好托人向世界去宣传，而不免有些诌；但又因为自以为是"经过四千余年历史文化训练"的，还可以托人向世界去宣传，所以仍然有些骄。骄和诌相纠结的，是没落的古国人民的精神的特色。

欧美帝国主义者既然用了废枪，使中国战争，纷扰，又用了旧影片使中国人惊异，胡涂。更旧之后，便又运入内地，以扩大其令人胡涂的教化。我想，如《电影和资本主义》那样的书，现在是万不可少了！

一九三○，一，十六，L。

＊　　　＊　　　＊　　　＊

〔1〕　本篇最初发表于 1930 年 3 月 1 日《萌芽月刊》第一卷第三期，署名 L。

〔2〕 岩崎·昶(1903—1981) 日本电影评论家。1929 年曾组织过日本无产阶级电影同盟。第二次世界大战后,任日本映画社制片局长,东宝电影公司制片人等。著有《电影艺术史》、《电影与资本主义》等。

〔3〕 《新兴艺术》 日本文艺期刊,田中房次郎编辑,1929 年 11 月创刊,东京艺文书院出版。

〔4〕 《三剑客》 根据法国作家大仲马(1802—1870)的小说《三个火枪手》(又译《侠隐记》)改编的一部美国电影。

〔5〕 "过屠门而大嚼"等语,见《文选》曹植的《与吴季重书》。

〔6〕 The Thief of Bagdad 即《巴格达的窃贼》。

〔7〕 《一千一夜》 即《一千零一夜》,旧译《天方夜谈》,阿拉伯古代民间故事集。

〔8〕 花旗国 美国国旗以星星和条纹的图案组成,旧时上海等地以"花旗"代称美国。

南腔北调集

本书收作者 1932 年至 1933 年所作的杂文
五十一篇,1934 年 3 月由上海同文书店初版。
作者生前共印行三版次。本版抽出《〈两地书〉
序言》(存目),以免与编入第十一卷中的《两地
书》的《序言》重复。

题　记

　　一两年前,上海有一位文学家,现在是好像不在这里了,那时候,却常常拉别人为材料,来写她的所谓"素描"。我也没有被赦免。据说,我极喜欢演说,但讲话的时候是口吃的,至于用语,则是南腔北调[1]。前两点我很惊奇,后一点可是十分佩服了。真的,我不会说绵软的苏白,不会打响亮的京腔,不入调,不入流,实在是南腔北调。而且近几年来,这缺点还有开拓到文字上去的趋势;《语丝》早经停刊,没有了任意说话的地方,打杂的笔墨,是也得给各个编辑者设身处地地想一想的,于是文章也就不能划一不二,可说之处说一点,不能说之处便罢休。即使在电影上,不也有时看得见黑奴怒形于色的时候,一有同是黑奴而手里拿着皮鞭的走过来,便赶紧低下头去么? 我也毫不强横。

　　一俯一仰,居然又到年底,邻近有几家放鞭爆,原来一过夜,就要"天增岁月人增寿"了。静着没事,有意无意的翻出这两年所作的杂文稿子来,排了一下,看看已经足够印成一本,同时记得了那上面所说的"素描"里的话,便名之曰《南腔北调集》,准备和还未成书的将来的《五讲三嘘集》[2]配对。我在私塾里读书时,对过对,这积习至今没有洗干净,题目上有时就玩些什么《偶成》,《漫与》,《作文秘诀》,《捣鬼心传》,这回却闹到书名上来了。这是不足为训的。

其次,就自己想:今年印过一本《伪自由书》,如果这也付印,那明年就又有一本了。于是自己觉得笑了一笑。这笑,是有些恶意的,因为我这时想到了梁实秋先生,他在北方一面做教授,一面编副刊,[3]一位喽罗儿[4]就在那副刊上说我和美国的门肯(H. L. Mencken)[5]相像,因为每年都要出一本书。每年出一本书就会像每年也出一本书的门肯,那么,吃大菜而做教授,真可以等于美国的白璧德了。低能好像是也可以传授似的。但梁教授极不愿意因他而牵连白璧德,是据说小人的造谣;[6]不过门肯却正是和白璧德相反的人,以我比彼,虽出自徒孙之口,骨子里却还是白老夫子的鬼魂在作怪。指头一拨,君子就翻一个筋斗,我觉得我到底也还有手腕和眼睛。

不过这是小事情。举其大者,则一看去年一月八日所写的《"非所计也"》,就好像着了鬼迷,做了恶梦,胡里胡涂,不久就整两年。怪事随时袭来,我们也随时忘却,倘不重温这些杂感,连我自己做过短评的人,也毫不记得了。一年要出一本书,确也可以使学者们摇头的,然而只有这一本,虽然浅薄,却还借此存留一点遗闻逸事,以中国之大,世变之亟,恐怕也未必就算太多了罢。

两年来所作的杂文,除登在《自由谈》[7]上者外,几乎都在这里面;书的序跋,却只选了自以为还有几句可取的几篇。曾经登载这些的刊物,是《十字街头》,《文学月报》,《北斗》,《现代》,《涛声》,《论语》,《申报月刊》,《文学》等[8],当时是大抵用了别的笔名投稿的;但有一篇没有发表过。

一九三三年十二月三十一日之夜，于上海寓斋记。

*　　　*　　　*

〔1〕　南腔北调　见上海《出版消息》第四期(1933 年 1 月)《作家素描(八)·鲁迅》，作者署名美子。其中说："鲁迅很喜欢演说，只是有些口吃，并且是'南腔北调'，然而这是促成他深刻而又滑稽的条件之一。"

〔2〕　《五讲三嘘集》　参看本书《答杨邨人先生公开信的公开信》。这本集子后未编成。

〔3〕　梁实秋当时任青岛大学教授、外文学主任，并主编天津《益世报》的《文学周刊》。

〔4〕　一位喽罗儿　指梅僧。他在天津《益世报·文学周刊》第三十一期(1933 年 7 月)发表的《鲁迅与 H. L. Mencken》一文中说："曼肯(即门肯)平时在报章杂志揭载之文，自己甚为珍视，发表之后，再辑成册，印单行本。取名曰《偏见集》，厥后陆续汇集刊印，为第二集第三集以至于无穷。犹鲁迅先生之杂感，每隔一二年必有一两册问世。"

〔5〕　门肯(1880—1956)　又译孟肯、曼肯，美国文艺批评家、散文作家。他从自由主义立场出发，反对学院、绅士的"传统标准"，反对一切市侩和社会上的庸俗现象。他的主张曾遭到白璧德等"新人文主义"者的攻击，双方论战数十年。主要著作有《偏见集》，从 1919 年到1927 年，共出六册。

〔6〕　梁实秋在为吴宓等译的《白璧德与人文主义》一书所作的序言中说："我自己从来没有翻译过白璧德的书，亦没有介绍过他的学说……但是我竟为白璧德招怨了。……据我所看见的攻击白璧德的人，都是没有读过他的书的人，我以为这是一件极不公平的事。"

〔7〕　《自由谈》　《申报》的副刊之一。始办于 1911 年 8 月，从1933 年 1 月起，作者应新任主编黎烈文之约，连续在该刊发表杂文；后

来将 1 月至 5 月发表的编为《伪自由书》,6 月至 11 月的编为《准风月谈》。

〔8〕 《十字街头》 半月刊,第三期改为旬刊,"左联"刊物之一,鲁迅、冯雪峰合编。1931 年 12 月在上海创刊,次年 1 月即被国民党政府禁止,仅出三期。《文学月报》,"左联"刊物之一,先后由姚蓬子、周起应(周扬)等编辑。1932 年 6 月在上海创刊,同年 12 月被国民党政府禁止,仅出六期。《北斗》,参看本卷第 374 页注〔1〕。《现代》,文艺月刊,施蛰存、杜衡编辑,1932 年 5 月在上海创刊,1935 年 3 月改为综合性月刊,汪馥泉编辑,同年五月出至第六卷第四期停刊。《涛声》,文艺性周刊,曹聚仁编辑。1931 年 8 月在上海创刊,1933 年 11 月停刊。共出八十二期。《论语》,文艺性半月刊,林语堂、陶亢德等编辑,1932 年 9 月在上海创刊,1937 年 8 月停刊,共出一一七期。《申报月刊》,申报馆编辑和出版的国际时事综合性刊物,也刊载少量文艺作品。1932 年 7 月在上海创刊,1935 年 12 月出至第四卷第十二期停刊。《文学》,月刊,郑振铎、傅东华、王统照等编辑,1933 年 7 月在上海创刊,1937 年 11 月出至第九卷第四期停刊。

一 九 三 二 年

"非 所 计 也"[1]

新年第一回的《申报》(一月七日)[2]用"要电"告诉我们："闻陈(外交总长印友仁)[3]与芳泽[4]友谊甚深,外交界观察,芳泽回国任日外长,东省交涉可望以陈之私人感情,得一较好之解决云。"

中国的外交界看惯了在中国什么都是"私人感情",这样的"观察",原也无足怪的。但从这一个"观察"中,又可以"观察"出"私人感情"在政府里之重要。

然而同日的《申报》上,又用"要电"告诉了我们："锦州三日失守,连山绥中续告陷落,日陆战队到山海关在车站悬日旗……"

而同日的《申报》上,又用"要闻"告诉我们"陈友仁对东省问题宣"云："……前日已命令张学良[5]固守锦州,积极抵抗,今后仍坚持此旨,决不稍变,即不幸而挫败,非所计也。……"

然则"友谊"和"私人感情",好像也如"国联"[6]以及"公理","正义"之类一样的无效,"暴日"似乎不像中国,专讲这些的,这真只得"不幸而挫败,非所计也"了。

也许爱国志士，又要上京请愿了罢。当然，"爱国热忱"，是"殊堪嘉许"的，但第一自然要不"越轨"，第二还是自己想一想，和内政部长卫戍司令诸大人"友谊"怎样，"私人感情"又怎样。倘不"甚深"，据内政界观察，是不但难"得一较好之解决"，而且——请恕我直言——恐怕仍旧要有人"自行失足落水淹死"[7]的。

所以未去之前，最好是拟一宣言，结末道："即不幸而'自行失足落水淹死'，非所计也！"然而又要觉悟这说的是真话。

一月八日。

*　　　*　　　*

〔1〕　本篇最初发表于 1932 年 1 月 5 日上海《十字街头》第三期，署名白舌。按该期延期至 3 月 5 日出版。

〔2〕　旧时新年各日报多连续休刊几天，所以《申报》到 1 月 7 日才出新年后的第一回。

〔3〕　陈友仁（1875—1944）　广东香山（今中山）人，出身于华侨家庭，1913 年回国，曾任孙中山秘书及武汉国民政府外交部长等职。1932 年一度任国民党政府外交部长。旧时在官场或社交活动中，对人称字不称名；在文字上如称名时，则在名前加一"印"字，以示尊重。

〔4〕　芳泽　即芳泽谦吉（1874—1965），曾任日本驻国民党政府公使、日本外务大臣等职。

〔5〕　张学良（1901—2001）　字汉卿，辽宁海城人。九一八事变时任国民党政府陆海空军副司令兼东北边防军司令长官，奉蒋介石不抵抗的命令，放弃东北三省。1936 年 12 月 12 日他与杨虎城发动西安事变，后被蒋介石囚禁。

〔6〕 "国联" 参看本卷第363页注〔5〕。九一八事变后,国民党政府对日本的侵略采取不抵抗政策,一味依赖国联。1931年9月22日蒋介石在南京发表《国存与存,国亡与亡》的演说中称:对日本侵略"暂取逆来顺受态度,以待国际公理之判决。"同年11月14日南京国民党第四次代表大会对外宣言中说:"当事变之初,中国即提请国联处理,期以国际间保障和平机关之制裁,申张正义与公理。"

〔7〕 "自行失足落水淹死" 1931年九一八事变以后,各地学生为了反对国民党政府的不抵抗政策,纷纷到南京请愿,12月17日在南京举行总示威时,国民党政府出动军警屠杀和逮捕学生,有的学生被刺伤后扔进河里。次日,南京卫戍当局对记者谈话,诡称死难学生是"失足落水"。

林克多《苏联闻见录》序^[1]

　　大约总归是十年以前罢,我因为生了病,到一个外国医院去请诊治,在那待诊室里放着的一本德国《星期报》(Die Woche)上,看见了一幅关于俄国十月革命的漫画,画着法官,教师,连医生和看护妇,也都横眉怒目,捏着手枪。这是我最先看见的关于十月革命的讽刺画,但也不过心里想,有这样凶暴么,觉得好笑罢了。后来看了几个西洋人的旅行记,有的说是怎样好,有的又说是怎样坏,这才莫名其妙起来。但到底也是自己断定:这革命恐怕对于穷人有了好处,那么对于阔人就一定是坏的,有些旅行者为穷人设想,所以觉得好,倘若替阔人打算,那自然就都是坏处了。

　　但后来又看见一幅讽刺画,是英文的,画着用纸版剪成的工厂,学校,育儿院等等,竖在道路的两边,使参观者坐着摩托车,从中间驶过。这是针对着做旅行记述说苏联的好处的作者们而发的,犹言参观的时候,受了他们的欺骗。政治和经济的事,我是外行,但看去年苏联煤油和麦子的输出,竟弄得资本主义文明国的人们那么骇怕的事实,^[2]却将我多年的疑团消释了。我想:假装面子的国度和专会杀人的人民,是决不会有这么巨大的生产力的,可见那些讽刺画倒是无耻的欺骗。

　　不过我们中国人实在有一点小毛病,就是不大爱听别国的好处，尤其是清党之后，提起那日有建设的苏联。一提到罢，不是说你意在宣传，就是说你得了卢布。而且宣传这两个字，在中国实在是被糟蹋得太不成样子了，人们看惯了什么阔人的通电，什么会议的宣言，什么名人的谈话，发表之后，立刻无影无踪，还不如一个屁的臭得长久，于是渐以为凡有讲述远处或将来的优点的文字，都是欺人之谈，所谓宣传，只是一个为了自利，而漫天说谎的雅号。

自然，在目前的中国，这一类的东西是常有的，靠了钦定或官许的力量，到处推销无阻，可是读的人们却不多，因为宣传的事，是必须在现在或到后来有事实来证明的，这才可以叫作宣传。而中国现行的所谓宣传，则不但后来只有证明这"宣传"确凿就是说谎的事实而已，还有一种坏结果，是令人对于凡有记述文字逐渐起了疑心，临末弄得索性不看。即如我自己就受了这影响，报章上说的什么新旧三都的伟观，南北两京的新气[3]，固然只要看见标题就觉得肉麻了，而且连讲外国的游记，也竟至于不大想去翻动它。

但这一年内，也遇到了两部不必用心戒备，居然看完了的书，一是胡愈之先生的《莫斯科印象记》[4]，一就是这《苏联闻见录》。因为我的辨认草字的力量太小的缘故，看下去很费力，但为了想看看这自说"为了吃饭问题，不得不去做工"的工人作者[5]的见闻，到底看下去了。虽然中间遇到好像讲解统计表一般的地方，在我自己，未免觉得枯燥，但好在并不多，到底也看下去了。那原因，就在作者仿佛对朋友谈天似的，不用美丽的字眼，不用巧妙的做法，平铺直叙，说了下去，作者是平常的人，文章是平常的文章，所见所闻的苏联，是平平常常的地方，那人民，是平平常常的人物，所设施的正是合于人情，生活也不过像了人样，并没有什么希奇古怪。倘要从中猎艳搜奇，自然免不了会失望，然而要知道一些不搽粉墨的真相，却是很好的。

而且由此也可以明白一点世界上的资本主义文明国之定要进攻苏联的原因。工农都像了人样，于资本家和地主是极不利的，所以一定先要歼灭了这工农大众的模范。苏联愈平常，他们就愈害怕。前五六年，北京盛传广东的裸体游行，后来南京上海又盛传汉口的裸体游行，就是但愿敌方的不平常的证据。据这书里面的记述，苏联实在使他们失望了。为什么呢？因为不但共妻，杀父，裸体游行等类的"不平常的事"，确然没有而已，倒是有了许多极平常的事实，那就是将"宗教，家庭，财产，祖国，礼教……一切神圣不可侵犯"的东西，都像粪一般抛掉，而一个簇新的，真正空前的社会制度从地狱底里涌现而出，几万万的群众自己做了支配自己命运的人。这种极平常的事情，是只有"匪徒"才干得出来的。该杀者，"匪徒"也。

但作者的到苏联，已在十月革命后十年，所以只将他们之"能坚苦，耐劳，勇敢与牺牲"告诉我们，而怎样苦斗，才能够得到现在的结果，那些故事，却讲得很少。这自然是别种著作的任务，不能责成作者全都负担起来，但读者是万不可忽略这一点的，否则，就如印度的《譬喻经》所说，要造高楼，而反对在地上立柱，[6]据说是因为他要造的，是离地的高楼一样。

　　我不加戒备的将这读完了，即因为上文所说的原因。而我相信这书所说的苏联的好处的，也还有一个原因，那就是十来年前，说过苏联怎么不行怎么无望的所谓文明国人，去年已在苏联的煤油和麦子面前发抖。而且我看见确凿的事实：他们是在吸中国的膏血，夺中国的土地，杀中国的人民。他们是大骗子，他们说苏联坏，要进攻苏联，就可见苏联是好的了。这一部书，正也转过来是我的意见的实证。

　　一九三二年四月二十日，鲁迅于上海闸北寓楼记。

　　＊　　　　＊　　　　＊

　　〔1〕　本篇最初发表于 1932 年 6 月 10 日上海《文学月报》第一卷第一号"书评"栏，题为《"苏联闻见录"序》。

　　林克多（1902—1949），原名李镜东，又名李平，笔名林克多，浙江黄岩人。原在家乡从事革命活动，1927 年大革命失败后赴苏联莫斯科中山大学学习。《苏联闻见录》是他归国后所撰，1932 年 11 月上海光华书局出版。还译有《高尔基的生活》等。

　　〔2〕　苏联煤油和麦子的输出　苏联自 1928 年实施第一个五年计划，至 1931 年煤油产量跃居世界第一位，开始大量出口煤油和小麦，为正处于经济危机的西方国家所惊恐。当时国内报刊多有此类消息，1931 年《东方杂志》曾连续刊发《英美人眼中之苏联五年计划》的报导。

　　〔3〕　新旧三都　指南京、洛阳和西安。当时国民党政府以南京为首都，一二八战争时，又曾定洛阳为行都，西安为陪都。南北两京，指南京和北京。

　　〔4〕　胡愈之（1896—1986）　浙江上虞人，作家、出版家。1931 年曾以世界语学者的身分访问莫斯科，所作《莫斯科印象记》，1931 年 8 月

上海新生命书局出版。

〔5〕 工人作者　林克多在《苏联闻见录》中自称五金工人,先后在法国和苏联做工。

〔6〕 《譬喻经》　即《百句譬喻经》,简称《百喻经》。印度僧伽斯那撰,南朝齐求那毗地译,是佛教宣讲大乘教义的寓言性作品。这里所引的故事见该书的《三重楼喻》:"往昔之世,有富愚人,痴无所知。到馀富家,见三重楼,高广严丽,轩敞疏朗。心生渴仰,即作是念:我有财钱,不减于彼,云何顷来而不造作如是之楼。即唤木匠而问言曰:解作彼家端正舍不?木匠答言:是我所作。即便语言,今可为我造楼如彼。是时木匠,即便经地垒墼作楼,愚人见其垒墼作舍,犹怀疑惑,不能了知。而问之言:欲作何等。木匠答言:作三重屋。愚人复言:我不欲下二重之屋,先可为我作最上屋。木匠答言:无有是事。何有不作最下重屋,而得造彼第一之屋;不造第二,云何得造第三重屋。愚人固言:我今不用下二重屋,必可为我作最上者。时人闻已,便生怪笑。咸作此言:何有不造下第一屋而得上者。"

我们不再受骗了^[1]

帝国主义是一定要进攻苏联的。苏联愈弄得好,它们愈急于要进攻,因为它们愈要趋于灭亡。

我们被帝国主义及其侍从们真是骗得长久了。十月革命之后,它们总是说苏联怎么穷下去,怎么凶恶,怎么破坏文化。但现在的事实怎样?小麦和煤油的输出,不是使世界吃惊了么?正面之敌的实业党^[2]的首领,不是也只判了十年的监禁么?列宁格勒,墨斯科的图书馆和博物馆,不是都没有被炸掉么?文学家如绥拉菲摩维支,法捷耶夫,革拉特珂夫,绥甫林娜,唆罗诃夫^[3]等,不是西欧东亚,无不赞美他们的作品么?关于艺术的事我不大知道,但据乌曼斯基(K. Umansky)^[4]说,一九一九年中,在墨斯科的展览会就有二十次,列宁格勒两次(《Neue Kunst in Russland》),则现在的旺盛,更是可想而知了。

然而谣言家是极无耻而且巧妙的,一到事实证明了他的话是撒谎时,他就躲下,另外又来一批。

新近我看见一本小册子,是说美国的财政有复兴的希望的,序上说,苏联的购领物品,必须排成长串,现在也无异于从前,仿佛他很为排成长串的人们抱不平,发慈悲一样。

这一事,我是相信的,因为苏联内是正在建设的途中,外是受着帝国主义的压迫,许多物品,当然不能充足。但我们也听到别国的失业者,排着长串向饥寒进行;中国的人民,在内战,在外侮,在水灾,在榨取的大罗网之下,排着长串而进向死亡去。

然而帝国主义及其奴才们,还来对我们说苏联怎么不好,好像它倒愿意苏联一下子就变成天堂,人们个个享福。现在竟这样子,它失望了,不舒服了。——这真是恶鬼的眼泪。

一睁开眼,就露出恶鬼的本相来的,——它要去惩办了。

它一面去惩办,一面来诳骗。正义,人道,公理之类的话,又要满天飞舞了。但我们记得,欧洲大战时候,飞舞过一回的,骗得我们的许多苦工,到前线去替它们死[5],接着是在北京的中央公园里竖了一块无耻的,愚不可及的"公理战胜"的牌坊[6](但后来又改掉了)。现在怎样?"公理"在那里?这事还不过十六年,我们记得的。

帝国主义和我们,除了它的奴才之外,那一样利害不和我们正相反?我们的痛疽,是它们的宝贝,那么,它们的敌人,当然是我们的朋友了。它们自身正在崩溃下去,无法支持,为挽救自己的末运,便憎恶苏联的向上。谣诼,诅咒,怨恨,无所不至,没有效,终于只得准备动手去打了,一定要灭掉它才睡得着。但我们干什么呢?我们还会再被骗么?

"苏联是无产阶级专政的,智识阶级就要饿死。"——一位有名的记者曾经这样警告我。是的,这倒恐怕要使我也有些睡不着了。但无产阶级专政,不是为了将来的无阶级社会么?只要你不去谋害它,自然成功就早,阶级的消灭也就早,那时

就谁也不会"饿死"了。不消说,排长串是一时难免的,但到底
会快起来。

帝国主义的奴才们要去打,自己(!)跟着它的主人去打去
就是。我们人民和它们是利害完全相反的。我们反对进攻苏
联。我们倒要打倒进攻苏联的恶鬼,无论它说着怎样甜腻的
话头,装着怎样公正的面孔。

这才也是我们自己的生路!

五月六日。

*　　　*　　　*

〔1〕　本篇最初发表于1932年5月20日上海《北斗》第二卷第二
期。

〔2〕　实业党　即"工业党"案件。1930年,苏联政府指控部分在
科技部门工作的知识分子受法国总参谋部指使,破坏社会主义经济建
设,立案审讯,并将拉姆仁等有关人员判刑。后实际上未执行。

〔3〕　绥甫林娜(Л.Н.Сейфуллина,1889—1954)　通译谢芙琳
娜,苏联女作家,著有短篇小说《肥料》、《维丽尼雅》等。唆罗诃夫(М.
А. Шолохов,1905—1984),通译萧洛霍夫,苏联小说家,著有长篇小说
《静静的顿河》等。

〔4〕　乌曼斯基(К.Уманский)　当时苏联人民外交委员会的新
闻司司长。《Neue Kunst in Russland》(《俄国的新艺术》)是他所著的一
本书。

〔5〕　在第一次世界大战中,北洋政府于1917年8月14日宣布参
加协约国对德作战,随后,英法两国先后招募华工十五万名去法国战
场,他们被驱使在前线从事挖战壕及运输等苦役,伤亡甚多。

〔6〕 "公理战胜"的牌坊 第一次世界大战结束后,英、法为首的协约国宣扬他们打败德、奥等同盟国是"公理战胜强权",并立碑纪念。北洋政府也在北京中央公园(今中山公园)建立了"公理战胜"的牌坊。

《竖琴》前记[1]

俄国的文学,从尼古拉斯二世[2]时候以来,就是"为人生"的,无论它的主意是在探究,或在解决,或者堕入神秘,沦于颓唐,而其主流还是一个:为人生。

这一种思想,在大约二十年前即与中国一部分的文艺绍介者合流,陀思妥夫斯基,都介涅夫[3],契诃夫,托尔斯泰之名,渐渐出现于文字上,并且陆续翻译了他们的一些作品,那时组织的介绍"被压迫民族文学"的是上海的文学研究会[4],也将他们算作为被压迫者而呼号的作家的。

凡这些,离无产者文学本来还很远,所以凡所绍介的作品,自然大抵是叫唤,呻吟,困穷,酸辛,至多,也不过是一点挣扎。

但已经使又一部分人很不高兴了,就招来了两标军马的围剿。创造社竖起了"为艺术的艺术"的大旗,喊着"自我表现"的口号,[5]要用波斯诗人的酒杯,"黄书"文士的手杖,[6]将这些"庸俗"打平。还有一标是那些受过了英国的小说在供绅士淑女的欣赏,美国的小说家在迎合读者的心思这些"文艺理论"的洗礼而回来的,一听到下层社会的叫唤和呻吟,就使他们眉头百结,扬起了带着白手套的纤手,挥斥道:这些下流都从"艺术之宫"里滚出去!

　　而且中国原来还有着一标布满全国的旧式的军马,这就是以小说为"闲书"的人们。小说,是供"看官"们茶余酒后的消遣之用的,所以要优雅,超逸,万不可使读者不欢,打断他消闲的雅兴。此说虽古,但却与英美时行的小说论合流,于是这三标新旧的大军,就不约而同的来痛剿了"为人生的文学"——俄国文学。

　　然而还是有着不少共鸣的人们,所以它在中国仍然是宛转曲折的生长着。

　　但它在本土,却突然凋零下去了。在这以前,原有许多作者企望着转变的,而十月革命的到来,却给了他们一个意外的莫大的打击。于是有梅垒什珂夫斯基夫妇(D. S. Merezhikovski i Z. N. Hippius),库普林(A. I. Kuprin),蒲宁(I. A. Bunin),安特来夫(L. N. Andreev)之流的逃亡[7],阿尔志跋绥夫(M. P. Artzybashev),梭罗古勃(Fiodor Sologub)之流的沉默[8],旧作家的还在活动者,只剩了勃留梭夫(Valeri Briusov),惠垒赛耶夫(V. Veresaiev),戈理基(Maxim Gorki),玛亚珂夫斯基(V. V. Mayakovski)这几个人,到后来,还回来了一个亚历舍·托尔斯泰(Aleksei N. Tolstoi)[9]。此外也没有什么显著的新起的人物,在国内战争和列强封锁中的文苑,是只见萎谢和荒凉了。

　　至一九二〇年顷,新经济政策[10]实行了,造纸,印刷,出版等项事业的勃兴,也帮助了文艺的复活,这时的最重要的枢纽,是一个文学团体"绥拉比翁的兄弟们"(Serapionsbrüder)[11]。

这一派的出现,表面上是始于二一年二月一日,在列宁格拉"艺术府"里的第一回集会的,加盟者大抵是年青的文人,那立场是在一切立场的否定。淑雪兼珂说过:"从党人的观点看起来,我是没有宗旨的人物。这不很好么? 自己说起自己来,则我既不是共产主义者,也不是社会革命党员,也不是帝制主义者。我只是一个俄国人,而且对于政治,是没有操持的。大概和我最相近的,是布尔塞维克,和他们一同布尔塞维克化,我是赞成的。…… 但我爱农民的俄国。"[12]这就很明白的说出了他们的立场。

但在那时,这一个文学团体的出现,却确是一种惊异,不久就几乎席卷了全国的文坛。在苏联中,这样的非苏维埃的文学的勃兴,是很足以令人奇怪的。然而理由很简单:当时的革命者,正忙于实行,惟有这些青年文人发表了较为优秀的作品者其一;他们虽非革命者,而身历了铁和火的试练,所以凡所描写的恐怖和战栗,兴奋和感激,易得读者的共鸣者其二;其三,则当时指挥文学界的瓦浪斯基[13],是很给他们支持的。讬罗茨基也是支持者之一,称之为"同路人"。同路人者,谓因革命中所含有的英雄主义而接受革命,一同前行,但并无彻底为革命而斗争,虽死不惜的信念,仅是一时同道的伴侣罢了。这名称,由那时一直使用到现在。

然而,单说是"爱文学"而没有明确的观念形态的徽帜的"绥拉比翁的兄弟们",也终于逐渐失掉了作为团体的存在的意义,始于涣散,继以消亡,后来就和别的同路人们一样,各各由他个人的才力,受着文学上的评价了。

在四五年以前,中国又曾盛大的绍介了苏联文学,然而就是这同路人的作品居多。这也是无足异的。一者,此种文学的兴起较为在先,颇为西欧及日本所赏赞和介绍,给中国也得了不少转译的机缘;二者,恐怕也还是这种没有立场的立场,反而易得介绍者的赏识之故了,虽然他自以为是"革命文学者"。

我向来是想介绍东欧文学的一个人,也曾译过几篇同路人作品,现在就合了十个人的短篇为一集,其中的三篇,是别人的翻译,我相信为很可靠的。可惜的是限于篇幅,不能将有名的作家全都收罗在内,使这本书较为完善,但我相信曹靖华君的《烟袋》和《四十一》[14],是可以补这缺陷的。

至于各个作者的略传,和各篇作品的翻译或重译的来源,都写在卷末的《后记》里,读者倘有兴致,自去翻检就是了。

一九三二年九月九日,鲁迅记于上海。

＊　　　　＊　　　　＊

〔1〕　本篇最初印入 1933 年 1 月上海良友图书公司出版的《竖琴》。

《竖琴》,鲁迅翻译和编辑的苏联短篇小说集,共收十篇:M.扎弥亚丁《洞窟》、M.淑雪兼珂《老耗子》(柔石译)、L.伦支《在沙漠上》、K.斐定《果树园》、A.雅各武莱夫《穷苦的人们》、V.理定《竖琴》、E.左祝黎《亚克与人性》、B.拉甫列涅夫《星花》(曹靖华译)、V.英倍尔《拉拉的利益》、V.凯泰耶夫《"物事"》(柔石译)。

〔2〕　尼古拉斯二世(Николай Ⅱ,1868—1918)　通译尼古拉二

世,俄国最后的一个皇帝,1894年即位,1917年2月革命后被捕,十月
革命后被枪决。

〔3〕 陀思妥夫斯基(Ф.М.Достоевский,1821—1881) 通译陀
斯妥耶夫斯基,俄国作家,著有中长篇小说《穷人》、《被侮辱与被损害
的》、《罪与罚》等。都介涅夫(И.С.Тургенев,1818—1883),通译屠格涅
夫,俄国作家,著有长篇小说《猎人笔记》、《罗亭》、《父与子》等。

〔4〕 文学研究会 参看本卷第313页注〔21〕。

〔5〕 创造社 参看本卷第8页注〔5〕。它初期的文学倾向是浪漫
主义,带有反帝反封建的色彩;但也受唯美主义的影响,强调"艺术家的目
的只在乎如何能真挚地表现出自己的感情","艺术的本身上是无所谓目
的"。后来他们倡导"革命文学"运动,对这种观点进行了自我批评。

〔6〕 波斯诗人 指我默伽亚谟(Omar Khayyám,1048—1123)。
郭沫若在1924年曾翻译他的诗《鲁拜集》(Rubáiyát)。他的诗寄情世俗
生活,多有颂酒的篇章。"黄书"文士,指英国十九世纪末聚集在"黄书"
(The Yellow Book)杂志周围的一些作家、艺术家,包括画家毕亚兹莱、
诗人欧内斯特·道森、约翰·戴维森、小说家休伯特·克拉坎索普等。郁
达夫在《创造周报》第二十、二十一期(1923年9月)发表《The Yellow
Book及其他》,介绍过他们的生平和作品。"黄书",即《黄皮书》,季刊,
1984年创刊于伦敦,1897年停刊。该刊提倡"艺术至上"的文艺观。

〔7〕 梅垒什珂夫斯基(Д.С.Мережковский,1866—1941) 通译
梅列日科夫斯基,俄国作家;其妻吉皮乌斯(З.Н.Гиппиус,1869—
1945),俄国女诗人。他们于1920年流亡法国。库普林(А.И.
Куприн,1870—1938),俄国作家,1919年流亡法国,后于1937年回到苏
联。蒲宁(И.А.Бунин,1870—1953),俄国作家,1920年流亡法国。
安特来夫,即安德烈夫,俄国作家,十月革命后流亡芬兰。

〔8〕 阿尔志跋绥夫(М.П.Арцыбашев,1878—1927) 俄国作

家,1923年流亡华沙。梭罗古勃(Ф. Сологуб,1863—1927),俄国作家,象征派代表,主要作品都写于十月革命以前。

〔9〕 **勃留梭夫**(В.Я.Брюсов,1873—1924) 苏联诗人,早期创作受象征主义影响,1905年革命前夜开始接触现实生活,同情革命,十月革命后从事社会、文化活动。写过一些歌颂革命的诗。惠垒赛耶夫,通译魏烈萨耶夫,十月革命后写有长篇小说《绝路》、《姊妹》等。戈理基,即高尔基,十月革命后,积极参加社会、文化活动,写了长篇小说《阿尔达莫诺夫家的事业》、《克里姆·萨姆金的一生》以及大量政论文章。玛亚珂夫斯基(В. В. Маяковский,1893—1930),通译马雅可夫斯基,苏联诗人。他的代表作长诗《列宁》、《好》都写在十月革命之后。亚历舍·托尔斯泰,1919年侨居国外,1923年回国,以后连续发表长篇小说《彼得大帝》、《苦难的历程》等。

〔10〕 **新经济政策** 1921年至1928年苏联实行的经济政策,区别于从前实行的"战时共产主义"政策而言。它的原则是列宁制定的,主要措施是取消余粮收集制而实行粮食税,发展商业,以租让及租赁等形式发展国家资本主义。实行的结果,恢复和发展了工农业,建立了社会主义经济基础。1929年开始实施农业合作化和国家工业化的政策。

〔11〕 **"绥拉比翁的兄弟们"**(Серапионовы Братъя) 通译"谢拉皮翁兄弟"。1921年由伦茨、左琴科等六人组成,1926年自动解散。它的名称是借用德国小说家霍夫曼的一部四卷本短篇小说集的书名。

〔12〕 **淑雪兼珂**(М.М.Зощенко,1895—1958) 通译左琴科,"谢拉皮翁兄弟"文学团体发起人之一。这里所引他的话,见1922年《文学杂志》(俄文)第三期所载《论自己及其他》一文。

〔13〕 **瓦浪斯基**(А.К.Воронский,1884—1943) 又译沃龙斯基,苏联文艺批评家。曾任俄共(布)中央执行委员会委员。1921年至1927年曾主编"同路人"的杂志《红色处女地》。

〔14〕 《烟袋》 苏联爱伦堡等的短篇小说集,曹靖华的译本于1928年北京未名社出版;《四十一》,即《第四十一》,苏联拉甫列涅夫著中篇小说,曹靖华的译本于1929年未名社出版。

论“第三种人”[1]

这三年来,关于文艺上的论争是沉寂的,除了在指挥刀的保护之下,挂着"左翼"的招牌,在马克斯主义里发见了文艺自由论,列宁主义里找到了杀尽共匪说的论客[2]的"理论"之外,几乎没有人能够开口,然而,倘是"为文艺而文艺"的文艺,却还是"自由"的,因为他决没有收了卢布的嫌疑。但在"第三种人",就是"死抱住文学不放的人"[3],又不免有一种苦痛的豫感:左翼文坛要说他是"资产阶级的走狗"[4]。

代表了这一种"第三种人"来鸣不平的,是《现代》杂志第三和第六期上的苏汶先生的文章[5](我在这里先应该声明:我为便利起见,暂且用了"代表","第三种人"这些字眼,虽然明知道苏汶先生的"作家之群",是也如拒绝"或者","多少","影响"这一类不十分决定的字眼一样,不要固定的名称的,因为名称一固定,也就不自由了)。他以为左翼的批评家,动不动就说作家是"资产阶级的走狗",甚至于将中立者认为非中立,而一非中立,便有认为"资产阶级的走狗"的可能,号称"左翼作家"者既然"左而不作"[6],"第三种人"又要作而不敢,于是文坛上便没有东西了。然而文艺据说至少有一部分是超出于阶级斗争之外的,为将来的,就是"第三种人"所抱住的真的,永久的文艺。——但可惜,被左翼理论家弄得不敢作了,

450

因为作家在未作之前,就有了被骂的豫感。

我相信这种豫感是会有的,而以"第三种人"自命的作家,也愈加容易有。我也相信作者所说,现在很有懂得理论,而感情难变的作家。然而感情不变,则懂得理论的度数,就不免和感情已变或略变者有些不同,而看法也就因此两样。苏汶先生的看法,由我看来,是并不正确的。

自然,自从有了左翼文坛以来,理论家曾经犯过错误,作家之中,也不但如苏汶先生所说,有"左而不作"的,并且还有由左而右,甚至于化为民族主义文学的小卒,书坊的老板,敌党的探子的,然而这些讨厌左翼文坛了的文学家所遗下的左翼文坛,却依然存在,不但存在,还在发展,克服自己的坏处,向文艺这神圣之地进军。苏汶先生问过:克服了三年,还没有克服好么?[7]回答是:是的,还要克服下去,三十年也说不定。然而一面克服着,一面进军着,不会做待到克服完成,然后行进那样的傻事的。但是,苏汶先生说过"笑话"[8]:左翼作家在从资本家取得稿费;现在我来说一句真话,是左翼作家还在受封建的资本主义的社会的法律的压迫,禁锢,杀戮。所以左翼刊物,全被摧残,现在非常寥寥,即偶有发表,批评作品的也绝少,而偶有批评作品的,也并未动不动便指作家为"资产阶级的走狗",而且不要"同路人"。左翼作家并不是从天上掉下来的神兵,或国外杀进来的仇敌,他不但要那同走几步的"同路人",还要招致那站在路旁看看的看客也一同前进。

但现在要问:左翼文坛现在因为受着压迫,不能发表很多的批评,倘一旦有了发表的可能,不至于动不动就指"第三种人"为"资产阶级的走狗"么？我想，倘若左翼批评家没有宣誓不说，又只从坏处着想，那是有这可能的，也可以想得比这还要坏。不过我以为这种豫测，实在和想到地球也许有破裂之一日，而先行自杀一样，大可以不必的。

然而苏汶先生的"第三种人"，却据说是为了这未来的恐怖而"搁笔"了。未曾身历，仅仅因为心造的幻影而搁笔，"死抱住文学不放"的作者的拥抱力，又何其弱呢？两个爱人，有因为豫防将来的社会上的斥责而不敢拥抱的么？

其实，这"第三种人"的"搁笔"，原因并不在左翼批评的严酷。真实原因的所在，是在做不成这样的"第三种人"，做不成这样的人，也就没有了第三种笔，搁与不搁，还谈不到。

生在有阶级的社会里而要做超阶级的作家，生在战斗的时代而要离开战斗而独立，生在现在而要做给与将来的作品，这样的人，实在也是一个心造的幻影，在现实世界上是没有的。要做这样的人，恰如用自己的手拔着头发，要离开地球一样，他离不开，焦躁着，然而并非因为有人摇了摇头，使他不敢拔了的缘故。

所以虽是"第三种人"，却还是一定超不出阶级的，苏汶先生就先在豫料阶级的批评了，作品里又岂能摆脱阶级的利害；也一定离不开战斗的，苏汶先生就先以"第三种人"之名提出抗争了，虽然"抗争"之名又为作者所不愿受；而且也跳不过现在的，他在创作超阶级的，为将来的作品之前，先就留心于左翼的批判了。

这确是一种苦境。但这苦境，是因为幻影不能成为实有而来的。即使没有左翼文坛作梗，也不会有这"第三种人"，何况作品。但苏汶先生却又心造了一个横暴的左翼文坛的幻影，将"第三种人"的幻影不能出现，以至将来的文艺不能发生的罪孽，都推给它了。

左翼作家诚然是不高超的，连环图画，唱本，然而也不到苏汶先生所断定那样的没出息[9]。左翼也要托尔斯泰，弗罗培尔[10]。但不要"努力去创造一些属于将来（因为他们现在是不要的）的东西"的托尔斯泰和弗罗培尔。他们两个，都是为现在而写的，将来是现在的将来，于现在有意义，才于将来会有意义。尤其是托尔斯泰，他写些小故事给农民看，也不自命为"第三种人"，当时资产阶级的多少攻击，终于不能使他"搁笔"。左翼虽然诚如苏汶先生所说，不至于蠢到不知道"连环图画是产生不出托尔斯泰，产生不出弗罗培尔来"，但却以为可以产出密开朗该罗，达文希[11]那样伟大的画手。而且我相信，从唱本说书里是可以产生托尔斯泰，弗罗培尔的。现在提起密开朗该罗们的画来，谁也没有非议了，但实际上，那不是宗教的宣传画，《旧约》[12]的连环图画么？而且是为了那时的"现在"的。

总括起来说，苏汶先生是主张"第三种人"与其欺骗，与其做冒牌货，倒还不如努力去创作，这是极不错的。

"定要有自信的勇气，才会有工作的勇气！"[13]这尤其是对的。

然而苏汶先生又说，许多大大小小的"第三种人"们，却又因为豫感了不祥之兆——左翼理论家的批评而"搁笔"了！

"怎么办呢"？

十月十日。

*　　　*　　　*

〔1〕　本篇最初发表于1932年11月1日上海《现代》第二卷第一期。

1931年12月，胡秋原在他所主持的《文化评论》创刊号发表《阿狗文艺论》一文，一面批评"民族主义文学"，一面攻击左翼文艺"将艺术堕落到一种政治的留声机，那是艺术的叛徒"。1932年4、5月又连续发表《勿侵略文艺》、《钱杏邨理论之清算与民族文学理论之批评》二文，他自称"自由人"，宣称文艺"至死也是自由的"，"艺术不是宣传"。他的言论受到左翼文艺界的反驳。洛扬（冯雪峰）在《文艺新闻》第五十八期（1932年6月6日）上发表《致文艺新闻的信》，指出胡秋原的目的"是进攻整个普罗革命文学运动"。随后苏汶（即杜衡）就在《现代》第一卷第三期（1932年7月）发表《关于"文新"与胡秋原的文艺论辩》一文，支持胡秋原的观点，他自称"第三种人"，嘲讽左翼文艺不要真理不要文艺，认为当时许多作家（即他所说的"作家之群"）之所以"搁笔"，是因为"左联"批评家的"凶暴"，和"左联""霸占"文坛的缘故。由此"左联"也继续对胡秋原、苏汶等加以反击。本篇就是在这情形下发表的。

〔2〕　这里所说的论客，指胡秋原和某些托洛茨基派分子。胡秋原（1910—2004），湖北黄陂人。当时任上海同济大学教授，主办《文化评论》。后曾任国民党政府立法委员。当时胡秋原曾自称"真正马克思主义者"。托洛茨基派诬蔑中国工农红军为"土匪"。

〔3〕　"死抱住文学不放的人"　这是苏汶在《关于"文新"与胡秋原的文艺论辩》中的话："在'智识阶级的自由人'和'不自由的，有党派的'阶级争着文坛的霸权的时候，最吃苦的，却是这两种人之外的第三

种人。这第三种人便是所谓作者之群。作者,老实说,是多少带点我前面所说起的死抱住文学不肯放手的气味的。"

〔4〕 这是苏汶在《关于"文新"与胡秋原的文艺论辩》一文中所说的话:"诚哉,难乎其为作家!……他只想替文学,不管是煽动的也好,暴露的也好,留着一线残存的生机,但是又怕被料事如神的指导者们算出命来,派定他是那一阶级的走狗。"

〔5〕 苏汶(1906—1964) 原名戴克崇,笔名杜衡、苏汶,浙江杭县(今余杭)人,当时《现代》月刊的编辑。这里所说苏汶的文章,即上述《关于"文新"与胡秋原的文艺论辩》和《现代》第六期(1932年10月)所载《"第三种人"的出路》。

〔6〕 "左而不作" 见苏汶《"第三种人"的出路》:"不勇于欺骗的作家,既不敢拿出他们所有的东西,而别人所要的却又拿不出,于是怎么办?——搁笔。这搁笔不是什么'江郎才尽',而是不敢动笔。因为做了忠实的左翼作家之后,他便会觉得与其作而不左,倒还不如左而不作。而在今日之下,左而不作的左翼作家,何其多也!"

〔7〕 苏汶的这些话也见《"第三种人"的出路》:"中国无产阶级文学运动已经有了三年的历史。在这三年的期间内,理论是明显地进步了,但是作品呢?不但在量上不见其增多,甚至连质都未见得有多大的进展。固然有人高唱着克服什么什么的根性和偏见。但是克服了三年还没有克服好吗?"

〔8〕 苏汶说过"笑话",也见《"第三种人"的出路》:"容我说句笑话,连在中国这样野蛮的国家,左翼诸公都还可以拿他们的反资本主义的作品去从资本家手里换出几个稿费来呢。"

〔9〕 苏汶在《关于"文新"与胡秋原的文艺论辩》中说:"譬如拿他们(按指"左联")所提倡的文艺大众化这问题来说吧。他们鉴于现在劳动者没有东西看,在那里看陈旧的充满了封建气味的(这就是说,有害

的)连环图画和唱本。于是他们便要作家们去写一些有利的连环图画
和唱本来给劳动者们看。……这样低级的形式还生产得出好的作品
吗？确实，连环图画里是产生不出托尔斯泰，产生不出弗罗培尔来的。
这一点难道左翼理论家们会不知道？他们断然不会那么蠢。但是，他
们要弗罗培尔什么用呢？要托尔斯泰什么用呢？他们不但根本不会叫
作家去做成弗罗培尔或托尔斯泰，就使有了，他们也是不要，至少他们
‘目前’已是不要。而且这不要是对的，辩证的。也许将来，也许将来他
们会原谅，不过此是后话。”

〔10〕 托尔斯泰 指列夫·托尔斯泰。他曾特别关注俄国农民的
悲惨处境和命运，编写了大量以农民为主要读者对象的民间故事、传说
和寓言。这类作品，鼓吹宗教道德，同时也揭露沙皇统治的罪恶，因而
有些遭到当局的删改和查禁。弗罗培尔（G. Flaubert, 1821—1880），通
译福楼拜，法国小说家。著有长篇小说《包法利夫人》、《情感教育》等。

〔11〕 密开朗该罗（B. Michelangelo, 1475—1564） 通译米开朗琪
罗，文艺复兴时期的意大利雕刻家、画家。绘画代表作有《创世记》和
《最后的审判》等。达文希（Da Vinci, 1452—1519），通译达·芬奇，文艺
复兴时期的意大利画家。代表作有《蒙娜·丽莎》和《最后的晚餐》等。

〔12〕 《旧约》 即《旧约全书》，基督教《圣经》的前部分(后部分为
《新约全书》)。

〔13〕 这句话和末句的“怎么办呢”，均见《“第三种人”的出路》。

"连环图画"辩护[1]

我自己曾经有过这样一个小小的经验。有一天,在一处筵席上,我随便的说:用活动电影来教学生,一定比教员的讲义好,将来恐怕要变成这样的。话还没有说完,就埋葬在一阵哄笑里了。

自然,这话里,是埋伏着许多问题的,例如,首先第一,是用的是怎样的电影,倘用美国式的发财结婚故事的影片,那当然不行。但在我自己,却的确另外听过采用影片的细菌学讲义,见过全部照相,只有几句说明的植物学书。所以我深信不但生物学,就是历史地理,也可以这样办。

然而许多人的随便的哄笑,是一枝白粉笔,它能够将粉涂在对手的鼻子上,使他的话好像小丑的打诨。

前几天,我在《现代》上看见苏汶先生的文章,他以中立的文艺论者的立场,将"连环图画"一笔抹杀了。自然,那不过是随便提起的,并非讨论绘画的专门文字,然而在青年艺术学徒的心中,也许是一个重要的问题,所以我再来说几句。

我们看惯了绘画史的插图上,没有"连环图画",名人的作品的展览会上,不是"罗马夕照",就是"西湖晚凉",便以为那是一种下等物事,不足以登"大雅之堂"的。但若走进意大利的教皇宫[2]——我没有游历意大利的幸福,所走进的自然只是纸上的教皇宫——去,就能看见凡有伟大的壁画,几乎都是《旧约》,《耶稣传》,《圣者传》的连环图画,艺术史家截取其中的一段,印在书上,题之曰《亚当的创造》[3],《最后之晚餐》[4],读者就不觉得这是下等,这在宣传了,然而那原画,却明明是宣传的连环图画。

在东方也一样。印度的阿强陀石窟[5],经英国人摹印了壁画以后,在艺术史上发光了;中国的《孔子圣迹图》[6],只要是明版的,也早为收藏家所宝重。这两样,一是佛陀的本生[7],一是孔子的事迹,明明是连环图画,而且是宣传。

书籍的插画,原意是在装饰书籍,增加读者的兴趣的,但那力量,能补助文字之所不及,所以也是一种宣传画。这种画的幅数极多的时候,即能只靠图像,悟到文字的内容,和文字一分开,也就成了独立的连环图画。最显著的例子是法国的陀莱(Gustave Doré),他是插图版画的名家,最有名的是《神曲》,《失乐园》,《吉诃德先生》,还有《十字军记》[8]的插画,德国都有单印本(前二种在日本也有印本),只靠略解,即可以知道本书的梗概。然而有谁说陀莱不是艺术家呢?

宋人的《唐风图》和《耕织图》[9],现在还可找到印本和石刻;至于仇英的《飞燕外传图》和《会真记图》[10],则翻印本就在文明书局发卖的。凡这些,也都是当时和现在的艺术品。

自十九世纪后半以来,版画复兴了,许多作家,往往喜欢刻印一些以几幅画汇成一帖的"连作"(Blattfolge)。这些连作,也有并非一个事件的。现在为青年的艺术学徒计,我想写出几个版画史上已经有了地位的作家和有连续事实的作品在下面：

首先应该举出来的是德国的珂勒惠支（Käthe Kollwitz）夫人[11]。她除了为霍普德曼的《织匠》（Die Weber）而刻的六幅版画外，还有三种，有题目，无说明——

一，《农民斗争》（Bauernkrieg），金属版七幅；

二，《战争》（Der Krieg），木刻七幅；

三，《无产者》（Proletariat），木刻三幅。

以《士敏土》的版画，为中国所知道的梅斐尔德（Carl Meffert），是一个新进的青年作家，他曾为德译本斐格纳尔的《猎俄皇记》（Die Jagd nach Zaren von Wera Figner）[12]刻过五幅木版图，又有两种连作——

一，《你的姊妹》（Deine Schwester），木刻七幅，题诗一幅；

二，《养护的门徒》（原名未详），木刻十三幅。

比国有一个麦绥莱勒（Frans Masereel）[13]，是欧洲大战时候，像罗曼罗兰[14]一样，因为非战而逃出过外国的。他的作品最多，都是一本书，只有书名，连小题目也没有。现在德国印出了普及版（Bei Kurt Wolff, München），每本三马克半，容易到手了。我所见过的是这几种——

一，《理想》（Die Idee），木刻八十三幅；

二，《我的祷告》（Mein Stundenbuch），木刻一百六十五幅；

三，《没字的故事》（Geschichte ohne Worte），木刻六十幅；

四，《太阳》（Die Sonne），木刻六十三幅；

五，《工作》（Das Werk），木刻，幅数失记；

六,《一个人的受难》(Die Passion eines Menschen),木刻二十五幅。

美国作家的作品,我曾见过希该尔[15]木刻的《巴黎公社》(The Paris Commune, A Story in Pictures by William Siegel),是纽约的约翰李特社(John Reed Club)出版的。还有一本石版的格罗沛尔(W. Gropper)所画的书,据赵景深教授说,是"马戏的故事",[16]另译起来,恐怕要"信而不顺",只好将原名照抄在下面——

《Alay - Oop》(Life and Love Among the Acrobats.)

英国的作家我不大知道,因为那作品定价贵。但曾经有一本小书,只有十五幅木刻和不到二百字的说明,作者是有名的吉宾斯(Robert Gibbings)[17],限印五百部,英国绅士是死也不肯重印的,现在恐怕已将绝版,每本要数十元了罢。那书是——

《第七人》(The 7th Man)。

以上,我的意思是总算举出事实,证明了连环图画不但可以成为艺术,并且已经坐在"艺术之宫"的里面了。至于这也和其他的文艺一样,要有好的内容和技术,那是不消说得的。

我并不劝青年的艺术学徒蔑弃大幅的油画或水彩画,但是希望一样看重并且努力于连环图画和书报的插图;自然应该研究欧洲名家的作品,但也更注意于中国旧书上的绣像和画本,以及新的单张的花纸。这些研究和由此而来的创作,自然没有现在的所谓大作家的受着有些人们的照例的叹赏,然而我敢相信：对于这，大众是要看的，大众是感激的！

十月二十五日。

*　　　*　　　*

〔1〕　本篇最初发表于 1932 年 11 月 15 日《文学月报》第四号。

〔2〕　意大利的教皇宫　位于梵蒂冈,宫内保存着欧洲文艺复兴时期许多重要文物和绘画、雕塑等。

〔3〕　《亚当的创造》　根据《旧约·创世记》中上帝造人的故事所作的绘画。亚当,上帝用泥土所造的男人。欧洲有不少以此为题的绘画,其中著名的有米开朗琪罗于 1508 年至 1512 年间所作的西斯庭礼拜堂拱顶壁画《创世记》中的一幅。

〔4〕　《最后之晚餐》　根据《新约·马太福音》所作的绘画,描写耶稣殉难前与十二门徒共进晚餐时,当众宣布一门徒出卖自己而引起群情激动的情景。欧洲有不少以此为题的绘画,其中著名的有达·芬奇于 1495 年至 1497 年间所作的米兰圣玛利亚·格拉契教堂中的壁画。

〔5〕　阿强陀石窟(Ajanta Cave Temple)　今译阿旃陀石窟,位于印度德干高原文达雅山,原是在马蹄形的壁面上凿成的僧房,约从公元前一、二世纪开凿,到公元六、七世纪建成,共二十九洞。洞内保存印度壁画很多,也较完整。壁画的内容大多表现佛的生平故事和印度古代人民与宫廷生活的情景,为印度古代艺术的著名宝藏之一。

〔6〕　《孔子圣迹图》　一部关于孔丘生平事迹的连环图画,明代有木刻、石刻多种。木刻现存最早的有明初刻本,共三十六图,以后又有明万历年间刻本一一二幅(吕兆祥编)。石刻有曲阜孔庙保存的明万历年间的一二〇幅。

〔7〕　佛陀的本生　佛陀,梵语 Buddha 的音译,又译"浮屠"、"浮图",意为"智者"、"觉者",简称佛。这里指佛教创立者释迦牟尼。本

生,梵语 Jātaka(阇陀伽)的意译,"十二部经"之一,是佛叙说自己过去因缘的经文。

〔8〕 陀莱(1833—1883) 法国版画家。他作插图的《神曲》为意大利诗人但丁(1265—1321)的长诗;《失乐园》为英国诗人弥尔顿(1608—1674)的长诗;《吉诃德先生》,参看本卷第 363 页注〔2〕。《十字军记》,陀莱编绘的连环图画,共一百幅。

〔9〕 《唐风图》 南宋马和之所绘的《诗经》图卷之一。《耕织图》,描绘耕种、纺织生产过程的图画。南宋刘松年画过《耕织图》两卷,楼璹画过《耕图》二十一幅,《织图》二十四幅。

〔10〕 仇英(1493—约1560) 字实父,号十洲,江苏太仓人,明代画家。他为之绘图的《飞燕外传》,传奇小说,题汉代伶玄撰,写赵飞燕姊妹的宫廷生活;《会真记》,传奇小说,唐代元稹作,写崔莺莺与张生的恋爱故事。

〔11〕 珂勒惠支夫人(1867—1945) 德国版画家。1936 年,鲁迅曾用"三闲书屋"名义编选出版了《凯绥·珂勒惠支版画选集》。她作插图的《织匠》,是德国作家霍普特曼写的以纺织工人罢工为题材的剧本。

〔12〕 梅斐尔德(1903—?) 现代德国版画家。1930 年,鲁迅曾用"三闲书屋"名义编印出版了《梅斐尔德木刻〈士敏土〉之图》。他作插图的《猎俄皇记》,俄国民粹派女革命家斐格纳尔(1852—1942)写的回忆录,记述 1881 年 3 月民粹派行刺沙皇亚历山大二世的故事。

〔13〕 麦绥莱勒(1889—1972) 比利时版画家。参看本书《〈一个人的受难〉序》及其注〔4〕。

〔14〕 罗曼·罗兰(Romain Rolland,1866—1944) 法国作家、社会活动家。著有长篇小说《约翰·克利斯朵夫》及传记《贝多芬传》等。第一次世界大战时他侨居瑞士,反对战争。

〔15〕 希该尔 未详。

〔16〕 "马戏的故事" 参看《二心集·风马牛》及其有关注。

〔17〕 吉宾斯(1889—1958) 英国木刻家。

辱骂和恐吓决不是战斗[1]

——致《文学月报》编辑的一封信

起应[2]兄：

前天收到《文学月报》第四期，看了一下。我所觉得不足的，并非因为它不及别种杂志的五花八门，乃是总还不能比先前充实。但这回提出了几位新的作家来，是极好的，作品的好坏我且不论，最近几年的刊物上，倘不是姓名曾经排印过了的作家，就很有不能登载的趋势，这么下去，新的作者要没有发表作品的机会了。现在打破了这局面，虽然不过是一种月刊的一期，但究竟也扫去一些沉闷，所以我以为是一种好事情。但是，我对于芸生先生的一篇诗[3]，却非常失望。

这诗，一目了然，是看了前一期的别德纳衣的讽刺诗[4]而作的。然而我们来比一比罢，别德纳衣的诗虽然自认为"恶毒"，但其中最甚的也不过是笑骂。这诗怎么样？有辱骂，有恐吓，还有无聊的攻击：其实是大可以不必作的。

例如罢，开首就是对于姓的开玩笑[5]。一个作者自取的别名，自然可以窥见他的思想，譬如"铁血"，"病鹃"之类，固不妨由此开一点小玩笑。但姓氏籍贯，却不能决定本人的功罪，因为这是从上代传下来的，不能由他自主。我说这话还在四年之前，当时曾有人评我为"封建余孽"，其实是捧住了这样的题材,欣欣然自以为得计者,倒是十分"封建的"的。不过这种风气,近几年颇少见了,不料现在竟又复活起来,这确不能不说是一个退步。

尤其不堪的是结末的辱骂。现在有些作品,往往并非必要而偏在对话里写上许多骂语去,好像以为非此便不是无产者作品,骂詈愈多,就愈是无产者作品似的。其实好的工农之中,并不随口骂人的多得很,作者不应该将上海流氓的行为,涂在他们身上的。即使有喜欢骂人的无产者,也只是一种坏脾气,作者应该由文艺加以纠正,万不可再来展开,使将来的无阶级社会中,一言不合,便祖宗三代的闹得不可开交。况且即是笔战,就也如别的兵战或拳斗一样,不妨伺隙乘虚,以一击制敌人的死命,如果一味鼓噪,已是《三国志演义》式战法,至于骂一句爹娘,扬长而去,还自以为胜利,那简直是"阿Q"式的战法了。

接着又是什么"剖西瓜"[6]之类的恐吓,这也是极不对的,我想。无产者的革命,乃是为了自己的解放和消灭阶级,并非因为要杀人,即使是正面的敌人,倘不死于战场,就有大众的裁判,决不是一个诗人所能提笔判定生死的。现在虽然很有什么"杀人放火"的传闻,但这只是一种诬陷。中国的报纸上看不出实话,然而只要一看别国的例子也就可以恍然:德国的无产阶级革命[7](虽然没有成功),并没有乱杀人;俄国不是连皇帝的宫殿都没有烧掉么?而我们的作者,却将革命的工农用笔涂成一个吓人的鬼脸,由我看来,真是卤莽之极了。

自然,中国历来的文坛上,常见的是诬陷,造谣,恐吓,辱骂,翻一翻大部的历史,就往往可以遇见这样的文章,直到现在,还在应用,而且更加厉害。但我想,这一份遗产,还是都让给叭儿狗文艺家去承受罢,我们的作者倘不竭力的抛弃了它,是会和他们成为"一丘之貉"的。

不过我并非主张要对敌人陪笑脸,三鞠躬。我只是说,战斗的作者应该注重于"论争";倘在诗人,则因为情不可遏而愤怒,而笑骂,自然也无不可。但必须止于嘲笑,止于热骂,而且要"喜笑怒骂,皆成文章"〔8〕,使敌人因此受伤或致死,而自己并无卑劣的行为,观者也不以为污秽,这才是战斗的作者的本领。

刚才想到了以上的一些,便写出寄上,也许于编辑上可供参考。总之,我是极希望此后的《文学月报》上不再有那样的作品的。

专此布达,并问

好。

鲁迅。十二月十日。

*　　　*　　　*

〔1〕 本篇最初发表于1932年12月15日《文学月报》第一卷第五、六号合刊。

〔2〕 起应 即周扬(1908—1989),湖南益阳人,文艺理论家,"左联"领导成员之一。当时主编《文学月报》。

〔3〕 芸生 原名邱九如,浙江宁波人。他的诗《汉奸的供状》,载

《文学月报》第一卷第四期（1932 年 11 月），意在讽刺自称"自由人"的胡秋原的反动言论，但是其中有鲁迅在本文中所指出的严重缺点和错误。

〔4〕 别德纳衣的讽刺诗 指讽刺托洛茨基的长诗《没工夫唾骂》（瞿秋白译，载 1932 年 10 月《文学月报》第一卷第三期）。

〔5〕 对于姓的开玩笑 原诗开头是："现在我来写汉奸的供状。据说他也姓胡，可不叫立夫"。按胡立夫是 1932 年"一·二八"日军侵占上海闸北时的汉奸，任敌伪"上海北市人民地方维持会"会长。

〔6〕 "剖西瓜" 原诗中有这样的话："当心，你的脑袋一下就要变做剖开的西瓜！"

〔7〕 德国的无产阶级革命 即德国十一月革命。1918 年至 1919 年德国无产阶级、农民和人民大众在一定程度上用无产阶级革命的手段和形式进行的资产阶级民主革命。它推翻了霍亨索伦王朝，宣布建立社会主义共和国。随后，在社会民主党政府的血腥镇压下失败。

〔8〕 "喜笑怒骂，皆成文章" 语出宋代黄庭坚《东坡先生真赞》。喜，原作嬉。

《自选集》自序^{〔1〕}

　　我做小说,是开手于一九一八年,《新青年》^{〔2〕}上提倡"文学革命"^{〔3〕}的时候的。这一种运动,现在固然已经成为文学史上的陈迹了,但在那时,却无疑地是一个革命的运动。

　　我的作品在《新青年》上,步调是和大家大概一致的,所以我想,这些确可以算作那时的"革命文学"。

　　然而我那时对于"文学革命",其实并没有怎样的热情。见过辛亥革命^{〔4〕},见过二次革命^{〔5〕},见过袁世凯称帝^{〔6〕},张勋复辟^{〔7〕},看来看去,就看得怀疑起来,于是失望,颓唐得很了。民族主义的文学家在今年的一种小报上说,"鲁迅多疑",是不错的,我正在疑心这批人们也并非真的民族主义文学者,变化正未可限量呢。不过我却又怀疑于自己的失望,因为我所见过的人们,事件,是有限得很的,这想头,就给了我提笔的力量。

　　"绝望之为虚妄,正与希望相同。"^{〔8〕}

　　既不是直接对于"文学革命"的热情,又为什么提笔的呢?想起来,大半倒是为了对于热情者们的同感。这些战士,我想,虽在寂寞中,想头是不错的,也来喊几声助助威罢。首先,就是为此。自然,在这中间,也不免夹杂些将旧社会的病根暴露出来,催人留心,设法加以疗治的希望。但为达到这希望计，是必须与前驱者取同一的步调的，我于是删削些黑暗，装点些欢容，使作品比较的显出若干亮色，那就是后来结集起来的《呐喊》，一共有十四篇。

这些也可以说，是"遵命文学"。不过我所遵奉的，是那时革命的前驱者的命令，也是我自己所愿意遵奉的命令，决不是皇上的圣旨，也不是金元和真的指挥刀。

后来《新青年》的团体散掉了，有的高升，有的退隐，有的前进，我又经验了一回同一战阵中的伙伴还是会这么变化，并且落得一个"作家"的头衔，依然在沙漠中走来走去，不过已经逃不出在散漫的刊物上做文字，叫作随便谈谈。有了小感触，就写些短文，夸大点说，就是散文诗，以后印成一本，谓之《野草》。得到较整齐的材料，则还是做短篇小说，只因为成了游勇，布不成阵了，所以技术虽然比先前好一些，思路也似乎较无拘束，而战斗的意气却冷得不少。新的战友在那里呢？我想，这是很不好的。于是集印了这时期的十一篇作品，谓之《彷徨》，愿以后不再这模样。

"路漫漫其修远兮，吾将上下而求索。"[9]

不料这大口竟夸得无影无踪。逃出北京，躲进厦门，只在大楼上写了几则《故事新编》和十篇《朝花夕拾》。前者是神话，传说及史实的演义，后者则只是回忆的记事罢了。

此后就一无所作，"空空如也"。

可以勉强称为创作的，在我至今只有这五种，本可以顷刻读了的，但出版者要我自选一本集。推测起来，恐怕因为这么一办，一者能够节省读者的费用，二则，以为由作者自选，该能比别人格外明白罢。对于第一层,我没有异议;至第二层,我却觉得也很难。因为我向来就没有格外用力或格外偷懒的作品,所以也没有自以为特别高妙,配得上提拔出来的作品。没有法,就将材料,写法,都有些不同,可供读者参考的东西,取出二十二篇来,凑成了一本,但将给读者一种"重压之感"的作品,却特地竭力抽掉了。这是我现在自有我的想头的:

"并不愿将自以为苦的寂寞,再来传染给也如我那年青时候似的正做着好梦的青年。"〔10〕

然而这又不似做那《呐喊》时候的故意的隐瞒,因为现在我相信,现在和将来的青年是不会有这样的心境的了。

一九三二年十二月十四日,鲁迅于上海寓居记。

*　　　　*　　　　*

〔1〕　本篇最初印入 1933 年 3 月上海天马书店出版的《鲁迅自选集》。

这本《自选集》内收《野草》中的七篇:《影的告别》、《好的故事》、《过客》、《失掉的好地狱》、《这样的战士》、《聪明人和傻子和奴才》、《淡淡的血痕中》;《呐喊》中的五篇:《孔乙己》、《一件小事》、《故乡》、《阿 Q 正传》、《鸭的喜剧》;《彷徨》中的五篇:《在酒楼上》、《肥皂》、《示众》、《伤逝》、《离婚》;《故事新编》中的两篇:《奔月》、《铸剑》;《朝花夕拾》中的三篇:《狗·猫·鼠》、《无常》、《范爱农》。共计二十二篇。

〔2〕　《新青年》　参看本卷第 312 页注〔17〕。《新青年》最初的编辑是陈独秀。在北京出版后,主要成员有李大钊、鲁迅、胡适、钱玄同、刘复、吴虞等。随着五四运动的深入发展,《新青年》团体逐渐发生分化。鲁迅是这个团体中的重要撰稿人。

〔3〕 "文学革命" 指"五四"时期反对旧文学,提倡新文学,反对文言文,提倡白话文的运动,是五四新文化运动的重要组成部分。

〔4〕 辛亥革命 1911年(辛亥)10月10日孙中山领导的资产阶级民主革命。它推翻了清王朝,结束了中国两千多年的封建君主统治,建立了中华民国。但旋被袁世凯窃取政权。

〔5〕 二次革命 1913年7月孙中山领导的反对袁世凯独裁统治的战争。因对1911年辛亥革命而言,所以称为"二次革命"。它很快就被袁世凯扑灭。

〔6〕 袁世凯称帝 袁世凯(1859—1916),河南项城人,北洋军阀首领。原为清朝大臣,他在攫取中华民国大总统职位后,于1916年1月实行帝制,自称皇帝,定年号为"洪宪";同年三月被迫撤销。

〔7〕 张勋复辟 张勋(1854—1923),江西奉新人,北洋军阀之一。1917年6月,他在任安徽督军时,从徐州带兵到北京,7月1日和康有为等扶植清废帝溥仪复辟,7月12日即告失败。

〔8〕 "绝望之为虚妄,正与希望相同" 原是匈牙利诗人裴多菲在1847年7月17日致友人弗里杰什·凯雷尼信中的话,鲁迅在《野草·希望》中曾引用。

〔9〕 "路漫漫其修远兮,吾将上下而求索" 语出屈原《离骚》。鲁迅曾引用它作为《彷徨》的题辞。

〔10〕 这两句话,引自《呐喊·自序》。

祝中俄文字之交^[1]

十五年前,被西欧的所谓文明国人看作半开化的俄国,那文学,在世界文坛上,是胜利的;十五年以来,被帝国主义者看作恶魔的苏联,那文学,在世界文坛上,是胜利的。这里的所谓"胜利",是说:以它的内容和技术的杰出,而得到广大的读者,并且给与了读者许多有益的东西。

它在中国,也没有出于这例子之外。

我们曾在梁启超所办的《时务报》^[2]上,看见了《福尔摩斯包探案》^[3]的变幻,又在《新小说》^[4]上,看见了焦士威奴(Jules Verne)^[5]所做的号称科学小说的《海底旅行》之类的新奇。后来林琴南大译英国哈葛德(H. Rider Haggard)的小说了,^[6]我们又看见了伦敦小姐之缠绵和菲洲野蛮之古怪。至于俄国文学,却一点不知道,——但有几位也许自己心里明白,而没有告诉我们的"先觉"先生,自然是例外。不过在别一方面,是已经有了感应的。那时较为革命的青年,谁不知道俄国青年是革命的,暗杀的好手?尤其忘不掉的是苏菲亚^[7],虽然大半也因为她是一位漂亮的姑娘。现在的国货的作品中,还常有"苏菲"一类的名字,那渊源就在此。

那时——十九世纪末——的俄国文学,尤其是陀思妥夫斯基和托尔斯泰的作品,已经很影响了德国文学,但这和中国无关,因为那时研究德文的人少得很。最有关系的是英美帝国主义者,他们一面也翻译了陀思妥夫斯基,都介涅夫,托尔斯泰,契诃夫的选集了,一面也用那做给印度人读的读本来教我们的青年以拉玛和吉利瑟那(Rama and Krishna)[8]的对话,然而因此也携带了阅读那些选集的可能。包探,冒险家,英国姑娘,菲洲野蛮的故事,是只能当醉饱之后,在发胀的身体上搔搔痒的,然而我们的一部分的青年却已经觉得压迫,只有痛楚,他要挣扎,用不着痒痒的抚摩,只在寻切实的指示了。

那时就看见了俄国文学。

那时就知道了俄国文学是我们的导师和朋友。因为从那里面,看见了被压迫者的善良的灵魂,的酸辛,的挣扎;还和四十年代的作品一同烧起希望,和六十年代的作品一同感到悲哀。我们岂不知道那时的大俄罗斯帝国也正在侵略中国,然而从文学里明白了一件大事,是世界上有两种人:压迫者和被压迫者!

从现在看来,这是谁都明白,不足道的,但在那时,却是一个大发见,正不亚于古人的发见了火的可以照暗夜,煮东西。

俄国的作品,渐渐的绍介进中国来了,同时也得了一部分读者的共鸣,只是传布开去。零星的译品且不说罢,成为大部的就有《俄国戏曲集》[9]十种和《小说月报》增刊的《俄国文学研究》[10]一大本,还有《被压迫民族文学号》[11]两本,则是由俄国文学的启发,而将范围扩大到一切弱小民族,并且明明点出"被压迫"的字样来了。

于是也遭了文人学士的讨伐,有的主张文学的"崇高",说描写下等人是鄙俗的勾当[12]，有的比创作为处女，说翻译不过是媒婆[13]，而重译尤令人讨厌。的确，除了《俄国戏曲集》以外，那时所有的俄国作品几乎都是重译的。

但俄国文学只是绍介进来，传布开去。

作家的名字知道得更多了，我们虽然从安特来夫（L. Andreev）的作品里遇到了恐怖，阿尔志跋绥夫（M. Artsybashev）的作品里看见了绝望和荒唐，但也从珂罗连珂（V. Korolenko）[14]学得了宽宏，从戈理基（Maxim Gorky）感受了反抗。读者大众的共鸣和热爱，早不是几个论客的自私的曲说所能掩蔽，这伟力，终于使先前膜拜曼殊斐儿（Katherine Mansfield）的绅士也重译了都介涅夫的《父与子》，[15]排斥"媒婆"的作家也重译着托尔斯泰的《战争与和平》了[16]。

这之间，自然又遭了文人学士和流氓警犬的联军的讨伐。对于绍介者，有的说是为了卢布[17]，有的说是意在投降[18]，有的笑为"破锣"[19]，有的指为共党，而实际上的对于书籍的禁止和没收，还因为是秘密的居多，无从列举。

但俄国文学只是绍介进来，传布开去。

有些人们，也译了《莫索里尼传》，也译了《希特拉传》，但他们绍介不出一册现代意国或德国的白色的大作品，《战后》[20]是不属于希特拉[21]的卐字旗下的，《死的胜利》[22]又只好以"死"自傲。但苏联文学在我们却已有了里培进斯基的《一周间》[23]，革拉特珂夫的《土敏土》，法捷耶夫的《毁灭》，绥拉菲摩微支的《铁流》；此外中篇短篇，还多得很。凡这些，都在御用文人的明枪暗箭之中,大踏步跨到读者大众的怀里去,给——知道了变革,战斗,建设的辛苦和成功。

但一月以前,对于苏联的"舆论",刹时都转变了,昨夜的魔鬼,今朝的良朋,许多报章,总要提起几点苏联的好处,有时自然也涉及文艺上:"复交"〔24〕之故也。然而,可祝贺的却并不在这里。自利者一淹在水里面,将要灭顶的时候,只要抓得着,是无论"破锣"破鼓,都会抓住的,他决没有所谓"洁癖"。然而无论他终于灭亡或幸而爬起,始终还是一个自利者。随手来举一个例子罢,上海称为"大报"的《申报》,不是一面甜嘴蜜舌的主张着"组织苏联考察团"(三二年十二月二十八日时评),而一面又将林克多的《苏联闻见录》称为"反动书籍"(同二十七日新闻)么?

可祝贺的,是在中俄的文字之交,开始虽然比中英,中法迟,但在近十年中,两国的绝交也好,复交也好,我们的读者大众却不因此而进退;译本的放任也好,禁压也好,我们的读者也决不因此而盛衰。不但如常,而且扩大;不但虽绝交和禁压还是如常,而且虽绝交和禁压而更加扩大。这可见我们的读者大众,是一向不用自私的"势利眼"来看俄国文学的。我们的读者大众,在朦胧中,早知道这伟大肥沃的"黑土"〔25〕里,要生长出什么东西来,而这"黑土"却也确实生长了东西,给我们亲见了:忍受,呻吟,挣扎,反抗,战斗,变革,战斗,建设,战斗,成功。

在现在,英国的萧,法国的罗兰,也都成为苏联的朋友了〔26〕。这,也是当我们中国和苏联在历来不断的"文字之交"的途中,扩大而与世界结成真的"文字之交"的开始。

这是我们应该祝贺的。

十二月三十日。

*　　　*　　　*

〔1〕　本篇最初发表于 1932 年 12 月 15 日《文学月报》第一卷第五、六号合刊。该期出版衍期。

〔2〕　《时务报》　旬刊,1896 年(清光绪二十二年)8 月黄遵宪、汪康年创办于上海,梁启超主编,是当时宣传变法维新的主要刊物,1898年 7 月底改为官报,8 月出至第六十九期停刊。

〔3〕　《福尔摩斯包探案》　英国作家柯南道尔(1859—1930)作的侦探小说。福尔摩斯是书中的主要人物。

〔4〕　《新小说》　月刊,1902 年(清光绪二十八年)11 月在日本横滨创刊,梁启超主编。1905 年 12 月停刊,共出二卷二十四期。该刊除登载创作小说之外,也刊登翻译小说。

〔5〕　焦士威奴(1828—1905)　通译儒勒·凡尔纳,法国小说家。著有科学幻想及冒险小说《海底两万里》、《神秘岛》、《格兰特船长的女儿》等二十三种。

〔6〕　哈葛德(1856—1925)　英国小说家。林琴南曾依靠别人口述,用文言翻译过他的《迦茵小传》、《埃及金塔剖尸记》、《斐洲烟水愁城录》。

〔7〕　苏菲亚　即别罗夫斯卡娅(С.Л.Перовская,1853—1881),俄国女革命家,民意党领导人之一。因参加 1881 年 3 月 1 日暗杀沙皇亚历山大二世,于同年 4 月 3 日被沙皇政府杀害。清末中国无政府主义者所办的刊物《新世纪》第二十七号(1907 年 12 月),曾介绍过她的事迹,刊出她的照片。

〔8〕 拉玛和吉利瑟那 今译罗摩和克释那,都是印度神话中的英雄人物。印度史诗《罗摩衍那》、《摩诃婆罗多》写有他们的故事。

〔9〕 《俄国戏曲集》 共学社丛书之一,1921年商务印书馆出版。它包括戏曲十种:果戈理的《巡按》(贺启明译),奥斯特洛夫斯基的《雷雨》(耿济之译),屠格涅夫的《村中之月》(耿济之译),托尔斯泰的《黑暗之势力》(耿济之译)和《教育之果》(沈颖译),契诃夫的《海鸥》(郑振铎译)、《伊凡诺夫》、《万尼亚叔父》和《樱桃园》(三者均耿式之译),史拉美克的《六月》(郑振铎译)。

〔10〕 《俄国文学研究》 《小说月报》第十二卷的增刊,1921年9月出版。内收郑振铎《俄国文学的启源时代》、耿济之《俄国四大文学家合传》、沈雁冰《近代俄国文学家三十人合传》、鲁迅《阿尔志跋绥甫》、郭绍虞《俄国美论及其文艺》、张闻天《托尔斯泰的艺术观》、沈泽民《俄国的叙事诗歌》等论文,以及鲁迅、瞿秋白、耿济之等所译俄国文学作品多篇。

〔11〕 《被压迫民族文学号》 即《被损害民族的文学号》,《小说月报》第十二卷第十期专刊,1921年10月出版。内收鲁迅译的《近代捷克文学概观》(捷克凯拉绥克作)和《小俄罗斯文学略说》(德国凯尔沛来斯作)、沈雁冰译的《芬兰的文学》(Hermione Ramsder 作)、沈泽民译的《塞尔维亚文学概观》(Chedo Mijatovich 作)、周作人译的《近代波兰文学概观》(波兰诃勒温斯奇作)等论文,以及鲁迅、沈雁冰等所译芬兰、保加利亚、波兰等国文学作品多篇。

〔12〕 指那时曾留学英美的某些绅士派学者如吴宓等人,参看《二心集·上海文艺之一瞥》中的有关论述。

〔13〕 关于创作是处女,翻译是媒婆的话,见《民铎》第二卷第五号(1921年2月)郭沫若致李石岑函:"我觉得国内人士只注重媒婆,而不注重处子,只注重翻译,而不注重产生。"

〔14〕 珂罗连珂(В. Г. Короленко,1853—1921) 通译柯罗连科,俄国作家。主要作品有小说《马尔加的梦》、《盲音乐家》、《我的同时代人的故事》等。

〔15〕 膜拜曼殊斐儿的绅士 指陈源。他曾在《新月》第一卷第四号(1928年6月)《曼殊斐儿》一文中,称英国女作家曼殊斐儿是"超绝一世的微妙清新的作家",并介绍她的作品。后来,他根据英译本翻译屠格涅夫的《父与子》,1931年6月上海商务印书馆出版。

〔16〕 郭沫若曾根据德译本翻译列夫·托尔斯泰的《战争与和平》的一部分,1931年8月上海文艺书局出版。

〔17〕 为了卢布 参看本卷第9页注〔12〕及《二心集·"丧家的""资本家的乏走狗"》)。

〔18〕 意在投降 参看本卷第226页注〔52〕。

〔19〕 "破锣" 一些人对"普罗文学"的蔑称。"普罗"是Proletariat(无产阶级)的音译"普罗列塔利亚"的简称,当时一般称无产阶级革命文学为"普罗文学"。

〔20〕《战后》 德国作家雷马克的小说《西线无战事》的续篇,当时有沈叔之的中译本,1931年8月上海开明书店出版。

〔21〕 希特拉(A. Hitler 1889—1945) 通译希特勒,德国法西斯头子,德国总理。下文的卐字旗,即德国法西斯的旗子。"卐",纳粹党的党徽。

〔22〕《死的胜利》 意大利作家邓南遮在1894年出版的小说,当时有芳信的中译本,1932年10月上海光华书局出版。

〔23〕 里培进斯基(Ю. Н. Либединский,1898—1959) 通译里别进斯基,苏联作家。所作《一周间》,当时我国有蒋光慈的译本,1930年1月北新书局出版。又有江思、苏汶的译本,1930年3月上海水沫书店出版。

〔24〕 "复交" 国民党政府在 1927 年 12 月 14 日宣布和苏联断绝邦交,1932 年 12 月 12 日宣布复交。

〔25〕 "黑土" 苏联的黑土区面积广大,有以"黑土"作为它的代称的。如丹麦文艺批评家和文学史家乔治·勃兰兑斯(1842—1927),曾在他写的《俄国印象记》一书中称俄国为"黑土"。

〔26〕 指英国作家萧伯纳和法国作家罗曼·罗兰。罗曼·罗兰在俄国十月革命后对苏联持友好态度,1931 年发表《与过去告别》一文,热烈支持无产阶级革命。萧伯纳,参看本书《谁的矛盾》及其注〔2〕。

一 九 三 三 年

听　说　梦[1]

做梦，是自由的，说梦，就不自由。做梦，是做真梦的，说梦，就难免说谎。

大年初一，就得到一本《东方杂志》新年特大号，临末有"新年的梦想"，[2]问的是"梦想中的未来中国"和"个人生活"，答的有一百四十多人。记者的苦心，我是明白的，想必以为言论不自由，不如来说梦，而且与其说所谓真话之假，不如来谈谈梦话之真，我高兴的翻了一下，知道记者先生却大大的失败了。

当我还未得到这本特大号之前，就遇到过一位投稿者，他比我先看见印本，自说他的答案已被资本家删改了，他所说的梦其实并不如此。这可见资本家虽然还没法禁止人们做梦，而说了出来，倘为权力所及，却要干涉的，决不给你自由。这一点，已是记者的大失败。

但我们且不去管这改梦案子，只来看写着的梦境罢，诚如记者所说，来答复的几乎全部是智识分子。首先，是谁也觉得生活不安定，其次，是许多人梦想着将来的好社会，"各尽所能"呀，"大同世界"呀，很有些"越轨"气息了（末三句是我添的,记者并没有说)。

但他后来就有点"痴"起来,他不知从那里拾来了一种学说,将一百多个梦分为两大类,说那些梦想好社会的都是"载道"之梦,是"异端",正宗的梦应该是"言志"的,硬把"志"弄成一个空洞无物的东西。[3]然而,孔子曰,"盍各言尔志",而终于赞成曾点者,[4]就因为其"志"合于孔子之"道"的缘故也。

其实是记者的所以为"载道"的梦,那里面少得很。文章是醒着的时候写的,问题又近于"心理测验",遂致对答者不能不做出各各适宜于目下自己的职业,地位,身分的梦来(已被删改者自然不在此例),即使看去好像怎样"载道",但为将来的好社会"宣传"的意思,是没有的。所以,虽然梦"大家有饭吃"者有人,梦"无阶级社会"者有人,梦"大同世界"者有人,而很少有人梦见建设这样社会以前的阶级斗争,白色恐怖,轰炸,虐杀,鼻子里灌辣椒水,电刑……倘不梦见这些,好社会是不会来的,无论怎么写得光明,终究是一个梦,空头的梦,说了出来,也无非教人都进这空头的梦境里面去。

然而要实现这"梦"境的人们是有的,他们不是说,而是做,梦着将来,而致力于达到这一种将来的现在。因为有这事实,这才使许多智识分子不能不说好像"载道"的梦,但其实并非"载道",乃是给"道"载了一下,倘要简洁,应该说是"道载"的。

为什么会给"道载"呢? 曰:为目前和将来的吃饭问题而已。

我们还受着旧思想的束缚,一说到吃,就觉得近乎鄙俗。

但我是毫没有轻视对答者诸公的意思的。《东方杂志》记者在《读后感》里，也曾引佛洛伊特[5]的意见，以为"正宗"的梦，是"表现各人的心底的秘密而不带着社会作用的"。但佛洛伊特以被压抑为梦的根柢——人为什么被压抑的呢？这就和社会制度，习惯之类连结了起来，单是做梦不打紧，一说，一问，一分析，可就不妥当了。记者没有想到这一层，于是就一头撞在资本家的朱笔上。但引"压抑说"来释梦，我想，大家必已经不以为忤了罢。

不过，佛洛伊特恐怕是有几文钱，吃得饱饱的罢，所以没有感到吃饭之难，只注意于性欲。有许多人正和他在同一境遇上，就也轰然的拍起手来。诚然，他也告诉过我们，女儿多爱父亲，儿子多爱母亲，即因为异性的缘故。然而婴孩出生不多久，无论男女，就尖起嘴唇，将头转来转去。莫非它想和异性接吻么？不，谁都知道：是要吃东西！

食欲的根柢，实在比性欲还要深，在目下开口爱人，闭口情书，并不以为肉麻的时候，我们也大可以不必讳言要吃饭。因为是醒着做的梦，所以不免有些不真，因为题目究竟是"梦想"，而且如记者先生所说，我们是"物质的需要远过于精神的追求"了，所以乘着 Censors[6]（也引用佛洛伊特语）的监护好像解除了之际，便公开了一部分。其实也是在"梦中贴标语，喊口号"，不过不是积极的罢了，而且有些也许倒和表面的"标语"正相反。

时代是这么变化，饭碗是这样艰难，想想现在和将来，有些人也只能如此说梦，同是小资产阶级（虽然也有人定我为

"封建余孽"或"土著资产阶级",但我自己姑且定为属于这阶级),很能够彼此心照,然而也无须秘而不宣的。

至于另有些梦为隐士,梦为渔樵,和本相全不相同的名人[7],其实也只是豫感饭碗之脆,而却想将吃饭范围扩大起来,从朝廷而至园林,由洋场及于山泽,比上面说过的那些志向要大得远,不过这里不来多说了。

一月一日。

＊ ＊ ＊

〔1〕 本篇最初发表于 1933 年 4 月 15 日北平《文学杂志》第一号。

〔2〕 《东方杂志》 综合性刊物,1904 年 3 月在上海创刊,1948年 12 月停刊,商务印书馆出版。它于 1933 年出的"新年特大号"(第三十卷第一期)中,辟有"新年的梦想"专栏。当时该刊的主编为胡愈之。

〔3〕 《东方杂志》记者在"新年的梦想"专栏的《读后感》中说:"近来有些批评家把文学分为'载道'的文学和'言志'的文学这两类。我们的'梦'也可以同样的方法来分类:就是'载道'的梦,和'言志'的梦。"又说:"'载道'的梦只是'异端',而'言志'的梦才是梦的'正宗',因为我们相信'梦'是个人的,而不是社会的。依据佛洛伊特的解释,梦只是白天受遏抑的意识,于睡眠,解放出来。……所以'梦'只是代表了意识的'不公开'的部分,在梦中说教,在梦中讲道,在梦中贴标语,喊口号,这到底是不常有的梦,至少这是白日梦而不是夜梦,所以不能算作梦的正宗。只有个人的梦,表现各人心底的秘密而不带着社会作用的,那才是正宗的梦。"按《东方杂志》记者所说的"近来有些批评家"指周作人,他在《中国新文学的源流》一书中,认为中国文学史是"载道"文学和"言

志”文学的消长史。

　　〔4〕　“盍各言尔志”　语出《论语·公冶长》：“颜渊、季路侍。子曰：‘盍各言尔志。’”孔子赞成曾点的话，见《论语·先进》：“子路、曾晳（名点）、冉有、公西华侍坐。……子曰：‘何伤乎，亦各言其志也。’（曾点）曰：‘莫(暮)春者，春服既成，冠者五六人，童子六七人，浴乎沂，风乎舞雩，咏而归。’夫子喟然叹曰：‘吾与点也。’”

　　〔5〕　佛洛伊特(S. Freud, 1856—1939)　通译弗洛伊德，奥地利精神病学家，精神分析学说的创立者。这种学说认为文学、艺术、哲学、宗教等一切精神现象，乃至常人的梦，精神病患者的症状，都是人们因受压抑而潜藏在下意识中的某种“生命力”(Libido)，特别是性欲的潜力所产生的。他的主要著作有《梦的解释》、《日常生活的病理心理学》、《精神分析引论》、《精神分析引论新编》等。

　　〔6〕　Censors　英语，原义为检查官，弗洛伊德精神分析学说用以表示阻止“潜意识”进入“意识”的压抑力。

　　〔7〕　名人　指在《东方杂志》“新年特大号”上“说梦”的一些国民党官员，如当时的铁道部次长、抗日战争中做了汉奸的曾仲鸣说：“何处是修竹、吾庐三径”；中国银行副总裁俞寰澄说：“我只想做一个略具知识的自耕农，我最酷爱田园生活”，等等。

论"赴难"和"逃难"[1]

——寄《涛声》编辑的一封信

编辑先生：

我常常看《涛声》，也常常叫"快哉！"但这回见了周木斋先生那篇《骂人与自骂》[2]，其中说北平的大学生"即使不能赴难，最低最低的限度也应不逃难"，而致慨于五四运动时代式锋芒之销尽，却使我如骨鲠在喉，不能不说几句话。因为我是和周先生的主张正相反，以为"倘不能赴难，就应该逃难"，属于"逃难党"的。

周先生在文章的末尾，"疑心是北京改为北平的应验"，我想，一半是对的。那时的北京，还挂着"共和"的假面，学生嚷嚷还不妨事；那时的执政，是昨天上海市十八团体为他开了"上海各界欢迎段公芝老大会"[3]的段祺瑞先生，他虽然是武人，却还没有看过《莫索里尼传》。然而，你瞧，来了呀。有一回，对着请愿的学生毕毕剥剥的开枪了[4]，兵们最爱瞄准的是女学生，这用精神分析学来解释，是说得过去的，尤其是剪发的女学生，这用整顿风俗[5]的学说来解说，也是说得过去的。总之是死了一些"莘莘学子"。然而还可以开追悼会；还可以游行过执政府之门，大叫"打倒段祺瑞"。为什么呢？因为这时又还挂着"共和"的假面。然而，你瞧，又来了呀。现为党国大教授的陈源先生,在《现代评论》上哀悼死掉的学生,说可惜他们为几个卢布送了性命;[6]《语丝》反对了几句,现为党国要人的唐有壬先生在《晶报》上发表一封信,说这些言动是受墨斯科的命令的。这实在已经有了北平气味了。

后来,北伐成功了,北京属于党国,学生们就都到了进研究室的时代,五四式是不对了。为什么呢?因为这是很容易为"反动派"所利用的。为了矫正这种坏脾气,我们的政府,军人,学者,文豪,警察,侦探,实在费了不少的苦心。用诰谕,用刀枪,用书报,用煅炼,用逮捕,用拷问,直到去年请愿之徒,死的都是"自行失足落水",连追悼会也不开的时候为止,这才显出了新教育的效果。

倘使日本人不再攻榆关,我想,天下是太平了的,"必先安内而后可以攘外"[7]。但可恨的是外患来得太快一点,太繁一点,日本人太不为中国诸公设想之故也,而且也因此引起了周先生的责难。

看周先生的主张,似乎最好是"赴难"。不过,这是难的。倘使早先有了组织,经过训练,前线的军人力战之后,人员缺少了,副司令[8]下令召集,那自然应该去的。无奈据去年的事实,则连火车也不能白坐,而况平日所学的又是债权论,土耳其文学史,最小公倍数之类。去打日本,一定打不过的。大学生们曾经和中国的兵警打过架,但是"自行失足落水"了,现在中国的兵警尚且不抵抗,大学生能抵抗么?我们虽然也看见过许多慷慨激昂的诗,什么用死尸堵住敌人的炮口呀,用热血胶住倭奴的刀枪呀,但是,先生,这是"诗"呵!事实并不这样的,死得比蚂蚁还不如,炮口也堵不住,刀枪也胶不住。孔子曰:"以不教民战,是谓弃之。"[9]我并不全拜服孔老夫子,不过觉得这话是对的,我也正是反对大学生"赴难"的一个。

那么,"不逃难"怎样呢?我也是完全反对。自然,现在是"敌人未到"的,但假使一到,大学生们将赤手空拳,骂贼而死呢,还是躲在屋里,以图幸免呢?我想,还是前一着堂皇些,将来也可以有一本烈士传。不过于大局依然无补,无论是一个或十万个,至多,也只能又向"国联"报告一声罢了。去年十九路军[10]的某某英雄怎样杀敌,大家说得眉飞色舞,因此忘却了全线退出一百里的大事情,可是中国其实还是输了的。而况大学生们连武器也没有。现在中国的新闻上大登"满洲国"[11]的虐政,说是不准私藏军器,但我们大中华民国人民来藏一件护身的东西试试看,也会家破人亡,——先生,这是很容易"为反动派所利用"的呵。

施以狮虎式的教育,他们就能用爪牙,施以牛羊式的教育,他们到万分危急时还会用一对可怜的角。然而我们所施的是什么式的教育呢,连小小的角也不能有,则大难临头,惟有兔子似的逃跑而已。自然,就是逃也不见得安稳,谁都说不出那里是安稳之处来,因为到处繁殖了猎狗,诗曰:"趯趯毚兔,遇犬获之"[12],此之谓也。然则三十六计,固仍以"走"为上计耳。

总之,我的意见是:我们不可看得大学生太高,也不可责备他们太重,中国是不能专靠大学生的;大学生逃了之后,却应该想想此后怎样才可以不至于单是逃,脱出诗境,踏上实地去。

但不知先生以为何如？能给在《涛声》上发表，以备一说否？谨听裁择，并请

文安。

罗怃顿首。一月二十八夜。

再：顷闻十来天之前，北平有学生五十多人因开会被捕，可见不逃的还有，然而罪名是"借口抗日，意图反动"，又可见虽"敌人未到"，也大以"逃难"为是也。

二十九日补记。

*　　　*　　　*

〔1〕 本篇最初发表于1933年2月11日上海《涛声》第二卷第五期，署名罗怃。原题为《三十六计走为上计》。

〔2〕 周木斋（1910—1941） 江苏武进人，当时任上海大东书局编辑并从事写作。他的《骂人与自骂》，载《涛声》第二卷第四期（1933年1月21日），其中说："最近日军侵占榆关，北平的大学生竟至要求提前放假，所愿未遂，于是纷纷自动离校。敌人未到，闻风远逸，这是绝顶离奇的了。……论理日军侵榆，……即使不能赴难，最低最低的限度也不应逃难。"又说："写到这里，陡然的想起五四运动时期北京学生的锋芒，转眼之间，学风民气，两俱丕变，我要疑心是'北京'改为'北平'的应验了。"榆关，即山海关，1933年1月3日被日军占领。

〔3〕 "上海各界欢迎段公芝老大会" 段祺瑞（字芝泉）在"九一八"后被聘为国难会议委员，1933年1月24日去上海时，上海市商会等十八个团体于2月17日为他举行欢迎会。

〔4〕 指三一八惨案。参看本卷第 254 页注〔6〕。

〔5〕 整顿风俗 段祺瑞政府曾多次颁行这类政令,如 1925 年 8 月 25 日发布的"整顿学风令";1926 年 3 月 6 日,西北边防督办张之江致电段祺瑞,主张"男女之防""维风化而奠邦本",段政府复电表示"嘉许",并着手"根本整饬"。

〔6〕 陈源于三一八惨案发生后,在《现代评论》发表《闲话》,称爱国学生是被人利用,自蹈"死地",还说所谓"宣传赤化"的人是"直接或间接用苏俄金钱"(见 1926 年 5 月 8 日《现代评论》第三卷第七十四期的《闲话》)。下文所说唐有壬的言论,参看本卷第 115 页注〔9〕。

〔7〕 "必先安内而后可以攘外" 蒋介石在 1931 年 11 月 30 日国民党政府外长顾维钧宣誓就职会上的"亲书训词"中提出:"攘外必先安内,统一方能御侮。"(见 1931 年 12 月 1 日《中央日报》)此后,它成为国民党政府一贯奉行的积极反共,消极抗日的政策。

〔8〕 副司令 指张学良。他在 1930 年 6 月被任命为国民党政府陆海空军副司令。

〔9〕 "以不教民战,是谓弃之" 语出《论语·子路》。

〔10〕 十九路军 原为国民革命军第十一军,1930 年改编为十九路军,蒋光鼐任总指挥,蔡廷锴任副总指挥兼军长。1932 年"一·二八"事变时,该军驻防上海,奋起抗击日军的进攻,5 月初按中日《淞沪停战协定》撤离上海。

〔11〕 "满洲国" 日本帝国主义侵占我东北后于 1932 年 3 月在长春扶植的傀儡政权。

〔12〕 "趯趯毚兔,遇犬获之" 语出《诗·小雅·巧言》。趯趯,跳跃的样子;毚兔,狡兔。

学 生 和 玉 佛^[1]

一月二十八日《申报》号外载二十七日北平专电曰："故宫^[2]古物即起运,北宁平汉两路已奉令备车,团城白玉佛^[3]亦将南运。"

二十九日号外又载二十八日中央社电传教育部电平各大学,略曰："据各报载榆关告紧之际,北平各大学中颇有逃考及提前放假等情,均经调查确实。查大学生为国民中坚份子,讵容妄自惊扰,败坏校规,学校当局迄无呈报,迹近宽纵,亦属非是。仰该校等迅将学生逃考及提前放假情形,详报核办,并将下学期上课日期,并报为要。"

三十日,"堕落文人"周动轩^[4]先生见之,有诗叹曰:

寂寞空城在,仓皇古董迁,

头儿夸大口,面子靠中坚。

惊扰讵云妄? 奔逃只自怜:

所嗟非玉佛,不值一文钱。

*   *   *

〔1〕 本篇最初发表于 1933 年 2 月 16 日上海《论语》第十一期,署名动轩。

〔2〕 故宫 指北京的明、清两朝皇宫,旧称"紫禁城",始建于明

永乐四年(1406)至十八年(1420)。1933 年 1 月 3 日日军攻陷榆关(山海关),17 日国民党政府决定将故宫所藏古物迁至南京等地。

〔3〕 团城 在北京北海公园南门旁的小丘上,有圆形城垣,故名。金时始建殿宇,元后屡有增修。白玉佛,置于团城承光殿内,由整块洁白的玉石雕刻而成,高约五尺,是具有很高艺术价值的珍贵文物。

〔4〕 这是作者的自称。1930 年 2 月,作者参与发起中国自由运动大同盟,据传国民党浙江省党部曾向中央党部"呈请"通缉"堕落文人鲁迅",作者于 3 月 19 日离寓避居一个月。参看《自传》(《集外集拾遗补编》)。

为了忘却的记念[1]

一

　　我早已想写一点文字,来记念几个青年的作家。这并非为了别的,只因为两年以来,悲愤总时时来袭击我的心,至今没有停止,我很想借此算是竦身一摇,将悲哀摆脱,给自己轻松一下,照直说,就是我倒要将他们忘却了。

　　两年前的此时,即一九三一年的二月七日夜或八日晨,是我们的五个青年作家[2]同时遇害的时候。当时上海的报章都不敢载这件事,或者也许是不愿,或不屑载这件事,只在《文艺新闻》上有一点隐约其辞的文章[3]。那第十一期(五月二十五日)里,有一篇林莽[4]先生作的《白莽印象记》,中间说:

　　　　"他做了好些诗,又译过匈牙利诗人彼得斐[5]的几首诗,当时的《奔流》的编辑者鲁迅接到了他的投稿,便来信要和他会面,但他却是不愿见名人的人,结果是鲁迅自己跑来找他,竭力鼓励他作文学的工作,但他终于不能坐在亭子间里写,又去跑他的路了。不久,他又一次的被了捕。……"

　　这里所说的我们的事情其实是不确的。白莽并没有这么高慢,他曾经到过我的寓所来,但也不是因为我要求和他会

493

面;我也没有这么高慢,对于一位素不相识的投稿者,会轻率的写信去叫他。我们相见的原因很平常,那时他所投的是从德文译出的《彼得斐传》,我就发信去讨原文,原文是载在诗集前面的,邮寄不便,他就亲自送来了。看去是一个二十多岁的青年,面貌很端正,颜色是黑黑的,当时的谈话我已经忘却,只记得他自说姓徐,象山人;我问他为什么代你收信的女士是这么一个怪名字(怎么怪法,现在也忘却了),他说她就喜欢起得这么怪,罗曼谛克,自己也有些和她不大对劲了。就只剩了这一点。

夜里,我将译文和原文粗粗的对了一遍,知道除几处误译之外,还有一个故意的曲译。他像是不喜欢"国民诗人"这个字的,都改成"民众诗人"了。第二天又接到他一封来信,说很悔和我相见,他的话多,我的话少,又冷,好像受了一种威压似的。我便写一封回信去解释,说初次相会,说话不多,也是人之常情,并且告诉他不应该由自己的爱憎,将原文改变。因为他的原书留在我这里了,就将我所藏的两本集子送给他,问他可能再译几首诗,以供读者的参看。他果然译了几首,自己拿来了,我们就谈得比第一回多一些。这传和诗,后来就都登在《奔流》第二卷第五本,即最末的一本里。

我们第三次相见,我记得是在一个热天。有人打门了,我去开门时,来的就是白莽,却穿着一件厚棉袍,汗流满面,彼此都不禁失笑。这时他才告诉我他是一个革命者,刚由被捕而释出,衣服和书籍全被没收了,连我送他的那两本;身上的袍子是从朋友那里借来的,没有夹衫,而必须穿长衣,所以只好这么出汗。我想,这大约就是林莽先生说的"又一次的被了捕"的那一次了。

我很欣幸他的得释,就赶紧付给稿费,使他可以买一件夹衫,但一面又很为我的那两本书痛惜:落在捕房的手里,真是明珠投暗了。那两本书,原是极平常的,一本散文,一本诗集,据德文译者说,这是他搜集起来的,虽在匈牙利本国,也还没有这么完全的本子,然而印在《莱克朗氏万有文库》(Reclam's Universal - Bibliothek)[6]中,倘在德国,就随处可得,也值不到一元钱。不过在我是一种宝贝,因为这是三十年前,正当我热爱彼得斐的时候,特地托丸善书店[7]从德国去买来的,那时还恐怕因为书极便宜,店员不肯经手,开口时非常惴惴。后来大抵带在身边,只是情随事迁,已没有翻译的意思了,这回便决计送给这也如我的那时一样,热爱彼得斐的诗的青年,算是给它寻得了一个好着落。所以还郑重其事,托柔石亲自送去的。谁料竟会落在"三道头"[8]之类的手里的呢,这岂不冤枉!

二

我的决不邀投稿者相见,其实也并不完全因为谦虚,其中含着省事的分子也不少。由于历来的经验,我知道青年们,尤其是文学青年们,十之九是感觉很敏,自尊心也很旺盛的,一不小心,极容易得到误解,所以倒是故意回避的时候多。见面尚且怕,更不必说敢有托付了。但那时我在上海,也有一个惟一的不但敢于随便谈笑,而且还敢于托他办点私事的人,那就是送书去给白莽的柔石。

我和柔石最初的相见，不知道是何时，在那里。他仿佛说过，曾在北京听过我的讲义，那么，当在八九年之前了。我也忘记了在上海怎么来往起来，总之，他那时住在景云里，离我的寓所不过四五家门面，不知怎么一来，就来往起来了。大约最初的一回他就告诉我是姓赵，名平复。但他又曾谈起他家乡的豪绅的气焰之盛，说是有一个绅士，以为他的名字好，要给儿子用，叫他不要用这名字了。所以我疑心他的原名是"平福"，平稳而有福，才正中乡绅的意，对于"复"字却未必有这么热心。他的家乡，是台州的宁海，这只要一看他那台州式的硬气就知道，而且颇有点迂，有时会令我忽而想到方孝孺[9]，觉得好像也有些这模样的。

他躲在寓里弄文学，也创作，也翻译，我们往来了许多日，说得投合起来了，于是另外约定了几个同意的青年，设立朝华社。目的是在绍介东欧和北欧的文学，输入外国的版画，因为我们都以为应该来扶植一点刚健质朴的文艺。接着就印《朝花旬刊》，印《近代世界短篇小说集》，印《艺苑朝华》，算都在循着这条线，只有其中的一本《蕗谷虹儿画选》，是为了扫荡上海滩上的"艺术家"，即戳穿叶灵凤这纸老虎而印的。

然而柔石自己没有钱，他借了二百多块钱来做印本。除买纸之外，大部分的稿子和杂务都是归他做，如跑印刷局，制图，校字之类。可是往往不如意，说起来皱着眉头。看他旧作品，都很有悲观的气息，但实际上并不然，他相信人们是好的。我有时谈到人会怎样的骗人，怎样的卖友，怎样的吮血，他就前额亮晶晶的，惊疑地圆睁了近视的眼睛，抗议道，"会这样的么？——不至于此罢？……"

不过朝花社不久就倒闭了，我也不想说清其中的原因，总之是柔石的理想的头，先碰了一个大钉子，力气固然白化，此外还得去借一百块钱来付纸账。后来他对于我那"人心惟危"[10]说的怀疑减少了，有时也叹息道，"真会这样的么？……"但是，他仍然相信人们是好的。

他于是一面将自己所应得的朝花社的残书送到明日书店和光华书局去，希望还能够收回几文钱，一面就拚命的译书，准备还借款，这就是卖给商务印书馆的《丹麦短篇小说集》和戈理基作的长篇小说《阿尔泰莫诺夫之事业》。但我想，这些译稿，也许去年已被兵火烧掉了。[11]

他的迂渐渐的改变起来，终于也敢和女性的同乡或朋友一同去走路了，但那距离，却至少总有三四尺的。这方法很不好，有时我在路上遇见他，只要在相距三四尺前后或左右有一个年青漂亮的女人，我便会疑心就是他的朋友。但他和我一同走路的时候，可就走得近了，简直是扶住我，因为怕我被汽车或电车撞死；我这面也为他近视而又要照顾别人担心，大家都苍皇失措的愁一路，所以倘不是万不得已，我是不大和他一同出去的，我实在看得他吃力，因而自己也吃力。

无论从旧道德，从新道德，只要是损己利人的，他就挑选上，自己背起来。

他终于决定地改变了，有一回，曾经明白的告诉我，此后应该转换作品的内容和形式。我说：这怕难罢，譬如使惯了刀的，这回要他耍棍，怎么能行呢？他简洁的答道：只要学起来！

他说的并不是空话，真也在从新学起来了，其时他曾经带了一个朋友来访我，那就是冯铿女士。谈了一些天，我对于她终于很隔膜，我疑心她有点罗曼谛克，急于事功；我又疑心柔石的近来要做大部的小说，是发源于她的主张的。但我又疑心我自己，也许是柔石的先前的斩钉截铁的回答，正中了我那其实是偷懒的主张的伤疤，所以不自觉地迁怒到她身上去了。——我其实也并不比我所怕见的神经过敏而自尊的文学青年高明。

她的体质是弱的，也并不美丽。

三

直到左翼作家联盟成立之后，我才知道我所认识的白莽，就是在《拓荒者》上做诗的殷夫。有一次大会时，我便带了一本德译的，一个美国的新闻记者所做的中国游记去送他，[12]这不过以为他可以由此练习德文，另外并无深意。然而他没有来。我只得又托了柔石。

但不久，他们竟一同被捕，我的那一本书，又被没收，落在"三道头"之类的手里了。

四

明日书店要出一种期刊，请柔石去做编辑，他答应了；书店还想印我的译著，托他来问版税的办法，我便将我和北新书局所订的合同,抄了一份交给他,他向衣袋里一塞,匆匆的走了。其时是一九三一年一月十六日的夜间,而不料这一去,竟就是我和他相见的末一回,竟就是我们的永诀。

第二天,他就在一个会场上被捕了,衣袋里还藏着我那印书的合同,听说官厅因此正在找寻我。印书的合同,是明明白白的,但我不愿意到那些不明不白的地方去辩解。记得《说岳全传》里讲过一个高僧,当追捕的差役刚到寺门之前,他就"坐化"了,还留下什么"何立从东来,我向西方走"的偈子[13]。这是奴隶所幻想的脱离苦海的惟一的好方法,"剑侠"盼不到,最自在的惟此而已。我不是高僧,没有涅槃[14]的自由,却还有生之留恋,我于是就逃走[15]。

这一夜,我烧掉了朋友们的旧信札,就和女人抱着孩子走在一个客栈里。不几天,即听得外面纷纷传我被捕,或是被杀了,柔石的消息却很少。有的说,他曾经被巡捕带到明日书店里,问是否是编辑;有的说,他曾经被巡捕带往北新书局去,问是否是柔石,手上上了铐,可见案情是重的。但怎样的案情,却谁也不明白。

他在囚系中,我见过两次他写给同乡[16]的信,第一回是这样的——

"我与三十五位同犯(七个女的)于昨日到龙华。并于昨夜上了镣,开政治犯从未上镣之纪录。此案累及太大,我一时恐难出狱,书店事望兄为我代办之。现亦好,且跟殷夫兄学德文,此事可告周先生;望周先生勿念,我等未受刑。捕房和公安局,几次问周先生地址,但我那里知道。诸望勿念。祝好!

赵少雄 一月二十四日。"

以上正面。

　　"洋铁饭碗,要二三只

　　如不能见面,可将东西

　　望转交赵少雄"

以上背面。

　　他的心情并未改变,想学德文,更加努力;也仍在记念我,像在马路上行走时候一般。但他信里有些话是错误的,政治犯而上镣,并非从他们开始,但他向来看得官场还太高,以为文明至今,到他们才开始了严酷。其实是不然的。果然,第二封信就很不同,措词非常惨苦,且说冯女士的面目都浮肿了,可惜我没有抄下这封信。其时传说也更加纷繁,说他可以赎出的也有,说他已经解往南京的也有,毫无确信;而用函电来探问我的消息的也多起来,连母亲在北京也急得生病了,我只得一一发信去更正,这样的大约有二十天。

　　天气愈冷了,我不知道柔石在那里有被褥不? 我们是有的。洋铁碗可曾收到了没有? ……但忽然得到一个可靠的消息,说柔石和其他二十三人,已于二月七日夜或八日晨,在龙华警备司令部被枪毙了,他的身上中了十弹。

　　原来如此! ……

　　在一个深夜里,我站在客栈的院子中,周围是堆着的破烂的什物;人们都睡觉了,连我的女人和孩子。我沉重的感到我失掉了很好的朋友,中国失掉了很好的青年,我在悲愤中沉静

下去了,然而积习却从沉静中抬起头来,凑成了这样的几句:

惯于长夜过春时,挈妇将雏鬓有丝。

梦里依稀慈母泪,城头变幻大王旗。

忍看朋辈成新鬼,怒向刀丛觅小诗。

吟罢低眉无写处,月光如水照缁衣。

但末二句,后来不确了,我终于将这写给了一个日本的歌人[17]。

可是在中国,那时是确无写处的,禁锢得比罐头还严密。我记得柔石在年底曾回故乡,住了好些时,到上海后很受朋友的责备。他悲愤的对我说,他的母亲双眼已经失明了,要他多住几天,他怎么能够就走呢?我知道这失明的母亲的眷眷的心,柔石的拳拳的心。当《北斗》创刊时,我就想写一点关于柔石的文章,然而不能够,只得选了一幅珂勒惠支(Käthe Kollwitz)夫人的木刻,名曰《牺牲》,是一个母亲悲哀地献出她的儿子去的,算是只有我一个人心里知道的柔石的记念。

同时被难的四个青年文学家之中,李伟森我没有会见过,胡也频在上海也只见过一次面,谈了几句天。较熟的要算白莽,即殷夫了,他曾经和我通过信,投过稿,但现在寻起来,一无所得,想必是十七那夜统统烧掉了,那时我还没有知道被捕的也有白莽。然而那本《彼得斐诗集》却在的,翻了一遍,也没有什么,只在一首《Wahlspruch》(格言)的旁边,有钢笔写的四行译文道:

"生命诚宝贵,

　　爱情价更高;

　　　若为自由故，

　　　二者皆可抛！"

　　又在第二叶上，写着"徐培根"〔18〕三个字，我疑心这是他的真姓名。

五

　　前年的今日，我避在客栈里，他们却是走向刑场了；去年的今日，我在炮声中逃在英租界，他们则早已埋在不知那里的地下了；今年的今日，我才坐在旧寓里，人们都睡觉了，连我的女人和孩子。我又沉重的感到我失掉了很好的朋友，中国失掉了很好的青年，我在悲愤中沉静下去了，不料积习又从沉静中抬起头来，写下了以上那些字。

　　要写下去，在中国的现在，还是没有写处的。年青时读向子期《思旧赋》〔19〕，很怪他为什么只有寥寥的几行，刚开头却又煞了尾。然而，现在我懂得了。

　　不是年青的为年老的写记念，而在这三十年中，却使我目睹许多青年的血，层层淤积起来，将我埋得不能呼吸，我只能用这样的笔墨，写几句文章，算是从泥土中挖一个小孔，自己延口残喘，这是怎样的世界呢。夜正长，路也正长，我不如忘却，不说的好罢。但我知道，即使不是我，将来总会有记起他们，再说他们的时候的。……

　　　　　　　　　　　　　　　　二月七——八日。

＊　　　＊　　　＊

〔1〕 本篇最初发表于 1933 年 4 月 1 日《现代》第二卷第六期。

〔2〕 五个青年作家　参看本卷第 290 页注〔2〕。

〔3〕 "左联"五位作家被捕遇害的消息,《文艺新闻》第三号(1931 年 3 月 30 日)以《在地狱或人世的作家?》为题,用读者致编者信的形式,首先透露出来。

〔4〕 林莽　即楼适夷(1905—2001),浙江余姚人,作家、翻译家。当时"左联"成员。

〔5〕 彼得斐(Petöfi Sándor,1823—1849)　通译裴多菲,匈牙利诗人。1849 年在与协助奥地利侵略的沙俄军队作战争牺牲。一说在瑟什堡战役中与一批匈牙利士兵被俘,押至西伯利亚,约于 1856 年病卒。主要诗作有《勇敢的约翰》、《民族之歌》等。

〔6〕 《莱克朗氏万有文库》　德国莱克朗氏书店 1867 年始出版的文学丛书。

〔7〕 九善书店　日本东京一家出售西文书籍的书店。

〔8〕 "三道头"　上海公共租界巡官的俗称,其制服袖上缀有三道倒人字形标志,故称。

〔9〕 方孝孺(1357—1402)　浙江宁海人,明建文帝朱允炆时的侍讲学士、文学博士。建文四年(1402)建文帝的叔父燕王朱棣起兵攻陷南京,自立为帝(即永乐帝),命他起草即位诏书;他坚决不从,遂遭杀害,被灭十族。

〔10〕 "人心惟危"　语出《尚书·大禹谟》:"人心惟危,道心惟微。"

〔11〕 商务印书馆在 1932 年"一·二八"战事中遭日军轰炸,大量书稿及藏书被毁。

〔12〕 中国游记　即美国记者安娜·路易斯·斯特朗所著的《中国纪行》(Chinàs Reise),1928 年新德意志社出版。鲁迅于 1930 年 12 月 2

日购得,次年 1 月 15 日赠与白莽。

〔**13**〕 《说岳全传》 清代康熙年间的演义小说,题为钱彩编次,金丰增订,共八十回。该书第六十一回写镇江金山寺道悦和尚,因同情岳飞,秦桧就派"家人"何立去抓他。他正在寺内"升座说法",一见何立,便口占一偈死去。"坐化",佛家语,佛家传说有些高僧在临终前盘膝端坐,安然而逝,称作"坐化"。偈子,佛经中的唱词,也泛指和尚的隽语。

〔**14**〕 涅槃 佛家语,梵文 Nirvāna 的音译,意为寂灭、解脱等,指佛和高僧的死亡,也叫圆寂。后来引申作死的意思。

〔**15**〕 柔石被捕后,作者于 1931 年 1 月 20 日和家属避居黄陆路花园庄,2 月 28 日回寓。

〔**16**〕 指王育和(1903—1971),浙江宁海人,曾任宁海中学教员。当时是上海沙逊大厦瑞商永丰洋行的职员,和柔石同住闸北景云里二十八号,柔石在狱中通过送饭人带信给他,由他送周建人转给作者。

〔**17**〕 日本歌人 指山本初枝(1898—1966)。据鲁迅 1932 年 7 月 11 日日记,作者将此诗书成小幅,托内山书店寄给她。

〔**18**〕 徐培根(1895—1991) 白莽的长兄。早年留学德国,曾任国民党政府军政部航空署长。鲁迅在《白莽作〈孩儿塔〉序》(《且介亭杂文末编》)中说:"我前一回的文章上是猜错的,这哥哥才是徐培根,航空署长,终于和他成了殊途同归的兄弟;他却叫徐白,较普通的笔名是殷夫。"按徐培根于 1934 年间因航空署失火焚毁一度被捕入狱。

〔**19**〕 向子期(约 227—272) 向秀,字子期,河内(今河南武陟)人,魏晋时期文学家。他和嵇康、吕安友善。《思旧赋》是他在嵇、吕被司马昭杀害后所作的哀悼文章,共一百五十六字(见《文选》卷十六)。

谁 的 矛 盾[1]

萧(George Bernard Shaw)[2]并不在周游世界,是在历览世界上新闻记者们的嘴脸,应世界上新闻记者们的口试,——然而落了第。

他不愿意受欢迎,见新闻记者,却偏要欢迎他,访问他,访问之后,却又都多少讲些俏皮话。

他躲来躲去,却偏要寻来寻去,寻到之后,大做一通文章,却偏要说他自己善于登广告。

他不高兴说话,偏要同他去说话,他不多谈,偏要拉他来多谈,谈得多了,报上又不敢照样登载了,却又怪他多说话。

他说的是真话,偏要说他是在说笑话,对他哈哈的笑,还要怪他自己倒不笑。

他说的是直话,偏要说他是讽刺,对他哈哈的笑,还要怪他自以为聪明。

他本不是讽刺家,偏要说他是讽刺家,而又看不起讽刺家,而又用了无聊的讽刺想来讽刺他一下。

他本不是百科全书,偏要当他百科全书,问长问短,问天问地,听了回答,又鸣不平,好像自己原来比他还明白。

他本是来玩玩的,偏要逼他讲道理,讲了几句,听的又不高兴了,说他是来"宣传赤化"了。

有的看不起他,因为他不是一个马克思主义文学者,然而倘是马克思主义文学者,看不起他的人可就不要看他了。

有的看不起他,因为他不去做工人,然而倘若做工人,就不会到上海,看不起他的人可就看不见他了。

有的又看不起他,因为他不是实行的革命者,然而倘是实行者,就会和牛兰〔3〕一同关在牢监里,看不起他的人可就不愿提他了。

他有钱,他偏讲社会主义,他偏不去做工,他偏来游历,他偏到上海,他偏讲革命,他偏谈苏联,他偏不给人们舒服……

于是乎可恶。

身子长也可恶,年纪大也可恶,须发白也可恶,不爱欢迎也可恶,逃避访问也可恶,连和夫人的感情好也可恶。

然而他走了,这一位被人们公认为"矛盾"的萧。

然而我想,还是熬一下子,姑且将这样的萧,当作现在的世界的文豪罢,唠唠叨叨,鬼鬼祟祟,是打不倒文豪的。而且为给大家可以唠叨起见,也还是有他在着的好。

因为矛盾的萧没落时,或萧的矛盾解决时,也便是社会的矛盾解决的时候,那可不是玩意儿也。

二月十九夜。

*   *   *

〔1〕 本篇最初发表于 1933 年 3 月 1 日《论语》第十二期。

〔2〕 萧伯纳(1856—1950) 英国剧作家、批评家。出生于爱尔兰都柏林。早年参加过英国改良主义政治组织"费边社"。他在第一次

世界大战爆发后,谴责帝国主义战争,同情俄国十月社会主义革命。1931 年曾访问苏联。主要作品有剧本《华伦夫人的职业》、《巴巴拉少校》、《真相毕露》等,大都揭露和讽刺资本主义的伪善和罪恶。1933 年他乘船周游世界,2 月 12 日到香港,17 日到上海。

〔3〕 牛兰(Naulen,1894—1963) 原名亚可夫·马特维耶维奇·鲁尼克(Яков Матвеевич Луник),生于乌克兰。1918 年进入苏联"契卡"。1927 年 11 月被共产国际派来中国从事秘密工作,化名牛兰,公开身分为"泛太平洋产业同盟"上海办事处秘书。1931 年 6 月 15 日牛兰夫妇同在上海被公共租界警务处逮捕,8 月移交国民党当局,关押于南京监狱。翌年 5 月以"危害民国"罪受审。牛兰于 7 月 2 日起进行绝食斗争。宋庆龄、蔡元培等曾组织"牛兰夫妇营救委员会"营救。1937 年 8 月,侵华日军炮轰南京时逃出监狱,于 1939 年回国,曾任苏联红十字会对外联络部部长,大学教授等职。其夫人达吉亚娜·玛依仙柯(1891—1964)回国后从事语言研究和翻译工作。

看萧和"看萧的人们"记[1]

　　我是喜欢萧的。这并不是因为看了他的作品或传记，佩服得喜欢起来，仅仅是在什么地方见过一点警句，从什么人听说他往往撕掉绅士们的假面，这就喜欢了他了。还有一层，是因为中国也常有模仿西洋绅士的人物的，而他们却大抵不喜欢萧。被我自己所讨厌的人们所讨厌的人，我有时会觉得他就是好人物。

　　现在，这萧就要到中国来，但特地搜寻着去看一看的意思倒也并没有。

　　十六日的午后，内山完造[2]君将改造社的电报给我看，说是去见一见萧怎么样。我就决定说，有这样地要我去见一见，那就见一见罢。

　　十七日的早晨，萧该已在上海登陆了，但谁也不知道他躲着的处所。这样地过了好半天，好像到底不会看见似的。到了午后，得到蔡先生[3]的信，说萧现就在孙夫人[4]的家里吃午饭，教我赶紧去。

　　我就跑到孙夫人的家里去。一走进客厅隔壁的一间小小的屋子里，萧就坐在圆桌的上首，和别的五个人在吃饭。因为早就在什么地方见过照相，听说是世界的名人的，所以便电光一般觉得是文豪，而其实是什么标记也没有。但是，雪白的须发,健康的血色,和气的面貌,我想,倘若作为肖像画的模范,倒是很出色的。

午餐像是吃了一半了。是素菜,又简单。白俄的新闻上,曾经猜有无数的侍者,[5]但只有一个厨子在搬菜。

萧吃得并不多,但也许开始的时候,已经很吃了一通了也难说。到中途,他用起筷子来了,很不顺手,总是夹不住。然而令人佩服的是他竟逐渐巧妙,终于紧紧的夹住了一块什么东西,于是得意的遍看着大家的脸,可是谁也没有看见这成功。

在吃饭时候的萧,我毫不觉得他是讽刺家。谈话也平平常常。例如说:朋友最好,可以久远的往还,父母和兄弟都不是自己自由选择的,所以非离开不可之类。

午餐一完,照了三张相。并排一站,我就觉得自己的矮小了。虽然心里想,假如再年青三十年,我得来做伸长身体的体操……。

两点光景,笔会(Pen Club)[6]有欢迎。也趁了摩托车一同去看时,原来是在叫作"世界学院"的大洋房里。走到楼上,早有为文艺的文艺家,民族主义文学家,交际明星,伶界大王等等,大约五十个人在那里了。合起围来,向他质问各色各样的事,好像翻检《大英百科全书》似的。

萧也演说了几句:诸君也是文士,所以这玩艺儿是全都知道的。至于扮演者,则因为是实行的,所以比起自己似的只是写写的人来,还要更明白。此外还有什么可说的呢。总之,今天就如看看动物园里的动物一样,现在已经看见了,这就可以了罢。云云。

大家都哄笑了,大约又以为这是讽刺。

也还有一点梅兰芳博士[7]和别的名人的问答,但在这里,略之。

此后是将赠品送给萧的仪式。这是由有着美男子之誉的邵洵美[8]君拿上去的,是泥土做的戏子的脸谱的小模型,收在一个盒子里。还有一种,听说是演戏用的衣裳,但因为是用纸包好了的,所以没有见。萧很高兴的接受了。据张若谷君后来发表出来的文章,则萧还问了几句话,张君也刺了他一下,可惜萧不听见云。[9]但是,我实在也没有听见。

有人问他菜食主义的理由。这时很有了几个来照照相的人,我想,我这烟卷的烟是不行的,便走到外面的屋子去了。

还有面会新闻记者的约束,三点光景便又回到孙夫人的家里来。早有四五十个人在等候了,但放进的却只有一半。首先是木村毅[10]君和四五个文士,新闻记者是中国的六人,英国的一人,白俄一人,此外还有照相师三四个。

在后园的草地上,以萧为中心,记者们排成半圆阵,替代着世界的周游,开了记者的嘴脸展览会。萧又遇到了各色各样的质问,好像翻检《大英百科全书》似的。

萧似乎并不想多话。但不说,记者们是决不干休的,于是终于说起来了,说得一多,这回是记者那面的笔记的分量,就渐渐的减少了下去。

我想,萧并不是真的讽刺家,因为他就会说得那么多。

试验是大约四点半钟完结的。萧好像已经很疲倦,我就和木村君都回到内山书店里去了。

第二天的新闻,却比萧的话还要出色得远远。在同一的时候,同一的地方,听着同一的话,写了出来的记事,却是各不相同的。似乎英文的解释,也会由于听者的耳朵,而变换花样。例如,关于中国的政府罢,英字新闻的萧,说的是中国人应该挑选自己们所佩服的人,作为统治者;[11]日本字新闻的萧,说的是中国政府有好几个;[12]汉字新闻的萧,说的是凡是好政府,总不会得人民的欢心的。[13]

从这一点看起来,萧就并不是讽刺家,而是一面镜。

但是,在新闻上的对于萧的评论,大体是坏的。人们是各各去听自己所喜欢的,有益的讽刺去的,而同时也给听了自己所讨厌的,有损的讽刺。于是就各各用了讽刺来讽刺道,萧不过是一个讽刺家而已。

在讽刺竞赛这一点上,我以为还是萧这一面伟大。

我对于萧,什么都没有问;萧对于我,也什么都没有问。不料木村君却要我写一篇萧的印象记。别人做的印象记,我是常看的,写得仿佛一见便窥见了那人的真心一般,我实在佩服其观察之锐敏。至于自己,却连相书也没有翻阅过,所以即使遇见了名人罢,倘要我滔滔的来说印象,可就穷矣了。

但是,因为是特地从东京到上海来要我写的,我就只得寄一点这样的东西,算是一个对付。

一九三三年二月二十三夜。

(三月二十五日,许霞译自《改造》四月特辑,更由作者校定。)

＊　　　＊　　　＊

〔1〕　本篇为日本改造社特约稿,原系日文,发表于 1933 年 4 月号《改造》。后由许霞(许广平)译成中文,经作者校定,发表于 1933 年 5 月 1 日《现代》第三卷第一期。

〔2〕　内山完造(1885—1959)　日本人,当时在上海开设主要出售日文书籍的内山书店。1927 年 10 月他与鲁迅结识后常有交往。

〔3〕　蔡先生　即蔡元培(1868—1940),字鹤卿,号子民,浙江绍兴人。近代教育家。当时是中国民权保障同盟领导人之一。

〔4〕　孙夫人　即宋庆龄(1893—1981),广东文昌人,政治家。

〔5〕　白俄的新闻　指《上海霞报》(Shanghai Zaria)1932 年 2 月 19 日的一篇"文艺评论"述评:"前天欢迎萧伯的奢侈午饭……当然布置得非常之好,桌子旁边有数不清的仆人侍候着。"

〔6〕　笔会　带有国际性的著作家团体,1921 年在伦敦成立。中国分会由蔡元培任理事长,1929 年 12 月成立于上海,后来自行涣散。

〔7〕　梅兰芳博士　1930 年梅兰芳赴美访问时,美国波摩那大学及南加州大学曾授予他文学博士的荣誉学位。

〔8〕　邵洵美(1906—1968)　浙江余姚人,诗人,曾出资创办金屋书店,主编《金屋月刊》,提倡唯美主义文学。著有诗集《花一般的罪恶》等。

〔9〕　张若谷(1905—1960)　江苏南汇(今属上海)人。他在 1933 年 2 月 18 日《大晚报》发表《五十分钟和伯纳萧在一起》一文,其中记述给萧伯纳送礼时的情形说:"笔会的同人,派希腊式鼻子的邵洵美做代表,捧了一只大的玻璃框子,里面装了十几个北平土产的泥制优伶脸谱,红面孔的关云长,白面孔的曹操,长胡子的老生,包扎头的花旦,五颜六色,煞是好看。萧老头儿装出似乎很有兴味的样子,指着一个长白胡须和他有些相像的脸谱,微笑着问道:'这是不是中国的老爷?''不是

老爷,是舞台上的老头儿。'我对他说。他好像没有听见,仍旧笑嘻嘻地指着一个花旦的脸谱说:'她不是老爷的女儿吧?'"据张若谷自称,他所说的"舞台上的老头儿",是讽刺萧伯纳的。

〔10〕 木村毅(1894—1979) 日本冈山县人,当时日本改造社的记者。在萧伯纳将到上海时,他被派前来采访,并约鲁迅为《改造》杂志撰写关于萧伯纳的文章。

〔11〕 英字新闻 指上海《字林西报》1933 年 2 月 18 日的一段报导:"回答着关于被压迫民族和他们应当怎么干的问题,萧伯纳先生说:'他们应当自己解决自己的问题,中国也应当这样干。中国的民众应当自己组织起来,并且,他们所要挑选的自己的统治者,不是什么戏子或者封建的王公'"。

〔12〕 日本字新闻 指上海《每日新闻》1933 年 2 月 18 日的一段报导:"中国记者问:'对于中国政府的你的意见呢?'——'在中国,照我所知道,政府有好几个,你是指那一个呀?'"

〔13〕 汉字新闻 据《萧伯纳在上海·政治的凹凸镜》所引,当时上海有中文报纸曾报导萧伯纳的话说:"中国今日所需要者为良好政府,要知好政府及好官吏,绝非一般民众所欢迎"。

《萧伯纳在上海》序[1]

现在的所谓"人",身体外面总得包上一点东西,绸缎,毡布,纱葛都可以。就是穷到做乞丐,至少也得有一条破裤子;就是被称为野蛮人的,小肚前后也多有了一排草叶子。要是在大庭广众之前自己脱去了,或是被人撕去了,这就叫作不成人样子。

虽然不像样,可是还有人要看,站着看的也有,跟着看的也有,绅士淑女们一齐掩住了眼睛,然而从手指缝里偷瞥几眼的也有,总之是要看看别人的赤条条,却小心着自己的整齐的衣裤。

人们的讲话,也大抵包着绸缎以至草叶子的,假如将这撕去了,人们就也爱听,也怕听。因为爱,所以围拢来,因为怕,就特地给它起了一个对于自己们可以减少力量的名目,称说这类的话的人曰"讽刺家"。

伯纳·萧一到上海,热闹得比泰戈尔还利害,不必说毕力涅克(Boris Pilniak)和穆杭(Paul Morand)了,[2]我以为原因就在此。

还有一层,是"专制使人们变成冷嘲"[3],但这是英国的事情,古来只能"道路以目"[4]的人们是不敢的。不过时候也到底不同了,就要听洋讽刺家来"幽默"一回,大家哈哈一下子。

还有一层,我在这里不想提。

但先要提防自己的衣裤。于是各人的希望就不同起来了。蹩脚愿意他主张拿拐杖,癫子希望他赞成戴帽子,涂了脂粉的想他讽刺黄脸婆,民族主义文学者要靠他来压服了日本的军队。但结果如何呢?结果只要看唠叨的多,就知道不见得十分圆满了。

萧的伟大可又在这地方。英系报,日系报,白俄系报,虽然造了一些谣言,而终于全都攻击起来,就知道他决不为帝国主义所利用。至于有些中国报,那是无须多说的,因为原是洋大人的跟丁。这跟也跟得长久了,只在"不抵抗"或"战略关系"上,这才走在他们军队的前面。

萧在上海不到一整天,而故事竟有这么多,倘是别的文人,恐怕不见得会这样的。这不是一件小事情,所以这一本书,也确是重要的文献。在前三个部门之中,就将文人,政客,军阀,流氓,叭儿的各式各样的相貌,都在一个平面镜里映出来了。说萧是凹凸镜,我也不以为确凿。

余波流到北平,还给大英国的记者一个教训:他不高兴中国人欢迎他。二十日路透电说北平报章多登关于萧的文章,是"足证华人传统的不感觉苦痛性"。[5]胡适博士尤其超脱,说是不加招待,倒是最高尚的欢迎。[6]

"打是不打,不打是打!"[7]

这真是一面大镜子,真是令人们觉得好像一面大镜子的大镜子,从去照或不愿去照里,都装模作样的显出了藏着的原形。在上海的一部分,虽然用笔和舌的还没有北平的外国记者和中国学者的巧妙,但已经有不少的花样。旧传的脸谱本来也有限,虽有未曾收录的,或后来发表的东西,大致恐怕总在这谱里的了。

　　一九三三年二月二十八日灯下,鲁迅。

＊　　　　＊　　　　＊

　　〔1〕　本篇最初印入1933年3月上海野草书屋出版的《萧伯纳在上海》。

　　《萧伯纳在上海》,乐雯(瞿秋白、鲁迅)编译,辑入上海中外报纸对于萧在上海停留期间的报导和评论。该书的《写在前面》说,编译此书的主要用意,是把它"当作一面平面的镜子,在这里,可以看看真的萧伯纳和各种人物自己的原形。"

　　〔2〕　泰戈尔　1924年4月曾来我国访问。毕力涅克1926年曾来我国。穆杭(1888—1976),又译莫朗,法国作家,1931年曾来我国。

　　〔3〕　"专制使人们变成冷嘲"　英国哲学家约翰·穆勒(1806—1873)的话。鲁迅所译日本鹤见祐辅《思想·山水·人物》书中《说幽默》和《专门以外的工作》曾引用此话。

　　〔4〕　"道路以目"　语出《国语·周语》:周厉王暴虐无道,"国人莫敢言,道路以目。"据三国时吴国韦昭注:"不敢发言,以目相眄而已。"

　　〔5〕　1933年2月20日,萧伯纳由上海到北平,同日英国路透社发出电讯说:"政府机关报(按指国民党政府的报纸)今晨载有大规模之战事正在发展中之消息,而仍以广大之篇幅,载萧伯纳抵北事,闻此足证华人传统的不感觉痛苦性。"

　　〔6〕　胡适的话,见1933年2月20日路透社另一电讯:"胡适之

于萧氏抵平之前夕发表一文,其言曰,余以为对于特客如萧伯纳者之最高尚的欢迎,无过于任其独来独往,听渠晤其所欲晤者,见其所欲见者云。"

〔7〕 "打是不打,不打是打!" 见宋代张耒《明道杂志》:"殿中丞丘浚,多言人也。尝在杭谒珊禅师。珊见之殊傲。俄顷,有州将子弟来谒,珊降阶接礼甚恭。浚不能平。子弟退,乃问珊曰:'和尚接浚甚傲,而接州将子弟乃尔恭耶?'珊曰:'接是不接,不接是接。'浚勃然起,搊珊数下,乃徐曰:'和尚莫怪,打是不打,不打是打。'"

由中国女人的脚，推定中国人之非中庸，又由此推定孔夫子有胃病[1]

——"学匪"派考古学之一

古之儒者不作兴谈女人，但有时总喜欢谈到女人。例如"缠足"罢，从明朝到清朝的带些考据气息的著作中，往往有一篇关于这事起源的迟早的文章。为什么要考究这样下等事呢，现在不说他也罢，总而言之，是可以分为两大派的，一派说起源早，一派说起源迟。说早的一派，看他的语气，是赞成缠足的，事情愈古愈好，所以他一定要考出连孟子的母亲，也是小脚妇人的证据来。说迟的一派却相反，他不大恭维缠足，据说，至早，亦不过起于宋朝的末年。

其实，宋末，也可以算得古的了。不过不缠之足，样子却还要古，学者应该"贵古而贱今"，斥缠足者，爱古也。但也有先怀了反对缠足的成见，假造证据的，例如前明才子杨升庵先生，他甚至于替汉朝人做《杂事秘辛》[2]，来证明那时的脚是"底平趾敛"。

于是又有人将这用作缠足起源之古的材料，说既然"趾敛"，可见是缠的了。但这是自甘于低能之谈，这里不加评论。

518

照我的意见来说，则以上两大派的话，是都错，也都对的。现在是古董出现的多了，我们不但能看见汉唐的图画，也可以看到晋唐古坟里发掘出来的泥人儿。那些东西上所表现的女人的脚上，有圆头履，有方头履，可见是不缠足的。古人比今人聪明，她决不至于缠小脚而穿大鞋子，里面塞些棉花，使自己走得一步一拐。

但是，汉朝就确已有一种"利屣"[3]，头是尖尖的，平常大约未必穿罢，舞的时候，却非此不可。不但走着爽利，"潭腿"[4]似的踢开去之际，也不至于为裙子所碍，甚至于踢下裙子来。那时太太们固然也未始不舞，但舞的究以倡女为多，所以倡伎就大抵穿着"利屣"，穿得久了，也免不了要"趾敛"的。然而伎女的装束，是闺秀们的大成至圣先师，这在现在还是如此，常穿利屣，即等于现在之穿高跟皮鞋，可以俨然居炎汉[5]"摩登女郎"之列，于是乎虽是名门淑女，脚尖也就不免尖了起来。先是倡伎尖，后是摩登女郎尖，再后是大家闺秀尖，最后才是"小家碧玉"[6]一齐尖。待到这些"碧玉"们成了祖母时，就入于利屣制度统一脚坛的时代了。

当民国初年，"不佞"观光北京的时候，听人说，北京女人看男人是否漂亮（自按：盖即今之所谓"摩登"也）的时候，是从脚起，上看到头的。所以男人的鞋袜，也得留心，脚样更不消说，当然要弄得齐齐整整，这就是天下之所以有"包脚布"的原因。仓颉造字，我们是知道的，谁造这布的呢，却还没有研究出。但至少是"古已有之"，唐朝张鷟作的《朝野佥载》[7]罢，他说武后朝有一位某男士，将脚裹得窄窄的，人们见了都发笑。可见盛唐之世，就已有了这一种玩意儿，不过还不是很极端，或者还没有很普及。然而好像终于普及了。由宋至清，绵绵不绝，民元革命以后，革了与否，我不知道，因为我是专攻考"古"学的。

然而奇怪得很，不知道怎的（自按：此处似略失学者态度），女士们之对于脚，尖还不够，并且勒令它"小"起来了，最高模范，还竟至于以三寸为度。这么一来，可以不必兼买利屣和方头履两种，从经济的观点来看，是不算坏的，可是从卫生的观点来看，却未免有些"过火"，换一句话，就是"走了极端"了。

我中华民族虽然常常的自命为爱"中庸"，行"中庸"的人民，其实是颇不免于过激的。譬如对于敌人罢，有时是压服不够，还要"除恶务尽"，杀掉不够，还要"食肉寝皮"〔8〕。但有时候，却又谦虚到"侵略者要进来，让他们进来。也许他们会杀了十万中国人。不要紧，中国人有的是，我们再有人上去"。这真教人会猜不出是真痴还是假呆。而女人的脚尤其是一个铁证，不小则已，小则必求其三寸，宁可走不成路，摆摆摇摇。慨自辫子肃清以后，缠足本已一同解放的了，老新党的母亲们，鉴于自己在皮鞋里塞棉花之麻烦，一时也确给她的女儿留了天足。然而我们中华民族是究竟有些"极端"的，不多久，老病复发，有些女士们已在别想花样，用一枝细黑柱子将脚跟支起，叫它离开地球。她到底非要她的脚变把戏不可。由过去以测将来，则四朝（假如仍旧有朝代的话）之后，全国女人的脚趾都和小腿成一直线，是可以有八九成把握的。

　　然则圣人为什么大呼"中庸"呢？曰：这正因为大家并不中庸的缘故。人必有所缺,这才想起他所需。穷教员养不活老婆了,于是觉到女子自食其力说之合理,并且附带地向男女平权论点头；富翁胖到要发哮喘病了,才去打高而富球,从此主张运动的紧要。我们平时,是决不记得自己有一个头,或一个肚子,应该加以优待的,然而一旦头痛肚泻,这才记起了他们,并且大有休息要紧,饮食小心的议论。倘有谁听了这些议论之后,便贸贸然决定这议论者为卫生家,可就失之十丈,差以亿里了。

　　倒相反,他是不卫生家,议论卫生,正是他向来的不卫生的结果的表现。孔子曰,"不得中行而与之,必也狂狷乎,狂者进取,狷者有所不为也！"[9]以孔子交游之广,事实上没法子只好寻狂狷相与,这便是他在理想上之所以哼着"中庸,中庸"的原因。

　　以上的推定假使没有错,那么,我们就可以进而推定孔子晚年,是生了胃病的了。"割不正不食",这是他老先生的古板规矩,但"食不厌精,脍不厌细"的条令却有些稀奇。他并非百万富翁或能收许多版税的文学家,想不至于这么奢侈的,除了只为卫生,意在容易消化之外,别无解法。况且"不撤姜食"[10],又简直是省不掉暖胃药了。何必如此独厚于胃,念念不忘呢？曰,以其有胃病之故也。

　　倘说：坐在家里,不大走动的人们很容易生胃病,孔子周游列国[11],运动王公,该可以不生病证的了。那就是犯了知今而不知古的错误。盖当时花旗白面[12],尚未输入,土磨麦粉,多含灰沙,所以分量较今面为重;国道尚未修成,泥路甚多凹凸,孔子如果肯走,那是不大要紧的,而不幸他偏有一车两马。胃里袋着沉重的面食,坐在车子里走着七高八低的道路,一颠一顿,一掀一坠,胃就被坠得大起来,消化力随之减少,时时作痛;每餐非吃"生姜"不可了。所以那病的名目,该是"胃扩张";那时候,则是"晚年",约在周敬王十年以后。

以上的推定,虽然简略,却都是"读书得间"的成功。但若急于近功,妄加猜测,即很容易陷于"多疑"的谬误。例如罢,二月十四日《申报》载南京专电云:"中执委会令各级党部及人民团体制'忠孝仁爱信义和平'〔13〕匾额,悬挂礼堂中央,以资启迪。"看了之后,切不可便推定为各要人讥大家为"忘八"〔14〕;三月一日《大晚报》〔15〕载新闻云:"孙总理夫人宋庆龄女士自归国寓沪后,关于政治方面,不闻不问,惟对社会团体之组织非常热心。据本报记者所得报告,前日有人由邮政局致宋女士之索诈信□(自按:原缺)件,业经本市当局派驻邮局检查处检查员查获,当将索诈信截留,转辗呈报市府。"看了之后,也切不可便推定虽为总理夫人宋女士的信件,也常在邮局被当局派员所检查。

盖虽"学匪派考古学",亦当不离于"学",而以"考古"为限的。

三月四日夜。

*　　*　　*

〔1〕　本篇最初发表于1933年3月16日《论语》第十三期,署名

何干。

"学匪" 是1925年北京女师大风潮中一些人攻击鲁迅、马裕藻等进步教员的用语,参看本卷第254页注〔10〕。鲁迅在《华盖集续编·学界三魂》中曾说:"学界的打官话是始于去年,凡反对章士钊的都得了'土匪','学匪','学棍'的称号";"但这也足见去年学界之糟了,竟破天荒的有了学匪。"

〔2〕 《杂事秘辛》 笔记小说,一卷,旧题无名氏撰,伪托为东汉佚书,实为明代杨慎作。写东汉桓帝(刘志)选梁莹为妃的故事。其中有一段描写梁莹的脚:"足长八寸,跸跗丰研,底平指敛,约缣迫袜,收束微如禁中。"杨慎在该书跋语中说:"予尝搜考弓足原始,不得。及见'约缣迫袜,收束微如禁中'语,则缠足后汉已自有之。"杨是持缠足起源较早一说的。杨慎(1488—1554),字用修,号升庵,四川新都人,明代学者,正德进士,曾任翰林学士。

〔3〕 "利屣" 一种舞鞋。《史记·货殖列传》:"今夫赵女郑姬,设形容,揳鸣琴,揄长袂,蹑利屣,目挑心招。"

〔4〕 "潭腿" 拳术的一种,相传由清代山东龙潭寺的和尚创立,故称。

〔5〕 炎汉 即汉代。过去阴阳家用金木水火土五行(也称五德)相生相克的循环变化来说明王朝更替;他们认为汉朝属火,故称"炎汉"。

〔6〕 "小家碧玉" 语出南朝乐府《碧玉歌》:"碧玉小家女,不敢攀贵德"。碧玉原系人名,旧时常以"小家碧玉"称小康人家的少女。

〔7〕 《朝野佥载》 唐代张鷟作,内容系记载唐代的故事和琐闻。按该书没有鲁迅所引一事的记载。张鷟(约658—约730),字文成,深州陆泽(今河北深州)人,唐代文学家。调露进士,曾官监察御史、司门员外郎等职。

〔8〕 "除恶务尽" 语出《尚书·泰誓》:"树德欲滋,除恶务本。""食肉寝皮",语出《左传》襄公二十一年:"然二子者,譬如禽兽,臣食其肉而寝处其皮矣。"

〔9〕 语出《论语·子路》。据宋代朱熹注:"行,道也。狂者,志极高而行不掩。狷者,知未及而守有余。"

〔10〕 "割不正不食"、"食不厌精,脍不厌细"、"不撤姜食"等语,都见《论语·乡党》。

〔11〕 孔子周游列国 孔子于鲁定公十二年至鲁哀公十一年(前498—前484)离开鲁国,周游宋、卫、陈、蔡、齐、楚等国,游说诸侯,终不见用。

〔12〕 花旗白面 由美国进口的面粉。"花旗"是我国民间对美国国旗的俗称,也指称美国。

〔13〕 "忠孝仁爱信义和平" 当时国民党政要戴季陶等宣扬的所谓"八德"。国民党当局于1933年2月13日下令各级党部及机关团体将它制匾悬挂于礼堂中央;国民党政府教育部又于同月20日宣布以此为"小学公民训练标准"。

〔14〕 "忘八" 封建时代流行的俗语,指忘记了概括封建道德要义的"孝、悌、忠、信、礼、义、廉、耻"八个字的最后一个"耻"字,也即"无耻"的意思。

〔15〕 《大晚报》 1932年2月12日在上海创刊,张竹平创办,后为国民党财阀孔祥熙收买,1949年5月25日停刊。

我怎么做起小说来^[1]

我怎么做起小说来？——这来由，已经在《呐喊》的序文上，约略说过了。这里还应该补叙一点的，是当我留心文学的时候，情形和现在很不同：在中国，小说不算文学，做小说的也决不能称为文学家，所以并没有人想在这一条道路上出世。我也并没有要将小说抬进"文苑"里的意思，不过想利用他的力量，来改良社会。

但也不是自己想创作，注重的倒是在绍介，在翻译，而尤其注重于短篇，特别是被压迫的民族中的作者的作品。因为那时正盛行着排满论，有些青年，都引那叫喊和反抗的作者为同调的。所以"小说作法"之类，我一部都没有看过，看短篇小说却不少，小半是自己也爱看，大半则因了搜寻绍介的材料。也看文学史和批评，这是因为想知道作者的为人和思想，以便决定应否绍介给中国。和学问之类，是绝不相干的。

因为所求的作品是叫喊和反抗，势必至于倾向了东欧，因此所看的俄国，波兰以及巴尔干诸小国作家的东西就特别多。也曾热心的搜求印度，埃及的作品，但是得不到。记得当时最爱看的作者，是俄国的果戈理（N. Gogol）和波兰的显克微支（H. Sienkiewitz）^[2]。日本的，是夏目漱石和森鸥外^[3]。

回国以后，就办学校，再没有看小说的工夫了，这样的有五六年。为什么又开手了呢？——这也已经写在《呐喊》的序文里，不必说了。但我的来做小说，也并非自以为有做小说的才能，只因为那时是住在北京的会馆[4]里的，要做论文罢，没有参考书，要翻译罢，没有底本，就只好做一点小说模样的东西塞责，这就是《狂人日记》。大约所仰仗的全在先前看过的百来篇外国作品和一点医学上的知识，此外的准备，一点也没有。

但是《新青年》的编辑者，却一回一回的来催，催几回，我就做一篇，这里我必得记念陈独秀[5]先生，他是催促我做小说最着力的一个。

自然，做起小说来，总不免自己有些主见的。例如，说到"为什么"做小说罢，我仍抱着十多年前的"启蒙主义"，以为必须是"为人生"，而且要改良这人生。我深恶先前的称小说为"闲书"，而且将"为艺术的艺术"，看作不过是"消闲"的新式的别号。所以我的取材，多采自病态社会的不幸的人们中，意思是在揭出病苦，引起疗救的注意。所以我力避行文的唠叨，只要觉得够将意思传给别人了，就宁可什么陪衬拖带也没有。中国旧戏上，没有背景，新年卖给孩子看的花纸[6]上，只有主要的几个人（但现在的花纸却多有背景了），我深信对于我的目的，这方法是适宜的，所以我不去描写风月，对话也决不说到一大篇。

我做完之后，总要看两遍，自己觉得拗口的，就增删几个字，一定要它读得顺口；没有相宜的白话，宁可引古语，希望总有人会懂，只有自己懂得或连自己也不懂的生造出来的字句，是不大用的。这一节，许多批评家之中，只有一个人看出来了，但他称我为 Stylist[7]。

所写的事迹，大抵有一点见过或听到过的缘由，但决不全用这事实，只是采取一端，加以改造，或生发开去，到足以几乎完全发表我的意思为止。人物的模特儿也一样，没有专用过一个人，往往嘴在浙江，脸在北京，衣服在山西，是一个拼凑起来的脚色。有人说，我的那一篇是骂谁，某一篇又是骂谁，那是完全胡说的。

不过这样的写法，有一种困难，就是令人难以放下笔。一气写下去，这人物就逐渐活动起来，尽了他的任务。但倘有什么分心的事情来一打岔，放下许久之后再来写，性格也许就变了样，情景也会和先前所豫想的不同起来。例如我做的《不周山》，原意是在描写性的发动和创造，以至衰亡的，而中途去看报章，见了一位道学的批评家攻击情诗[8]的文章，心里很不以为然，于是小说里就有一个小人物跑到女娲的两腿之间来，不但不必有，且将结构的宏大毁坏了。但这些处所，除了自己，大概没有人会觉到，我们的批评大家成仿吾先生，还说这一篇做得最出色。

我想，如果专用一个人做骨干，就可以没有这弊病的，但自己没有试验过。

忘记是谁说的了，总之是，要极省俭的画出一个人的特点，最好是画他的眼睛。[9]我以为这话是极对的，倘若画了全副的头发，即使细得逼真，也毫无意思。我常在学学这一种方法，可惜学不好。

可省的处所,我决不硬添,做不出的时候,我也决不硬做,但这是因为我那时别有收入,不靠卖文为活的缘故,不能作为通例的。

还有一层,是我每当写作,一律抹杀各种的批评。因为那时中国的创作界固然幼稚,批评界更幼稚,不是举之上天,就是按之入地,倘将这些放在眼里,就要自命不凡,或觉得非自杀不足以谢天下的。批评必须坏处说坏,好处说好,才于作者有益。

但我常看外国的批评文章,因为他于我没有恩怨嫉恨,虽然所评的是别人的作品,却很有可以借镜之处。但自然,我也同时一定留心这批评家的派别。

以上,是十年前的事了,此后并无所作,也没有长进,编辑先生要我做一点这类的文章,怎么能呢。拉杂写来,不过如此而已。

三月五日灯下。

＊　　　＊　　　＊

〔1〕 本篇最初印入 1933 年 6 月上海天马书店出版的《创作的经验》一书。

〔2〕 显克微支(1846—1916) 波兰作家。作品主要反映波兰农民的痛苦生活和波兰人民反对异族侵略的斗争。著有历史小说三部曲《火与剑》、《洪流》、《伏洛窦耶夫斯基先生》和中篇小说《炭画》等。

〔3〕 夏目漱石(1867—1916) 日本小说家,著有长篇小说《我是猫》、中篇小说《哥儿》等。森鸥外(1862—1922),日本小说家、文学评论

家,著有小说《舞姬》等。

〔4〕 会馆 指北京宣武门外南半截胡同的"绍兴县馆"。1912 年 5 月至 1919 年 11 月作者曾在此寄住。

〔5〕 陈独秀(1879—1942) 字仲甫,安徽怀宁(今属安庆)人,原为北京大学教授,《新青年》杂志的创办人,"五四"时期提倡新文化运动的主要人物。1921 年中国共产党成立后任党的总书记。第一次国内革命战争后期,推行右倾投降主义路线,使革命遭到失败。以后他成为取消主义者,接受托派观点,成立反党小组织,1929 年 11 月被开除出党。"五四"时期,他在致周作人的函件中,极力敦促鲁迅从事小说写作,如 1920 年 3 月 11 日信:"我们很盼望豫才先生为《新青年》创作小说,请先生告诉他。"又 8 月 22 日信:"鲁迅兄做的小说,我实在五体投地的佩服。"

〔6〕 花纸 绍兴方言,指一种流行于民间的木版年画,常见的有"八戒招赘"、"老鼠成亲"等题材。

〔7〕 Stylist 英语:文体家。作者这里所指似为黎锦明。(1905—1999),湖南湘潭人,小说家。黎在《论体裁描写与中国新文艺》(见《文学周报》第五卷第二期,1928 年 2 月合订本)一文中说:"西欧的作家对于体裁,是其第一安到著作的路的门径,还竟有所谓体裁家(Stylist)者。……我们的新文艺,除开鲁迅叶绍钧二三人的作品还可见到有体裁的修养外,其余大都似乎随意的把它挂在笔头上。"

〔8〕 一位道学的批评家 指胡梦华(1901—1983),安徽绩溪人,当时为南京东南大学学生。他在 1922 年 10 月 24 日《时事新报·学灯》上发表《读了〈蕙的风〉以后》,指责汪静之作的诗集《蕙的风》,认为其中某些情诗是"堕落轻薄"的作品,有"不道德的嫌疑"。参看《热风·反对"含泪"的批评家》。

〔9〕 这是东晋画家顾恺之的话,见南朝宋刘义庆《世说新语·巧

艺》："顾长康（按即顾恺之）画人，或数年不点目睛。人问其故，顾曰：
'四体妍蚩，本无关于妙处；传神写照，正在阿堵中。'"阿堵，当时俗语：
这个。

关于女人[1]

国难期间,似乎女人也特别受难些。一些正人君子责备女人爱奢侈,不肯光顾国货。就是跳舞,肉感等等,凡是和女性有关的,都成了罪状。仿佛男人都做了苦行和尚,女人都进了修道院,国难就会得救似的。

其实那不是女人的罪状,正是她的可怜。这社会制度把她挤成了各种各式的奴隶,还要把种种罪名加在她头上。西汉末年,女人的"堕马髻","愁眉啼妆"[2],也说是亡国之兆。其实亡汉的何尝是女人!不过,只要看有人出来唉声叹气的不满意女人的妆束,我们就知道当时统治阶级的情形,大概有些不妙了。

奢侈和淫靡只是一种社会崩溃腐化的现象,决不是原因。私有制度的社会,本来把女人也当做私产,当做商品。一切国家,一切宗教都有许多稀奇古怪的规条,把女人看做一种不吉利的动物,威吓她,使她奴隶般的服从;同时又要她做高等阶级的玩具。正像现在的正人君子,他们骂女人奢侈,板起面孔维持风化,而同时正在偷偷地欣赏着肉感的大腿文化。

阿剌伯的一个古诗人说:"地上的天堂是在圣贤的经书上,马背上,女人的胸脯上。"[3]这句话倒是老实的供状。

自然,各种各式的卖淫总有女人的份。然而买卖是双方的。没有买淫的嫖男,那里会有卖淫的娼女。所以问题还在买淫的社会根源。这根源存在一天,也就是主动的买者存在一天,那所谓女人的淫靡和奢侈就一天不会消灭。男人是私有主的时候,女人自身也不过是男人的所有品。也许是因此罢,她的爱惜家财的心或者比较的差些,她往往成了"败家精"。何况现在买淫的机会那么多,家庭里的女人直觉地感觉到自己地位的危险。民国初年我就听说,上海的时髦是从长三幺二〔4〕传到姨太太之流,从姨太太之流再传到太太奶奶小姐。这些"人家人",多数是不自觉地在和娼妓竞争,——自然,她们就要竭力修饰自己的身体,修饰到拉得住男子的心的一切。这修饰的代价是很贵的,而且一天一天的贵起来,不但是物质上的,而且还有精神上的。

美国一个百万富翁说:"我们不怕共匪(原文无匪字,谨遵功令改译),我们的妻女就要使我们破产,等不及工人来没收。"中国也许是惟恐工人"来得及",所以高等华人的男女这样赶紧的浪费着,享用着,畅快着,那里还管得到国货不国货,风化不风化。然而口头上是必须维持风化,提倡节俭的。

四月十一日。

＊   ＊   ＊

〔1〕 本篇最初发表于1933年6月15日《申报月刊》第二卷第六号,署名洛文。

按本篇和下面一篇《真假堂吉诃德》以及《伪自由书》中的《王道诗话》、《伸冤》、《曲的解放》、《迎头经》、《出卖灵魂的秘诀》、《最艺术的国家》、《内外》、《透底》、《大观园的人才》,《准风月谈》中的《中国文与中国人》等十二篇文章,都是 1933 年瞿秋白在上海时所作,其中有的是根据鲁迅的意见或与鲁迅交换意见后写成的。鲁迅对这些文章曾作过字句上的改动(个别篇改换了题目),并请人誊抄后,以自己使用的笔名,寄给《申报·自由谈》等报刊发表,后来又分别将它们收入自己的杂文集。

〔2〕 "堕马髻"、"愁眉啼妆" 见《后汉书·梁冀传》:东汉顺帝时大将军梁冀妻孙寿"色美而善为妖态,作愁眉虢(啼)妆、堕马髻。"据唐代李贤注引《风俗通》说:"愁眉者,细而曲折;虢妆者,薄拭目下若啼处;堕马髻者,侧在一边。"

〔3〕 阿剌伯古诗人 指穆塔纳比(Mutanabbi,915—965)。他在晚年写了一首无题的抒情诗,最后四句是:"美丽的女人给了我短暂的幸福,后来一片荒漠就把我们隔断开。世界上最好的地方——是骑在骏马的鞍上。而经书——则时时刻刻是最好的伴侣!"

〔4〕 长三幺二 旧时上海妓院中妓女的等级名称,头等的叫做长三,二等的叫做幺二。

真假堂吉诃德[1]

西洋武士道[2]的没落产生了堂·吉诃德那样的戆大。他其实是个十分老实的书呆子。看他在黑夜里仗着宝剑和风车开仗,[3]的确傻相可掬,觉得可笑可怜。

然而这是真正的吉诃德。中国的江湖派和流氓种子,却会愚弄吉诃德式的老实人,而自己又假装着堂·吉诃德的姿态。《儒林外史》上的几位公子,慕游侠剑仙之为人,结果是被这种假吉诃德骗去了几百两银子,换来了一颗血淋淋的猪头,[4]——那猪算是侠客的"君父之仇"了。

真吉诃德的做傻相是由于自己愚蠢,而假吉诃德是故意做些傻相给别人看,想要剥削别人的愚蠢。

可是中国的老百姓未必都还这么蠢笨,连这点儿手法也看不出来。

中国现在的假吉诃德们,何尝不知道大刀不能救国,他们却偏要舞弄着,每天"杀敌几百几千"的乱嚷,还有人"特制钢刀九十九,去赠送前敌将士"[5]。可是,为着要杀猪起见,又舍不得飞机捐[6],于是乎"武器不精良"的宣传,一面作为节节退却或者"诱敌深入"[7]的解释,一面又借此搜括一些杀猪经费。可惜前有慈禧太后[8],后有袁世凯,——清末的兴复海军捐建设了颐和园,民四的"反日"爱国储金[9],增加了讨

534

伐当时革命军的军需，——不然的话，还可以说现在发现了一个新发明。

他们何尝不知道"国货运动"〔10〕振兴不了什么民族工业，国际的财神爷扼住了中国的喉咙，连气也透不出，甚么"国货"都跳不出这些财神的手掌心。然而"国货年"是宣布了，"国货商场"是成立了，像煞有介事的，仿佛抗日救国全靠一些戴着假面具的买办多赚几个钱。这钱还是从猪狗牛马身上剥削来的。不听见"增加生产力"，"劳资合作共赴国难"的呼声么？原本不把小百姓当人看待，然而小百姓做了猪狗牛马还是要负"救国责任"！结果，猪肉供给假吉诃德吃，而猪头还是要斫下来，挂出去，以为"捣乱后方"者戒。

他们何尝不知道什么"中国固有文化"咒不死帝国主义，无论念几千万遍"不仁不义"或者金光明咒〔11〕，也不会触发日本地震，使它陆沉大海。然而他们故意高喊恢复"民族精神"，仿佛得了什么祖传秘诀。意思其实很明白，是要小百姓埋头治心，多读修身教科书。这固有文化本来毫无疑义：是岳飞式的奉旨不抵抗〔12〕的忠，是听命国联爷爷的孝，是斫猪头，吃猪肉，而又远庖厨〔13〕的仁爱，是遵守卖身契约的信义，是"诱敌深入"的和平。而且，"固有文化"之外，又提倡什么"学术救国"，引证西哲菲希德〔14〕之言等类的居心，又何尝不是如此。

假吉诃德的这些傻相，真教人哭笑不得；你要是把假痴假呆当做真痴真呆，当真认为可笑可怜，那就未免傻到不可救药了。

四月十一日。

＊　　　　＊　　　　＊

〔1〕　本篇最初发表于 1933 年 6 月 15 日《申报月刊》第二卷第六号,署名洛文。

〔2〕　武士道　原指日本幕府时代武士所遵守的封建道德(忠君、节义、勇武、坚忍等)。西洋武士道,指西欧骑士精神。骑士,西欧中世纪封建时代的军人,属小封建主。他们自诩忠诚笃实,尚任侠,好冒险,崇尚爱情,艳羡贵妇。骑士盛行于十一至十四世纪,后因封建制解体和武器、战术的改进,渐趋没落。

〔3〕　堂·吉诃德仗着宝剑和风车打仗的事,见《堂吉诃德》第八章。

〔4〕　《儒林外史》第十二回写有娄姓两公子被张铁臂骗取白银五百两的事。

〔5〕　“特制钢刀”的事,见 1933 年 4 月 12 日《申报》:上海有个叫王述的人,特别定制大刀九十九把,捐赠给当时防守喜峰口等处的宋哲元部队。

〔6〕　飞机捐　1933 年 1 月,国民党政府决定举办航空救国飞机捐。随后,组织中华航空救国会(后改名为中国航空协会),在各地发行航空奖券,号召民众募捐。

〔7〕　“诱敌深入”　九一八事变后,国民党政府采取“不抵抗”政策,不断丧失国土,却诡称是战略上的“诱敌深入”。这类宣传充斥于当时的官方报刊,如 1933 年 2 月 6 日南京《救国日报》的社论中说:“浸使政府为战略关系,须暂时放弃北平以便引敌深入聚而歼之……故吾主张政府应严厉责成张学良,使之以武力制止反对运动,若不得已,虽流血亦所不辞。”

〔8〕　慈禧太后(1835—1908)　即叶赫那拉氏,满族,咸丰帝妃,同治继位后被尊为太后,成为清末同治、光绪两朝的实际统治者。1888

年(光绪十四年),她把建设北洋舰队的海军经费八千万两白银,移用于修建颐和园。

〔9〕 "反日"爱国储金 1915年(民国四年)5月9日,袁世凯接受了日本帝国主义提出的侵略中国的"二十一条",北京、上海等地群众为了反日救国,曾发起救国储金,并成立了救国储金团。但储金团却为袁世凯所把持,储金存入当时他所控制的中国银行和交通银行,并被他挪用为活动帝制的经费。

〔10〕 "国货运动" 1933年,上海工商界发起将该年定为"国货年",在元旦举行游行大会,并成立"国货商场"和"中华国货产销合作协会",出版《国货周刊》,宣传"国货救国"。

〔11〕 金光明咒 指《金光明经》,佛经的一种。"九一八"以后,上海、北平等地国民党要人纷纷联名发起"金光明道场"之类的所谓"佛法救国"活动。1932年7月16日上海《时事新报》以《发起金光明道场戴季陶先生之"经咒救国"》为题,报导了这类活动。

〔12〕 岳飞奉旨不抵抗 岳飞在抗金中战功卓著,但主张议和的宋高宗(赵构)听信内奸秦桧的谗言,在一天内连下十二道金牌把他从前线召回,并以"谋反"的罪名将他下狱处死。

〔13〕 远庖厨 语出《孟子·梁惠王》:"君子之于禽畜也,见其生不忍见其死,闻其声不忍食其肉,是以君子远庖厨也。"

〔14〕 菲希德(J.G.Fichte,1762—1814) 通译费希特,德国哲学家。著有《知识学基础》、《人的天职》等。他主张用科技强化德意志民族,强调民族至上。

《守常全集》题记[1]

我最初看见守常[2]先生的时候,是在独秀先生邀去商量怎样进行《新青年》的集会上,这样就算认识了。不知道他其时是否已是共产主义者。总之,给我的印象是很好的:诚实,谦和,不多说话。《新青年》的同人中,虽然也很有喜欢明争暗斗,扶植自己势力的人,但他一直到后来,绝对的不是。

他的模样是颇难形容的,有些儒雅,有些朴质,也有些凡俗。所以既像文士,也像官吏,又有些像商人。这样的商人,我在南边没有看见过,北京却有的,是旧书店或笺纸店的掌柜。一九二六年三月十八日,段祺瑞们枪击徒手请愿的学生的那一次,他也在群众中,给一个兵抓住了,问他是何等样人。答说是"做买卖的"。兵道:"那么,到这里来干什么?滚你的罢!"一推,他总算逃得了性命。

倘说教员,那时是可以死掉的。

然而到第二年,他终于被张作霖们害死了。

段将军的屠戮,死了四十二人,其中有几个是我的学生,我实在很觉得一点痛楚;张将军的屠戮,死的好像是十多人,手头没有记录,说不清楚了,但我所认识的只有一个守常先生。在厦门[3]知道了这消息之后,椭圆的脸,细细的眼睛和胡子,蓝布袍,黑马褂,就时时出现在我的眼前,其间还隐约看见绞首台。痛楚是也有些的,但比先前淡漠了。这是我历来的偏见:见同辈之死,总没有像见青年之死的悲伤。

这回听说在北平公然举行了葬式[4],计算起来,去被害的时候已经七年了。这是极应该的。我不知道他那时被将军们所编排的罪状,——大概总不外乎"危害民国"罢。然而仅在这短短的七年中,事实就铁铸一般的证明了断送民国的四省[5]的并非李大钊,却是杀戮了他的将军!

那么,公然下葬的宽典,该是可以取得的了。然而我在报章上,又看见北平当局的禁止路祭和捕拿送葬者的新闻。我也不知道为什么,但这回恐怕是"妨害治安"了罢。倘其果然,则铁铸一般的反证,实在来得更加神速:看罢,妨害了北平的治安的是日军呢还是人民!

但革命的先驱者的血,现在已经并不希奇了。单就我自己说罢,七年前为了几个人,就发过不少激昂的空论,后来听惯了电刑,枪毙,斩决,暗杀的故事,神经渐渐麻木,毫不吃惊,也无言说了。我想,就是报上所记的"人山人海"去看枭首示众的头颅的人们,恐怕也未必觉得更兴奋于看赛花灯的罢。血是流得太多了。

不过热血之外,守常先生还有遗文在。不幸对于遗文,我却很难讲什么话。因为所执的业,彼此不同,在《新青年》时代,我虽以他为站在同一战线上的伙伴,却并未留心他的文章,譬如骑兵不必注意于造桥,炮兵无须分神于驭马,那时自以为尚非错误。所以现在所能说的,也不过:一,是他的理论,在现在看起来,当然未必精当的;二,是虽然如此,他的遗文却将永住,因为这是先驱者的遗产,革命史上的丰碑。一切死的和活的骗子的一迭迭的集子,不是已在倒塌下来,连商人也"不顾血本"的只收二三折了么?

以过去和现在的铁铸一般的事实来测将来,洞若观火!

一九三三年五月二十九夜,鲁迅谨记。

这一篇,是 T 先生要我做的[6],因为那集子要在和他有关系的 G 书局出版。我谊不容辞,只得写了这一点,不久,便在《涛声》上登出来。但后来,听说那遗集稿子的有权者另托 C 书局去印了,至今没有出版,也许是暂时不会出版的罢,我虽然很后悔乱作题记的孟浪,但我仍然要在自己的集子里存留,记此一件公案。十二月三十一夜,附识。

*   *   *

〔1〕 本篇最初发表于 1933 年 8 月 19 日《涛声》第二卷第三十一期。

李大钊的文稿经李乐光收集整理,其中三十篇于 1933 年辗转交上海群众图书公司出版,题名《守常全集》,并约请鲁迅作序,但在国民党统治下未能出版。1939 年 4 月北新书局以"社会科学研究社"名义印出初版,但当即为租界当局没收。1949 年 7 月仍由北新书局重印出书,改名为《守常文集》上册。

〔2〕 守常 李大钊(1889—1927),字守常,河北乐亭人,马克思列宁主义在中国最初的传播者,中国共产党创始人之一。曾任北京《晨钟报》总编辑、北京大学教授兼图书馆主任、《新青年》杂志编辑等。他领导了五四运动。1921 年中国共产党成立后,一直负责北方区党的工作。1924 年代表中国共产党与孙中山商谈国共合作,在帮助孙中山确定"联俄、联共、扶助农工"三大政策和改组国民党的工作中起了重要作用。1927 年 4 月 6 日在北京被奉系军阀张作霖逮捕,28 日与范鸿劼、路友于、谭祖尧、张挹兰(女)等十九人同时遇害。

〔3〕 这里应作"在广州"。作者于 1927 年 1 月 16 日离开厦门,18日到达广州。

〔4〕 1933 年 4 月,北平群众在中国共产党的发动和领导下,为李大钊举行公葬。4 月 23 日由宣武门外下斜街移柩赴香山万安公墓,途经西四牌楼时,国民党军警特务以"妨害治安"为名,禁止群众送葬,并开枪射击,送葬者有多人受伤,四十余人当场被捕。

〔5〕 四省 指东北的辽宁、吉林、黑龙江三省和当时的热河省(省会承德)。由于国民党当局推行"不抵抗"政策,张学良撤兵入关,日军自 1931 年"九一八"至次年二月占领东北全境,1933 年 3 月又占领热河省。

〔6〕 T 先生 指曹聚仁(1900—1972),浙江浦江人,当时为上海暨南大学教授和《涛声》周刊编辑。参看鲁迅 1933 年 5 月 4 日致曹聚仁信。下文的 G 书局,指群众图书公司;C 书局,指商务印书馆。

谈 金 圣 叹[1]

讲起清朝的文字狱来，也有人拉上金圣叹[2]，其实是很不合适的。他的"哭庙"，用近事来比例，和前年《新月》上的引据三民主义以自辩，并无不同，但不特捞不到教授而且至于杀头，则是因为他早被官绅们认为坏货了的缘故。就事论事，倒是冤枉的。

清中叶以后的他的名声，也有些冤枉。他抬起小说传奇来，和《左传》《杜诗》并列，实不过拾了袁宏道[3]辈的唾余；而且经他一批，原作的诚实之处，往往化为笑谈，布局行文，也都被硬拖到八股的作法上。这余荫，就使有一批人，堕入了对于《红楼梦》之类，总在寻求伏线，挑剔破绽的泥塘。

自称得到古本，乱改《西厢》字句[4]的案子且不说罢，单是截去《水浒》的后小半，[5]梦想有一个"嵇叔夜"来杀尽宋江们，也就昏庸得可以。虽说因为痛恨流寇的缘故，但他是究竟近于官绅的，他到底想不到小百姓的对于流寇，只痛恨着一半：不在于"寇"，而在于"流"。

百姓固然怕流寇，也很怕"流官"。记得民元革命以后，我在故乡，不知怎地县知事常常掉换了。每一掉换，农民们便愁苦着相告道："怎么好呢？又换了一只空肚鸭来了！"他们虽然至今不知道"欲壑难填"的古训，却很明白"成则为王，败则为贼"的成语,贼者,流着之王,王者,不流之贼也,要说得简单一点,那就是"坐寇"。中国百姓一向自称"蚁民",现在为便于譬喻起见,姑升为牛羊,铁骑一过,茹毛饮血,蹄骨狼藉,倘可避免,他们自然是总想避免的,但如果肯放任他们自啮野草,苟延残喘,挤出乳来将这些"坐寇"喂得饱饱的,后来能够比较的不复狼吞虎咽,则他们就以为如天之福。所区别的只在"流"与"坐",却并不在"寇"与"王"。试翻明末的野史,就知道北京民心的不安,在李自成入京的时候,是不及他出京之际的利害的。[6]

宋江据有山寨,虽打家劫舍,而劫富济贫,金圣叹却道应该在童贯高俅辈的爪牙之前,一个个俯首受缚,他们想不懂。所以《水浒传》纵然成了断尾巴蜻蜓,乡下人却还要看《武松独手擒方腊》[7]这些戏。

不过这还是先前的事,现在似乎又有了新的经验了。听说四川有一只民谣,大略是"贼来如梳,兵来如篦,官来如剃"[8]的意思。汽车飞艇[9],价值既远过于大轿马车,租界和外国银行,也是海通以来新添的物事,不但剃尽毛发,就是刮尽筋肉,也永远填不满的。正无怪小百姓将"坐寇"之可怕,放在"流寇"之上了。

事实既然教给了这些,仅存的路,就当然使他们想到了自己的力量。

五月三十一日。

　　＊　　　　　＊　　　　　＊

　　〔1〕　本篇最初发表于1933年7月1日上海《文学》第一卷第一号。

　　〔2〕　金圣叹（1608—1661）　名人瑞，字圣叹，原姓张，名采，吴县（今属江苏）人，明末清初文人。曾批改《西厢记》、《水浒传》等。据清代王应奎《柳南随笔》载：清顺治十八年（1661），"大行皇帝（按指顺治）遗诏至苏，巡抚以下，大临府治。诸生从而讦吴县令不法事，巡抚朱国治方暱令，于是诸生被系者五人。翌日诸生群哭于文庙，复逮系至十三人，俱劾大不敬，而圣叹与焉。当是时，海寇入犯江南，衣冠陷贼者，坐反叛，兴大狱。廷议遣大臣即讯并治诸生，及狱具，圣叹与十七人俱傅会逆案坐斩，家产籍没入官。闻圣叹将死，大叹诧曰：'断头，至痛也。籍家，至惨也。而圣叹以不意得之，大奇！'于是一笑受刑，其妻子亦遣戍边塞云。"

　　〔3〕　袁宏道（1568—1610）　字中郎，湖广公安（今属湖北）人，明代文学家。他在《觞政》等文中肯定了小说、戏曲、民歌的地位，在《狂言》里的《读书》诗中，把《离骚》、《庄子》、《西厢》、《水浒》和《焚书》并列。金圣叹也曾以《离骚》为第一才子书，《南华经》（《庄子》）为第二才子书，《史记》为第三才子书，《杜诗》为第四才子书，《水浒》为第五才子书，《西厢记》为第六才子书。

　　〔4〕　《西厢》　全名《崔莺莺待月西厢记》，杂剧，元代王实甫作。金圣叹在批注《西厢》时，曾参校徐文长、徐士范、王伯良等较早的刻本，作了一些有根据的改动，但有些却是主观妄改的，如将篇末"谢当今盛明唐圣主"改为"谢当今垂帘双圣主"，则更是为了奉承清顺治皇帝及其母后而改的。

　　〔5〕　截去《水浒》的后小半　明中叶以后，《水浒传》有百回和一百二十回多种版本流行。明崇祯十四年（1641）左右，金圣叹把《水浒》

七十一回以后的章节全部删去,另外伪造了一个"英雄惊噩梦"的结局(卢俊义梦见长人"嵇康"擒杀梁山首领一百零八人),又把第一回改为楔子,成为七十回本。

〔6〕 李自成(1606—1645) 陕西米脂人,明末农民起义军领袖。崇祯二年(1629)起义,崇祯十七年(1644)三月攻入北京,推翻明王朝。后明将吴三桂勾引清兵入关,李兵败退出北京。据清初彭孙贻《平寇志》等野史记载,李自成初进北京时,"贴安民榜云:'大帅临城,秋毫无犯,敢有擅掠民财者,凌迟处死。'……民间大喜,安堵如故。"后来李自成退出北京时,"宫中火作,百姓知'贼'走,必肆屠僇,各运器物,纵横堆塞胡同口,尽以木石支户"。

〔7〕 《武松独手擒方腊》 过去流行于民间的戏剧。按《水浒传》百回和一百二十回本,擒方腊的是鲁智深。

〔8〕 见《论语》第十七期《梳,篦,剃,剥及其他》:"近日报载四川通行民谣,描写军匪官僚搜括百姓之惨酷,可谓民国治绩的写照。童谣云:'匪是梳子梳,兵是篦子篦,军阀就如剃刀剃,官府抽筋又剥皮。'"

〔9〕 飞艇 当时对飞机的一种称呼。

又论“第三种人”[1]

　　戴望舒[2]先生远远的从法国给我们一封通信,叙述着法国 A.E.A.R.(革命文艺家协会)得了纪德[3]的参加,在三月二十一日召集大会,猛烈的反抗德国法西斯谛的情形,并且绍介了纪德的演说,发表在六月号的《现代》上。法国的文艺家,这样的仗义执言的举动是常有的:较远,则如左拉为德来孚斯打不平[4],法朗士当左拉改葬时候的讲演[5];较近,则有罗曼罗兰的反对战争。但这回更使我感到真切的欢欣,因为问题是当前的问题,而我也正是憎恶法西斯谛的一个。不过戴先生在报告这事实的同时,一并指明了中国左翼作家的“愚蒙”和像军阀一般的横暴,我却还想来说几句话。但希望不要误会,以为意在辩解,希图中国也从所谓“第三种人”得到对于德国的被压迫者一般的声援,——并不是的。中国的焚禁书报,封闭书店,囚杀作者,实在还远在德国的白色恐怖以前,而且也得到过世界的革命的文艺家的抗议了。[6]我现在要说的,不过那通信里的必须指出的几点。

　　那通信叙述过纪德的加入反抗运动之后,说道——

　　“在法国文坛中,我们可以说纪德是‘第三种人’,……自从他在一八九一年……起,一直到现在为止,他始终是一个忠实于他的艺术的人。然而,忠实于自己的艺术的作者，不一定就是资产阶级的'帮闲者'，法国的革命作家没有这种愚蒙的见解（或者不如说是精明的策略），因此，在热烈的欢迎之中，纪德便在群众之间发言了。"

这就是说："忠实于自己的艺术的作者"，就是"第三种人"，而中国的革命作家，却"愚蒙"到指这种人为全是"资产阶级的帮闲者"，现在已经由纪德证实，是"不一定"的了。

这里有两个问题应该解答。

第一，是中国的左翼理论家是否真指"忠实于自己的艺术的作者"为全是"资产阶级的帮闲者"？据我所知道，却并不然。左翼理论家无论如何"愚蒙"，还不至于不明白"为艺术的艺术"在发生时，是对于一种社会的成规的革命，但待到新兴的战斗的艺术出现之际，还拿着这老招牌来明明暗暗阻碍他的发展，那就成为反动，且不只是"资产阶级的帮闲者"了。至于"忠实于自己的艺术的作者"，却并未视同一律。因为不问那一阶级的作家，都有一个"自己"，这"自己"，就都是他本阶级的一分子，忠实于他自己的艺术的人，也就是忠实于他本阶级的作者，在资产阶级如此，在无产阶级也如此。这是极显明粗浅的事实，左翼理论家也不会不明白的。但这位——戴先生用"忠实于自己的艺术"来和"为艺术的艺术"掉了一个包，可真显得左翼理论家的"愚蒙"透顶了。

第二，是纪德是否真是中国所谓的"第三种人"？我没有读过纪德的书，对于作品，没有加以批评的资格。但我相信：创作和演说，形式虽然不同，所含的思想是决不会两样的。我可以引出戴先生所介绍的演说里的两段来——

　　"有人会对我说：'在苏联也是这样的。'那是可能的事；但是目的却是完全两样的，而且，为了要建设一个新社会起见，为了把发言权给与那些一向做着受压迫者，一向没有发言权的人们起见，不得已的矫枉过正也是免不掉的事。

　　"我为什么并怎样会在这里赞同我在那边所反对的事呢？那就是因为我在德国的恐怖政策中，见到了最可叹最可憎的过去底再演，在苏联的社会创设中，我却见到一个未来的无限的允约。"

　　这说得清清楚楚，虽是同一手段，而他却因目的之不同而分为赞成或反抗。苏联十月革命后，侧重艺术的"绥拉比翁的兄弟们"这团体，也被称为"同路人"，但他们却并没有这么积极。中国关于"第三种人"的文字，今年已经汇印了一本专书[7]，我们可以查一查，凡自称为"第三种人"的言论，可有丝毫近似这样的意见的么？倘其没有，则我敢决定地说，"不可以说纪德是'第三种人'"。

　　然而正如我说纪德不像中国的"第三种人"一样，戴望舒先生也觉得中国的左翼作家和法国的大有贤愚之别了。他在参加大会，为德国的左翼艺术家同伸义愤之后，就又想起了中国左翼作家的愚蠢横暴的行为。于是他临末禁不住感慨——

　　"我不知道我国对于德国法西斯谛的暴行有没有什么表示。正如我们的军阀一样，我们的文艺者也是勇于内战的。在法国的革命作家们和纪德携手的时候，我们的左翼作家想必还在把所谓'第三种人'当作唯一的敌手吧！"

这里无须解答，因为事实具在：我们这里也曾经有一点表示[8]，但因为和在法国两样，所以情形也不同；刊物上也久不见什么"把所谓'第三种人'当作唯一的敌手"的文章，不再内战，没有军阀气味了。戴先生的豫料，是落了空的。

然而中国的左翼作家，这就和戴先生意中的法国左翼作家一样贤明了么？我以为并不这样，而且也不应该这样的。如果声音还没有全被削除的时候，对于"第三种人"的讨论，还极有从新提起和展开的必要。戴先生看出了法国革命作家们的隐衷，觉得在这危急时，和"第三种人"携手，也许是"精明的策略"。但我以为单靠"策略"，是没有用的，有真切的见解，才有精明的行为，只要看纪德的讲演，就知道他并不超然于政治之外，决不能贸贸然称之为"第三种人"，加以欢迎，是不必别具隐衷的。不过在中国的所谓"第三种人"，却还复杂得很。

所谓"第三种人"，原意只是说：站在甲乙对立或相斗之外的人。但在实际上，是不能有的。人体有胖和瘦，在理论上，是该能有不胖不瘦的第三种人的，然而事实上却并没有，一加比较，非近于胖，就近于瘦。文艺上的"第三种人"也一样，即使好像不偏不倚罢，其实是总有些偏向的，平时有意的或无意的遮掩起来，而一遇切要的事故，它便会分明的显现。如纪德，他就显出左向来了；别的人，也能从几句话里，分明的显出。所以在这混杂的一群中，有的能和革命前进，共鸣；有的也能乘机将革命中伤，软化，曲解。左翼理论家是有着加以分析的任务的。

如果这就等于"军阀"的内战，那么，左翼理论家就必须更加继续这内战，而将营垒分清，拔去了从背后射来的毒箭！

六月四日。

*　　　*　　　*

〔1〕 本篇最初发表于 1933 年 7 月 1 日《文学》第一卷第一号。

〔2〕 戴望舒（1905—1950） 浙江杭县（今余杭）人，诗人。著有诗集《望舒草》、《灾难的岁月》等。他写的《法国通讯——关于文艺界的反法西斯蒂运动》，载《现代》第三卷第二期（1933 年 6 月）。

〔3〕 纪德（A.Gide，1869—1951） 法国小说家。著有《窄门》、《地粮》、《田园交响曲》等。1932 年初发表《日记抄》，其中称"对于现在及将来要发生的许多事件，尤其是苏联的状态，抱着太深切的关心"，并表示了对马克思主义的"兴趣"。

〔4〕 左拉（E.Zola，1840—1902） 法国作家。著有长篇小说《萌芽》、《崩溃》、《娜娜》等。1894 年，法国的犹太籍军官德莱孚斯受到军事当局诬告，以泄漏军事机密罪被判处终身苦役。此事曾引起各界进步人士的不满。1897 年，左拉对此案的材料作了研究后，确信德莱孚斯的无辜，就给总统佛尔写了一封《我控诉》的公开信，控诉法国政府、法庭和总参谋部违反法律和人权；由此他被判一年徒刑和罚金，因而逃往英国伦敦。

〔5〕 法朗士在左拉改葬时的讲演 在德莱孚斯事件中，法朗士曾和左拉一样为德莱孚斯进行辩护。1902 年 10 月 5 日左拉安葬时，他发表演说，肯定左拉生前的正义行动，谴责当局对左拉的迫害。1906 年 7 月 19 日德莱孚斯案得到平反后，他又在法国"人权同盟"组织的向

左拉"表示感谢并致敬"的群众集会(在左拉墓前举行)上发表第二次演说,称左拉为"伟大的公民",号召人们不要忘记陷害无辜者的罪人,要"沿着正义和善良的道路前进"。并向法国国会提出建立"左拉先贤祠"法案的要求。(法朗士:《社会生活三十年》)按左拉原葬于巴黎蒙玛特公墓,后改葬于法国"先贤祠"。

〔6〕 1931年国民党政府杀害柔石等革命作家,当时国际革命作家如苏联法捷耶夫、法国巴比塞、美国辛克莱等人曾联名发表《革命作家国际联盟为国民党屠杀中国革命作家宣言》(《文学导报》第一卷第三期),抗议国民党的暴行。

〔7〕 指苏汶编的《文艺自由论辩集》。该书收入"第三种人"自己所写的文章和别人批评"第三种人"的文章共二十篇,1933年3月上海现代书局出版。

〔8〕 1933年5月13日,鲁迅和宋庆龄、杨杏佛等,到上海德国领事馆递交《为德国法西斯压迫民权摧残文化的抗议书》,次日并将抗议书在《申报》上发表。

"蜜蜂"与"蜜"[1]

陈思先生：

看了《涛声》上批评《蜜蜂》[2]的文章后，发生了两个意见，要写出来，听听专家的判定。但我不再来辩论，因为《涛声》并不是打这类官司的地方。

村人火烧蜂群，另有缘故，并非阶级斗争的表现，我想，这是可能的。但蜜蜂是否会于虫媒花有害，或去害风媒花呢，我想，这也是可能的。

昆虫有助于虫媒花的受精，非徒无害，而且有益，就是极简略的生物学上也都这样说，确是不错的。但这是在常态时候的事。假使蜂多花少，情形可就不同了，蜜蜂为了采粉或者救饥，在一花上，可以有数匹甚至十余匹一涌而入，因为争，将花瓣弄伤，因为饿，将花心咬掉，听说日本的果园，就有遭了这种伤害的。它的到风媒花上去，也还是因为饥饿的缘故。这时酿蜜已成次要，它们是吃花粉去了。

所以，我以为倘花的多少，足供蜜蜂的需求，就天下太平，否则，便会"反动"。譬如蚁是养护蚜虫的，但倘将它们关在一处，又不另给食物，蚁就会将蚜虫吃掉；人是吃米或麦的，然而遇着饥馑，便吃草根树皮了。

中国向来也养蜂，何以并无此弊呢？那是极容易回答的：

因为少。近来以养蜂为生财之大道,干这事的愈多。然而中国的蜜价,远逊欧美,与其卖蜜,不如卖蜂。又因报章鼓吹,思养蜂以获利者辈出,故买蜂者也多于买蜜。因这缘故,就使养蜂者的目的,不在于使酿蜜而在于使繁殖了。但种植之业,却并不与之俱进,遂成蜂多花少的现象,闹出上述的乱子来了。

总之,中国倘不设法扩张蜂蜜的用途,及同时开辟果园农场之类,而一味出卖蜂种以图目前之利,养蜂事业是不久就要到了绝路的。此信甚希发表,以冀有心者留意也。专此,顺请著安。

罗怃。六月十一日。

*　　　*　　　*

〔1〕 本篇最初发表于1933年6月17日《涛声》第二卷第二十三期,署名罗怃。

〔2〕《蜜蜂》 张天翼所作短篇小说。写一个养蜂场因蜂多花少,致使蜂群伤害了农民的庄稼,引起群众反抗的故事。小说发表后,陈思(曹聚仁)在《涛声》第二卷第二十二期(1933年6月10日)发表《"蜜蜂"》一文,其中说:"张天翼先生写《蜜蜂》的原起,也许由于听到无锡乡村人火烧华绎之蜂群的故事。那是土豪劣绅地痞流氓敲诈不遂的报复举动,和无锡农民全无关系;并且那一回正当苜蓿花开,蜂群采蜜,更有利于农事,农民决不反对的。乡村间的斗争,决不是单纯的劳资斗争,若不仔细分析斗争的成分,也要陷于错误的。希望张天翼先生看了我的话,实际去研究调查一下。"

经　　验^[1]

　　古人所传授下来的经验,有些实在是极可宝贵的,因为它曾经费去许多牺牲,而留给后人很大的益处。

　　偶然翻翻《本草纲目》^[2],不禁想起了这一点。这一部书,是很普通的书,但里面却含有丰富的宝藏。自然,捕风捉影的记载,也是在所不免的,然而大部分的药品的功用,却由历久的经验,这才能够知道到这程度,而尤其惊人的是关于毒药的叙述。我们一向喜欢恭维古圣人,以为药物是由一个神农皇帝独自尝出来的,他曾经一天遇到过七十二毒,^[3]但都有解法,没有毒死。这种传说,现在不能主宰人心了。人们大抵已经知道一切文物,都是历来的无名氏所逐渐的造成。建筑,烹饪,渔猎,耕种,无不如此;医药也如此。这么一想,这事情可就大起来了:大约古人一有病,最初只好这样尝一点,那样尝一点,吃了毒的就死,吃了不相干的就无效,有的竟吃到了对证的就好起来,于是知道这是对于某一种病痛的药。这样地累积下去,乃有草创的纪录,后来渐成为庞大的书,如《本草纲目》就是。而且这书中的所记,又不独是中国的,还有阿剌伯人的经验,有印度人的经验,则先前所用的牺牲之大,更可想而知了。

　　然而也有经过许多人经验之后,倒给了后人坏影响的,如

554

俗语说"各人自扫门前雪，莫管他家瓦上霜"的便是其一。救急扶伤，一不小心，向来就很容易被人所诬陷，而还有一种坏经验的结果的歌诀，是"衙门八字开，有理无钱莫进来"，于是人们就只要事不干己，还是远远的站开干净。我想，人们在社会里，当初是并不这样彼此漠不相关的，但因豺狼当道，事实上因此出过许多牺牲，后来就自然的都走到这条道路上去了。所以，在中国，尤其是在都市里，倘使路上有暴病倒地，或翻车摔伤的人，路人围观或甚至于高兴的人尽有，肯伸手来扶助一下的人却是极少的。这便是牺牲所换来的坏处。

　　总之，经验的所得的结果无论好坏，都要很大的牺牲，虽是小事情，也免不掉要付惊人的代价。例如近来有些看报的人，对于什么宣言，通电，讲演，谈话之类，无论它怎样骈四俪六，崇论宏议，也不去注意了，甚而还至于不但不注意，看了倒不过做做嘻笑的资料。这那里有"始制文字，乃服衣裳"[4]一样重要呢，然而这一点点结果，却是牺牲了一大片地面，和许多人的生命财产换来的。生命，那当然是别人的生命，倘是自己，就得不着这经验了。所以一切经验，是只有活人才能有的，我的决不上别人讥刺我怕死[5]，就去自杀或拚命的当，而必须写出这一点来，就为此。而且这也是小小的经验的结果。

六月十二日。

*　　　　*　　　　*

　　〔1〕　本篇最初发表于 1933 年 7 月 15 日《申报月刊》第二卷第七号，署名洛文。

〔2〕 《本草纲目》 明代医药学家李时珍撰写的药物学著作,共五十二卷。这书是他在长期实践和实地调查的基础上,吸取人民群众的智慧和经验,参考大量医药资料和有关文献,费时近三十年才写成的。

〔3〕 神农皇帝 我国传说中的古代帝王。据《淮南子·修务训》:"古者民茹草饮水,采树本之实,食蠃蛖之肉,时多疾病毒伤之害。于是神农乃始教民播种五谷,相土地宜燥湿肥硗高下,尝百草之滋味,水泉之甘苦,令民知所避就。当此之时,一日而遇七十毒。"

〔4〕 "始制文字,乃服衣裳" 语出《千字文》。

〔5〕 别人讥刺我怕死 梁实秋在《新月》第二卷第十一期发表的《鲁迅与牛》一文,借1930年4月8日中国自由运动大同盟为声援四·三惨案(英国人在南京打死打伤中国工人的惨案)集会时,一工人被巡捕枪杀的事讥笑作者说:"自由运动大同盟即是鲁迅先生领衔发起的,……这事发生之后,颇有人为鲁迅先生担心,因为不晓得流了'一滩鲜血'的究竟是那一位。……幸亏事实不久大明,死的不是'参加工农革命底实际行动'的'左翼作家',是一位'勇敢的工人'……鲁迅先生的'不卖肉主义'是老早言明在先的。"又法鲁在1933年6月11日《大晚报·火炬》发表的《到底要不要自由》中,也有这类含沙射影的话,参看《伪自由书·后记》。

谚　　语[1]

　　粗略的一想,谚语固然好像一时代一国民的意思的结晶,但其实,却不过是一部分的人们的意思。现在就以"各人自扫门前雪,莫管他家瓦上霜"来做例子罢,这乃是被压迫者们的格言,教人要奉公,纳税,输捐,安分,不可怠慢,不可不平,尤其是不要管闲事;而压迫者是不算在内的。

　　专制者的反面就是奴才,有权时无所不为,失势时即奴性十足。孙皓是特等的暴君,但降晋之后,简直像一个帮闲;[2]宋徽宗在位时,不可一世,而被掳后偏会含垢忍辱。[3]做主子时以一切别人为奴才,则有了主子,一定以奴才自命:这是天经地义,无可动摇的。

　　所以被压制时,信奉着"各人自扫门前雪,莫管他家瓦上霜"的格言的人物,一旦得势,足以凌人的时候,他的行为就截然不同,变为"各人不扫门前雪,却管他家瓦上霜"了。

　　二十年来,我们常常看见:武将原是练兵打仗的,且不问他这兵是用以安内或攘外,总之他的"门前雪"是治军,然而他偏来干涉教育,主持道德;教育家原是办学的,无论他成绩如何,总之他的"门前雪"是学务,然而他偏去膜拜"活佛",绍介国医。小百姓随军充伏,童子军沿门募款。头儿胡行于上,蚁民乱碰于下,结果是各人的门前都不成样,各家的瓦上也一团糟。

女人露出了臂膊和小腿,好像竟打动了贤人们的心,我记得曾有许多人絮絮叨叨,主张禁止过,后来也确有明文禁止了。[4]不料到得今年,却又"衣服蔽体已足,何必前拖后曳,消耗布匹,……顾念时艰,后患何堪设想"起来,四川的营山县长于是就令公安局派队——剪掉行人的长衣的下截。[5]长衣原是累赘的东西,但以为不穿长衣,或剪去下截,即于"时艰"有补,却是一种特别的经济学。《汉书》上有一句云,"口含天宪"[6],此之谓也。

某一种人,一定只有这某一种人的思想和眼光,不能越出他本阶级之外。说起来,好像又在提倡什么犯讳的阶级了,然而事实是如此的。谣谚并非全国民的意思,就为了这缘故。古之秀才,自以为无所不晓,于是有"秀才不出门,而知天下事"这自负的漫天大谎,小百姓信以为真,也就渐渐的成了谚语,流行开来。其实是"秀才虽出门,不知天下事"的。秀才只有秀才头脑和秀才眼睛,对于天下事,那里看得分明,想得清楚。清末,因为想"维新",常派些"人才"出洋去考察,我们现在看看他们的笔记罢,他们最以为奇的是什么馆里的蜡人能够和活人对面下棋[7]。南海圣人康有为,佼佼者也,他周游十一国,一直到得巴尔干,这才悟出外国之所以常有"弑君"之故来了,曰:因为宫墙太矮的缘故。[8]

六月十三日。

＊　　＊　　＊

〔１〕　本篇最初发表于 1933 年 7 月 15 日《申报月刊》第二卷第七号,署名洛文。

〔２〕　孙皓(242—283)　三国时吴国最后的皇帝。据《三国志·吴书·三嗣主传》,他在位时,"粗暴骄盈",常无故杀戮臣子和宫人;降晋之后,被封为归命侯,甘受戏弄。《世说新语·排调》载:有一次,"晋武帝问孙皓:'闻南人好作《尔汝歌》,颇能为不?'皓正饮酒,因举觞对帝而言曰:'昔与汝为邻,今与汝为臣,上汝一杯酒,令汝寿万春!'"

〔３〕　宋徽宗(1082—1135)　即赵佶,北宋皇帝。在位时,横暴凶残,骄奢淫侈;靖康二年(1127)为金兵所俘,被封为"昏德公",宫眷被"没为宫婢"。他虽备受侮辱,却还不断向"金主"称臣,"具表称谢"(见《靖康稗史·呻吟语》)。

〔４〕　1933 年 5 月,广西民政厅曾公布法令,凡女子服装袖不过肘,裙不过膝者,均在取缔之列。

〔５〕　当时四川军阀杨森提倡"短衣运动",他管辖下的营山县县长罗象翥曾发布《禁穿长衫令》。这里所引即见于该项令文,令文中还说:"着自四月十六日起,由公安局派队,随带剪刀,于城厢内外梭巡,遇有玩视禁令,仍着长服者,立即执行剪衣,勿稍瞻徇,倘敢有抗拒者,立即带县罚究,决不姑宽。"(1933 年 6 月 1 日《论语》第十八期)

〔６〕　"口含天宪"　语出《后汉书·朱穆传》:"当今中官近习,窃持国柄,手握王爵,口含天宪,运尝则使饿隶富于季孙,呼噏则伊、颜化为桀、跖。"据清代王先谦《后汉书集解》:"天宪,王法也,谓刑戮出于其口也。"

〔７〕　关于蜡人和活人下棋的事,见清朝出使各国考察政治大臣、礼部尚书戴鸿慈的《出使九国日记》(1906 年北京第一书局出版)。该书"丙午(1906)正月二十一日"记有参观巴黎蜡人院的情况:"午后往观蜡

人院,院中蜡人甚多,或坐或立,神志如生。最妙者:一蜡像前置棋枰,能与人对弈。如对手欺之,故下一子不如式,则像即停子不下,若不豫状。其仍不改,即以手将棋子扫之。巧妙至此,诚可叹也!"

〔8〕 康有为(1858—1927) 广东南海人,清末维新运动领袖。他主张君主立宪,后来组织保皇会,反对孙中山领导的民主革命运动。1904年至1908年,他周游意大利、瑞士、奥地利、匈牙利、德意志、法兰西、丹麦、瑞典、比利时、荷兰、英吉利等十一国。这里所说的事,见他的《欧东阿连五国游记·游塞耳维亚京悲罗吉辣》:"王宫三层,黄色颇丽,然临街,仅如一富家屋耳。往闻塞耳维亚内乱弑君后,惊其易,今观之,乱民一拥入室,即可行弑,如吾国乡曲行劫富豪,亦何难事。如以中国禁城之森严广大比之,则岂能顷刻成弑乎?"(见《不忍杂志汇编》二集卷四)

大家降一级试试看[1]

《文学》第一期的《〈图书评论〉所评文学书部分的清算》[2]，是很有趣味，很有意义的一篇账。这《图书评论》[3]不但是"我们唯一的批评杂志"，也是我们的教授和学者们所组成的唯一的联军。然而文学部分中，关于译注本的批评却占了大半，这除掉那《清算》里所指出的各种之外，实在也还有一个切要的原因，就是在我们学术界文艺界作工的人员，大抵都比他的实力凭空跳高一级。

校对员一面要通晓排版的格式，一面要多认识字，然而看现在的出版物，"己"与"已"，"戮"与"戳"，"剌"与"刺"，在很多的眼睛里是没有区别的。版式原是排字工人的事情，因为他不管，就压在校对员的肩膀上，如果他再不管，那就成为和大家不相干。作文的人首先也要认识字，但在文章上，往往以"战懔"为"战栗"，以"已竟"为"已经"；"非常顽艳"是因妒杀人的情形；"年已鼎盛"的意思，是说这人已有六十多岁了。至于译注的书，那自然，不是"硬译"，就是误译，为了训斥与指正，竟占去了九本《图书评论》中文学部分的书数的一半，就是一个不可动摇的证明。

这些错误的书的出现，当然大抵是因为看准了社会上的需要，匆匆的来投机，但一面也实在为了胜任的人，不肯自贬声价,来做这用力多而获利少的工作的缘故。否则,这些译注者是只配埋首大学,去谨听教授们的指示的。只因为能够不至于误译的人们洁身远去,出版界上空荡荡了,遂使小兵也来挂着帅印,辱没了翻译的天下。

但是,胜任的译注家那里去了呢?那不消说,他也跳了一级,做了教授,成为学者了。"世无英雄,遂使竖子成名"[4],于是只配做学生的胚子,就乘着空虚,托庇变了译注者。而事同一律,只配做个译注者的胚子,却踞着高座,昂然说法了。杜威教授有他的实验主义,白璧德教授有他的人文主义,从他们那里零零碎碎贩运一点回来的就变了中国的呵斥八极[5]的学者,不也是一个不可动摇的证明么?

要澄清中国的翻译界,最好是大家都降下一级去,虽然那时候是否真是都能胜任愉快,也还是一个没有把握的问题。

七月七日。

*　　　*　　　*

〔1〕 本篇最初发表于1933年8月15日《申报月刊》第二卷第八号,署名洛文。

〔2〕 《〈图书评论〉所评文学书部分的清算》 傅东华作,载《文学》第一卷第一号(1933年7月)。该文就《图书评论》一至九期发表的二十二篇文学书评进行分析和批评。

〔3〕 《图书评论》 月刊,刘英士编辑,1932年9月创刊,南京图书评论社出版。该刊发表的梁实秋、罗家伦等对当时一些外国文学译本的评论,往往抓住译文的个别错误,指斥为"荒谬绝伦","糊涂到莫名其妙","比毒药还要厉害","误人子弟,男盗女娼"等。

〔4〕 "世无英雄,遂使竖子成名" 语出《晋书·阮籍传》:阮籍"尝登广武,观楚汉战处,叹曰:'时无英雄,使竖子成名!'"

〔5〕 八极 《淮南子·墬形训》:"天地之间,九州八极。"八极,边远的地方,引伸为世界。

沙[1]

　　近来的读书人,常常叹中国人好像一盘散沙,无法可想,
将倒楣的责任,归之于大家。其实这是冤枉了大部分中国人
的。小民虽然不学,见事也许不明,但知道关于本身利害时,
何尝不会团结。先前有跪香[2],民变,造反;现在也还有请愿
之类。他们的像沙,是被统治者"治"成功的,用文言来说,就
是"治绩"。

　　那么,中国就没有沙么? 有是有的,但并非小民,而是大
小统治者。

　　人们又常常说:"升官发财"。其实这两件事是不并列的,
其所以要升官,只因为要发财,升官不过是一种发财的门径。
所以官僚虽然依靠朝廷,却并不忠于朝廷,吏役虽然依靠衙
署,却并不爱护衙署,头领下一个清廉的命令,小喽罗是决不
听的,对付的方法有"蒙蔽"。他们都是自私自利的沙,可以肥
己时就肥己,而且每一粒都是皇帝,可以称尊处就称尊。有些
人译俄皇为"沙皇",移赠此辈,倒是极确切的尊号。财何从
来? 是从小民身上刮下来的。小民倘能团结,发财就烦难,那
么,当然应该想尽方法,使他们变成散沙才好。以沙皇治小
民,于是全中国就成为"一盘散沙"了。

　　然而沙漠以外,还有团结的人们[3]在,他们"如入无人之

境"的走进来了。

这就是沙漠上的大事变。当这时候,古人曾有两句极切贴的比喻,叫作"君子为猿鹤,小人为虫沙"[4]。那些君子们,不是像白鹤的腾空,就如猢狲的上树,"树倒猢狲散",另外还有树,他们决不会吃苦。剩在地下的,便是小民的蝼蚁和泥沙,要践踏杀戮都可以,他们对沙皇尚且不敌,怎能敌得过沙皇的胜者呢?

然而当这时候,偏又有人摇笔鼓舌,向着小民提出严重的质问道:"国民将何以自处"呢,"问国民将何以善其后"呢?忽然记得了"国民",别的什么都不说,只又要他们来填亏空,不是等于向着缚了手脚的人,要求他去捕盗么?

但这正是沙皇治绩的后盾,是猿鸣鹤唳的尾声,称尊肥己之余,必然到来的末一着。

七月十二日。

*　　　*　　　*

〔1〕 本篇最初发表于1933年8月15日《申报月刊》第二卷第八号,署名洛文。

〔2〕 跪香 旧时穷苦无告的人们手捧燃香,跪于衙前或街头,向官府"请愿"、鸣冤的一种方式。

〔3〕 这里所说"团结的人们"和下文"沙皇的胜者",隐指日本帝国主义。

〔4〕 "君子为猿鹤,小人为虫沙" 《太平御览》卷九一六引古本《抱朴子》:"周穆王南征,一军尽化,君子为猿为鹤,小人为虫为沙。"

给文学社信[1]

编辑先生：

《文学》第二号，伍实[2]先生写的《休士在中国》中，开首有这样的一段——

> "……萧翁是名流，自配我们的名流招待，且唯其是名流招待名流，这才使鲁迅先生和梅兰芳博士有千载一时的机会得聚首于一堂。休士呢，不但不是我们的名流心目中的那种名流，且还加上一层肤色上的顾忌！"

是的，见萧的不只我一个，但我见了一回萧，就被大小文豪一直笑骂到现在，最近的就是这回因此就并我和梅兰芳为一谈的名文。然而那时是招待者邀我去的。这回的招待休士[3]，我并未接到通知，时间地址，全不知道，怎么能到？即使邀而不到，也许有别种的原因，当口诛笔伐之前，似乎也须略加考察。现在并未相告，就责我不到，因这不到，就断定我看不起黑种。作者是相信的罢，读者不明事实，大概也可以相信的，但我自己还不相信我竟是这样一个势利卑劣的人！

给我以诬蔑和侮辱，是平常的事；我也并不为奇：惯了。但那是小报，是敌人。略具识见的，一看就明白。而《文学》是挂着冠冕堂皇的招牌的，我又是同人之一，为什么无端虚构事迹，大加奚落，至于到这地步呢？莫非缺一个势利卑劣的老人,也在文学戏台上跳舞一下,以给观众开心,且催呕吐么?我自信还不至于是这样的脚色,我还能够从此跳下这可怕的戏台。那时就无论怎样诬辱嘲骂,彼此都没有矛盾了。

我看伍实先生其实是化名,他一定也是名流,就是招待休士,非名流也未必能够入座。不过他如果和上海的所谓文坛上的那些狐鼠有别,则当施行人身攻击之际,似乎应该略负一点责任,宣布出和他的本身相关联的姓名,给我看看真实的嘴脸。这无关政局,决无危险,况且我们原曾相识,见面时倒是装作十分客气的也说不定的。

临末,我要求这封信就在《文学》三号上发表。

鲁迅。七月二十九日。

*　　　*　　　*

〔1〕 本篇最初发表于1933年9月1日《文学》第一卷第三号。

文学社,即《文学》月刊社,参看本卷第430页注〔8〕。

〔2〕 伍实 即傅东华(1893—1971),浙江金华人,翻译家。当时《文学》的编者之一。

〔3〕 休士(L.Hughes,1902—1967) 美国黑人作家。1933年7月访苏返美途经上海时,上海的文学社、现代杂志社、中外新闻社等曾联合为他举行招待会。

关 于 翻 译 [1]

今年是"国货年",除"美麦"[2]外,有些洋气的都要被打倒了。四川虽然正在奉令剪掉路人的长衫,上海的一位慷慨家却因为讨厌洋服而记得了袍子和马褂。翻译也倒了运,得到一个笼统的头衔是"硬译"和"乱译"。但据我所见,这些"批评家"中,一面要求着"好的翻译"者,却一个也没有的。

创作对于自己人,的确要比翻译切身,易解,然而一不小心,也容易发生"硬作","乱作"的毛病,而这毛病,却比翻译要坏得多。我们的文化落后,无可讳言,创作力当然也不及洋鬼子,作品的比较的薄弱,是势所必至的,而且又不能不时时取法于外国。所以翻译和创作,应该一同提倡,决不可压抑了一面,使创作成为一时的骄子,反因容纵而脆弱起来。我还记得先前有一个排货的年头,国货家贩了外国的牙粉,摇松了两瓶,装作三瓶,贴上商标,算是国货,而购买者却多损失了三分之一;还有一种痱子药水,模样和洋货完全相同,价钱却便宜一半,然而它有一个大缺点,是搽了之后,毫无功效,于是购买者便完全损失了。

注重翻译,以作借镜,其实也就是催进和鼓励着创作。但几年以前,就有了攻击"硬译"的"批评家",搔下他旧疮疤上的末屑,少得像膏药上的麝香一样,因为少,就自以为是奇珍。

而这风气竟传布开来了,许多新起的论者,今年都在开始轻薄着贩来的洋货。比起武人的大买飞机,市民的拚命捐款来,所谓"文人"也者,真是多么昏庸的人物呵。

我要求中国有许多好的翻译家,倘不能,就支持着"硬译"。理由还在中国有许多读者层,有着并不全是骗人的东西,也许总有人会多少吸收一点,比一张空盘较为有益。而且我自己是向来感谢着翻译的,例如关于萧的毁誉和现在正在提起的题材的积极性的问题[3],在洋货里,是早了有明确的解答的。关于前者,德国的尉特甫格(Karl Wittvogel)[4]在《萧伯纳是丑角》里说过——

> "至于说到萧氏是否有意于无产阶级的革命,这并不是一个重要的问题。十八世纪的法国大哲学家们,也并不希望法国的大革命。虽然如此,然而他们都是引导着必至的社会变更的那种精神崩溃的重要势力。"(刘大杰译,《萧伯纳在上海》所载。)

关于后者,则恩格勒在给明那·考茨基(Minna Kautsky,就是现存的考茨基的母亲)[5]的信里,已有极明确的指示,对于现在的中国,也是很有意义的——

> "还有,在今日似的条件之下,小说是大抵对于布尔乔亚层的读者的,所以,由我看来,只要正直地叙述出现实的相互关系,毁坏了罩在那上面的作伪的幻影,使布尔乔亚世界的乐观主义动摇,使对于现存秩序的永远的支配起疑,则社会主义的倾向的文学,也就十足地尽了它的使命了——即使作者在这时并未提出什么特定的解决,

或者有时连作者站在那一边也不很明白。"[6]（日本上田进原译，《思想》百三十四号所载。）

八月二日。

*　　　*　　　*

〔1〕　本篇最初发表于 1933 年 9 月 1 日《现代》第三卷第五期。

〔2〕　"美麦"　1933 年 6 月，国民党政府为了进行"剿共"内战，由财政部长宋子文和美国复兴金融公司，在华盛顿签订了"棉麦借款"合同，规定借款五千万美元，其中五分之一购买美麦，五分之四购买美棉。

〔3〕　关于题材的积极性问题，当时曾有过讨论，1933 年 8 月《文学》第一卷第二号"社谈"栏《文坛往何处去》一文就曾谈到："其次是'题材积极性'的问题。现在很有些人以为描写小资产阶级生活的题材便没有'积极性'，必须写工农大众的生活，这才是题材有积极性；又以为仅仅描写大众的生活痛苦或是仅仅描写了他们怎样被剥削被压迫，也就不能说有积极性，必须写他们斗争才好，而且须写斗争得胜。究竟所谓'题材的积极性'是否应当这样去理解呢，抑或别有理论？这也是当前问题的一个，亟待发展讨论，俾创作者可资参考。"

〔4〕　尉特甫格（1897—?）　德国学者，1934 年迁居美国。他是中国问题研究者，著有《觉醒的中国》、《中国经济研究》以及与人合著的《中国社会史——辽史》等。

〔5〕　恩格勒　即恩格斯。明那·考茨基（1837—1912），通译敏娜·考茨基，德国社会民主党人，女作家，著有小说《格里兰霍夫的斯蒂凡》等。

〔6〕　这里所引恩格斯的话，见于 1885 年 11 月 26 日致明那·考茨

基信,现译为:"此外,在当前条件下,小说主要是面向资产阶级圈子里的读者,即不直接属于我们的人的那个圈子里的读者,因此,如果一部具有社会主义倾向的小说通过对现实关系的真实描写,来打破关于这些关系的流行的传统幻想,动摇资产阶级世界的乐观主义,不可避免地引起对于现存事物的永世长存的怀疑,那末,即使作者没有直接提出任何解决办法,甚至作者有时并没有明确地表明自己的立场,但我认为这部小说也完全完成了自己的使命。"

《一个人的受难》序[1]

　　"连环图画"这名目，现在已经有些用熟了，无须更改；但其实是应该称为"连续图画"的，因为它并非"如环无端"，而是有起有讫的画本。中国古来的所谓"长卷"，如《长江无尽图卷》，如《归去来辞图卷》，[2]也就是这一类，不过联成一幅罢了。

　　这种画法的起源真是早得很。埃及石壁所雕名王的功绩，"死书"[3]所画冥中的情形，已就是连环图画。别的民族，古今都有，无须细述了。这于观者很有益，因为一看即可以大概明白当时的若干的情形，不比文辞，非熟习的不能领会。到十九世纪末，西欧的画家，有许多很喜欢作这一类画，立一个题，制成画帖，但并不一定连贯的。用图画来叙事，又比较的后起，所作最多的就是麦绥莱勒。我想，这和电影有极大的因缘，因为一面是用图画来替文字的故事，同时也是用连续来代活动的电影。

　　麦绥莱勒（Frans Masereel）[4]是反对欧战的一人；据他自己说，以一八九九年七月三十一日生于弗兰兑伦的勃兰勘培克（Blankenberghe in Flandern），幼小时候是很幸福的，因为玩的多，学的少。求学时代是在干德（Gent），在那里的艺术学院里学了小半年；后来就漫游德，英，瑞士，法国去了，而最爱的是巴黎，称之为"人生的学校"。在瑞士时，常投画稿于日报上,摘发社会的隐病,罗曼罗兰比之于陀密埃(Daumier)和戈耶(Goya)[5]。但所作最多的是木刻的书籍上的插图,和全用图画来表现的故事。他是酷爱巴黎的,所以作品往往浪漫,奇诡,出于人情,因以收得惊异和滑稽的效果。独有这《一个人的受难》(Die Passion eines Menschen)乃是写实之作,和别的图画故事都不同。

这故事二十五幅中,也并无一字的说明。但我们一看就知道:在桌椅之外,一无所有的屋子里,一个女子怀着孕了(一),生产之后,即被别人所斥逐,不过我不知道斥逐她的是雇主,还是她的父亲(二)。于是她只好在路上彷徨(三),终于跟了别人;先前的孩子,便进了野孩子之群,在街头捣乱(四)。稍大,去学木匠,但那么重大的工作,幼童是不胜任的(五),到底免不了被人踢出,像打跑一条野狗一样(六)。他为饥饿所逼,就去偷面包(七),而立刻被维持秩序的巡警所捕获(八),关进监牢里去了(九)。罚满释出(十),这回却轮到他在热闹的路上彷徨(十一),但幸而也竟找得了修路的工作(十二)。不过,终日挥着鹤嘴锄,是会觉得疲劳的(十三),这时乘机而入的却是恶友(十四),他受了诱惑,去会妓女(十五),去玩跳舞了(十六)。但归途中又悔恨起来(十七),决计进厂做工,而且一早就看书自习(十八);在这环境里,这才遇到了真的相爱的同人(十九)。但劳资两方冲突了,他登高呼号,联合了工人,和资本家战斗(二十),于是奸细窥探于前(二十一),兵警弹压于后(二十二),奸细又从中离间,他被捕了(二十三)。在受难的"神之子"耶稣像前,这"人之子"就受着裁判(二十四);

自然是死刑,他站着,等候着兵们的开枪(二十五)!

耶稣说过,富翁想进天国,比骆驼走过针孔还要难。[6]但说这话的人,自己当时却受难(Passion)了。现在是欧美的一切富翁,几乎都是耶稣的信奉者,而受难的就轮到了穷人。

这就是《一个人的受难》中所叙述的。

一九三三年八月六日,鲁迅记。

* * *

〔1〕 本篇最初印入 1933 年 9 月上海良友图书印刷公司出版的《一个人的受难》。

〔2〕 "长卷" 窄长的横幅卷轴国画。古来题名《长江万里》、《江山无尽》的长卷很多,著名的有宋代夏珪、明代周臣、清代王翚等人的作品。以陶渊明《归去来辞》为题材的长卷,有明代徐贲等人的作品。

〔3〕 "死书"(The Book of the Dead) 又译"死者之书",古代埃及宗教文艺的一种。本为王公、贵族的陪葬物。它将多种咒语、祷文、颂歌写在长卷纸上,置于死者棺中。许多"死书"还附有冥间的图画。

〔4〕 麦绥莱勒(1889—1972) 通译麦绥莱尔,比利时画家、木刻家。曾为美国惠特曼、法国罗曼·罗兰、巴比塞等作家的作品作插图。1933 年 9 月,上海良友图书印刷公司还出版过他的连环画《光明的追求》、《我的忏悔》和《没有字的故事》。

〔5〕 陀密埃(1808—1879) 通译杜米埃,法国讽刺画家,擅长石版画。戈耶(1746—1828),西班牙讽刺画家,擅长铜版画。

〔6〕 耶稣的这段话,见《新约·马太福音》第十九章:"我实在告诉你们,财主进天国是难的。我又告诉你们,骆驼穿过针的眼,比财主进上帝的国还容易呢。"

祝《涛声》〔1〕

《涛声》的寿命有这么长,想起来实在有点奇怪的。

大前年和前年,所谓作家也者,还有什么什么会,标榜着什么什么文学,到去年就渺渺茫茫了,今年是大抵化名办小报,卖消息;消息那里有这么多呢,于是造谣言。先前的所谓作家还会联成黑幕小说,现在是联也不会联了,零零碎碎的塞进读者的脑里去,使消息和秘闻之类成为他们的全部大学问。这功绩的褒奖是稿费之外,还有消息奖,"挂羊头卖狗肉"也成了过去的事,现在是在"卖人肉"了。

于是不"卖人肉"的刊物及其作者们,便成为被卖的货色。这也是无足奇的,中国是农业国,而麦子却要向美国定购,独有出卖小孩,只要几百钱一斤,则古文明国中的文艺家,当然只好卖血,尼采说过:"我爱血写的书"〔2〕呀。

然而《涛声》尚存,这就是我所谓"想起来实在有点奇怪"。

这是一种幸运,也是一个缺点。看现在的景况,凡有救准或默许其存在的,倒往往会被一部分人们摇头。有人批评过我,说,只要看鲁迅至今还活着,就足见不是一个什么好人。这是真的,自民元革命以至现在,好人真不知道被害死了多少了,不过谁也没有记一篇准账。这事实又教坏了我,因为我知道即使死掉,也不过给他们大卖消息,大造谣言,说我的被杀,

575

其实是为了金钱或女人关系。所以,名列于该杀之林^[3]则可,悬梁服毒,是不来的。

《涛声》上常有赤膊打仗,拼死拼活的文章,这脾气和我很相反,并不是幸存的原因。我想,那幸运而且也是缺点之处,是在总喜欢引古证今,带些学究气。中国人虽然自夸“四千余年古国古”,可是十分健忘的,连民族主义文学家,也会认成吉斯汗为老祖宗^[4],则不宜与之谈古也可见。上海的市侩们更不需要这些,他们感到兴趣的只是今天开奖,邻右争风;眼光远大的也不过要知道名公如何游山,阔人和谁要好之类;高尚的就看什么学界琐闻,文坛消息。总之,是已将生命割得零零碎碎了。

这可以使《涛声》的销路不见得好,然而一面也使《涛声》长寿。文人学士是清高的,他们现在也更加聪明,不再恭维自己的主子,来着痕迹了。他们只是排好暗箭,拿定粪帚,监督着应该俯伏着的奴隶们,看有谁抬起头来的,就射过去,洒过去,结果也许会终于使这人被绑架或被暗杀,由此使民国的国民一律“平等”。《涛声》在销路上的不大出头,也正给它逃了暂时的性命,不过,也还是很难说,因为“不测之威”,也是古来就有的。

我是爱看《涛声》的,并且以为这样也就好。然而看近来,不谈政治呀,仍谈政治呀,似乎更加不大安分起来,则我的那些忠告,对于“乌鸦为记”^[5]的刊物,恐怕也不见得有效。

那么,“祝”也还是“白祝”,我也只好看一张,算一张了。

昔人诗曰,"丧乱死多门"〔6〕,信夫!

八月六日。

十一月二十五日的《涛声》上,果然发出《休刊辞》来,开首道:"十一月二十日下午,本刊奉令缴还登记证,'民亦劳止,汔可小康'〔7〕。我们准备休息一些时了。……"这真是康有为所说似的"不幸而吾言中",岂不奇而不奇也哉。

十二月三十一夜,补记。

*   *   *

〔1〕 本篇最初发表于 1933 年 8 月 19 日《涛声》第二卷第三十一期。

《涛声》,文艺性周刊。参看本卷第 430 页注〔8〕。

〔2〕 "我爱血写的书" 参看本卷第 25 页注〔6〕。

〔3〕 名列于该杀之林 1933 年 1 月,作者参加中国民权保障同盟,并被举为执行委员,因此招致国民党的忌恨。同年 6 月,该盟副会长杨杏佛遭暗杀,作者也被列入黑名单。

〔4〕 这里说的民族主义文学家,指黄震遐。参看《二心集·"民族主义文学"的任务和运命》。

〔5〕 "乌鸦为记"的刊物 《涛声》自第一卷第二十一期起,刊头上印有乌鸦的图案。

〔6〕 "丧乱死多门" 语出唐代杜甫《白马》诗:"丧乱死多门,呜呼泪如霰。"死多门,指死于多种灾祸。

〔7〕 "民亦劳止,汔可小康" 语出《诗经·大雅·民劳》。汔,庶几,差不多。

上 海 的 少 女[1]

在上海生活,穿时髦衣服的比土气的便宜。如果一身旧衣服,公共电车的车掌会不照你的话停车,公园看守会格外认真的检查入门券,大宅子或大客寓的门丁会不许你走正门。所以,有些人宁可居斗室,喂臭虫,一条洋服裤子却每晚必须压在枕头下,使两面裤腿上的折痕天天有棱角。

然而更便宜的是时髦的女人。这在商店里最看得出:挑选不完,决断不下,店员也还是很能忍耐的。不过时间太长,就须有一种必要的条件,是带着一点风骚,能受几句调笑。否则,也会终于引出普通的白眼来。

惯在上海生活了的女性,早已分明地自觉着这种自己所具的光荣,同时也明白着这种光荣中所含的危险。所以凡有时髦女子所表现的神气,是在招摇,也在固守,在罗致,也在抵御,像一切异性的亲人,也像一切异性的敌人,她在喜欢,也正在恼怒。这神气也传染了未成年的少女,我们有时会看见她们在店铺里购买东西,侧着头,佯嗔薄怒,如临大敌。自然,店员们是能像对于成年的女性一样,加以调笑的,而她也早明白着这调笑的意义。总之:她们大抵早熟了。

然而我们在日报上,确也常常看见诱拐女孩,甚而至于凌辱少女的新闻。

578

不但是《西游记》[2]里的魔王,吃人的时候必须童男和童女而已,在人类中的富户豪家,也一向以童女为侍奉,纵欲,鸣高,寻仙,采补的材料,恰如食品的餍足了普通的肥甘,就想乳猪芽茶一样。现在这现象并且已经见于商人和工人里面了,但这乃是人们的生活不能顺遂的结果,应该以饥民的掘食草根树皮为比例,和富户豪家的纵恣的变态是不可同日而语的。

但是,要而言之,中国是连少女也进了险境了。

这险境,更使她们早熟起来,精神已是成人,肢体却还是孩子。俄国的作家梭罗古勃曾经写过这一种类型的少女,说是还是小孩子,而眼睛却已经长大了。[3]然而我们中国的作家是另有一种称赞的写法的:所谓"娇小玲珑"者就是。

八月十二日。

＊　　　＊　　　＊

〔1〕 本篇最初发表于 1933 年 9 月 15 日《申报月刊》第二卷第九号,署名洛文。

〔2〕 《西游记》 长篇小说,明代吴承恩著,一百回。写唐僧(玄奘)在孙悟空等护送下到西天取经,沿途战胜妖魔险阻的故事。其中第四十七回《圣僧夜阻通天水　金木垂慈救小童》写通天河妖魔每年吃一对童男童女的故事。

〔3〕 梭罗古勃在长篇小说《小鬼》中,描写过一群早熟的少女。

上海的儿童^[1]

上海越界筑路^[2]的北四川路一带，因为打仗，去年冷落了大半年，今年依然热闹了，店铺从法租界搬回，电影院早经开始，公园左近也常见携手同行的爱侣，这是去年夏天所没有的。

倘若走进住家的弄堂里去，就看见便溺器，吃食担，苍蝇成群的在飞，孩子成队的在闹，有剧烈的捣乱，有发达的骂詈，真是一个乱烘烘的小世界。但一到大路上，映进眼帘来的却只是轩昂活泼地玩着走着的外国孩子，中国的儿童几乎看不见了。但也并非没有，只因为衣裤郎当，精神萎靡，被别人压得像影子一样，不能醒目了。

中国中流的家庭，教孩子大抵只有两种法。其一，是任其跋扈，一点也不管，骂人固可，打人亦无不可，在门内或门前是暴主，是霸王，但到外面，便如失了网的蜘蛛一般，立刻毫无能力。其二，是终日给以冷遇或呵斥，甚而至于打扑，使他畏葸退缩，仿佛一个奴才，一个傀儡，然而父母却美其名曰"听话"，自以为是教育的成功，待到放他到外面来，则如暂出樊笼的小禽，他决不会飞鸣，也不会跳跃。

现在总算中国也有印给儿童看的画本了，其中的主角自然是儿童，然而画中人物，大抵倘不是带着横暴冥顽的气味，甚而至于流氓模样的,过度的恶作剧的顽童,就是钩头耸背,低眉顺眼,一副死板板的脸相的所谓"好孩子"。这虽然由于画家本领的欠缺,但也是取儿童为范本的,而从此又以作供给儿童仿效的范本。我们试一看别国的儿童画罢,英国沉着,德国粗豪,俄国雄厚,法国漂亮,日本聪明,都没有一点中国似的衰惫的气象。观民风是不但可以由诗文,也可以由图画,而且可以由不为人们所重的儿童画的。

顽劣,钝滞,都足以使人没落,灭亡。童年的情形,便是将来的命运。我们的新人物,讲恋爱,讲小家庭,讲自立,讲享乐了,但很少有人为儿女提出家庭教育的问题,学校教育的问题,社会改革的问题。先前的人,只知道"为儿孙作马牛",固然是错误的,但只顾现在,不想将来,"任儿孙作马牛",却不能不说是一个更大的错误。

八月十二日。

* * *

〔1〕 本篇最初发表于1933年9月15日《申报月刊》第二卷第九号,署名洛文。

〔2〕 越界筑路 指当时上海租界当局越出租界范围以外修筑马路的区域。

"论语一年"〔1〕

——借此又谈萧伯纳

　　说是《论语》办到一年了,语堂〔2〕先生命令我做文章。这实在好像出了"学而一章"〔3〕的题目,叫我做一篇白话八股一样。没有法,我只好做开去。

　　老实说罢,他所提倡的东西,我是常常反对的。先前,是对于"费厄泼赖"〔4〕,现在呢,就是"幽默"〔5〕。我不爱"幽默",并且以为这是只有爱开圆桌会议〔6〕的国民才闹得出来的玩意儿,在中国,却连意译也办不到。我们有唐伯虎,有徐文长;〔7〕还有最有名的金圣叹,"杀头,至痛也,而圣叹以无意得之,大奇!"虽然不知道这是真话,是笑话;是事实,还是谣言。但总之:一来,是声明了圣叹并非反抗的叛徒;二来,是将屠户的凶残,使大家化为一笑,收场大吉。我们只有这样的东西,和"幽默"是并无什么瓜葛的。

　　况且作者姓氏一大篇〔8〕,动手者寥寥无几,乃是中国的古礼。在这种礼制之下,要每月说出两本"幽默"来,倒未免有些"幽默"的气息。这气息令人悲观,加以不爱,就使我不大热心于《论语》了。

　　然而,《萧的专号》〔9〕是好的。

　　它发表了别处不肯发表的文章,揭穿了别处故意颠倒的谈话，至今还使名士不平，小官怀恨，连吃饭睡觉的时候都会记得起来。憎恶之久，憎恶者之多，就是效力之大的证据。

莎士比亚虽然是"剧圣"，我们不大有人提起他。五四时代绍介了一个易卜生，名声倒还好，今年绍介了一个萧，可就糟了，至今还有人肚子在发胀。

为了他笑嘻嘻，辨不出是冷笑，是恶笑，是嘻笑么？并不是的。为了他笑中有刺，刺着了别人的病痛么？也不全是的。列维它夫[10]说得很分明：就因为易卜生是伟大的疑问号(?)，而萧是伟大的感叹号(!)的缘故。

他们的看客，不消说，是绅士淑女们居多。绅士淑女们是顶爱面子的人种。易卜生虽然使他们登场，虽然也揭发一点隐蔽，但并不加上结论，却从容的说道"想一想罢，这到底是些什么呢？"绅士淑女们的尊严，确也有一些动摇了，但究竟还留着摇摇摆摆的退走，回家去想的余裕，也就保存了面子。至于回家之后，想了也未，想得怎样，那就不成什么问题，所以他被绍介进中国来，四平八稳，反对的比赞成的少。萧可不这样了，他使他们登场，撕掉了假面具，阔衣装，终于拉住耳朵，指给大家道，"看哪，这是蛆虫！"连磋商的工夫，掩饰的法子也不给人有一点。这时候，能笑的就只有并无他所指摘的病痛的下等人了。在这一点上，萧是和下等人相近的，而也就和上等人相远。

这怎么办呢？仍然有一定的古法在。就是：大家沸沸扬扬的嚷起来，说他有钱，说他装假，说他"名流"，说他"狡猾"，至少是和自己们差不多，或者还要坏。自己是生活在小茅厕里的,他却从大茅厕里爬出,也是一只蛆虫,绍介者胡涂,称赞的可恶。然而,我想,假使萧也是一只蛆虫,却还是一只伟大的蛆虫,正如可以同有许多感叹号,而惟独他是"伟大的感叹号"一样。譬如有一堆蛆虫在这里罢,一律即即足足,自以为是绅士淑女,文人学士,名宦高人,互相点头,雍容揖让,天下太平,那就是全体没有什么高下,都是平常的蛆虫。但是,如果有一只蓦地跳了出来,大喝一声道:"这些其实都是蛆虫!"那么,——自然,它也是从茅厕里爬出来的,然而我们非认它为特别的伟大的蛆虫则不可。

蛆虫也有大小,有好坏的。

生物在进化,被达尔文揭发了,使我们知道了我们的远祖和猴子是亲戚。[11]然而那时的绅士们的方法,和现在是一模一样的:他们大家倒叫达尔文为猴子的子孙。罗广廷博士在广东中山大学的"生物自然发生"的实验尚未成功,[12]我们姑且承认人类是猴子的亲戚罢,虽然并不十分体面。但这同是猴子的亲戚中,达尔文又不能不说是伟大的了。那理由很简单而且平常,就因为他以猴子亲戚的家世,却并不忌讳,指出了人们是猴子的亲戚来。

猴子的亲戚也有大小,有好坏的。

但达尔文善于研究,却不善于骂人,所以被绅士们嘲笑了小半世。给他来斗争的是自称为"达尔文的咬狗"[13]的赫胥黎,他以渊博的学识,警辟的文章,东冲西突,攻陷了自以为亚当和夏娃[14]的子孙们的最后的堡垒。现在是指人为狗,变成摩登了,也算是一句恶骂。但是,便是狗罢,也不能一例而论的,有的食肉,有的拉橇,有的为军队探敌,有的帮警署捉人,有的在张园[15]赛跑,有的跟化子要饭。将给阔人开心的吧儿和在雪地里救人的猛犬一比较,何如?如赫胥黎,就是一匹有功人世的好狗。

狗也有大小,有好坏的。

但要明白,首先就要辨别。"幽默处俏皮与正经之间"(语堂语)。不知俏皮与正经之辨,怎么会知道这"之间"?我们虽挂孔子的门徒招牌,却是庄生的私淑弟子。"彼亦一是非,此亦一是非",是与非不想辨;"不知周之梦为蝴蝶欤,蝴蝶之梦为周欤?"梦与觉也分不清。生活要混沌。如果凿起七窍来呢?庄子曰:"七日而混沌死。"[16]

这如何容得感叹号?

而且也容不得笑。私塾的先生,一向就不许孩子愤怒,悲哀,也不许高兴。皇帝不肯笑,奴隶是不准笑的。他们会笑,就怕他们也会哭,会怒,会闹起来。更何况坐着有版税可抽,而一年之中,竟"只闻其骚音怨音以及刻薄刁毒之音"呢?

这可见"幽默"在中国是不会有的。

这也可见我对于《论语》的悲观,正非神经过敏。有版税的尚且如此,还能希望那些炸弹满空,河水漫野之处的人们来说"幽默"么?恐怕连"骚音怨音"也不会有,"盛世元音"自然更其谈不到。将来圆桌会议上也许有人列席,然而是客人,主宾之间,用不着"幽默"。甘地一回一回的不肯吃饭,而主人所办的报章上,已有说应该给他鞭子的了。[17]

这可见在印度也没有"幽默"。

　　最猛烈的鞭挞了那主人们的是萧伯纳,而我们中国的有些绅士淑女们可又憎恶他了,这真是伯纳"以无意得之,大奇!"然而也正是办起《孝经》[18]来的好文字:"此士大夫之孝也。"

　　《中庸》《大学》[19]都已新出,《孝经》是一定就要出来的;不过另外还要有《左传》。在这样的年头,《论语》那里会办得好;二十五本,已经要算是"不亦乐乎"的了。

八月二十三日。

＊　　　　＊　　　　＊

　　〔1〕　本篇最初发表于1933年9月16日《论语》第二十五期。《论语》,文艺性半月刊。参看本卷第430页注〔8〕。

　　〔2〕　语堂　林语堂(1895—1976),福建龙溪(今龙海)人,作家。曾留学美国、德国,早期是《语丝》撰稿人之一。三十年代在上海主编《论语》、《人间世》、《宇宙风》等刊物,提倡"幽默"、"闲适"和"性灵"的小品文。1936年居留美国,1966年定居台湾。

　　〔3〕　"学而一章"　"学而"是《论语》第一篇的题目。旧时的八股文,一般以《论语》等儒家经典中的语句命题。

　　〔4〕　"费厄泼赖"　英语fair play的音译,意思是光明正大的比赛,不用不正当的手段。后来英国有人提倡将这种精神用于社会生活和党派斗争,认为这是每一个绅士应有的涵养和品德。林语堂在1925年12月14日《语丝》第五十七期发表的《插论语丝的文体——稳健,骂人,及费厄泼赖》一文中,说"中国'泼赖'的精神就很少,更谈不到'费厄'","对于失败者不应再施攻击,……以今日之段祺瑞、章士钊为例,我们便不应再攻击其个人"。作者在《坟·论"费厄泼赖"应该缓行》中曾

批评过这一主张。

〔5〕 "幽默" 英语 humour 的音译。林语堂从 1932 年 9 月创办《论语》起,就提倡"幽默",说"《论语》发刊以提倡幽默为目标"(见《论语》第一期"群言堂"《"幽默"与"语妙"之讨论》)。又说:"俏皮到了冲澹含蓄而同情地,便成了幽默。"(第三期《编辑后记》)

〔6〕 圆桌会议 中世纪英国亚瑟王召集高级骑士开会时,为表示席次不分高下尊卑,采用圆桌会议的形式。后泛指与会者地位在形式上平等的会议。

〔7〕 唐伯虎(1470—1524) 名寅,吴县(今属江苏)人。徐文长(1521—1593),名渭,山阴(今浙江绍兴)人。两人都是明代文学家、画家。过去民间流传不少关于他们的笑话。

〔8〕 作者姓氏一大篇 过去有些杂志为了显示阵容的强大,常列出大批撰稿人名单。《论语》自第二期起,在刊头下印有"长期撰稿员"二十余人。

〔9〕 《萧的专号》 指 1933 年 3 月 1 日出版的《论语》第十二期《萧伯纳游华专号》。

〔10〕 列维它夫(М.Ю.Левидов,1891—1942) 苏联作家。他在《伯纳·萧的戏剧》一文中说:"说到萧和易卜生的对比,这也是自然的,因为,易卜生和萧是资产阶级戏剧创作的顶点。然而这个顶点——易卜生——被浓密的永久的云雾掩蔽着。易卜生——是个天才的问号'?',没有答案的问题,没有解决的疑问。……萧——却是个伟大的惊叹号'!'——这一个顶点被斗争化的思想的灿烂光线镀了金;对于他,提出疑问,也大半是伦理道德的疑问,就等于解决这个疑问,因为疑问的解决就包含在疑问的正确的提出,像蝴蝶的包含在蛹里面一样。"(据萧参译文)

〔11〕 达尔文在《人类起源和性的选择》第六章《论人类的血缘和

谱系》中,描述过人类的始祖类人猿。

〔12〕 罗广廷 广西合浦县人。早年留学法国,曾得医学博士。二十世纪三十年代任中山大学生物教授时,发表《生物自然发生的发明》、《用真凭实据来答复进化论学者》等文章,用物种不变论质疑达尔文的进化学说,自称在"科学试验"中发现了"生物自然发生的奇迹",说"由此推论,人猿,牛,猪……等生物,自然也是在古代某时某地的适应环境里产生的,而不是要经过几千亿兆年的进化才有的。"

〔13〕 "达尔文的咬狗" 赫胥黎在达尔文发表《物种起源》受到攻击时,极力为达尔文辩护,他在1859年11月23日给达尔文的信中说:"至于那些要吠、要嗥的恶狗,你必须想到你的朋友们无论如何还有一定的战斗性……我正在磨利我的爪和牙,以作准备"。

〔14〕 亚当和夏娃 《圣经》故事中由上帝创造的人类始祖,见《旧约·创世记》第一章。

〔15〕 张园 旧时上海的一个公共游览场所,原为无锡张氏私人花园,故名。按当时上海赛狗的地方是在逸园、申园、明园等处。

〔16〕 庄生(约前369—前286) 即庄子,名周,战国时宋国人,道家思想主要代表人物。这里的引语,前两处见《庄子·齐物论》,后一处见《庄子·应帝王》。

〔17〕 甘地(M.Gandhi,1869—1948) 印度民族独立运动领袖。主张"非暴力抵抗",以"不合作运动"对付英国殖民政府,屡遭监禁,在狱中多次绝食。1930年5月6日"路透电"曾说到英国殷芝开伯爵主张对他采用武力。

〔18〕 《孝经》 儒家经典之一,作者各说不一,当为孔门后学所作。下面的引语,出自该书《卿大夫》:"非先王之法服不敢服,非先王之法言不敢道,非先王之德行不敢行","三者备矣,然后能守其宗庙,盖卿大夫之孝也"。

〔19〕 《中庸》《大学》 儒家经书名,当时在上海以此为名出版的杂志有:《中庸》半月刊,徐心芹等主办,1933 年 3 月创刊;《大学》月刊,林众可、丘汉平等编辑,1933 年 8 月创刊。

小品文的危机^[1]

仿佛记得一两月之前,曾在一种日报上见到记载着一个
人的死去的文章,说他是收集"小摆设"的名人,临末还有依稀
的感喟,以为此人一死,"小摆设"的收集者在中国怕要绝迹
了。

但可惜我那时不很留心,竟忘记了那日报和那收集家的
名字。

现在的新的青年恐怕也大抵不知道什么是"小摆设"了。
但如果他出身旧家,先前曾有玩弄翰墨的人,则只要不很破
落,未将觉得没用的东西卖给旧货担,就也许还能在尘封的废
物之中,寻出一个小小的镜屏,玲珑剔透的石块,竹根刻成的
人像,古玉雕出的动物,锈得发绿的铜铸的三脚癞虾蟆:这就
是所谓"小摆设"。先前,它们陈列在书房里的时候,是各有其
雅号的,譬如那三脚癞虾蟆,应该称为"蟾蜍砚滴"之类,最末
的收集家一定都知道,现在呢,可要和它的光荣一同消失了。

那些物品,自然决不是穷人的东西,但也不是达官富翁家
的陈设,他们所要的,是珠玉扎成的盆景,五彩绘画的磁瓶。
那只是所谓士大夫的"清玩"。在外,至少必须有几十亩膏腴
的田地,在家,必须有几间幽雅的书斋;就是流寓上海,也一定
得生活较为安闲,在客栈里有一间长包的房子,书桌一顶,烟

榻一张,瘾足心闲,摩挲赏鉴。然而这境地,现在却已经被世界的险恶的潮流冲得七颠八倒,像狂涛中的小船似的了。

然而就是在所谓"太平盛世"罢,这"小摆设"原也不是什么重要的物品。在方寸的象牙版上刻一篇《兰亭序》[2],至今还有"艺术品"之称,但倘将这挂在万里长城的墙头,或供在云冈[3]的丈八佛像的足下,它就渺小得看不见了,即使热心者竭力指点,也不过令观者生一种滑稽之感。何况在风沙扑面,狼虎成群的时候,谁还有这许多闲工夫,来赏玩琥珀扇坠,翡翠戒指呢。他们即使要悦目,所要的也是耸立于风沙中的大建筑,要坚固而伟大,不必怎样精;即使要满意,所要的也是匕首和投枪,要锋利而切实,用不着什么雅。

美术上的"小摆设"的要求,这幻梦是已经破掉了,那日报上的文章的作者,就直觉的地知道。然而对于文学上的"小摆设"——"小品文"的要求,却正在越加旺盛起来,要求者以为可以靠着低诉或微吟,将粗犷的人心,磨得渐渐的平滑。这就是想别人一心看着《六朝文絜》[4],而忘记了自己是抱在黄河决口[5]之后,淹得仅仅露出水面的树梢头。

但这时却只用得着挣扎和战斗。

而小品文的生存,也只仗着挣扎和战斗的。晋朝的清言[6],早和它的朝代一同消歇了。唐末诗风衰落,而小品放了光辉。但罗隐[7]的《谗书》,几乎全部是抗争和愤激之谈;皮日休和陆龟蒙[8]自以为隐士,别人也称之为隐士,而看他们在《皮子文薮》和《笠泽丛书》中的小品文,并没有忘记天下,正是一榻胡涂的泥塘里的光彩和锋铓。明末的小品[9]虽然比较的颓放,却并非全是吟风弄月,其中有不平,有讽刺,有攻击,有破坏。这种作风,也触着了满洲君臣的心病,费去许多助虐的武将的刀锋,帮闲的文臣的笔锋,直到乾隆年间,这才压制下去了。以后呢,就来了"小摆设"。

"小摆设"当然不会有大发展。到五四运动的时候,才又来了一个展开,散文小品的成功,几乎在小说戏曲和诗歌之上。这之中,自然含着挣扎和战斗,但因为常常取法于英国的随笔(Essay),所以也带一点幽默和雍容;写法也有漂亮和缜密的,这是为了对于旧文学的示威,在表示旧文学之自以为特长者,白话文学也并非做不到。以后的路,本来明明是更分明的挣扎和战斗,因为这原是萌芽于"文学革命"以至"思想革命"的。但现在的趋势,却在特别提倡那和旧文章相合之点,雍容,漂亮,缜密,就是要它成为"小摆设",供雅人的摩挲,并且想青年摩挲了这"小摆设",由粗暴而变为风雅了。

然而现在已经更没有书桌;雅片虽然已经公卖,烟具是禁止的,吸起来还是十分不容易。想在战地或灾区里的人们来鉴赏罢——谁都知道是更奇怪的幻梦。这种小品,上海虽正在盛行,茶话酒谈,遍满小报的摊子上,但其实是正如烟花女子,已经不能在弄堂里拉扯她的生意,只好涂脂抹粉,在夜里踅到马路上来了。

小品文就这样的走到了危机。但我所谓危机,也如医学上的所谓"极期"(Krisis)一般,是生死的分歧,能一直得到死亡,也能由此至于恢复。麻醉性的作品,是将与麻醉者和被麻醉者同归于尽的。生存的小品文,必须是匕首,是投枪,能和读者一同杀出一条生存的血路的东西；但自然，它也能给人愉快和休息，然而这并不是"小摆设"，更不是抚慰和麻痹，它给人的愉快和休息是休养，是劳作和战斗之前的准备。

八月二十七日。

＊　　　＊　　　＊

〔1〕　本篇最初发表于 1933 年 10 月 1 日《现代》第三卷第六期。

〔2〕　《兰亭序》　即《兰亭集序》，晋代王羲之作，全文三百二十四字。

〔3〕　云冈　指云冈石窟，在山西大同武周山南麓，创建于北魏中期。现存主要洞窟五十三个，石雕佛像飞天等五万一千多个，其中最高的佛像达十七米。

〔4〕　《六朝文絜》　六朝骈体文选集，共四卷，清代许梿编选。

〔5〕　黄河决口　1933 年 7 月，山西、河南的一些黄河河段多次决口，淹数省五十余县，灾民四百余万人。

〔6〕　清言　三国时魏何晏、夏侯玄、王弼等以老庄思想解释儒家经义，崇尚虚无，摈弃世务，专谈玄理，读书人争相慕效，形成风气，叫作"清言"，也叫"清谈"或"玄言"。到晋代有王衍等人提倡，此风更盛。

〔7〕　罗隐（833—909）　字昭谏，余杭（今属浙江）人，晚唐文学家。著有《甲乙集》十卷、《谗书》五卷等。

〔8〕　皮日休（约 834—约 883）　字袭美，襄阳（今湖北襄樊市）人，晚唐文学家。早年隐居鹿门山，曾参加黄巢起义军。著有《皮子文薮》十卷。陆龟蒙（？—约 881），字鲁望，姑苏（今江苏苏州）人，晚唐文学家。曾隐居笠泽，著有《笠泽丛书》四卷。

〔9〕　明末的小品　指晚明作家袁宏道、钟惺、张岱等人的小品文。

九　一　八[1]

　　阴天,晌午大风雨。看晚报,已有纪念这纪念日的文章,用风雨作材料了。明天的日报上,必更有千篇一律的作品。空言不如事实,且看看那些记事罢——

　　　　戴季陶讲如何救国　　　　　　　　（中央社）
　　　　南京十八日——国府十八日晨举行纪念周,到林森戴季陶陈绍宽朱家骅吕超魏怀暨国府职员等四百余人,林主席领导行礼,继戴讲"如何救国",略谓本日系九一八两周年纪念,吾人于沉痛之余,应想法达到救国目的,救国之道甚多,如道德救国,教育救国,实业救国等,最近又有所谓航空运动及节约运动,前者之动机在于国防与交通上建设,此后吾人应从根本上设法增强国力,不应只知向外国购买飞机,至于节约运动须一面消极的节省消费,一面积极的将金钱用于生产方面。在此国家危急之秋,吾人应该各就自己的职务上尽力量,根据总理的一贯政策,来做整个三民主义的实施。

　　　　吴敬恒讲纪念意义　　　　　　　　（中央社）
　　　　南京十八日——中央十八日晨八时举行九一八二周年纪念大会,到中委汪兆铭陈果夫邵元冲陈公博朱培德贺耀祖王祺等暨中央工作人员共六百余人,汪主席,由吴

594

敬恒演讲以精诚团结充实国力，为纪念九一八之意义，阐扬甚多，并指正爱国之道，词甚警惕，至九时始散。

汉口静默停止娱乐　　　（日联社）

汉口十八日——汉口九一八纪念日华街各户均揭半旗，省市两党部上午十时举行纪念会，各戏院酒馆等一律停业，上午十一时全市人民默祷五分钟。

广州禁止民众游行　　　（路透社）

广州十八日——各公署与公共团体今晨均举行九一八国耻纪念，中山纪念堂晨间行纪念礼，演说者均抨击日本对华之侵略，全城汽笛均大鸣，以警告民众，且有飞机于行礼时散发传单，惟民众大游行，为当局所禁，未能实现。

东京纪念祭及犬马　　　（日联社）

东京十八日——东京本日举行九一八纪念日，下午一时在日比谷公会堂举行阵亡军人遗族慰安会，筑地本愿寺举行军马军犬军鸽等之慰灵祭，在乡军人于下午六时开大会，靖国神社举行阵亡军人追悼会。

但在上海怎样呢？先看租界——

雨丝风片倍觉消沉

今日之全市，既因雨丝风片之侵袭，愁云惨雾之笼罩，更显黯淡之象。但驾车遍游全市，则殊难得见九一八特殊点缀，似较诸去年今日，稍觉消沉，但此非中国民众之已渐趋于麻木，或者为中国民众已觉悟于过去标语口号之不足恃，只有埋头苦做之一道乎？所以今日之南市

闸北以及租界区域，情形异常平安，道途之间，除警务当
局多派警探在冲要之区，严密戒备外，简直无甚可以纪述
者。

以上是见于《大美晚报》[2]的，很为中国人祝福。至华界
情状，却须看《大晚报》的记载了——

今日九一八

华界戒备

公安局据密报防反动

今日为"九一八"，日本侵占东北国难二周纪念，市公
安局长文鸿恩，昨据密报，有反动分子，拟借国难纪念为
由秘密召集无知工人，乘机开会，企图煽惑捣乱秩序等
语，文局长核报后，即训令各区所队，仍照去年"九一八"
实施特别戒备办法，除通告该局各科处于今晨十时许，在
局长办公厅前召集全体职员，及警察总队第三中队警士，
举行"九一八"国难纪念，同时并行纪念周外，并饬督察长
李光曾派全体督察员，男女检查员，分赴中华路，民国路，
方浜路，南阳桥，唐家湾，斜桥等处，会同各区所警士，在
各要隘街衢，及华租界接壤之处，自上午八时至十一时
半，中午十一时半至三时，下午三时至六时半，分三班轮
流检查行人。南市大吉路公共体育场，沪西曹家渡三角
场，闸北谭子湾等处，均派大批巡逻警士，禁止集会游行。
制造局路之西，徐家汇区域内主要街道，尤宜特别注意，
如遇发生事故，不能制止者，即向丽园路报告市保安处第
二团长处置，凡工厂林立处所，加派双岗驻守，红色车巡

队,沿城环行驶巡,形势非常壮严。该局侦缉队长卢英,
饬侦缉领班陈光炎,陈才福,唐炳祥,夏品山,各率侦缉
员,分头密赴曹家渡,白利南路,胶州路及南市公共体育
场等处,严密暗探反动分子行动,以资防范,而遏乱萌。
公共租界暨法租界两警务处,亦派中西探员出发搜查,以
防反动云。

"红色车"是囚车,中国人可坐,然而从中国人看来,却觉
得"形势非常壮严"云。记得前两天(十六日)出版的《生
活》[3]所载的《两年的教训》里,有一段说——

"第二,我们明白谁是友谁是仇了。希特勒在德国民
族社会党大会中说:'德国的仇敌,不在国外,而在国内。'
北平整委会主席黄郛说:'和共抗日之说,实为谬论;剿共
和外方为救时救党上策。'我们却要说'民族的仇敌,不仅
是帝国主义,而是出卖民族利益的帝国主义走狗们。'民
族反帝的真正障碍在那里,还有比这过去两年的事实指
示得更明白吗?"

现在再来一个切实的注脚:分明的铁证还有上海华界的
"红色车"!是一天里的大教训!

年年的这样的情状,都被时光所埋没了,今夜作此,算是
纪念文,倘中国人而终不至被害尽杀绝,则以贻我们的后来
者。

是夜,记。

＊　　　＊　　　＊

〔1〕　本篇在收入本书前未在报刊上发表过。

〔2〕　《大美晚报》　美国人在上海出版的英文报纸。1929年4月创刊,1933年1月增出中文版,1949年5月上海解放后停刊。

〔3〕　《生活》　周刊,中华职业教育社主办,1925年10月在上海创刊。1926年10月起由邹韬奋主编,1933年独立出版,同年12月受国民党当局密令停刊。

偶　成[1]

九月二十日的《申报》上，有一则嘉善地方的新闻，摘录起来，就是——

"本县大窑乡沈和声与子林生，被著匪石塘小弟绑架而去，勒索三万元。沈姓家以中人之产，迁延未决。讵料该帮股匪乃将沈和声父子及苏境方面绑来肉票，在丁棚北，北荡滩地方，大施酷刑。法以布条遍贴背上，另用生漆涂敷，俟其稍干，将布之一端，连皮揭起，则痛彻心肺，哀号呼救，惨不忍闻。时为该处居民目睹，恻然心伤，尽将惨状报告沈姓，速即往赎，否则恐无生还。帮匪手段之酷，洵属骇闻。"

"酷刑"的记载，在各地方的报纸上是时时可以看到的，但我们只在看见时觉得"酷"，不久就忘记了，而实在也真是记不胜记。然而酷刑的方法，却决不是突然就会发明，一定都有它的师承或祖传，例如这石塘小弟所采用的，便是一个古法，见于士大夫未必肯看，而下等人却大抵知道的《说岳全传》一名《精忠传》上，是秦桧要岳飞自认"汉奸"，逼供之际所用的方法，但使用的材料，却是麻条和鱼鳔。[2]我以为生漆之说，是未必的确的，因为这东西很不容易干燥。

"酷刑"的发明和改良者，倒是虎吏和暴君，这是他们唯一

599

的事业,而且也有工夫来考究。这是所以威民,也所以除奸的,然而《老子》说得好,"为之斗斛以量之,则并与斗斛而窃之,……"[3]有被刑的资格的也就来玩一个"剪窃"。张献忠的剥人皮[4],不是一种骇闻么?但他之前已有一位剥了"逆臣"景清的皮的永乐皇帝[5]在。

奴隶们受惯了"酷刑"的教育,他只知道对人应该用酷刑。

但是,对于酷刑的效果的意见,主人和奴隶们是不一样的。主人及其帮闲们,多是智识者,他能推测,知道酷刑施之于敌对,能够给与怎样的痛苦,所以他会精心结撰,进步起来。奴才们却一定是愚人,他不能"推己及人",更不能推想一下,就"感同身受"。只要他有权,会采用成法自然也难说,然而他的主意,是没有智识者所测度的那么惨厉的。绥拉菲摩维支在《铁流》里,写农民杀掉了一个贵人的小女儿,那母亲哭得很凄惨,他却诧异道,哭什么呢,我们死掉多少小孩子,一点也没哭过。[6]他不是残酷,他一向不知道人命会这么宝贵,他觉得奇怪了。

奴隶们受惯了猪狗的待遇,他只知道人们无异于猪狗。

用奴隶或半奴隶的幸福者,向来只怕"奴隶造反",真是无怪的。

要防"奴隶造反",就更加用"酷刑",而"酷刑"却因此更到了末路。在现代,枪毙是早已不足为奇了,枭首陈尸,也只能博得民众暂时的鉴赏,而抢劫,绑架,作乱的还是不减少,并且连绑匪也对于别人用起酷刑来了。酷的教育,使人们见酷而不再觉其酷,例如无端杀死几个民众,先前是大家就会嚷起来的,现在却只如见了日常茶饭事。人民真被治得好像厚皮的,没有感觉的癞象一样了,但正因为成了癞皮,所以又会踏着残酷前进,这也是虎吏和暴君所不及料,而即使料及,也还是毫无办法的。

九月二十日。

＊　　　　＊　　　　＊

〔1〕　本篇最初发表于 1933 年 10 月 15 日《申报月刊》第二卷第十号,署名洛文。

〔2〕　秦桧(1090—1155)　江宁(今南京)人。宋钦宗时任御史中丞,曾被金兵俘虏,得金主信用,后被遣归。宋高宗(赵构)时任宰相,力主降金,是诬杀抗金名将岳飞的主谋。这里说他用麻条、鱼鳔逼供的事,见《说岳全传》第六十回。

〔3〕　"为之斗斛以量之,则并与斗斛而窃之"　语出《庄子·胠箧》。文中的《老子》应作《庄子》。

〔4〕　张献忠(1606—1646)　延安柳树涧(今陕西定边东)人,明末农民起义领袖之一。旧史书常有渲染他杀人的记载。剥人皮的事,见清代彭遵泗著的《蜀碧》一书。

〔5〕　永乐皇帝　即明成祖朱棣。他原封燕王,起兵推翻建文帝朱允炆后称帝,建文帝的旧臣景清不肯顺从,朱棣"剥其皮,草楦之,械系长安门,磔其骨肉。"(见《明史记事本末》)

〔6〕　《铁流》　长篇小说,苏联作家绥拉菲摩维支著,描写苏联国内战争时期一支游击队在布尔什维克领导下斗争成长的故事。这里所引的情节,见该书第三十三章。

漫　　与^{〔1〕}

　　地质学上的古生代的秋天，我们不大明白了，至于现在，却总是相差无几。假使前年是肃杀的秋天，今年就成了凄凉的秋天，那么，地球的年龄，怕比天文学家所豫测的最短的数目还要短得多多罢。但人事却转变得真快，在这转变中的人，尤其是诗人，就感到了不同的秋，将这感觉，用悲壮的，或凄惋的句子，传给一切平常人，使彼此可以应付过去，而天地间也常有新诗存在。

　　前年实在好像是一个悲壮的秋天，市民捐钱，青年拚命，箛鼓的声音也从诗人的笔下涌出，仿佛真要"投笔从戎"^{〔2〕}似的。然而诗人的感觉是锐敏的，他未始不知道国民的赤手空拳，所以只好赞美大家的殉难，因此在悲壮里面，便埋伏着一点空虚。我所记得的，是邵冠华^{〔3〕}先生的《醒起来罢同胞》（《民国日报》所载）里的一段——

　　　　"同胞，醒起来罢，
　　　　踢开了弱者的心，
　　　　踢开了弱者的脑，
　　　　看，看，看，
　　　　看同胞们的血喷出来了，
　　　　看同胞们的肉割开来了，

看同胞们的尸体挂起来了。"

鼓鼙之声要在前线,当进军的时候,是"作气"的,但尚且要"再而衰,三而竭"[4],倘在并无进军的准备的处所,那就完全是"散气"的灵丹了,倒使别人的紧张的心情,由此转成弛缓。所以我曾比之于"嚎丧"[5],是送死的妙诀,是丧礼的收场,从此使生人又可以在别一境界中,安心乐意的活下去。历来的文章中,化"敌"为"皇",称"逆"为"我朝",这样的悲壮的文章就是其间的"蝴蝶铰"[6],但自然,作手是不必同出于一人的。然而从诗人看来,据说这些话乃是一种"狂吠"[7]。

不过事实真也比评论更其不留情面,仅在这短短的两年中,昔之义军,已名"匪徒",而有些"抗日英雄",却早已侨寓姑苏了,而且连捐款也发生了问题。[8]九一八的纪念日,则华界但有囚车随着武装巡捕梭巡,这囚车并非"意图"拘禁敌人或汉奸,而是专为"意图乘机捣乱"的"反动分子"所豫设的宝座。天气也真是阴惨,狂风骤雨,报上说是"飓风",是天地在为中国饮泣,然而在天地之间——人间,这一日却"平安"的过去了。

于是就成了虽然有些惨淡,却很"平安"的秋天,正是一个丧家届了除服之期的景象。但这景象,却又与诗人非常适合的,我在《醒起来罢同胞》的同一作家的《秋的黄昏》(九月二十五日《时事新报》所载)里,听到了幽咽而舒服的声调——

"我到了秋天便会伤感;到了秋天的黄昏,便会流泪,我已很感觉到我的伤感是受着秋风的波动而兴奋地展开,同时自己又像会发现自己的环境是最适合于秋天,细细地抚摩着秋天在自然里发出的音波,我知道我的命运使我成为秋天的人。……"

钉梢,现在中国所流行的,是无赖子对于摩登女郎,和侦探对于革命青年的钉梢,而对于文人学士们,却还很少见。假使追蹑几月或几年试试罢,就会看见许多怎样的情随事迁,到底头头是道的诗人。

一个活人,当然是总想活下去的,就是真正老牌的奴隶,也还在打熬着要活下去。然而自己明知道是奴隶,打熬着,并且不平着,挣扎着,一面"意图"挣脱以至实行挣脱的,即使暂时失败,还是套上了镣铐罢,他却不过是单单的奴隶。如果从奴隶生活中寻出"美"来,赞叹,抚摩,陶醉,那可简直是万劫不复的奴才了,他使自己和别人永远安住于这生活。就因为奴群中有这一点差别,所以使社会有平安和不安的差别,而在文学上,就分明的显现了麻醉的和战斗的的不同。

　　　　　　　　　　　　　　九月二十七日。

*　　　　　*　　　　　*

〔1〕　本篇最初发表于1933年10月15日《申报月刊》第二卷第十号,署名洛文。

漫与,随意而写。唐代杜甫《江上直水如海势,聊短述》:"为人性僻耽佳句,语不惊人死不休。老去诗篇浑漫与,春来花鸟莫深愁。"

〔2〕　"投笔从戎"　语出《后汉书·班固传》。

〔3〕　邵冠华　江苏宜兴人,"民族主义文学"的追随者。

〔4〕　"再而衰,三而竭"　语出《左传》庄公十年:"一鼓作气,再

而衰,三而竭。"

〔5〕　"嚎丧"　作者曾讽刺"民族主义文学家"的诗为"送丧"时的"哭声"。参看《二心集·"民族主义文学"的任务和运命》。

〔6〕　"蝴蝶铰"　旧式箱柜等家具挂锁处用的铜制蝴蝶状铰链。这里喻为连接物。

〔7〕　"狂吠"　邵冠华攻击作者的话,见上海《新时代月刊》第五卷第三期(1933年9月)所载《鲁迅的狂吠》。

〔8〕　"抗日英雄"　指马占山、苏炳文等人。九一八事变后,他们曾在东北局部抵抗过日军,博得"抗日英雄"的称号,各地人民曾捐款慰劳。但不久他们败退,脱离军队赴欧洲游历,1933年由德国返国,6月5日到上海。马占山在莫干山小住后即赴华北,苏炳文则寄寓苏州。马占山在上海时发表谈话说,他们在东北抗日时,仅收到捐款一百七十多万元,并于8月2日公布了账目清单;这与估计的约二千万元相去很远,因此引起舆论界的不满。当时曾发动清查运动,但并无结果。

世 故 三 昧[1]

人世间真是难处的地方,说一个人"不通世故",固然不是好话,但说他"深于世故"也不是好话。"世故"似乎也像"革命之不可不革,而亦不可太革"一样,不可不通,而亦不可太通的。

然而据我的经验,得到"深于世故"的恶谥者,却还是因为"不通世故"的缘故。

现在我假设以这样的话,来劝导青年人——

"如果你遇见社会上有不平事,万不可挺身而出,讲公道话,否则,事情倒会移到你头上来,甚至于会被指作反动分子的。如果你遇见有人被冤枉,被诬陷的,即使明知道他是好人,也万不可挺身而出,去给他解释或分辩,否则,你就会被人说是他的亲戚,或得了他的贿赂;倘使那是女人,就要被疑为她的情人的;如果他较有名,那便是党羽。例如我自己罢,给一个毫不相干的女士做了一篇信札集的序[2],人们就说她是我的小姨;绍介一点科学的文艺理论,人们就说得了苏联的卢布。亲戚和金钱,在目下的中国,关系也真是大,事实给与了教训,人们看惯了,以为人人都脱不了这关系,原也无足深怪的。

"然而,有些人其实也并不真相信,只是说着玩玩,有趣有趣的。即使有人为了谣言，弄得凌迟碎剐，像明末的郑鄤[3]那样了，和自己也并不相干，总不如有趣的紧要。这时你如果去辨正，那就是使大家扫兴，结果还是你自己倒楣。我也有一个经验。那是十多年前，我在教育部里做"官僚"[4]，常听得同事说，某女学校的学生，是可以叫出来嫖的[5]，连机关的地址门牌，也说得明明白白。有一回我偶然走过这条街，一个人对于坏事情，是记性好一点的，我记起来了，便留心着那门牌，但这一号，却是一块小空地，有一口大井，一间很破烂的小屋，是几个山东人住着卖水的地方，决计做不了别用。待到他们又在谈着这事的时候，我便说出我的所见来，而不料大家竟笑容尽敛，不欢而散了，此后不和我谈天者两三月。我事后才悟到打断了他们的兴致，是不应该的。

"所以，你最好是莫问是非曲直，一味附和着大家；但更好是不开口；而在更好之上的是连脸上也不显出心里的是非的模样来……"

这是处世法的精义，只要黄河不流到脚下，炸弹不落在身边，可以保管一世没有挫折的。但我恐怕青年人未必以我的话为然；便是中年，老年人，也许要以为我是在教坏了他们的子弟。呜呼，那么，一片苦心，竟是白费了。

然而倘说中国现在正如唐虞盛世，却又未免是"世故"之谈。耳闻目睹的不算，单是看看报章，也就可以知道社会上有多少不平，人们有多少冤抑。但对于这些事，除了有时或有同业，同乡，同族的人们来说几句呼吁的话之外，利害无关的人的义愤的声音，我们是很少听到的。这很分明，是大家不开口;或者以为和自己不相干;或者连"以为和自己不相干"的意思也全没有。"世故"深到不自觉其"深于世故",这才真是"深于世故"的了。这是中国处世法的精义中的精义。

而且,对于看了我的劝导青年人的话,心以为非的人物,我还有一下反攻在这里。他是以我为狡猾的。但是,我的话里,一面固然显示着我的狡猾,而且无能,但一面也显示着社会的黑暗。他单责个人,正是最稳妥的办法,倘使兼责社会,可就得站出去战斗了。责人的"深于世故"而避开了"世"不谈,这是更"深于世故"的玩艺,倘若自己不觉得,那就更深更深了,离三昧〔6〕境盖不远矣。

不过凡事一说,即落言筌〔7〕,不再能得三昧。说"世故三昧"者,即非"世故三昧"。三昧真谛,在行而不言;我现在一说"行而不言",却又失了真谛,离三昧境盖益远矣。

一切善知识〔8〕,心知其意可也,唵〔9〕!

十月十三日。

*　　　*　　　*

〔1〕　本篇最初发表于 1933 年 11 月 15 日《申报月刊》第二卷第十一号,署名洛文。

〔2〕　毫不相干的女士　指金淑姿(1908—1931),浙江金华人。1932 年程鼎兴为亡妻金淑姿刊行遗信集,托人请鲁迅写序。鲁迅所作的序,后编入《集外集》,题为《〈淑姿的信〉序》。

〔3〕　郑鄤(1594—1639)　字谦止,号峚阳,江苏武进(今常州市)人,明代天启年间进士。崇祯时温体仁诬告他不孝杖母,被凌迟处死。

〔4〕　"官僚"　陈西滢讥讽作者的话,见 1926 年 1 月 30 日北京《晨报副刊》所载《致志摩》。

〔5〕　在 1925 年女师大风潮中,陈西滢诬蔑女师大学生可以"叫局",1926 年初,北京《晨报副刊》、《语丝》等不断载有谈论此事的文字。

〔6〕　三昧　佛家语,梵文 Samādhi 的音译,意为"定"。佛家修身方法之一,指专意聚神于一境的状态。也用以泛指事物的诀要或奥妙。唐李肇《国史补》中:"长沙僧怀素好草书,自言得草圣三昧。"

〔7〕　言筌　言语的迹象。《庄子·外物》:"筌(荃)者所以在鱼,得鱼而忘筌;……言者所以在意,得意而忘言。吾安得夫忘言之人而与之言哉!"

〔8〕　善知识　佛家语,据《法华文句》解释:"闻名为知,见形为识,是人益我菩提(觉悟)之道,名善知识。"

〔9〕　唵　梵文 om 的音译,佛经咒语的发声词。

谣 言 世 家 [1]

双十佳节[2]，有一位文学家大名汤增敭先生的，在《时事新报》上给我们讲光复时候的杭州的故事。[3]他说那时杭州杀掉许多驻防的旗人，辨别的方法，是因为旗人叫"九"为"钩"的，所以要他说"九百九十九"，一露马脚，刀就砍下去了。

这固然是颇武勇，也颇有趣的。但是，可惜是谣言。

中国人里，杭州人是比较的文弱的人。当钱大王治世的时候，人民被刮得衣裤全无，只用一片瓦掩着下部，然而还要追捐，除被打得麂一般叫之外，并无贰话。[4]不过这出于宋人的笔记，是谣言也说不定的。但宋明的末代皇帝，带着没落的阔人，和暮气一同滔滔的逃到杭州来，却是事实，苟延残喘，要大家有刚决的气魄，难不难。到现在，西子湖边还多是摇摇摆摆的雅人；连流氓也少有浙东似的"白刀子进红刀子出"的打架。自然，倘有军阀做着后盾，那是也会格外的撒泼的，不过当时实在并无敢于杀人的风气，也没有乐于杀人的人们。我们只要看举了老成持重的汤蛰仙先生做都督[5]，就可以知道是不会流血的了。

不过战事是有的。革命军围住旗营，开枪打进去，里面也有时打出来。然而围得并不紧，我有一个熟人，白天在外面逛，晚上却自进旗营睡觉去了。

虽然如此，驻防军也终于被击溃，旗人降服了，房屋被充公是有的，却并没有杀戮。口粮当然取消，各人自寻生计，开初倒还好，后来就遭灾。

怎么会遭灾的呢？就是发生了谣言。

杭州的旗人一向优游于西子湖边，秀气所钟，是聪明的，他们知道没有了粮，只好做生意，于是卖糕的也有，卖小菜的也有。杭州人是客气的，并不歧视，生意也还不坏。然而祖传的谣言起来了，说是旗人所卖的东西，里面都藏着毒药。这一下子就使汉人避之惟恐不远，但倒是怕旗人来毒自己，并不是自己想去害旗人。结果是他们所卖的糕饼小菜，毫无生意，只得在路边出卖那些不能下毒的家具。家具一完，途穷路绝，就一败涂地了。这是杭州驻防旗人的收场。

笑里可以有刀，自称酷爱和平的人民，也会有杀人不见血的武器，那就是造谣言。但一面害人，一面也害己，弄得彼此懵懵懂懂。古时候无须提起了，即在近五十年来，甲午战败，就说是李鸿章害的，因为他儿子是日本的驸马，[6]骂了他小半世；庚子拳变，又说洋鬼子是挖眼睛的，因为造药水，就乱杀了一大通。下毒学说起于辛亥光复之际的杭州，而复活于近来排日的时候。我还记得每有一回谣言，就总有谁被诬为下毒的奸细，给谁平白打死了。

谣言世家的子弟，是以谣言杀人，也以谣言被杀的。

至于用数目来辨别汉满之法，我在杭州倒听说是出于湖北的荆州的，就是要他们数一二三四，数到"六"字，读作上声，便杀却。但杭州离荆州太远了，这还是一种谣言也难说。

我有时也不大能够分清那句是谣言,那句是真话了。

十月十三日。

*   *   *

〔1〕 本篇最初发表于 1933 年 11 月 15 日《申报月刊》第二卷第十一号,署名洛文。

〔2〕 双十节 1911 年 10 月 10 日,孙中山领导的革命党人举行武昌起义(即辛亥革命),次年 1 月 1 日建立中华民国。9 月 28 日临时参议院议定 10 月 10 日为国庆节纪念日,又称"双十节"。

〔3〕 汤增敭(1908—?)浙江吴兴人,"民族主义文学"的鼓吹者。当时在上海《时事新报》任职。他在 1933 年 10 月 10 日《时事新报》发表的《辛亥革命逸话》中说:"旗人谓九为钩。辛亥革命起,旗人皆变装图逃,杭人乃侦骑四出,遇可疑者,执而讯之,令其口唱'九百九十九',如为旗人,则音必读'钩百钩十钩'也。乃杀之,百无一失。"旗人,清代对编入八旗的人的称呼,后来一般用以称呼满族人。

〔4〕 钱大王 即钱镠(852—932),五代时吴越国的国王。据宋代郑文宝《江表志》记载:"两浙钱氏,偏霸一方,急征苛惨,科赋凡欠一斗者多至徒罪。徐锡尝使越云:'三更已闻獐麂号叫达曙,问于驿吏,乃县司征科也。乡民多赤体,有被葛褐者,都用竹篾系腰间,执事非刻理不可,虽贫者亦家累千金。'"

〔5〕 汤蛰仙(1856—1917) 名寿潜,字蛰仙,浙江山阴今绍兴,人。清末进士,武昌起义后曾被推为浙江省都督。

〔6〕 李鸿章(1823—1901) 安徽合肥人,清末北洋大臣,洋务派首领。1894 年中日甲午战争发生,他避战求和,失败后与日本帝国主义签订丧权辱国的《马关条约》。易顺鼎在《劾权奸误国奏》中说:"李鸿章虽奸,尚不及其子李经方之甚。李经方前充出使日本大臣,……所纳外

妇即倭主睦仁之甥女。……以权奸为丑虏内助,而始有用夷变夏之阶;
以丑虏为权奸外援,而始有化家为国之渐。"按李经方系李鸿章之侄,曾
娶一日本女子为妾。

关 于 妇 女 解 放 [1]

孔子曰："唯女子与小人为难养也,近之则不逊,远之则怨。"[2]女子与小人归在一类里,但不知道是否也包括了他的母亲。后来的道学先生们,对于母亲,表面上总算是敬重的了,然而虽然如此,中国的为母的女性,还受着自己儿子以外的一切男性的轻蔑。

辛亥革命后,为了参政权,有名的沈佩贞[3]女士曾经一脚踢倒过议院门口的守卫。不过我很疑心那是他自己跌倒的,假使我们男人去踢罢,他一定会还踢你几脚。这是做女子便宜的地方。还有,现在有些太太们,可以和阔男人并肩而立,在码头或会场上照一个照相;或者当汽船飞机开始行动之前,到前面去敲碎一个酒瓶[4](这或者非小姐不可也说不定,我不知道那详细)了,也还是做女子的便宜的地方。此外,又新有了各样的职业,除女工,为的是她们工钱低,又听话,因此为厂主所乐用的不算外,别的就大抵只因为是女子,所以一面虽然被称为"花瓶",一面也常有"一切招待,全用女子"的光荣的广告。男子倘要这么突然的飞黄腾达,单靠原来的男性是不行的,他至少非变狗不可。

这是五四运动后,提倡了妇女解放以来的成绩。不过我们还常常听到职业妇女的痛苦的呻吟,评论家的对于新式女子的讥笑。她们从闺阁走出,到了社会上,其实是又成为给大家开玩笑,发议论的新资料了。

这是因为她们虽然到了社会上,还是靠着别人的"养";要别人"养",就得听人的唠叨,甚而至于侮辱。我们看看孔夫子的唠叨,就知道他是为了要"养"而"难","近之""远之"都不十分妥帖的缘故。这也是现在的男子汉大丈夫的一般的叹息。也是女子的一般的苦痛。在没有消灭"养"和"被养"的界限以前,这叹息和苦痛是永远不会消灭的。

这并未改革的社会里,一切单独的新花样,都不过一块招牌,实际上和先前并无两样。拿一匹小鸟关在笼中,或给站在竿子上,地位好像改变了,其实还只是一样的在给别人做玩意,一饮一啄,都听命于别人。俗语说:"受人一饭,听人使唤",就是这。所以一切女子,倘不得到和男子同等的经济权,我以为所有好名目,就都是空话。自然,在生理和心理上,男女是有差别的;即在同性中,彼此也都不免有些差别,然而地位却应该同等。必须地位同等之后,才会有真的女人和男人,才会消失了叹息和苦痛。

在真的解放之前,是战斗。但我并非说,女人应该和男人一样的拿枪,或者只给自己的孩子吸一只奶,而使男子去负担那一半。我只以为应该不自苟安于目前暂时的位置,而不断的为解放思想,经济等等而战斗。解放了社会,也就解放了自己。但自然,单为了现存的惟妇女所独有的桎梏而斗争,也还是必要的。

我没有研究过妇女问题,倘使必须我说几句,就只有这一点空话。

十月二十一日。

*　　　*　　　*

〔1〕　本篇最初曾否发表于报刊,未详。

〔2〕　这段话见《论语·阳货》。

〔3〕　沈佩贞　浙江杭州人,辛亥革命时组织"女子北伐队",民国初年曾任袁世凯总统府顾问。

〔4〕　这是西方传入的一种仪式,叫掷瓶礼:在船舰、飞机首航前,由官眷或女界名流将一瓶系有彩带的香槟酒在船身或机身上掷碎,以示祝贺。

火^[1]

普洛美修斯偷火给人类，总算是犯了天条，贬入地狱。但是，钻木取火的燧人氏^[2]却似乎没有犯窃盗罪，没有破坏神圣的私有财产——那时候，树木还是无主的公物。然而燧人氏也被忘却了，到如今只见中国人供火神菩萨^[3]，不见供燧人氏的。

火神菩萨只管放火，不管点灯。凡是火着就有他的份。因此，大家把他供养起来，希望他少作恶。然而如果他不作恶，他还受得着供养么，你想？

点灯太平凡了。从古至今，没有听到过点灯出名的名人，虽然人类从燧人氏那里学会了点火已经有五六千年的时间。放火就不然。秦始皇放了一把火^[4]——烧了书没有烧人；项羽入关又放了一把火^[5]——烧的是阿房宫不是民房（？——待考）。……罗马的一个什么皇帝却放火烧百姓^[6]了；中世纪正教的僧侣就会把异教徒当柴火烧，间或还灌上油。^[7]这些都是一世之雄。现代的希特拉就是活证人。^[8]如何能不供养起来。何况现今是进化时代，火神菩萨也代代跨灶^[9]的。

譬如说罢，没有电灯的地方，小百姓不顾什么国货年，人人都要买点洋货的煤油，晚上就点起来：那么幽黯的黄澄澄的光线映在纸窗上，多不大方！不准，不准这么点灯！你们如果要光明的话,非得禁止这样"浪费"煤油不可。煤油应当扛到田地里去,灌进喷筒,呼啦呼啦的喷起来……一场大火,几十里路的延烧过去,稻禾,树木,房舍——尤其是草棚——一会儿都变成飞灰了。还不够,就有燃烧弹,硫磺弹,从飞机上面扔下来,像上海一二八的大火似的,够烧几天几晚。那才是伟大的光明呵。

火神菩萨的威风是这样的。可是说起来,他又不承认:火神菩萨据说原是保佑小民的,至于火灾,却要怪小民自不小心,或是为非作歹,纵火抢掠。

谁知道呢?历代放火的名人总是这样说,却未必总有人信。

我们只看见点灯是平凡的,放火是雄壮的,所以点灯就被禁止,放火就受供养。你不见海京伯马戏团〔10〕么:宰了耕牛喂老虎,原是这年头的"时代精神"。

十一月二日。

*　　　*　　　*

〔1〕 本篇最初发表于1933年12月15日《申报月刊》第二卷第十二号,署名洛文。

〔2〕 燧人氏 我国传说中的上古帝王,他发明钻木取火、教人熟食。

〔3〕 火神菩萨 我国传说中的火神有祝融、回禄等,他们的名字也用作火灾的代称。

〔4〕 秦始皇 嬴政(前259—前210),战国时秦国的国君,秦王

朝的建立者。据《史记·秦始皇本纪》,他于公元前 213 年,采纳丞相李斯的建议下令焚书,凡"史官非秦记,皆烧之。非博士官所职,天下敢有藏《诗》、《书》、百家语者,悉诣守尉杂烧之。"

〔5〕 项羽(前 232—前 202) 名籍,下相(今江苏宿迁)人,秦末农民起义领袖之一。出身楚国贵族。据《史记·项羽本纪》,公元前 206 年他进兵秦国首都咸阳时,"烧秦宫室(按即阿房宫),火三月不灭。"

〔6〕 指罗马皇帝尼禄(C.C.Nero,37—68),相传他曾在公元 64 年放火焚烧罗马城。

〔7〕 指中世纪罗马天主教会对"异端"实行的火刑。由异端裁判所侦查和审判,旨在残害反教会、反封建而又不悔罪的"异端"。

〔8〕 希特拉 即希特勒。他于 1933 年 1 月 30 日出任德国总理,2 月 27 日制造"国会纵火案",焚烧国会大厦,嫁祸于德国共产党人,作为镇压共产党和革命人民的借口。

〔9〕 跨灶 马的前蹄下有个空隙,称灶门。快马奔驰时,后蹄蹄印落在前蹄蹄印之前,叫做"跨灶"。人们以此比喻儿子胜过父亲。

〔10〕 海京伯马戏团 德国驯兽家海京伯(C. Hagenbeck,1844—1913)创办的马戏团,1933 年 10 月曾来我国上海表演。

论 翻 印 木 刻[1]

麦绥莱勒的连环图画四种[2]出版并不久,日报上已有了种种的批评,这是向来的美术书出版后未能遇到的盛况,可见读书界对于这书,是十分注意的。但议论的要点,和去年已不同:去年还是连环图画是否可算美术的问题,现在却已经到了看懂这些图画的难易了。

出版界的进行可没有评论界的快。其实,麦绥莱勒的木刻的翻印,是还在证明连环图画确可以成为艺术这一点的。现在的社会上,有种种读者层,出版物自然也就有种种,这四种是供给智识者层的图画。然而为什么有许多地方很难懂得呢?我以为是由于经历之不同。同是中国人,倘使曾经见过飞机救国或"下蛋",则在图上看见这东西,即刻就懂,但若历来未尝躬逢这些盛典的人,恐怕只能看作风筝或蜻蜓罢了。

有一种自称"中国文艺年鉴社",而实是匿名者们所编的《中国文艺年鉴》在它的所谓"鸟瞰"中,曾经说我所发表的《连环图画辩护》虽将连环图画的艺术价值告诉了苏汶先生,但"无意中却把要是德国板画那类艺术作品搬到中国来,是否能为一般大众所理解,即是否还成其为大众艺术的问题忽略了过去,而且这种解答是对大众化的正题没有直接意义的"。[3]这真是倘不是能编《中国文艺年鉴》的选家,就不至于说出口来的聪明话,因为我本也"不"在讨论将"德国板画搬到中国来,是否为一般大众所理解";所辩护的只是连环图画可以成为艺术,使青年艺术学徒不被曲说所迷,敢于创作,并且逐渐产生大众化的作品而已。假使我真如那编者所希望,"有意的"来说德国板画是否就是中国的大众艺术,这可至少也得归入"低能"一类里去了。

但是,假使一定要问:"要是德国板画那类艺术作品搬到中国来,是否能为一般大众所理解"呢?那么,我也可以回答:假使不是立方派[4],未来派[5]等等的古怪作品,大概该能够理解一点。所理解的可以比看一本《中国文艺年鉴》多,也不至于比看一本《西湖十景》少。风俗习惯,彼此不同,有些当然是莫明其妙的,但这是人物,这是屋宇,这是树木,却能够懂得,到过上海的,也就懂得画里的电灯,电车,工厂。尤其合式的是所画的是故事,易于讲通,易于记得。古之雅人,曾谓妇人俗子,看画必问这是什么故事,大可笑。中国的雅俗之分就在此:雅人往往说不出他以为好的画的内容来,俗人却非问内容不可。从这一点看,连环图画是宜于俗人的,但我在《连环图画辩护》中,已经证明了它是艺术,伤害了雅人的高超了。

然而,虽然只对于智识者,我以为绍介了麦绥莱勒的作品也还是不够的。同是木刻,也有刻法之不同,有思想之不同,有加字的,有无字的,总得翻印好几种,才可以窥见现代外国连环图画的大概。而翻印木刻画,也较易近真,有益于观者。我常常想,最不幸的是在中国的青年艺术学徒了,学外国文学可看原书,学西洋画却总看不到原画。自然,翻板是有的,但是,将一大幅壁画缩成明信片那么大,怎能看出真相?大小是很有关系的,假使我们将象缩小如猪,老虎缩小如鼠,怎么还会令人觉得原先那种气魄呢。木刻却小品居多,所以翻刻起来,还不至于大相远。

但这还仅就绍介给一般智识者的读者层而言,倘为艺术学徒设想,锌板的翻印也还不够。太细的线,锌板上是容易消失的,即使是粗线,也能因强水浸蚀的久暂而不同,少浸太粗,久浸就太细,中国还很少制板适得其宜的名工。要认真,就只好来用玻璃板,我翻印的《士敏土之图》[6]二百五十本,在中国便是首先的试验。施蛰存先生在《大晚报》附刊的《火炬》上说:"说不定他是像鲁迅先生印珂罗版本木刻图一样的是私人精印本,属于罕见书之列"[7],就是在讥笑这一件事。我还亲自听到过一位青年在这"罕见书"边说,写着只印二百五十部,是骗人的,一定印的很多,印多报少,不过想抬高那书价。

他们自己没有做过"私人精印本"的可笑事,这些笑骂是都无足怪的。我只因为想供给艺术学徒以较可靠的木刻翻本,就用原画来制玻璃版,但制这版,是每制一回只能印三百幅的,多印即须另制,假如每制一幅则只印一张或多至三百张,制印费都是三元,印三百以上到六百张即需六元,九百张九元,外加纸张费。倘在大书局,大官厅,即使印一万二千本原也容易办,然而我不过一个"私人";并非繁销书,而竟来"精印",那当然不免为财力所限,只好单印一板了。但幸而还好,印本已经将完,可知还有人看见;至于为一般的读者,则早已用锌板复制,插在译本《士敏土》里面了,然而编辑兼批评家却不屑道。

　　人不严肃起来,连指导青年也可以当作开玩笑,但仅印十来幅图,认真地想过几回的人却也有的,不过自己不多说。我这回写了出来,是在向青年艺术学徒说明珂罗板一板只印三百部,是制板上普通的事,并非故意要造"罕见书",并且希望有更多好事的"私人",不为不负责任的话所欺,大家都来制造"精印本"。

　　　　　　　　　　　　　　　　　　十一月六日。

　　　※　　　　　※　　　　　※

　　〔1〕　本篇最初发表于 1933 年 11 月 25 日《涛声》第二卷第四十六期,署名旅隼。

　　〔2〕　麦绥莱勒的连环图画四种　参看本书《〈一个人的受难〉序》及其注〔4〕。

　　〔3〕　《中国文艺年鉴》　指 1932 年《中国文艺年鉴》,杜衡、施蛰存以"中国文艺年鉴社"名义编选,上海现代书局出版。"鸟瞰",指该书中的《一九三二年中国文坛鸟瞰》一文。其中说:"苏汶……对旧形文艺(举例说,是连环图画)的艺术价值表示怀疑。因辩解这种怀疑,鲁迅便发表了他的《连环图画辩护》,他告诉苏汶说,像德国板画那种连环图画也是有艺术价值的。但是鲁迅无意中却把要是德国板画那类艺术品搬到中国来,是否能为一般大众所理解,即是否还成其为大众艺术的问题忽略了过去,而且这种解答是对大众化的正题没有直接意义的。"

　　〔4〕　立方派　即立体派,二十世纪初形成于法国的一种艺术流派。它反对客观地描绘事物,强调多面表现物体的立体形态,主张以几何学图形(立方体、球体和圆锥体等)作为造型艺术的基础,作品构图怪

诞。

〔5〕 未来派 二十世纪初形成于意大利的一种艺术流派。它否定文化遗产和一切传统,强调面向未来,表现现代机械文明、力量和速度;用离奇的形式表现动态的直觉和凌乱的想象,作品多难于理解。

〔6〕 《士敏土之图》 即《梅斐尔德木刻士敏土之图》,共十幅,鲁迅自费影印,1930 年 9 月以"三闲书屋"名义出版。

〔7〕 这是施蛰存在《推荐者的立场》一文中的话,鲁迅曾将该文录入《准风月谈·扑空》的"备考"。

《木刻创作法》序^{〔1〕}

地不问东西,凡木刻的图版,向来是画管画,刻管刻,印管印的。中国用得最早,而照例也久经衰退;清光绪中,英人傅兰雅氏编印《格致汇编》,^{〔2〕}插图就已非中国刻工所能刻,精细的必需由英国运了图版来。那就是所谓"木口木刻"^{〔3〕},也即"复制木刻",和用在编给印度人读的英文书,后来也就移给中国人读的英文书上的插画,是同类的。那时我还是一个儿童,见了这些图,便震惊于它的精工活泼,当作宝贝看。到近几年,才知道西洋还有一种由画家一手造成的版画,也就是原画,倘用木版,便叫作"创作木刻",是艺术家直接的创作品,毫不假手于刻者和印者的。现在我们所要绍介的,便是这一种。

为什么要绍介呢?据我个人的私见,第一是因为好玩。说到玩,自然好像有些不正经,但我们钞书写字太久了,谁也不免要息息眼,平常是看一会窗外的天。假如有一幅挂在墙壁上的画,那岂不是更其好?倘有得到名画的力量的人物,自然是无须乎此的,否则,一张什么复制缩小的东西,实在远不如原版的木刻,既不失真,又省耗费。自然,也许有人要指为"要以'今雅'立国"^{〔4〕}的,但比起"古雅"来,不是已有"古""今"之别了么?

第二,是因为简便。现在的金价很贵了,一个青年艺术学徒想画一幅画,画布颜料,就得化一大批钱;画成了,倘使没法展览,就只好请自己看。木刻是无需多化钱的,只用几把刀在木头上划来划去——这也许未免说得太容易了——就如印人的刻印一样,可以成为创作,作者也由此得到创作的欢喜。印了出来,就能将同样的作品,分给别人,使许多人一样的受到创作的欢喜。总之,是比别种作法的作品,普遍性大得远了。

第三,是因为有用。这和"好玩"似乎有些冲突,但其实也不尽然的,要看所玩的是什么。打马将恐怕是终于没有出息的了;用火药做花炮玩,推广起来却就可以造枪炮。大炮,总算是实用不过的罢,而安特莱夫一有钱,却将它装在自己的庭园里当玩艺。木刻原是小富家儿艺术,然而一用在刊物的装饰,文学或科学书的插画上,也就成了大家的东西,是用不着多说的。

这实在是正合于现代中国的一种艺术。

但是至今没有一本讲说木刻的书,这才是第一本。虽然稍简略,却已经给了读者一个大意。由此发展下去,路是广大得很。题材会丰富起来的,技艺也会精炼起来的,采取新法,加以中国旧日之所长,还有开出一条新的路径来的希望。那时作者各将自己的本领和心得,贡献出来,中国的木刻界就会发生光焰。这书虽然因此要成为不过一粒星星之火,但也够有历史上的意义了。

一九三三年十一月九日,鲁迅记。

＊　　　＊　　　＊

〔1〕　本篇在收入本书前未在报刊上发表过。

《木刻创作法》，白危编译的关于木刻的入门书，1937 年 1 月上海读书生活出版社出版。

〔2〕　傅兰雅（J.Fryer，1839—1928）　英国教士。1861 年（清咸丰十一年）来我国传教，曾任北京同文馆英文教习。1875 年（清光绪元年）在上海与人合办"格致书院"，次年出版专刊西方自然科学论著摘要和科学情报资料的《格致汇编》（季刊），时断时续，至 1892 年共出二十八本。该刊附有大量刻工精细的插图。

〔3〕　"木口木刻"　即在木头横断面上进行的雕刻。

〔4〕　这是施蛰存在《"庄子"与"文选"》一文中讥讽鲁迅的话："新文学家中，也有玩木刻，考究版本，收罗藏书票，以骈体文为白话书信作序，甚至写字台上陈列了小摆设的，照丰先生的意见说来，难道他们是要以'今雅'立足于天地之间吗？"鲁迅曾将该文录入《准风月谈·"感旧"以后（上）》的"备考"。

作 文 秘 诀 [1]

现在竟还有人写信来问我作文的秘诀。

我们常常听到:拳师教徒弟是留一手的,怕他学全了就要打死自己,好让他称雄。在实际上,这样的事情也并非全没有,逢蒙杀羿[2]就是一个前例。逢蒙远了,而这种古气是没有消尽的,还加上了后来的"状元瘾",科举虽然久废,至今总还要争"唯一",争"最先"。遇到有"状元瘾"的人们,做教师就危险,拳棒教完,往往免不了被打倒,而这位新拳师来教徒弟时,却以他的先生和自己为前车之鉴,就一定留一手,甚而至于三四手,于是拳术也就"一代不如一代"了。

还有,做医生的有秘方,做厨子的有秘法,开点心铺子的有秘传,为了保全自家的衣食,听说这还只授儿妇,不教女儿,以免流传到别人家里去。"秘"是中国非常普遍的东西,连关于国家大事的会议,也总是"内容非常秘密",大家不知道。但是,作文却好像偏偏并无秘诀,假使有,每个作家一定是传给子孙的了,然而祖传的作家很少见。自然,作家的孩子们,从小看惯书籍纸笔,眼格也许比较的可以大一点罢,不过不见得就会做。目下的刊物上,虽然常见什么"父子作家""夫妇作家"的名称,仿佛真能从遗嘱或情书中,密授一些什么秘诀一样,其实乃是肉麻当有趣,妄将做官的关系,用到作文上去了。

　　那么,作文真就毫无秘诀么? 却也并不。我曾经讲过几句做古文的秘诀[3],是要通篇都有来历,而非古人的成文;也就是通篇是自己做的,而又全非自己所做,个人其实并没有说什么;也就是"事出有因",而又"查无实据"。到这样,便"庶几乎免于大过也矣"了。简而言之,实不过要做得"今天天气,哈哈哈……"而已。

　　这是说内容。至于修辞,也有一点秘诀:一要蒙眬,二要难懂。那方法,是:缩短句子,多用难字。譬如罢,作文论秦朝事,写一句"秦始皇乃始烧书",是不算好文章的,必须翻译一下,使它不容易一目了然才好。这时就用得着《尔雅》,《文选》[4]了,其实是只要不给别人知道,查查《康熙字典》[5]也不妨的。动手来改,成为"始皇始焚书",就有些"古"起来,到得改成"政俶燔典",那就简直有了班马[6]气,虽然跟着也令人不大看得懂。但是这样的做成一篇以至一部,是可以被称为"学者"的,我想了半天,只做得一句,所以只配在杂志上投稿。

　　我们的古之文学大师,就常常玩着这一手。班固先生的"紫色鼃声,余分闰位"[7],就将四句长句,缩成八字的;扬雄先生的"蠢迪检柙"[8],就将"动由规矩"这四个平常字,翻成难字的。《绿野仙踪》记塾师咏"花"[9],有句云:"媳钗俏矣儿书废,哥罐闻焉嫂棒伤。"自说意思,是儿妇折花为钗,虽然俏丽,但恐儿子因而废读;下联较费解,是他的哥哥折了花来,没有花瓶,就插在瓦罐里,以嗅花香,他嫂嫂为防微杜渐起见,竟用棒子连花和罐一起打坏了。这算是对于冬烘先生的嘲笑。然而他的作法,其实是和扬班并无不合的,错只在他不用古典而用新典。这一个所谓"错",就使《文选》之类在遗老遗少们的心眼里保住了威灵。

做得蒙胧,这便是所谓"好"么?答曰:也不尽然,其实是不过掩了丑。但是,"知耻近乎勇"[10],掩了丑,也就仿佛近乎好了。摩登女郎披下头发,中年妇人罩上面纱,就都是蒙胧术。人类学家解释衣服的起源有三说:一说是因为男女知道了性的羞耻心,用这来遮羞;一说却以为倒是用这来刺激;还有一种是说因为老弱男女,身体衰瘦,露着不好看,盖上一些东西,借此掩掩丑的。从修辞学的立场上看起来,我赞成后一说。现在还常有骈四俪六[11],典丽堂皇的祭文,挽联,宣言,通电,我们倘去查字典,翻类书,剥去它外面的装饰,翻成白话文,试看那剩下的是怎样的东西呵!?

不懂当然也好的。好在那里呢?即好在"不懂"中。但所虑的是好到令人不能说好丑,所以还不如做得它"难懂":有一点懂,而下一番苦功之后,所懂的也比较的多起来。我们是向来很有崇拜"难"的脾气的,每餐吃三碗饭,谁也不以为奇,有人每餐要吃十八碗,就郑重其事的写在笔记上;用手穿针没有人看,用脚穿针就可以搭帐篷卖钱;一幅画片,平淡无奇,装在匣子里,挖一个洞,化为西洋镜,人们就张着嘴热心的要看了。况且同是一事,费了苦功而达到的,也比并不费力而达到的的可贵。譬如到什么庙里去烧香罢,到山上的,比到平地上的可贵;三步一拜才到庙里的庙,和坐了轿子一径抬到的庙,即使同是这庙,在到达者的心里的可贵的程度是大有高下的。作文之贵乎难懂,就是要使读者三步一拜,这才能够达到一点目的的妙法。

写到这里,成了所讲的不但只是做古文的秘诀,而且是做骗人的古文的秘诀了。但我想,做白话文也没有什么大两样,因为它也可以夹些僻字,加上蒙胧或难懂,来施展那变戏法的障眼的手巾的。倘要反一调,就是"白描"。

"白描"却并没有秘诀。如果要说有,也不过是和障眼法反一调:有真意,去粉饰,少做作,勿卖弄而已。

十一月十日。

＊　　　＊　　　＊

〔1〕　本篇最初发表于 1933 年 12 月 15 日《申报月刊》第二卷第十二号,署名洛文。

〔2〕　逢蒙杀羿　见《孟子·离娄》:"逢蒙学射于羿,尽羿之道;思天下惟羿为愈己,于是杀羿。"按逢蒙亦作逄蒙。

〔3〕　指 1930 年写的《做古文和做好人的秘诀》,后收入《二心集》。

〔4〕　《尔雅》　我国最早解释词义的书,大概成书于春秋至西汉初年,今本十九篇。《文选》,南朝梁昭明太子萧统编选的从先秦到齐、梁的各体文章的总集,共六十卷。

〔5〕　《康熙字典》　清代康熙年间张玉书等奉旨编撰,共四十二卷,收四万七千余字,1716 年(康熙五十五年)开始印行。

〔6〕　班马　指班固、司马迁。他们都是汉代史学家、文学家。

〔7〕　"紫色蛙声,余分闰位"　语出《汉书·王莽传》,指王莽"篡位"这件事。据唐代颜师古注:"应劭曰:紫,间色;蛙,邪音也。服虔曰:言莽不得正王之命,如岁月之余分为闰也。"

〔8〕 扬雄(前53—18) 一作杨雄,字子云,成都(今属四川)人,西汉文学家、语言文字学家。他的著作,明人辑有《杨子云集》五卷。"蠢迪检柙",语出《法言·序》。据东晋李轨注:"蠢,动也;迪,道也;捡押,犹隐括也。言君子举动,则当蹈规矩。"按捡押,当作检柙。

〔9〕 《绿野仙踪》 长篇小说,清代李百川著。这里所说塾师咏"花"的故事,见于该书第六回《评诗赋大失腐儒心》)。

〔10〕 "知耻近乎勇" 语出《礼记·中庸》:"子曰:'好学近乎知,力行近乎仁,知耻近乎勇。知斯三者,则知所以修身。'"

〔11〕 骈四俪六 指骈作文,以四字和六字式相间对偶排比,讲究声律和词藻。骈即并列、对偶,俪即双句、偶句。唐代柳宗元《乞巧文》:"骈四俪六,锦心绣口。"

捣 鬼 心 传 [1]

中国人又很有些喜欢奇形怪状，鬼鬼祟祟的脾气，爱看古树发光比大麦开花的多，其实大麦开花他向来也没有看见过。于是怪胎畸形，就成为报章的好资料，替代了生物学的常识的位置了。最近在广告上所见的，有像所谓两头蛇似的两头四手的胎儿，还有从小肚上生出一只脚来的三脚汉子。固然，人有怪胎，也有畸形，然而造化的本领是有限的，他无论怎么怪，怎么畸，总有一个限制：婴儿可以连背，连腹，连臀，连胁，或竟骈头，却不会将头生在屁股上；形可以骈拇，枝指，缺肢，多乳，却不会两脚之外添出一只脚来，好像"买两送一"的买卖。天实在不及人之能捣鬼。

但是，人的捣鬼，虽胜于天，而实际上本领也有限。因为捣鬼精义，在切忌发挥，亦即必须含蓄。盖一加发挥，能使所捣之鬼分明，同时也生限制，故不如含蓄之深远，而影响却又因而模胡了。"有一利必有一弊"，我之所谓"有限"者以此。

清朝人的笔记里，常说罗两峰的《鬼趣图》[2]，真写得鬼气拂拂；后来那图由文明书局印出来了，却不过一个奇瘦，一个矮胖，一个臃肿的模样，并不见得怎样的出奇，还不如只看笔记有趣。小说上的描摹鬼相，虽然竭力，也都不足以惊人，我觉得最可怕的还是晋人所记的脸无五官，浑沦如鸡蛋的山中厉鬼[3]。因为五官不过是五官，纵使苦心经营，要它凶恶，总也逃不出五官的范围，现在使它浑沦得莫名其妙，读者也就怕得莫名其妙了。然而其"弊"也，是印象的模胡。不过较之写些"青面獠牙"，"口鼻流血"的笨伯，自然聪明得远。

中华民国人的宣布罪状大抵是十条，然而结果大抵是无效。古来尽多坏人，十条不过如此，想引人的注意以至活动是决不会的。骆宾王作《讨武曌檄》，那"入宫见嫉，蛾眉不肯让人，掩袖工谗，狐媚偏能惑主"这几句，恐怕是很费点心机的了，但相传武后看到这里，不过微微一笑。[4]是的，如此而已，又怎么样呢？声罪致讨的明文，那力量往往远不如交头接耳的密语，因为一是分明，一是莫测的。我想假使当时骆宾王站在大众之前，只是攒眉摇头，连称"坏极坏极"，却不说出其所谓坏的实例，恐怕那效力会在文章之上的罢。"狂飙文豪"高长虹攻击我时，说道劣迹多端，倘一发表，便即身败名裂，[5]而终于并不发表，是深得捣鬼正脉的；但也竟无大效者，则与广泛俱来的"模胡"之弊为之也。

明白了这两例，便知道治国平天下之法，在告诉大家以有法，而不可明白切实的说出何法来。因为一说出，即有言，一有言，便可与行相对照，所以不如示之以不测。不测的威棱使人萎伤，不测的妙法使人希望——饥荒时生病，打仗时做诗，虽若与治国平天下不相干，但在莫明其妙中，却能令人疑为跟着自有治国平天下的妙法在——然而其"弊"也，却还是照例的也能在模胡中疑心到所谓妙法，其实不过是毫无方法而已。

捣鬼有术,也有效,然而有限,所以以此成大事者,古来无有。

十一月二十二日。

*　　　*　　　*

〔1〕 本篇最初发表于 1934 年 1 月 15 日《申报月刊》第三卷第一号,署名罗怃。

心传,佛教禅宗用语,指不立文字,不依经卷,只凭师徒心心相印来传法授受。

〔2〕 罗两峰(1733—1799) 名聘,字遯夫,江苏甘泉(今江都)人,清代画家。《鬼趣图》,是八幅讽刺世态的画,当时不少文人曾为它题咏。

〔3〕 这里所说的山中厉鬼,见南朝宋人郭季产的《集异记》:"中山刘玄,居越城。日暮,忽见一人著乌袴褶来,取火照之,面首无七孔,面莽傥然。"(据鲁迅《古小说钩沈》)

〔4〕 骆宾王(约 640—?) 婺州义乌(今属浙江)人,唐代诗人。曾随徐敬业反对武则天,著有《代徐敬业讨武曌檄》。据《新唐书·骆宾王传》,他"为敬业传檄天下,斥武后罪。后读,但嘻笑"。

〔5〕 高长虹在《狂飙》第十七期(1927 年 1 月)发表的《我走出了化石的世界》中说:"若夫其他琐事,如狂飙社以直报怨,则鲁迅不特身心交病,且将身败名裂矣! 我们是青年,我们有的是同情,所以我们决不为已甚。"

家庭为中国之基本[1]

　　中国的自己能酿酒，比自己来种鸦片早，但我们现在只听说许多人躺着吞云吐雾，却很少见有人像外国水兵似的满街发酒疯。唐宋的踢球，久已失传，一般的娱乐是躲在家里彻夜叉麻雀。从这两点看起来，我们在从露天下渐渐的躲进家里去，是无疑的。古之上海文人，已尝慨乎言之，曾出一联，索人属对，道："三鸟害人鸦雀鸽"，"鸽"是彩票，雅号奖券，那时却称为"白鸽票"的。但我不知道后来有人对出了没有。

　　不过我们也并非满足于现状，是身处斗室之中，神驰宇宙之外，抽鸦片者享乐着幻境，叉麻雀者心仪于好牌。檐下放起爆竹，是在将月亮从天狗嘴里救出；剑仙坐在书斋里，哼的一声，一道白光，千万里外的敌人可被杀掉了，不过飞剑还是回家，钻进原先的鼻孔去，因为下次还要用。这叫做千变万化，不离其宗。所以学校是从家庭里拉出子弟来，教成社会人才的地方，而一闹到不可开交的时候，还是"交家长严加管束"云。

　　"骨肉归于土，命也；若夫魂气，则无不之也，无不之也！"[2]一个人变了鬼，该可以随便一点了罢，而活人仍要烧一所纸房子，请他住进去，阔气的还有打牌桌，鸦片盘。成仙，这变化是很大的，但是刘太太偏舍不得老家，定要运动到"拔宅飞升"〔3〕,连鸡犬都带了上去而后已,好依然的管家务,饲狗,喂鸡。

我们的古今人,对于现状,实在也愿意有变化,承认其变化的。变鬼无法,成仙更佳,然而对于老家,却总是死也不肯放。我想,火药只做爆竹,指南针只看坟山,恐怕那原因就在此。

现在是火药蜕化为轰炸弹,烧夷弹,装在飞机上面了,我们却只能坐在家里等他落下来。自然,坐飞机的人是颇有了的,但他那里是远征呢,他为的是可以快点回到家里去。

家是我们的生处,也是我们的死所。

十二月十六日。

*　　　*　　　*

〔1〕 本篇最初发表于1934年1月15日《申报月刊》第三卷第一号,署名罗怃。

〔2〕 这段话见《礼记·檀弓下》:"骨肉归复于土,命也;若魄气则无不之也,无不之也!"

〔3〕 "拔宅飞升" 据《全后汉文》中的《仙人唐公房碑》记载,相传唐公房认识一个仙人,能获得"神药"。有一次,他触怒了太守,太守想逮捕他和他的妻子,"公房乃先归于谷口,呼其师告以危急。其师与之归,以药饮公房妻子曰:'可去矣。'妻子恋家不忍去。又曰:'岂欲得家俱去乎?'妻子曰:'固所愿也。'于是乃以药涂屋柱,饮牛马六畜。须臾有大风玄云来迎,公房妻子,屋宅六畜,翛然与之俱去。"又东晋葛洪《神仙传》也载有关于汉代淮南王刘安的类似传说,参看本卷第236页注〔4〕。

《总退却》序〔1〕

中国久已称小说之类为"闲书",这在五十年前为止,是大概真实的,整日价辛苦做活的人,就没有工夫看小说。所以凡看小说的,他就得有余暇,既有余暇,可见是不必怎样辛苦做活的了,成仿吾先生曾经断之曰:"有闲,即是有钱!"〔2〕者以此。诚然,用经济学的眼光看起来,在现制度之下,"闲暇"恐怕也确是一种"富"。但是,穷人们也爱小说,他们不识字,就到茶馆里去听"说书",百来回的大部书,也要每天一点一点的听下去。不过比起整天做活的人们来,他们也还是较有闲暇的。要不然,又那有工夫上茶馆,那有闲钱做茶钱呢?

小说之在欧美,先前又何尝不这样。后来生活艰难起来了,为了维持,就缺少余暇,不再能那么悠悠忽忽。只是偶然也还想借书来休息一下精神,而又耐不住唠叨不已,破费工夫,于是就使短篇小说交了桃花运。这一种洋文坛上的趋势,也跟着古人之所谓"欧风美雨",冲进中国来,所以"文学革命"以后,所产生的小说,几乎以短篇为限。但作者的才力不能构成巨制,自然也是一个很大的原因。

而且书中的主角也变换了。古之小说,主角是勇将策士,侠盗赃官,妖怪神仙,佳人才子,后来则有妓女嫖客,无赖奴才之流。"五四"以后的短篇里却大抵是新的智识者登了场,因为他们是首先觉到了在"欧风美雨"中的飘摇的,然而总还不脱古之英雄和才子气。现在可又不同了,大家都已感到飘摇,不再要听一个特别的人的运命。某英雄在柏林拊髀看天,某天才在泰山捶胸泣血,还有谁会转过脸去呢?他们要知道,感觉得更广大,更深邃了。

这一本集子就是这一时代的出产品,显示着分明的蜕变,人物并非英雄,风光也不旖旎,然而将中国的眼睛点出来了。我以为作者的写工厂,不及她的写农村,但也许因为我先前较熟于农村,否则,是作者较熟于农村的缘故罢。

一九三三年十二月二十五夜,鲁迅记。

*　　　*　　　*

〔1〕　本篇在收入本书前未在报刊上发表过。

《总退却》,葛琴的短篇小说集,1937 年 3 月上海良友图书印刷公司出版,内收短篇小说七篇,与鲁迅作序时的篇目有出入。葛琴(1907—1995),江苏宜兴人,女作家,"左联"成员。

〔2〕　"有闲,即是有钱"　这是李初梨讥讽作者的话,参看本卷第8 页注〔8〕。

答杨邨人先生公开信的公开信^[1]

《文化列车》^[2]破格的开到我的书桌上面,是十二月十日开车的第三期,托福使我知道了近来有这样一种杂志,并且使我看见了杨邨人^[3]先生给我的公开信,还要求着答复。对于这一种公开信,本没有一定给以答复的必要的,因为它既是公开,那目的其实是在给大家看,对我个人倒还在其次。但是,我如果要回答也可以,不过目的也还是在给大家看,要不然,不是只要直接寄给个人就完了么? 因为这缘故,所以我在回答之前,应该先将原信重抄在下面——

鲁迅先生:

　　读了李儝先生(不知道是不是李又燃先生,抑或曹聚仁先生的笔名)的《读伪自由书》一文,近末一段说:

　　"读着鲁迅《伪自由书》,便想到鲁迅先生的人。那天,见鲁迅先生吃饭,咀嚼时牵动着筋肉,连胸肋骨也拉拉动的,鲁迅先生是老了! 我当时不禁一股酸味上心头。记得从前看到父亲的老态时有过这样的情绪,现在看了鲁迅先生的老态又重温了一次。这都是使司马懿之流,快活的事,何况旁边早变心了魏延。"(这末一句照原文十个字抄,一字无错,确是妙文!)

不禁令人起了两个感想:一个是我们敬爱的鲁迅先生老了,一个是我们敬爱的鲁迅先生为什么是诸葛亮? 先生的"旁边"那里来的"早变心了魏延"？无产阶级大众何时变成了阿斗？

　　第一个感想使我惶恐万分！我们敬爱的鲁迅先生老了，这是多么令人惊心动魄的事！记得《呐喊》在北京最初出版的时候（大概总在十年前），我拜读之后，景仰不置，曾为文介绍颂扬，揭登于张东荪先生编的《学灯》，在当时我的敬爱先生甚于敬爱创造社四君子。其后一九二八年《语丝》上先生为文讥诮我们，虽然两方论战绝无感情，可是论战是一回事，私心敬爱依然如昔。一九三○年秋先生五十寿辰的庆祝会上，我是参加庆祝的一个，而且很亲切地和先生一起谈天，私心很觉荣幸。左联有一次大会在一个日本同志家里开着，我又和先生见面，十分快乐。可是今年我脱离共产党以后，在左右夹攻的当儿，《艺术新闻》与《出版消息》都登载着先生要"嘘"我的消息，说是书名定为：《北平五讲与上海三嘘》，将对我"用嘘的方式加以袭击"，而且将我与梁实秋张若谷同列，这自然是引起我的反感，所以才有《新儒林外史第一回》之作。但在《新儒林外史第一回》里头只说先生出阵交战用的是大刀一词加以反攻的讽刺而已。其中引文的情绪与态度都是敬爱先生的。文中的意义却是以为先生对我加以"嘘"的袭击未免看错了敌人吧了。到了拜读大著《两地书》以后为文介绍，笔下也十分恭敬并没半点谩骂的字句，可是先生于《我的种痘》一文里头却有所误会似地顺笔对我放了两三枝冷箭儿，特别地说是有人攻击先生的老,在我呢,并没有觉得先生老了,而且那篇文章也没有攻击先生的老,先生自己认为是老了吧了。伯纳萧的年纪比先生还大,伯纳萧的鬓毛比先生还白如丝吧,伯纳萧且不是老了,先生怎么这样就以为老了呢?我是从来没感觉到先生老了的,我只感觉到先生有如青年而且希望先生永久年青。然而,读了李儵先生的文章,我惶恐,我惊讶,原来先生真的老了。李儵先生因为看了先生老了而"不禁一股酸味上心头"有如看他的令尊的老态的时候有过的情绪,我虽然也时常想念着我那年老的父亲,但并没有如人家攻击我那样地想做一个"孝子",不过是天性所在有时未免兴感而想念着吧了,所以我看了李儵先生的文章并没有联想到我的父亲上面去。然而先生老了,我是惶恐与惊讶。我惶恐与惊讶的是,我们敬爱的文坛前辈老了,他将因为生理上的缘故而要停止他的工作了!在这敬爱的心理与观念上,我将今年来对先生的反感打个粉碎,竭诚地请先生训诲。可是希望先生以严肃的态度出之,如"嘘",如放冷箭儿等却请慎重,以令对方心服。

第二个感想使我 ……因为那是李儵先生的事,这里不愿有扰清听。

假如这信是先生觉得有答复的价值的话,就请寄到这里《文化列车》的编者将它发表,否则希望先生为文给我一个严正的批判也可以。发表的地方我想随处都欢迎的。

专此并竭诚地恭敬地问了一声安好并祝

康健。

杨邨人谨启。一九三三,一二,三。

末了附带声明一句,我作这信是出诸至诚,并非因为鬼儿子骂我和先生打笔墨官司变成小鬼以后向先生求和以……"大鬼"的意思。邨人又及。

以下算是我的回信。因为是信的形式,所以开头照例是——

邨人先生:

先生给我的信是没有答复的价值的。我并不希望先生"心服",先生也无须我批判,因为近二年来的文字,已经将自己的形象画得十分分明了。自然,我决不会相信"鬼儿子"们的胡说,但我也不相信先生。

这并非说先生的话是一样的叭儿狗式的狺狺;恐怕先生是自以为永久诚实的罢,不过因为急促的变化,苦心的躲闪,弄得左支右绌,不能自圆其说,终于变成废话了,所以在听者的心中,也就失去了重量。例如先生的这封信,倘使略有自知之明,其实是不必写的。

先生首先问我"为什么是诸葛亮[4]?"这就问得稀奇。李儓[5]先生我曾经见过面,并非曹聚仁先生,至于是否李又燃先生,我无从确说,因为又燃先生我是没有豫先见过的。我"为什么是诸葛亮"呢? 别人的议论,我不能,也不必代为答复,要不然,我得整天的做答案了。也有人说我是"人群的蟊贼"〔6〕的。"为什么？"——我都由它去。但据我所知道，魏延变心，是在诸葛亮死后，〔7〕我还活着，诸葛亮的头衔是不能加到我这里来的，所以"无产阶级大众何时变成了阿斗〔8〕？"的问题也就落了空。那些废话，如果还记得《三国志演义》或吴稚晖先生的话，是不至于说出来的，书本子上及别人，并未说过人民是阿斗。现在请放心罢。但先生站在"小资产阶级文学革命"〔9〕的旗下，还是什么"无产阶级大众"，自己的眼睛看见了这些字，不觉得可羞或可笑么？不要再提这些字，怎么样呢？

其次是先生"惊心动魄"于我的老，可又"惊心动魄"得很稀奇。我没有修炼仙丹，自然的规则，一定要使我老下去，丝毫也不足为奇的，请先生还是镇静一点的好。而且我后来还要死呢，这也是自然的规则，豫先声明，请千万不要"惊心动魄"，否则，逐渐就要神经衰弱，愈加满口废话了。我即使老，即使死，却决不会将地球带进棺材里去，它还年青，它还存在，希望正在将来，目前也还可以插先生的旗子。这一节我敢保证，也请放心工作罢。

于是就要说到"三嘘"问题了。这事情是有的，但和新闻上所载的有些两样。那时是在一个饭店里，大家闲谈，谈到有几个人的文章，我确曾说：这些都只要以一嘘了之，不值得反驳。这几个人们中，先生也在内。我的意思是，先生在那冠冕堂皇的"自白"〔10〕里，明明的告白了农民的纯厚，小资产阶级的智识者的动摇和自私，却又要来竖起小资产阶级革命文学的旗，就自己打着自己的嘴。不过也并未说出，走散了就算完结了。但不知道是辗转传开去的呢，还是当时就有新闻记者在座，不久就张大其辞的在报上登了出来，并请读者猜测。近五六年来，关于我的记载多极了，无论为毁为誉，是假是真，我都置之不理，因为我没有聘定律师，常登广告的巨款，也没有遍看各种刊物的工夫。况且新闻记者为要哄动读者，会弄些夸张的手段，是大家知道的，甚至于还全盘捏造。例如先生还在做"革命文学家"的时候，用了"小记者"的笔名，在一种报上说我领到了南京中央党部的文学奖金，大开筵宴，祝孩子的周年，不料引起了郁达夫先生对于亡儿的记忆，悲哀了起来。[11]这真说得栩栩如生，连出世不过一年的婴儿，也和我一同被喷满了血污。然而这事实的全出于创作，我知道，达夫先生知道，记者兼作者的您杨邨人先生当然也不会不知道的。

当时我一声不响。为什么呢？革命者为达目的，可用任何手段的话，我是以为不错的，所以即使因为我罪孽深重，革命文学的第一步，必须拿我来开刀，我也敢于咬着牙关忍受。杀不掉，我就退进野草里，自己舐尽了伤口的血痕，决不烦别人傅药。但是，人非圣人，为了麻烦而激动起来的时候也有的，我诚然讥诮过先生"们"，这些文章，后来都收在《三闲集》中，一点也不删去，然而和先生"们"的造谣言和攻击文字的数量来比一比罢，不是不到十分之一么？不但此也，在讲演里，我有时也曾嘲笑叶灵凤先生或先生，先生们以"前卫"之名，雄赳赳出阵的时候，我是祭旗的牺牲，则战不数合便从火线上爬了开去之际，我以为实在也难以禁绝我的一笑。无论在阶级的立场上，在个人的立场上，我都有一笑的权利的。然而我从未傲然的假借什么"良心"或"无产阶级大众"之名,来凌压敌手,我接着一定声明:这是因为我和他有些个人的私怨的。先生,这还不够退让么?

但为了不能使我负责的新闻记事,竟引起先生的"反感"来了,然而仍蒙破格的优待,在《新儒林外史》[12]里,还赏我拿一柄大刀。在礼仪上,我是应该致谢的,但在实际上,却也如大张筵宴一样,我并无大刀,只有一枝笔,名曰"金不换"。这也并不是在广告不收卢布的意思,是我从小用惯,每枝五分的便宜笔。我确曾用这笔碰着了先生,不过也只如运用古典一样,信手拈来,涉笔成趣而已,并不特别含有报复的恶意。但先生却又给我挂上"三枝冷箭"了。这可不能怪先生的,因为这只是陈源教授的余唾[13]。然而,即使算是我在报复罢,由上面所说的原因,我也还不至于走进"以怨报德"[14]的队伍里面去。

至于所谓《北平五讲与上海三嘘》,其实是至今没有写,听说北平有一本《五讲》出版,那可并不是我做的,我也没有见过那一本书。不过既然闹了风潮,将来索性写一点也难说,如果写起来,我想名为《五讲三嘘集》,但后一半也未必正是报上所说的三位。先生似乎羞与梁实秋张若谷两位先生为伍,我看是排起来倒也并不怎样辱没了先生,只是张若谷先生比较的差一点,浅陋得很,连做一"嘘"的材料也不够,我大概要另换一位的。

对于先生,照我此刻的意见,写起来恐怕也不会怎么坏。我以为先生虽是革命场中的一位小贩,却并不是奸商。我所谓奸商者,一种是国共合作时代的阔人,那时颂苏联,赞共产,无所不至,一到清党时候,就用共产青年,共产嫌疑青年的血来洗自己的手,依然是阔人,时势变了,而不变其阔;一种是革命的骁将,杀土豪,倒劣绅,激烈得很,一有蹉跌,便称为"弃邪归正",骂"土匪",杀同人,也激烈得很,主义改了,而仍不失其骁。先生呢,据"自白",革命与否以亲之苦乐为转移,有些投机气味是无疑的,但并没有反过来做大批的买卖,仅在竭力要化为"第三种人",来过比革命党较好的生活。既从革命阵线上退回来,为辩护自己,做稳"第三种人"起见,总得有一点零星的忏悔,对于统治者,其实是颇有些益处的,但竟还至于遇到"左右夹攻的当儿"者,恐怕那一方面,还嫌先生门面太小的缘故罢,这和银行雇员的看不起小钱店伙计是一样的。先生虽然觉得抱屈,但不信"第三种人"的存在不独是左翼,却因先生的经验而证明了,这也是一种很大的功德。

平心而论,先生是不算失败的,虽然自己觉得被"夹攻",但现在只要没有马上杀人之权的人,有谁不遭人攻击。生活当然是辛苦的罢,不过比起被杀戮,被囚禁的人们来,真有天渊之别;文章也随处能够发表,较之被封锁,压迫,禁止的作者,也自由自在得远了。和阔人骁将比,那当然还差得很远,这就因为先生并不是奸商的缘故。这是先生的苦处,也是先生的好处。

话已经说得太多了,就此完结。总之,我还是和先前一样,决不肯造谣说谎,特别攻击先生,但从此改变另一种态度,却也不见得,本人的"反感"或"恭敬",我是毫不打算的。请先

生也不要因为我的"将因为生理上的缘故而要停止工作"而原
谅我,为幸。

　　专此奉答,并请
著安。

　　　　　　　　　　鲁迅。一九三三,一二,二八。

　*　　　*　　　　*

〔1〕　本篇在收入本书前未在报刊上发表过。

〔2〕　《文化列车》　文艺性五日刊,方含章、陈栾合编,1933年12
月1日在上海创刊,1934年3月25日出至第十二期停刊。

〔3〕　杨邨人(1901—1955)　广东潮安人。1925年加入中国共产
党,1928年参加太阳社,1932年叛变革命。

〔4〕　诸葛亮(181—234)　字孔明,琅玡阳都(今山东沂南)人,三
国时政治家、军事家,蜀汉丞相。在《三国演义》中,他是一个具有高度
智慧和谋略的典型人物。

〔5〕　李儵　应作李俪,即曹艺(1909—2000),浙江浦江人,曹聚
仁之弟。他的《读〈伪自由书〉》一文,发表于《涛声》第二卷第四十期
(1933年10月21日)。下文的李又燃,即李又然(1906—1984),原名李
家齐,浙江慈溪人,作家。

〔6〕　"人群的蟊贼"　这是《社会新闻》第五卷第十三期(1933年
11月)署名"莘"的《读〈伪自由书〉后》中谩骂鲁迅的话。

〔7〕　.魏延(?—234)　三国义阳(今属河南)人,蜀国大将。《三
国演义》一〇五回载:"孔明识魏延脑后有反骨,每欲斩之;因怜其勇,故
姑留用。"诸葛亮死后不久,他就谋反;长史杨仪按诸葛亮生前预定计
策,将他杀掉。

〔8〕 阿斗 三国蜀后主刘禅(207—271)的小名。据史书记载和《三国演义》中的描写,他是一个昏庸无能的人。后降魏。

〔9〕 "小资产阶级文学革命" 杨邨人在《现代》第二卷第四期(1933年2月)发表《揭起小资产阶级革命文学之旗》一文中说:"无产阶级已经树起无产阶级文学之旗,而且已经有了巩固的营垒,我们为了这广大的小市民和农民群众的启发工作,我们也揭起小资产阶级革命文学之旗,号召同志,整齐阵伍,也来扎住我们的阵营。……我们也承认着文艺是有阶级性的,而且也承认着属于某一阶级的作家的作品任是无意地也是拥护着其自身所属的阶级的利益。我们是小资产阶级的作家,我们也就来作拥护着目前小资产阶级的小市民和农民的群众的利益而斗争。"

〔10〕 "自白" 指杨邨人叛变革命的《离开政党生活的战壕》一文(载1933年2月上海《读书杂志》第三卷第一期)。其中说:"回过头来,看我自己,父老家贫弟幼,漂泊半生,一事无成,革命何时才成功。我的家人现在在作饿莩不能过日,将来革命就是成功,以湘鄂西苏区的情形来推测,我的家人也不免作饿莩作叫化子的。还是:留得青山在,且顾自家人吧了!病中,千思万想,终于由理智来判定,我脱离中国共产党了。"

〔11〕 这里指杨邨人于1930年在他自己所办的《白话小报》第一期上,以"文坛小卒"的笔名发表的《鲁迅大开汤饼会》一文。其中对鲁迅造谣诋毁说:"这时恰巧鲁迅大师领到当今国民政府教育部大学院的奖赏;于是乎汤饼会便开成了。……这日鲁迅大师的汤饼会到会的来宾,都是海上闻人,鸿儒硕士,大小文学家呢。那位郁达夫先生本是安徽大学负有责任的,听到这个喜讯,亦从安庆府连夜坐船东下呢。郁先生在去年就产下了一个虎儿,这日带了郁夫人抱了小娃娃到会,会场空气倍加热闹。酒饮三巡,郁先生首先站起来致祝辞,大家都对鲁迅大师

恭喜一杯,鲁迅大师谦逊着致词,说是小囝将来是龙是犬还未可知,各位今天不必怎样的庆祝啦。座中杨骚大爷和白薇女士同声叫道,一定是一个龙儿呀! 这一句倒引起郁先生的伤感,他前年不幸夭殇的儿子,名字就叫龙儿呢!"

〔12〕 《新儒林外史》 这是杨邨人化名柳丝所作攻击鲁迅的文章,载 1933 年 6 月 17 日《大晚报·火炬》。其中诬称鲁迅对他的批判是"手执大刀"、"是非不分"的"乱砍乱杀"。

〔13〕 陈源教授的余唾 陈源曾在 1926 年 1 月 30 日《晨报副刊》发表《闲话的闲话之闲话引出来的几封信》,其中说鲁迅,"他没有一篇文章里不放几支冷箭儿"。

〔14〕 "以怨报德" 语出《礼记·表记》:"以怨报德,则刑戮之民也。"